懺悔と越境

中国現代文学史研究

坂井洋史著

汲古書院刊

懺悔と越境
中国現代文学史研究

目　次

凡例

一、書名、逐次刊行物名、作品名、論文名は原題のままとした。

二、人名、書名、逐次刊行物名、作品名、論文名などの中国語原題について、漢字体は当用漢字を用いた。ただし、必要上、中国語原文を引用した箇所については旧字体を用いた。

三、単行本、音楽のアルバムは『　』、逐次刊行物は《　》、作品、論文などの単篇、叢書名および映画題名は「　」で括った。

四、引用文中の［　］に挿入されているのは、引用者の施注である。

五、引用文中、……部分は前略／中略／以下略箇所を示す。

六、詩、歌詞の引用の際、分行は／で示し、一行空いた段落替えの場合は／／で示した。

七、注釈は各節毎の最後に置いた。

八、注釈中の書誌データは初出時のみ記載し、以降は省略した。書誌データにおいて、出版社名に所在地が含まれる場合（例・上海文芸出版社）は、所在地の記載を省略した。また、頁数の記載に関して、引用文については、該当箇所の、依拠テキストにおける頁数を、単篇の題名のみ掲げたものについては、これを収録した単行本における該篇全体の占める頁数を示した。

九、人名については、現存者についても敬称を略した。

※「モダン／近代／現代」の使い分けについて

本書の考察におけるキーワードである modern／modernity／modernization について、これらの概念を本文中で単独に用いる場合は「モダン／モダニティ／モダナイゼーション」で統一した。ただし、慣用に従い、以下のような例外を設ける。

一、modern literature に対応する用語としては「近代文学」を用いる。

二、argument on modernity／modernization に対応する用語としては「近代論」を用いる。

三、Chinese modern literature, history of Chinese modern literature に対応する用語としては「中国現代文学」、「中国現代文学史」を用いる。ただし「中国の」とする場合は「中国の近代文学」とする。

四、modernity in China, modern China に対応する用語としては「中国近代」、「近代中国」を用いる。

五、Chinese modern intellectuals に対応する用語としては「中国近現代知識人」、「中国現代知識人」を用いる。

六、文化価値観念に関わらない、単なる時代区分の標識として用いられる「近代」、「現代」、「当代」は、中国で一般的な用法に従う。

懺悔と越境

中国現代文学史研究

序章　「巴金」のいない現代文学史[1]

I

一九九〇年代半ば以降、中国大陸では「現代文学史」が数多く出版されている。[2]それらが、大抵は高等教育課程における教科書として編まれているというのは、九〇年代前半以降、八〇年代に国是として提唱された「現代化」を市場経済導入へと尖鋭化させることで急激に変容を遂げつつある中国社会が、文学史テクストに対しても、転換期に相応しい変化を要請した結果とも見える。果たしてその通りであれば、かつて五〇年代初頭に、旧来の高等教育体制の社会主義建設段階への適応を目指した改編、即ち「院系調整」[3]および現代文学史の教育課程への編入を背景として[4]、王瑤『中国新文学史稿』[5]が編まれ、また八〇年代に、文化大革命終息直後の所謂「撥乱反正」（混乱後の秩序回復）の学術界・教育界への反映として唐弢・厳家炎主編『中国現代文学史』[6]が編まれた例と、事情はほぼ同じといえる。これら新たな文学史は、第一に《新文学史料》[7]や「中国当代文学研究資料」、「中国現代作家作品研究史料叢書」[8]の刊行に代表される、ポスト文革時期の現代文学研究を画期した大量の実証的研究の蓄積を、第二に「文学史分期」[9]、「二十世紀中国文学」[10]を巡る議論や、「重写文学史」（文学史書き直し）[11]の議論に代表されるフレームワーク・レベルの考察を、第三には国外から様々に紹介された文学研究・文化批評に関する方法論を、それぞれ後に来る者の優勢として踏まえながら書かれているだけに、資料に基づく事実関係の正確度、収録対象の選定や、評価に関わる記述の柔軟性については、前掲の古典的著作とは一線を画す水準に達しているともいえる。しかし、文学史テクストにとって、事実関係の正確度、理論的先端性、記述の枠組の柔軟性や包容性、いや、そもそも先行するテクストから差別化された、多様なオルタナティヴの提示とは、一体何を意味するのだろうか。

文学史研究における資料・事実関係、という問題を考える時、八〇年代に実証研究の必要性と重要性を説く際よく使われた「塡補空白」（研究上の空白を埋める）という言葉が、先ずは想い起こされる。当時の中国大陸にあって、それが、「実証性」を武器に、「自由な」研究活動を抑圧する「政治の季節」を批判し、史実の恣意的な利用や、極端な歪曲を矯めるに有効な戦略であったとはいうまでもないが、こと文学史テクストを記述する際に問題となる、原理的な側面についていうならば、「空白」を全て「塡補」し終えた段階に現出すべき全体像が確実に予定されない限り、この言説は結局、文学史が「正確」な無数の事実に断片化され続ける可能性を暗示するに止まるので、文学史研究が飽くまでこの原則に固執するならば、征服を待つフロンティア＝「空白」の開拓にいずれ苦慮することになるのは明らかである。八〇年代という時代は、ポスト文革というコンテクストでは、失われた時間の「取り戻し」をモチーフとしたので、文学史再編における「塡補空白」も、無論その一環と理解されようが、しかしそこには、「不在の全体性」を断片化する、というアイロニーが、実証性＝科学性という「神話」で装いつつ、断片化の対象とすべき領域の拡張を不断に求めるといった、モダニズムとしての性格が露わで、当時の国是ともいうべき「現代化」に対する一方の理解＝西欧流のモダナイゼーションと、実は思想基盤を共有していたとも考えられるのだ。

一方、政治革命史の枠組と文学史を整合させようとしてきた「伝統」を相対化すべく、実証研究に拠らぬオルタナティヴの提示についてはどうかといえば、例えば陳平原・銭理群・黄子平による「二十世紀中国文学」を巡る議論には、中国現代文学が、「世界文学」というより大きな枠組へ組み込まれることでモダニティを獲得したとする、「中国性」の相対化と「世界性」の保証を不可分に捉える観点が見られた。即ち、政治革命史の枠組の文学史テクストに対する支配を、文化大革命と共に歴史の後景に追いやる際に、そのような動機、目標の「政治的」な尖鋭性を淡化すべく、同時代「世界」との同歩調の実現を歓迎するような素朴なナショナリズム感情への訴求をアリバイとする、巧妙な戦略を必要としたということであり、それは、「現代化」の内実を巡って、全面的な西欧化と本土性強調の間で角逐が演じられた八〇年代半ばに相応しい言説だったのだが、しかし、この議論の、文学史記述の枠組を巡るヘゲモニー争奪という側面に注目すれば、そこで焦点となったのは、やはり中国現代文学史の「忠実な解釈」に関する有効性だったというべきである。そして、この「有効性」とは、文学史は「客観性」を備えるべきであるとの「信仰」を暗黙裡の前提に据えつつ、新たに「開拓」され続けるであろう事実の、自らの構築した枠組との整合性如何によってのみ検証され得るはずものである。この点で、「二十世紀中国文学論」は結局「塡補空白」言説と親和するので、この議論に触発されて、八〇年代末に登場した「重写文学史」の主張が、実証性と仮説性を融合した諸作業となって現れたのも、実に自然な成り行きだったのである。

原理的には、全体性の断片化、未知の断片を求めての自己拡張、如何にして断片の総和に有効な解釈を与えるか、その有効性を第一義に考えるという機能／効率の重視等を特徴とする文学史テクストとは、すぐれてモダンなテクストというべきである。従って、近年の文学史が、真に「新しい」突破を示し得るか否かは、文学史テクストの記述を企図する者が、自らの足場を知らぬ間に絡めとるモダニズムを、どこまで対象化できるかにひとえに懸かっているだろうが、しかし、本書に収めた諸々の考察で批判的に検討することになるであろう、今日の中国知識人におけるモダン理解の一面性を思うにつけ、それは容易ではないようにも思われる。

注釈

（1）本章は「第五届巴金国際学術研討会」（一九九九年十月十日～十三日、於湖北省襄樊）への提出論文「関於話語的『排除』機制和文学史框架的重建」（福建泉州黎明大学巴金文学研究所《巴金研究》二〇〇〇年第三・四期合刊掲載。また、陳思和、辜也平主編『巴金・新世紀的闡釈――巴金国際学術研討会論文集』（福建教育出版社、福州、二〇〇二年九月、三三～四二頁に収録）を元に、大幅に加筆したものである。

（2）巻末「主要参考文献」参照。

（3）一九五二年から開始された、全国高等教育機関整備。大学、学院、系の合併、増設、専門課程の調整が行われた。この年の九月二十四日に政務院が発した「関於改革学制的決定」により基本的な完成を見た。なお、この年の十月、教育部は「関於全国高等学校馬克思列寧主義、毛沢東思想課程的指示」を発し、高等教育におけるマルクス・レーニン主義、毛沢東思想教育を義務化している。

（4）教育部は一九五〇年五月に全国高等教育会議を召集、ここを通過した「高等学校文法両学院各系課程草案」において「中国新文学史」を各高等院校中文系の主要課程とすることが定められた。王瑤「『中国新文学史稿』初版自序」（『王瑤全集』第三巻所収『中国新文学史稿』上冊附載。河北教育出版社、石家荘、二〇〇〇年一月、三〇頁）及び樊駿「関於中国現代文学研究的考察和思索」（原載《中国社会科学》一九八三年第一期。『論中国現代文学研究』上海文芸出版社、一九九二年十一月、二二～四七頁所収）参照。

（5）上冊は開明書店（上海）から一九五一年九月刊、下冊は上海文芸出版社から一九五三年八月刊。後、上海文芸出版社より一九八二年十一月に修訂重版刊。『王瑤全集』第三、四巻に収める。この文学史が当時の教育体制改編の要請に応えたものであることについては、王瑤自身が一九五四年に該書邦訳に寄せた序文で明らかにしている。「〔『中国新文学史稿』〕日訳本序」（『王瑤全集』第三巻、三二頁）参照。

（6）第一冊は一九七九年六月、第二冊は同年十一月、第三冊は一九八〇年十二月に、それぞれ人民文学出版社（北京）から刊行。厳家炎が主編に名前を列ねるのは第三冊のみ。なお、該書は「高等学校文科教材」と銘打たれている。

を発行している。

（7）一九七八年に人民文学出版社から創刊。一九八〇年第一期（総第六期）から季刊。二〇〇五年二月の段階で総巻一〇六期

（8）「中国当代文学研究資料」は、一九七八年五月、杭州大学と江蘇師範学院が発起、「一九八〇年六月十五日初稿、一九八一年四月七日改定」の日付を記した叢書編集委員会名義の「前言」が書かれている。編著は主として南方各地の高等院校が分担して行い、四川、山東、浙江、福建、湖北などの各人民出版社から刊行。「中国現代作家作品研究資料叢書」は「中国現代文学史資料彙編」乙種とされ、一九八一年一月に全国文学学科重点計画項目の一として、中国社会科学院文学研究所現代文学研究室が編纂を発起、編輯委員会を組織したもの。実際の編著は全国の高等院校が分担して行い、出版社も様々である。両者とも長期にわたり断続的に刊行を継続しており、最終的な完結時期と、規模については不詳。

（9）一九八六年を中心に、政治革命史の時期区分は文学史上の時期区分に機械的に適用され得るかという問題が、学界の興味と論議を呼び、同年九月には北京において、この問題を討議する討論会が開催された。樊駿「関於討論近一百多年文学歴史分期的幾点理解」参照（『論中国現代文学研究』一九六～二一〇頁）。また《中国現代文学研究叢刊》一九八七年第一期掲載の二文、亦簫「十九至二十世紀中国文学断代問題討論綜述」および李葆琰、王保生「認真求実、共同探索――中国近、現、当代文学史分期問題討論会紀実」も参照。

（10）黄子平、陳平原、銭理群の連名による一連の議論を指す。最初の論文は「論『二十世紀中国文学』」と題され、《文学評論》一九八五年第五期に掲載された。その後、三名の鼎談である「関於『二十世紀中国文学』的対話」が《読書》一九八五年第一〇期～一九八六年第三期に連載された。この二種類は、議論に対する反響の総評を附録として加え、『二十世紀中国文学三人談』（「現代文学述林」版、人民文学出版社、一九八八年九月）としてまとめられている。

（11）陳思和、王暁明が《上海文論》誌上に「重写文学史」専欄を主宰した際のテーマに掲げたもの。同誌一九八八年第四期に開始され、八九年第六期に終わるまで、各種の論文四〇篇余りが掲載された。

Ⅱ

とはいえ、中国現代文学史の枠組を如何に構築するかという問題を巡る私の思考にとって、近年の文学史著作や文学史研究が何らの示唆をも含まぬというつもりは毛頭なく、例えば、私がかつて個別作家研究の対象としていた巴金という作家が、それら著作や研究では、かつての古典的文学史著作や研究におけるほどには重視されず、殆ど歴史的存在としてしか扱われないというような事実が、文学史テクストが「排除」する要素、文学史テクストにおける「排除」の機制、という問題への関心を、私にもたらしたというべきなのである。即ち、文学史テクストが、その記述から「巴金」を「排除」することは、何を意味するのか、という問題である。そもそも、個別の作家、テクスト、文学運動、文学団体、出版機構やメディア、読者等々、文学史の言及すべき対象は多種多様であるはずだが、ある文学史テクストが、それらの対象を一部なりと「排除」して成立しているとするなら、そのような対象の不在により特徴づけられる、「欠如態」としての文学史テクストおよびその記述を支える枠組は、どのような性質を帯びるものとして理解されるべきだろうか。

一九八九年十一月に上海郊外の青浦で「首届巴金国際学術研討会」が開催されたが、この年は、巴金最後の文業ともいうべき『随想録』全五巻が完結した三年後、また彼が文壇に地歩を占めるきっかけとなった中篇小説『滅亡』の発表六〇周年に当たったため、参会した研究者の関心は、作家の経歴全体を俯瞰しての総括と歴史的な位置づけに向かいつつあり、私の行った「現在怎様估価巴金在文学史上的地位——略論文学史概念的変化、並談巴金対『文学的作用』的看法」と題する報告（以下「略論」と略記）も、この長々しい題目に明らかなように、巴金を位置づけるべき文学史の枠組について考察したものであった。[1]今日の目から見て、議論の浅薄は覆うべくもないが、それとて、個別作家研究の成果を如何にして文学史テクストの記述に組み込むか、という関心から発したものではあり、現在の関心のありようからさほど隔たったものでもない。無論、いま発しようとしている議論においては、「如何にして巴金を文学史に位置づけるか」、「巴金を位置づけるべき文学史の枠組はどのようなものであるか」という問題の立て方が、「なぜ巴金は文学史の記述から『排除』されつつあるのか」、「巴金を『排除』する／必要としない文学史は、どのような原理に基づいて記述されているのか」という問題の立て方へと、ちょうど裏返しのような形に様変わりして、当時思考の及ばなかった問題についての考察をも含む形で提起されねばならない訳だが、それを私自身の思考の成熟に因るとはいうまい、むしろ九〇年代以降の中国の現実、およびそれを闡釈すべく、とりわけ文化批評が様々に浮上させた問題群を咀嚼、吸収した文学史研究の諸成果に啓発された結果であるから、当時の自らの議論を確認した上で、その不足を補う作業は、私個人の回顧を超えた意義を具えるはずである。

「略論」において、私は「内在研究」と「外在研究」という概念を設定し、文学史研究を二つの類型に分類した。研究対象固有の論理に可能な限り密着して、対象の行為もしくはテクスト成立の過程を忠実に追跡し、それを必然として理解することを、研究の「内在化」と呼び、これと対照的に、対象の外部に先験的に存在する論理に依拠して、外部の「基準」から対象を裁断することを、研究の「外在化」と呼んだのである。前者の立場を採る研究にとっては、対象の抱える論理を把捉する手掛かりは多様かつ豊富であることが求められるので、資料を重視する実証性こそ、その生命線となる。前述のような、今日の私の理解からするなら、それは対象を無限に断片化し、単にその総和としてのみ対象の全体性が想像される思想に基づくということになろう。一方、後者にとって重要なのは、対象と、その外部に既定されてある論理、基準との「距離」である。両者の接近は「肯定」を意味し、乖離は「否定」を意味する。

政治イデオロギーを評価基準とする、同党異伐式の「研究」（これをしも「研究」と呼ぶなら）が、差し詰め「外在研究」の典型ということになろう。巴金がマルクス主義の永遠の仇敵たるアナーキズムを信奉していたという理由で、ある時期において、その文学的営為の価値までも貶められたというのが、その好例に挙げられよう。

常識的には、文学史研究において「外在研究」こそ戒めらるべきとされようが、「略論」において私は、文学史研究にあって、両者は有機的な結合を実現しなければならないと主張した。というのも、例えばある一人の作家個人が内包する論理を執拗に追究し、それを可能な限り円満に整合させ得たとして、それは精々一部の「作家史」の完成に過ぎず、そのような、全ての作家それぞれについての「作家史」を無数に収集したところで、テクストとしての首尾を具えた「文学史」になるとは考えられず、また、文学史テクストを支える一筋の「脈絡」が、「断片」を単純に合算することで自然と浮き上がってくるものでもない以上、つまり対象の断片化とは正反対の方向の、ある種の「総合」が必要だと考えられたからであった。史実を堆積するだけでは「史」にならない、「脈絡」の要請する取捨選択を経て後、ようやく史実は「史」の有機的な要素となるということだが、しかし、「作家史」もしくは作家が各々具える内在的な論理からいえば、このような「脈絡」とは、結局「外在」するものに他ならないので、「略論」においては、ひとまずの結びとして、文学史テクストという「場」において、「脈絡」という外在的要素が不可欠のものであると承認した上で、「内在研究」と「外在研究」をバランス良く結合させるべきだという折衷的な見解を提示することになったのである。即ち、「脈絡」の設定と文学史の全体像構築への志向を終始保ちつつも、外在する「脈絡」へ傾斜する余り、対象固有の論理を粗暴に裁断したり、豊富かつ多様な現実を単純化して理解することを抑制する機制として、「内在研究」を具体的な方法論とすべき、との主旨である。この原則に発して、さてそれが如何なるテクストになるべきか、その具体像については現在においても相変わらず茫漠としているが、少なくとも方法論の原則として、

「内在研究」への執着とは、文学研究の硬直化や図式化を回避すべき、最も有効な手段であると、私は依然として信ずる者である。

「略論」が提起したいま一つの内容は、テクストという概念の導入、テクストの属性としての、解読の多様性の指摘であった。テクストとは、様々な解読がヘゲモニーを巡って闘争を繰り広げる公開の「場」であり、そこでは作家の主観すら、数多の解読の一種として、徹底的に相対化されるであろう。文学作品は、あらゆるレベルで生身の作者から切断されぬ限り、「内在研究」を執拗に行った結果、最後に残った「断片」が終には、外部からは窺い知ることのできない「作者の内面」という暗箱裡に封印されてしまうという意味で、神秘化される運命にあるが、作品を多様な解読から織り成されたテクスチュアとして扱えば、これを作者の思想・経歴の痕跡や、時代・社会といった「現実」の反映としてではなく、別様に解読することが可能になるし、そのような解読を総合して再編された文学史テクストも、従来の文学史とはまた異なる様相を呈するであろうと、テクストに対する「文本」という訳語すら定着していなかった当時の中国の研究水準への「啓蒙」めいた提言を行ったものであった。ただ、前述のような思考を経過してみれば、所謂テクスト分析とは、文学研究におけるモダニズムともいうべき機能的断片化の典型的な方法とも考えられ、いわば文学史研究レベルにおける「内在研究」に相当して、「脈絡」の欠如と「空白」の絶えざる開拓という宿命を負うため、本来的にある種の「総合」たるべき文学史テクストを如何に記述するかという現実的な要請に対して、直ちには対処の方策とはなり得ないのであり、前述の「提言」も、一般論としてまず穏当とはいえ、今にして思えば臆面もない仕業であった。

巴金は一九三〇年代まで、しばしば「文学無力」を口にし、作家活動への従事を不本意としたものの、実際に筆を放擲することはなかった訳で、このような、テクスト生産と現実関与への希求の間で引き裂かれた状態を、彼は「矛盾」と呼んでいた。「略論」では、この「矛盾」という心理状態を、テクストを媒介にした情報の伝達／理解の不可能性、テクストにおける作者の主観の相対化に関する意識であるとして、挙句の果てには、そこから巴金文学の今日性まで無謀にも抽出したものだが、この「文学無力」観や「矛盾」を、二十世紀における文学観念の変化や、テクスト・リーディングの多様性の問題と同日に論ずるというのは、全く以て牽強付会もよいところであった。第一、巴金も含め、中国現代文学の礎を据えた世代の作家たちが、二、三〇年代からテクスト理論を十分に意識して、テクスト生産に反映させていたとは到底考えられないし、客観的にいってもあり得ない事態である。巴金が何度も表明した「文学無力」とは、いい換えれば「言語表現の現実変革に対する無力」ということなのだが、この「言語／行為」といった二項対立式の思惟モデルは、文学テクストをも含んだ、あらゆるテクスト生産の機制の解釈に当たって殆ど無効な、言語や言説の本質に関する過度に単純化された理解に基づくものである。もちろん、巴金の「矛盾」は疑いもなく真摯なものであり、たとえそれが何かの勘違いに由るとしても、それ自体が批判されるべき筋合いのものではない。ただ、研究対象に内在する固有の論理の相対化すら覚束なければ、対象を位置づけるべき文学史テクストのあり方を考察するなど論外なので、「略論」の最大の欠点は、何やら「内在研究」と「外在研究」の有機的結合を唱えながら、巴金に内在する論理の方ばかりを無制限に肥大させて、飽くまで作家の論理を主体に、「作品」から「テクスト」へという文学観念の変容＝外在する論理とこじつけた、という意味で、結局は「内在研究」の側にのみ偏しているという矛盾だったのだ。

文化大革命終息後、今日に至るまで、中国では「現代化」プロセスのただ中にあって（冒頭にも記したように、その内実は大きく変化しているが）、社会構造も複雑化・多元化しつつあり、言説空間においては、複雑化・多元化を表象する様々な「声」が、自らの存在を主張して、せめぎ合いを演じている。九〇年代以降の中国社会は、基本的な趨勢として大衆化へと向かっているのだが、一歩先んじて大衆化社会を実現してきた国家・地域の経験に照らしていえば、大衆化社会において、従来、言説のヘゲモニーを独占していたエリート知識人は、言説空間における中心から、周縁的な位置への退却を余儀なくされるものである。言説ヘゲモニーを独占することで、社会において支配的な価値観を生産・主宰してきたエリートは、大衆化社会において、自らのアイデンティティーを再構築しなければならない。かつての彼らにとって、現実に向かって発した批判的言論こそは、自らのアイデンティティーの表象だったが、今日では、そのような「声」も、多種多様の「声」から成る一片の喧騒の内に、たやすく埋没してしまう。かくして、言説の生産・普及・定着とは、他者の「声」の周縁化を前提とする、知の構造におけるヒエラルキーの浸透と確立、敢えていうなれば「権力」の暴力的な行使の謂である、という事実が、知識人エリートの意識に突きつけられたのである。即ち、自らの「言語」を否定する対立面にあるのは「行為」などではなく、実は飽くまで「言語」だということが、社会の急激な変容の中でいよいよ明らかになりつつあるのだ。

ここで、ようやくテクストにおける「排除」の機制、という問題が浮かび上がってくるだろう。一言でいえば、「排除」とは、言説が依拠する権力の暴力的行使、ということである。二項対立式の認識枠組とは、そもそも排他的な性質を帯びるものであり、過去の文学研究における、「言語／現実」といった二項対立式の思惟モデルの最も典型的な例として、非功利性・自律性を生命とする「文学」が、極めて現実的・功利的な「政治」のプラグマティズムによって歪曲、抑圧、果てには扼殺される、との観念を散布してきた「文学／政治」モデルなど、専ら「文学」と「政治」を両立し得ない対立的要素と捉えてきたものである。しかし、文学の自律性を盾に執った政治批判とは、強者が弱者を抑圧することに対する道徳的批判ともいうべきもので、「排除」にまつわる道徳的側面をひとまず問わずにいえば、「文学」と「政治」は、相互に排除し合い、自らをその対立面の、更に対立面と規定していることにより、即ち、「排除」という権力の行使という性質においては、相対的に同質なのである。「文学」＝「弱者」という言説の根拠は、政治権力が現実の場で行使する具体的な暴力性なのだろうが、この種の言説は往々にして「政治＝権力＝暴力」といった、政治に対する単純な理解に支持されているのであり、文学における政治性／政治における精神性、といった問題を顧慮することはない。自律性・非功利性という「本質」を虚構して「政治」を排除する「文学」が、言説における権力を「暴力的」に行使していないと、果たしていえるものだろうか。

巴金についていえば、彼は自らの「矛盾」を見つめ続けることにより、最終的には「批判者」という「態度」を発見し、「文学無力」の観念から自らを救済したと思われる。(2)「略論」では、このような「態度」の確立による「言語／行為」式の二項対立思惟からの脱却を、伝統的な文人意識の継承もしくは甦りと考えた。つまり、巴金を、伝統から現代への転換期に見られる諸価値観の断絶／継承／変容の過程に位置づけて評価せよと、至極古典的な、いや、いっそ陳腐ともいうべき結論に落ち着かせた訳である。もっとも、陳腐とはいえ、このようなアプローチ自体、「巴金研究」という限定された領域においては、今日なお「空白」であるから、全く意義を持たぬでもないだろう。しかし、「内在研究」と「外在研究」の有機的結合、および今日変容を遂げた文学観念の咀嚼を前提とした、新たな文学史評価の枠組構築を提唱しながら、結局旧来の枠組の有効性を再確認するに留まった点で、「略論」は決定的に破綻したのだ。旧論の浅薄を後知恵で取り繕うつもりもないが、巴金の苦悩が体現した「古典」的な命題は、本来その「古典性」の範囲の裡で解釈すべきにもかかわらず、それを今日的な関心と無理に連結することによって、この破綻がもたらされたとするなら、私は図らずも自論の「破綻」を以て、今日の文学史研究における巴金の「排除」という現象が由って起こる原因――「今日性」に代表される「外在」的論理の、歴史的対象に対する過度の適用――と、更にはその行く末までをも探り当てていたのかもしれない。私も八九年以降は巴金に関する「内在的」な研究を行っておらず、自ら巴金の「排除」に与してきたのではあるが。

注釈

（1）福建泉州黎明大学《巴金文学研究資料》一九九〇年第一期（一九九〇年四月）掲載。

（2）この見解は、「略論」とほぼ同時期に発表した「巴金を読む――『不本意な批判者』の六十年」（中国研究所《季刊中国研究》第一六号、一九八九年九月、掲載）で示した。該文の「定本」は、『巴金的世界――両個日本人論巴金』（山口守、坂井共著、東方出版社、北京、一九九六年一月）所収の中国語版「読巴金――『違背夙願的批判者』的六〇年」である。

Ⅲ

思わず旧論の後始末が長くなったが、確かに一九八九年当時の私は、全ての作家に内在する特有の論理を外在的な論理に従って「排除」し、あらゆる主観をも客観的歴史法則に隷属させる類の、「硬直」した、あるいは「イデオロギー化」した「文学史」とは、しかし、原理的には、「事実としての歴史」に対置さるべき「記述された歴史」の、ある極限的なあり方を示すに過ぎない、というような理解に届いていなかったし、言説空間において、「排除」の機制が至る所に網を張り巡らせていて、文学史テクストとて、その「網」から漏れることはないという事態には思いもよらなかったのであった。「硬直」し、「イデオロギー化」した「文学史」などは、「排除」機制の恣意性が露骨に適用された例だが、言説空間や知の構造を支配する「排除」の機制は、既に「排除」を完了した後の言説を、「科学性」や「客観性」といった神話で装い、「常識」として固着させようとするので、そこに権力が行使されてあると気づかぬこともしばしばである。私たちがこのような受動的な状態からの離脱を目指す際に、厳密な相対化＝脱構築の思考こそ、最も有力な思想武器になるはずである。そのような思考として、例えばポストコロニアル批評だが、これはユーロセントリズムが第三世界の言説空間および知の構造において行使する「排除」の機制の暴力性を、周縁の位置から批判するものであるし、フェミニズム批評は、近代国民国家という制度の構築以降、モダン／モダニティ／モダナイゼーションに関わるあらゆる言説が、女性の具える身体的差異性を「排除」して想像／虚構される「均質性」を基礎としていることを、直截に暴くものである。言説が自らのヘゲモニーを確立すべく行使する「暴力」について、いよいよ意識されつつある今日、「排除」の結果として隠蔽された諸要素を剔抉して、白日の下に曝すことこそ、文化批評の主要な任務であるし、また文学研究、文学史研究の主要な目標の一つというべきである。

しかし、私たちが一旦全てを相対化し得る高みに立ったとき、テクスト解読に纏わるあらゆる問題を、自然と解決できるのだろうか。具体的な例を挙げてみよう。近年の文学史研究において、蕭紅「生死場」に関する新鮮な解読を試みた劉禾「文本、批評与民族国家文学」は、恐らく最も刺激と示唆に富んだ啓発的なテクストの一つであった[1]。それは、現代中国および中国現代文学を支配した主流言説＝民族国家言説における男性ヘゲモニーにより排除、隠蔽された、蕭紅のテクストの独自性に光を当てたものである。劉の指摘に拠れば、従来の多くの批評家は、蕭紅のテクストを「民族救亡」のコンテクストに押し込めて解読したが、民族救亡言説が女性の身体性を消滅させ、「均質」な民族主体としての「抵抗者」を虚構することで成立していることに意識が及ばなかったため、テクストの独自性の所在について、誤読に陥ったということになる。この解読は、中国現代文学のテクストにおいて、ひいては現代文学史全体において、排除・隠蔽されてきた重要な要素を、極めて鮮やかに露呈させたものであるが、しかし、それは、テクストを織り成す要素と、それを解きほぐす手法の多様性を示すという点で、従来の「常識」を顛覆させるインパクトに富みながら、そのインパクトが、主として、テクスチュアとして現存する「全体性」の裡から見慣れぬ断片を掬い上げる手際の鮮やかさに由来するため、隠蔽された要素を全て暴露し、前景化した新たな「全体性」の再編については、依然として展望を欠いたままであることは指摘されねばならない。私が、読後に些かの不満を覚えたというのは、劉の議論も、結局は、既に述べてきた、対象を無数に断片化する研究の抱える限界、脱構築／相対主義が陥らざるを得ないジレンマから脱していないからであろう。詳しくは終章において言及することになるが、蕭紅が、一九三六年の短篇「手」[2]の叙述者を、「貧しい者／優越的な者」という二項対立に収斂されない、如何にも宙ぶらりんな存在としてテクスト内に設定したのは、「文学」という名分のもとに、自らを表象すべき「言葉」を持たない「貧しい者」に形象を与えることが、実は彼らを、言語、テクスト、「文学」を主宰する優越者が君臨するヒエラルキーの内に固定しようとする行為に他ならないという、叙述の「暴力性」に対する、彼女の鋭敏な察知（それは直覚とでもいうべきもので、強く自覚された思想的覚悟と呼ぶことはできないと思う）を窺わせるに足る例であると、私は考える。劉禾は、「生死場」解読を通じて、蕭紅における男性中心主義言説の相対化を指摘し得たのだが、しかし、それが更に一段深いレベルにおいて、「叙述」という行為自体の本来的に帯びている「暴力性」に対する「察知」に支えられていることに気づかなければ、結局は「蕭紅」という全体に回収されない「断片」を開拓したに過ぎないのではないか。

更に、この蕭紅解読には、蕭紅の独自性の評価という点に関する限り、劉禾の観点からすれば、暴力的に他の言説を排除／隠蔽してヘゲモニーを確立した主流言説の構成要素ということになろう従来の解読、それも至って素朴な印象批評の水準を大きくは超えていない、という問題もあるように思われる。蕭紅が天賦に富んだ作家で、感覚や筆致の繊細が、当時にあって稀に見るものであったことは、従来も認められてきたことではなかったか[3]。無論、この「繊細」の由って来たる原因として、蕭紅における身体感覚の敏感な把捉を取り出したのは、劉の「開拓」であった。蕭紅が繊細であるとの従来からの印象は結局、「女性＝繊細」という言説を無条件に受け容れての、飽くまで素朴な印象に過ぎず、劉の分析こそ犀利な「解読」というべきだが、さて蕭紅像の全体、ということになると、結果として両者が遠く隔たっているようには思えないのだ。この「徒労」もまた、脱構築的解読の陥穽であるかどうか、性急に結論づける必要はないので、劉のテクストに限定していえば、ここで彼女は、主流言説が排除的に行使した権力の摘出に急な余り、蕭紅自らも、テクスチュアの整斉を損なってまで身体性の表現に執着することで、民族救亡という当時の主流言説に対して、相対的に排除の機制を作用させていたことには、意図してか、言及しないことが指摘されるべきであろう。

しかし、そもそも不可侵の禁域を残した脱構築的解読などというものがあるだろうか。もちろん、主流言説が強く権力を行使し、現実に他者に対する抑圧として機能する社会にあっては、これを相対化する戦略としての相対主義／脱構築は有効であり、必要でさえあろう。ただし、自らの依拠する言説の相対化と、言説空間が本来的に内包する権力同士の緊張関係に対する厳しい対象化を欠いた脱構築／相対主義が、最終的には、権力の暴力性に対する有効な批判となり得ないばかりか、主観的には「主流」、「中心」言説が標榜する「全体性」を瓦解させることによる、「非主流」、「周縁」言説、更には言葉すら持ち得ない、沈黙する人々の復権や表象を目指しながら、ともすればアイデンティティーの断片化に途を拓き、原理的には均質化をすら支援して、差異の表象ともいうべき「人間」を疎外するモダニズムに加担することになりかねない、その際に例えば、政治に抑圧される弱き文学、といった言説にも通じる、道徳的批判だけが現実と関係を構築する際の唯一の根拠として、結局は残ることになるであろうことは強く意識されるべきである。

注釈

（1）原載《今天》一九九二年第一期。後、『語際書写――現代思想史写作批判綱要』（「三聯文庫・海外学術系列」版、上海三聯書店、一九九九年十月）に収める。

（2）原載《作家》第一巻第一号。『蕭紅全集』上巻（哈爾濱出版社、一九九一年五月）二一一～二二五頁所収。

（3）例えば尾坂徳司『蕭紅伝』（燎原書店、東京、一九八三年）は次のように記している（六～八頁）。

妄想に悩まされながらも『生死場』は徹夜で読みあげてしまった。よかった。しかし不満――というよりは空白が残った。予想ほどには抗日が書かれておらず、日本軍の凶悪残忍も書かれておらず、題名にいう「生死場」とは女にとっての戦いの場の意味ではないかとおもってみたりした。……訳後感は――ちょっと複雑だった。『生死場』は抗日の作品というよりは『女の戦い』であること。これが一つ。それに清新な自然描写。たとえば巻頭の第一句――／「山羊が道ばたで楡の根っこをかじっていた」／自然と人間と家畜の融和。それほど多くを読んではいないが、五四以来の中国文学にこんな描写があっただろうか。私はないと思った。普通書かれているのは人間臭い人間、自然そのものの自然で、両者は不可侵条約を結んだかのように独立していた。それに反して『生死場』はフランス映画をはじめて見た時のようにみずみずしかった。……そして変わった文体。文脈論理の上でいうと、欠落した部分をあちこちに散見するのだが、感覚的または情感的にとらえると条理が一貫していて、全体的には欠けるところがないのである。

Ⅳ

今日の中国現代文学史研究は、ある意味でパラダイムロストの状態にあるといってよいだろう。「政治の季節」を経過して、「今」の時代に相応しい文学史枠組の再建こそ、文学史研究者の強く関心を寄せるところであり、近年来の様々な著作・研究は、そのような志向の表現と考えられる。それらの「文学史」が、「巴金」（これは最早象徴的な記号として理解すべきである）を「排除」しつつあることは、既に述べた通りである。そもそも言説・テクストとはそのようなものである以上、文学史の記述者が常にその鋭敏な眼差しを、自らの文学史も含む、あらゆる言説・テクストが依拠／行使／維持／強化しようとする権力の構造に注ぎ（このような「権力」というのは、往々にして「常識」という外衣の下に隠蔽されて、容易に見出し難いものだから）、多様な「文学史」の存在に寛容であることを前提として、私はかつて個別研究の対象としていただけに、格別の愛着を覚えぬでもない巴金が「排除」された「文学史」をも容認しよう。もちろん、単に「巴金」が「先端的」な手法とは縁遠い「古い」タイプの作家だから「排除」する、といった類の庸俗進化論は論外であるが。

このように考えてきて、今日私が構想する「文学史」は、依然として「略論」時期に提唱した、「内在研究」と「外在研究」の有機的な結合を目指すことが確認されたようである。私は当時、両者は「緊張関係」のもとに結合すべきだとしたが、この観点も依然として継承することになるだろう。ただし、如上の原理的な思考を経て、「緊張関係」を支える内容は、人間およびテクストに対する多様な理解と解読の可能性を探求しつつ（「内在研究」）、多様性の承認を「断片化」と野合させることなく、全体性の希求において方向づける（「外在研究」）ことであると、その姿をより明確にしたように思われる。遍在する「権力」の暴力性を敏く察知し、これと拮抗すべき文学史研究の主体性とは、あるいはここに打ち建てられると、私は考える者である。

第一章　一九九〇年代中国の文化批評
――「近代論」と文学史研究の構想(1)

Ⅰ「九〇年代」という時代

中国の文化・思想界、そして文学研究にとって、一九九〇年代とは如何なる時代だったのか。直近の年代の諸現象を十分に対象化して、その「意義」を理解するのに必要なパースペクティヴを、現時点に設定すること、即ち歴史的に評価することは困難だろうが、しかし、私は、「改革・開放」から「天安門事件」を経過した後の数年間に、中国知識人が提起した問題群を整理、検討することこそ、新たな現代文学史テクストを構想する際にも欠かせない作業であると考える者であり、そのような「問題群」を、九〇年代半ば数年間の諸議論に窺われるものと時間の範囲を限定すれば、作業を可能にする条件はほぼ整ってきたようである。(2)本章は、特に中国知識人に見られるモダン理解の特質という問題を関心の中心に据えながら、九〇年代文化批評が提起した問題群の文学史研究に与える示唆について考察することを主な内容とする。

ここで具体的な整理、検討の対象とするのは、一九九三年から九七年までの、一般的には「文化批評」の範疇に帰せられる諸議論であるが、このように、時間の範囲を限定する理由を、簡単に説明しておく。

中国の言論界に「九〇年代」の開始を告げたのは、一九九二年、市場経済の導入を方向づけた鄧小平「南巡講話」

であった。[3] 九〇年代に入って当初の三年間は、八九年「天安門事件」の余波として、政治・社会的には現体制の維持・強化を図る保守傾向＝「引き締め」が見られた一方、かつて八〇年代「現代化」言説を独占した知識人も、政治権力との共謀の破産／主流言説のヘゲモニー争奪に敗北した衝撃を内面化するための冷却期間を必要としたため、世論形成に求心力を生むべき強力な磁場を形成するには至らなかった。この沈滞した状況に一石を投じたのが、九三年から約二年間にわたり展開された「人文精神討論」だったから、九〇年代中国の文化・思想界を概観し、検討を加える際の起点には、当然この議論が置かれるべきであろう。他方、終点に設定した一九九七年とは、汪暉「当代中国的思想状況与現代性問題」が発表されたことにより記憶される。この一文については、その後に続く「新左派／自由主義」論争の幕を切って落としたというセンセーショナルな一面が喧伝されがちだが、市場経済の導入による富強化を着々と実現しつつ、グローバル化に踏み入ろうとしている段階で、九〇年代の諸議論の示した幅が、実は近代中国におけるモダン／モダニティ／モダナイゼーション、および、それらに付随する諸言説に対する理解のあり方の幅であることを分析し、百花繚乱、錯綜する問題群の理解に対して明晰な見取り図を与えたばかりか、革命や社会主義建設といった、それまでは神話化・禁域化されてきた話題まで含め、近代中国の諸「課題」を歴史的に総括したというスケールの大きさにおいて、画期的な意義を持つ論考だった。今日振り返れば、汪暉の議論の登場を境に、以降の様々な議論は、焦点をある程度明確に設定しながら展開されてきたという印象がある。八〇年代においては、文化大革命否定／「改革・開放」言説の支配下に置かれた「現代化」言説だが、ここに至ってようやく厳しい対象化に曝されることとなったともいえるのである。本章が検討の範囲とする九三年から九七年までの時期とは、即ち、今日の中国大陸思想界が一つの焦点を形成する以前の、いわば準備段階であった。従って、この時期の議論は、様々な理論や立場に依拠する「派別」が、様々な角度から、多様な問題をとにかく「洗い出した」という性格が強く、混沌とも形容すべき様相を呈しただけに、却って中国知識人の思考における特徴を、その偏頗や欠陥も含め、如実に窺うべき恰好の材料ともいえるのだ。そして、それがまた、人文学科の構成部分としての文学史研究を性格づけた、重要な要素でもあるとはいうまでもない。

差異性の解消、均質化を支持し、社会、思想を一元化する求心力を生むという、イデオロギーとしての側面について、七〇年代までの「革命」、「社会主義」と、八〇年代の「現代化」は、ほぼ同様の役割を果したにもかかわらず、ポスト文革期の思想コンテクストにあって、両者は対立的なものとして、即ち前者は後者により克服されていくべきものと定位された。文化大革命中の政治、文化、社会に様々な形で現出したマイナス面は、中国がいまだ真の「現代化」を実現していないために残存している封建社会の根強い影響により発生したものであるとして、体制イデオロギーは文革を、本来予定されてあるリニアルな「進化」のプロセスからの一時的な「逸脱」と評価することで、思想的に「決着」させたが、このことは、「革命」、「社会主義」から「改革・開放」、「現代化」へという（無論社会には大きな変化をもたらした）「転換」が、思想的には、制度に正統性を賦与する「神話」の再装置に過ぎなかったことを示していよう。前者が目指した、政治的均質性を紐帯原理とする共同体から、人間の多様な差異性を解放する一方で、後者の目標の一つとされた「民主」や「人権」に「普遍」的価値を認めるヨーロッパ言説に依附する「共同体」への従属が、差異性の解消という意味において「新たな均質化」を導くという「負」の可能性に想像力を向けず、モダンを酷く平板に理解させたのは、ストロングチャイナを夢想して止まぬ、素朴なナショナリズムに支持された、グローバル化へのコンプレックスであったろう。モダンからその逆説性を捨象して、これを中国的コンテクストに支配された「現代」と「翻訳」する限りで、「現代」言説のヘゲモニー掌握者＝知識人は、体制イデオロギーと共謀して、「現代化」制度の構築に邁進し得たともいえる。八〇年代末に両者が一旦袂を分かったのも、飽くまで、かかる「現代」理解の急進性如何を理由とするのであり、必ずしも八〇年代の「現代化」に関する諸議論を経過して、「モダン」理解が深化したためでなかったことは、「南巡講話」以降、市場経済導入の加速が、単純な「全盤西化論」の一時は示し得た「批判性」を無意味化もしくは、体制イデオロギー内部に籠絡することによって、いよいよストロングチャイナの「夢」を現実化しつつある、その後の状況からも明らかである。

直接には、このような外的契機に触発されたものではあれ、確かに九〇年代の文化批評は、八〇年代「現代化」の虚妄を一定程度まで対象化し得たかのように読まれる。しかし、市場経済化の進行と共に、貨幣・資本の論理による人間の均質化・道具化へと、より単純かつ明快に露顕しつつあるモダンの宿命に対するに、これをモダン／モダニティ／モダナイゼーションの本質に関わる問題として焦点化することなく、後に検討するような多様な「問題群」へと拡散させて、曖昧な怖れの予感を表明するに留まっていたことも事実である。いずれ私の関心とは、このような見取り図を先ず大枠に据えた上で、九〇年代に知の表象として定着した観のある文化批評が提起した問題群が、文学研究・文学史研究の領域に帰すべき問題の理解に当たって、如何なる示唆を与えてくれるのか、いい換えるならば、モダンの陰翳に対して、本来最も鋭敏な見者となるべき文学的想像力は、近代中国においてどのような可能性と限界を示したか、という問題の理解に、九〇年代文化批評が示唆的な探究を行っていたか、という点の検証に懸かっているのだが、そのような考察に踏み入るためにも、ともかくも当時の代表的な議論を整理する必要があろう。無論、網羅的な整理など到底不可能なので、前述の「九〇年代文化批評」の起点／終点を両端として、その間を、『『人文精神討論』』（第二節）、「文化批評における多様な議論の錯綜」（第三節）、「汪暉『当代中国的思想状況与現代性問題』による『九〇年代』の幕引き」（第四節）、の三段階に分けて、主要な議論の論点を整理することとしたい。

注釈

（1） 本章は、「文化批評・近代論・文学史——八十年代の『現代化』評価から」（日本現代中国学会《現代中国》第七二号、一九九八年十月）を第一節、第五節に分割して配し、九〇年代文化批評諸議論の内容を整理、評価した第二～四節を書き加えたものである。

（2） この時期の文化批評を彙輯して、「九〇年代」を書名に冠する編集も数種類刊行されている。巻末「主要参考文献」参照。

（3） 「南巡講話」は、鄧小平が一九九二年初から春節にかけて武漢、深圳、珠海、上海を視察した際に、改革開放の堅持と経済成長の加速を呼び掛けたもの。保守派との間の「姓『資』姓『社』」（資本主義か、社会主義か）論争を決着させ、八八年以来の経済調整、八九年天安門事件、九一年ソ連邦解体などによる国際的な孤立、改革・開放政策の失速を、証券市場の開設、上海浦東地区の大規模開発など、市場経済原理の大胆な導入により挽回することを狙ったもの。「講話」は二月末には中共中央二号文件として承認、下部に伝達され、同年十月に開催された第一四期全国代表大会で「中国の特色を持つ社会主義」＝社会主義市場経済路線が確立した。

Ⅱ 「人文精神討論」

「九〇年代」の文化批評は、様々な面について「八〇年代」の対象化を試みたのだが、その起点となったのは前述のように、一九九三年に開始され、二年余りにわたって展開された「人文精神討論」であった[1]。

そもそも「人文精神」という概念を表に立てた一連の文化批評および討論は、一九九三年二月に王暁明（華東師範大学中文系教授）の主宰した座談会の記録が、「曠野上的廃墟——文学和人文精神的危機」と題され、《上海文学》一九九三年六月号に掲載されたことにより開始された。継いで、同年十二月に華東師範大学で開催された中国文芸理論学会第六届年会（当時の会長は王元化、王暁明は副会長）には、討論開始当初の主要な顔ぶれである陳思和、張汝倫、蔡翔、高瑞泉、許紀霖らも参加、ここで議論の方向性が形成された(2)。これを承けて、翌年、北京の雑誌《読書》第三〜七期に、「人文精神尋思録」と総題を冠した座談会が五回にわたり連載されるに及び、影響は全国に拡大したのである。

議論の思想的前提について、王暁明自らが、討論がほぼ終息した九六年初の時点で、次のように整理している。

上海では、九〇年代初から、文芸評論、思想史、哲学研究の領域で、狭い範囲におけるものながら各種の議論が相次いで生まれていた。そのテーマは様々で、中国近現代史、東西文化の差異、モダニティ、知識人、歴史と文化伝統、宗教、教育など、多方面に及んだ。そして九三年秋、議論のポイントは次第に以下の二点に集中していったのである。／第一に、近代以降の思想、歴史の再認識である。今日、知識人は精神の脆弱と無力を痛感している。社会に関与したいという願望こそあるものの、現実を描き、分析し、把握する理論的足場を喪っているのだ。その原因は、価値観を託すべきアイデンティティの空虚と、確固たる個人という立場の欠如にある。いま四十歳前後の知識人は、五四新文化伝統に育まれてきた。彼らが八〇年代に獲得した思考の、基本的な前提の多くは、近代以来の思想、歴史認識を総括する中から生まれてきたものである。従って、アイデンティティ危機に対する深刻な反省は、必然的にこの間の思想、歴史に対する再点検へと彼らを向かわせたのであった。／……第二には、当面する文化状況の再認識である。「歴史の進歩」、「現代化」といった類の「大問題」に対する反省が日々深まるにつれ、知識人も慎重かつ批判的な眼差しで、九〇年代の文化を取り巻く現実を見渡すことができるようになった。その結果、豊かな内容を含んだ話題が多く引き出されることになった。その中の一つが、体制イデオロギーの内在的転換という問題である。八〇年代以前の体制イデオロギーが、主として「革命」神話の上に築かれていたというなら、それは「文化大革命」の破産を契機に、自発的に転換を開始したのである。転換とは即ち、国民生活の「小康」水準達成という新しい神話（ある意味で、それはやはり「現代化」のことである）で、漸次旧来の「革命」神話に代えていこうとするもので、その結果「市場経済」、「改革・開放」、「先ず一部を豊かに」、さらには一定程度の「資本主義」までが、新たに諸々の議論の合法性を示す標識に据えられたのである。(3)

この一段からも窺われるように、討論開始の動機は、文化大革命終息後に、「政治の季節」からの脱却の標識に掲げられた「反思」（省察）にも通じるのだが、無論、それは「知識人のアイデンティティ構築」および「状況批判」という、二つの大きなモチーフから成る、新たな内容が加えられたものであった。

一言でいえば、八〇年代は知識人が「現代化」を主導し得た時期だった。「現代化」のモデルは欧米、日本など「先進」諸国に求められたが、それを紹介／解釈／制度化する役割は知識人のみが担い得たからである。五四新文化運動時代のエリート知識人が試みた、ヨーロッパ的普遍価値を拠り所にした「啓蒙」の試みが、後に続いた「救亡」（救国、革命）によって頓挫した、いわば隠蔽された歴史の蘇りが喧伝されたのも八〇年代で、ここに「現代化」エリート層が形成されたともいえるが、八九年の天安門事件により、言説のヘゲモニーを掌握しつつ、直接に政治権力への浸透を通じて、社会の価値観の源泉であり続けようとするエリート意識は挫折を経験することとなった。王暁明が「八〇年代に獲得した思考の、基本的な前提の多くは、近代以来の思想、歴史認識を総括する中から生まれてきたものである。従って、アイデンティティ危機に対する深刻な反省は、必然的にこの間の思想、歴史に対する再点検へと彼らを向かわせた」と整理した一段に、この「挫折」を、知識人のアイデンティティ危機であると捉えることで、問題を内面化し、更に「危機」の原因を、「知識人」アイデンティティ成立に関わる歴史的な脈絡において考察しようとした、「人文精神」という問題提起のモチーフの一面がよく窺われよう。

もう一つのモチーフとしては、当面する文化状況への批判があった。市場経済導入後に、中国社会は大衆消費型の社会へと転換していくが、この転換を彩るように出現したのが、文芸関係では、王朔の「玩」(不遜で遊戯的な態度)、「調侃」(嘲笑的な態度)、「痞子」(ごろつき)式の小説(4)および彼のプロデュースしたテレビドラマ(5)、そして賈平凹『廃都』(6)といった、通俗的もしくは「轟動効応」(センセーショナルな効果)を外部に装置したテクストであった。これについて王暁明は次のように分析している。

コマーシャリズムに乗った通俗的な文芸作品は、一面で確かに「革命」神話を侵食する作用を持っていた。しかし、別の面から見て、その現実逃避や批判意識を貶める特長は、九〇年代に日々蔓延しつつある、眼前の実利のみを追求し、その他は一切関知しないといった風潮を助長し、たやすく新たな体制イデオロギーに吸収され、事実上「共謀」関係を結んでしまったともいえるのだ。(7)

そもそも、前述のように、八〇年代の中国知識人も、「現代化」プロセス(言説の独占と制度化)の共有という点において、体制イデオロギーと「共謀」関係を結んでいたのだが、「西側」世界との対比において民主や政治の透明化を要求する急進的な部分と、体制維持の力学との矛盾が表面化した結果、八九年の決裂に至った訳である。しかし、「南巡講話」以降、むしろ体制イデオロギー側が、このような「急進性」から、西側モデルの中国への大幅な導入および実現といった、尖鋭的な体制批判に直結する要素のみを捨象し、社会の富裕化という「現実」を、十九世紀以来のモダナイゼーション論議を支えてきた進化論で装い、自らが「急進化」したのである。従って、八〇年代において、知識人の主宰する「現代化」言説と体制イデオロギーが最終的に分岐するデリケートな問題だった、「革命」、「社会主義」神話の承認／脱構築という対立は、九〇年代に至ってほぼ無意味化した。脱構築的言説が、果たして王暁明が分析するように、「現実逃避や批判意識を貶める」という、ネガティヴな形でのみ主流言説を支持したかどうか、あるいは「言論・表現の自由」に関する幻想を散布する、という意味で、より直接的な「共謀」関係を結んだのではないかとすら考えられるが、ともあれ、この間の経緯から「九〇年代アイロニー」とも呼ぶべき事態を窺い見ることができるだろう。「流行文化と体制イデオロギーの共謀関係の指摘、強調こそ、知識人が再び批判的な姿勢に拠って、文化を取り巻く現実に対決すべく新たなステップの開始であろう」と、王暁明が、同時代の文化状況に対する、鋭利な批判精神の発揮を唱えたのも、このような「九〇年代アイロニー」の深刻さの反映だったといえる。

しかし、自らのアイデンティティの標識ともいうべき現実批判の根拠を、批判の矛先を向けるべき対象によって取り込まれるというアイロニーの深刻さは、議論の焦点を、批判精神の再生よりは、むしろ知識人の内面の問題へ大きくシフトさせる原因になったとも考えられる。「人文精神」派の議論に対する批判としては、知識人の主体性／アイデンティティの問題を、内面＝「精神」の問題として論ずる「抽象性」に向けられたものも多かったが、議論がそのような性格を帯びるに当たっては、理由があったのだ。「人文精神」派の標榜した「精神」については、議論の内容を整理する中で、自ずと明らかになるであろうから、以下では、(1)討論の開始を告げた《上海文学》誌上における三回の座談会、(2)議論の展開形としての陳思和の議論、(3)討論の影響を全国的なものとした《読書》の五回の座談会、の三方面から、議論の内容を確認することにする。

Ⅱ―(1)　討論の開始――《上海文学》誌上における三回の座談会

討論の開始を告げた座談会記録「曠野上的廃墟――文学和人文精神的危機」は、《上海文学》の「批評家倶楽部」欄に掲載されたものだが、参加者は王暁明の他に張宏、徐麟、張檸、崔宜明の四名。ここでの討論は、副題にも明らかなように、議論を文芸領域に絞ったものだった。

座談会の主催者である王暁明は、商品経済の大波が押し寄せる中で、文学が社会において周縁化しているという事実は、娯楽が多様化している状況における影響力の相対的な喪失というに止まらず、当今の中国人が精神生活を発展させることに対して興味を失いつつあることの証であると述べる。王は、八〇年代の「先鋒小説」から「新写実主義小説」までの試みには、精神の価値を承認するという前提があったが、今日の文学の周縁化とは、このような興味が後退していることを示す、ただし、それが「危機」と考えられるのは、「後退」に纏わる「羞恥」を淡化すべく、文学の周縁化＝ポストモダン状況＝前衛＝進歩、という幻想に真相が隠蔽されているからだ、とした。特に王朔について批判する張宏は、この「危機」認識を敷衍して、それが創作面においては、伝統的な文学観念の延長線上にある「媚俗」や「自娯」のスタイルとして表現されたとする。自信を喪失した文学は、外在する権威に依附せずにいられないが、従来の強固な「権威」が瓦解した後の、新たな「権威」とは「大衆」、「市場」であり、王朔は一切を「調侃」する権威否定の姿態を採りながら、実際には新たな権威としての「大衆」に迎合して、人生の価値と厳粛性までをも否定、それは結局「逃避」に過ぎないと指摘した。この座談記録中最も反響を呼んだ徐麟の発言は、主として張芸謀が監督を務めた映画「大紅灯籠高高掛[8]」を取り上げて、そこに見られる「玩」の問題を指摘した。徐に拠ると、「大紅灯籠高高掛」は、中国の水準からすれば最先端の技術を駆使して、しかし中国にあっては最も陳腐な内容を表現することで、ハリウッド流のオリエンタリズムに自ら迎合して見せたことになる。「欲望」の復権が主題として据えられるものの、それは西欧においては実存を脱構築する有効な手段として、厳粛な「遊戯」であるが、現時の中国というコンテクストでは、形而上的関心を持たない「玩」に堕し、終には「人文精神」を喪失させることになる。「欲望」の肯定に拠る「歴史」、「歴史性」の脱構築が、モダンの超越的否定という契機を欠けば、虚偽の「ポストモダン」を装った「玩」の快感追求にしかならず、つまりは「後退」である、と指摘したのである。

このように、「人文精神」討論の開始を告げた議論は、専ら「文学的」な内容を中心としたものだったが、《上海文学》「批評家倶楽部」欄は続けて第七期、第九期に、対象を文学に限定しない座談記録を掲載し、議論を発展させた。

第七期に掲載されたのは、陳思和（復旦大学中文系教授）が主催した「当代知識分子的価値規範」という討論で、参加者は陳の他に、厳鋒、王宏図、張新潁、郜元宝。司会を務めた陳思和は、人文精神の問題は、外界に関する批評としてではなく、知識人の内面の審視というレベルから議論すべきである、と討議の方向性を知識人論一般に拡大した。陳は、中国知識人にあっては伝統的に「入世」（現実関与）精神が強調されたため、学術責任と社会責任の混同を生んだが、「現代」の起点である「五四」は学術衰落の起点でもあり、その延長上にある今日の知識人は、八〇年代において、専門学術の知識・学殖に欠ける一方で、社会責任感だけは旺盛に具えるという畸形的発展を示し、その結果、九〇年代の商品経済熱の下で、「何者でもない」存在となってしまった、と二十世紀中国知識人の特徴と限界を大摑みに描き出した。陳思和はそこで、「現代化」が知識人に「人文精神」と社会責任による「制約」を放棄させるものと考えるのは、自己の矮小性への投降に他ならず、今日にあっては、イデオロギーを基軸に据えた価値規範への依附から、知識人自らの手による文化価値規範構築へ、啓蒙意識から脱却した文化批判を知識人の方法とし、現実における効果の如何から切断された「批判」を常に世論に投げかけよ、そのためには、先ず自己の内部に価値規範を確立せよ、と提言したのである。

陳思和の発言が、中国知識人の特性を二十世紀という時間の幅で捉え、そのアイデンティティを対象化せよと問題を提起したにもかかわらず、他の参加者は、やはり目下当面する知識人の社会的地位の低下＝周縁化と、変容する社会への不適応といった問題に関心を集中させていた。厳鋒は「敬業精神」の衰落を問題にして、それは「知識人」概念におけるコノタシオンの増大／デノタシオンの後退、の表現であり、「知識人」を定義する際の内実、即ち「主体性」の構築こそ必要とした。郜元宝は、知識人の「知識」への関わり方について述べ、今日の知識人は、知識を商品化するか、あるいは「絶学」の継承に向かうか、厳しく選択を迫られているが、外部より侵すべからざる独自のディスクール構築の基礎は知識に対する尊重だとした。知識人のアイデンティティの表象として、陳思和同様に「批判性」を主張したのが張新頴である。張は、知識人の周縁化とは、社会の多元化に付随した相対的な現象であり、社会の富裕化の結果、教育が普及し、伝統的知識人のアイデンティティ／権力の根拠であった「知識」を独占できなくなった段階で、なお「人文精神」が個人を超越し、知識人全体の表象となる契機を含むとすれば、そのような「精神」は社会から距離を保ち、批判的な立場を保持することにより表現されるべきだとした。王宏図は、文化建設には社会的な余力が必要であり、当面する知識人の問題は、エリートのみの問題というより、「群体」としての「知識人」全体に拡げて考えるべきだと指摘した。

これまでの二つの座談会は、いずれも上海で行われたもので、参加者も華東師範大学、復旦大学の若手教員だったが、続いて《上海文学》第九期では、北京の文学研究者が「人文学者的命運及選択」と題して座談会を行った。これは陳平原（北京大学中文系教授）が司会を務め、銭理群、趙園、呉福輝が参加した。この座談会の内容は、陳思和らの座談会と重複する部分もあるが、討議のテーマは学術研究、それも人文科学を取り巻く状況と見通しに絞られている点が特徴である。

司会者の陳平原は、今日の人文系研究者が、旧来のありようのままに留まることができず、「専業」＝職業的研究者へ転化する過程にある、と認識する。人文系研究者はそもそも「価値観」に強く影響されているため、「経世致用」への傾斜、社会の価値体系を掌握しているとの錯覚に囚われてきたが、その表象こそ啓蒙・道徳・良心といった言説であり、かかる「伝統」が負荷となり、今日の「転化」を緩慢にしている、今世紀、学術の主体は、「個体」から「計画」へ変わってきたが、今後は市場に主導され、「専業」研究と、社会・市場と接点を保つ文化批評の両極に分化、そこへ更に、学術の貴族化・学際化・大衆化といった問題も浮上するだろうから、従来の学術体系の欠如・欠陥を補塡して、これを完善たらしめる方向には赴かないであろう、との見通しを述べた。銭理群は、知識人の「中心」幻想を指摘する。知識人が位置すると自任してきた、社会の価値観念形成における「中心」とは、実際には自己の強制的な改造や歪曲を通して実現してきたものではないか、このような「自己神格化」は悲劇である、「周縁化」は本来の自己存在の還元であり、自己認識の好機ではないか、と述べる。一方、学術の純粋化＝「学院化」にも陥穽があり、それは社会生活からの離脱である。人文学は、現実的な問題関心と、形而上的・超越的価値の追求を結合すべきであり、純粋な思索は思想家の任務である、今日では、旧来の啓蒙観念を読み替え、メセナや自前のメディア設立などまで視野に入れるべきだ、と指摘する。最後の点に関しては、趙園も商業経済を学術研究の対立面とばかりは考えず、積極的な連携の可能性を予想している。即ち、市場は文化に対して、破壊と建設の両面を持ち、学術普及の好機を提供するかもしれないので、学術に道徳的な特権を賦与せず、先ずは発想の転換が必要だということである。呉福輝も学術と商業経済の連携を評価する。今世紀前半の学術は現実服務型・多元型、後半〜八〇年代までは政治服務型・一元型であり、今後、大勢としては商業・政治混合主導型・多元型へ向かう中で、一部学院派が純粋学術の継承を目指す、との見通しを述べた後で、学術の独自性保持という点からは、政治よりもむしろ商業メディアへ依拠した方がよい、今後の学術は、政治型／商業型／純粋学術の三者から構成されるだろう、と予想した。

このように、「人文精神」討論開始初期における議論を見ると、王暁明の概括のように、「近代以降の思想、歴史の再認識」、「当面する文化状況の再認識」という大枠内で問題提起されていたことは確かなようである。無論、座談会という形式に実証的な分析作業は期待すべくもないが、その後の議論において、例えば「学術」の諸分野を網羅しての、歴史的な視野に立った今日的な問題群の対象化が、実証的な作業を基礎として十分に展開されたとはいい難く、また「当代知識分子的価値規範」座談会において王宏図が指摘したような、一部エリートにおける尖鋭的な問題のレベルを超えて、「群体」としての「知識分子」一般にまで訴求する議論を展開し得たともいえない[9]。結局、議論は、従来言説へゲモニーを独占したエリート人文系知識人が、富裕化に伴う社会の多元化の中で、如何にアイデンティティを再構築するか、という、所謂「知識人論」の範疇に収斂していったのである。

Ⅱ―(2)　議論の展開形――陳思和の中国知識人を巡る議論

とはいえ、議論が全く抽象的なレベルに終始した訳ではなく、例えば陳思和が九三年中に発表した二篇の論文「試論知識分子転型期的三種価値取向[10]」および「民間的浮沈――対抗戦到文革文学史的一個嘗試性解釈[11]」などは、知識人のアイデンティティを巡る諸議論の中でも、歴史的な視野の広さと分析の明晰さを備えながら、研究専門領域に密着した実証性から遊離することのない、最も良質の議論だったといえる。

「試論知識分子転型期的三種価値取向」で陳思和は、「廟堂意識」、「広場意識」、「崗位意識」という概念を設定する。これは、中国知識人の主たるメンタリティを規定した意識のありようを指す概念であり、歴史的な概念でもある。

「廟堂意識」とは、「政」、「道」、「学」が独立した価値として存在し、それぞれの伝統と系譜（「政統」、「道統」、「学統」）の一体化が理想状態とされた古代君権社会において、「道」、「学」の主宰者たる知識人（士大夫）が、「政」との間に繋いだ主流意識をいう。知識人、特に儒家は、君権に依附したのではなく、「道」に忠実であり続けようと、「道」を支える「学」の伝統の継承と発揚に努め、これが知識人を凝集させる力として働いたのである。この価値観が「政」と対立する局面が生じると、知識人は「廟堂」の門が開かれるまで、「民間」に退く。この概念自体は、明らかに余英時の一連の論考に多くを負っていよう。[12]「広場意識」とは、ウェスタン・インパクト／王朝体制の終焉と共に、「政統」への参加＝廟堂／拒絶＝民間、という行為モデルが崩壊した後、知識人の間で主流となった意識。多様化した社会生活の中で、知識人は知識の商品化に直面するが、数千年にわたり独占し続けてきた言説主宰者の位置から後退し、周縁化することには抵抗する。そこで、二十世紀初頭から五四時期に至るまで、伝統学術の独占から西欧学術の独占へとシフトすることで、「現代化」言説のヘゲモニーを獲得、「広場」に立ち、「愚昧な大衆」を教化する「啓蒙」を武器に、「廟堂」復帰を志向したのである。これより後、今日に至るまで、中国知識人は「広場意識」に囚われて、知識人の主体的価値を、特に自らの職業・専門領域と関連づけて構築することはなかった。そのような「価値」は、常に外在的な規範に依附することで先験的に保証されると考えられたため、思考の対象にすらならなかったからである。「崗位意識」とは、それぞれの「崗位」（持場）に即して、人文精神の脈絡を保持すべく自己の内部に価値規範を確立するという、「広場意識」から脱した後に、知識人が拠るべき「主体」意識として想定される意識／行為モデルである。

　明らかにこの議論では、封建王朝体制の崩壊と、ポスト文革／ポスト八〇年代を、価値観一元化の局面からの脱却／アイデンティティ喪失という思想課題を共有するアナロジーとして捉えているだろう。しかし、プレモダンからモダンへ移行する過程において、既定のアイデンティティから解放されることは、「よりよい状態」への「進化」と観念されながら、同時にアイデンティティ喪失を導くという逆説が存在するのだが、このような逆説が、中国知識人の「伝統士大夫」から「現代型知識人」への転化の過程には、恐らく表面化しなかったであろう点に、陳は言及していない。「廟堂意識」から「広場意識」への転換に当たって、自らのアイデンティティ喪失が「よりよい状態」への「進化」と不可分であるとのジレンマを持たなかっただけに、二十世紀初頭から一九二〇年代の知識人は、独占すべき言説の種別を「儒家」から「西欧」へと架け替えることで、「廟堂」への復帰を志向し得たと、そのメカニズムは説明されるべきであった。即ち、この時期における知識人のアイデンティティ喪失を巡る状況は、その成員に政治的均質性を強要した政治共同体から「解放」されながら、「現代化共同体」を再構成し、アイデンティティの主体的な構築を許さなかったポスト文革＝八〇年代や、「九〇年代アイロニー」により、知識人をアイデンティティの真空状態に放り出したポスト八〇年代とは決定的に異なるので、これらがアナロジーを構成すると、議論を単純化することはできないと思われる。もっとも、王暁明がいうように「いま四十歳前後の知識人は、五四新文化伝統に育まれてきた。彼らが八〇年代に獲得した思考の、基本的な前提の多くは、近代以来の思想、歴史認識を総括する中から生まれてきた」のであるから、陳思和が自らの実感に発して、差し当たって対象化を目指したのは、従来「輝ける革命史」と共に語られてきた「現代知識人」の「広場意識」だったというべきで、その主張の眼目も、「九〇年代アイロニー」によるアイデンティティの真空状態を経過して、「政統」への接近／「廟堂」への回帰を志向する「共謀」は結局破産するほかない、と、知識人にとって「共謀」の元手ともいうべき教化型の啓蒙の虚妄を指摘することに置かれていたのだろう。この議論では、歴史的な概括の肌目の粗さが、却って切実な問題意識の内面化という傾向性を露わにしていたかもしれない。

「試論知識分子転型期的三種価値取向」においても陳思和は、「廟堂意識」について整理した部分で、知識人の「陣地」としての「民間」に言及していたが、この概念を更に具体的に規定した上で、抗戦期から文革までの文学史理解に適用した論文が「民間的浮沈――対抗戦到文革文学史的一個嘗試性解釈」であった。陳はここでも知識人のアイデンティティ一般に関する考察を行っているが、そのような作業を基礎に据えながら、主たる関心は自らの専門分野における個別研究の充実に強く方向づけられており、その文学史研究への執着振りからは、後年、やはり《上海文学》誌上に、九〇年代半ば以降の中国社会に出現した富裕階層に関する、陳と王暁明の公開往復書簡が掲載された際、文化批評一般に傾斜する王に対して、陳が文学研究という「崗位」の堅持を勧めたことなども想い起こされる。[13] 確かに陳思和の九〇年代の仕事は、文学史記述の様々な切り口の開拓を中心としていて、差し詰めこの論文などがその嚆矢であったろう。その論旨は、概ね以下のようなものであった。

陳の定義では、「民間」とは「国家」に対置される概念であり、「民間文化」とは、国家権力のコントロールする空間の周縁部に存在する文化形態とされる。二十世紀以来、西学東漸により学術、文化は、「国家権力の支持する政治イデオロギー」、「知識人主体の外来文化」、「民間文化」に三分されたのだが、抗戦時期までは、三者は分裂状態にあった。「民主」を標榜した五四新文化運動も、「廟堂」復帰を企図する功利主義から脱することができなかったため、民間は依然征服さるべき植民地として軽視され、民間文化も、知識人によるエリート文化の伝統からは排除されていた。ところが、全国規模で大衆の動員が要請され、知識人の大規模な移動が起こった抗戦時期、新文化伝統は各地域で挫折した。抗戦は知識人に民間のエネルギーを自覚させたのである。そこで、新文化運動内部に分化が起こり、一部は民間文化へ接近した。新文化運動の分化の例が、「民族形式」に関する論争だった。教条的マルクス主義は、政治的意図に基づく民間の「利用」を企図し、これに対して胡風は国民党統治地区にあって五四新文化のエリート伝統の堅持を唱え、王実味は、解放区＝政治権力内部で新文化伝統を保持しようとして粛清される。また、権力の民間利用を背景として「趙樹理現象」が現出したが、政治的な功利主義、そして趙樹理の主観的な意図を超えて、「民間」は「利用」に甘んじない独自の生命力の発現を示し、その結果、趙は政治権力と民間の間で引き裂かれる悲劇に見舞われた。即ち、独自の審美感として表現される民間の生命力とは、「隠形結構」として、文化状況の表層に顕在化することなく存在し、政治的な「利用」や図式的な理解を超えて、不断に浸出してくるものである。民間の生命力は、文革時期には隠微な形でしか発現することはなかったが、八〇年代になると、「尋根文学」などにおいて、個の欲望への凝視、もしくは解放／肯定を根拠として、歴史の「法則性」支配を脱構築する形で顕現した……「民間的浮沈」の要旨は概ね以上のようにまとめることができよう。

このように、「民間的浮沈」では、政治権力による言説支配を相対化し、無効にさえする文化基層としての「民間」概念の提示を主眼に置いた叙述がなされている。従来の文学史記述において、四〇年代解放区の文芸思想は、マルクス主義文芸思想の土着化形態の主要な構成部分として「民族形式」を主張したと捉えられがちだったが、陳の分析が、マルクス主義およびその主張する文芸思想も本質的には新文化伝統から派生した外来思想であり、民族形式採用の主張も、政治的意図に基づく「利用」に過ぎず、「民間」の本源的な部分とは相容れないもの、としたのは新鮮である。それを例証すべく、政治権力による「民間利用」の例として「趙樹理現象」を挙げ、しかしこのような意図的な「利用」が「民間」に復讐された例として「趙樹理の悲劇」を取り上げた点、さらに、政治的「利用」の意図を逸脱して現れてくる「民間」の生命力として、人物配置や対話の設定に関する独自の審美感が、革命現代京劇『沙家浜』や『智取威虎山』のような「政治的」テクストにおいても、イデオロギー的図式に変形させられることなく踏襲され、却ってこれを隠微に支配するとした分析も説得力を持つ。一方、胡風が堅持しようとした、五四新文化伝統の「正統」

の帰趨については、議論の後半に到って後景に退いている、という不均衡も存在する。陳の「民間」概念析出の出発点には、五四新文化伝統の重要な構成要素だった外来文化が、政治権力＝体制イデオロギーを強化すべく「利用」されて、その批判性を喪失したため、基本的には五四新文化伝統により構築された知の構造に育まれてきた知識人がアイデンティティの根拠を見失うという事態が、四〇年代より一層複雑な様相を呈して生じたポスト文革時期＝「改革・開放」、「現代化」時期を経過して、如何に自らの知のありようを対象化して、「虚妄」の「広場意識」から脱却、「崗位意識」を確立するか、という今日的な、しかも切迫した問題意識があったはずなので、四〇年代後半以降の文化状況を、政治権力（主として解放区を支配した共産党政権）と民間の二つの極から成る構図に一挙に収斂させたのは、今日的な問題提起性によって保証されていた議論のリアリティに影を落とす単純化といわざるを得ない。そもそも、「九〇年代アイロニー」として現れた、九〇年代の政治権力による知識人言説（それはある程度まで西欧起源のものである）「利用」を対象化し、現実の社会における「崗位」構築の可能性を模索するという、今日的な動機（前章で指摘した「外在」的な「脈絡」に違いない）に支持されなければ、このような文学史再編の見取り図も、結局歴史「事実」の解釈についての有効性如何を競うモダニズムに籠絡されてしまうのであり、すると、「民間」概念が分析概念として実証的な検証に耐え得る厳密性を欠くという、モダニズムからの批判にも応え得なくなってしまうのである[14]。

陳思和の議論は、九〇年代知識人のアイデンティティ危機の原因に関する、「二十世紀」という枠での、原理的ではあるが実感に裏打ちされた考察と、そこから得られた仮説の、自らの専攻領域である「文学史研究」における検証を結合させようとする試みだった。恐らく、「民間的浮沈」において趙樹理や革命現代京劇に対して施したような解釈を多くの事例に就いて施し、集積することで、新たな文学史テクスト記述の可能性が、一層明確な形を採って浮上してきたであろうし、それは一九八九年に一旦は「挫折」した観もある「重写文学史」の完成に繋がったかもしれないが、そのような動きが直ちに文学研究領域全体に拡がることはなかった。しかし、更に問題とすべきは、同様の作業が、文学研究および、精々思想史研究の範囲で試みられるに止まり、その他の学術分野に波及しなかったことである。それは、九〇年代も通過して、中国学術伝統の基盤ともいうべき「人文性」を根拠とするだけでは解釈し難い複雑さを示す今日の文化状況に向き合う態勢を、当時において終に整えることができなかったということではないか。陳思和の試みが当代中国の知の構造に対する有力な反措定たり得なかったことは、ある意味で、最早「中心」的な求心力など存在し得ない言説空間の変質、そしてエリート知識人言説の周縁化の反映とはいえ、実は「人文精神」討論自体の限界に由来するものだったのかもしれない。

Ⅱ－(3)　《読書》誌上での連続座談会

「人文精神討論」公開の方針を打ち出した一九九三年十二月の「中国文芸理論学会」第六届年会は、ほぼ一日をこの問題の討議に充て、メディアの選択、テーマ設定（当初は七つ挙げられたが、実際は五つになった）、「連環式」討議の形式なども決定された。当初、公開討論の場として南京《鐘山》誌も候補に上がったが、全国的な流通や影響力を考慮して、結局編集者も学会に参加していた北京三聯書店《読書》が選ばれたという(15)。

《読書》誌上には、翌年の一九九四年第三期から第七期までの五回にわたり、「人文精神尋思録」の総題を冠して座談会記録が連載され、第八期には三組の投稿が掲載された。座談会はそれぞれ四名が参加、五回の討議にのべ十六名が参加した（張汝倫が三回、陳思和・郜元宝が各二回登場）。登場順に名前を列挙すれば、以下の通り（所属は当時のもの）。

張汝倫（復旦大学哲学系）、王暁明（華東師範大学中文系）、朱学勤（上海大学中文系）、陳思和（復旦大学中文系）、高瑞泉（華東師範大学哲学系）、袁進（上海社会科学院文学研究所）、李天綱（上海社会科学院歴史研究所）、許紀霖（華東理工

大学文化研究所）、蔡翔（《上海文学》雑誌）、郜元宝（復旦大学中文系）、呉炫（南京師範大学中文系）、王幹（南京《鐘山》雑誌）、費振鐘（南京《雨花》雑誌）、王彬彬（南京軍区創作組）、季桂保（復旦大学哲学系）、陳引馳（復旦大学中文系）。参加者の専攻は、十名が文学（中国古典文学、西欧文芸理論専攻が各一名）、哲学・思想史が五名（西欧哲学・思想史専攻が三名）、歴史が一名（中国近代史専攻）という内訳で、著しい偏りがある。「人文精神討論」は、上海・南京の、しかも文学者を中心としたごく一部の人文系研究者が主導したという印象の散布は、後に現れた反響に典型的に見られたように、討論が「言説へゲモニー争奪」を企図したものと誤読された主たる原因だったろう。もっとも、実際に、討論は一部人文系研究者の範囲で行われるに止まった訳で、討論の偏った組織の方法が、討論の可能性に限界を設定したのも確かであろう。

《読書》誌上討論は《上海文学》同様、座談会記録の形式を採った。第一回は「人文精神――是否可能和如何可能」と題され、張汝倫、王暁明、朱学勤、陳思和の四名が参加。この四名は、「人文精神討論」の実質上の発起者であり、大枠の問題設定も、基本的な認識や立場を共有する彼らが行った。即ち、第一回は基調報告としての性格を備えるものであった。

カントを中心としたドイツ観念論哲学を専攻する張汝倫は、哲学は人生の智慧を追求しつつ、形而上学としての主要な特徴と内容を構成する所の、深い「終極関懐」（超越的価値への関心）を必要とし、それを体現するのが「人文精神」とした。知識人の「人文精神」が漸次淡化・失墜したために、学術界は長期にわたって「終極関懐」に関わる「真の問題」を提示できずにきたが、今日の文化状況にあっては、文化それ自体より、その背後にある「人文精神」と人文価値の喪失こそが問題であり、先ずはそれがどのようにして喪失したかを問い直すことから始めなければならない、「人文精神」の提唱は、歴史的な産物である価値の体系や規範の提示ではなく、歴史性の背後にある「精神」

に注意を喚起することである、「人文精神」を欠いた人文学術は、生命力の枯渇に見舞われ、功利性が重視される社会では周縁化するほかない、これこそ人文学術の根本的な危機だと、張は主張した。張汝倫の発言中、後に至るまでしばしば議論の対象とされたのが、その「普遍主義」に関する主張であった。張は、歴史主義と文化人類学が普遍主義の「神話」を動揺させたが、全てが相対的な関係性の裡に解消させられるなら、人類に正義や真理はなくなり、ヒットラーとガンジーの区別もつかなくなる、普遍主義者は普遍主義の立場を放棄すべきではない、との立場から、普遍主義を救済する唯一の方法として、普遍的に承認される論証ルールを規定せよ、ルールを満足させる規範と命題こそ普遍的に有効であり、人はこのルールに遵って一致に達することもできる、ハーバーマスはルールに遵った「対話」により普遍主義を救済する戦略を唱えたのであり、真の「対話」の結果、人はガダマーの所謂「視界融合」に到達し得る、と述べたのである。

王暁明は、張のいう「終極関懐」の消滅とは、知識人が種々の「虐待」を蒙った後に陥った、精神的「侏儒化」、「動物化」の、最も深刻な表現であるとする。ただし、「終極関懐」の闡釈は、言説の独占という権力の行使において、歴史的には現実の政治権力と密接に結びつき、抑圧的に機能してきたので、今日の「終極関懐」追求に当たっては、差し当たって「個人性」が強調されねばならない、人文学者が学術研究を通じて最終的に表現すべきなのは、生の意義に関する個人の体験と思考である、「終極関懐」への関心を、それを希求する内面の志向性と獲得へ向けた不断の努力と解釈すれば、「人文精神」とはそのような関心の表現であり、実践と分かち難く、つまり実践に対する個体の自覚としてもよい、と、王は「人文精神」の「個人性」を強調した。

陳思和は、Ⅱ－⑵で整理した二篇の論文で展開されていた観点を敷衍する形で、議論に加わっている。「廟堂」復帰の可能性がなくなった二十世紀後半、知識人は自覚的に時代から距離を取り、学術の純潔性と超然を保持しようと企図したが、このような学術研究は「技術的」なものでしかあり得ず、「人文研究」ではないし、人格の萎縮をもたらす。即ち、「人文精神」とは、時代との対話もしくは齟齬からしか生まれ得ない、というのである。知識人を統合する求心力を生む「廟堂」が崩壊し、価値観が多元化した今日、「廟堂」以外に「崗位」を構築できるか、「人文精神」を発揚できるか、自らの人格を形成できるかといった問題が、知識人には突きつけられている訳だが、現代に生きる知識人として、安心立命の場所は何処にあるのか、自らの「崗位」を、如何にして人文伝統と疎通させるか、自分にとっては、そのような自らのアイデンティティに関わる問題にこそ関心がある、ヨーロッパ知識人には宗教があるだろうが、我々には五四新文化運動により打ち建てられた、行為準則としての、社会的な使命感と正義感しかないので、「終極」に関心を寄せる際には、これを超えた根拠が必要である、とした。

ルソーを中心としたヨーロッパ社会思想史を専攻する朱学勤は、近年来思想史研究領域で提起されてきた様々な問題、例えば知識人の周縁化、五四時期の反伝統、ラディカリズムと保守主義などは、中国の思想史研究者が内発的に提起したものではなく、いずれも海外からの輸入品であり、形而下的要素に満ちた現実のコンテクストから成る社会変遷史を、深遠な形而上的思想史に解釈することで、思想史の内縁性（内発的な問題提起能力としてもよい）を萎縮させるものだと指摘する。朱は、張汝倫が「人文精神」は最終的には普遍主義に行き着くとする点、王暁明が普遍主義は人文原則に規定され、現実において個体主義であるべきだと限定した点に賛成し、この二点の他に、「人文精神」の「実践性」を強調すべきとする。人文学者と「技術的」学者の差は僅かかもしれないが、この「僅か」な違いこそ、堅持することが困難であり、かつ必ずや堅持すべき最後の一点である、即ち、一個の人文学者は自らの専門研究を着実に遂行しつつ、絶えず現実に眼差しを注ぎ、同時代の人文環境に関心を寄せるべきであると指摘した。

これらの論調が、かなり抽象的なものに映るのは、座談会記録として本来二、三万字あったものを八千字程度に圧縮したことも影響しているだろう。[16] しかし、彼らの発言を注意深く読めば、その背後に存在する現実的問題関心の切迫と、彼らが現実の政治、社会、文化コンテクストを強く意識しながらメッセージを発していることが読み取れるはずである。例えば、王暁明が「終極関懐」の闡釈権は政治権力と一体化してきたという際、そこでは毛沢東時代の一元的イデオロギー支配と、八〇年代知識人の現代化エリート意識との間に通じる気脈が意識されていただろうし、朱学勤の「人文精神」における「実践性」強調には、「実践は真理検証の唯一の基準である」と提唱する体制イデオロギーの「利用」という戦略性すら仄見える。また、張汝倫の「終極関懐」強調、陳思和の「個人性」強調は、かつての政治的集団性が解消された後に、功利主義に支持された新たな「集団性」が浮上してきた、九〇年代初頭の社会状況を意識していたと考えられるのである。続けて、他の四回の座談会についても、内容を簡単に整理しておくが、それらについても、テクスト外表の抽象性にのみ目を奪われては、誤読に陥るという点を指摘しておきたい。

第二回討論（「人文精神尋踪」）には、高瑞泉、袁進、李天綱、そして第一回に引き続き張汝倫が参加して、主として十九世紀末から五四時期までの思想状況に即した議論を展開した。この討論のキーワードは「遮蔽」（隠蔽）である。タームを提出したのは、中国古代・近代哲学を専攻する高瑞泉だが、彼は、二十世紀中国精神史を見渡せば、「人文精神」の「失落」（喪失）は確かにあったものの、一方で「生成」も見られた、しかし、それは「曇天の星の如く、常に幾重にも『遮蔽』された」のだという。参加者はそれぞれの専攻領域に即して、「終極関懐」を具えた者として、王国維、蔡元培、陳寅恪、梁漱溟、譚嗣同、梁啓超、章太炎、康有為らの名前を挙げるが、彼らの「終極関懐」が「遮蔽」された原因については、功利性偏重の思想背景およびモダナイゼーションと共に進行する「工具理性」と「価値理性」の分裂を指摘するに止まる。

第三回討論（「道統、学統与政統」）には、許紀霖、陳思和、蔡翔、郜元宝が参加、中国文化における「道」、「学」、

「政」について分析しながら、「崗位」構築の前提として、とりわけ「学統」の重要性が強調された。計画経済、市場経済、いずれの体制下にあっても、知識人の「学統」と「人文精神」は、外部の権力に依附することで、独立した意義を失ったとされる。許紀霖は討論を総括して、学術の独立性と「人文精神」再建のために、先ず伝統的な「道統」中心の知の構造を脱構築して、学術をイデオロギーの束縛から解放し、「人文精神」に政治機能を超える独立した意義を具えさせなければならない、「人文精神」とは、多元化社会の新たな文化的統合・相互理解の原則として、また形而上的な「終極関懐」を志向する際の思想資源となるもので、即ち、新たな「道統」である、それは形而下レベルで「人文精神」を現実化する「学統」、「政統」と、平等・互恵的な関係を結ぶべきである、と主張した。さらに、「人文精神」が個人にとって、どのような形で実現さるべきかという問題は、さして重要ではなく、外部の権力を相対化する信念を持つことこそ重要なのである、とも述べている。

第四回討論（「我們需要怎様的人文精神」）には、南京から呉炫、王幹、費振鐘、王彬彬が参加。今日の状況に相応しい「人文精神」を構築する際、伝統思想が資源になり得るかという問題について、主として儒家思想を巡って議論された。この討論でのキーワードは「否定」、「反抗」である。儒家や道家、外来の宗教思想であった仏教にせよ、いずれも世俗的要素が濃厚で、自らの価値観構築に際してこれらに依拠した知識人は、常に受動的であり、世俗文化の中を循環し、その社会的役割も常に「代弁者」であり「附属者」に過ぎなかった、清朝乾隆・嘉慶時代の考証学に代表される、純粋学術志向は、「終極関懐」を欠いたもので、人類に対する関心を具えるべき現代の知識人の参照系とはならない、今日の知識人は、「崗位」を構築するというより、むしろ世俗を相対化する高みから、否定・批判性を発揮すべきである、との主張が展開された。

第五回討論（「文化世界――解構還是建構」）には、張汝倫、郜元宝、季桂保、陳引馳が参加。ここでのキーワードは

「解構」（脱構築）と「文化建設」だった。郜元宝は、中国の近代以来の思想文化では、「価値」、「意義」の主体的な構築が行われず、伝統の循環に終始するという、ある種のニヒリズムに囚われながら、それを対象化することさえできずにきたという。陳引馳は、近代以来の「現代化」言説の主要な関心は「道」にはなく「器」にあった、五四時期に喧伝された「民主」や「科学」ですら、文化理想、人文価値への関心や構築に結びつくことはなかったとする。季桂保は、八〇年代の「文化熱」も、文化そのものの意義、主体的な文化価値の構築には繋がらず、新奇な方法の輸入に終始した結果、文化を功利主義の表象へとイデオロギー化してしまったと指摘した。九〇年代以来の脱構築の流行は、脱構築すべき文化的主体を欠く中国にあっては、意味を持たないものである、文化を主体として、それ自体に価値を見出す理性的精神を養い、理性的「対話」を通じて、自由な文化創造の空間を構築してこそ、知識人は批判の根拠を獲得し、自己の価値を実現できるのである、との主張が展開された。

この五回の討論を経て、「人文精神討論」は全国の知識人の関心を集めることとなった。賛否を交えた、様々な立場からの反響がメディアを賑わし、ここに言論界は、八九年の天安門事件以来託ってきた沈滞から脱することとなったのである。[17] そのような反響も含めた、「人文精神討論」後の言論状況については次節に譲り、先ずは私がこの五回の討論に対して覚えた不足を、二点記しておく。

第一点として、議論が散漫で、掘り下げに欠けることがある。連続座談会は、参加者を入れ替えながらの「連環式」の討論形式を採ったが、各回の中心的な話題はそれぞれに異なり、特定の話題に関して、回を追って議論が深まることはなかった。また、一つの討論の中にあっても、重要な指摘が行われながら、それを巡って十分な討論が交わされることなく、立ち消えになる例も見られた。例えば、第二回討論において提示された、李沢厚の「啓蒙／救亡」モデルに対する批判がある。李天綱は、陳独秀、瞿秋白、郭沫若らが、五四運動の勝利を承けて文化啓蒙から政治革命へと転進した例に関して、彼らとて政治運動の中で自らの人文理想を追求したのであり、たとえその後、理想そのものの喪失に見舞われたとしても、その文化建設にかけた理想自体の真摯は疑えない、彼らは主観的には理性的だったとした。これに関連して、張汝倫は、「啓蒙／救亡」は対立的に主題を構成しない、実際には「啓蒙」も「救亡」を主題としていた、そもそも中国近代において「啓蒙」それ自体が目的化されることはなかったのであり、「啓蒙」も「救亡」の手段に過ぎなかった、と補足した。さらに張は、ヨーロッパにおける「啓蒙」と「救亡」に対応する概念として、民主主義とナショナリズムの関係は対立的ではなく、内在的な血縁関係にあったが、中国近代においては「民族解放」を自己解放の手段とする思考が、功利主義に圧倒されて芽生えなかったとする（詳しくは次章で論ずるが、私はこの指摘には疑義がある）。いずれも、「啓蒙」か「救亡」かといった二項対立要素の消長に単純化された歴史の様々な局面からは抜け落ちる、知識人の主体性の問題を指摘したものであった。指摘の当否はさて擱き、少なくともここでは、歴史現象の図式的な理解をよしとせず、個人の主体性という要素を考慮した歴史の内在的な認識、という問題が提起されているのであり、それは知識人が内面において価値規範を確立しつつ、外部世界の闡釈に批判精神を発揮し得るか否かという、「人文精神討論」全般にとって本質的な問題に連なっていたにも関わらず、そこから議論が発展することはなかったのである。

第二点としては、参加者の専門領域における具体例に即した議論が行われることが少なく、その結果、自らの知識人としての「実感」と歴史的鳥瞰を性急に結びつけた、抽象的な議論の多くなったことが指摘されねばならない。私自身は、討論に多く参加した文学研究者や編集者が、個人のレベルのみならず文学研究や創作というそれぞれの専門領域において、どのような「実感」を得、それを出発点として専門領域全体の、更には人文学全体に関わる問題一般へ突き抜けているか否かという点に興味が向くのだが、これらの討論では、そのような中間の実証的な分析が希薄もしくは殆ど展開されていないのである。例えば第二回討論で袁進は、トルストイやドストイェフスキーが、中国ではその「終極関懐」に関わる部分を捨象して受容されたことを例として、全てが「国民性」問題に還元されるという、外国文学の「功利的」受容について指摘しながら、そのような「誤読による受容」という角度から文学史、ひいては近代中国知識人の精神史を展望させる方向に展開することはなく、残念である。第三回討論においては、当代文学が話題になり、蔡翔は文学が商業と結合した結果、「媚俗」傾向が生まれ、「中産階級」の生活ばかりが描かれるようになった、「終極関懐」や、作家の精神性、現実に対峙する人格の問題が文学の主題になってもよいとしたが、これに対して郜元宝は、目下の作家はイデオロギー化された精神体系に対する反抗の水準に留まり、自我を超越した「終極関懐」を正面から主題化するまで成熟していないと述べ、また第五回討論では、七〇年代までの文学のイデオロギー化を否定する立場において自らの対立面と同様にイデオロギー化したため、文学の多様な可能性に対しては却って抑圧の機制として働いた、「新時期文学」のある種統一的な局面が、「後新時期」に至って、必ずしも「先鋒文学」、「後現代文学」が「脱構築」した訳でもなく、自然と瓦解したといい、いずれも当代文学の「自律性」に着目した発言を行っていた。このような指摘が、例えば袁進の指摘と連結してこそ、中国文学の特質に鋭く肉迫した新鮮な文学史像も姿を見せただろうが、所謂「連環式」という討論形式は、それぞれに独立した問題意識を有機的に連結して、更にスケールの大きな問題意識に向けて開いていくには、余りに散漫な形式だったことは否めない。

このような不足はあるものの、全国的な規模で知識人を「九〇年代アイロニー」の困惑から多様な議論の場へと解放して、九〇年代言論界の新たな出発を告げた点で、「人文精神討論」は、今後も記憶さるべき大きな意義を持ったといえよう。討論発起者の立場からする、王暁明の総括的評価を掲げてひとまずの結びとしたい。

現在から見れば、こういった意見はいずれも曖昧に過ぎるし、あるものは踏み込みが足らない。だが、ここには討論の二つの基本的特徴がはっきり示されていると、私は思う。第一に、討論が現実に存在する精神面の危機に直接矛先を向けた、九〇年代知識人の親身の体験に源を発したもので、決して抽象的な、あるいは外来の理念などに由来するものではなかったということ。したがって、それは明らかに「本土性」を帯びた、「中国」という特定の政治、経済、文化環境で胚胎し、成長し、芽生えた討論なのである。第二に、討論が強烈な批判精神を体現したものであるということ。批判の及ぶ範囲は相当に広かったが、差し当たっては深刻な自己反省の形を採ったのであり、つまり、かなりの程度まで、知識人の自己認識と自己救済とも呼ぶべきものだった。知識人は社会に対して自らの責任を履行しなければならないが、責任履行に着手する前に、我々は先ず自らに問わねばならない。おまえは責任履行に必要な能力を有しているのか? 歴史と現実をしっかりと分析、理解できるのか? もし答えに躊躇するようなら、まず自己を反省しなければならない。私はこの能力を欠いているかどうか? どのようにしてその能力を喪ったのか? 今日、如何にしてそれを再建するのか? これを自己救済と呼ぶなら、「人文精神」を巡る討論こそ、九〇年代の中国知識人が自己救済に懸けた、自覚的な努力の顕れだったのである。[18]

注釈

（1）「人文精神討論」を発起した一人というべき王暁明は、後に討論に関わる主要な議論を彙輯して『人文精神尋思録』（「海上風叢書」版、文匯出版社、上海、一九九六年二月）を編んだが、資料採録に際して、討論の起点を一九九三年七月に、一応の終点を一九九五年八月末に設定している。

（2）私は一九九四年十一月に上海を訪れ、同月二十九日に復旦大学人文学院が主催した「人文精神与中国現代化建設学術座談会」に参加した。開会期間の前後、私は、王暁明、陳思和、張汝倫、朱学勤、許紀霖ら、「人文精神討論」に関わった人々にインタヴューを行った。この記述は、十一月二十六日、王暁明がインタヴューに答えた際の談話に拠る。この時王は、彼自らの個人的な精神史に即して、「人文精神討論」発議に至るまでの経緯を語った。当時の記録に拠り、事実関係の確認以外の談話内容を整理すれば以下のようなものだった。

一九九〇～九二年の間は、外界で「下海」（転業、という程の意味で九〇年代に流行した言葉）熱が興りつつある一方、自身は八九年の大変動について総括する間もなく、理知的な状況分析を行い得ない「打昏」（ノックアウト）状態であった。九三年以降に、ようやく精神状態は「清醒」に転じ、社会現象に対する不満とは、自分自身への不満に由来することに思い至った。以前は、「よりよき知識人」になることこそ、自身の生の意義であると確信してきたが、それは「よりよき啓蒙者」になることと同義だった。しかし、このような「確信」は、「啓蒙」の失敗が露呈した八九年を契機に揺らぎ始めた。「啓蒙」は、基本的に「普遍性」に依拠していたのであり、それは西欧言説への依附に他ならなかったが、他者の言説、価値観に拠っては中国の特殊性は認識、記述できないと自覚された。従来の啓蒙は、例えば内地の貧困や少数民族の問題などを視野から除外したエリート言説に過ぎなかった。八九年の「失敗」とは、つまり「啓蒙者」としての「失敗」であり、それを相対化すべく『無法直面的人生――魯迅伝』（「世紀回眸・人物系列」版、上海文芸出版社、一九九三年十二月）を執筆した。八〇年代的啓蒙の失敗に関する自覚が、自らの現実認識、批判における「依附性」や「盲目性」の自覚と対象化というレベルで、「問題」を内面化してくれた。従って、自分にとって「人文精神」とは人間存在の価値と意義のことであり、また「終極価値」を志向する「態度」もしくは「精神状態」のことである、云々。

このような自述は後に『刺叢裏的求索』（「火鳳凰文庫」版、上海遠東出版社、一九九五年三月）に冠した自序の内容と重なるものである。この自序は「我們能否走出失語的困境――六年来的思想歴程」として単独に《東方》一九九五年第三期に発表された。私は後者の発表直後、これを翻訳したことがある（「わが六年来の思想遍歴――精神的失語からの脱出は可能か」、《中国研究月報》第五七五号、一九九六年一月、掲載）。

（3）　坂井訳「人文精神による苦境からの脱出」（岩波書店《世界》一九九六年十月号掲載）。該文は書き下ろしを依頼したものだが、『人文精神尋思録』の「編後記」と重複する内容である。ここでは当初発表された邦訳に若干の修正を加えて用いた。

（4）「頑主」《収穫》一九八七年第六期掲載）、「一点正経没有――『頑主』続篇」（《中国作家》一九八九年第四期）など（邦訳、石川郁訳、『北京無頼』、学研、東京、一九九五年三月）。

（5）「渇望」（九〇年）、「編輯部的故事」（九一年）、「愛你没商量」（九八年）など。

（6）北京出版社、一九九三年六月刊（邦訳、吉田富夫訳、『廃都』、中央公論社、東京、一九九六年一月）。

（7）「人文精神による苦境からの脱出」。

（8）一九九一年香港・中国合作。原作、蘇童。製作総指揮、張文沢、侯孝賢。製作、邱復生。撮影、趙非。脚本、倪震。一二五分。出演、鞏俐、何賽飛、馬精武、孔琳ら。一九九一年アカデミー賞外国語映画賞ノミネート、ベネチア国際映画祭銀獅子賞受賞、一九九二年ニューヨーク批評家協会賞外国映画賞受賞、ロスアンゼルス批評家協会賞撮影賞受賞。日本公開時邦訳タイトル「紅夢」、英訳タイトル Raise the Red Lantern。

（9）この問題に関しては、九〇年代後半の上海においてオショー・ラジニーシや南懐謹らの著作が歓迎されている状況の紹介と併せて、「陰翳に富む文化状況――均質からの様変わり」（《週刊読書人》一九九七年六月二十七日）という短文で触れたことがある。また張頤武も翌年に、高等教育を受けながらイデオロギー領域以外に職を持つ「白領」（ホワイトカラー）層の形成に伴う「高雅」文化の大衆化、商品化の問題を論じていた。詳しくはⅢ－⑵－①参照。

（10）《上海文化》創刊号（一九九三年九月）掲載。後、『犬耕集』（「火鳳凰文庫」版、上海遠東出版社、一九九六年二月）に収める。この一文は翻訳したことがある（「転型期知識人の価値指向三種に関する試論」、《中国研究月報》第五六二号、一九九四年十二月、掲載）。

（11）《今天》一九九三年第四期、及び《上海文学》一九九四年第一期掲載。後、『鶏鳴風雨』（「火鳳凰新批評文叢」版、学林出版社、上海、一九九四年十二月）に収める。

（12）例えば『士与中国文化』（上海人民出版社、一九八七年十二月）所収の「古代知識階層的興起与発展」、「道統与政統之間――中国知識分子的原始型態」、「中国知識分子的古代伝統――兼論『俳優』与『修身』」などの論考に強く方向づけられているようである。

（13）《上海文学》一九九九年四月号「批評家俱楽部」欄掲載の王暁明「半張臉的神話」、陳思和「『成功人士』与『失敗人士』」。

（14）該文発表後、同じく《上海文学》一九九四年九月号に王暁明主宰の座談会「民間文化・知識分子・文学史」が掲載され、「民間」概念を中心に据えた文学史見取り図に対して、様々な角度から質疑を行っている。そこでも「実証性」における問題点、および文学史研究も含む従来の知の体制に対する「反措定」としての限界が指摘されていた。

（15）一九九四年十一月二十六日の王暁明へのインタヴューから。

（16）同前。

（17）『人文精神尋思録』附録の「『人文精神』討論文章篇名索引」は一九九三年七月から一九九五年八月末までの間に発表された文章七五篇のタイトルを掲げているが、これは飽くまで、「人文精神」を主題として論じた代表的なものに限られるのであろう。王暁明は「編後記」で目睹した篇数を百以上としており、附帯的に言及したものや、報道の類まで含めると、これを数倍する文章が論壇を賑わせたと思われる。

（18）「人文精神による苦境からの脱出」。なお、陳思和も王暁明同様、「討論」が一段落した後に、総括的な一文を発表している。坂井訳「文化的失落感に陥った中国知識人——私はどこへ行くのか?」（《世界》一九九六年六、七月号連載）参照。

Ⅲ　文化批評における多様な議論の錯綜

「人文精神討論」を契機に活況を呈し始めた大陸の言論界だったが、この問題提起に対しては、討論の《読書》連載開始当初より、様々な批判が浴びせられた。批判者はそれぞれに依拠する理論的立場や「実感」を持つ訳で、九〇年代文化批評の多様性とは、ある意味で「人文精神討論」への反撥や批判を弾みとして形成されたものといえるかもしれない。そこで、本節前半は「人文精神討論」に対する批判的反響を整理し、後半では「人文精神」という問題提起に対して反撥を示しながら、ある程度鮮明な主張を展開した「後学派」（ポスト～イズム派）と、大衆文化に関する議論を中心に、九〇年代文化批評における多様な議論の錯綜した状況を窺うことにする。

Ⅲ－(1)　「人文精神討論」に対する批判的反響

「人文精神討論」に対する批判的な反応として、メディア上に公開された議論の主旨は概ね三種に分類されよう。即ち、①「人文精神討論」が「現代化」状況を誤読しているとの批判、②社会の多様化を肯定する立場からの批判、③「人文精神」提唱は「文化専制主義」への回帰に通じると危険視する批判、である。

①の批判は、後に所謂「後学派」を形成していくのだが、代表的な論者に張頤武がいた。張は「新世紀的声音[1]」という一文で次のように述べていた。

「新啓蒙」とは、八〇年代以来の文化における「現代性」精神を継承して啓蒙を推進、個人の立場を堅持して、人文言説の再建を企図する思潮である。この思潮は、知識人を強い後ろ盾とし、自らの地位と言説へゲモニーを保持しようとする。それは「五四」以来のラディカリズムの変形であり、知識人が「代弁者」としてのアイデンティティを保とうとする努力の一部を構成する……「世紀末」は、眼前の複雑、錯綜した状況が容易に解決するものではなく、我々自身の文化生命の再発見を通じて、初めて新たな可能性と視野が提供されることを、種々の方面から示しているだろう。知識人が危機を叫んだり、市場に取り入ろうとしても、ドン・キホーテ式の狂喚か、アファンティ流の狂舞となるのが落ちだろう。

即ち、現代中国知識人の直面する真の問題は、玄妙な「人文精神」の喪失などではなく、ポストモダン社会における知識人（「後知識人」）の「拡散」および存在形態の多様化に適応し切れず、依然として八〇年代同様の、言説へゲモニーを掌握しているという「中心」意識に囚われて、受動的な周縁化を許容できないことだ、というのである。張頤武は「人文精神——最後的神話」という一文では、より直截に「人文精神」の「神秘性」、「普遍主義」を批判した。(2)

「人文精神」は、多くの討論において明確に論述されることがない。それは知識人の経験を超えた価値追求を指すとされているようで、判断、記述のしようもない、観念的な「主体」の力のことである……「終極関懐」は、何ら論証も経ずとも、ある種内面の希求さえあれば到達できるもので、信念の結果であり、知識人が内面の修練により到達できる超越的な境地である……「人文精神」についてのこのような記述は、強烈な神話性を帯びる。しかし、それは二つの面においてジレンマに陥るであろう。先ず、この「人文精神」追求が、一方で五四以来の知識人の「知識」把持が抱える大きな限界を強く批判、否定しながら、他方では「人文精神」を、絶対的な「真理」の獲得を保証し、自由で拘束を受けない、知識獲得の天然の条件としていることである。かくして「人文精神」は最終的に「知識」の有限性を終結し、如何なる人文学者も、「人文精神」を具えさえすれば、「遮蔽」を透過して、限りなく世界を掌握できることになる。「人文精神」は無限の力を賦与され、疑いを容れない神聖なシニフィアンと変わり、「人文精神」を具えれば、神話における大力の巨人のような超人的な能力を持って、真理を洞察できることになる。これは明らかに、新たな言説の生成などではなく、「現代性」言説が機能した結果であり、シニフィアン／シニフィエ、言語／現実の完全な同一性を幻想した結果である。「人文精神」は、それを掌握した「主体」が、言語の束縛を受けることなく、直接世界を把握できるという観念を確立した。これは、八〇年代の「主体」、「人間の本質」に関する神話の再演に他ならず、言語の外部に位置する神秘的な権威を「人文精神」と称しているに過ぎない……次に、中国の目下の具体的なコンテクストから見れば、「人文精神」は、文化の「普遍性」に対する希求となっており、それはまたユーロセントリズムへの隷属と自己同定の結果である……それが強調する「永遠性」は、不断に中国を、時間軸上で落後し、受動的な地位に定位しようとするものである……「人文精神」言説は、八〇年代の「追いつき追い越せ」、「世界に踏み出せ」といった神話およびユーロセントリズムを強化するものに他ならない。それは、当面する文化状況に対する救済などでは決してなく、さらに深く、知／権力機制の網の目に陥って、むしろグローバルな西欧言説に、従順な「他者」の形象を提供することになるのだ。

張頤武は、「人文精神討論」が、「絶対性／無限性／普遍性」に拠り、当面する文化上の諸問題を超越しようと企図したと指摘し、五四以来の世俗的な「現代性」を否定しながら、さらに幻想に満ちた「現代性」を目標に据え、そこで「啓蒙者」、「代弁者」としての地位を保つために、「玄学化」、「神学化」した「人文精神」を自らの企図の合法性の前提にしているというのである。張は、このような姿勢もまた極めて世俗的な「権力機制の戦略」の表現であり、『人文精神』は現時の文化に対する有力な分析を提示しなかった」、「人文精神」／世俗文化といった二項対立において、自らを先験的な「神話」的存在として、「神聖な天国」を幻想するものである、そこに窺われるのは「叱責と教訓ばかりの貴族的な優越感」であり、文化状況の多元化と複雑化を恐れる余り、専横な覇権者として、自己の言説の権威性を確立しようとするものだ、と厳しく糾弾したのである。

②の批判は、「人文精神討論」でも当初からしばしば言及されてきた作家、王朔の主張が典型的なものである。「人

文精神討論」の発端となった座談会で、王朔の標榜する「玩」、「調侃」、「痞子化」などが、硬直した体制イデオロギーに対するある種の対抗的な姿勢にはなるものの、人生の厳粛性に対する道徳的頽廃をも助長する、と厳しく批判を受けていたことからして、この主張は「人文精神派」が、現実に自らの立場の対立面にあるものと強く意識していたものだったに違いない。王は「選択的自由与文化態勢」という座談会（他に白燁、呉濱、楊争光が参加）で、このような批判に正面から反論する。王の発言を拾い上げれば、以下のようなものである(3)。

私は何かを変えなくては、といよいよ思うようになっている。思想や情感を伝達するのは、字に書くという方法、文字という形式ばかりではないのだ。他のやり方、例えば視聴覚も有効だろう……一部の人間は、何か書けば文句ばかりだ。まるでこれ以上はない程の不公平でも世に現れたかのようにいうが、実際、今は誰もが平等、自由に生活できる訳で、これまでになかった位のいい状態だ……どのように生活するか、という問題に関しては、どうすべきか、あるいはどうすべきでないかといったモデルなどない。誰も他人に強制などできない……一部の人間は、文学的感受性を欠くから、道徳でも喋るしかない……人文精神の喪失を喧伝する人々は、本当は、自分が昔のように社会から注目されていない、といっているので、つまり彼らのいう「喪失」とは、彼らを注目する視線の喪失、彼らを崇拝する視線の喪失のことだ。人文精神の喪失などというものではない……今は人間関係のルールを確立すべきだと思う。誰も他人の選択に干渉する権利などないということだ……真理の防衛者を気取るのは、実は簡単なことだ……結局、人文精神とは、人間の、自身に対する関心の上に体現されるものだろうが、いま人文精神をいう者は、人間的興味から出発などしていない……実際は社会道徳の再建ということだろうが、それはもしかしたら陳腐な道徳かもしれないし、人を威嚇し、窒息させる武器になるかもしれない。そのような人文精神ならば、我々は永遠に要らない。

即ち、商品経済の「大潮」により、社会構造が多様化していくことは、従来のようなイデオロギーによる束縛からの脱却をも意味するので、多様性と平等、自由（王は目下の社会に、これらが既に相当程度まで実現していると考える）を基礎に据えた、新たな文化価値の構築にも有利に作用するだろう、「人文性」、「人文精神」による一元化への執着は無意味とする立場である。

③の批判は、作家の王蒙を代表的な論者としただけに、社会的な影響も大きく、「人文精神討論」の主要な対立面を構成した。王蒙の「人文精神」に関連した発言は二度あり、それぞれから主要な部分を摘録する。最初の発言は「人文精神問題偶感」と題されたエッセイにおけるものである。[4]

市場経済がうら悲しげな喪失感を誘発したのだろうか。「向銭看」の実利主義が、我々の道徳滅亡と社会風紀退歩の根源だというのか。もしも現在「喪失」しているというなら、お尋ねしたい、「喪失」以前、我々の人文精神はどのような状態にあったというのか……私には分からない、かつて持ったこともないものが、どうして「喪失」するのか。我々は人文精神を探求し得るし、あるいはそうすべきかもしれない。人文精神探求に当たっては、ヨーロッパに淵源する人文精神、中国の文化伝統と、現実の生活を結合して、中国式の人文精神を結実させるために努力する、そうすれば「喪失」を嘆くこともなかろう……人文精神の多元性、多層性、多面性を承認すべきだ。道徳的制約、法律的制約、宗教的制約が、ある種の人文精神を体現しているというなら、それは非人間的精神の体現かもしれない……①人文精神を人為的に唯一の物差しにしてはならない、②人文精神と非・人文精神の間に、疑いようもない明確な線を引いて、黒でなければ白、これでなければあれ、という風ではならない、③仮説もしくは引き写してきた人文精神を唯一の根拠にしてはならない。即ち、精神的価値による一元化と排他はならぬ、ということだ。

もう一篇の「滬上思絮録」と題されたエッセイは、一九九四年十一月に《上海文学》が主催した「面向新世紀的文学」座談会（他の出席者には王安憶、張煒、韓少功、李鋭、劉心武らがいた）における発言に基づくものである。(5) こちらでは「人文精神」に対する拒否感が一層強くなっていることが明らかである。

今いわれている人文精神とは、結局何を指しているのか？人道主義か？ルネッサンス流に、「神権」から人間、特に個人を解放することか？東方道徳の八綱四維か？「四つの第一」、「三八作風」のことか？精神文明、理想・道徳・教養を具え、規律を遵守する「四有」青年の育成を指すのか？あるいは、いっそのこと、西欧式のキリスト教的価値基準か？自由・平等・博愛、個人の尊重か？このような代物は我々の国情にそぐわない。そもそも我々はそのようないい方はしてこなかった。元からないものが、どうして喪失するというのか？さては流行の「終極関懐」か？抽象的かつ絶対正確な真理か？永遠？「神」？ある者はいう。それは五〇年代の思想改造時期に喪失したので、今日喪失したものではないと。それなら結構。四十年以上も喪失していたにも関わらず、誰も喪失などとはいわなかった。それは喪失をいうことが許されなかったからだというのであれば、いま喪失を公言できるようになったのは、結局市場経済の発展が、人文精神を些かなりと復権させたということではないか？喪失しているときには喪失といわず、少しでも復権したとなると大いに喪失を叫ぶ。これは中国特有の現象であり、ある種の悲劇を生んだ原因ですらある……中国は幾つかの異なる人文参照系の交差する位置にある。中国のものとしては、士人における儒道相互補完の道統とその運用・遵守、民間社会の倫理規範、五四以来の民主と科学に拠る啓蒙主義、「現代化」（世界との一体化願望、西欧文明のある種の価値観、標準的な人文主義）への自己同定、共産主義の社会理想とプロレタリア革命の価値追求等々、これら数種の参照系が、この百年来はせめぎ合うもまた楽しからずやといった状況で、相手にも自分にもどれだけ穴を開けたことか。時にはせめぎ合った挙句に、善良な人間を茫然とさせ、そして結局は金銭だけが残った……人文精神喪失論者のいわんとするのは、この悲喜劇のことなのか？もしも違うというなら、友よ、君らの胸の裡の人文精神の内容を示してくれ。だから今は建設を強調するほかない。中国の特色を持つ社会主義の建設という大きな方向の下、前掲数種の（いや、もっと多いかもしれない）参照系に接点を見出そうではないか。具体的な建設をするべきだ。道徳規範の問題、あるいは文盲一掃や教育普及の問題を検討しよう。大言壮語で一切を掃討するのではなく。

王蒙の批判は時代の趨勢を強調し、「精神」の提唱を文革時期のイデオロギー至上と繋げて考えるもので、「人文精神」の強調を、多様な価値観の存在を容れない「不寛容」の精神価値至上主義、一種の「文化専制主義」であるという、激しい反応をも導き出した。例えば、文化の「痞子化」傾向に対して、精神価値の確立を強調した王力雄「渇望堕落――談知識分子的痞子化傾向」[6]という一文に対しては、王岳川「知識譜系転換中知識分子的価値選択」[7]、文思「道徳堕落是問題之所在嗎？」[8]といった反論が直ちに現れたが、やはり「道徳」や「精神価値」による「一元化」に、文革時代の暗影を嗅ぎ取る点で、王蒙に通じていた。

これらはメディア上に顕現した反応として代表的なものであるが、この他に、表面化して公開の討論に付されることはなかったものの、一定の拡がりを持った情緒レベルの反応もあった[9]。第一に、「人文精神討論」が最早時宜に合わないとする反応である。即ち、変革中の社会におけるエリートの無力は天安門事件において徹底的に暴露され、北京の知識人は「喪失」を実感する体験を持ったが、上海の知識人はそのような体験を持たなかっただけに楽観的になり得たとするものである。第二は「埋頭読書論」である。五四以来の知識人は士大夫伝統に由来する現実関与意識だけを肥大させて、学術上に見るべき成果を挙げ得なかった、つまり「五四」とは学術伝統衰落の起点だったのであり、市場経済の発展により周縁化を強いられる今日こそ、知識人は「主義」を語らずに、学術成果の蓄積に没頭すべきだというものである。

このように「人文精神討論」に対して多様な批判が突きつけられたこと自体、「討論」が本来拡がりを持つ問題の勘所を確かに捉えていたこと、しかし、議論の発起者たちがその拡がりを明晰かつ自覚的に整理して提示し得なかったことを示すといえよう。例えば、眼前の社会状態の認識についていえば、所謂「新状態」が果たして、「空間錯位」と称された、歴史の発展ステージを超越した「後現代」（ポストモダン）の実現といえるものか、そもそも「現代」、「現代化」が「モダン」、「モダナイゼーション」と同義であるかどうか、という、より一般化された問題提起が当初より可能だったはずである。また、文化状況の「痞子化」を巡っては、激しく流動する「世俗」に拮抗して精神価値を保持「し得るか」、即ち現実から問いかけられた問題の内面化という正当な提起が、「するべきか」という問題、つまり言説へゲモニーを壟断する「中心」への復帰にかけた意志という問題に何時の間にかすり替えられてしまい、挙句の果てが、議論は寛容／不寛容の問題に矮小化されてしまった。これなどは「討論」が当初より帯びていた抽象性が招いた結果だったろう。

「終極関懐」についての問題提起も、その提起の仕方次第では議論を建設的に発展させ得たはずである。「終極関懐」

を、個の内面が世界の構造と回路を保った状態と解釈するなら、それは人間が「意味的世界」に生存する状態であり、その対立面にあるのは、人間の存在を世界の構造から切断して無意味化する「道具的世界」であろう。人間の道具化とは、そもそもモダンのパラドックスを背景としているので、つまりはモダンの本質に帰すべき問題である。しかし、議論は、個の意志の現実への参与、介在を強調する方向で行われ、その結果、知識人の役割／周縁化といった問題に変形、そこへ八〇年代「現代化」エリートに関する省察も影を落とし、結果として知識人の主体性、言説へゲモニーを巡る論争へと逸れていったのである。この「逸脱」もしくは論点の「拡散」は、もちろん恣意的な議論の操作の結果などではなく、九〇年代の文化批評界が、その初期の段階においては、依然として「ポスト八〇年代」というコンテクストから離陸していなかったことの反映だったというべきだろう。評価の如何を問わず、「八〇年代」とは、中国知識人にとって、さほどに重い意味を持っていたのである。

結局、「討論」は本来モダン／モダニティ／モダナイゼーション認識を巡る議論として発起されるべきだった、あるいはその方向に深化すべきだったと、私は考える者である。しかし、冒頭に述べたように、九〇年代の文化批評が問題意識と議論をその水準にまで鍛え上げるためには、一九九七年の汪暉「当代中国的思想状況与現代性問題」の出現を待たねばならなかったので、なお数年の、多様な「派」がそれぞれの主張を錯綜させてせめぎ合う段階を必要としたのである。次節では、それらの多様な議論を一瞥する。

Ⅲ－(2)　「後学派」（ポスト～イズム派）を中心とした多様な議論の錯綜

「人文精神討論」の問題提起に対して、張頤武こそは最も厳しい批判を浴びせた論者の一人だった。その批判の理論的根拠および妥当性についてはさて擱き、「人文精神」派との最大の分岐は、当面する社会、文化状況に関する認識にあったことは確かである。張は、中国社会が既にポストモダン状況に踏み入っており、知識人の存在形態、言説から社会生活、文化様態、文学テクストに至るまで、全てこの「ポスト」という性質に規定されていると主張したので、彼の概括に拠るなら「未完のモダン」をいい（普遍主義の主張）、八〇年代流の「現代化」知識人のメンタリティを継承し（啓蒙）、伝統的な主体性回復を主張する点ではプレモダンと血縁性を保持する「人文精神」派と、徹底的に対立するのも当然であった。張頤武を代表として、このように「ポスト」（中国語で「後」）を強調する論者は、「後学派」（ポスト～イズム派）と称されたのである。今日回顧すれば、確かに張頤武は、一九九四年から九五年にかけて最も活発な発言を繰り返して、九〇年代の論壇に一定の影響を示した論客であった。そこで、先ずは彼の主張の整理を通じて、「九〇年代問題群」の一端を窺うことから始めることとする。

Ⅲ－⑵－①　張頤武の議論

九〇年代中国社会が既に「ポストモダン」ステージに踏み入っているとする観点は、一九九四年の座談会「従『現代性』到『中華性』」（他に張法、王一川が参加）において示されていた[10]。この座談会では、八〇年代の中心的な言説であった「現代性」に替わる概念として「中華性」が提示された。中国にとっての「現代化」とは、中華世界という「中心」的地位を失ってから、ヨーロッパの「モダニティ」を参照系に、再び「中心」を構築しようとしたプロセスに他ならず、「現代性」に関わる諸言説において、民族主体は喪失した、即ち「現代化」とは、中国から進んでヨーロッパの中国に対する「他者化」に加担することだったというのである。ポストモダンステージに踏み込んだ現時の中国にとって、伝統的な「主体」の回復（プレモダンへの回帰）でもなく、「現代化」という「他者化」の容認（ヨーロッパモダンへの自己同定）でもない、「中華性」に拠る「他者としての中国」の対象化を以て「主体」構築に替える（ポストモダンステージにおける「中国」との「戯れ」）べきだ、との観点が示されたのである。

張頤武はこの「他者としての『中国』」がどのような存在であるかについて、この座談会記録とほぼ同時に発表された「『分裂』与『転移』――中国『後新時期』文化転型的現実図型」という文章で、より詳細な説明を行っていた(11)。張に拠れば、「中国」が最早「主体」から切断されて相対的な関係性の中にしか存在しないことにより、「中国イメージ」は対外的／対内的に分裂したとされる。まず外部との関係性において成立する「中国」とは、ヨーロッパにとっての「他者」として定位されるもので、即ちオリエンタリズム的中国イメージである。この中国イメージにおいて強調される、中国性の標識としての「民族アレゴリー」（後述）は、既に中国の側から相対化されていて、その好例が張芸謀や陳凱歌ら第五世代の映画なのである。一方、中国内部においては、既に「民族」、「個人」といった「主体」は喪失していて、「中国」とは「無主体の個体」を取り巻く状況そのものとして、しかも歴史性に規定されない「即興」を通じてしか認識されないものである。この対外／対内的な「中国イメージ」は、前者は固着する方向で「実体化」するが、後者はポストモダン状況の進展と共に一層流動化するので、「消費性」という共通項において、統一的なイメージを構成するかのように幻覚させるものの、実際には「分裂」していく、というのである。一方、「転移」とは、文化に関わる言説の主宰者が、知識人からメディアへと移行することをいう。ここで張は「後知識分子」、「新知識分子」という概念を提示する。前者はメディアの操作者を指し、後者は、知識と自我に対する批判、省察と共に、周縁的な価値観に依拠しつつ、他を圧倒する唯一の声ではなく、喧騒の中に埋没する一つの声を上げる「観測者」（原文「守望者」）を指す。張は、このような「分裂」と「転移」が、現時の大陸の「後新時期」（ポスト新時期）という文化転形期の特色を織り成している、とするのである。

このように、ヨーロッパ／中国、主体／客体、アイデンティティの喪失／再構築等々、二項対立モデルにより表象される、あらゆる価値観・言説の間隙を、相対主義に拠って疾走するポストモダニストは、当然のことながら、消費形態の変容に伴う都市文化の帰趨に関心を向ける。張頤武は「人流中的風景」という一文で、都市住民の文化生活の変容を粗描した。[12] 張は、中国の都市部では、所謂「白領」（ホワイトカラー）階層が、大衆文化の主要な消費者になりつつあり、今後の大衆文化は、通俗的な大衆消費文化に加えて、新たな富裕層に歓迎される「高雅」文化も重要な位置を占めるようになる、このような「高雅」文化は、現時の文化問題や、文化を巡る議論を一層複雑にする要素であろうと予測した。文化批評は、この要素を組み込んだ、新たな枠組を必要としているが、「人文精神討論」も、「後国学」派も、これを見落としている、というのである。

これらの議論を総合する一定の綜合性を示し、その上で将来の文学の帰趨について言及した論文として、「走向『後寓言』時代」がある。[13] 張頤武は先ず、「ポスト冷戦」が、中国の文化コンテクストに「後新時期」という性格を賦与したと前提する。一文の主旨は、このような「後新時期」が「後寓言」（ポスト・アレゴリー）の時代であると規定することにあるのだが、この「寓言」（アレゴリー）という概念は、フレドリック・ジェームソンの第三世界文学論に示唆されたものである。[14]

ジェームソンの第三世界文学論において、モダンとは、第一世界にあって、民族／個人、政治／ポエジー、といった二項対立的なカテゴリーを固定化した時代であると認識される一方、中国を含む第三世界において生産される文学テクストが、たとえ個人やリビドーを叙述の中心に据えたとしても、常に政治のメタファであり、第三世界の大衆文化が衝撃を受け、動揺しているというアレゴリー＝寓話を含むことが強調される。しかし、このアレゴリーは、中世的・魔術的アレゴリーではなく、例えば魯迅のテクストにも見られる特徴であるが、そのポリフォニックな性質により第一世界文学にも可能性を啓示する今日性を持つものとされる。そもそも十九世紀第一世界で完成を見た近代文学は、モダンの理性主義の表象である時間と因果関係という制度により支配されていたが、今日の世界はそのような制度によっては把握できぬほどに寸断されている、しかし、プレモダンのテクスト形式であるアレゴリーは、モダンの制度に束縛されない特質を梃子として、断片化された世界を総体として把握する有効な手段となり得る、という主張である。

張頤武は、このような「民族アレゴリー」とは、ヨーロッパにおけるモダンの中心的な言説＝国民国家言説と、モダニティに関わる文化言説を受容し、それを根拠に自らを対象化すべく第三世界文学が自覚的に選択した方法であり、五四時期から「新時期」に至るまでの中国現代文学の主流だったという。知識人はこの方法を通じて、本来「他者」であるヨーロッパの視点を内在化し、グローバルな文化構造の中に中国／中国文化を位置づけ、民族主体から「離脱」することで、却って中立的な民族の「代弁者」になったという理解である。この思惟モデルは、ヨーロッパに淵源する「普遍性」（啓蒙／人間性／類型）への依拠と、中国の現実への関与という「個別性」（代弁／省察／個性）を併せ持つため、「現代性」、「現代化」の様々な局面に対応することが可能で、「現代化」言説が合法性を持つコンテクストにあっては、体制イデオロギーからの承認も獲得できたのである。しかし、このような「現代化」知識人の依拠する思惟モデルと言説構造は、「後新時期」の現実に直面した。即ち、大衆文化の市場化と消費主導型への転換・大衆メディアによる支配・文化に関わる諸言説の多元化を特徴とする、文化を叙述すべき知の転形、という状況である。この「知の転形」に対応すべき有効な姿勢とは、「現代化」、「現代性」を追求した八〇年代流のラディカリズムではなく、今日性を具えた問題群との「対話」であり、ここに「現代化」、「現代性」叙述の手段としての民族アレゴリーは、その有効性を失い、さらに知の権力構造や「現代化」、「現代性」といった「大きな物語」（原文「宏大叙事」。リオタールの提示した概念）の相対化を促すとされる。このような転換を経た後の文化状況こそ、古典性／現代性、アジア／ヨーロッパといった、二項対立的な思考から脱却し、本土の文化コンテクストと生存状況から今日的な反応を汲み上げる試みが文化界の中心的な関心事となる「後寓言」（ポスト・アレゴリー）時代であり、ヨーロッパの「主体」に拠り自らを定位＝他者化することも含め、「状態」の如何なる「寓言化」をも拒絶し、自己と他者が融合し、主体と客体が混交する「新状態」とされる。

しかし、張の見るところ、現時の文化状況は、依然として民族アレゴリーによる叙述を志向する言説と、これを絶えず拒絶する「状態」の間で分裂しているのである。張に拠れば、その裂け目を鋭敏に対象化しているのが、実は文学なのである。例えば、これまでの文学テクストにあって常に民族・歴史という「意義」を想起させるイメージとして用いられてきた「黄河」という記号が、今日では、本来の単なる地名に還元されていることからも明らかなように、瞬間的・即興的な描写こそ「新状態」描写の有効な方法になっていると指摘するのである。

この文学論において、文学概念としてのアレゴリーと象徴の混同が見られるのではないか、といった疑問はさて擱いても、私から見るなら、張頤武の如上の議論では、「第三世界」という、第一世界との相対的な関係性において成立する概念から、中国性の、それとしてある自足を解き放とうとする情熱ばかりが際立っていて、何程か思想的な深度に欠ける憾みを遺す。いや、「思想的深度」なども、知性による啓蒙の可能性を過大評価するモダンの「大きな物語」の虚構した幻想に過ぎないと批判するポストモダニストが、身を以て示すべき軽やかな遊戯性が、素朴なナショナリズム的情緒と奇妙な和解を見せている、とでもいえばよいか。それは、中国の現時の状況を「後寓言」時代、「新状況」等々として、既に「第三世界」といったユーロセントリズムに由来する概念では括り得ないと、ジェームソン流の「近代の超克」を意図しながら、ジェームソンの第三世界文学論の戦略性およびその由って産まれてくる背景に対して洞察を欠いている点に窺われるようだ。

モダンが中世的アレゴリーを否定したこと、これを更に大きな構えでいって、モダンのプレモダン超克には、「進歩」とも称すべき「解放」の意義があったのだが、しかし、そのような「進歩」したモダンが、「解放」の代償として、自らが否定し、超克したはずのプレモダンから復讐されるという逆説を内包していたことは、ヨーロッパ思想史のコンテクストにおいては自明の事柄に属すのではないか、と些か口幅たい仕儀ながら、私は推測する。推測の根拠として私が念頭に置くのは、例えばフランクフルト学派の思想的営為だが、彼らのナチズムの起源を思想的に追究する作業が明らかにしたのは、モダンとは、「啓蒙」を通じて、自らの外部にある「他者」を植民地化していくが、それが人間の「解放」の根拠として、「自然」とも称すべきナイーブな観念への憧憬を抱き続ける限り、常に「野蛮」や非合理性を復活させる危険性と隣り合わせである、というモダンの逆説性、両義性だった。ジェームソンの第三世界文学論の「戦略性」とは、このようなモダンの宿命を背負いつつ、しかしモダンを超克しようと、「非ヨーロッパ世界」という「他者」の発見と、「プレモダン」という「他者」の再評価を巧妙に連結した点にあったのだ。無論、これら「他者」の実体性を疑う批判はあり得るだろう。「第三世界」と、一言で概括される実態など存在しない、それは結局の所、第一世界が、非ヨーロッパという実体としての「他者」を「植民地化」しようとする、いわばモダンの自己拡張性が必要とする「虚構」であると、ジェームソンの戦略が戦略であるために帯びざるを得ない虚構性を衝く批判は、それとして十分に成立するだろう。この種の批判は、所謂ポストコロニアル批評の拠る基本的な論理であり、九〇年代「後学派」も援用するところであった。張頤武も「他者化の他者化」などといい、第一世界にとっての「他者」（もちろん中国「現代化」エリート知識人がヨーロッパ言説にアイデンティファイすることで「他者化」した「中国」という「主体」も含む）を、もう一度相対化の俎上に載せよと主張していた。

そもそも八〇年代中国においては、それこそ「モダン」が「現代」になる所以だろうが、「現代」の持つ、文革期までの政治的抑圧状態からの解放という契機ばかりが一面的に強調されて、その結果、「現代化＝よりよき状態＝進化」という言説に一元化してしまったのであろう。ポスト文革期の社会変容は、確かに思想から社会生活の表層に至るまで「多元化」という現象をもたらしたのだが、そのような「多元化」を「一元」的にイデオロギー化して、真の「多元化」（体制イデオロギーも相対化される）については、これを抑圧するという、権力の隠微かつ巧妙な行使も、「進化」、「発展」という言説によって合法化されるという「九〇年代アイロニー」の深刻さを思想的に受け止め、即ちモダンの強い磁力を対象化して、張頤武は議論を発していただろうか。張の議論の「危うさ」は、「後学派」のみならず、九〇年代文化批評一般の「危うさ」といってもよかろうが、このようなモダンの磁力を十分に意識していない点にあったと思われる。果たして、張の意図したように、「民族アレゴリー」からの脱却というだけでは、モダンあるいはヨーロッパ言説の拡張性への屈服になりかねない、そこでヨーロッパによる「他者化」をすら「他者化」するという徹底的な相対主義を持ち出して、二つをセットにすれば、ジェームソンの陥った「虚構の実体化」という欠点を克服し、「後寓言」時代における「新状態」の自足を証したことになるのだろうか。張の所論が遊戯的な観念の操作に過ぎぬとはいわないまでも、それが「新状態」肯定の議論として説得力を持つには、「ヨーロッパ」、「モダン」を、総体として対象化する「思想的深度」を具えた営み、即ち、中国的コンテクストに染め上げられた「現代性」ではなく、モダニティ一般の問題に抽象化した思索に根拠を置かねばならぬはずだが、そこには結局、大衆社会や消費文化の表象としての多様性の肯定という、八〇年代的「進化論」以外に根拠らしきものが見当たらないという、至極陳腐な事態が発生していたことは指摘しておくべきだろう。

Ⅲ―⑵―②　その他の議論

張頤武の議論とほぼ同時期に現れた諸議論についても一瞥しておく。「人文精神討論」に参加していた許紀霖も、この時期の文化批評界で積極的な発言を行っていたが、『後殖民文化批評』面面観」という一文は[15]、ポストコロニアル批評の紹介・理解から説き起こして、文化相対主義超越の可能性を論じたものだった。許の理解では、世界文化圏は一つの言説＝権力構造から成るヒエラルキーであり、中国文化は、第三世界の周縁部に位置する言説主体として、言説へゲモニーを独占している中心＝ヨーロッパの言説により文化統治を受けているのである。一見客観的、公正らしい、ヨーロッパの中国に関する叙述は、「他者」の価値観に歪曲されたオリエンタリズム的偏見に過ぎず、その目的は自らのアイデンティティ確認と、白人文化の優越性顕示に他ならない、という認識から出発するのがポストコロニアル文化批評（「後殖民文化批評」）だという理解である。許は、このような文化批評のイデオロギー性は明白であり、功利主義に基づく「汎イデオロギー」的な議論だと指摘する。そして、ポストコロニアル文化批評は、世界の文化状況を、ヨーロッパ／アジア・中国といった二項対立に還元する粗雑な議論であると批判した上で、そもそもグローバル化が、規範の統一、ゲーム規則の確立を意味するとすれば、中国文化が自律的な文化様態を前景化させる「本土化」を果たす際にも、「グローバル化」の「規則」からは逸脱しないので、「本土」と「世界」は結局対立しないという。許は二項対立や文化相対主義の思考モデルから脱出するには、異なるコンテクストを抱える言説同士が理性的な「対話」を行うべきである、と主張したのである。この議論は、植民地支配から一応脱却したとはいえ、自己表象の権力＝言説を支配され続けている地域と、独自の分厚い文化蓄積を持ち、しかも完全な植民地化の経験は持たないという中国の歴史的条件および状況を、「第三世界」という「他者」概念において同一視したもので、ポストコロニアル状況や言説支配という権力行使の抑圧的な性質については、これを著しく単純化した、粗暴な誤読であろう。この誤読は、ポストコロニアリズムや文化相対主義が、何故ヨーロッパ言説の支配を相対化する際に「差し当たって」有効であるかについての思考、抑圧される存在＝主体に対する想像力を欠如させており、自ら身を置くコンテクストをも既に相対化し得たかの如き中立的な姿態で装っている。確かに許紀霖は「現代性是否真的終結?・」という一文で[16]、モダンとポストモダンが、時間の前後においても、また性質上においても対立するものではない、ポストモダン状況の展開は、モダンの終結を意味しない、モダンを停滞させる要素を、その内部から突き崩すのがポストモダンであるとして、「後学派」の「状態」肯定と、「人文精神派」の「状態」批判を中和しようとしているし、「後現代――独白還是対話?・」という一文では[17]、九〇年代前半の中国言論界には、八〇年代のような話題や認識の一致が見られなかったが、「流行」の不在が「流行」すること自体、ポストモダン的な現象であるとしながら、今後は多様な「独白」の乱立から、理性的「対話」に拠る「視界融合」へと向かうべきだと提言し、やはり折衷的な態度を見せたのであった。

「ポストモダン」という概念を意識して文化批評を展開した論者としては、南帆もこの時期に活発な発言を行っていた。南帆は「話語権力与対話」という一文で[18]、張汝倫、許紀霖らによる「理性的対話」の提唱を、八〇年代中期以降、「誰がいったか」が「何をいったか」と同じように重要視された、「現代化」言説を巡る知識人間のヘゲモニー争奪心理に対する反動と理解する。九〇年代に知識人は文化に関わる言説構築において周縁化するが、それが直ちに「個」の還元には繋がらない、と南帆は指摘した。彼に拠れば、中国知識人のグローバル化に対する態度には、そもそも待望と困惑の二面性が存在し、前者は理性的な「規則」に従った「対話」を通じて、多様な言説が相互理解に到達することに期待を寄せるが、後者は、ヨーロッパ言説の容喙し得ない領域としての「本土」の保持を渇望する、そのような情緒を「国学」が表象したので、九〇年代も依然として「集団性」に囚われた議論が大勢を占めたのである。このような状況において、「弱者」としての「個」の復権を目指すならば、まずは言説＝権力という本質と「個」を相対化し、その上で「対話」が遵うべき共通のルールを設けるべきだ、という主張である。南帆は更に「知識・知識分子・文学話語」[19]という一文において、「理性原則」に基づく「対話」が、ポストモダニズムが強調する価値観の相対化や多元化とは背馳すると指摘した。南帆は、そもそも知識人とは「理性原則」を基礎とする言説システムを共有する共同体の成員だが、このシステムの維持に固執するほどに、現実との落差は拡大する、だから世上喧伝される知識人の周縁化にしても、社会生活の多様化に対応した相対的な地位の変化であり、「理性原則」を共同性とする言説システム自体の動揺を意味しないというのである。これこそ、「後新時期」とポストモダンの最大の相違点である、更に市場経済導入による社会変容は、現象としての「多元化」をもたらしたが、実際は「経済」イデオロギーによる「一元化」の局面であり、これもまた徹底した相対主義が支配的なポストモダン状況とは異なる点である、と分析する。また、「理性原則」に基づいた判断・認識は、むしろ知識人の共同性構築に奉仕するものであり、個体を類に、個人を集団に帰属させる機制として機能するから、これを解体した「真の多元化」を実現するには、「理性原則」をも相対化する「感性原則」の導入が必要であり、その担い手こそ文学、文学言語だ、と指摘したのである。南帆同様、当面する社会変容を現実として受け容れる立場を採りながら、「人文」、「人文精神」の行く末に思考を巡らせたのが、邵建「重建人文与知識分子」だった。[20]邵は、「人文精神」再建の呼び声は、五四啓蒙言説や八〇年代「現代化」エリート言説の継承と思われがちだが、それは違うとする。伝統的に中国知識人は「啓蒙」を手段として「権力」に依附してきたが、九〇年代以来依附する「権力」は市場へと替わったものの、この「依附」という知識人の属性は、例えば「下海」といった形でいよいよ明らかになった、しかし「人文精神」派は、新たな「権力」に対する「依附」の手段とすべき「啓蒙」の形態が変化している点を看過して、「啓蒙」の実質を空洞化させたから、「新啓蒙」というより、むしろ「反啓蒙」なのだという。邵は、政治権力／知識人／大衆の三者間で、対話的・双方向的な「批判」の回路を設けて、「啓蒙」に替えるべきであり、そのような「批判」を行う根拠として、知識人が独自の言説システムを構築すべきだとしたのである。南帆、邵建の議論も、様々な立場の主張を折衷した性格を持つが、基本的には知識人による言説へゲモニーの占有という状況を解体する「多元化」を擁護し、これを合法化する方途を論じている点で、「後学」のヴァリエーションとも目すべきものだったといえる。

Ⅲ―(2)―③　「後学」批判とその反響――「分裂」から「対話」へ

一九九五年になると、このような「後学派」に対して、意外にも彼らが批判の矛先を向けた「人文精神」派からではなく、別の角度から批判が突きつけられ、活発な議論が展開された。批判の中核を成したのは趙毅衡、徐賁といった在外華人学者で、発端となったのは、趙が香港《二十一世紀》誌に発表した「後学与中国新保守主義」という一文である。[21]

趙は中国における「後学」（後現代・後殖民地・後新時期・後国学）、「民間」回帰論、エリートとしての地位と責任を放棄した「低俗文化」迎合などは、いずれも「新保守主義」潮流の表現である、と切って捨てた。趙は、例えばポストコロニアリズムの中国文化批評への導入について、西欧におけるポストコロニアリズムの議論は、非西欧知識人から、彼ら独自の言説を剝奪することで自らのラディカリストとしての形象を確立しようとする、暴力的な言説権力の行使であるが、中国を含む非西欧世界におけるこの理論の無批判な紹介・摂取は、西欧の期待する「他者」イメージに自ら進んで同定し、ユーロセントリズムを強化することに繋がる点、そして、「理論」というものが、マイノリティも含め、特定の集団に奉仕するものではないという点に「後学派」は無自覚である、と批判した。また、「後学」は価値観の分化・多元化をいうが、それは結局文化の「陥没」と、アメリカナイズされた大衆文化の氾濫に道を拓いたに過ぎない、ここまで「無方向、無深度、無歴史感」の文化、即ち「低俗文化」の「カーニバル」の現出は、如何なる悲観主義者でさえ予測し得なかったとして、「媚俗」は知識人にとって自殺である、知識人は、国家・民族・人類の運命に対する関心を忘れてはならず、また自己省察と批判精神を忘れてはならない、自分はエリート主義（「精英主義」）の立場を堅持する、と主張する。趙はまた、西欧の諸言説とは、西欧内部の価値観のバランスを取る必要から内発的に生まれてきたもので、それぞれのコンテクストにあって発生、普及する必然性を持つが、非西欧世界を含むあらゆる地域、国家にも適用され得る普遍性を具えるかについては疑わしい、という。そして、西欧において「ラディカル」な「ポスト〜イズム」が、中国においてラディカルであるとは限らない、中国の文化批評にとって必要なのは、批評主体の確立であり、そのためには、西欧文化を相対化するだけでなく、体制文化（官方文化・低俗文化・国粋文化）を相対化してこそ、多元的状況に対応すべく一元的価値観に依拠せざるを得ないジレンマから脱出でき、またユーロセントリズムの陥穽からも脱し得る、と提唱したのである。即ち、趙は、中国の「後学派」の、西欧世界が非西欧世界を「他者」と定位することで、西欧言説の支配を受ける対象として実体化する企図を更に相対化し、そこに中国性の確立を目指す思想的営みが、実際には西欧から理論的根拠を借りて行われるという「矛盾」を衝き、そのような理論的内発性の欠如は、自らが位置するコンテクストの対象化に繋がらないため、体制イデオロギー・主流言説を不可触の「禁域」と化し、結果としてこれを支持する、と批判したのである。そこで趙は、これを「新保守主義」と称したのだった。

この批判に対して正面から反批判を展開したのは、張頤武だった。張は「闡釈『中国』的焦慮」という一文で、[22]趙毅衡の議論自体が、ユーロセントリズム、西欧の文化覇権主義の産物であり、「中国」を再び西欧に「馴服」させられた「他者」に引き戻そうとする試みだとした。張に拠れば、趙の議論は西欧優位を前提とした海外（実際には西欧）／本土という二項対立に基づいて発せられており、①西欧の主流言説とイデオロギーに対する強烈な自己同定、②中国国内の特殊な政治状況に対する攻撃、をモチーフとするのだが、これこそ趙自身が批判するポストコロニアリズム的態度に他ならない、ということになる。そして張は、このような立場から中国国内の諸議論を「訓導」しようとするのは、ユーロセントリズムが期待する「他者」としての「中国」、「第三世界」イメージを、一層固定化しようとする「抑圧」であると批判する。また理論の抽象性・普遍性の強調は、「普遍／特殊」パラダイムを固定化し、「特殊中国」を「普遍＝モダン」に達しない「遅れた」存在として、プレモダンに定位しようとするものだと、張頤武は指摘するのである。張の反批判は、一言でいうなら、趙毅衡が大陸の文化理論発展の複雑性に対して示した無理解（あるいは意図的な誤読）を指摘したものであろう。張にいわせるなら、九〇年代中国における文化理論は、八〇年代の「啓蒙」、「代弁」といった「大きな物語」喪失後、グローバル化・市場化の過程で知識人が迫られている「文化選択」を支える根拠として模索されているので、必然的に複雑な表現を示すのである。趙が検討する三種の言説モデルは、①人文精神、②「後国学」、③ポストモダニズム・ポストコロニアリズム、だが、張の概括するところ、①の「人文精神」派は、普遍主義に自己同定することで、西欧と「他者」としての「中国」イメージを共有し、それを根拠に「中国」を「啓蒙」するもの、②の「後国学」は、「絶対的な本土性」の発見を通じて、西欧と対決しようとするもの、③のポストモダニズム・ポストコロニアリズムは、前者が「伝統／モダン」パラダイムの相対化を通じて、「中国」を歴史性から解放し、「本土性」を相対化するもの、後者が「普遍／特殊」パラダイムを相対化することで、西欧言説に装置された「他者」としての「中国」を更に相対化しようとするものであり、いずれも大陸におけるパラダイム多元化状況（そこでは体制イデオロギーは最早主流言説を構成しない）に対決すべきスタンスの表象として、文化理論および文化状況全般のハイブリッド状態を構成するものである。張頤武は、このようなハイブリッド状態を把握するには、③のスタンスに拠るほかない、と主張したのである。張はまた「従道徳詢喚到神学詢喚――文化冒険主義的形態分析」

という一文においても、[23]当面する文化状況のハイブリッド性を強調している。張頤武は、七〇年代末から八〇年代の「思想解放運動」を主調とした「新時期」と、文化状況を巡る議論が白熱化した九〇年代の「後新時期」、いずれも「アイデンティティ」、「共通認識」を維持した知識人が主体となって、様々な議論を展開したのであり、主流言説と大衆文化は「傍観者」だった、その結果、知識人の一部はその主張を「激進」(ラディカル化)させ、ここに「文化冒険主義」の二大傾向が浮上したとする。ここで「文化冒険主義」の二大傾向と批判されたのは、「二張」即ち張承志、張煒の二作家および「人文精神派」である。前者「二張」については、「寛容」を飽くまで否定して、最早文学言説や道徳理想の把持というレベルから逸脱した「狂放」な「神学の呼び声」を発する「新神学創作」の提唱者であると、徹底的に否定する。後者の「人文精神」については、その登場こそ、知識人のアイデンティティ、共通認識が徹底的に破産したことの標識であったとする。そして、これら両者のいずれも、物質・物質生産の積極的な役割を拒絶する点で「反近代」思潮を構成したというのである。張の見る所、これらの思潮は「問題の単純化」を図るもので、ハイブリッドな状況や問題の認識と対処には有効ではないのである。

このように中国の文化状況のハイブリッド性を強調する張頤武の、趙毅衡に対する反批判は、趙の批判を、在外華人学者の大陸の現況に対する「認識不足」に因るものと片付けている風もあり、対決の構図の鮮明さと引き換え、それ自体は生産的な「対話」にならなかったという印象である。例えば徐賁は「『我們』是誰?――論文化批評中的共同体身分認同問題」という、ハーバーマスの所論に多くを負ったらしい一文で、[24]今後の中国知識人の文化アイデンティティは、権力から自由な「公共領域」の建設に参与するという実践の中で形成されていくべきだと主張したが、この種の議論は、大陸における体制イデオロギー／主流言説からの「抑圧」の構造は単純ではない、との反撥をかわないではいない。前述「九〇年代アイロニー」を体験してきた者にとっては、確かに保守／ラディカリズム、体制／反体制、といった、単純な二項対立図式には収まり切らない現実の複雑さが身に沁みているのだろう。しかし、その一方で、「公共領域」(public sphere)といった概念自体は、九〇年代以降の大陸における人文学科諸領域において、様々な対象の研究に有効な分析概念として盛んに導入されているし、やはりハーバーマスに由来するであろう「対話的理性」といった概念は、そもそも「人文精神派」が導入したものだった。徐賁の議論も、あるいはこういう動向を睨んだ上で、それらの「本来」の意義を、「本場」仕込みの立場から、それこそ「啓蒙」しようとしたものだったかもしれない。ともあれ、大陸の文化状況が果たして張頤武のいうようなハイブリッド状態であるとして、それを認識・分析する「理論」は依然として「舶来品」ではないかという、ごく素朴な問題は残るのであり、趙毅衡や徐賁の「後学」批判が、実はそのレベルの疑問に発したものだとすれば、張頤武の「素朴」な反応も、それに見合ったものだったのかもしれない。

しかし、この応酬は決して、「ハイブリッド」コンテクストに身を置く国内の学者が、国外の同胞から「外来思想の中国化」を指摘されたことに対して、情緒的に反応することで終わったとばかりもいえない。例えば、陳少明「低調一些――向文化保守主義者進言」など(25)は、趙毅衡がマイナスの意義しか与えなかった「保守主義」という概念を、むしろ自覚して現実批判の思想的根拠に据えよと提唱した、つまり趙毅衡に対する、張頤武とは異なる角度からの反批判だったのだが、いずれ趙の議論に触発されてのものであることに違いはない。陳は、九〇年代の大陸文化界には、確かに「保守主義」の台頭が見られたとし、それは八〇年代文化ラディカリズムの挫折が導き出したものだという。陳は文化保守主義のタイプを三種類に分かれるとするが、第一が章太炎に代表される、「中/西」の座標軸を持つ「民族主義タイプ」、第二が陳寅恪に代表される、「古/今」の座標軸を持つ「伝統主義タイプ」、第三が徐復観に代表される「新儒家」ら「自由主義タイプ」であると分類し、この内、第一のタイプは今日殆ど存在せず、第二のタイプは今日性を持たない、現時の中国における保守主義の主流は第三の「新儒家」＝「自由主義タイプ」だという。しかし、彼らは、政治上の自由主義に完全に与することなく、むしろ中間的な態度を採っており、これは学術の純粋性保持という観点からは正しい選択だが、未だ思想的覚悟という程の自覚には至らぬ、一種の情緒に止まっているのである。自由の社会的機能、即ちイデオロギー的側面を論ずるのが「高調」だとすれば、現時の大陸の文化保守主義者のように、専ら学術の自由と独立した価値を論ずるのは「低調」というべきだが、この「低調」も十分に自覚化されるなら、文化ラディカリズムへの有効な批判を展開し得る、と陳は指摘する。無論、それはスタティックな状態に固着することはないのであり、例えば、九〇年代に文化保守主義と文化ラディカリズムは鮮明に対立したが、前者が更に後者の思想基盤を否定するまで「保守化」すると、体制イデオロギーは、社会変革の思想として当初はラディカリズムだったという、自らの歴史的正統性を死守しようと、文化保守主義の対立面に回るであろうし、同時に文化自由主義からも、その「守旧性」故に挑戦を受けるだろうから、それもまた微妙な政治、社会メカニズムの上に成立する「態度」なのである。しかし、それだけに、自覚化された「文化保守主義」とは、体制イデオロギーと文化ラディカリズムの中間に位置して、文化状況が均衡を維持する上で重要な役割を果たすものと、陳は評価したのである。この議論は、中国の現実のコンテクストに即して、貶義と共に論じられがちな「保守主義」に新しい内涵を賦与したもので、観点や理論の相違が二項対立に単純化されることで議論の発展の芽を摘んできた、従来の言論界の弊害を矯める、建設的な理論実践だったといえよう。

呉炫もまた趙毅衡の提出した「保守主義」という概念自体の分析を試みていた。呉は「批評的症結在哪裡？」という文章で[26]、中国においては、本来「ラディカル」と称されるべき言説が、「本土文化防衛」という性質を帯びて「保守主義」と見なされ、結局は体制イデオロギーに組み込まれてしまうと指摘し、この特殊性を相対化する際に、そもそも「保守／ラディカル」という分析枠組自体が無効ではないか、コンテクストから切断された言説、概念、枠組は有効性を持たないのではないか、と問いを発する。呉に拠れば、真のラディカリズムとは、言説の本土化を目指す執拗な探索の中に表現されるべきもので、それは「ポスト八〇年代」の課題であるが、九〇年代の文化批評界には、外在する言説に依附する「偽エリート」が氾濫した、とされる。伝統の深層まで突き進む「ラディカリズム」は必要であり、「保守を含んだラディカリズム」、「ラディカリズムを含んだ保守」と問題を設定することで、「保守／ラディカル」という二項対立を超越し、中国現代の思想コンテクストの複雑性に向き合うべきではないか、というのが呉の主張であった。呉炫の文章と同時に発表された許紀霖「比批評更重要的是理解」[27]は、ポストモダンと「保守」の関係性を論じ、呉の指摘を補足する内容を持つ。許はポストモダン概念を、①アカデミックな理論レベル、②文化批判の根拠のレベル、③社会現象のレベル、という三種のレベルで理解する。許は、ポストモダンの立場から文化批評に従事することは、直ちに③の全てを肯定し、そこにアイデンティティを築くことを意味しないし、②の立場は、徹底した相対主義の一環として体制イデオロギーや主流言説を批判するが、その相対主義故に現状の黙認にも繋がるので、「ラディカル」であると同時に「保守」ともなり得る、ポストモダン状況にあって、「ラディカル／保守」という区別は、実はコインの表裏に過ぎない、と指摘したのである。

陶東風「超越歴史主義与道徳主義的二元対立――論対待大衆文化的第三種立場」という論文も[28]、陳少明らと同じく、それまでの文化批評界がややもすれば陥りがちだった二項対立的思惟モデルの止揚という立場を採るものとして評価される。陶は、世俗社会に対する態度が、九〇年代知識人「分化」の標識に据えられたという認識から、大衆文化を主たる考察の対象にする。八〇年代、知識人は「反文革」を共通認識としてグループを形成したのだが、九〇年代にこのグループは、「道徳主義」に拠る「人文精神派」と、「歴史主義」に拠る「世俗精神派」に分化したという。陶は、ヨーロッパのルネッサンスにおけるユマニスムは神権からの解放を求める思想であり、社会道徳や公共生活を支える規範の中から宗教的要素を排除していく、「世俗化」の過程として表現されたが、現代中国における「世俗化」も、政治的権威と道徳的権威を一身に集中させた「準宗教的専制王権」（即ち「毛体制」のことであろう）を解体させたものとして同様の性質を具える、この歴史的意義を「道徳理想主義」は無視できない、という。このような「世俗化」は商業化や低俗化と同義ではないし、更に近代中国における「世俗化」は、特殊中国的コンテクストに由来する特徴、即ち、伝統的な「享楽主義」からの「縦向」（通時的）影響と、西欧ポストモダンからの「横向」（共時的）影響の混交という特徴を具えているにも関わらず、「人文精神」論者はしばしば、後者の影響のみを見て批判する、しかも、そのような批判が援用する所の、フランクフルト学派に代表される西欧の大衆文化批判は、社会の発展段階が異なる中国では機械的に適用できない、と陶は指摘する。しかし、道徳主義的・審美主義的な「人文精神派」も、実は世俗への関心と究極的価値への関心を同居させているのであり、これを契機に、歴史主義（多様化・富裕化という歴史の「進歩」を実現した世俗を肯定するリアリズム）／道徳主義（「人文精神」＝道徳的純粋性の保持を追求する審美主義）を和解させる「第三の立場」が模索されるべきという主張である。

邵建「従『後学』到『人文』――関於『知識分子的文化立場』」は、陶東風の関心を継承しつつ、これと「後学」批判を組み合わせた、やはり「対話」要求の主張である。[29] 邵は「後学」が、中国の文化状況認識（「定位」）に際して、モダンが未成熟な状態にポストモダンを接ぎ木する「定位の超前」、ポストモダンを表層的に理解する「定位の偏狭」という、二重の誤読に陥っているとする。例えば消費社会への転換とは、実は国際資本戦略に組み込まれた結果であり、そのような「ポストモダン」とは、むしろポストコロニアル状況の産物として畸形的発達を遂げたものだが、「後学派」がこれを「他者化の他者化」によるポストコロニアル状況からの脱出の根拠に想定するのは矛盾である、

（別表）九〇年代文化批評における中心的話題に対する各「派別」の認識

イシュー＼派別	体制イデオロギー	人文精神派	モダニズム派
現代化・現代性	ポスト文革（現代化路線）／ポスト天安門事件（民族ニヒリズム抑止）の狭間に定位させて、「中国的特色」を強調する。国際政治の枠組においては第三世界にアイデンティファイ。	「九〇年代アイロニー」に対する困惑と、体制イデオロギーとしての「現代化」言説の相対化を議論の出発点に据える。	八〇年代には知識人の共同性として働いたが、九〇年代に思想課題としては終結した「大きな物語」。西欧中心主義の源泉
本土性	八〇年代には普遍性への参与を追求する開放政策の後景に退くが、ポスト冷戦期には、社会主義路線堅持の独自性と権力の正当性の歴史的根拠である、ナショナリズムの根拠として強調。	普遍主義の立場からは相対化されるが、実践主義の立場からは、特殊中国性が強く意識される。西欧言説における他者という性格については重要視しない。	西欧中心主義が他者として散布するオリエンタリズム的中国イメージを相対化した際に浮上する観念だが、それ自体もポ
知識人	伝統的なビューロクラシーの構造転換が、現代化の構成部分。知識人のテクノクラシー（技術型）への取り込みにより、人文系知識人の地位変化を促進する側面を持つ。	五四以来の現代知識人伝統の相対化を目指す。現実関与の優良な伝統を継承しつつも、権力への依存性からは脱却、「終極関懐」や学術専業意識を再建することを課題に設定。	言説へゲモニーに執着するエリート意識と不可分の存在と認識。八〇年代の現代化エリートは、九〇年代において周縁化・
啓蒙		伝統的な「訓導」型、権力志向の啓蒙からの脱却を目指すが、新たな啓蒙の形態については具体像を持たず、自己啓蒙という内面化への志向もある。	八〇年代までのエリート意識の表象として否定する。啓蒙は言説へゲモニー独占の手段であり、ポストモダン状況では、知
ラディカリズム	革命神話否定に繋がるラディカリズム批判は、イデオロギーの正当性・純潔性を守る立場から拒否する。	現実関与という優れた知識人伝統として評価する一方で、伝統的知識人意識の継承による権力依存、学術水準低下、俗流進化論への依拠などの面を厳しく批判する。	伝統批判としての五四ラディカリズムは、西欧中心主義への隷属。これを相対化しながら、これに替わるべき主体を固着さ
批判性		道徳理想主義から文化の低俗化に、普遍主義から後学派の相対主義に批判性を発揮。知識人のアイデンティティ構築の根拠として「批判性」の把持を主張。	文化批評は「新状態」における知識人独自の行為になるが、それは状況と即興的に戯れることで表現。「新状態」を黙認す

ポスト	大衆文化派	後国学派
として、あらゆる局面において徹底的に相対化されるべき言説。	大衆文化合法化の根拠。個人の欲望や、社会の多様性を抑圧した文化専制との対比において、「進歩」した状態と認識される。	全盤西化論とは対立。現代化の過程で、伝統学術は主体にはならないが、規範化・国際化を含め、学術研究の新たな形態追求の条件を提供するとも認める。
ストモダン状況の中で相対化される虚構の「主体」。	市場化の趨勢として否定。道徳的な価値観とは切断するので、商業主義に利用する側面も持つ。	文化伝統と同一視して、基本的な立場の拠り所だが、学術の規範化というレベルでは普遍主義に傾斜。
拡散するのが必然であり、新たな文化状況に適応できないで、形而上的関心や道徳主義に走った。	知識人の周縁化を容認。市場経済下における新たな「知識人」の形態を実践で示しつつあるとの自負。	学術専業化を通じ、人格・道徳規範を確立する役割を担う。章太炎・陳寅恪らが、近代中国における理想的な知識人の形象。
識人は啓蒙＝権力構造から解放されて傍観者へと変貌する。	知識人の「訓導」型啓蒙に強く反発し、啓蒙の客体からの脱却を、大衆文化社会実現の標識とする。	学術の専業化の立場から、現実関与の実践性は否定するが、アカデミズム形成の任務は自覚する。
せない相対化の継続により、西欧／中国という二項対立を克服するという、新たなラディカリズムを追求。		学術伝統衰落の起点として、五四ラディカリズムを批判する。
るため、体制イデオロギーに批判性を発揮しないとの批判を受ける。	革命神話の解体、主流言説への対抗的価値の提示という点で、批判的な意義を持つが、言説主体の構成には向かわない。	ラディカリズムに対しては批判性を発揮するが、現実関与への関心は低い。

しかもそのような「根拠」は「批判性」を欠くため、外部からは「保守主義」と映り、批判を浴びる、と邵は指摘したのである。従って、「人文精神」は道徳主義に偏しているものの、その対立面に世俗の欲望やポストモダンを置くのは、いずれの「派」も「根拠」を必要とする現時の中国の思想コンテクストからいえば誤りである、両者を「文化批判」を共通項とした「知識人の文化的スタンス」という次元で和解させることは、本来的に可能ではないか、とい

う提言であった。

これまで、「人文精神討論」以降の様々な議論を、「後学派」の主張を中心に整理してきたが、それらを敢えて「派別」に分類するならば、「人文精神派」、「大衆文化派」、「後国学派」、「後学派」（更に、ここには一つの焦点として「体制イデオロギー」も含まれるだろう）が主要なものであった。ここで、九〇年代に提起された主要な「問題群」（「現代化・現代性」、「本土性」、「知識人」、「啓蒙」、「ラディカリズム」、「批判性」）についての各派の見解を、別に表の形にまとめることで、本節の結びに代えたい。無論、「派別」を異にするとはいえ、あらゆる問題に関して認識や解釈が截然と分かれる訳ではなく、例えば「人文精神派」と「後国学派」は学術規範の建設・「学統」の再構築などでは一致するし、「大衆文化派」と「後学派」は、市場経済導入後の価値観の多様化や社会変容を肯定する点で一致するなど、状況は複雑であった。これまでの整理からも明らかなように、各派は様々な対立や錯綜を示しつつ、趙毅衡の「新保守主義」批判の出現を契機に、九六年段階では「分裂」状態から「対話」の糸口を探る「調整」の段階に進んだのであり、そのような時間の経過に応じた言論状況の推移は、表の形式では反映できないが、各派の一致／対立が交錯する状況は、むしろ明らかになるであろう。

注釈

（1）《今日先鋒》創刊号（一九九四年五月）。

（2）原載《作家報》一九九五年五月六日。『人文精神尋思録』所収、一三七～一四一頁。

（3）《上海文学》一九九四年第四期。『人文精神尋思録』所収、八四～九九頁。

（4）《東方》一九九四年第五期。『人文精神尋思録』所収、一〇六～一一九頁。
（5）《上海文学》一九九五年第一期。
（6）《東方》一九九四年第一期。
（7）《東方》一九九四年第三期。
（8）同前。
（9）このような「反応」に関しては、陳思和が一九九四年九月から翌年八月にかけての坂井宛書簡で詳しく紹介してくれた。陳の書簡は各種の媒体に公開され、後、「致日本学者坂井洋史」（一）～（三）として『犬耕集』に収録。第一と第二の書信については、管見の限りで、①「関於『人文精神』討論的両封信——致坂井洋史」と題して『人文精神尋思録』一四二～一五五頁、②「関於人文精神的通信」として、李学勤、呉中傑、祝敏申主編『海上論叢』（復旦大学出版社、上海、一九九六年六月）一五～二一頁、③「就95『人文精神』論争致日本学者」として、愚士選編『以筆為旗——世紀末文化批判』（湖南文芸出版社、長沙、一九九七年四月）二三～三六頁、に収録されている。私からの陳宛書信が公開されることはなかったが、私自身の「人文精神」に関する理解は、「人文伝統的顕現和継承」（『中華学府随筆』版、陳思和・龔向群主編『走近復旦』、四川人民出版社、成都、二〇〇〇年一月、三一三～三二〇頁）において示した。
（10）《文芸争鳴》一九九四年第二期。
（11）《東方》一九九四年第二期。
（12）《上海文化》一九九四年第六期。
（13）《上海文学》一九九四年第八期。
（14）Fredric Jameson *Third-World Literature in the Era of Multinational Capitalism* Social Text 15, 1986 Fall
この一文に関しては、四方田犬彦「ポストモダンと第三世界」（原載《文芸》一九八九年秋季号。後、『回避と拘泥』、立風書房、東京、一九九四年三月、所収。一一四～一三五頁）に紹介される。張京媛による中国語訳は「処於跨国資本主義時代中的第三世界文学」として張京媛主編『新歴史主義与文学批評』（「北京大学比較文学研究叢書」版、北京大学出版社、一九九三年一月）に収める。

(15)《東方》一九九四年第五期。

(16)《上海文化》一九九五年第一期。

(17)《上海文化》一九九五年第四期。

(18)《上海文学》一九九四年第八期。

(19)《上海文化》一九九五年第二期。

(20)《上海文化》一九九五年第三期。

(21)《二十一世紀》一九九五年第二期。

(22)《二十一世紀》一九九五年第四期。

(23)《上海文化》一九九五年第六期。

(24)《東方》一九九六年第二期。

(25)《東方》一九九六年第三期。

(26)《二十一世紀》一九九五年第六期。

(27)同前。

(28)《上海文化》一九九六年第三期。

(29)《上海文学》一九九六年第九期。

Ⅳ　汪暉「当代中国的思想状況与現代性問題」による「九〇年代」の幕引き

一九九三年の「人文精神討論」を皮切りに、様々な立場からの議論が錯綜した九〇年代言論界だったが、九五年には「人文精神」を焦点とした議論は収束に向かい、代わって「保守主義」を巡る応酬が焦点となる。そして、九六年には文化批評の焦点になる話題は見当たらず、むしろそれまでの多様な議論を統合する志向も芽生えてきた。フクヤマの『歴史の終り』やハンチントンの『文明の衝突』といった、ポスト冷戦の世界構造を考察する著述は、中国でも大きな反響を呼び、市場経済導入後の国内経済の発展も相俟って、言論界の関心は次第に「資本主義のグローバル化と中国」という問題に向くようになった。[1] しかし、これまで整理してきた諸議論も含めて、九〇年代中国思想界が、この問題に正面から取り組むだけの準備を果たしてきたかといえば、資本主義システムに関する深い考察も、ある部分でこれを同義と見なされることもあった「現代化」を中国の歴史的コンテクストにおいて検証する作業も、不十分だったことが明らかになったのである。それを厳しく指摘したのが、汪暉（当時、中国社会科学院文学研究所）の「当代中国的思想状況与現代性問題」であった。[2] この論文は、九七年に海南省の《天涯》誌上に発表された当初から大きな反響を呼び、その後の「新左派／自由主義」論争のきっかけとなったのだが、冒頭にも記したように、本節では、この論文の、九〇年代文化批評が十分に対象化できずに「混沌」のまま提示した問題群を総括し、問題の焦点化を果たしたという役割に注目して、整理を行うこととする。

第一章は「歴史已経終結?」と題され、汪が自らの「九〇年代」認識の枠組を提示した部分に当たる。汪は、一九八九年が、社会主義という「実験」が一段落を告げ、世界が地球規模の資本主義システムに収斂し、中国社会も各方面で資本と市場活動に制約されるようになった歴史的な分岐点だった、天安門事件を経てなおも国家主導による改革・開放路線は深化、生産・貿易・金融制度、そして社会生活までもが、国際市場における競争・市場原理に支配されるようになり、知識人の社会的役割、国家・政府の社会・経済活動における役割も変化して、全てが経済活動と密着することになった、と大きく時代状況を概括する。即ち、中国国内各方面が経済主導型に転換したということである。知識界の言論状況として、国外からの影響により「知の越境」が発生、西欧社会に対する観察が中国社会に応用された、制度としての教育・学術は国境を越え、知識の生産と学術活動もグローバル化の一翼を担うこととなり、人文系知識人は八〇年代流「啓蒙者」の役割を放棄、職業化へ向かった、とする。九〇年代の文化空間には多様な文化行為が出現したが、それらは現状批判を含む道徳的姿勢であると同時に、知識人の自己再確認という性格を持った。彼らが国家との関係も含め、商業文化の浸透に如何に適応してアイデンティティを構築するかを模索したのが九〇年代だったとされる。

次に汪は、近代以来、中国知識人の歴史省察は「如何に現代化するか／なぜ現代化できなかったか」、に集中してきた、そもそも中国知識人にとって「現代化」とは、富強・近代国民国家建設の方途および西欧モダンの価値規範に拠る伝統批判の過程であり、「中国／西欧」、「伝統／『現代』」、という二項対立図式を根拠にする現実への対処だった、そのため、八〇年代の社会主義に対する省察において、社会主義は「現代化」の範疇から除外された、と指摘する。汪は、グローバル化状況での社会統合のモデルとして、西欧モデルのモダナイゼーション、中国モデルの「現代化」、いずれも有効性は疑わしいが、モダンを支えた国民国家という枠組は依然として有効だという。グローバル化も国家を単位として進行するし、天安門事件による政治的緊張がその後緩和したことは、グローバル規模の経済利益関係の明確化が国家の内部的統一を助けた例とされる。このように複雑な状況に対して、従来の中国における「現代化」言説は無力だと、汪はいう。例えば、今日の文化・道徳危機は、伝統の失墜・腐敗の結果と短絡できないし、市場経済が基本的に形成された段階で、多くの問題の原因を社会主義に帰着させることもできない、ポスト冷戦段階で世界市場に組み込まれた中国の問題は、最早「中国」という単一のコンテクストで理解することのできない複雑性を帯びるというのである。

この指摘を敷衍して、汪は文化批評の問題に触れる。汪は、パラダイムロストの時代にあって「批判性」そのものが活力を失いつつある、批判の前提を再確認する必要があるという。即ち、九〇年代の文化批評は、依然として「改革／保守」、「西欧／中国」、「資本主義／社会主義」、「市場経済／計画経済」、といった二項対立図式を分析枠組としており、資本に対する分析、市場と政府の相互浸透／衝突関係の検討を欠き、道徳レベル、もしくは従来の「現代化」言説の中に自らの視野を限定して、今日的な問題群に対応できないでいるのである。啓蒙知識人がウェーバーなどを援用して行う社会主義批判が、なぜ「現代性」に関わる諸問題への省察を内包しないのか、改革の趨勢は中国社会の基本構造を再編成しつつあるが、不確定な資本主義の帰趨に対して、中国がモダナイゼーションの別の可能性を示し得るのか、これらは、知識人の道徳的な姿勢の背後に隠蔽されてある、更に本質的な問題だろうと、汪は指摘したのである。

第二章「三種馬克思主義」では、中国におけるマルクス主義・社会主義実践を、モダナイゼーションの範疇に定位しようと試みる。第一章で既に指摘されていた、八〇年代以来の中国で社会主義が批判の対象とされる際にも、「現代性」、「現代化」との関連において論じられてこなかったという理論的偏頗に対して、自身の見解を歴史的なパースペクティヴの中で提示した部分である。

汪は、中国における「現代化」は資本主義化と同義ではない、中国マルクス主義は「現代化」イデオロギーであり、社会主義運動こそが中国「現代性」の特徴である、と主張する。「四つの現代化」は、技術的な進歩の標識に留まらず、実践を究極の目的に到達すべき方途として理解する思惟方式として、目的論的な歴史観・世界観であり、自己の存在意義と時代を結びつける態度を提示しており、即ち、中国「現代化」と西欧モダナイゼーションの相違を明らかにしただけでなく、独自の価値システムをも提供したものと理解する。中国というコンテクストにおける「現代化」とは、社会主義イデオロギーを内容とした価値志向とされる。

続いて、汪は近代中国における「現代化」、「現代性」の問題を、歴史的な脈絡に置いて整理する。汪に拠れば、毛沢東流の「現代化」は、その内容を孫文から継承して、近代国家建設と富強および社会各層における平等実現を目指すものだった。前者についていえば、中国の「現代化」は、自らを「現代化」するイデオロギーという側面と、西欧言説としてのモダナイゼーションへの批判という側面を併せ持っており、後者についていえば、「平等」の実現は、国家以外の社会領域の消失を意味し、巨大な集権国家の誕生に可能性を拓くものだった。このような「現代化」は、帝国主義の拡張と資本主義による西欧モダン社会の危機という思想コンテクストにおいて追求されたので、「現代化」実現と同時に、西欧モダン社会に出現した諸弊害を回避することを思想任務とした。そのため、中国における「現代性」を巡る思想は、「モダン批判」を特徴とし、これが「反近代」的な思考を生んだのである。「反近代の『現代性』理論」が、清末以来の中国思想の主要な特徴だったということだが、「現代化」と「反近代」の並存という矛盾は、毛沢東の思想と行動に体現された。「集権国家建設／破壊」、「経済の集中化／分配の平等化」、「国家主導の現代化実現のために個人の政治的自由を剝奪／人民主権抑圧に対する反感」といった、相反する要素の並存が、毛に集中して反映を見たと、汪は整理する。

ポスト文革時期に、社会主義における「公有制と平均主義の非効率性」、「政治的迫害」が批判されたが、前者への批判を通じて、中国社会は次第に世界市場とリンクすることとなった。中国社会主義は、依然として「現代化」イデオロギーを内容とするプラグマティクなマルクス主義だが、世界市場とのリンケージはそこから「反近代」的要素を除去したのである。それは毛沢東流の「理想主義」＝第一種のマルクス主義の放棄を意味した。しかし、この第二種目のマルクス主義は、競争原理、効率性向上などのプラグマティクな要素のみに着目して、富の再分配における平等の原則を軽視したため、政治民主化実現の障碍となった。七八年以来の「現代化」を巡る様々な議論は、「現代化」自体の可否ではなく、それを如何に実現するか、というプラグマティクなレベルの問題を巡って展開されたものであり、即ち「現代化」イデオロギーとして「反近代」を含む／含まない、により分岐した、プラグマティクなマルクス主義同士（第一種と第二種）の闘争だったのである。しかし、「現代化」イデオロギーとなったマルクス主義にも「空想的要素」を含むヴァリエーションが存在する、即ち、人道主義によるマルクス主義の改造、従来の体制イデオロギーを批判しようとする第三種のマルクス主義である。それが目指すのは、解放の思想としてのマルクス主義の復権であり、突破口は「疎外」の問題だった。それは、「疎外」の問題を、マルクスの時代のコンテクスト、即ち、資本主義／モダンへの批判、から切断して、伝統的社会主義＝第一種の中国マルクス主義に対する批判に用いたものである。その結果、第三種の中国マルクス主義は、世俗化＝市場化を促進し、市場原理が主流イデオロギーとなっていく過程で消失したのである。

第三章は「啓蒙主義及其当代形態」と題され、八〇年代から九〇年代にかけての文化批評に対する評価を基礎に、今後の文化批評の思想任務を論じた部分である。

汪は先ず「新啓蒙主義」思潮を中心に据えて八〇年代思想界を概括する。この「新啓蒙主義」とは、第三種目のマルクス主義、即ちマルクス主義人道主義だったが、八三年の「精神汚染批判」を経過してラディカリズムへ転化、民間化・反正統化・欧化の傾向を帯びた、と汪はいう。しかし、これら啓蒙思想・啓蒙知識人を国家権力と対立する思想政治勢力と考えると、ポスト文革思想状況の脈絡を捉え損ねる、それら知識人の一部は体制上層部にテクノクラートとして参加していたから、両者の分岐はむしろ権力機構内部の構造的断裂というべきである、このような啓蒙知識人と体制イデオロギーの「共謀」の実態は、天安門事件に極端な形で現れた「対立」的な状況に隠蔽され、八〇年代理解の障碍になっている、と汪は指摘する。このような「新啓蒙主義」は、最早社会主義の原則に拠らず、西欧啓蒙伝統に直結して、「伝統＝封建＝社会主義／『現代』」という二分法に基づき、「現代性」の価値を再定義したが、社会主義批判を「反封建」の主題に焦点化させたため、社会主義の「苦境」が実はモダニティ全体の危機であることを看過したし、伝統／「現代」の二分法に拠ることで、独裁や不平等もまたモダン諸制度の産物であることを看過した、と汪は指摘する。それは八〇年代においては一種の「戦略」たり得たが、西欧啓蒙主義に強く自己同定することにより、進歩の観念、「現代化」の予定、ナショナリズムの歴史的使命、自由平等の実現などの主題が、現代化イデオロギーとしてのマルクス主義と親近性を持つことは隠蔽された、この点を看過して、知識人の体制イデオロギーからの独立を論じることは不毛だった、と汪はいうのである。汪の見る所、「新啓蒙主義」とは、経済・政治・法律・文化などの領域で「自主性」もしくは主体的自由を確立することを目指し、伝統批判／社会主義批判および「現代化」を基本的任務とする、という点で一致しただけの、雑多な社会思潮の集合体だった。しかし、彼らの「批判性」には限界があったと汪は指摘する。経済面では専ら計画経済体制に批判対象を限定して、資本主義に対する批判性を喪失したし、政治面では、言論の自由、人権の保障、権力集中を抑制する議会制度の導入などを論じたが、六〇年代流の大衆運動に恐怖を覚える余り、議論を形式上の問題に矮小化した。文化面では、科学精神による歴史・文化理解を標榜、主体性確立と個人の自由を主張し、ニーチェからサルトルまで西欧思想からヒントを得たが、それらオリジナルの思想に含まれたモダン批判という思想的契機は見失われ、単なる個人主義や反権威の象徴として援用したに過ぎなかった。こういった「新啓蒙思想」は、八〇年代には確かに活力を示したが、本質的な批判性の欠如故に、主流言説＝「現代化」イデオロギーに組み込まれていく中で潜在的な批判能力すら喪失し、今日の資本主義文化の先鞭をつけることとなった、というのである。八〇年代後半以降、「新啓蒙主義」がその雑多性故、本来内部に抱えていた分岐が表面化、八九年には、各種の構成要素を統括する共通性は最早存在せず、保守／ラディカルの二極に分化した、と、汪は「新啓蒙主義」の帰趨を概括する。保守派は体制機構内に吸収され、ラディカル派は人権・民主化運動へ進む一方、ラディカリズム（特に伝統否定）による価値規範喪失を懸念して、価値観や道徳問題を論ずるグループも出現、またラディカリズム批判の一環として、ウェーバーの『プロテスタンティズムの倫理と資本主義の精神』が知識界に刺激を与えた結果、これと中国の状況を重ね合わせ中国の「現代化」も文化の徹底的な変革から着手すべしという観念が生じたのであった。総じていえば、八〇年代啓蒙知識人は西欧モデルのモダナイゼーションを信奉し、その前提として、抽象的な個人と主体性観念および普遍主義を措定した、とされる。

次に汪暉は九〇年代思想界の概括に進む。九〇年代には、八〇年代における「啓蒙」のような、知識人間の共通性は存在しないという前提から、「八〇年代啓蒙」の帰趨という角度からの整理となっている。汪に拠れば、九〇年代とは、啓蒙主義が分化し、啓蒙主義が依拠した普遍主義への疑問を弾みに相対主義が出現した時代である。

先ず九〇年代初期には、西欧モデルに拠るモダナイゼーションの唯一性への反問として、「儒教資本主義」成功に励まされた、儒教再評価が現れた。汪は、このような儒教再評価には、儒教文化圏内の差異を無視している、モダナイゼーション＝資本主義化と短絡して、プロテスタンティズムと儒教の役割を同一視する、植民地経験といった現代史の体験を単純化して理解する、などの問題点が存在し、市場の役割を基本とする現代世界の理解には有効でなかったとする。

八〇年代に「思想解放」を推進した啓蒙思潮だったが、九〇年代を経過して、社会問題に対する批判能力を喪失しつつあるにも関わらず、八〇年代の啓蒙思想の課題を解決したわけでもない、他方で、資本主義的生産関係が自己の代弁者を新たに作り出して、価値創造者として存在し続けてきた知識人に挑戦しており、啓蒙知識人と八〇年代流啓蒙思想は、正に「曖昧な状態」に置かれている、この「曖昧な状態」を体現したのが「人文精神討論」だったと汪は指摘する。九〇年代に至って、啓蒙知識人は商業化社会の諸弊害に慨嘆しつつも、自らがかつては目標とした現代化過程の只中にいることを承認せざるを得ない、社会主義批判に際して「解放」の先駆を務めた啓蒙主義の抽象的主体性観念と自由の命題に拠るだけでは、最早「現代化」過程に出現する諸問題の認識や分析を行い得ない、そこで、啓蒙主義の姿態を保持し続けようとする人文系学者は、資本主義化の過程に現れる諸問題を抽象化して「人文精神」失落に由来して発生した問題であると解釈した。西欧・中国古典哲学への回帰、究極的価値への関心として表現される倫理規範の探索がその主張だったが、彼らはこれを個人の「安心立命」を目的とする個人的道徳実践に帰結させてしまった。しかし、これは遍在する資本活動経済関係の分析に対する無力の表明であり、ひいては批判能力の欠如の表明だった。そもそも「理性化」こそ人間の自由と主体性を保障するとした啓蒙主義に対する疑いの表面化したのがモダンという時代だったのであり、「人文精神失墜」の原因を探求するならば、先ずそのような「失墜」と八〇年代新啓蒙主義および「現代化」との間の脈絡をこそ対象化すべきであり、社会構造の変化に付随した階層分化と知識人の地位変化を「精神」の「失墜」と結びつけるのは、啓蒙知識人の社会変化に対する曖昧な態度の反映だった、というのである。

八〇年代の「新啓蒙主義」に対する批判として、九〇年代には「後学派」（ポスト〜イズム派）が現れたが、この一派の現実に対する態度は啓蒙主義（人文精神派）より一層曖昧なものだった、と汪はいう。そもそも中国の「現代性」や「現代」文化について、真の意味で中西比較を行ったポストモダニストはいなかった、彼らが脱構築したのは、啓蒙主義者同様、中国革命とその歴史原因だけだった、と汪は指摘する。彼らは啓蒙主義の強調した主体性観念を嘲笑するが、それを歴史的コンテクストに置いて分析しようとせず、時代遅れの外貌を嘲笑するだけだった。ポストコロニアリズムも、「中国／西欧」という二項対立言説を強化して、ナショナリズム言説と等しくなり、ユーロセントリズム批判もチャイナセントリズムの可能性を提示するという、独特な受容、解釈のされ方をした。「後学派」は、欲望の生産と再生産を人民の需要から出たものと虚構、これを「大衆文化」、脱イデオロギーの「新状態」と称したが、彼らの「新状態」肯定とは、実際には大衆文化の各レベルに、商業化・消費主義化されたイデオロギーが浸透していることを隠蔽し、資本による制約的作用を中和する、批判性欠如の表現に過ぎなかった。更に彼らは、啓蒙知識人批判に際して、ポストモダニズムに拠り、市場イデオロギーを擁護、一切を脱構築するようで、実は資本メカニズムと社会主義改革運動との関係についての分析を欠いていた。これは結局、「体制・主流文化／大衆文化」という二項対立図式の提示であり、両者が資本メカニズムを通じて共謀するという複雑性を見過ごしているのである。市場化は、経済領域に止まらない、政治・経済・文化の変動を伴う、統治イデオロギーの再編であり、大衆文化、消費主義文化と体制イデオロギーの日常生活への浸透こそ、今日の主流イデオロギーである。それは、知識人の批判性イデオロギーを排除・喜劇化し、「大衆」を拠り所にエリートを市場から排除する戦略を有するので、つまりポストモダニズムは意識しないまま、このような主流イデオロギー形成の有効な構成部分となり、結局は「現代化」イデオロギーを補完することになった、と汪は指摘したのである。

汪の見解からすれば、市場経済の深化も、決して社会の民主化をもたらしはしないのである。資本主義化された社会において、文化資本メカニズムは社会活動の重要な一面であり、文化の基本的な傾向は、国家権力の浸透したメディアが支配するので、文化は国家権力と市場資本権力の二重の権力から来る制約を受けることになるのである。文化批評は、経済面・社会面での民主獲得と、文化面での民主獲得は同じ性質の闘争であるとの認識の下、社会・政治・経済の分析と、文化に対する分析を方法論上で結合させる可能性を探索すべきであるが、九〇年代文化批評は、そのような主題に焦点化すべき今日的な問題群の分析、理解に対して無力であったと批判する。例えば、中国における民主に関する議論は、個人の自主性と政治参画能力の問題に集中して、経済自由主義および公共領域の問題という、二つの方面から展開されており、市場原理が民主を実現すると考える者が多数を占めている。この発想は計画経済体制とのコントラストにおいて「市場経済」を理想化しているに過ぎず、実は「市場」と「市場社会」を混同している、と汪は指摘する。「市場」が果たして中立的であるとしても、「市場社会」は政治・文化の全領域を支配し、独占的な上部構造と結合する。曖昧な「市場」概念を理想化することで、社会の不平等を生産する構造および権力構造という真の問題の所在は、却って隠蔽されるだろう、と汪はいうのである。九〇年代以降、ハーバーマスに由来する「公共空間」概念が流行したが、中国の公共空間とは、成熟した市民社会を前提にして成立したものではなく、市場の要請と権力構造自身の要請により現出したものに過ぎない。市民社会や公共領域に関する議論は、このような「市民社会」出現を錯覚させる経済状況が、国家権力によって実現したこと、メディア等の、目下「公共空間」と見なされている部分ですら、実は国家権力内部に存在する、ある種の「空間」が社会と相互浸透を起こした結果に過ぎず、中国では結局市場や社会が、国家からの干渉を自然に制御することはないことが看過されていると、汪は指摘する。

汪暉はこのような九〇年代以来の思想状況を、「新啓蒙主義」の衰退、および自らの内部に抱えた諸要素を相互に衝突させながらもグローバル化へと開かれていく「現代化」を合法化する、現代化イデオロギーとしての「社会主義の勝利」によって特徴づけられた、と総括したのである。

第四章は「面対二十一世紀——全球資本主義時代的批判思潮」と題される、全文のまとめである。汪は二十世紀の大事件として、冷戦の終結と並べて中国の社会主義改革を掲げる。中国において「現代化」を実現する方法、「現代性」の表象であった「社会主義」は、抑圧的に機能してきたが、今日に至って、グローバル規模の資本主義システムに組み込まれることで、その抑圧的な側面を除去した。即ち、資本主義が、資本主義に内在する矛盾を揚棄すべき社会主義から自己批判を引き出したのである。伝統的な社会主義はモダンに内在する本質的な危機を解決できないし、「現代化」イデオロギーとしてのマルクス主義、「新啓蒙主義」も今日の世界に有効に対応できない、資本主義と社会主義の相互浸透を視野に入れた、中国の当面する諸問題再検討の必要がある、というのが汪の主張である。

汪は、モダナイゼーションとグローバル化を対立的に捉える視点も批判する。例えば、ナショナリズムについて、ナショナリズムは国民国家の基礎として厳然と存在するのであり、第三世界においてはナショナリズムの勃興・国民国家建設と、資本主義のグローバル化は同時に進行している。自足的な民族産業は世界資本システムに組み込まれつつあるとはいえ、グローバル化も国民国家を基礎とした政治・社会組織を超えた新たな統合の原理に関する展望を提示できないでいるし、社会問題の全てを解決できる訳でもない。グローバル化には、偏狭なナショナリズムのマイナス面を矯める作用もあるだろう。中国の状況に即していえば、国際資本と国内資本が相互浸透、もしくは衝突し、経済構造の複雑さを増す一方、構造的腐敗や、盲目的な消費主義による資源の濫費を生んでいる。このような状況を正しく認識するためにも、伝統的なナショナリズムと、グローバル化とは抵触しない、むしろその副産物としての、今日的なナショナリズムとの相違を踏まえた議論が必要だという指摘である。

汪は最後に、十九世紀以降の中国思想界に普遍的だった「現代化」を巡る目的論的世界観が挑戦を受けている、今日の状況に対処すべき即効的な理論こそないものの、中国／西欧、伝統／近代といった二分法を超越して、自身の思考の前提を問い直すべきであり、支配的制度革新の可能性、民間社会の再生能力に注目しながら、中国における「現代性」追求、その歴史的条件と方途を地球規模において考察することが目下の急務だと主張する。社会主義の歴史実験は過去のものになったが、資本主義のグローバル化も、モダンの本質的危機を解消し得ないのであり、歴史段階としてのモダンはなお未完である、これを認識することこそ中国知識界革新の契機である、と締め括っている。

詳細に汪暉「当代中国的思想状況与現代性問題」の内容を確認してきたが、八〇年代から九〇年代にかけての思想状況の概括として、確かに極めて明晰なものである。この明晰さは、思考の根本的なレベルで見れば第一に八〇年代以来の中国思想界を支配した二項対立式の思考モデル脱却にかけた志向、第二に「権力」の偏在性に対する意識、によってもたらされたというべきである。

第一の点についていえば、第二章で汪暉は、八〇年代の思想解放＝社会主義批判において中国社会主義のプレモダン的要素とされた部分は、むしろ近代国民国家建設のプラン（＝「現代化」）に混在していた「反近代」的要素（＝ユートピア的要素）だったとし、そのような要素の、「現代化」進行に連動した消長の過程（改革・開放による除去→プラグマティズムの浮上→政治的自由実現の阻害→「疎外」の問題を梃子とした社会主義の批判性再生→グローバル化による「社会主義」の批判性埋没）が、却って社会主義・マルクス主義が中国において「現代化イデオロギー」として機能してきたという性格を露わにした、と分析しているのだが、文化大革命中に現出した個人崇拝や人間性の蹂躪を、過去の歴史として清算することが要求されたポスト文革期において、「伝統」、「封建」的要素に満ちた、「現代」に克服されるべき「対立面」と考えられた「社会主義」そのものの中に、実は、資本主義のグローバル化段階に否応なく進み入った中国の「現代化」にとって重要な参照系ともなるべき思想資源が胚胎していたことを指摘して、鮮やかである。

第二の点は、汪が繰り返し指摘するところである。確かに九〇年代の文化批評においても、「言説」が自らのヘゲモニーを新たな権力構造の中に確立しようとして、他者を排除する傾向を帯びることは、しばしば指摘されていたが、既に前節で述べたように、「後学派」の「新状態」肯定には、市場や資本が人間を均質化・道具化していく「暴力性」に対する眼差しが欠如しており、その点で近代以来の中国思想界を支配した「進化論」や、「先進コンプレックス」ともいうべき素朴なナショナリズム情緒を厳しく対象化できずにいたのである。汪が執拗に強調するのは、市場や資本が決して中立的なものでなく、むしろ強いイデオロギー性を「中立性」という装いの下に隠蔽していること、そして、そのようなイデオロギー性が、資本主義のグローバル化という状況にあっては、一層巧妙かつ複雑に国内の各方面に浸透してくるということであろう。ポスト文革のコンテクストであれば、「イデオロギー」＝「政治権力による抑圧」と、単純化して理解することも自然だったのだが、「抑圧の機制としての政治権力」を否定さるべき対立面に仮構しなければ、民主・自由・公共空間の構築等々を構想できないという、中国の思想界に根強い二項対立的な思考モデルに拠っては、最早今日的な問題に対応できない、それでは「社会主義」を「現代化」と対立的に捉えることで、中国における「現代化イデオロギー」の実態および社会主義・マルクス主義が持つ資本主義に対する批判性に目を閉ざした「新啓蒙主義」が、資本主義のグローバル化の過程において批判性を喪失したのと、同じ轍を踏むことになると、汪は警鐘を鳴らしたのであろう。

しかし、この論文は、九〇年代までの文化批評、思想界の相対主義の不徹底を批判し、より徹底した相対主義（中国知識界の思考モデルや、政治権力のみならず、資本・市場や言説にまで遍在するイデオロギーの相対化）を主張することをモチーフとはしていないだろう。汪暉はむしろ、グローバルなレベルでモダンが未完のプロジェクトであるという前提から発して、社会主義・マルクス主義が、中国において「現代化イデオロギー」として歴史的に示してきた可能性と限界を踏まえつつ、そのモダンに対する批判性を復活させ、グローバル化の中で一層鍛え上げること、一言でいうならば、社会主義・マルクス主義の今日における復権を唱えているのである。それは汪が後に、新たな体制イデオローグ＝「新左派」として攻撃された原因だったのだが、ここでは題外の問題であり、新たな歴史段階における中国「現代化」実現の方途を具体的に提言した部分と共に、触れないこととする。私の関心と関連する面についてのみ最後に確認しておけば、「当代中国的思想状況与現代性問題」の画期的な意義とは、九〇年代思想界の自覚されざる傾向性、偏向を鮮やかに摘出することで、「現代化」、「現代性」理解を、「ポスト文革」というコンテクストおよび伝統的な思考モデルに支配された八〇年代の理解水準から解放した自己相対化こそ、中国思想界の当面する思想課題であると明らかにして、九〇年代に錯綜した様々な文化批評に明確な方向性を与えた点にあったのである。

注釈

（1）このような状況に関しては、砂山幸雄の明晰な整理、「中国知識人の一九九〇年代——転換する知の構図」（日本現代中国学会《現代中国》第七〇号、一九九六年九月）および「一九九〇年代中国におけるモダニティ批判——汪暉の所説を中心に」（《愛知県立大学外国語学部紀要》地域研究・国際学編、第三三号、二〇〇一年三月）を参照。

（2）《天涯》一九九七年第五期。砂山幸雄による翻訳は《世界》一九九八年十月号〜十二月号に連載。

Ⅴ　「近代論」を軸に据えた現代文学史の構想

汪暉「当代中国的思想状況与現代性問題」における、八〇年代以来の中国思想・言論界が、「現代」を十分に対象化してこなかったとの明確な指摘は、私が本章で九〇年代の文化批評の論点を整理することを通じて行った、中国知識人に自覚されないモダン理解の一面性についての指摘と、同じ発想からなされたものといえる。一言でいえば、私たちは共に中国思想・言論界における「近代論」の貧困を指摘したのであり、この点に関する限り、私は汪暉の見解に深く共感する者である。ここでやや唐突な連想かもしれないが、例えば「近代論」といって、私たちに直ぐとイメージされる竹内好や丸山真男の議論、あの種の近代論が果たして中国に存在したか、あったとしても、それがパラダイムとして機能する影響力を持ち得たかといえば、そもそも「近代論」に対応する適切な語彙すら思い当たらないのが事実ではないか、と私は思う。唐突に乱暴を継いで、モダナイゼーションの過程に輩出した啓蒙思想家を、日中対比で挙げてみれば、福沢諭吉・夏目漱石・森鷗外に梁啓超・厳復・魯迅・胡適らを無理矢理対比させてみて、その他はどうだろうか。九〇年代文化批評が理論武装するために援用する欧米現代思想の藍本は、日中いずれも同じようなもので、汪暉のいう「知の越境」も現象としては確かに存在すると知れるが、本章で名前を挙げてきたような中国の研究者・批評家と実際に議論を交わそうとすると、「視界融合」や「対話的理性」の実現は、遙遠な未来に期待するしかないと痛感されることもしばしばである。そのたび私には、その原因が、「近代論」に関する通常科学＝パラダイムが異なるせいと思われてならない。例えば張頤武が援用したジェームソンの魯迅評価だが、私の理解する所、竹内好最晩年における魯迅の今日性に関する「仄めかし」のレベルを決して超えていないのではないか。竹内は今日という時代（といっても七〇年代末だが）が、個が個として成立し難い「管理された時代」だといい、それを個と個が密室で向き合う近代小説という制度の危機だと「仄めかした」のである(1)。十九世紀にヨーロッパで完成した近代小説が、世界を把握する手段としては最早限界に直面しつつある時代に、魯迅の小説の「前近代性」が、リアリズムを超える可能性を持っているのではないか……竹内はこのようにいったのだが、ジェームソンの所論と明らかな吻合を示しているのである。いや、更に遡って、花田清輝の魯迅『故事新編』に関する、かれは、自国の伝統の重圧を身にしみて感じ、近代化の道を通って、先進国に追いつき、追いぬくことの困難をつくづく悟ったにちがいない。そこでかれは、前近代的なものを否定的媒介にして、近代的なものを超える方法についておもいをこらしたのだ。[2]

という指摘を対置させる方が妥当かもしれない。ついでにいえば、魯迅（むしろ「近代中国」と言うべきか）における「モダン」理解の限界を批判的に論じたものとして、花田の一文と同時に発表された荒正人の「もちこされた『近代』」に関する論文までもが、[3]「私たちの遺産」として想い起こされるではないか。

竹内とジェームソン、いずれに拠るか、それ自体は是非もないことだろう。また「ポスト竹内」の二十年間に、アジアのモダナイゼーションが露呈させた多様な差異性、あるいは竹内の「仄めかし」が終に「仄めかし」のまま「近代文学」の辺境化と共に拡散してしまったのが八〇年代だったという皮肉についても、ひとまず論じずにおくとしても、竹内とジェームソンの「吻合」が、「モダン」の対象化を目指した「近代論」を常に射程裡に意識した犀利なリーディングによりもたらされたことにも想像力が及ばない「後学」に、「現代／現代化／現代性」の対象化など覚束ないといわざるを得ない。もっとも、日本のような「小国」には、「脱亜入欧」以来、西欧モダンを是非とも対象化しなければ済まないという一種の強迫観念があって、それが「近代論」の「豊かな」蓄積を生む主たる動機だったには違いないので、中国のように分厚い文化蓄積を誇る「大国」がそれを欠くのも当然といえば当然なのかもしれない。

私が本書でどうにかその大枠だけでも提示しようと目論んでいるのは、結局は中国現代文学史の精神史的側面からの解読／記述ということになるのだろうが、それは、従来の近代中国研究にとって、トマス・クーンが『科学革命の構造』[4]において提示した原意に忠実な意味での「通常科学」、即ちパラダイムたり得た竹内好の中国近代像を、今日の視点から見直すことを出発点の一つとしている。竹内は、「進んだ日本」が「遅れた中国」を終に屈服させ得なかった「事実」を思索の挺子とし、日中間のモダン受容、モダン形成の質的差異へと思考を進めていった。抑圧に対する抵抗を契機として、伝統の核心を今日に蘇らせる「回心型」のモダナイゼーションをゆっくりと遂げつつある中国、というイデアが、「脱亜入欧」を目指して伝統を否定、西欧モダンへの追随のなかに「自己喪失」（この事態について、竹内は「液体の混合」という感覚的な比喩で説明していた。(5) 私が次章で主要なタームとして用いる「喪失」の含義は、ほぼ竹内の「溶解」に近い）していった日本の「転向」型モダン、そのような「モダン」の表象としての日本近代文学を批判する装置として浮上してきたのだった。魯迅を代表的な存在として、中国近代文学は、まさにこのようなイデアを証明する成果をあげつつあると竹内には見えていたし、戦後日本の中国現代文学理解は、大筋でこのような捉えかたを継承してきただろう。ところが一方、「現代化」が主流言説となった八〇年代の中国では、竹内にいわせれば抵抗の根拠であるはずの外在的な抑圧が、むしろ思想や文学をして、現実に対する有効性如何のみ問うプラグマティズムに奉仕させ、多様な価値観の共存を許さなかったとする省察が生まれてきた。李沢厚が「救亡が啓蒙を圧倒した(6)」と定式化してみせたこのような議論は、モダンとはある価値体系の段階的な実現・定着であるとするリニアなモダン理解に基づき、中国の「現代」を、それが積み残してきた課題ゆえに一種の欠如態と捉えるもので、実は竹内の排除したはずの「先進／後進」というモダン理解と親近性を持つのである。今日に至って、生身の中国から隔離された状況で育まれた「竹内パラダイム」の観念性を指摘することは容易だろうし、一方で中国のこのような議論に、「封印された時間」（封印したのは、端的には文化大革命だが、李沢厚のその後の議論では近百年の近現代史へと「救亡観念が支配した中国」の含義は拡大した(7)）を取り戻そうという、素朴なナショナリズム情緒から生じる焦燥やコンプレックスを見ることもまた容易ではある。果たして、どちらが歴史理解として「正しい」のか。いずれの「モダン」像も、ヨーロッパで発生した価値観の体系もしくは言説である「モダン」という、アジアにとっての「他者」の光源を借り、自らを規定している「共同性」の倒立像を、外部に投影したものなのではないか。こういった問題が問題として十分に意識され、議論、検討されるならば、そのような作業は、自国の文学や思想が無意識裡に囚われている共同性を、ようやく対象化の俎上に上せるという意味で、同じくアジアに位置する日中両国の文学研究が、例えば「文学」にかけたイメージをそれぞれに明確にしていく出発点になるのではないか、両者が「文学」を巡り交わす真摯な対話が共有すべき最低限の認識ではないか、と私は考える。

しかし、西欧モダンという「他者」をどれほど呪縛／超克の対象と観念し続けてきたかという点について繰り返せば、その切迫感において中国と日本の両者は決して対等ではなかったし、妙ないい方になるが、私たちには「小国」のコンプレックスを挺子にした「自意識の先進性」があったのであり、それが遺した「近代論の過剰」という遺産を放置したまま、今日明らかな竹内と李の表裏一体といった現象に励まされ、そこにグローバル化段階に措定すべき中立的な「アジア」を予想するなら、そのような平板な「共通認識」こそ、ポストモダニストの所謂「テロル」に他ならない、と私は考える者である。近代論の「過剰／貧困」を、竹内好、いや戦後の中国理解におけるパラダイムにとっては禁忌のタームであった「先進／後進」と敢えて置換するなら、アジアが陰翳豊かに内包する差異性が、問題としてひとまず顕わになるだろう。このような思考は、私の文学史研究における目論見の原理的な部分を支持し、更には分析／叙述のスタイルを性格づけるであろう。即ち、「近代」理解を巡る中国の「後進性」を指摘することである。「後進性」の表象は、繰り返せば、強迫された近代論の貧困、そして近代認識／理解における偏向もしくは欠如である。

このような発想に、別の面から示唆を与えてくれたのは、マックス・ホルクハイマー、テオドール・アドルノの著した『啓蒙の弁証法――哲学的断想』である。[8] これはナチズムの発生を、モダンに装置された論理の必然的な帰結と分析し、啓蒙、それも李沢厚のいうような中国的コンテクストに染め上げられた「啓蒙」ではない、モダンを正にモダンたらしめてきた動力としての、カントがいうような「自己を幼年時代から解放する」自己啓発としての「啓蒙」が、自然状態への憧憬を温存する限り、文明化の果てに野蛮を生むとして、西欧モダンのヤヌス性を鮮やかに描き出していたものである。一方で、文化大革命を人類未曾有の大災厄として、これをナチズムの猖獗に準える論調もあったが、さてポスト文革時期、いや今日に至るまで『啓蒙の弁証法』に匹敵する思想的営為が中国に現れただろうか。現れていないとするなら、それは何故だろうか。このような問いを重ねるうちに、問題は正に、中国近代にあって「モダン」を「現代」と「翻訳」した、その理解の仕方にあると思い至ったのも、当然の成り行きであった。

モダンが解放、自由、平等といった「大きな物語」の蔭に、差異を解消し、人間を均質化、道具化する抑圧的なもう一つの「物語」を潜ませているという、近代の逆説性、両義性が、僅かに鋭敏な感受性にとっての恐怖の対象という範囲を超えつつある時期に、アジアの後発型近代化は、しばしば本家の諸制度をベネディクト・アンダーソンが『想像の共同体――ナショナリズムの起源と流行』で指摘したように、[9] そこに内包される近代批判、解体への契機を自覚しないまま一括導入してきた。本家西欧モダンの、未知の他者を植民地化せずにはいない拡張性（「啓蒙」の必然である）の先端に直面した非モダン＝アジアにとって、モダンとは飽くまで「侵してくる」異質の他者だったにもかかわらず、である。昨今近代中国論でも盛んに導入されている国民国家論は、その適用の加減によっては、アジアのモダナイゼーション過程を平板に捉えて、それぞれの地域、民族に固有の問題や差異を相対的に軽視する危険性（どの国、民族も大体同じに見えてしまう、という意味で）も否定できないながら、どうやら確かに竹内パラダイムのような理念型に対する、ある種の反措定とはなりそうである。詳しくは次章で考察することになるが、私自身、例えば郁達夫「沈淪」や張聞天『旅途』といった新文学史初期のテクストを、ストロングチャイナの実現が人間を解放し、抑圧された個人の様々な欲望を充足してくれるという、今世紀の中国知識人の「想像」が反映したものと読みたいのだが、しかし、疑問は依然として残るだろう。即ち、中国知識人は、何故、「竹内のような」ではなく、「竹内のように」モダンについて思考を巡らさなかったのか。モダンの中にモダンそのものを否定し、超克する契機を見出さなかったのか。何故彼らのモダンに懸けた「想像力」の射程は、文化大革命に極まった、人間の均質化、道具化には、遂に向けられなかったのだろうか。中国に、フランクフルト学派はおろかニーチェもウェーバーもいなかったのは事実である。ここで通俗的な民族性論を蘇らせ、中華思想や大国の風度などを持ち出すか、あるいは、「生身の抵抗」と「観念の抵抗」がそれぞれ遠望する「中国」にかけた「想像」の衝迫度の違いに由来させるか。はたまた十九世紀以降の進化論受容により形成された現代中国知識人の自己認識の特徴や、更に遡って、個人から天下に至る階梯的な連続性を構想する朱子学的世界観など、歴史的な表象から中国知識人の思惟構造の「本質」の演繹を試みるか。しかし、実はこの問いに対して汪暉も何ら答えていなかったことに励まされた訳でもないが、私自身、沈従文が三十年代文壇に関してかつて提示した「現象派／道理派」の分類に拠れば[10]、あらゆる意味で前者に与することもあるのだろう、前に畳み掛けた「何故」を巡る問いかけに対して、歴史的に「本質」に遡及することが、少なくとも現代文学史研究にとっては、さほど意味のあることとは思えない、というに止めておく。

本章の結びとしては、前述私の「目論見」について、いま少し補っておく必要があると思われる。その手掛かりとして、八〇年代と九〇年代、ちょうど十年の時間を隔てて公刊された二つの文学研究のテクストを比較してみよう。一つは序章でも触れた、黄子平、陳平原、銭理群による、一九八五年から翌年にかけての論文および談話記録が収録された『二〇世紀中国文学三人談』、いま一つは、《今天》の編集長、万之が編んだ『溝通――面対世界的中国文学』、

「中国作家研討会文集」を副題とする論文集である。[11] この論文集は一九九六年六月から七月にかけてストックホルムで開催された、書名と同じテーマを冠するミーティングに提出された文章を集めたもので、参加者には、作家の史鉄生、高行健、余華、格非、詩人の芒克、楊煉、多多、孟浪、評論家の趙毅衡、陳思和、陳暁明など、半ば以上は八〇年代から九〇年代にかけて国外に活動の拠点を移した文学者たちで、所謂「流亡作家」も含まれる一方、国内の文学者も参加している。そもそもこのミーティングの趣旨が、国内外の文学者を集めて「溝通」即ち相互理解を深めるといったものだったようである。ここで二つのテクストを比較してみると、そこに際立ってくるのは、「中国文学の世界性」を如何に理解するか、といった問題について、両者の間でかなり調子が異なる、という印象である。

『二〇世紀中国文学三人談』の方についていえば、「二十世紀中国文学」という問題の立て方自体が、八〇年代前半の学術界における所謂「撥乱反正」の具体化＝流派研究や文学史分期問題を踏まえた上で、それらの研究が、個別の研究成果の蓄積に対して果たした貢献は別にしても、歴史や文学を全体（「整体性」即ち「全体性」はこの議論におけるキーワードのひとつ）としてではなく、実証性重視というモチーフの下、細かな範疇に断片化して、そのことにより政治や革命といった全体を支配する「神話」を、却って手つかずのまま禁域化してしまうのに対し、むしろこの「神話」をも「二十世紀」という枠組の一部を構成するものとして相対化することで、実は「文学」を「神話」から剥離して救済しようとする、ある種の文学主義に基づくものであるし、また「審美意識」（「悲涼感」がキーワード）を重要な概念として取り出し、美感レベルの議論を展開する中で、「神話」そのものを本土性と連結させ、そのような本土性がそのまま世界性に連結する可能性を開示することで、「神話」の相対化の免罪符にしようとする巧妙な戦略性を秘めていたものである。しかし、近代文学が一種の制度として、人間の内面をすら対象化することが、実は制度の「完成」を目指して永遠に自己を拡張しようとするモダンの企みの一翼を担っているなどということには、とんと無頓着であること（これもやはり近代論の欠如の反映だろう）、ジェームソンにいわせれば「第一世界文学」との「同歩」＝シンクロナイズが主要な関心事になるなど、その楽観性は如何にも八〇年代らしい、二十世紀の悲涼感をいうにしては、随分と明るい論調であると、今にして思えるものだ[12]。

一方、『溝通』だが、これは『二〇世紀中国文学三人談』と異なり、参加者が各自のコメントを持ち寄る体裁であるから、統一的な見解が強く打ち出されたものでは無論ない。例えば史鉄生が、結局オリエンタリズム的な興味の対象でしかない中国文学の現状に慨嘆するかと思えば、芒克に至っては、文学は文学でしかない、理解の可能性云々は余計なこと、と些か投げやりとも思える発言をしているといった具合で、コーディネーターの万之にしてみれば、さぞ総括に苦労したに違いないが、最後に全員が同意を与えた共通認識として、宣言らしきものをまとめている。そこには、「中外文学は言語の障害を打破して全人類の共有する精神的な財産になることができる」という一句があった。これが少なくとも既定の事実の追認でないことは確かであろう。『二〇世紀中国文学三人談』では、二十世紀中国文学が現に世界性を具えて「ある」現象を問題にしており、それが世界に理解されるか、というレベルの問題は議論の対象ではないので、両者を全く同日に比較することはできないだろうが、それにつけても、二十世紀末に至って、最早「中国文学」が中国の文学者の間ですら統一的な像を結んではいないことを『溝通』から窺い知るのは容易で、それが悲観を伴っているとは無論いえぬながらも、『二〇世紀中国文学三人談』の「楽観」とは明確なコントラストを描いているのである。このコントラストこそは、実はそのまま文化批評領域における八〇年代と九〇年代の論調が示したコントラストだったのではないか。そこで、このミーティングは、第三節で整理した九〇年代半ばの「後学＝新保守主義」批判を巡る応酬の発展形として構想された、という推測も成り立つように思う。当時の国内の「後学」者たちと、趙毅衡、徐賁らとの分岐は、『溝通』の総括にも幾らか窺われる所だが、中国を語る際に、果たして「我」

と一人称単数形で語るのか、あるいは「我們」と複数形で語るのか、つまり、政治イデオロギーという、外在的な「共同性」がひとまず解体した空白状態にあって要請される目下の急務とは、個の確立か、あるいは新たな共同性の構築か、大陸／非大陸の華人文学者間で認識が異なる点にあったともいえよう。両者を一堂に会した『溝通』が中国文学の統一的な像を提示し得なかったというのも、実は、彼らを隔てる「境界」の内外における、知識人による言説構築に関わるイメージの大きな差、それに由来する相互越境の困難の反映だったかもしれない。境界外部への透視が、内外の間に介在する皮膜（各自を囲い込む共同性の標識といってもよい）そのものを対象化することのない、あらゆる意味で自己の投じた影の確認に終始するならば、そこに果たして「溝通」＝「対話」が成立するものだろうか。

これは象徴的な事態として考えるべきなのだろう。今一歩踏み込んでいえば、『溝通』の「分裂」とは、ちょうど「中国」をどうにかして「闡釈」しようと様々な角度から光を投げ掛けた九〇年代文化批評の多様性に見合ったものだったのではないか。そのような「分裂」の繚乱に眩惑されることなく、例えば汪暉が九〇年代文化批評を総括したような形で、そこに含まれる主要な「問題」を前景化しなければ、文学史は終にテクスト化されないだろうが、その際に、「近代論の過剰」という遺産を持つ私たちが、「他者」の眼差しを介在させることを、私は目論む者である。

注釈

（1）　竹内は晩年に至って、新たな魯迅リーディングの可能性に関する「仄めかし」を行っていたようだが、これを十分に展開することは終になかった。例えば、一九七六年十月十八日開催の岩波文化講演会（於京都会館）「魯迅を読む」などにその片鱗を窺うことができるが、これが文字化の上発表されたのは竹内の死後のことであり、本人の加筆訂正などは行われていない。原載、岩波書店《文学》一九七七年五月号。後、『続魯迅雑記』（勁草書房、東京、一九七八年二月）に収録。また、『竹内好全集』第三巻（筑摩書房、東京、一九八一年三月）にも収める。なお、講演そのものについては、「カセットできく学芸諸家――岩波文化講演会から」第二集「魯迅を読む」（岩波書店、一九八八年）で「聞く」ことができる。

（2）「魯迅」。原載《文学》一九五六年十月号。後、『さまざまな戦後』（読売新聞社、東京、一九七四年十二月）に収める。

（3）「魯迅が生きていたならば――ある種の否定面について」（《文学》一九五六年十月号）。

（4）中山茂訳、みすず書房、東京、一九七一年三月。

（5）「近代とは何か」（原題「中国の近代と日本の近代」）。『竹内好全集』第四巻（一九八〇年十一月）所収『現代中国論』に収める。一三五～一三六頁。

（6）「啓蒙与救亡的双重変奏」。原載《走向未来》創刊号（一九八六年）、後、『中国現代思想史論』（東方出版社、一九八七年六月）に収める。邦訳「啓蒙と救国の二重変奏」（砂山幸雄訳、坂元ひろ子、佐藤豊、砂山共訳『中国の文化心理構造』、平凡社、東京、一九八九年十月、所収）。

（7）劉再復との対話録『告別革命――回望二十世紀中国』（天地図書、香港、一九九五年）など。

（8）「SELECTION21」版、徳永恂訳、岩波書店、一九九五年二月第十一刷。中国語訳は「国外馬克思主義和社会主義研究叢書」版、『啓蒙弁証法（哲学片断）』、重慶出版社、一九九〇年七月第一版（一九九三年八月第二次印刷）を確認した。

（9）白石隆、白石さや訳、「社会科学の冒険7」版、リブロポート、東京、一九八七年十二月。

（10）『従文自伝』の一章「女難」において、沈従文は商務印書館版「説部叢書」に収められたディケンズの小説を好んだ理由として、次のように記している。（『沈従文全集』第一三巻「伝記」、北岳文芸出版社、太原、二〇〇二年十二月、三二三頁）

私がこういった本を好んだというのは、それが自分の分かりたいと思うことを教えてくれたからである。それは他の本のように道理を説くことはしない、ただ現象を記すだけである。たとえ、陳腐な道理を説くことがあるにせよ、道理を現象に包み込む手際があるのだ。私は道理を分かろうとは思わない、永遠に現象に心惹かれる人間である。

（11）The Olof Palme International Center、香港社会思想出版社、一九九七年。

（12）劉禾「文本、批評与民族国家文学」は、「民族文学の概念は、民族国家イデオロギーという大きな背景の下に生まれたもので、従って自己肯定の必要上、自らの置かれるコンテクストに対して、批判的な反省を行い難い」という例に「二十世紀中国文学論」を挙げ、注釈において「注意に値するのは、彼らの当時の参照系は、依然として中国と世界の弁証関係にあった」と指摘している（『語際書写』一九三頁、二一四頁）。劉のいう「弁証関係」と、私のいう「『同歩』＝シンクロナイズ」は、同じことを指しているだろう。

第二章　懺悔と越境　あるいは喪失の機制

――中国現代文学史粗描の試み(1)

Ⅰ　はじめに

伝統中華世界にあって知識人は、言説の構築を通じて社会の中心に据えられる価値観を供給、それ故に特権を享受してきたのだが、「革命中国」をすら歴史的過去に逐いやる勢いで大きく様変わりを遂げつつある今日の中国社会において、知識人がそのような社会の変容をどのように認識し、そこに自らを定位しようとしているのか、それを窺うべく前章では「九〇年代」という時代の文化状況を概観してきた訳である。

ウェスタン・インパクト以前の中華世界にあっては、知識人の独占した言説生産／再生産という行為は、他者を持たない世界の自足を拠り所にした永久運動といった様相を呈しつつ、いずれ生産者の権力自体は保証され続けていたが、「中華」が「中華」であることを余儀なく否定され、ヨーロッパが生み出したモダンの属性ともいうべき飽くなき自己拡張性の先端部分に直面している、ヨーロッパの「他者」としての自己を発見していく過程において、伝統的な言説それ自体もまた相対化されざるを得なかった。他者としてのヨーロッパ言説の装置／排除に拠る伝統的言説や価値観の再定位という、すぐれて思想的な力技は、言説構築と解釈の独占、即ち権力への執着を捨てぬ限り、封印されてきた時の重みによって大きな軋みを伴わずにいまい。その軋みは、しかし、中華が世界史に組み込まれてより既に一世紀以上を経過した今日、やはり耳について離れない軋みと、滄桑の時を隔てて遙かに共鳴しているよう、私には思われること頻りである。そのような私が目論むのは、「共鳴」をトーナリティ（調性感）を具えた響きとして耳に留めること、その際、差し当たっての切っ掛けとしてテクストがあり、関心の行き着くところも、つまり今日にあるとはいえ、語り口としてはどうやら大きく構えざるを得まい。

本章は、一つの概念、例えば「モダン」、「モダナイゼーション」といった概念が、ひとたび中国の知識人によって「現代」、「現代化」と「翻訳」されると、それがヨーロッパ言説の「本義」とは異なる独特な色合いに染め上げられる、無論それこそ「思想」が現実と何らかの関係を結ぶ際に身を置くコンテクストの然らしめるところとは重々承知の上だが、あるいは些細なものやも知れぬこのような「ずれ」をパースペクティヴの基点に据えた歴史のテクスト化（当面の関心にあっては「文学史」記述）が、果たして可能なものかどうかの検証を主たる内容とする。検証を通じて、あわよくば因果や時間といった合理的、理性的な原理に拠って整合した「歴史」にあっては断片に過ぎぬ諸々の現象同士、ゆくりなくも響き合わせている沈黙が「意味」を開いてくるかもしれない。文学史研究の姿勢としては如何にも斜に構えた風になろうが、モダンのアジア的展開が見せる混沌諸相の解読は、近代合理主義に基づく歴史の脱構築より、などという高尚な話では到底なくて、所詮、茫漠たる対象には勢い茫漠とした向き合い方あるのみ、という呟きに相応しい体裁を採ったまでのことである。

注釈

（1）　本章は「懺悔と越境――あるいは喪失のディスクール」（小谷一郎、佐治俊彦、丸山昇編『転形期における中国の知識人』汲古書院、東京、一九九九年一月、五四七～五七〇頁、所収）を基とし、第四節に「五四時期白話詩と詩論に関する覚書」

（内藤幹治編『今、なぜ中国研究か――古典と現代』東方書店、東京、二〇〇〇年十二月、八一～九七頁、所収）を挿入、全般に加筆したものである。なお、前者「懺悔と越境」については、同様の標題を掲げた論考が、他に二種存在する。即ち、「懺悔和越界――或者喪失的話語」（華東師範大学《文芸理論研究》一九九八年第四期掲載）、及び同題名を掲げ《中国雅俗文学》第一輯（江蘇教育出版社、南京、一九九八年十二月）に掲載されたもので、いずれも中国語で書かれ、公刊された。本章を含め、計三種のテクストの母体になったのは、一九九七年六月に勤務校の連続講義において「中国現代の知識人と『現代化』ディスクールの帰趨」と題する講義を担当した際のノートである。同年九月に中国蘇州大学で「第四届巴金国際学術研討会」が開催された際、このノートに、巴金に関する言及を多く加え（本章では「蘇堤」に関する記述にその片鱗を残す）、提出論文とした。これが《中国雅俗文学》掲載版である。《文芸理論研究》掲載版は、これに基づきながら、紙幅の制限と、掲載を慫慂した王暁明の提議により、中国知識人の諸言説に見られるモダン理解の一面性に論点を絞ったものとした。

Ⅱ　天下・国家、あるいはモダンの陰翳

晩、之江大学が書簡を寄越していうことに、我等学生は宜しく団体を結成すべし、これを以て北京学生が後盾と為せば、捕らわれし二十余名、出でるを得と思うべし、最近徐東海、和解を求めるに尽力するの意思あり、故に全浙江学生の名義により政府に打電すべし云々。／国家の興亡は匹夫も責めあり、況や我等学生においておや。かかる大事に対しては、やむなく強力なる計画を用い、かくして成就すべきか。（傍点引用者）

ここに掲げた一段の記述は陳範予という教育家が[1]、浙江省立第一師範学校在学中の一九一九年五月七日、十八歳の折に日記に書きつけた文句[2]。北京における五四運動の消息が数日の時差を伴い浙江省にもたらされた際の反応である。

この時期の学生が、彼らにとって公の領域であり、社会との接点でもある学園生活に身を置く限り、極めてラディカルな伝統批判に身を委ね得たこと、それがこの年代に発生した、青年を取り巻く生活形態の大きな変化を背景にしていたことなどから、私は彼らを新たなロマンティストの一群、と呼んだことがあった(3)。彼らのラディカリズムは、いずれ伝統的な社会構造が育んだ「私」固有のメンタリティとの間に大きな断裂を持つために、ある種の陰翳を否応なく抱え込まずにいなかっただろうが、むしろそれ故にというべきか、新天地に隔離されて激進の度合いを一層増したかもしれないこと、差し当たってここでの悲憤慷慨もまた例に漏れないか。しかし、問題はやや些末に流れて、この青年の悲憤慷慨が「国家の興亡は匹夫も責めあり、況や我等学生においておや」と表白された、文言そのものに見出されることとなる。

中国では今日に至るまで、人民一人ひとりが社会的関心や責任を持つべき、というような意味でよく使われるこの文句が顧炎武に基づくことは言を俟たない。この種の用法は、それこそ清末以来の「救亡中国」には無数にあって、陳範予の場合について見ても、国家の一大事に遭遇して、農村出身の十八歳の師範学校生徒の口を自然と衝いて出るほど一般的になっていたと知れる。そもそも用典といえば、典故の意図やコンテクストも全て踏まえての厳密なものもあれば、単に字面だけの借用に止まるものもあり、そこは是非もないが、陳範予の用典が顧炎武のオリジナルとは少し違う、確かに些末には違いないが、その「ずれ」をこそあげつらってみようというのである。

顧炎武の言葉は『日知録』巻十三「正始」に見える(4)。全書にあって、幾らか政治向きの内容を含むと見えるおよそ三分の一、史書や経典の訓詁解釈に政治理想や現状批判を仮託するよりないとは、明の遺民として無論のことだが、問題の「正始」一篇はこの範疇に帰する。そこで端的に典故と思しき対応部分のみ探れば、次のような文言であった。

天下を保つ者は、匹夫の賤、与かつて責め有るのみ。

オリジナルにあっては、「国家」ではなく「天下」だったということに、先ずは注目する。ただ「ずれ」の勘所はこの部分だけ取り出したのでは些か腑に落ちぬので、少し前の辺りまで目を伸ばして、顧炎武の主張を懇切に辿る必要があるようだ。果たしてこの一句、直前の「国を保つ者は、其の君其の臣、肉食者之れを謀る」という一句と、対比的に読むべきなのであった。即ち「国を保つということ」と「天下を保つということ」、「其の君其の臣、肉食者」と「匹夫」が、対比的に提示されていることが一目瞭然、例えば前の一対についていえば、「国」と「天下」は異なるものであり、そのことはそもそも全文の冒頭に既にはっきり謳われていて、そこでは「亡国」（国を亡ぼす）と「亡天下」（天下を亡ぼす）というのは二つの異なる事柄であり、その区別を弁ずることこそ、この文章の主眼であると述べられているではないか。その部分は次のようなものである。

亡国有り、亡天下有り。亡国と亡天下と奚にか弁ずる。曰く、「姓を易え号を改むる、之れを亡国と謂う。仁義充塞して、獣を率いて人を食らい、人将に相食らわんとするに至る、之れを亡天下と謂う」と。

両者の区別について、顧炎武の定義では「天子が姓を易え国号が改まる」のが「亡国」、「仁義が行き詰まって、けものをつれて人を食わせたり、人同士が食い合いをする」のが「亡天下」となる。以下、この文章は、標題になっている三国魏の正始年間の史実に例を採りながら、「亡国」と「亡天下」の区別を論じる。この所謂「竹林の七賢」の時代、実用理性が発達して、抽象的な思弁への耽溺が牽制されてきた中国の文化伝統にあっては珍しく、玄妙な議論＝

「清談」が流行したのだが、当時の貴族で、司馬氏による政権簒奪が進行しつつある剣呑な政治状況から距離を置こうという人々は、酒や麻薬に韜晦の縁を求め、清談に耽っていた、ところが顧炎武はこの清談こそ天下を亡ぼしたのだ、というのである。そこでは竹林の七賢の一人、山濤が、やはり七賢の一人で、晋の文王、司馬昭に殺された嵆康の息子、嵆紹を晋の朝廷に推挙して仕えさせた、その話が紹介される。山濤は、「天地や季節でさえ衰退と生長の時期があるのだから、人間ではなおさらだ」として、親の仇に仕えろと勧めたのであった。この言葉は『世説新語』にも収録されているので、当時にあっては評判の名文句だったのだろう。しかし顧炎武にいわせるなら、このような父を父とも見なさぬ禽獣の考えが「名言」として世に伝えられたのは、全くもってひどい話であり、これこそ正邪を転倒させ、道義を破壊する考え方になる、そして、こういう考え方こそが天下を亡ぼしたのだ、と主張するのである。

この主張を、無理を承知で今日の言葉により敷衍すれば、「国」という一種の虚構を支えるためには、民衆レベルに至るまでに浸透した、しっかりとしたモラルが必要だ、との主張だともいえそうである。となれば、国の運営や権力の保全などというのは、そういう機構内部の人間、先の言葉では「肉食者」だが、そういう連中が腐心すればよいので、より大事なのは社会全体が健全なモラルを確立することだ、と顧炎武はいっているようにも考えられる。その場合、「匹夫」一人ひとりがモラルの担い手たることを求められるので、個人として引き受けるべき責任もまた、自ずと明らかになるという具合である。

ところが、前掲の陳範予もそうだが、この文句は、顧炎武が截然たる分離を主張した「国」と「天下」の相違を無視して用いるのが習いとなっているように見受けられる。今日の成語辞典において、「天下の興亡は匹夫も責め有り」ではなく、「国家の興亡は匹夫も責めあり」として採録されている例を発見したとき(5)、私はこの「ずれ」が最早観念として固着しているような気がしたものである。

伝統中国の世界観にあっては、「天」といい、「天下」といい、殆ど自然観念に近かっただろうが、そこに人為的な虚構としての「国」を下位概念として従属させるのは、とりわけ「治国」から「平天下」に至る階梯性を重んずる朱子学以降の儒家伝統にあっては当然の筋であり、ましてや清朝の虚構性を強調すべき立場の遺民・顧炎武にあっては尚更のことである。問題は、恐らく中華世界の綻びと共に、ヨーロッパ言説に淵源する「国民国家」という概念が滑り込んできたとき、何らかの「力技」が演じられ、「天下」が「国家」にすり替えられた、そのことである。この力技が、清末思想のダイナミズムの中心にあることは疑いないが、ここでは論じるつもりもない。というのも、そもそも十九世紀以降、外国列強の圧迫を受けながらストロングチャイナを夢想する人々が織り成す思想コンテクストにあって、このような力技は、独り傑出した思想家の手柄に帰するというより、むしろそれと意識されぬままに、自然に形成された言説として、一向に不思議でもないからである。私が問題にしたいのは、天下と国家のヒエラルキーの逆転を、無理は承知でもう一度顧炎武のテクストに引き戻して考えると、個の拠って立つべきモラルという要素が何処かへ脱落してしまう、正しくその点である。もしも顧炎武が「国家の興亡は匹夫も責め有り」などという文句を見たなら、それでは匹夫の責めはモラル共同体ではなく、虚構としての政治的共同体に従属するのか、「清朝」の興亡を匹夫が支えなければならないのか、と天を仰ぐに違いない。伝統的言説の「相対化」の過程において、このようなすり替えもしくは誤読は不可避なのだろうか。

このような発想は行き着くところ、外在する権威に対する個人の依附もしくは屈服をも容認するはずである。私は、この発想、あるいはメンタリティといってもよいが、これこそ歴史の節目毎の軋みの基層に横たわっていなかったか、と考える者である。伝統的言説が相対化される契機となった西欧言説との邂逅は、モダンの主要な属性としての「個の解放」という「大きな物語」をも、民族の自立と解放という言説と同時にもたらしたはずであるから、「救亡」のモチーフが突出する「一辺倒」の状況が現出しようとする節目にあって、モダンを差異化／均質化、という逆説を含む二面的な存在として感受もしくは理解し得た、ある種の感性もしくは知性は、否応なく違和を意識せずにはいなかっただろう。それが、封印された時の解凍を、リニアルな「進化」の結果と楽観できないがために軋みを生む。しかし、前章でも繰り返し述べてきたように、これまで中国の知識人の言論が、このような「軋み」をどれほど切実に対象化してきたかといえば、甚だ心許ない。そもそもが「救亡に圧倒された啓蒙」、といった現象レベルの話ではないのである。このような仮説に発して、今日に至るまでの中国知識人を巡る諸問題を考えるべしとは、これまた前章で仔細に検討した汪暉のモチーフでもあった訳だが、私はここで専ら文学史上の事象に徴して、この問題を考えたいのである。恐らく「文学」と言う感性認識の方法は、文化批評や哲学的考察とは異なり、想像力に拠り均質性の裡に埋没する個の行く末を察知するのであり、文学者こそ、自覚するとしないとに関わらず、モダンの陰翳に対する最も明敏な見者たり得るのだ。その点に関して中国現代文学が格別劣っていたということはないと、私は考える。

注釈

（1）陳範予に関しては、本書第五章において中心的に取り上げる。略歴についても第五章二七五～二七六頁を参照。

（2）私がマニュスクリプトに整理、校訂を加えて翻刻した陳範予の日記は、『陳範予日記』（学林出版社、上海、一九九七年九月）として公刊されている。

（3）「陳昌標の学生生活――一九二二年の日記『我喜歓這様』をめぐって」（東京大学東洋文化研究所《東洋文化研究所紀要》第一一四冊、一九九一年二月）。

（4）以下、『日知録』からの引用は、清水茂『顧炎武集』（「中国文明選」第七巻、朝日新聞社、東京、一九七四年）に拠った。

（5）向光忠、李行健、劉松筠主編『中華成語大字典』（吉林文史出版社、一九八七年十月第二次印刷）。

Ⅲ　喪失と越境の機制、あるいはテクストの共鳴

あの瞬く明星の下が俺の故国だ。俺の生まれた土地だ。あの星の下で俺は十八年を生きてきた。故郷よ、俺はお前と再び会うこともなくなってしまった……ああ、祖国よ、お前が俺を死なせるのだ。／早く豊かになれ、強くなってくれ！／お前のもとには、今も多くの苦しみに喘ぐ若者たちがいるのだ！

これは郁達夫の出世作、「沈淪」の結びの部分である。[1] 敢えて確かめるまでもない程に有名な作品だが、一応梗概を示しておく。主人公は作者自身の影が濃いと思われる中国人留学生で、故郷の設定や、兄との関係など、作者の経歴がほぼ踏襲される。書き出し「哀れなほど孤独であった」とされる主人公は、孤独と憂鬱を自然に慰籍される人間嫌いと設定される一方、激しく異性を求めている。そして、それは決して満たされることはない。予科を終え、他郷に居を移し、生活環境が変わっても彼の憂鬱や人間嫌い、そして性欲はいよいよ熾烈になるばかり、下宿の娘の入浴姿を盗み見たり、草叢で逢い引きする男女のあられもない姿を盗み見たり、自慰行為に耽溺する、そうすることで、罪悪感が昂じる、憂鬱症にはさらに拍車がかかり、神経衰弱に陥る。ついに自殺を決意して、今生の名残りとばかりに有り金を叩いて女を求めに行くが、酔余遂に思いを果たすことなく、酔い醒めに海に向かう、その際に叫ぶのが、ここに掲げた文句だった。

この小説は、一九二一年と言う発表当時にしては大胆な性の告白とされ、煽情的な興味を呼んだものだが、さて褒貶いずれに与するかを問わず、前掲のような末尾の叫びが、テクストの整斉という点から如何にも唐突であり、一種

の「蛇足」であるとする角度から分析を始め、蛇足の生じた原因にまで思考を巡らせた者はいなかったらしい。そもそも主人公が憂鬱になるのは、持ち前の倫理と行為が分裂しているからだろう。小説の設定として、主人公はひどく潔癖な人間とされるが、それは何らかの倫理観による強い束縛と裏腹のものであり、そのような倫理観が、人間にとって自然な欲求であるべき性欲を、ありのままに肯定することに抵抗するのである。性欲のあり方が制度的なものである、言説に支配されているという考え方は、今日ではむしろ一般的な認識かもしれないが、正しくそういうことである。かかる状態に身を置く者が人格的に分裂せざるを得ないのはいうまでもないが、そのように分裂した状況を打開するには、自分を捉えて、束縛している倫理観そのものを対象化するよりほかないのではないか。

小説にも述べられる通り、この倫理観は儒教的な倫理観である。自慰行為を疚しく思うのは、主人公がそれを「身体髪膚これを父母に受く」という孝の観念と結び付けているからで、つまり、こんなことを続けていては父母から授かった体を壊してしまう、それは不孝だ、と思い詰めるのであった。確かに作者の世代にあっては、儒教道徳に基づく伝統的な倫理観は強い影響力を保っていたはずで、大きくいえば、それこそ伝統的知識人の文化共同性が依拠するモラルの柱だったのである。伝統的な性道徳からより自由な性観念へと解放されること、それはいうまでもなく、性という個の根底に横たわる要素に関わるだけに、やはり全面的な「個の解放」という「大きな物語」に拠りつつ伝統的言説を相対化する力技を必要とするとは無論であろうが、それが思想的営為としての強靭さを具えるには、自ら所属し、自己を規定しているところの共同性を自覚しつつ、それを内側から厳しく対象化するしかないのである。しかし、「沈淪」の主人公は、ストロングチャイナの実現こそが、自分を性の煩悶から解放してくれるのだと叫ぶ。先の顧炎武の論理からすれば、「天下」と「国」のヒエラルキーを顚倒させ、モラルの問題を捨象したまま、虚構に身を委ねようとするに等しい。

「沈淪」同様、性という人間の根源的な部分に関わる問題を、封建勢力の打倒、社会の改造、民衆の解放といった「大きな物語」に対して従属的な地位に置くメンタリティは、張聞天の長編小説『旅途』[2]にも窺うことができる。これを最後に文学創作を放擲して、政治革命に専念することになる張聞天の、先ずは輝かしい経歴の陰に隠れて、文学史上にあっても注目されてきたとは必ずしもいい難いテクストだが[3]、実は、ある意味で、周作人が「人的文学」[4]で「霊肉一致」という形で提唱した、五四新文化運動における人道主義の行方を象徴するような内容を持つと、私は考える。『旅途』の梗概を示せば、以下のようなもの。

水利工程技師の王鈞凱は、勤務先からアメリカへ派遣されることとなったが、出発を控え病に倒れ、静養のために逗留した友人の家で、蘊青と出会う。蘊青は五四新思潮の影響を受けた少女で、程なく二人は相愛の仲となる。しかし、蘊青には既に母親の決めた許婚がいたため、二人は魂の永遠の結合を確認するだけで、鈞凱は傷心のままアメリカに渡る。鈞凱はカリフォルニアで、同僚の娘アンナおよびその友人マーガレットを識る。依然として蘊青を熱愛する鈞凱だったが、二年後、蘊青が愛情もない男に終に嫁いだと知り、悲憤の余り大病に倒れる。アンナの看護と激励により立ち直るものの、アンナの求愛は拒むのであった。一方、東方文明に憧れ、情熱を内に秘めたマーガレットは、親に反対された恋愛の悲劇の結果、社会を憎悪し、改造しようという思想を抱くに至った女性である。彼女の思想に鈞凱は共鳴し、革命と社会改造に懸ける情熱が両者を強く結びつける。鈞凱がマーガレットに心を奪われている最中、鈞凱から拒絶されたアンナは自殺する。この事件は鈞凱に大きな苦痛をもたらした。蘊青とアンナと、いずれも自分のために悲劇に見舞われたと苦悶する鈞凱は、理想を共有するマーガレットを携え帰国して、社会改造に一意邁進することで、愛情を巡る苦悩からの解脱を得ようと決意する。しかし、折悪しくマーガレットが病気のため志を果たすことなく急逝する。彼女の遺言は、鈞凱に革命に献身せよと勧めるものだった。帰国後の鈞凱は、民衆解放を目指す革命闘争に身を投じて、個人的な愛憎を巡る煩悩から脱するが、最後には激烈な戦闘の最中、被弾して犠牲となる……。

『旅途』における二人の女性は、王鈞凱の「霊肉一致」希求の「旅途」を点綴すべく、明らかに図式的に配置されている。性愛による結合を求めて一途ではあれ精神性を具えないアンナ、社会改造に懸ける理想により吸引力を発揮するマーガレット、しかし、王鈞凱はいずれとも結ばれることはない。霊肉いずれに偏しても両性の円満な結合たり得ないということだろう。そもそも蘊青との関係においてこそ実現すべきだった円満な両性の結合は、封建的婚姻や家族制度により阻まれた、そこで鈞凱は、蘊青との結合を阻んだ封建社会を打倒した果てに、霊肉一致の境界を遠望するのであり、実はこのテクストにあって「革命」は、鈞凱に霊肉の不調和に由来する煩悶からの解脱をもたらしてくれる契機という以上にリアルなものとしては描かれていないのだ。鈞凱は結局、己の肉体を滅却して、精神を永遠化するという形で「解脱」を勝ち取るのだが、それは即ち、煩悶の源泉ともいうべき自己の内面の徹底的な喪失と引き替えに、外部に救済を求めることに他ならない。このようなメンタリティは、例えば「革命」といった、外在する「大きな物語」の絶対化、神聖化には奉仕するだろうが、深刻な内面審視や自己の対象化を要求する強靭な精神を育むことはないように思われる(5)。

そもそもモダナイゼーション後発国におけるナショナリズムには、民族の解放と独立、国民国家の建設こそ抑圧されている個々の欲望を充足してくれるという「神話」がビルトインされているとも考えられるのだが、しかし、強引のついでに話を思惟構造の特質という問題にまで拡大していえば、中国近代以降の知識人はいつでも、自分の外側にある虚構を権威化しては、それが内側の問題も一挙に解決してくれるものと考えがちだったのではないか、と私は推測する。

わたしはほんとうに自分勝手な人間だな。／自分の子供のために子供を愛し、／自分の妻のために女性を愛し、／自分のために人間を愛する。／それでもほかにしかたがないと思う。

——周作人「小孩」[6]（抄）

わたしは臆病な人間だ。人の世の悲哀と恐れをいつも感じている。／厳寒の朝、小路を通り、十四、五歳の小娘を見かけた。充血した顔は自然の赤らみを隠し、黒い眼は処女の輝きを留めている。だがそれは氷の中の花びらのように、あまりに寒々しい、——このように物哀しい光景は、もはや神聖と呼ぶに近い。／小路の口に客待ちの人力車夫。粗い麻布のような手拭いで、頭から顎まで包んでいる。埃っぽい顔の真ん中に、両の眼が測り知れぬ深淵を湛え、灰の下に熾る炭火のように、それとは見えぬが迫ってくる。わたしの心はその火に炙られたようにに震えた。／いつか私は自分の力を試そうと、それでも庭のひましを根扱ぎにすることもできなかった。／わたしは山の上で叫んだ。だが木霊が返るだけ、わたしの声は痛ましいほど弱々しいと告げるだけだった。／わたしは何処へ行って求めるべきか。ただ未知の人と未知の神あるのみ。／未知の人と未知の神を信ずるには、わたしの信心は余りに弱すぎるのだ。

——周作人「昼夢」[7]

このような、自らに切実な実感（「自分の子供のため」、「自分の妻のため」、「自分のため」）＝「内部」に発しなければ、「外部」の「虚構」（正しい思想、イデオロギーといってもよい。「子供を愛する」、「女性を愛する」、「人間を愛する」）に共感、同定し得ないとする、そして、「未知の人と未知の神」＝「外部」の権威に我が身を委ねるには、強い「信心」（実感に発しない、もしくは理性によらない無条件の帰依）を欠いていることを承認する周作人の感慨、告白などは誠に異例に属し、いずれ、

人民とは何か？人民とは何か？／僕が告げるまでもない、／彼らは行動によって／回答しているのだ！

——臧克家「人民是什麽」(8)（抄）

わたしは、／海の一人。／／ああ、／あの大波に投じて、／少年の舞に喜ぶ。／／己の身骨を折ろうとも、／刀の下に伏すものか。／／祖国の泥土となろうとも、／人の奴隷となるものか。／／ああ、／この赤子の心は、／海燕の翼にも似て。

——田間「我」(9)（抄）

一滴の血は天に橋を掛けるカササギ。／一連の歌が一滴の血の後を追い、／春は天の橋の彼方にすぐある。

——温流「唱」(10)（抄）

いつも自分を真珠と見なし／いつも埋もれる苦痛を恐れる／／自分を泥土と見なし／みなに踏まれて道となれ

——魯藜「泥土」(11)

といった「外部」の真実への敬虔な帰依を競って表明する大合唱の中に埋没してしまったに違いない。このような

「大合唱」を形成し、それを耳に心地よく聴くメンタリティや感性の存在こそ、実は中国の知識人が、特に二十世紀後半以降において受難の境遇に甘んじなければならなかった、主たる原因になっているようにすら思われるので、となれば、「沈淪」の結末は、今日の評論家が断ずるように意味のないテクストの綻びなどではなく、[12]中国近代の知識人の思惟構造の特質が典型的に顕れたものというべきかもしれない。この点については後でもう一度触れることになるだろう。

煽情的なテクストとして読まれたという類似からのみ連想した訳ではなく、ここで私には張賢亮の長編小説『男人的一半是女人』[13]が想い起こされた。この小説は一九八五年のものだから、「沈淪」が物議を醸してから六十年以上も後に書かれたことになる。このような連想は果たして突飛に過ぎるだろうか。しかし、先にも述べたように、文学者がモダンの陰翳を、果たして想像力によって把捉し得るならば、時を超えて問題性を共鳴させるテクストも確かに存在するはずである。これまた余計な仕儀やもしれぬが、恣意も交えてかく読めりとの証にはなろう、先ずは筋を確かめておく。

主人公には「右派分子」とされて辛酸を嘗めてきた作者の影が濃く落ちているのだろう、彼は過去に政治的な「過ち」を犯したことがあり、二度も労働改造に送られてきたが、文化大革命初期、小説では一九六七年と設定されているが、その頃には土地の様子もよく分かっているというので、同様の境遇の人間を統括して、田を見張る役をいいつかっている。とある日、畦と水抜き口を見に行った際、女性の水浴びを目撃する。翌日、同じ生産隊の女性班とすれ違うと、その女性がいて、すれ違いざまに罵ってくる、つまり昨日の覗きは見つかっていたわけだが、それから八年後、文革も末期に至り、社会の雰囲気もやや明るさを取り戻してきた、その時主人公はこの女性と再会する。彼はその間に二度まで投獄され、女性の方も二度離婚している。そして、二人は結婚しようとする。土地の書記、政治上の責任者も許可を与える。しかし、最初の夜、主人公は自分が不能であることに気づくのだった。主人公は勿論苦悩する。この場合、「結婚」とは彼の人間としての復権を意味する、ある意味で象徴的な自己回復の行為だったのだが、それが不可能であるということを極めて強烈に突きつけられたことは、つまり単なる性的不能に見舞われたという衝撃とは異なる、もう少し実存的な意味合いにおける衝撃だったのだろう。主人公は離婚を申し出るが、妻は承知しない。後で判ったことに、妻は二人の結婚を許可した書記と関係を持っていたのである。政治を原因とする疎外の設定を畳み掛けて、救いとてないようだが、転機は訪れる。村を暴風雨が襲い、土石流の影響で、川の堤防が決壊しそうになる、主人公は危険を顧みずに、川に飛び込むと、堤防に開き始めた小さな穴を内側から塞ぐのである。村人は、それまでの一切を忘れ、この献身的な行為に惜しみない称賛を与える。すると、その晩、主人公の性的能力は復活する。人間としての最低限の復権を果たした主人公は、更に社会的な復権を求め、上訴に出ることを決意する。それは妻を捨てることになるのだが、テクストは妻との別れを描いて収束している。

この小説は発表後大きな反響を呼んだが、それは、実際には何程のこともないながら、当時の中国にあっては、やはり赤裸々と呼び得たであろう性の扱いかたによるものだった。評価は毀誉褒貶相半ばするといったところ、しかし、この小説を肯定的に評価する人々も、性的能力すら奪ってしまう文化大革命の非人間性に対する告発、という位相で評価するに止まったようである。勿論、それはそれで間違っているというのではなく、そういう面も確かにあるとはいえ、例えば主人公の性的不能はどうして発生したのか、それは何故回復したのか、その機制にもっと注目してみるべきではないか、と私は考える。

重要な前提として、主人公の性的能力が、他ならぬ彼自身にではなく、彼の属する「共同体」によってコントロールされていることを読み取るべきである。この共同体の特徴は、文革に極まったような、政治的均質性を原理にして成立しているので、そこでは政治的に「間違っている」異質分子などは人間扱いされない、小説の設定では、性的能力すら奪われてしまうというように、人間であることを実存の深層から否定されるのである。主人公はどうにかして人間として最低限の復権を試みて、まずは人並みの結婚を試みる。つまり「人並み」になる＝共同体の均質性に参加する、これが重要なのだが、結局失敗に終る。なぜなら、このような共同体は、単に個人が主観的に復帰を願ったところで、その入り口を開けてはくれない、飽くまで共同体から「承認される」ことが必要だからである。水害を未然に防いだ英雄的な行為、これによって主人公は漸く共同体からの「承認」を獲得する、すると性的能力も復活するとなれば、「人並み」を巡る共同体の機制は実に明らかではないか。このように読んでくると、この小説と六十年前の「沈淪」とは、どこかしら通い合う部分がある、それも、性描写が煽情的な関心を集めたというようなレベルにおいてではなく、より深いレベルで問題性を響き合わせているように読まれないだろうか。つまり、「沈淪」の主人公が性的欲望の満足を、ストロングチャイナの実現に期待した、そういう他力本願の発想が、性的能力を失うほどの自己喪失を強要する、恐ろしく均質化した共同体を成立させ、容認してきたのではないか、「沈淪」の主人公が人間存在の深淵というべき性の領分を、外在する権威＝強大な国家の夢に譲り渡したときに、その末裔の性的不能が既に約束されてしまった、という風に二つのテクストは響き合っているのではないか、と思うのだ。ここで更に抽象的ないい方をすると、「沈淪」の主人公は儒教的倫理に支えられた伝統的な知識人の共同性に捉えられている、一方『男人的一半是女人』の主人公は、政治的な均質性を紐帯原理として成立する共同体に捉えられている、勿論、彼自身はこの共同性をポジティヴには具えていないのだが、彼がその異質性故に排除され、異質性を排除することによって成立しているところの共同性の構築を、ネガティヴに支持しているという意味では、やはりそのような共同体の一員であることに変わりない。いずれ、どちらも自らを囲い込んでいる共同性の境界線を「越境」することで、性に象徴される

「人間」を復権させようと苦しんだ、ということではないか[14]。

ここで「尋根文学」の代表的な作品とされる、賈平凹「商州初探」と言う連作の最後に置かれた一篇「小白菜」も例として挙げることができるだろう[15]。これは、五〇年代に山西省南部で名声を博した女優の小白菜が、その芝居の才と容姿ゆえに周囲の男性の欲望に翻弄され続けた挙句、文革中に悲劇的な死を遂げるという、その筋だけを記した文字通りの「お話」である。この悲劇、一寸見には、人間性の蹂躪に対する告発という「傷痕文学」のモチーフにこそ相応しいもののようだが、悲劇の構造に目を向けて解読したとき、そこにも「自己喪失」を伴った「越境」のありようを窺うことができるのである。

この「悲劇」の構造には焦点が二つある。第一に、小白菜が主体を欠いた、周囲の欲望の総和としてのみようやく実体化するような、徹底的に受動的、相対的な存在であること。「小白菜」という命名が連想させる、清末奇案の一として名高い「楊乃武与小白菜」における小白菜もまた、性愛のみを根拠にして現実に参与すること、即ち男性言説の「共有」を承認することで、結局は男性権力が支配する社会に翻弄されていたのと同じである。賈平凹のテクストでは、外部の世界＝「狼」が争う世界と関係を結ぶことができない無主体・無力な「弱者」として、小白菜は当初から「排除」されている点が重要である。第二に、小白菜が「弱者」の地位に甘んじることを不本意と考え、「狼」の闘争＝文化大革命中の武力闘争・権力闘争に参与することで、「狼」の世界からの「認知」を獲得しようとする点である。文化大革命が起こり、かつて小白菜から袖にされた男が造反派の「司令」となり、暴力で小白菜を我が物にする、この男の口から「走資派」粛清、地区政権樹立の計画を聞いた小白菜は、「走資派」が悪人であるとは思われず、計画の「密告」に奔る（象徴的な場面設定だが、小白菜は「密告」を行う際、「走資派」が監禁されている衛生学校の塀を、実際に乗り越えて侵入するのだ）、しかし、それら「走資派」は、かつて小白菜との交流が「罪状」とされたことを恨み、信用しない、そこで小白菜は「司令」につけられた傷を見せてから立ち去る、「走資派」は集中営から脱走するが、小白菜は造反派に捕まり、虐殺される……。小白菜の「抵抗」は、人間の善意に対する信頼から出たものではあるが、「密告」という「参与」によってのみ現実化し得たのである。小白菜の「抵抗」とは、「狼」に翻弄される中で、主体を回復しようとする抗いに他ならないが、それが「狼」の論理に擦り寄ること、即ち善意による「越境」の失敗を承けた「自己喪失」を伴う「越境」という形を採らざるを得なかった点こそ、この「悲劇」の本質だったよう、私には読まれたのである。

畢竟、問題は「越境」の仕方如何なのだろう。いずれの場合も、境界線を内側から無化する行為に出ない、正しく「越境」というよりないような、内外の隔てを他力に拠って平板な地続きにすることで、如何にもた易げに越えようとするのだ。些か唐突の嫌いなしとしないが、私はこれを、「内なる自然」と「外なる自然」の共有、と呼ぼう。「共有」などといえば、何程か内外が対等にあるような印象を与えかねぬが、感覚的な物言いではあれ、この共有にはヒエラルキーが存在していて、内なる自然の方は、外なる自然に向かって「溶け出していく」、というような感じがしてならない。それは自己喪失を代償とした同化、というのが一層相応しいかもしれない。

私が、モダンの陰翳を察知する見者としての文学に対する偏愛を頼りに鳥瞰しようとするのは、一例、郁達夫の「沈淪」と張賢亮の『男人的一半是女人』という二つのテクストが共鳴し合っている、自己喪失を伴う「内なる自然」と「外なる自然」の共有が、この間の六十年間を生きてきた中国知識人に何をもたらし、何を失わせてきたか、という問題に対する示唆を同じように含んでいるという点で遙かに響き合っている、とした上で、そのような響き合いを様々な角度から豊かに色づける今世紀の各時期における文学テクストの「全体」である。そして、それを適切に記述したテクストこそが、私の構想する中国現代文学史テクストなのである。そのような「文学史」テクストは、時間の経過や「発展法則」の類の因果関係をテクスト外に装置することなく、多様なテクストの間に通底する「質」のありようを構造的に捉えて記述の柱に据えるものであり、更には事実の総和を「全体性」に直結するモダニズムとも無縁であるという点で、序論において標榜した、文学史研究／テクストにおける内在性と外在性の有機的な結合を実現すべき、ひとつのあり方を示すものだろうと、私は考えるのである。

注釈

（1）原載『沈淪』（「創造社叢書」第三種、泰東図書局、上海、一九二一年十月）。ここでは『郁達夫文集』第一巻（香港三聯書店・広州花城出版社、一九八二年一月）一六～五八頁所収に拠る。

（2）原載《小説月報》第十五巻第五～九号、第十一～十二号（一九二四年五～十二月）。一九二五年十二月に「文学研究会叢書」の一として商務印書館（上海）より刊行。ここでは、一九三一年一月刊第三版を用いた影印版（上海書店、一九八五年六月）に拠った。また、張聞天選集伝記組、張聞天故居、北京大学図書館編『張聞天早期文集（一九一九・七―一九二五・六）』（中共党史出版社、北京、一九九九年三月）にも収める。

（3）例えば、本書巻末「主要参考文献」に掲げた中国現代文学辞典各種のうち、華岳文芸版、遼寧教育版は『旅途』を項目に採らない。張聞天の経歴は以下のようなものである。

一九〇〇年、江蘇省南匯（現・上海市）の富農の家庭に生まれる。五四運動に参加。一九二一年カルフォルニア大学留学、二五～三〇年ソ連留学、モスクワの東方大学に学び、バベル・ミフの指導下「二八人のボルシェヴィキ」の一人となる。一九三四年中華ソヴィエト政府人民委員会主席、翌年政治局総書記。長征途上の遵義会議で王明派から離脱して毛沢東を支持、党総書記就任。建国後は、一九五〇年国連首席代表、五一年駐ソ大使、五五年外交部第一副部長、五六年中央政治局候補委員などを歴任。一九五九年の廬山会議で、彭徳懐の大躍進批判を支持して失脚。一九七六年死去、七九年名誉回復。別名、洛甫。

（4）原載《新青年》第五巻第六号（一九一八年十二月）。『芸術与生活』（止庵校訂「周作人自編文集」版、河北教育出版社、石家荘、二〇〇三年六月第二次印刷）所収。

（5）「沈淪」や『旅途』のような、テクストにおける虚構というに止まらず、現実に「性」を、外在する言説へ「譲り渡した」経験を持つ作家もいた。謝冰心は十歳になるまで男装で通し、海軍軍人の父親により「小軍人」として育てられるという特異な体験を、後に「夢」という散文（一九二一年十月作。原載《燕大週刊》第三期、一九二〇年三月十日。『冰心全集』第一巻、海峡文芸出版社、福州、一九九四年十二月、二八七～二八八頁所収）で回想している。

彼女は十歳になるまで、男の子の服を着ていた。十歳になる前、父親は彼女を軍人仲間の宴会によく連れて行ったものだ。父親の友人たちは彼女を見ると、揃って誉めそやした。「なんて勇ましげな小軍人だ！今年幾つだい？」父親はそれに答えながら、立ち去り際にようやく微笑みながら明かすのだった。「これは僕の息子でね、だが、娘でもある。」／彼女は部隊の軍鼓を叩くことができたし、召集ラッパも吹くことができた。モーゼル銃の仕組みも知っていたし、大きな砲弾を砲身に詰めることすらできた。五、六年の間、父親の傍で知らず知らずに訓練を受けたことで、彼女は本当に元気な小軍人になったのだ。／別の面はどうだったか？普通の女の子が好むようなことを、彼女は少しも好きではなかった。……ひと振りの刀、一匹の馬、それでこの一生は十分ではないか！世の娘のすることの、何と細々と煩わしいことか！海面を探査する哨戒灯が、果てしもなく広がる大海原に光線を投じると、一片一片が冴えた光を発する。灯火の下、軍旗の下、二列に並んだ、勇ましく剛毅な軍人たちが、軍刀をガチャガチャと響かせながら、一糸乱れぬ厳粛さの中、一斉に杯を挙げ、「中国万歳！」を祝福するとき、この光景がどれほど人をして、胸の底から、痛快な涙を溢れさせたことか？／……十年の間に深く刻まれた印象の中で、彼女の現在の生活にも残っているものといえば、強い性格だけだ――彼女は今でもあの揃った歩調を見、あの悲壮なラッパを聞くのが好きだ。だが、それは好きだというより、恐れているというべきであろう。

ここにも、絶対的な均質性を求められる「国家」の擁護者、即ち近代国民国家の制度性の象徴ともいうべき虚構のアイデンティティ＝「軍国民」こそ、個人にとって最も根源的なアイデンティティであるはずの「性」を「超越」する、より高次のアイデンティティであるとする観念が窺われよう。モダナイゼーション初期段階においては、ナショナリズム言説への積極的な自己同定こそ、あらゆる個人に「痛快」をもたらすべき方途として、普遍的に「想像」されたに違いないので、それが果たして現実化されるや否やは別としても、このような観念そのものは、決して謝家が軍人の家庭だったから生じ得たというものでもないだろう。更にいえば、謝冰心の分身たる「彼女」が、ナショナリズム言説に同定しようとする際、性の変更を余儀なくされる点には、ナショナリズム言説（およびそれを表象した近代文学）の、女性を排除して成立している男性性もしくは虚構の中性性という性質が露呈しているのだろうし、それはつまり、序章で検討した劉禾の所論の的確さを傍証する例と考えられる。

ついでながら、この性別の「越境」という体験は、いうまでもなく謝冰心個人にとって深刻なものであり、後年のテクストにもその痕跡を留めている。第一詩集『繁星』（商務印書館、上海、一九二三年一月初版。ここでは『冰心全集』第一巻二三三～二八一頁所収に拠る）に収められた小詩の幾つか、例えば次に掲げる数首においても、彼女の海や軍人に対する濃厚な「情結」の存在を窺うことができよう。

幼いときの友／波よ／山影よ／輝かしい夕焼けよ／悲壮なラッパよ／もう遠くなってしまったのかしら？（第四七首）

お父さん！／私の心が／あなたの軍刀のように／冷ややかに冴えていたなら！（第八五首）

澎湃たる波／黒々した山影――／夜も更けた／もう外には出ないことにしよう／見て！／ポツンと一つの灯火の下／軍人の父が／独り旗の掲揚台に立っている。（第一一八首）

大海よ／光のない星がありましょうか？／香りのない花がありましょうか？／私の想いに／あなたの波濤が清らに響かないことがありましょうか？（第一三一首）

（6）「周作人自編文集」版『過去的生命』、三五頁。
（7）同前書、四二頁。
（8）『臧克家全集』第二巻（時代文芸出版社、長春、二〇〇二年十二月）、三八頁。
（9）姜耕玉選編『二〇世紀漢語詩選』第二巻（上海教育出版社、一九九九年十二月）二三二頁、所収。

（10）公木主編『新詩鑑賞辞典』（上海辞書出版社、一九九一年十一月）、三九六頁、所収。
（11）同前書、五〇七頁、所収。
（12）陳思和「共名和無名――百年中国文学発展管窺」（《上海文学》一九九六年第十期）。
（13）『「唯物論者啓示録」之一――男人的一半是女人』（中国文聯出版公司、北京、一九八五年十二月）。邦訳『男の半分は女』（北霖太郎訳、二見書房、東京、一九八六年）。
（14）ここでの「越境」という、比喩的な概念の設定に関しては、加藤典洋の一連の論考、例えば「リンボーダンスからの眺め」（《中央公論》一九八五年六月号掲載）、「新潟の三角形」（『日本風景論』講談社、東京、一九九〇年、所収）、「語り口の問題――ユダヤ人問題とはわれわれにとって何か」（《中央公論》一九七九年二月号掲載）などに示唆を受けたことを記しておく。
（15）原載《鐘山》一九八三年第五期。ここでは李陀編『中国尋根小説選』（香港三聯書店、一九九三年五月）収録版に拠った。

Ⅳ　五四時期白話詩に見る喪失、あるいは見者としての文学

次に来るべき作業とは、このような「自己喪失」の機制の顕れかたを、中国現代文学史上の様々なテクストについて確認することであろう。本節では、中国現代文学誕生初期の新詩（白話詩）を材料に、これは小説と異なり引用も容易であるから、やや懇切に挙例しながら検討してみる。

陽光は淡々、白雲は悠々、風は薄氷を渡り、河流れず。／門を出で、人力車を呼ぶ。道行く人、往来に繁し。紛々たる車馬、そも何をかせん？／車上の誰もが綿入れ着込み、懐手をして腰下ろす。それでも風は吹いてきて、どうにも寒くて堪らない。／車夫の単衣は穴が開き、それでも落ちる珠の汗。(1)

これは沈尹黙の「人力車夫」と題する詩で、林紓が揶揄した「引車売漿」の類の題材を、敢えて正面から「詩」に描いた嚆矢とされる。当時の新詩が当面した問題は、草創期ならでは実に多方面に渉り、胡適や康白情は「音節」（音＝語頭子音の調和と押韻からなる音調、節＝句中の抑揚頓挫、段落感）と呼ばれた音楽美や、内容と形式の均衡、といった点に興味を集中させていたし、この沈尹黙の場合はしばしば旧詩詞からの影響、即ち胡適の所謂「纏足を半ばで解いた」[2]ような、いうなれば文学形式における伝統の継承／断絶の問題が取り沙汰された。専ら初期白話詩を論ずる場合、これらの問題は看過できないのだが、ここでは擱く。沈尹黙「人力車夫」について見れば、人力車に乗るという行為が、周作人が「人的文学」において、新文学が中心的な思想に据えるべきと主張した人道主義の許容し得ない所として、当時の言論界を賑わせた問題であったことを想起する。求道者的なアナーキスト、師復の定めた「心社」の規律に「人力車に乗らぬ」ことが掲げられ[3]、恐らくはその影響もあってのことだろう、巴金『家』でも主人公・覚慧が同様の戒めを自らに課していた。「人力車」問題とは、蔡元培が天安門広場で「労工神聖」を[4]、李大釗が「庶民的勝利」[5]を叫んだ時代を象徴する言説だったのである。前掲の詩は、車夫と車上の客を対比的に描いて、「非人道」的な構図を、声高なプロテストとしてではなく、もっと静かな観照（そしてそれに相応しいとも見える、均整の取れた古典的な体裁）によって示しているのだが、そのような如何にも五四的な観念のありようを窺うに、この時期の白話詩は恰好の材料なのである。

この世に生を享ける、そもそもが丸裸、／汚れもないのに、服に幾重にも包まれて、それは何故？／清らかな体も見せられない？／汚れた体を服で包めば、恥辱を逃れたことになるのだろうか？[6]

これも同じく沈尹黙の詩で「赤裸裸」という一首。胡適の白話詩に関する主張に拠れば、「抽象的な題材を抽象的に描く」弊に陥った典型的な悪例になるだろうが、それはともあれ、ここではその内容、即ち人間として「あるべき」姿を「丸裸」と表現している点に注目させられた。生まれながらの状態では「汚れもない」人間が、何故衣服を必要とするようになるのか。それは人間が長ずるに従い、「恥辱」を重ね、「生まれたまま」でなくなる、つまり「自然」な状態を喪失するからである。一方、一切の虚飾を剥いだ後に還元されてくる人間の本質を「丸裸」＝「自然」であり、従って平等で自由であると観念するならば、人力車に乗ることが「恥辱」であること、これまたいうまでもない。つまり、上掲二首の詩はそのように問題性を含むテクストと読まれたのである。

ここで、人間から純粋な「生まれたまま」の「自然」状態を奪う原因として、五四新文化運動に関わる通説を追認し、形骸化した儒教道徳が作者には意識されていたといって、恐らく的は外していないだろう。だが私としては、そのような五四言説における現実批判という性格を支えた根拠として、このような「自然」状態への憧憬が、ある種の拡がりを持って存在していたという事実にこそ目を引かれる。初期新詩人中、沈尹黙と並んでその資質を周作人に称えられた[7]劉半農の詩を眺めてみよう。

寒くなったんで、金掻き集めて、ケットを買ったぜ。／どうだい、車に敷いたら綺麗だろう、真っ赤な縦格子、黒地に映えるぜ。／旦那衆が乗り込んで、ケットがお気に入りなら、ちっとははずんでくれるかもな。／車を曳きゃ汗が出る。北風吹けば、凍えるぜ。／ケットを被りゃと思うけど、着ているもんが汚ねえんじゃあ、／体にゃよくても、ケットは台無し。[8]

これまた「人力車夫もの」で、「車毯（擬車夫語）」という詩。哀感を交えて独白された車夫のジレンマという趣向は作者が機知を働かせた手柄だろうが、凍える人力車夫が世の不平を体現するのは沈尹黙の詩と同工。劉詩の代表作にも挙げられる「相隔一層紙」では、車夫が乞食に代わるものの、主題は同様である。

部屋の中には火鉢置き、／大旦那様が窓を開け、果物買えとお申しつけ、／「寒くもないのに火で暑い、俺を炙り殺す気か。」／部屋の外には乞食がひとり、／歯を食い縛り、北風に叫ぶ。「死にそうだ！」／憐れ部屋の内と外、／隔つはわずかに紙一重(9)！

劉半農は自分の娘の天真爛漫を、純粋さの全き表現であるとばかりに、手放しで称える「題女児小蕙周歳日造像(10)」という詩を書いているのだが、これを見ると、「車毯」や「相隔一層紙」において「非人道的」なヒエラルキーへ注がれた眼差しは、純粋さ、「自然状態」の希求に裏打ちされていたように思われる。

おまえは、ひもじければ泣き、くちくなれば笑う、／疲れれば眠り、寒ければ服を欲しがる。／ひもじくも、寒くも、眠くもない、するとおまえは日がなにこにこ顔。／おまえにも心はあるだろう、ただ心配がないだけ。／おまえにも目耳鼻口はあるだろう、ただ色声香味を弁えないだけ。／おまえの小さな魂は、天にも昇らず、地にも堕ちぬ。／／ああ！俺はおまえが羨ましいよ！ほんとうに羨ましい！／お前はこの世に降りた神仙だ！／自然界の無冠の帝王だ！

「ああ! 俺はおまえが羨ましいよ! ほんとうに羨ましい!」と劉半農に叫ばせたのが、自らは欲求に従って、「自然」が求めるままに振る舞うことができないと観念する、ある種の喪失感であることを読み取ることは、解詩として些か理が勝ち過ぎているかも知れぬが、誤読ということはなかろうと思う。童心の保持／喪失の有態についていえば、「売蘿蔔人」という一首[11]も挙げるべきだろう。三聯から成るこの一首では、第一、二聯で、破れ寺に住む大根売りが警察に立ち退きを強いられ、貧しい家財道具ごと叩き出される様が描かれる。そこまでは「車毯」や「相隔一層紙」同様に、世界が抑圧／被抑圧というヒエラルキーに分裂していることの指摘であるが、そこへその様子を見ていた子供たちを登場させることで、この一首はイデオロギーの直截な露出から免れたろう。子供の感想とは、第三聯の次のようなもの。

警察がいなくなると、七つの子供がいいました。／「おっかねぇ……。」／十の子供が答えました。／「くわばらくわばら、大根売りなんかになっちゃいけねぇぞ!」／七つの子供には分かりません。／目を剥いて、それから俯いて考える、じっとしたままで!

七つの子供は、世界に存在する不公正や苦しみを理解することができず、ただ眼前に展開された騒動に「おっかねぇ」と恐怖を覚えるだけだが、年嵩の子供の目には、既に世界が苦楽に分裂していること、宿無しの「大根売り」には辛いものであると映っているのだ。この詩に漂う哀感こそ、世間知の獲得＝童心「喪失」の悲哀を見事に表現したものだったろう。

ものである。子供の中に「汚れ」を経ない、純粋な「自然」を見出すというモチーフは、沈尹黙の弟、沈兼士の詩にも見られる

斜陽庭を半ばに分かち、松影廊に掛かる。私は池の四阿に腰を下ろす。／早春の日和、漸く暖かみを覚える頃、／走廊の外の半ば凍った池には、清冽な春水が注ぎ、氷を衝き割り、時に小波を立てる。番の家鴨は水浴び終えて、氷に立ち、羽を整え、快活この上なし。／いつもは元気な阿覲も、この情景に身じろぎ一つせず、声も立てず私に寄り添っている。(12)

この「春意」という詩における子供、阿覲は如何にも神妙な面持ちではないか。ここでの阿覲は最早、氷・小波・家鴨などと同様、自然を構成する一点景として、早春の気配に溶け込んでいるようだ。早春の息吹を、ポエジーなどという人文的感興に連結することのない阿覲が、何故これほどまでにこの情景に没入できるのだろうか。ここで前節において私が杜撰した概念を援用して解釈すれば、阿覲の自然への没入こそ、「自然界の無冠の帝王」＝子供において初めて可能な、自己喪失を伴わずに実現される「内なる自然」と「外なる自然」の一体化であると、傍観する「私」には想像されているのである。

月は朧、重なる竹の影、池に水音、池のほとりで月を摑もうとする。／ボチャン！池にはまる。手を打ち笑って言う。「面白い！面白い！」／今宵清らに斯くの如し。水辺に月を望めば、二十年前が蘇える。／だが元気な阿覲が、あの頃の私の面白さを真似るのは怖いのだ。(13)

これは「『有趣』和『怕』」と題された一首。かつては池にはまることすら「面白さ」と興じさせた童心を、二十年後には失ってしまい、自分の子供が池にはまること（これも「外なる自然」との文字通りの一体化に違いない）は恐れるという内容だが、ここには人の親となることの機微というより、むしろ童心を喪失することのほろ苦さが、月夜の静謐を背景に際立っているようだ。

このように童心に羨望の眼差しを注ぐ沈兼士には、より直接に「自然」を賛美した詩もあった。次の一首は「真」と題されている。(14)

香山に来たりてはや三月、景色を眺めて飽くことなし。／人はいう、「山には草木と泉石のみ、手も加えずに何がよい？」／私はいう、「草の香り、樹の色、冷泉醜石、自ずから真の趣あり、その妙、恰も白話詩の如し。」

ここでは「自然・素朴・田舎」と「人工・装飾・都会」の対比を、「真偽」の対比とする観念が表白されているのだが、この観念は、次のやはり香山山居の感慨に基づく「香山早起作、寄城裡的朋友們」一首では、(15)都会の文明に身を置くことで「汚れた」人間が、自然の懐に包まれることにより、本然の「真」を回復し得ると、一層明確な表現を採っている。

夜が明け初め、服を羽織り、杖を曳き、／石橋のほとりまで歩を運ぶ、／石に腰掛け、／山水を楽しむ。／静かにひっそりと、朝露を帯びた草の香を味わい、／松籟に耳を傾ける。／裸足を水に預け、汚れを落とす。／このとき自然の趣たるや、／飛び跳ねる子供に同じい。／ふと見れば、山の端に太陽が昇る。／金色の光が照らして、北京の城内も幽かに望まれる。／同じ陽の下にあって、／町はどうして暑苦しく、／田舎はどうして涼しいか?

「金色の光が照らして、北京の城内も幽かに望まれる。／同じ陽の下にあって、／町はどうして暑苦しく、／田舎はどうして涼しいか?」と、都会（文明）／田舎（自然）の対比を、飽くまで叙景の形にまとめた点で、露骨な「説理」に堕すことから辛うじて免れてはいるが、例えば「裸足を水に預け、汚れを落とす／このとき自然の趣たるや、／飛び跳ねる子供に同じい」（傍点引用者）といった部分に、前述の「自然」観念のありよう、更には、「『有趣』和『怕』」との脈絡を見出すことは容易である。

初期白話詩人としては、郭沫若の名前も忘れることができない。胡適、周作人、沈尹黙、劉半農らは、《新青年》同人として一つのサークルを形成していただけに、相互間の影響や思想的な交流もあったはずだが、郭沫若は彼らよりやや若い世代（一八九二年生）に属する上、白話詩提唱開始当時は日本留学中で、《新青年》を中心とした白話詩運動の圏外にいた。しかし、一九一九年の詩「浴海」[16]には、沈兼士にも通ずる「自然」観念の存在を認めることができるように思う。

太陽が頭の上に来た！／果てしない太平洋は男らしい音色を奏でている！／森羅万象、それは環を成すロンド！／僕はこの舞踏場で波濤と戯れる！／僕の血と波は同じく流れ、／僕の心は太陽と共に燃え、／生まれてこのかた積もった塵や芥は／とっくにすっかり洗い流された！／今や僕は殻を脱した蝉と変わり、／烈日の最中、声を限りと鳴いている。／／太陽の威力／この全宇宙を溶かしてしまうだろう！／兄弟よ！早く早く！／早くやって来て波濤と戯れたまえ！／僕らの血が潮を成している間に、／僕らの胸に火が燃えている間に、／早くその古びた皮袋を／きれいさっぱり洗い流したまえ！／新社会への改造は／全て我らの肩にあり！

この詩の前段、特に最後の四行「生まれてこのかた積もった塵や芥は／とっくにすっかり洗い流された！／今や僕は殻を脱した蟬と変わり、／烈日の最中、声を限りと鳴いている」という部分に窺われるのは、「再生」への熾烈な希求である。「生まれてこの方積もった塵や芥」を「すっかり洗い流」した後に現れるべき本然の姿が、即ち沈尹默の所謂「丸裸」であることは、まず疑いない。もっとも後段における、このような個人の「再生」を「兄弟」の「再生」にまで拡大し、直ちに「新社会への改造」へ繫げる、ある種の飛躍を、五四的個人主義から集団主義への脱皮＝「進歩」と読み、それを一首のライトモチーフとする解読もあろう。例えば三〇年代半ばの作、「們」[17]における、「『們』よ、我が親愛なる『們』よ！／おまえはなんと確固とした集団の力の象徴なのだ」などという、手放しの集団礼賛へと連結する理解である。私としては、このような集団への帰属に対する情熱や連帯の待望とは、むしろ『女神』時期の郭沫若にしばしば見られた深い孤立感や放逐されてあるという疎外感（「電火光中」[18]における蘇武の形象など、明らかに自画像であろう）の残像と読みたい。そもそも郭詩といえば、作者の人格や後年までの経歴がテクスト解読や評価に投影されて、初期の作品に際立つ甘美な叙情性や、機知を交えての写実性等の特徴が軽視されがちだという問題もあり（この問題については、第六章でもう一度触れることになろう）、そのような既成のイメージを搔い潜って、初期の、ある意味「無垢」な詩人を強く捉えていた「実感」に到達することは容易ではないのだが、「浴海」後段にあっては、「早くその古びた皮袋を／きれいさっぱり洗い流したまえ！」の二行こそ、強く実感に裏打ちされた勘所と考えたい。

即ち、私はここに、中国近代の知識人が、このような「自然」への信頼に発して、自らの「汚れ」、「塵や芥」それ自体の対象化に進むことなく、むしろ「汚れた」現状の対立面に、「純粋」を体現した「他者」としての「外なる自然」を虚構し、これに同定する過程で、自己を「喪失」する「越境」を繰り返していった過程を支えるメンタリティが、感性的な表現を獲得していると思うのである。

このような「筋」を補強すべく、やはり新詩に例を求めることができると指摘しておく。以下に掲げるのは、中国現代文学史上、最初期の女流作家、陳衡哲の「鳥」と題された詩である。(19)

狂おしい風、激しい雨、／私を苛む！／私のぼろ家をひっくり返し、／綺麗な羽毛をずぶ濡れにする。／翼を折り、／壊れるほどに眼を見開いても、／身を寄せる場所を見つけられない！／窓の中、籠に飼われた鳥一羽、／金の手すりに身を投げて、／横目でただ私を見ている。／愁えているのかしら、それとも喜んでいるのかしら？／翌朝早く、／風雨は止んだ。／暖かな日和が、／柔らかな緑を照らす。／私は仲間と、／連れ立って飛び上がる。／ふと籠の中の同胞を見やれば、／翼を羽ばたかせ無闇と飛び回っているではないか――／あの籠を突き破って、／自由な飛鳥に変わりたいというように。／彼は我々を見ると、／突然飛ぶのを止め、／我々に向かって悲しげに鳴き続ける。／こういっているのかしら？／「もしもこの牢屋を出たら、／東であろうと西であろうと、／驟雨であろうと暴風であろうと、／海の向こう、空の果てまで思いっきり飛んでやる！／力尽き、飛び尽くしても、／あの暴風に頼んで、／この羽、骨肉のすべてを、／一本一本自由の空気に吹き散らしてもらうさ！」

もちろん、この一首解読に当たって、鍵となるべき「籠」、「牢屋」、「自由の空気」といった用語から、同時代に注目されたイプセン『人形の家』、エロシェンコ「狭い籠」、魯迅「傷逝」といったテクストとの共鳴を見出すことは容易である。ただ、私としては、ここで「自由の空気」に象徴される「外なる自然」が、「籠」という「障壁」を隔てて、飽くまで憧憬の対象として、想像され（虚構、としてもよい。なぜなら冒頭部分にあるように、現実の外界は「狂おしい風、激しい雨」、「ぼろ家をひっくり返し、綺麗な羽毛をずぶ濡れにする」、「翼を折り、壊れるほどに眼を見開いても、身を寄せる場所を見つけられない」程に苛酷なものなのだから）、渇望されていること、その憧憬は、障壁の外部が「驟雨であろうと暴風であろうと」抑えることができない、従ってそこでは内外のヒエラルキーが観念として固着していることなどが、当時の中国知識人の「越境」という筋を考えるにつけ、如何にも象徴的である、という点を指摘しておくに止める。「籠」の外に「越境」し、憧憬した「自由」を獲得する、しかし、それは「骨肉のすべてを……吹き散らして」、即ち完全な「自己喪失」を代償にしなければならないという「悲劇」を、この一首が見事に察知したことに、何より瞠目させられるからである。

一般論としていえば、私が設定しようとしている「筋」を、感性認識の表象としての文学テクストを題材に考察するとなると、議論の信憑性についての疑念を招きかねないというべきだろう。しかし、優れた感受性とは、自覚の有無に関わらず、全て世界と歴史の深奥に回路を繋いでいると、私は考える者である。その例として相応しいかどうか、新詩を扱ったついでに、初期新詩壇に特異な位置を占める兪平伯の詩論「詩底進化的還原論」が想い起こされた[20]。この論文で兪平伯が主張したのは、芸術とは美を目的にするものではなく、人を善に導くもの、ということだった。詩人は特殊なポエジーに表現を与えることを任務にするのではなく、普遍的な情感を捉え、一般の人間が表現することのできないことを表現すべきで、少数の人間しか感動させられない詩は「貴族的」であり、価値がない、多数の人間を感動させ、善に導く詩こそ優れた詩だ、「好い詩は全て平民的であり、通俗的なのだ」、「題材を平民の生活や民間の伝説故事から採らねばならないだけでなく、そのスタイルも平民的なものがよい」とまでいうのである。論文後半では、このような前提に発して、「進化的還原論」の内容が説明されるが、簡単にまとめれば、『詩経』や古楽府の時代のように、民歌、歌謡が詩であった時代に戻れ、とするものであった。

これは当時一般的にイメージされていた新詩像の中に、「文学の効用と担い手の問題を中心とした詩の帰趨」という観点を導入した、突飛とも見える意見だった。文学を「貴族的／平民的」と分類する部分は、兪平伯にとっては師筋に当たる周作人の名高い論文「平民文学」[21]に負っているようだが、しかし、周作人は文学の実際の担い手や読者、現実的な効用といった問題には触れていなかった。また康白情は「新詩底我見」という論文[22]において、できるだけ平民的な詩を書くべきとしながら、詩が貴族的であるのは事実であり、真理である、平民の詩というのは理想であり、イデオロギーである、と明言している。当時にあって詩の徹底的な平民化を主張したのは、実に兪平伯ただ一人だったのである。更にその反響として、周作人は「貴族的与平民的」[23]、「詩底効用」[24]といった文章を発表、持論の「平民文学」の一部を訂正し、文学は「平民」の精神を基調としながら、貴族的な洗練を加えるべきだ、「善」は相対的なものであり、また文学は必ずしも民衆に理解を強要できない、と重ねて反対意見を表明する。その後も、徹底的に文学の非功利性をいう梁実秋からの批判[25]があり、聞一多のように具体的に兪平伯の詩集『冬夜』を批判、そのイメージの貧困は、民衆教化という前提が足枷になっているからだ、という意見までもが現れた[26]。一連の応酬の評価については、兪平伯の最も良き理解者であった朱自清が、一九三六年にその経過を総括した上で、結局は兪平伯の見解を否定して[27]いて、どうやら兪平伯一人の奇矯な論とするのが一般的なのだろうが、しかし、その後の歴史を眺めれば、兪平伯の見解には、彼自身が恐らくは自覚しないままに具えるに至った、看過できぬ類の「先見性」が含まれていたよう、私には思われる。

五四新文化運動の大きな柱の一つであった白話文提唱（言文一致運動）は、胡適が「建設的文学革命論」[28]で「国語の文学、文学の国語」と定式化したように、「新しい文学」の創出と密接に連動していると考えられたのだが、しかし文学言語の成熟と近代国民言語創出の連動関係といっても、これを文学の側に引きつけて見ると、果たしてどのような「新しさ」が求められているのか分明でないという、ある種の曖昧さが残らずにいないものである。胡適は素朴な文学進化論に基づく放任主義だったらしく、国民語形成の基礎になる「文学」に関して遂に明確なビジョンを提示しなかった。そこで魯迅は実作を以て、また周作人は理論を以て、そこに実質を与え、豊かなものにする貢献をしたといえるが、しかし、彼らの優れた作品や議論ですら、「文学」が何のために存在し、誰を主たる担い手にしていくのか、といった功利的側面については、抽象的な見解を提示するに止まっていたのである。魯迅は「国民性改造」、「啓蒙」という一般的な命題に自己同定したに止まり（しかも後年になって、それを五四言説に義理立てしたためと弁解している）[29]、胡適に至っては、こういった視点を全く欠落させていたのだ。当時の環境にあって、奇矯な言と批判された兪平伯の孤立した議論だけが、そのような問題まで含めて、文学（この場合は詩についてだが）の「行く末」を考えていたことになる。しかし、三〇年代、四〇年代と時代が進むにつれて、中国文学における問題の中心は、実はこの点にこそ移っていったのではないか。

例えば三〇年代には大衆語、大衆文学の問題が左翼系の文学者を中心に論じられ、その一応の幕は、四〇年代になって毛沢東の『文芸講話』により引かれた。特に『文芸講話』のモチーフとは、「誰が／何を／どのように／誰のために」書くのか、という問題を、政治的なコンテクストのなかで一挙に解決しようとしたものだっただろう。『文芸講話』は、乱暴にまとめてしまえば、従来、文学の自律性に対する政治的強制（「政治と文学」）、あるいはヨーロッパ言説としての近代文学に対する土着性や民族形式の対置（西欧／中国）といった位相で捉えられてきただろうが（前章で検討した陳思和や汪暉の見解を敷衍すれば、このような二項対立的な理解は、中国知識界におけるモダン理解の一面性を示すものに他ならないが）、前述の「筋」の中に置いて見れば、胡適の曖昧な観点の欠落を埋めていった、その最先端に位置するといいえぬでもないようなのだ。胡適がある意味で欧化主義者、近代主義者だったのは確かだが、その彼の言説であら、二十世紀中国の思想コンテクストにおいては、それが自足を果たしていくプロセスで『文芸講話』を生みかねぬとすれば、それこそ中国の「現代」が備えた独自性だったのではないか。『文芸講話』を権威づけた「政治」が実現したステートビルディングの後に来た、国民語＝近代言語の建設、即ち「普通話」の制定と普及の過程において、「普通話の文法については五四以来の典範的な口語作品を参考にする」といった、胡適流の観点が蘇りを見せたのも、そう考えると不思議でもないだろう。一九五九年に兪平伯は、今日の現実が、通俗性と思想性の結合という点に関する「進化的還原論」の「先見性」を証明したのではないかと、さして誇らしげでもない口調で回想しているが[30]、これも同様の筋から理解できるだろう。無論、このような兪平伯の「先見性」とは、結果として認められるものであり、決して当初より強く自覚された「予見」ではないだろうから、これを性急に「想像力」などという、主体の浸透をイメージさせる概念に連結することはできないだろう。感性認識の拠る想像力とは、むしろ畏怖、憧憬、不安といった、模糊とした表現を示すものである。しかし、後に来たる者の後知恵（文学史研究とは、畢竟「後知恵」に他ならない）としていえば、このような吻合は、文学こそ世界と歴史に対する（当然モダンの本質、といった問題についても）最も鋭敏な見者と確信させるに足る好例である。この確信から、先ずは沈黙する諸々の「現象」の堆積に埋没している数多の「吻合」を「吻合」として認めること、そして、そのために必要となる、歴史を鳥瞰すべき高度を具えた視座に立ち「後知恵」を働かせることによって、私の展望する文学史テクストはようやくその姿を現してくるのだろう。

注釈

（1）原載《新青年》第四巻第一期（一九一八年一月）。『沈尹黙詩詞集』（書目文献出版社、北京、一九八二年九月）、七頁所収に拠る。
（2）胡適は、旧詩詞の教養や知識を具え持ちながら、後に白話詩に転じたことで、「新」に徹しきれないことを、しばしばこのような比喩で表現した。「『嘗試集』四版自序」（原載『嘗試集』増訂四版、亜東図書館、上海、一九二二年十月。姜義華主編『胡適学術文集』新文学運動巻、「中国近代人物文集叢書」版、中華書局、北京、一九九三年九月、四一九～四二二頁所収）、「『蕙的風』序」（原載《努力週報》第二二期、一九二二年九月二十四日、『胡適学術文集』新文学運動巻、四五三～四五九頁所収）など。後者には「半路出家」などの比喩も見られる。
（3）「心社趣意書」。原載《社会世界》第五期（一九一二年十一月）。葛懋春、蔣俊、李興芝編『無政府主義思想資料選』上（「中国現代哲学史資料選編」版、北京大学出版社、一九八四年五月）二三五～二三九頁所収。
（4）「労工神聖――在北京天安門挙行慶祝協約国勝利大会上的演説詞」。原載《北京大学日刊》第二六〇号（一九一八年十一月二十七日）。高平叔編『蔡元培全集』第三巻（「中国近代人物文集叢書」版、中華書局、一九八四年九月）二一九頁所収。
（5）原載《新青年》第五巻第五期（一九一八年十月）。『李大釗全集』第三巻（河北教育出版社、一九九九年九月）一〇〇～一〇三頁所収。
（6）原載《新青年》第六巻第四期（一九一九年四月）。『沈尹黙詩詞集』四頁所収に拠る。
（7）「『揚鞭集』序」（原載《語絲》第八二期、一九二六年六月七日）において、周作人は次のように述べている。（引用は「周作人自編文集」版『談龍集』三九頁に拠る）
　当時、新詩を作る者は確かに多かったが、私の見るところ、遠慮なくいわせてもらえば、詩人としての天分を具えていたのは、一人が尹黙、そしてもう一人が半農だった……半農は十年来、新詩のみを作り、その進歩は明らかである。これは半農が口語をよく制御し得たために、成功を収めることができたのであろう。
（8）《新青年》第四巻第二期（一九一八年二月）。
（9）《新青年》第四巻第一期（一九一八年一月）。

（10）同前。
（11）《新青年》第四巻第五期（一九一八年五月）。
（12）《新青年》第六巻第六期（一九一九年十一月）。
（13）同前。
（14）《新青年》第五巻第三期（一九一八年九月）。
（15）《新青年》第五巻第四期（一九一八年十月）。
（16）原載《時事新報》副刊《学灯》一九一九年十月二十四日。ここでは『女神』（「文学小叢書」版、人民文学出版社、一九七八年）六三～六四頁所収に拠った。
（17）《光明》半月刊第一巻第十号（一九三六年十月二十五日）掲載。
（18）原載《時事新報》副刊《学灯》一九二〇年四月二十六日。「文学小叢書」版『女神』六八～七〇頁所収。
（19）《新青年》第六巻第五期（一九一九年五月）。
（20）《詩》創刊号（一九二二年一月）。
（21）原載《毎週評論》第五号（一九一九年一月十九日）。「平民的文学」と改題して『芸術与生活』に収める。「周作人自編文集」版、三～七頁。
（22）原載《少年中国》第一巻第九号（一九二〇年三月）。
（23）原載《晨報副鐫》一九二二年二月十九日。「周作人自編文集」版『自己的園地』、一四～一六頁。
（24）原載《晨報副鐫》一九二二年二月二十六日。「周作人自編文集」版『自己的園地』、一七～二〇頁。
（25）「読『詩底進化的還原論』」（《晨報副鐫》一九二二年五月二十六～二十九日連載）。
（26）もと梁実秋との共著『「冬夜」「草児」評論』（「清華文学社叢書」第一種、清華文学社、北京、一九二二年十一月）に収める。『聞一多全集』第二巻（湖北人民出版社、武漢、一九九三年十二月）、六二～九四頁所収。
（27）「『中国新文学大系・詩集』導言」（良友図書出版公司、上海、一九三五年十月／上海文芸出版社、一九八一年六月影印）。

（28）原載《新青年》第四巻第四期（一九一八年四月）。
（29）このような自述は、例えば「『自選集』自序」（原載『魯迅自選集』天馬書店、上海、一九三三年三月。『魯迅全集』第四巻「南腔北調集」、四五五〜四五八頁所収）、「我怎麼做起小説来」（原載『創作的経験』天馬書店、一九三三年六月。『魯迅全集』第四巻「南腔北調集」、五一一〜五一五頁所収）などに見える。
（30）「五四雑憶——談《詩》雑誌」。原載《文学知識》一九五九年五月号。後、『兪平伯散文雑論編』（上海古籍出版社、一九九〇年四月）五二二〜五二五頁所収。

V　懺悔と越境、あるいはモダンの逆説

「沈淪」から八年後、郁達夫は「在寒風裏」という、鬱屈を抱えながら漂泊する主人公と、故郷の実家に長い間仕えてきた老僕の交流を描いた小説を書いている。(1) 主人公は例によって郁自身の影の濃い人物で、つまり各地を転々としながら、故郷に残した妻子、それも部屋住みの身分で、外地で名を揚げるまでと無理に置いてきたのだから、居心地の良かろうはずもない、そういった家族を養わなければならない、それが鬱屈の主たる原因だろうが、一方で老僕はといえば、素朴で人間味に溢れ、主筋にあたる、将来の見込みもないような主人公への同情と期待を失わない、飽くまで忠実な形象に描かれる。これを以て、単に人間性への賛美と呼べば、如何にも紋切り型の片づけ方だろうが、そもそも人間本然の性というか、人間が生まれながらに具えるべきある種の美質を提示しながら、そのような美質を喪失した人間、あるいは美質を具えた人間を裏切る人間を配置して、その対比を通じて、人からそのような美質を奪う存在に対する批判を行うスタイルの小説は、新文学誕生以降、それこそ一つの紋切り型を形成したといってよい程

に多く見られるだろうし、それは脈々と今日まで引き継がれているのではないか。この種のテクストには、「悔悟」あるいはいっそ「懺悔」とも称すべきメンタリティが導入され、更には実際の行為としての懺悔が設定されることすらあり、新文学が否定した勧善懲悪タイプの小説とは、つまりその点で異なる。古典的なロマンにあっては、テクストが開始される以前に、一定の秩序により整合した世界が既に存在するものとして承認されており、それは安定した世界として前提されている、しかし、その安定の拠って立つ秩序は外部から他者が侵入することによって攪乱され、そして、紆余曲折を経て再び他者を組み込んだ新たな秩序に収斂していく、と、先ずはそのような仕組になっているものだろう。この秩序再編の契機がしばしば「懺悔」なので、これをひとまず「懺悔モデルのテクスト」と呼んでみる。この懺悔モデルのテクスト、「虚偽」対「真実」という明快な対立図式を構成しているのが定石である。簡単にいえば、懺悔モデルのテクストにおける懺悔の機制とは、不自然な状態、即ち虚偽に囚われている叙述者の内部にも、自然状態にあっては必ず具わってあるべき真実というか、先ほどのいい方では「美質」だが、その痕跡が幾らか残っていて、そのような痕跡が、より完全な自然状態を保っている外部の真実なる存在に触発されて表面化、ついには懺悔のメンタリティを生じるというものである。つまり、叙述者は外部の自然と内部の自然を隔てる何らかの障壁によって、不自然な、虚偽の状態へと疎外されている、「内なる自然」の喪失者、ということになる。

ここで引き続き郁達夫の小説を眺め渡せば、果たしてこの種の趣向が目につくようである。例えば、作家の視点の社会的拡がりが、持ち前の主情性とうまく結合した例といえる「春風沈酔的晩上」という小説(2)などが想い起こされるだろう。ここでは、上海の屋根裏部屋に住む売文を生業とする主人公が、下宿の間取りの関係で、いつも煙草工場の若い女工と顔を合わせなければならない、女工の方は、主人公がいったい何をしているか分からないで、それでも余り健康的でないことは分かる、もしかしたら裏の世界で、犯罪にでも関わっているのではないかしら、と心配する。

自分は煙草工場に勤めているけれど、こんな会社の煙草は吸ってくれるなと、純真な様子に、主人公は一瞬の恋情を抱くが、相手の純真が、主人公に「懺悔」させるという具合。

私は彼女のこういった単純な態度を見て、胸の裡にある種不思議な感情が起こり、両手を差し伸べ、彼女を抱きしめたいと思った。しかし、理性は私にこう命令してきたのだ。／「これ以上の罪作りはよせ！お前がいまどのような境遇にあるのか分かっているだろう！お前はこの純潔な処女を毒殺するつもりなのか？悪魔、悪魔め、お前に人を愛する資格などないのだぞ！」／このような感情が起こったとき、私は数秒間目を閉じた。理性の命令を聴いてから、ようやく目を開ければ、周囲が数秒前より輝いているように感じられた。

また「遅桂花」という小説[3]でも、テクストの収束に同様の「手」が使ってある。これは古い友人の結婚式に招かれた主人公が、友人の妹に「欲情」を抱くのである。妹の方は、兄の友人と言うことで、純粋に信頼を寄せて無邪気に相談を持ち掛けたりする、一緒に手をつないでハイキングに行ったりするが、女性の無邪気をよそに主人公は彼女を次第に性愛の対象として眺めるようになる。しかし、これまた最後は女性の天真爛漫が主人公の邪念を、小説中の表現に拠れば「浄化」してしまうのだった。

「あなた、いったい何を考えてらっしゃるの？」／こう訊かれて、私は決まりが悪くなり、両の頬がたちまち熱くなるのを覚えた。そこで、握りしめた彼女の手を放すと、咳払いをして、最後に勇気を奮い起こし、搾り出すように答えた。／「僕は……僕は君のことを考えていたんだ！」／「私がこの先どうやってあの人たちと一緒に暮らしていくか、考えてくださるの？」／この反問は、極めて率直、素直なもので、私が彼女の身の上を考えていたとすっかり思い込んでいる様子だった。私は黙ったまま何度か頷くほかなかったが、目が潤み始め、熱くなるのが感じられた。／「あら、私が自分でも哀しいと思っていないのに、あなた、どうしてそんな私のために涙を流してくださるのかしら？」／彼女は驚いたように立ち上がると、そう私に尋ねた。一緒に私も立ち上がり、その隙に紛れて涙を拭った。私の心は晴れ、欲情も浄化された。

「春風沈酔的晩上」で主人公が自らの欲望を「罪」と観念しているらしいこと、また「遅桂花」で、この一段の前に、自然の中で育った純粋な女性を主人公とするヨーロッパ小説を連想したこと、後では自らの欲情、邪念を正直に「懺悔」（原文でもこの語が使われる）する場面が配されることなど、それぞれに興味深いが、それらを詳論することは当面の目的ではないから擱くことにする。いずれ、純真を体現した「純粋」、「真実」の化身に、女性の形象＝「女神」を配する辺りが、郁達夫の面目躍如といった所だろうか。

このような「懺悔」、実は懺悔させられることによって、懺悔する者は「批判」されているに違いない。批判者は彼にとっては外部の他者である。そして、批判される側が批判する側と同質の要素、これこそ前に記した所の「自然」ということなのだが、この自然を内外で共有しているからこそ、つまり本然の善、良知を目覚めさせる内外の共鳴の働きがあるからこそ、自他を隔てる、こちらは紛れもなく徹底的に外部の他者である疎外要因に対する批判が成立する。こういう理屈は、外部の自然への自己同一化の「回復」を前提して、外部の更なる他者を批判するという、端的には、他者に拠り他者を矯める、という実にプラグマティクな論理に支えられているので、結局の所、疎外の構造自体を極めて平板にしか捉え得ないように思われる。その原因は、「懺悔」という比喩的な表現のついでにいうならば、批判される側が余りに簡単に「免罪」されてしまう、あるいはすっかり免罪されたつもりになってしまうからではないか。しかし、そのような「免罪」に拠っては、「罪」そのものはむしろ禁域裡に封印されてしまうのだ。こういう懺悔モデルのテクストは、従来、儒教批判という五四新文化運動のモチーフに、功利的に服務するものと評価されてきたろうし、その筋は確かに否定できぬながらも、しかし、「内なる自然」が「外なる自然」と同化を求めていく、そして懺悔する者は「免罪」されたつもりが、実は「罪」自体は終に残る、という風に、この懺悔の機制を見ると、もう一つの違った筋が浮き上がってくるような気もするのだ。

差し詰め魯迅の小説「一件小事」などを恰好の例として検討すべきであろう。[4] 余りに呆気ない掌編だが、ともかく筋を確認する。「私」がある朝人力車に乗る、この人力車は途中で老婆を車に引っかけてしまう、「私」は、わざとらしく大袈裟に倒れて、大した事もない癖して憎い奴、などと胸の裡で悪態をつき、構わずに急げと命ずる、すると人力車夫は「私」に構わず老婆を介抱して巡査の元へ連れて行く、独り残された「私」は、ここで「懺悔」するのだ。

私はこの時突然異様な感覚に打たれた。全身埃にまみれた彼の後ろ姿が、俄かに大きくなって、しかも歩くにつれて大きくなって、仰ぎ見なくてはならぬまでになったような気がした。そればかりか、彼は私にとって、次第に威圧へと変わり、私の毛皮の下に隠れている「小ささ」を搾り出そうとするのだった。

主人公が人力車の上でこのように「懺悔」していると、巡査がやってきて、もうあの車は曳かないから、他の車を見つけてくれ、などという。「私」はここで、これは何気なく、といった風に挿入された部分なのだが、さすが点睛の一筆と思わせる部分で、ポケットから銅貨を取り出すと、これをあの車夫にやってくれ、などというのである。そして、やっておいてから、また後悔する、あれは一体どういうつもりだったのだろう、と。「私」が人間の善意を教えられて、それによって悪意に対する戦いに懸ける意欲を励ますといった、テクスト末尾の所謂「落ち」などは付けたりのようなもの、むしろこの部分こそがテクストの「ツボ」に違いない。

これも懺悔モデルのテクストだが、ここでは例の「外なる自然」を体現しているのが、「人力車夫」という、労働人民というか、少なくとも「私」のような知識人でないことは確かで、その点が如何にも興味深い。そもそも郁達夫が懺悔モデルのテクストにおける「外なる自然」の体現者として「女神」を設定したというのは、むしろ異例で、ここでのように人力車夫や、あるいは「在寒風裏」における老僕のように、「非知識人」にその役割が充てられるのが一般的なようである。文学史的考察ともなれば、そのような設定が、異なる作家の様々なテクストに、様々な形で出現するという、その拡がりをこそ確認すべきであろう。

同じく魯迅の「無題」[5]という、「一件小事」をも「小説」と呼ぶなら、これも掌編「小説」であろうが、一応エッセイに分類されているテクストなども典型的な懺悔モデルといえよう。ここで「私」は、家族への土産に菓子を買う、代金を払い、品をポケットに入れ、ふと視線が横に逸れると、店員が残りの品を掌で覆い隠しているのが目に入る。これを、自分が余計に品を掠め取ろうとするのを防ぐための、つまり泥棒扱いした「侮辱」であると不愉快に思った「私」は、店員にいう。

「そんなことしなくとも、私は余計に取ったりしない……」／彼は「とんでもない、とんでもない……」といい、慌てて手を引き、そして恥じ入った。これは私にはたいそう意外だった。——私は彼がきっと無理な抗弁をするだろうと予想していたのだ——そこで私も恥じ入った。

ここで「私」が、「恥」という表現を採って発現する人間の本然的な良心を看て取っていることは、この店員の態度と、恐らく人類愛の象徴と考えられているらしいトルストイを結びつけて、そこに「人類の希望」を思うという末尾から明らかなのだが、「懺悔」との関連でいえば、それが「私の人間懐疑の上に注がれた一滴の冷水」、「損傷」を与えるものとして、自らの望ましからざる「多疑」を否定する、他者の純粋という形で「発見」されていることにこそ注目すべきであろう。

さらに例えば、蕭乾の「鄧山東」という短篇小説(6)だが、これは山東省出身の駄菓子の引き売りを主人公としたもの。子供である「私」の通う学校の門前で、子供たちを相手に商売をするようになった鄧山東は、その巧みな歌によって人気者になるが、罰せられて掌を打たれた「私」に飴を与えて慰撫するような、優しい心の持ち主である。罰として昼飯抜きで立たされた子供に菓子を差し入れたことをきっかけに、学校と鄧山東の対立が表面化、それでも彼のもとに集まった子供たちが罰せられようとする、そのとき鄧山東は子供たちに代わって自分が打たれるのであった……このように、児童の自由を暴力で抑圧することを拒絶する倫理＝「真実」の化身として、鄧山東は描かれているのである。このテクストは、「虚偽」の存在である知識人（テクストに即していえば、子供たちを罰して打つ斎務長がそれに当たるか）が、鄧山東の「真実」と接触して「懺悔」することはないが、さらに興味深い特徴を指摘できるだろう。それは鄧山東と子供たちの間に成立している交流のありようについてである。前節で検討した劉半農や沈兼士の詩にも窺われるように、中国新文学にあって「児童」とは、童心を喪失しない純粋な存在として想像されていた。そのような子供たちと鄧山東が、年齢や社会的地位（鄧は退役兵士で、子供たちを「少爺」と呼んでいる）の隔てを越えた交流を実現したのは、彼が「平等」と「人を打ってはならない」という素朴な倫理観、正義感において、子供たちと無垢の童心を共有し得たからではないか。

もっとも、このような「交流」は、単に倫理観や正義感といった抽象的なレベルにおける「童心の共有」に拠るだけでは実現し得ないらしく、より具体的な「手続き」が必要なようである。鄧山東の魅力や正義感は、彼が当意即妙に編む歌に表現されており、これが子供たちに歓迎される理由であるし、同じく蕭乾の短篇「花子与老黄」[7]で、中年の家僕・老黄が子供の「私」の信頼を勝ち得るのは、滑空する折り紙の蝙蝠を作ることができたり、毽子（蹴り羽根）を巧みに蹴るといった「技」を持っていたからで、単に主家の「少爺」に対する忠心という観念もしくは「イデオロギー」を根拠にするだけでは、「交流」は実現しなかったに違いない。

話が「童心」という要素に及んだついでに、梁実秋の五四新文学批判に見られる興味深い指摘に触れておく必要があろう。梁実秋はアメリカ留学中の一九二六年に「現代中国文学之浪漫的趨勢」という一文を発表し[8]、新文学運動の特徴を、①外国からの影響が大きい、②感情を重視し、理性を軽視する、③人生を印象として捉え、文学作品にも理性的・構築的なものが少ない、④自然に帰依しつつ、独創を強調する、という四点にまとめ、これらの特徴のいずれもロマンティシズムの性質を示すものとして批判したが、私の当面の関心からは、④の指摘こそ注目された。

梁実秋の指摘した「自然」概念とは、ルソー流の「自然人」、「原始の生活」を内容とするものであり、「この種の精神が文学において表現されると、模倣の反対ということになり、模倣に反対する唯一の利器とは、即ち独創崇拝である」というのである。しかし、梁は「自然なものは独創的ではない」として、これをロマン主義者の「矛盾」とする。その解釈に拠れば、ルソーが、文明に疎外された「自然」状態の自我の回復を求めつつ、自我の唯一性＝独創性を強調したことは、自然状態における人間性の普遍的な性質を否定するもので、実は「不自然」に陥るという矛盾なのだが、天才の自由な発展を阻む現実の障碍を打破すべき「自由な活動」への渇望を出発点にする限りにおいて、両者はかろうじて両立するのである。梁の見るところ、「中国新文学運動の第一歩は旧文学に対する攻撃であり、『自然への帰依』を主張して、因襲主義を攻撃、『独創』を主張した。現今のあらゆる新文学作品は、いずれもこの二種類の主張による収穫である」、つまり、「感情を人生の道案内とし、伝統を打倒して、新潁に心酔する」特徴を突出させることで、ロマン主義が本質的に内包している「矛盾」を隠蔽してきたということになる。

このような解釈の妥当性を論ずることは、当面の関心事ではない。私が興味深く思ったのは、梁実秋がこのような「自然」崇拝の、中国新文学における具体的な表現として、児童文学と歌謡収集の二つを挙げた点である。先ず児童文学についての指摘を覗いてみる。

新文学運動における「児童文学」について。アンデルセンの童話、ワイルドの童話、いずれも読者から歓迎されている。しかし、これら読者の九割半までが成人であり、児童ではないのだ。だから、私の所謂児童文学とは、児童のために作られた文学ではなく、児童を中心とした文学のことである。この種の文学から、我々はロマン主義者の児童に対する態度を理解することができる。ロマン主義者とは児童なのである。少なくとも心理の上ではそうである。彼らの最も尊重するのが「赤子の心」である。児童は成人の子供だが、ワーズワースはこれを顚倒させて「児童は成人の父親である」とした。何故ロマン主義者はここまで児童を尊重するのか？ それは、児童の生活が理性に束縛されない、感情の赴くままに任せた、自由な活動だからだ。ロマン主義者の見るところ、「天才」と児童は同日に論じ得るものである。ロマン主義の所謂天才とは、児童の天真爛漫のことであり、無責任な自然発生のことである。[9]

しかし、このようなロマン主義も、社会との接触を経るに従い、様々な束縛を受けずにはいない、そこで児童文学が彼らの「桃源郷」＝逃避先になった、というのが梁実秋の解釈である。それが「逃避の文学」、「欺瞞の文学」であり、「風雨に耐えず、日ならずして跡形もなく倒壊する」「空中楼閣」であるかどうかは擱く。また、中国文学に関していえば、梁が崇拝する「古典伝統」にあっても、李卓吾の「童心説」や、その影響から出て「反模倣」を標榜した明末公安派「性霊」説などが、自律的に発生する「伝統」は確かに存在したのだろうから（周作人の見取り図[10]に従えば、「載道」派の主流化によって終に消滅することのなかった「言志」の伝統であり、「新文学」はそこに血脈を繋ぐものとされる）、中国現代文学における「自然崇拝」を、専ら国外からの影響に発した「正統」からの逸脱、もしくは畸形的展開とするのは、議論の単純化と批判されねばならないだろうが、恐らくは顧て他をいったに違いない梁の議論の妥当性を評判することも、当面の興味とは関わりない。ただ、新文学「誕生」から僅か十年足らずしか経っていない時期に、かかる抽象度において新文学の思想的「限界」を対象化し得た例を他に見ないということ、そして、これまで私が述べてきた「筋」に照らしても、たいそう興味深い指摘であることだけは確認しておきたい。

梁実秋の指摘で、もう一つ注目すべきなのが、五四時期に流行した「歌謡収集」もまた「自然への帰依」という精神の表れであるとした点である。

児童文学と同じ根拠から生まれたものが、「歌謡の採集」である。今日の中国で、歌謡を採集する人間がどれほどいるものか知らぬが、彼らの動機が研究であれ鑑賞であれ、それはロマン主義的な心理に出たものである。歌謡は最も早い時期の詩歌であり、文人などまだ存在しない時期に、歌謡はすでに存在した。その特色は「自然な流露」にある。歌謡はある特殊な風格を持つから、文学において自ずと一種のスタイルを成すものである。しかし、歌謡が詩より優れているというのは、文学を完全に自然な流露の産物と考え、芸術の価値を否定することにもなろう。もしも文学は芸術であるというなら、歌謡が文学において最高の地位を占めるということはない。中国で今日、熱心に歌謡を採集する人間がいるというのは、従来踏襲されてきた文学に対する反抗であり、また前述「自然への帰依」という精神の表れなのである。(11)

梁実秋は前述のように、詩は古代歌謡の時代に帰れと主張した兪平伯「詩底進化的還原論」に対して批判を加えていて、歌謡に詩として高い価値を賦与することを、「芸術の価値」の否定として拒否するのも、一貫した主張である。しかし、五四時期における歌謡への興味には、大きくいえば、モダナイゼーションによる文化の均質化に対抗すべき、独自の文化アイデンティティ探索、しかも十九世紀以来、西欧の「堅船利砲」の前に無力であった中華イデオロギーを支えた、「国粋」といったエリート文化伝統ではなく、より土着の、民間の活力の掘り起こし、という思想的な意義があったはずで、それは、いみじくも歌謡採集の提唱者であった周作人が、

しかし、我々この時代の人間は、偏狭な国家主義に対する反動から、大抵が一種「世界民」（kosmopolites）の態度を養い、郷土の味わいを減じがちなものである。これはやむを得ないこととはいえ、残念なことである。私は世界民としての態度を抹消したくはないが、しかし、それだけに一層地方民としての資格を考えねばならないと思う。なぜならこの二者はそもそもが連関しているので、それは、我々が個人であるからこそ、「人類の一分子」（homorano）でもある、というのと同じことなのだ。私は、伝統的な愛国を謳う偽文学を軽蔑する。しかし、郷土芸術は尊重する。私は、強烈な地方的色彩とは、「世界的」な文学の重要な要素であると信ずる者であ

る。[12]

と述べていたことからも明らかである。これは、さらに遡って魯迅が「破悪声論」[13]において、庸俗進化論を根拠に西欧文明の形骸を礼賛する「悪声」に、「迷信」を奉ずる「樸素の民」を対置したことに通じる、近代中国における文化主体構築の試み、という思想的営為だったのだ。梁は、これに先行した兪平伯批判の延長上にある古典主義芸術論に拘泥したために、却って五四時期の歌謡採集の思想的意義を矮小化して理解したといえよう。しかし、梁の批判を、より「純粋」で「真」なるものを、自らの共同性＝文人エリート伝統の外部に想像せずにはいられない発想の型に向けられたものと考えれば、当時の段階にあってやはり鋭い指摘というべきであり、今日の私の関心とも切り結ぶものである。梁実秋のこのような批判は、しかし、新文学史上の具体的なテクストを対象として分析することはなかったので、私としては、「外なる自然」や「懺悔」という特徴の、実際のテクストにおける顕れ方を確認する作業に戻ることにしよう。

葉聖陶「書桌」というエッセイ[14]には、丁寧な仕事に高い誇りを持つ田舎の家具職人が登場する。「私」が書き物机の製作を依頼したこの職人は、組みに狂いが生じないよう、木材に亀裂が入らないよう、十分に材料を乾燥させてから製作に着手し、漆を塗る段になると、今度は漆がよく乗るように、適度な湿気を含んだ天気を待つといった具合で、「私」は何度も仕事場を訪れるたび、その仕事振りに感心させられる。そして、何ヶ月もかかってようやく完成した机の搬入に際しても、傷がつかないよう細心の注意を払うのであった。このようにして作られた机は、その後十年間に度重なった転居にも関わらず、確かに寸分の狂いも生じないのである。しかし、ついに「一・二八」の戦火で損傷を受けたので、上海の職人に修理を依頼したが、こちらは打って変わって雑な仕事で、田舎の職人の仕事とは比べようもなかった……この後、「書桌」は、自らの作り出す「物」に愛情を抱く職人気質と、「物」を飽くまで「物」、「商品」と見て、心を通わせる対象とは考えない、上海のような大都市の気質を対比させた、一種の文明論を展開するのだが、この問題に関しては、次章において適切な言及が与えられるであろう。私の印象では、しかし、テクストの中心はやはり、この田舎職人が極めて高い職業倫理を具えていることへの賛美であり、それが「思想」や「道徳」といったエリート言説としてではなく、「徒弟をしていた幼い頃に、多分親方から薫陶を受け、このような少しも手を抜かない態度を養ったのであろう。そして、この親方の親方もまた同じく手を抜かない職人だったろうことが、この孫弟子からも幾らか窺い知ることができるのだ」、即ち「伝統」として「民間」に継承される性質のものとする、「私」の理解のあり方に置かれているようなのだ。ここには、効率性を重視する商品経済社会を理解し、そこに生活する知識人の目に「新鮮」に映る「美質」の、ひとつの型が示されているのだろう。

「外なる自然」としての「美質」の類に触発されるという設定を持たない、知識人が専ら自らの「多疑」や自尊心のあり方に眼差しを注ぐタイプのテクストも、一種のヴァリエーションとして挙げておく。鄭振鐸「猫」という小説⑮は、「私」の家に去来した飼い猫の歴史を記した短篇。門口に蹲っていた子猫を三代目の飼い猫としたが、ある日、妻が買ってきた小鳥が嚙み殺される。「私」は猫に嫌疑をかけ、打擲する。しかし、「真犯人」は他所の黒猫だったのである。

　私はひどく辛い気持ちになった。嘘ではない。私の良心は傷つけられた。きちんと判断することもなく、妄りに断定を加え、言葉で訴えることもできない動物に冤罪を被せ、苦しめたのだ。猫が抵抗することもなく逃げ回った様を思うと、自分の怒りや虐待が、いずれも針、私の良心を突き刺す針であると、いよいよ感じられた。

ここでは、悔悟を誘発する外部の他者が猫であるだけに、「私」はそれが具える「美質」へ向かって「越境」しようとはしないで、己の猜疑を、本来無欠であるべき「良心」に落ちた一点の翳りと考え、いわば自尊心に対する毀傷として納得するに止まっている。もっともこれとて、相手が「言葉で訴えることもでき」ず、「抵抗することもなく逃げ回」るしかない動物（それはある意味で最も「自然」な存在である）であればこその悔悟ともいえるかもしれない。このような自尊心の毀傷のみを描いたテクスト（魯迅「無題」は、自尊心の毀傷というレベルでテクストは閉じていなかった）までも、一種のヴァリエーションとして「懺悔テクスト」の内に含めれば、それこそ新文学史上枚挙に暇ないだろうが、巴金の「蘇堤」という短篇[16]などは、端的に猜疑・自尊・悔悟の間で揺れ動く心理の描写を中心に据えたテクストであるだけに、例の最後として挙げておく。

「私」は友人二人と杭州西湖で、夜の舟遊びに興じる。友人の一人、張は以前に雨天のため蘇堤に遊ぶことができなかったことを遺憾とし、三潭印月に遊んだ後、中途から蘇堤に上がることを求めるが、船頭は無理だといって強硬に押し止める。それでも無理に上陸しようとすると、ここで打ち切りにして、船賃を寄越せといい張る。

私には彼のいうことの意味が分かった。ごく短い時間で、一、二分の間に、私は傷つけられた。私のプチブル的自尊心が傷つけられたのだ。そもそもああいった話〔中途からでは蘇堤に上がれないという説得〕は、みな口実に過ぎなかったのだ。結局、彼は私たちが騙すのではないかと疑っていたのだ……私は人から詐欺師扱いされたのだ！私のプチブル的自尊心は傷つけられた。この上ない侮辱を受けたような気がした。私は精一杯、飛び上がるまいと辛抱した。そして憤りを込めて、堤の上に立っている黄に向かって叫んだ。「黄、もう行くなよ。もう僕

らを待たないんだって。金を払わないで岸伝いに逃げるんじゃないかって疑ってるんだ……。」(17)

実はこの船頭、娘が病気のため、薬を買って帰らねばならないので、船賃を逃す訳にもいかず、遊客の気儘に付き合って帰宅を遅くする訳にもいかない隠情を抱えていたとは、末尾で一気に暴露され、性急にテクストを収束させているのだが、そのような性急さが巴金の短篇における通弊であることはさて擱き、「私」にとって、自他を隔て、他者の内面の理解を妨げる障壁が「自尊心」とされることに注目された。鄭振鐸「猫」の例にも明らかなように、この自尊心は何らかの傷を負わぬ限り、自覚されぬままに無欠の状態を維持できるはずのものである。それが果たして「プチブル的」であるかはいざ知らず、この堅固な障壁をも乗り越える「越境」を目指すとなれば、その動機となる「懺悔」とは、完膚なきまでの自己否定＝「喪失」をもたらさずにいないのではないか……このような「筋」に思い至らせてくれたという点で、読み物としては如何にも余韻に乏しい「蘇堤」一篇であるが、私には実に興味深いテクストだったのである。

話は大分迂回して、ようやく本章の「筋」に戻る段取りとなったようである。様々なヴァリエーションも含め、「懺悔モデル」テクストに共通するのは、知識人の自意識の中では、人間本来の美質をどれだけ損なわずに保っているか、という点で、自分は、そういうものを、他者からそれと気づかされるまでは喪失していることすら自覚しないような「虚偽」の存在で、「自然」の表象としての純粋・真実・高い倫理性等々は、外部の他者（それも大抵は「非知識人」）が体現している、という構図のように思われる。「一件小事」については、人生の肯定面を取り出したもの、などといって、その明朗な調子を魯迅の作品における異例として片付けるのが普通のようだ。無論、それはもっともではあるが、しかし、このテクストでの「私」は、車夫は偉い、自分もああ振る舞うべきであった、という懺悔に終始した訳では決してない、懺悔しつつ無意識の裡に金を取り出して、褒美なのか何か分からない金を与えて、車夫の行為を承認し、称賛することで、車夫の側に身を移そうとする、前に使った言葉では、「越境」しようとする、しかし、それは酷く嫌な後味を残さずにはいなかったのである。そんな簡単なことではないぞと、何処から聴こえる批判の声か知らず、その声は飽くまで自己の審視を求める。大体、魯迅という人は、文筆によって生きた後半生、とにかく批判の文章を山程書いた訳だが、そんな魯迅の批判の方法が、この種の自己否定、とはいい過ぎならば、自己相対化に支えられているといってよいので、たとえ未来に「黄金世界」を想定しても、しかし理想実現の暁に自分は分け前に与からないのだと、自らを歴史的媒介、歴史的中間物と規定して現実批判を展開したものである。虚無と引き換えに強靭を獲得した魯迅一流の批判のスタイルが、ここにも息づいていると見れば、「一件小事」の「懺悔」は、凡百の懺悔モデルのテクストとは異なり、「外なる自然」に対する帰依や信仰の告白に主眼があるのではないことは明白で、これを単に「明朗」な「お話」と片付けて済むものでは到底ないはずである。

話をさらに戻せば、確かに儒教批判というのは、言文一致や科学と民主の提唱と共に、一九一〇年代後半から二〇年代にかけての啓蒙思潮の大きな柱だったが、形骸化した儒教倫理の虚偽性を、人間本来の「自然」への回帰、これまでのいい方では、「外なる自然」と「内なる自然」を同化させるという、一種の均質化を指向して批判するような「啓蒙」に拠っては、懺悔者＝啓蒙者を囲い込んでいる障壁を対象化することにはならないのではないか。彼らを囲い込んでいる障壁は、いうなれば啓蒙を手段として、あるいは言説＝権力として掌握して、文明を作り、そのことで権力を再生産して、享受してきた者、即ち知識人の共同性であろう。啓蒙が「自然」への憧憬を温存する限り、文明化の果てに野蛮を生むというのは、前章でも触れた所の、ナチズムを生んだ西欧モダンに対する深い省察の書『啓蒙の弁証法』のライトモチーフだが、この論理をそのまま、主として第四、六章で詳論するように、強烈な人文主義的傾向（「自然」をも飽くまで人文性の支配下に置こうとする傾向）を持つ中国知識人の思惟構造と短絡させることはできないだろうが、私が恣意的な解読に当たって「恣意的に」示唆を受けたことは確かであると述べておく[18]。

八〇年代文化批評界に莫大な影響力を示した李沢厚などは、このような思惟のある部分にまで迫っていたかもしれない、と私は感じている。思想や歴史を考察対象とし、それをテクスト化する際、政治イデオロギーによって異化された概念に頼らずともよいのだ、とポスト文革世代を勇気づけたという意味で、九〇年代以降の文化批評の土壌を拵えた人物だが、彼は、中国の近代の歴史を通観すると、民族や国家を滅亡から救おうという考えが、いつでも多元的な価値観の共存、この場合の価値観が何であるかは実は明瞭を欠くので、結局ヨーロッパ流の、不可侵の個の存在を出発点にした価値観らしいが、とにかくこれを「啓蒙」と呼び、それは圧倒されてきた、と考えた。このような大枠を据えた上で、彼は二十世紀の中国文学史を、それに関わってきた文学者たちのメンタリティの変遷史と捉える、そのことはつまり二十世紀中国知識人のメンタリティの変遷史をスケッチすることになる、との見通しに拠るのだろうが、そういう作業も行っていた。「二〇世紀中国文芸的一瞥」という長文で[19]、彼は、二十世紀以来の文学者、作家つまり知識人を六つの世代に区分した。第一世代は二十世紀初めに文学変革の胎動時期を担った人々、第二世代は一九一〇〜二〇年代、つまり五四新文化運動で自我の解放を謳歌した世代、二〇年代の第三世代は多元的な価値観を併存させたが、戦争の激化とともに知識人の国内移動が頻繁となり、社会の様々な面と接触する機会が多くなるにつれ、農村と出会うことになった四〇年代の第四世代、そして人民へ屈服し、アンチ・インテレクチュアルとでもいうべき意識を自分でも容認することになる第五世代、李沢厚自身はこの世代にアイデンティファイするのだが、それが八〇年代の第六世代以降、再び多元化へ向かいつつある、このような見取り図を提示していた。ここでも、何故そうなったのか、という問いに対する見解は含まれない、現象をそれこそ「一瞥」したに過ぎぬのは彼の他の論考とほぼ同工だが、とにかくその手柄といえば、中国の文学者たちが、その文学的出発に当たって、自我や個性の解放を目標に据えながら、終には「真」、「純粋」＝「自然」を体現したナイーブな人民、特に農民に対して頭を垂れてしまうという、懺悔のメンタリティを抱えて、自らの出自＝自我を否定するに至る皮肉な歴史を、大摑みに「一瞥」したことだろう。李もまた「懺悔」に注目していたのは確かである。[20]

李沢厚の見取り図に従えば、第四世代の「屈服」こそが、その後の中国知識人の受難の歴史を拓いたことになるのだろうが、私はこれまでの筋から、それを第一世代や第二世代の「啓蒙」そのものがそもそも抱えていたところの限界に由来すると考えたい。社会構造が大きく転換しようとする時代に、伝統的知識人がその存在形態や意識構造をも変革していこうとするなら、自分達を規定してきた共同性の対象化に超克の可能性を探るべきとは、これまでも繰り返してきた通り、「外なる自然」と「内なる自然」を地続きにして共有することで、内外の隔てを主観的に超越するのでは、結局のところ「自然」というナイーブな存在を絶対化もしくは禁域化することになってしまう、しかも自己を喪失、即ち外なる自然に向かって自己を溶解して、均質化させていくことになり、それでは啓蒙自体が内包する問題は有耶無耶にならざるを得ないのだ。

そもそも自由、平等といった均質性とは、モダン以降あらゆる人に保証された言説である。プレモダンの共同体においては、人々は狭隘な役割、予定されたアイデンティティに押し込められて、その中での均質化を強制されていただろうが、身分、職業、地域などに関わりなく、人間は絶対に平等である、と保証することは、個をそのような狭隘な枠＝定命論から解放する契機になった。しかし、それは別の面からいえば、本来は多様であるべき個の差異を、「平等」という均質性の内に解消してしまったともいえるのだ。これがモダンの持つ逆説もしくは両義性だが、モダンによるプレモダン共同体の解体とは、しばしば「よりよき状態」への進化であるという「大きな物語」を根拠にするため、却ってより大きく近代人を搦め取ってしまう共同体への隷属を意味する、といい換えてもよい。卑近な譬えを採れば、例えば閉鎖的な日本社会の国際化、とは世上よくいわれることで、日本社会が未だにプレモダン共同体から継承してきたムラ的均質性を濃厚に帯びているのは確かかもしれぬが、これに対して嫌悪や反撥を覚える余り、差異の混在する集合体としての社会、という「本質」を一種の理念型として導き出し、ついには多元化と言う大義名分の下に均質化して、却って個のアイデンティティが実際には極めて不安定な浮遊状態にある「問題」は隠蔽されがちだという現象も、前述のモダンの逆説性との思想的対決を、「脱亜入欧」から高度経済成長まで、「進歩」、「発展」を盾に回避してきたことの「ツケ」として、今日の社会に何らかの負荷をかけているかもしれない。

中国においては、例えば『男人的一半是女人』における文化大革命といった、異質分子からは差異の根源である性的能力すら喪失させるまでに徹底した均質化の原因を、プレモダン共同体の蘇りとほぼ同義の封建社会の残存影響、即ち「封建遺毒」に求める立場があった。所謂体制イデオロギーからする文化大革命総括に関する公式見解は、この立場から、歴史の進化が停頓あるいは迷走したために、本来ならば夙に克服されていて然るべき問題が一挙に噴出した、とするのだが、こういう考え方は、逆にいえば、いったん歴史の進行が正しい道筋に戻ると、侵略や停滞は一掃され、ストロングチャイナが実現して、そういった祖国は、再び「沈淪」の主人公や、その子孫の性的欲求を満足させることができる、『旅途』の王鈞凱は目出度く徐蘊青と結ばれ、「霊肉一致」の境界に達する、そういったことになりはしまいか。政治的、階級的な役割の中に均質化することを強制するプレモダニティから解放された、多様な価値観の共存に寛容な社会が、さらにその先に見えている、皆でそこを目指して頑張っていこう、「進化」していこうと考えるのは、確かに八〇年代以降の中国社会では金科玉条とされた「現代化」イデオロギーのひとつの筋であるし、現実の社会生活において、とりわけ抑圧されてきた人民や個人にとっては切実な発想として「正しい」のだろうが、飽くまで思想的な抽象性のレベルでいうなれば、こういった「現代化」は、西欧起源の言説としてのモダンというより、中国語に翻訳された「現代」にしか過ぎないのであって、モダンとは、あるいは人間を道具的に均質化する大きな共同体の再構築の意味かもしれない、そういった逆ユートピア性の現出へ向ける想像力を排除して成立した、如何にも中国的な言説ではないか。今日でも中国の街角に、鄧小平の語録「発展是硬道理」（発展は揺るがし得ぬ原則である、とでも訳すか）を見るたび、このような「進化論」の極まる所は、逆説的ないい方だが、結局は文革の復権＝鄧小平自身の否定になりはしないかと思われぬでもないのだ。

注釈

（1）原載《大衆文芸》第四期（一九二八年十二月）。『郁達夫文集』第二巻、一三三～一四〇頁所収。
（2）原載《創造季刊》第二巻第二期（一九二四年二月）。『郁達夫文集』第一巻、二三七～二五一頁所収。
（3）原載《現代》第二巻第二期（一九三二年十二月）。『郁達夫文集』第二巻、三一八～三五〇頁所収。
（4）原載《晨報》周年紀念増刊（一九一九年十二月一日）。『魯迅全集』第一巻（人民文学出版社、一九八一年）四五八～四六〇頁所収。
（5）原載《晨報副刊》一九二二年四月十二日。『魯迅全集』第一巻、三八四～三八五頁所収。
（6）『籬下集』（「文学研究会創作叢書」版、商務印書館、上海、一九三六年三月／上海書店、一九九〇年九月影印）一二一～一三七頁。
（7）同前書、一〇〇～一二一頁。
（8）『浪漫的与古典的／文学的紀律』（「中国現代文学作品原本選印」版、人民文学出版社、一九八八年）所収。
（9）同前書、二四頁。
（10）『中国新文学的源流』（人文書店、北京、一九三二年九月／上海書店、一九八八年二月影印／「周作人自編文集」版『児童文学小論／中国新文学的源流』)。
(11)『浪漫的与古典的／文学的紀律』二六頁。
(12)「『旧夢』」(「周作人自編文集」版『自己的園地』、一一五〜一一七頁)。
(13)原載《河南》第八期(一九〇八年十二月)。後『集外集拾遺補編』に収める。『魯迅全集』第八巻所収。
(14)原載《文学》第九巻第二号(一九三七年八月)、『葉聖陶集』第五巻(一九八八年)四四九〜四五五頁所収。
(15)原載《文学週報》第一九九期(一九二五年十一月十五日)。『鄭振鐸全集』第一巻(花山文芸出版社、石家荘、一九九八年十一月)五〜九頁。
(16)原載《中学生》第一九号(一九三一年十一月)。『巴金全集』第九巻(人民文学出版社、一九八九年)、一六三〜一七三頁所収。
(17)『巴金全集』第九巻、一六六頁。
(18)木山英雄は『転形期における中国の知識人』への書評(《中国研究月報》一九九九年十一月号掲載)で、本章の基となった「懺悔と越境――あるいは喪失のディスクール」が、『啓蒙の弁証法』における「自然」概念から示唆を受けたとしたことに対して、その軽率な断章取義を指摘した。理解の行き届かない誤読、軽率な断章取義にせよ、「示唆」を受けたつもりで概念を恣意的に援用したことは確かなので、ここでは指摘を承けて、やや穏当な調子に改めた。
(19)『中国現代思想史論』二〇九〜二六四頁。
(20)李沢厚の「懺悔」に関する見取り図に導かれながら、これを文学研究者の立場から現代文学史叙述に応用して鮮やかな手際を示したのが、趙園『艱難的選択』(「文芸探索書系」版、上海文芸出版社、一九八六年九月)、特に同書上篇の「形象与形象創造的歴史」(三〜二三九頁)である。

Ⅵ　むすび

八〇年代中国思想界を席捲した現代化論の、ある種典型的な論理をよく示したのが、一九八九年にテレビ放映されて反響を呼んだドキュメンタリー番組『河殤』だったろう。そこでの議論など、殆ど屈託なしにヨーロッパ近代の合理性礼賛へと雪崩れ込んでいたものだが、この立場は、歴史が何時の段階からか岐路に紛れ込んでしまった、迷走の起点を、遡って啓蒙的価値観の埋没、即ち新文化運動の不徹底に設定して、全てを革命史の枠組の中に押し込んで功利的に評価するような歴史観の呪縛から逃れようとするものだろうが、この歴史観は一種の堕落史観である。八〇年代、この主張は知識人の主導した現代化言説の基調に据えられたが、それに影響力を賦与したのは、文革において猖獗を極めたアンチ・インテレクチュアルの風潮に対する反撥であり、より大きくは、反文革という思想コンテクストだった。しかし、この立場も、これまで繰り返し述べてきたモダンの逆説性に向くべき想像力を、どうしたことか封じ込めている、非常に楽観的なものだった。堕落の挙句の歴史の「更生」を楽観し、「現代化」に関わる一切の言説は、自分たち知識人が構築、掌握する、と己が任務を自覚したまではよし、実は先の「金科玉条」、つまり「現代化」を国是に奉ずる体制イデオロギーを補完する役割を担う結果になったのである。前章で整理したように、九〇年代も半ばになると、知識人の現実批判性や責任を論ずる議論も、言論界を賑わせるようになったのだが、それなども、文革以前における知識人の自己喪失と、「現代化」言説を巡る体制イデオロギーとの「共謀」に通底する何かを「察知」した、苦い自己省察から生まれたものには違いない。それに比べ、当時としては無理もないといえばそれまでながら、『河殤』などは、「現代化」実現に向け邁進する「進歩」に懸けた確信を旗印に掲げて集結した知識人の、前「現代」

的な均質性への情緒的な反応が如何に強烈なものであるか、ストロングチャイナの渇望が如何に根強いかを露呈しただけで、「現代化」が新たな均質化へ道を拓き兼ねないと想像力を働かせる思想的深味など微塵も含まなかったといえる。『河殤』というプログラム自体は、人文・社会科学系の優秀な人材が入れ替わり出てきては悲観的なコメントをする構成だったが、「現代化一辺倒」の趨勢に、「軋み」を聡くも聴き取っているようには、到底見受けられなかったものである。

八〇年代末期には、「現代化」の旗印の下、体制イデオロギーと知識人が共謀関係を結んで、モダンならぬ「現代」に関わる言説を構築するといった蜜月状態は終わったといえる。後者は次第に激進の度合いを増して、体制イデオロギーが容認し得る「現代化」の「不徹底」を、欧米の政治・法律制度などを基準に測られる「欧化」の度合如何を根拠に批判するようになった、その結果が、八〇年代も掉尾の一連の民主化運動で、つまり両者が限りなく擦り寄って、再び袂を別つ際に一瞬の火花を散らした、それが八九年の「天安門事件」だったのだろう。しかし、その後、体制イデオロギー側の「現代化」は、市場経済を大胆に導入、一九九二年には鄧小平が所謂「南巡講話」を発表してこの傾向を一挙に加速させると、知識人の中の単純な欧化論などは簡単に取り込んで、『河殤』レベルのラディカリズムなど、手もなく無意味化してしまった。ここに前章で指摘した「九〇年代アイロニー」が発生したのである。別の角度からいえば、このような状況こそ、利潤や効率といった市場の神話、多元化といった価値観の神話が人々を搦め取って均質化する勢いを、最早僅かに鋭敏な感性や知性のみが想像力の射程に垣間見る怖れから、誰もが明らかに目にすることができるような形に現実化したという意味で、「現代化」論がポスト文革のコンテクストから離陸を果たして、グローバルなモダンの領域に深く踏み入ったことを表徴しているのだろう。

これまでの節との絡みから、幾らか結びめいた構えでいえば、九〇年代以降、中国には新たな鬱屈とインポテンスの可能性が開示されたといってもよいのではないか。『男人的一半是女人』の主人公が見舞われたようなインポテンスとは、正にモダンの象徴ともいうべき「宿痾」なので、それを覚悟して、「一辺倒」の前ではひとまず逡巡してみる、「現代」であれ、モダンであれ、いやポストモダンでもよい、光のあるところ必ず影あり、と見通す想像力が、然るべき表現を獲得して知識人の表象たり得るのか、しかしストロングチャイナという「黄金世界」が、依然として中国の知識人に魅力的な光芒を放っているらしいことは、前章において指摘したように、ナショナリズムを超越して然るべきポストモダニスト＝「後学」派の議論にすら素朴ではあれ強いナショナリズム的情緒が見え隠れすることからも明らかであろう。しかし、それ故にこそ、「文学」が持ち前の想像力の具える可能性を存分に発揮し、言説空間に色とりどりの響きを交錯させて、如何にも薄っぺらな時代に豊かな奥行きを与えてくれると信じたい。そして、かかるポリフォニーにトーナリティを与えるのが、文学史研究者の務めとは、今更肝に銘ずるまでもないだろう。

第三章　想像の中国現代文学
——竹内好における「文学」の行方[1]

I　はじめに

前章では、中国現代の文学者および文学テクストが、そのモダンに対する一面的な理解によって烙印されている、無論、「現代文学」（これは我々の一般に所謂「近代文学」とほぼ同義）自体が、そもそもモダンの一翼を担う制度である以上、モダン理解の水準が文学の性格を規定するのも当然であるが（詳しくは第六章および終章で述べる）、ともかく、そのような中国現代文学の「特質」が、本土の現代文学史研究においては今日に至るまでなかなか対象化されてこなかったことに鑑み、「偏向」したモダン理解を反映するテクストの系譜を、第一章において指摘した所の、近代中国とは対照的な日本における近代論の過剰、その遺産を継承したある種の「先進性」を拠り所として探り出し、叙述を与えることこそが、私の構想する中国現代文学史研究の基本的な構えである旨明らかにした。副題に「中国現代文学史粗描の試み」を添えた所以である。

しかし、いうまでもないことだろうが、「偏向」は我々の側にもあったのだ。例えば、本章が考察の対象とする竹内好が日本と中国のモダンについて巡らせた思索は、それに対する評価の如何は別としても、確かに日本における過剰な「近代論の遺産」の一つに数えることができようし、少なくとも近代中国研究領域のパラダイムとして、支配的な影響力を示してきたものである。しかし、モダンについて「透徹」した理解を示した竹内の、中国現代文学を巡る見解もまた同様に「透徹」していたと呼ぶのに、私は躊躇を覚える。本章の結論を先取りしていうならば、竹内は自らのモダン理解、特に中国近代理解との整合性を保証するために、持ち前の文学観とは齟齬を来たすべき中国現代文学史解釈を、公の見解として示したのだから。いずれにせよ、彼方はモダンを一面的にしか理解せず、此方は深刻に考察する、従って、モダンの表象としての文学についても、彼方は一面的で、此方は透徹した理解を誇る、というように、話は単純ではないはずなのだ。

本章は、本書のこれまでの展開を継ぐものとしてはやや逸脱とも映りかねない形で、竹内好の中国現代文学理解を、批判的に、しかも搦め手から検討することを主たる内容とする。「搦め手」からの検討、というのは、ここでの批判的検討が、通俗的な竹内批判に見られる、「現実の中国には竹内のいう『中国』は存在しなかった」と、日々親しい生身の「中国」に照らして、そもそもが理念型として構築された「竹内中国」の観念性を指摘するような、「実証的」な批判には拠らず、別の角度から行われるからである。「実証研究」の立場からの竹内批判が根拠とする「客観性」が、実は「科学性」などと並んで、モダンを合法化するために動員される「神話」の一つであること、そして「客観的な事実」の不断の発掘が、不在の全体性を断片化するというモダニズムと親和すること（序章参照）を厳しく対象化しない限り、そのような「客観性」を奉ずる「実証研究」とて、結局自らの批判の矛先を向ける対象同様、観念的なものに過ぎず、本質的に両者はごく近い位置にあるといわざるを得ない。所詮、文学研究における客観・経験／主観・観念といった問題も、モダニティから切断して考える術などないのではないか。例えば、「文学」が知の枠組の周縁に日毎追いやられつつある、知的刺激の源泉になっていないと喧伝されて既に久しいのだが、しかし、そのような「文学」が、そもそも伝統的な「文」をすら未開拓領域として留保せず、これを「文学」という虚構の「制度」

（「文・史・哲」と併称して、人文学科の内実を如何にも三者対等らしげに棲み分ける区分など、今となっては古風な風情にすら映るのだが、実際は文史哲の渾然一体をすら断片化せずにいないモダンが虚構した、歴史的にも案外新しいものに違いない）の裡に収めずにはいなかったという、モダンの要請から出たものとすれば、それが衰弱し、辺境化するという現象の由って起こる理由もまた、本来、かかる虚構を必要としたモダン、モダニティ、モダナイゼーションそのものに立ち戻って考えるべきだ、といったことである。

このようにいうと、モダンを構成する制度の一つとして成った「文学」が、自律的な価値の所有という幻想を育むと同時に、学問的体裁の獲得などに甘んじることなく、さらに現実功利性を追求して、ある種の「啓蒙」（自己啓蒙の意味でない、未知なる他者の植民地化、とでもいえばよいか）と綯い交ぜになり、その挙句、「政治と文学」という命題が、文学側の主観上にアポリアとも観念されたことまで、モダンを支えるプラグマティズムの「毒」が如何に劇しいものであるかを証する例として想い起こされるが、日本における昭和文学は、恐らく「戦後派」、「戦後文学」という呼び名が一定のイメージを喚起し得た時期まで、この「毒」の受容／拒絶を中心軸に展開してきただろうし、竹内好とは、つまり両者の止揚を試みた「超克派」とも目される存在だったのだから、ここで竹内を論ずることも、強ち「逸脱」とばかりもいえない道理である。無論、そのような存在として竹内を日本近代文学史上に定位する作業は、序論で標榜した「文学史研究」の筋からいえば、「内在的」な竹内理解にとって、無論ひとつの落ち着き先ではあれ、本章においては配慮されない。というのも、私の関心は、先にも述べたように、竹内自身が遂には知らぬ内に「毒」に中り、己の奉じる「文学」を隠蔽したらしい、図らざる「挫折」のありようを窺うことにあり、これをさらに大きな構えでいえば、そこから文学研究とモダンの関係を考察することに向けられるからである。

繰り返すことになるが、ここで「文学研究」を、日本における中国現代文学研究と限って見れば、とりわけ新時期以降の研究の、「客観性」獲得へ向けた諸々の営みは、「竹内好」流の観念性や恣意性を指摘し、訂正する「実証」に彩られていただろう。それは、序論で論じた所の、ある「全体性」の機能的かつ無限の断片化という「モダニズム」に他ならない。しかし、竹内もまた、果たしてモダンの「毒」に中っているとするなら、両者は、実証性を標榜する「諸々の営み」の側が想像したような対立を実は構成しない、うわべの様相のみ異にした、同じ中毒症状を呈している、ということになるのではないか。いや、そもそも両者が暫し呈したらしい観念性／客観性という対立の風景すら、結局は中国革命という巨大な壁に表裏した光と影が織り成す綾ともいうべきで、「壁」を問うことの切迫度が日々淡化している（いや、「問い」自体が変質した、というべきか）今日の眼からすれば、両者が実は同じ土俵上に見合っていて、むしろ「毒」の蔓延が文学の「衰弱」を依然止めどもなくしている構図ばかりが目につくのだ。序論で述べたような、研究対象固有の論理への密着を目指しながら、これを無数の「事実」に断片化し、新たな「事実」の開拓に腐心する「内在研究」が、いわばポスト竹内における中国現代文学研究の「実証性」に、一方、文学史テクストに脈絡を設定する「外在研究」が竹内の「観念性」にそれぞれ照応するとすれば、両者を緊張関係の下に、有機的に結合させるというのは、理念型としては確かに措定し得るものの、実証性と観念性と、いずれに与するにせよ、モダンの磁力はともすれば私たちを強く束縛するのだから、相当に難しいということである。本章は、つまりそのような困難の確認に終始することになろう。如何にも竹内好を論ずるような体裁を採るものの、「外在研究」がモダニズムによって変形させられたひとつの例として、竹内は採り上げられるに過ぎない。

文学史がテクストとして記述される際に必要とする「外在的」な脈絡とは、本来は「今日」的関心から発して設けられるべきものだろう。しかし、そのような「今日性」とは、前述のように生身の「中国」を持ち出したり、「資料」の豊富さを誇ることで表現されるものではないし、それらの「事実」のより効率的な解釈を巡り、永遠に続くデッドヒート（モダニズムの極みだ）から一頭地抜け出るために、最新型のフレームワークを次々と導入することでもない。少なくとも、私にとっては、前章で述べた自らの文学に対する「偏愛」を、かの竹内好をすら絡め取った「毒」への抗いの根拠へと鍛え上げるために、「偏愛」の源泉たるテクストに深い眼差しを注ぎ続けることなのである。

注釈

（1）本章は、中国社会文化学会一九九五年度大会「戦後五〇年の中国研究――回顧と展望」シンポジウム「戦後中国研究――時代の課題と巨人たち」（一九九五年九月十六日、於東京大学）における報告「竹内好と『文学主義』の断層」を基にした論考「竹内好と『文学』の断層」（中国社会文化学会《中国－社会と文化》第一一号、一九九六年六月、掲載）を増補、改訂したものである。

Ⅱ　禁域化された「文学」

話柄は取りもあえず竹内好における「文学」のあり方、認識のされ方に求むべき次第だが、一九五一、二年に日本の文壇の中心的な話題となった「国民文学論」時期におけるその論調が端的に示す如く、竹内の文学に対する認識は、直面する現実の状況への反措定として呈示されることが殆どで、正面切って展開されたことは皆無に等しい。それは、例えば次のような語られ方をするのである。

文学は修身科ではなく、文学者は説教師ではない。彼はただ民衆とともにうたえばいいのだ。(1)

文学に固有の問題領域があり、固有の方法があり、固有の研究者が存在するという想定は根拠のないものである。たしかに文学は、そのコトバの二義性が示すように、他の芸術諸ジャンルといくらかちがっている。しかしそのちがいは、量的なものであって質的なものではない。(2)

こういった数多の「規定」から程度の差こそあれ影を落としているに違いない状況性を抜き取った後に残る、恐らくは彼の文学認識の素地に関わってくるであろう、ある種の「質」を垣間見ようとすれば、状況と反措定の狭間に、それこそ無数に揺曳する残像を拾い集めるという、如何にも迂闊な手続きに拠らねばならないのである。

このようにいえば、私には一九六〇年に竹内がある書評で、

彼〔趙樹理〕の文学が近代文学にとって異質であることは、作品をよめばわかる。しかし、趙樹理の出現を近代文学から説明することは、日本の研究ではまだできていない。(3)

と、趙樹理と「近代文学」の関係について語っていたことが想い起こされる。

そもそも竹内が最も繁く趙樹理を語ったのは一九五一年から五三年にかけて、国民文学論議が文壇の話題としてはむしろ漸く姿を消しつつあった頃で、それ故にというべきか、彼の「読み」は、趙の「異質」が見かけに過ぎず、趙が実は「近代文学をふくみながら、それを超えた」(4)という、「近代文学」それ自体が内包する自己超越こそが重要であるとする見解へと次第に傾いていったようだが、ここで所謂「近代文学」とは、中国の「人民文学」の革新性もしくは画期性、趙樹理についていうなら、その「異質」を日本近代文学批判の根拠として専ら政治的に強調する類の、

従って「国民文学の欠如」をもたらした「文壇というギルド」を生んだ「日本社会の非近代性」[5]を依然引きずった「読み」から、その「非近代性」を炙り出すための、戦略的な反措定が必要とした概念だったらしく、しかも十年近くを経過してなお局外者らしい口吻で研究の落後をいい、今だ「近代文学」自体の可能性を汲み尽くしていない旨自ら明かしたとなれば、些細な言葉尻に拘るようではあれ、どうやら竹内がいう「近代文学」は、国民文学を巡る旺盛な発言の拠り所としてのそれより他に、遂に「仄めかし」以上には披露されなかった、今一つの像を秘めていたように思われるのだ。

例えばさらに十年後、竹内は中国文学が構成味の勝ったものすら平板だとする堀田善衛の指摘に対して、巴金一九四〇年代の長編小説『憩園』とアンドレ・ジイド『贋金つくり』の類似を以て反証としたことがあった[6]。確かに両作とも、主人公の携えた劇中劇が、テクスト内部に仮構された現実の推移に連動しつつ内容を変更していく仕掛けが同工なので、さすがに「読み」のツボこそ外していないものの、こればかりではどうにも呆気ない「仄めかし」に過ぎない。もっとも竹内とは中国文学研究会における盟友であり、『憩園』の翻訳者だった岡崎俊夫が、抗戦期に書かれたにも関わらず戦争の影濃からぬこの小説の「甘美」を「抵抗」と整合させて、これを飽くまでも「抵抗文学」の範疇で理解しようとした苦心と比べるなら[7]、竹内が瞬間覗かせたのは、テクスト外部のリアリティに影響されることなく、先ずは虚心にテクストそのものと向きあう、優れた「読み手」の面影というべきである。それが明かされることのないまま措定された「近代文学」を根拠に、趙樹理「解読」のある種内在化に竹内を向かわせた、いわば文学的素地の一瞬の顕現というならば、私が当面拾い集めるべき「残像」とはそのようなものである。

つまり、竹内は、テクストに表出された「理念としての文学」とは別に、素地としての「文学」を抱えていたのでは、との見込みを、ここで私はいうに過ぎないのだが、しかし、竹内の思考を語る際によく引かれる、私は昔から、カント流の範疇論的思考が苦手で、カオスから出発して何度でもカオスに立ちもどるデカルトの流儀に魅力を感じていた。(8)

という言葉を掛け値なしと受け取れば、テクストに表出されない「文学」とは、テクストの枠内に「範疇」として固定化されることを当初から拒む「カオス」として、外部には精々隠微な「仄めかし」の形で漏れてくるばかりなので、例えば武田泰淳が戦前の竹内の風貌を回想した、

中国文学関係者は（私もふくめて）、彼の苦悩をいたわってやれるほど、高度の（或は近代風の）文学的習練を積んではいなかった。(9)

という、ごく些細な指点にも幾らかは透いている、この場合は多分、ヨーロッパ近代文学への造詣および日本近代文学に関する歴史的理解と愛着、という程の意味で「高度の（或は近代風の）文学的習練を積ん」でいたであろう竹内好の素地を、直截に摘出することは相当難しいと覚悟せねばなるまい。いずれ我々は、テクストを相手にするよりないということである。

かくして、理念の表象として整合したテクストのある種「綻び」から素地のありようを窺う、というならば、国民文学論議の口火を切ったとされる竹内の名高い一文「近代主義と民族の問題」における「近代主義」概念の扱いなどが、あるいは何がしかの手掛かりになるかもしれない。竹内は次のように語っていた。

> 戦後におとずれた新しい啓蒙の気運に乗じて、文学の分野でも、おびただしい概説書があらわれた。そのほとんどすべてが、ヨーロッパの近代文学（あるいは現代文学）をモデルにして日本の近代文学の歪みを照らすという方法を取っている……いずれも日本文学の自己主張を捨てている態度は共通している。つまり広い意味での近代主義を立場にしている……マルクス主義者を含めての近代主義者たちは、血ぬられた民族主義をよけて通った……「日本ロマン派」を倒したものは、かれらではなくて外の力なのである。外の力によって倒されたものを、自分が倒したように、自分の力を過信したことはなかったのだろうか。それによって、悪夢は忘れられたかもしれないが、血は洗い清められなかったのではないか(10)。

ここで私が注目するのは、民族主義を思考の回路に含まない「近代主義」、という現実認識の妥当如何ではなく、「血」を「洗い清め」ることが「近代主義」の克服に通じ、真の近代の条件になると予定する、即ち理念に状況を対立させて「真の近代文学」と「近代主義的近代文学」の二種を設定する、竹内の思考のありようの方である。

といえば、「芸術家の自我と民衆」という文章が、次のように書き始められていたことはどう考えるべきか。

> 芸術家とは何か、という定義から出発することはやめて、芸術家というものを民衆がどう見てきたか、見ているか、という観点から問題を考えていくことにしよう(11)。

同様の口調による、次のような書き出しで始まるテクストもあった。

鑑賞とはどういうことか、それを定義してからかからぬと本当はまずいのだが、いまはかりに常識にしたがっておく。[12]

竹内が「定義」の高処から現実の状況を一元的に裁断する思考のありようを、自ら戒めていたことを示して、その「自分をとりまく状況からはじめて考えるという方法」が、「権威を認められている海外の学説をふまえて自分をとりまく状況の判断にむかう」「正統」から「はずれている」とする評価[13]にも相応しい例といえようが、さて、果たして竹内自身このような「正統」的な思考から常に自由であり得たか、という風に「近代主義と民族の問題」の「近代文学」を巡る論理を振り返って見ると、そもそも彼の「非」近代主義は、テクストを完整させる論理としても、「あるべき近代文学」という理念を「拠り所」とする姿勢そのものを「近代主義」と排さなければならないはずであるから、幾らか疑わしいようでもある。

確かに「近代主義と民族の問題」における議論の手順は、前掲「芸術家の自我と民衆」で設定された方法における「芸術家」を「民族主義」もしくは「近代文学」に、「民衆」を「近代主義」もしくは「日本近代文学」にちょうど置き換えた具合になっているのだが、すると「民族主義」と「近代主義」、「近代文学」と「日本近代文学」が互いに他者である、もしくは対立面に立つと認定する意識、より端的には「あるべき」に関わる意識自体は、却って手着かずのまま暗箱の裡に放置されることになるのではないか。「あるべき」を根拠として欠如に向けられた強烈な意識が、そのものとして禁域化されてしまうのである。国民文学論時期のように、この欠如意識が、現実参与を目指した提言と連結した時、例えば「文学の政治性に狃れ合いすぎている。文学有用に傾きすぎている」という批判[14]を浴びるのも致し方ないということかもしれない。
しかし、戦前に書かれた『魯迅』では、互いに背反する自己と他者が、不調和のままに「矛盾的統一」を果たしている魯迅の姿が描かれていたことも忘れてはならないだろう。それこそ、正に『魯迅』の最大の魅力だったはずである。

自己を許容しないばかりでなく他人をも許容しない激しい彼の現実生活は、一方の極に絶対静止の希求を置かなければ理解しがたいように、近代中国の秀れた啓蒙者は、自己の影として信じがたいほど素樸な心を抱いていたと考えたいのである。啓蒙者と文学者と、この二者は、恐らく魯迅にも気付かれずに、不調和のままにお互いを傷つけあわなかった。(15)

『魯迅』一書の骨子ともいうべき弁証法的な思考に拠ると、「啓蒙者と文学者」もしくは「政治と文学」の二律背反は、各々が背反する他者の中に身を投じ、己が影としての他者を「破却」することで自らを「洗い出す」所謂「掙扎」を経、「無用の用」を覚悟して「自立」し得た時に、初めて「矛盾」のまま、現われとしては「混沌」の相を取って「統一」され得るのである。これは、いうなれば、テクストに表出された理念が示す背理はおろか、暗箱裡に放置された文学認識の「素地」が現実のコンテクストに措定する、虚像としての対立相すら、「混沌」の中に解消あるいは合理化し得る論理である。
しかし、この「混沌」を巡る論理も、竹内に生来備わっていたというより、実は段階的に形成されてきたもの、敢言するなら、多分に「状況」の賜物ではなかったか、と私は考える者である。「カオスから出発して何度でもカオスに立ちもどるデカルトの流儀に魅力を感じていた」というのが、果たして「昔から」かどうか、些か疑いを差し挟みたいのである。実は『魯迅』に先立つこと十年前、大学の卒業論文で郁達夫を論じた際、竹内は郁の「苦悶」を次のように捉えていた。

苦悶の詩人として登場した彼は、自己の苦悶をひたむきに掘下げることによって、歴史の大なる転換期に際して忽然として苦悶を脱却したのである。(16)

また次のようにもいう。

彼は自己の苦悶を真摯なる態度を以て追求し、大胆な表現の中に曝露することによって中国文壇に異常なる影響を齎した……時代の転換期に於て彼は新しい苦悶の渦中に飛込むことなく、自己の歩んだ道を固守することによって苦悶から脱却したのである。(17)

郁達夫が体現した「五四」精神ともいうべき「苦悶」＝「詩」は、「五四」の影である「三〇年代」の中に投じ、「歴史の大なる転換期」における「掙扎」を経て、己を破却し自立した、という点までは、確かに『魯迅』流弁証法の原像と見做して構わないのだろうが、しかし郁は、現れとして「混沌」の相を呈する「詩」に止まらなかったと竹内はいうのである。

達夫は苦悶の詩人であったという。彼の苦悶が脱却されたとき、即ち彼が詩人から小説家への成長を完成したとき、彼の芸術が完成された。(18)

つまり郁達夫は「詩人」から「小説家」へ「成長」を遂げ「完成」した、とされるのだが、これを『魯迅』における次の一段と引き比べた時、「混沌」がそのものとして漸く意味を開示してくるまで十年の時間が必要だった、という程の「状況性」を竹内が負っていたことは否めないように思う。

『野草』の」分かりにくさは、小説の場合よりも純粋である。小説における分かりにくさは、文体の屈折の分かりにくさを除けば、私が前に一人合点と呼んだように、ある抽象的観念が作品中に醱酵せずに作品の外に滓となって残ることに主として由来するものであるから、その抽象的観念が小説的造型の煩わしい手続を経ずに、生のままで、観念の自己燃焼の形で直接的に表現された場合、分かりにくさは分かりにくさのままで、表象は却って完全になるのではあるまいか。(19)

即ち、詩テクストは「抽象的観念」が、そこから自らを洗い出す「掙扎」の「場」としては「混沌」のまま「完全」たり得るが、散文は外在する観念のテクスト内部における相対化、即ち明晰を俟って初めて完成する、ということであろう。郁達夫は詩人から小説家へ「成長」したが、魯迅はかかる段階的発展ではなく、詩人と小説家を「矛盾的統一」させた「混沌」を体現した存在として、明日の命をも保証できぬ竹内の前に姿を見せたということではないか。

段階説なるものが、ものを発展において見る宿命を負う限り、現在の私にとっては、さして関心を呼ばない(20)。

この言葉を、竹内の郁達夫に対する告別であると同時に、魯迅という「混沌」との邂逅を見事に示す一句、と敷衍して理解することは見当違いとばかりもいえまい。

しかし、「矛盾的統一」を構成した自他の両者が一旦乖離を始めれば、理念は背理を抱え、禁域に後退していたはずの「素地」はテクストを超えたレベルに対立相を虚構し始めずにはいない。「混沌」は「綻び」を代償に、しかし表れとしては却って明晰に、例えば国民文学論や「近代主義」批判のような明晰に相貌を変ずるのである。「自己を許容しないばかりでなく他人をも許容しない激しい」現実の「状況」こそ、応召直前の竹内が魯迅と共有した「混沌」の前提であるなら、後にはそのような二人が袂を分かつ時も確かに訪れたはずと、私には思われるのだ。

注釈

（1）「亡国の歌」。『竹内好全集』（本章では以下『全集』と略記）第七巻、二七頁。

（2）「天皇制文学」。『全集』第七巻、一七五頁。

（3）「フェドレンコ『新中国の芸術家たち』」。『全集』第三巻、二一八頁。

（4）「趙樹理文学の新しさ」。『全集』第三巻、一三六頁。

（5）「国民文学の問題点」。『全集』第七巻、四六頁。これは飽くまで推測なのだが、竹内のこのような「変化」とは、統一戦線に関する中国の経験を、日本の状況に機械的に応用しようとする傾きを示した《人民文学》派の趙樹理評価や、当時の日本共産党内の分派抗争に触発されて生じた、即ち、竹内の日本共産党批判の文学的展開を表現したものだったのではなかろうか。

（6）「連続座談会——中国現代文学と日本文学」六「『文芸講話』の理解」（河出書房新社版『中国現代文学』月報六、一九七〇年）。『全集』未収録。

（7）岡崎が導入した論理は、『憩園』に表現された「人間に対する絶対揺ぎない信頼」こそが「中国新文学の根源」で、「はげしい抵抗の文学にも共通する」というものであった（「『憩園』訳者あとがき」岩波新書、一九五三年）。私は、『憩園』においては、作者がクロポトキンやギュイヨーに触発されて形成してきた独自の「生命哲学」が、小説テクストの「構造」にどのように浸透したか、先ずはテクストの成り立ち自体に即して読み取るべきではないか、このテクストを支配する「現実」は外界の抗戦といった「現実」というより、差し当たって作家の思想的関心のことではないか、と考えたので（「『憩園』論——『侵入』与花園的構造」参照。『巴金的世界——両個日本人論巴金』所収）、竹内の示唆には我が意を得たりと思ったものだが、それが終に「仄めかし」に終わってしまったことは、残念に思われてならない。

（8）『竹内好評論集』第三巻（「筑摩叢書」版、筑摩書房、一九六六年）所収「中国の近代と日本の近代」著者解題に見える言葉。『全集』では第四巻「解題」に引用されている。

（9）創元文庫版『魯迅』「解説」（未来社版『魯迅』、未来社、東京、一九六一年、所収）。

（10）『全集』第七巻、三一頁。

（11）『全集』第七巻、一一七頁。

（12）「エリスは空想の産物である・森鷗外『舞姫』鑑賞」。『全集』第七巻、一七七頁。

（13）鶴見俊輔『竹内好——ある方法の伝記』（「シリーズ民間日本学者」四〇、リブロポート、一九九五年）、二一一頁。

（14）松本健一『竹内好論——革命と沈黙』（第三文明社、東京、一九七五年）、一五四頁。

（15）『全集』第一巻、一三頁。

（16）「郁達夫研究」。『全集』第一七巻、一一八頁。

（17）同前、一六〇頁。

（18）「郁達夫覚書」。『全集』第一四巻、六〇頁。付記に拠れば、この一文は「旧稿を抄」したもの、とされるが、「旧稿」は即ち卒業論文「郁達夫研究」を指す。
(19)『全集』第一巻、九八～九九頁。
(20)『全集』第一巻、三九頁。

Ⅲ　個と全体を巡る思考——竹内好の「無理」

これまで竹内好の文学観を、「状況性」と骨絡みになった混沌(詩)と明晰(散文)の間の振幅の中で把捉したいと願いつつ、文字通りの混沌の裡を徘徊しているとは、搦め手からの議論を自認するとはいえ、どうにももどかしい限りだが、竹内における混沌から明晰への変貌のありようを懇切に確かめる意味からのみならず、彼の趙樹理を巡る評価にはいま少し拘りたいと思う。

管見の限りで、竹内の趙樹理に関するややまとまった言及として最初期のものは、一九五〇年の次のようなものである。

趙樹理文学の特徴は、一口にいえば、高い政治意識と高い芸術性を創作実践において一致せしめるという、だれもが望みながら果たしえなかった課題を、具体的に解決した点にあります。したがってそれは、毛沢東の文学理論に対応するものであり、革命の芸術であると同時に芸術の革命の方向を含みます。(1)

趙樹理が、「普及と向上」という毛沢東『文芸講話』の要請を具現化したとする理解は、余りに型通りで、僅か五年前の『魯迅』において、テクストにおける混沌を混沌のまま受け容れることで、ある意味「文学」をウルトラ化して見せた同じ人間から出たとは到底思えぬ程である。続いて翌年には、趙樹理の出現が自らの文学観に対する衝撃である旨、些か大げさな口調で表明して、

この作品の出現によって、一切の中国文学が、私にとって、形を変えた。文学における変革の意味を、私はこの作品によって知った。この作品を念頭に置かないでは文学の問題を考えられなくなった……作者は、文壇的閲歴のない人だが、それにもかかわらず対象のつかみ方と、表現の技術は十分に近代文学をこなして、さらにその上に出ている。(2)

と、彼の解読が現象の解釈を以て事足れりとしない、内面への照り返しを含んだものであると、例によって「仄めかし」はしたものの、さて「近代文学」との関連如何と問題を立てた場合には、さらに翌年の、

人によっては、丁玲のチミツな心理描写を好んだり、老舎の西欧的ロマンの骨格を愛したりするかもしれないが、私から見るとそれらは他物によって代置されることが可能なものであって、まったくの異質性はない。ただ『李家荘の変遷』だけは、近代文学の概念で律しきれぬものがあり、くり返し読んであきず、いつも新しい感銘を受ける……このような近代文学の成果を超えた作品を書いたということによって、当時の中共地区が、いかに歴史的に高い文化水準にあったかが窺い知られる。(3)

という概括に至るまで、「近代文学」との断絶を伴う「異質性」を理解の前提にしていたよう見受けられる。それがおよそ一年半を経過すると、そのような「異質性」が「近代文学」との断絶を意味するものではなく、むしろ「近代文学をふくみながら、それを超えた」という具合に、近代文学が自ら包含した一部によって自己超克されていく、という意味における、非連続の連続の強調へと、かなり大きく転回していくことは、既に述べた通りである。竹内は次のようにいう。

　趙樹理が、これまでの文学史と関係なく、近代文学の教養をもたずに、ただ農民との共同生活の体験だけをもって、小説を書き出したというのは、信ずるに足りない俗説だと私は思っている。(4)

　近代文学の達成と、人民文学とを機械的に対置させて、その間に断絶を認めるのと、人民文学と近代文学を機械的に結びつけて、後者の単なる延長として前者をとらえるのとは、どちらもまちがっていると思う。近代文学と人民文学とは、一種の媒介関係にあるので、それをもっとも端的に示しているのが、一方で茅盾の文学、一方で趙樹理の文学である。趙樹理には、近代文学をふくみながら、それを超えたものがある。(5)

　前にも記したことだが、この「転回」に、「無神経きわまる政治の手は、国民文学という、まじめでデリケートな問題をさんざんにひねくりまわして、見るも無残なオシャカにしてしまったのである」(6)という国民文学論議後期の展開状況が濃く影を落としていただろうことは、それが生じた時期からしてもまず確かではないかと思うが、私としてはむしろ、竹内がこの転回に際して提示した、近代文学の自己超克の論理の方に気を取られてならぬので、今ここで国民文学論議の裏面史の細かな検証にかかずらう心算はない。趙樹理が「近代文学をふくみながら、それを超えた」とする、竹内のいい分を一通り窺うにも、引用は止むを得ず長くなるということもある。
前に引用した「近代文学の達成と……」という部分に先立つ一段には、竹内が趙樹理文学、というより、直接には『李家荘的変遷』というテクストの「新しさ」をどのような位相で捉えていたか、端的に示されていよう。

今日の青年の多くは、もはや自我の実現が、西欧的コースでは到達できぬことを、体験を通じて直感している。個が無限の発展性をはらんでいるとは、彼らは考えない……全体との調和が見出されるのでなければ、自我の実現は期しがたいのではないかという根強い疑問が生じてきている……中国文学が青年の内的な要求にこたえるものをもたなければ、一時の流行におわるにちがいない。中国文学のよまれ方は、私の見るところ、もっと永続的なものである……内心の欲求にこたえるということであれば、対象はごく限定されてくる。おそらく趙樹理が唯一のものではないかと私は考える。ここに趙樹理の、他のいわゆる人民作家とは異質の、しかしまた近代文学の遺産とはもっと異質の、特殊の位置があると思う。／ここにいう趙樹理の異質性とは、個の問題、自我実現の問題を内包しているということである。その点が彼を他の人民作家と区別する。(7)

趙樹理の文学が、人民文学や近代文学とは異なった形で「個の問題、自我実現の問題」を含んでいて、「今日の青年」の「内的要求」に応えているというのだが、さてその異なりようとは如何なるものか。竹内に拠れば、趙樹理文学が近代文学と異なるのは「作中人物が典型完成と同時に背景に融和する」点、人民文学と異なるのは「全体からの独立という、個の完成」が見られる点である。これを総括して竹内は次のようにいう。

趙樹理では、典型の創造が、同時に全体の意志への還元になるのである。一般的なものから個別的なものが引き出されるのではなく、個別的なものが個別のままで一般的な、法則的なものに融けこむのである。個は全体に対立するものでもなく、全体の部分でもない。個即全体という形である。(8)

後に竹内は、「魯迅なしには趙樹理の出現は考えられない」として、(9)魯迅の開拓した中国現代文学が、茅盾による民族的リアリズム文学の開拓に媒介されて、趙樹理の「新しさ」に繋がるという流れ、即ち魯迅が阿Qを典型として取り出し、茅盾が典型の背景たる中国社会と歴史を構造的に把握、そして趙樹理が典型をもう一度背景に還元した、という中国現代文学史の系譜を想定したようで、これこそ近代文学と趙樹理の間にある非連続の連続ということである。しかし、私としてはここで、趙樹理の近代文学超越を支える個と全体の関係を巡る論理が、前に『魯迅』流弁証法と呼んだ論理の影を、ある部分で依然濃く漂わせていることに注目させられたのである。例えば、次のような部分である。

沈黙は行動である。行動に対する批判として、それ自体が行動である。言葉が実在するだけでなく、言葉のない空間もまた実在すると信ずることである。言葉を可能にするものは、同時に言葉の非存在も可能にする。有が実在ならば無もまた実在である。無は有を可能にするが、有において無自身も可能にする。それはいわば原初の混沌である。(10)

ここでいう「沈黙」、「非存在」、「無」を体現する存在として、「個即全体」の表象、即ち『李家荘的変遷』の主人公である鉄鎖を重ねて見ても、辻褄はそれとして合うように、私には思われる（レトリカルには「無告の民」などがより適当かもしれない）。無論この「辻褄」とは、前述竹内が想定した中国現代文学史の系譜を支える「辻褄」でもあるはずなのだ。しかし、竹内は自分が「魯迅を先験的に一個の文学者と規定している」という。

政治に対して自己を否定する代りに、政治そのものを否定するより外にない。前に自己を否定したのは、相手を絶対としたからである。相手が相対に堕した今、自己否定は自己肯定に代らねばならぬ。無力な文学は、無力であることによって政治を批判せねばならぬ。「無用の用」が「有用」に変ぜねばならぬ。つまり、政治が文学に対して無力であることを云わねばならぬ。この立言の態度が、文学者の態度である。(11)

このうえ強いて上との辻褄を合わせようとするなら、ここでの「文学」は「人民」とでも置き換えるしかなかろう。何しろ鉄鎖は魯迅のような「文学者」、「急進的インテリゲンツィアの代表(12)」ならぬ「人民」なのだから。しかし、それは土台無理というものである。

注釈

（1）「趙樹理『李家荘の変遷』付記」。『全集』第三巻、二一九頁。
（2）「『李家荘の変遷』と『真夜中』」。『全集』第三巻、二二一頁。
（3）「島田政雄、三好一共訳『李家荘の変遷』」。『全集』第三巻、二二三頁。

（4）「趙樹理『結婚登記』」。『全集』第三巻、二二六頁。
（5）「趙樹理文学の新しさ」。『全集』二三六頁。
（6）本多秋五『物語戦後文学史（全）』（新潮社、東京、一九六六年）、四八四頁。
（7）「趙樹理文学の新しさ」。『全集』二三六頁。
（8）同前。
（9）「中国小説五選」。『全集』第三巻、三四一頁。
（10）『魯迅』。『全集』第一巻、一五二頁。
（11）同前、一四八～一四九頁。
（12）「中国小説五選」。『全集』第三巻、三四一頁。

Ⅳ　竹内好の葉聖陶『倪煥之』評価を巡って

結局、竹内は、中国革命が「個の問題、自我実現の問題」をも解決するものであると納得したかった、そして、そのような中国革命のあり方の反映としての中国現代文学史を構想した結果、つい「無理」をしたよう、私には思われてならないのだ。これまた彼の負った「状況性」の為せる業というべきか、いずれそれを「無理」と呼びたいのは、例えば葉聖陶の長編小説『倪煥之』の評価においては、竹内は決して妙に「辻褄」など合わせようとせず、むしろ自らの「文学的素地」に忠実であろうとしているように見受けられ、『李家荘的変遷』評価の場合とは対照を際立たせているからで、根拠のないことではない。

竹内好と『倪煥之』の付き合いは短くない。初めて読んだのが一九三七年のこと、四三年には翻訳を上梓、この版は戦後の五二年になって伏字とされた部分を復活して再刊、六三年に全面的な改訳を施し、これをまた七二年に再刊している。[1]竹内の鬱蒼たる文業の中で、葉聖陶『倪煥之』翻訳の占める意義が、従来どのように評価されてきたか詳らかにはしないが、それほど重視されてこなかったようにも思われる。しかし、例えば四三年の翻訳に冠した序の、

高等教育を経ず、留学もせず、ヨーロッパ近代文学を直接にはさまで身に著けなかったであろう作者によって、外国のモダン文学の紹介も十分には行き渡らぬ環境の下に、口語文体の未確立の時期の不自由な表現手段をもって、普通に云われる「支那的」とは異った作品が書かれたという事実に、注意して頂きたい。日本の近代文学が単なるヨーロッパの模倣でないと同様、支那の近代文学は直接には支那自体に内在する近代性の展開である。それを、この小説は明らかにしていると私は思う。[2]

という部分に窺われる、かなり明晰な、それだけに一面的な「近代文学」理解は、前に指摘した、竹内の素地がテクストの外部に虚構する対立相の「近代主義」的な現われとの関連においても、興味深い材料ではなかろうか。ただし、この問題はこれ以上検討せずに擱いて、ここでは差し当たり竹内が四種、厳密には二種の翻訳において、いずれも原作全三十章の内、前十九章のみを訳すという抄訳の体裁に拘った点を問題にしたい。

『倪煥之』の梗概を整理しておこう。五四の申し子ともいうべき小学教師・倪煥之は、教育を通して社会を改造しようという理想に燃えて、学校の社会化といったジョン・デューイ流の理論に基づいて様々に新しい実験を行うなど奮闘する、しかし、彼を小学校に招いた旧友の校長の妹も、一時は理想を共有する同志と思われたものの、倪と結婚して家庭に収まると、教育への情熱を失い、日常生活の惰性に屈服してしまうし、新しい教育の実践も、封建的因習

に縛られた社会や、そのような生活に泥んだ人々の無理解や抵抗といった壁に阻まれ結局は挫折する、そこで一転、倪は大衆運動に拠る直接的な社会改造へ身を投ずるも、終に志を得ないまま死ぬ……おおよそこのような内容の小説である。章立てとしては十九章までが五四時期、即ち主人公の奮闘時代を描き、五四の歴史評価をそれまでの筋から離れて論じた二十章を挟んで、二十一章以降が五卅事件を頂点に展開する大衆運動への主人公の挺身と失意を描いている。つまり竹内が訳出しなかったのは、この後半約三分の一の部分である。訳者にいわせれば、後半を略して抄訳とした理由はこうである。

これを文学作品として眺めてみて、論文である第二十章を境として、どうしても前後二部に分けられ、一部と二部とではまったく別の作品としてあつかうのが至当だという感じを免れない。そして二部の方は、完成度がきわめて低くて、素材だけという感じがする。この部分を第一部につなげるのは、せっかくの完全な作品性が失われるように思う。第十九章に暗示されている展開だけに止める方が、はるかに芸術的に完結度が高い。こう訳者は考えて、第十九章で打ち切ったのである。(3)

このいい方自体が如何にも文学的だとはいうまい。しかし当面する関心に引き寄せても、竹内がここで「完成度」、「作品性」、「芸術的」といった「文学的」な基準を大事にしているらしいことは、それとして見過ごす訳にはいかないのである。

そもそも『倪煥之』が竹内の所謂一部と二部で、ある種の分裂を呈しているとは、刊行当時から茅盾が既に「頭重くして脚軽し」として指摘していたことであった。

物語の発展からいっても、人物の性格の発展からいっても、『倪煥之』前半は後半より緻密に書かれている。前半で我々は、倪煥之が形の定まった環境の中を活動するのを見る。それが後半になると、一枚の色つきの書割の前を移動するだけと感じ、空疎で現実的でない印象をしばしば受けるのだ。(4)

茅盾はこの評論発表当時、第三期創造社や太陽社との間に所謂革命文学論争を展開している最中であり、『倪煥之』という作品自体は、国民革命敗北の原因を無産階級と連合戦線を構成した小資産階級の動揺性に求める批判に対して、「激しい時代潮流に影響されて、教育運動から大衆運動へ、自由主義から集団主義へ移った」という、小資産階級の思想転変の現実性を示す恰好の例として論評の対象となったに過ぎないように思われる。茅盾は前掲引用部分に「小説を批評する際、枝葉末節に至るまで自分の尺度で勝手に評価すべきでないと考える。芸術面の工夫は、読者が各々に汲み取ればよいのだ」と続けて、むしろ「五四がなければ五卅はなかったかもしれないし、同様に現在の所謂『第四期前夜』もないかもしれないのだ。歴史とはかく運命づけられている！」と、歴史を段階発展的に把握する認識の表明が評論の眼目である旨明かしているようで、確かに、当時の所謂「倪煥之問題」が「芸術的」な「完成度」如何を全く「問題」にしていないことは、『倪煥之』を語るようで実は茅盾の評論に向けられた銭杏邨の批判(5)においてもやはり同様なのである。

この事態が、一篇の小説は何を、如何に載せるべきかという問題に止まれば、当面の興味に直接関わるものでもなかろうが、茅盾にせよ銭杏邨にせよ各々の立場に由来する表現の違いこそあれ、「歴史の大なる転換期」に直面した小資産階級もしくは知識人が、「歴史」といった、いわば外在する圧倒的な権威に対し、区々たる個の存在を如何に対置させるかという大枠で、結局「個の問題、自我実現の問題」に眼差しを注いでいたのだと考えれば、話は別である。茅盾と銭杏邨の分岐は、「歴史」に個が埋没していく際の軋みをどれ程大きく聞くか、という点につまりは集約されるのだろうが、ここの文脈では「五四」から「五卅」へ「転換」していく「歴史」の具えた実体性が、実感のレベルで両者に共通の前提として承認されていたに違いない、そのことにこそ注意を向けるべきである。

> この小品文［葉聖陶「五月卅一日急雨中」］を読んだ後で、前期の数篇を振り返るなら、その発展の道筋は明らかだ。大まかにいって、それは重心を反封建から反帝国主義へ、激昂した反抗から直接の肉弾戦へ、現状への不満から憤怒の攻撃へ、個人主義的観点から反個人主義の立場へ移していったものである。五四から五卅に至る九年《ママ》の間に、中国社会の現状が如何なる程度にまで発展したか、ここに見ることができよう。(6)

これは一九三四年に銭杏邨が概括した葉聖陶の「発展」だが、しかしこの「発展」が、何より「個」を「歴史」なり「全体」なりに対してどのように定位するかという問題を巡る、一種の回心を経ずしては達成され得ぬことに気づいていたのは、他ならぬ葉聖陶自身だったと、私は考える者である。

次に掲げるのは葉聖陶の「『怎麽能……』」という、一九二六年九月、即ち五卅から『倪煥之』執筆までの間に書かれた随筆だが、(7)銭杏邨のいうような「個人主義的観点から反個人主義の立場」への「発展」を語る口調は、しかし決して滑らかではない。元来が短い一文だけに、そこに示された「発展」の論理に絡みつく葉の躊躇を浮き立たせるには、引用が却って鬱ろになるのも止むを得ない。

「こんなものがどうして喰えるか！」／「こんな生地、裁ち方、仕立て、どうして着られるの！」／「こんな場所、斯々のうえ然々ときてる。どうして住めるだろう！」／こういった言葉を聞くと、その人は衛生道を弁えて、単に弁えているばかりか、身を以て実行しているのだな、と思う。衛生は勿論好いことだから、誰であれ賛同を示すべき……他人の反感を呼ぶこともないはずだ……／こういった文句が口を衝いて出る時は、穏やかな心持ちでいるとは限らない。心中穏やかならずば、どんな声音に出るか目に見えるよう。しかも目つき、口、鼻、鼻孔から口角までの皺もまた普段の様子を一変させているに違いない。この心持ち、声音、顔つきが混じり合い、十分傲慢な雰囲気を作り上げる。／傲慢には必ず対象がある……「どうしてできようか」とは、実は自分に「どうしてできようか」ということ、ここでは「自分」が省かれているのだ。「自分にどうしてできようか」の裏側はいうに及ばず、「彼らにはでき、お似合いで、当然だ」ということ……／他人に傲慢なら、きっと他人を見捨てることになる。他人がどうあれ意に介さず、とにかく己の欲を満たさせねば済まない。「勝手」が何故良くないかいうのは、煎じ詰めると難しいだろう。ひとまずそこをぼやかしていえば、世間は人の集合であり、「勝手」はこの集合をばらばらにしてしまう、だから人情の上からも良くないと感ぜられるのだ……／こう考えると、話を始めた時は予想しなかったが、どうも穴が多い。衛生を弁えているのは、どうあっても良いことだ。どうすれば生活をより良くできるか分かっているのだから。／しかし、生活とは世間に普く存在するものだ。どうすれば生活をより良くできるか分かっていて、しかもその人間に自分勝手の気味が少なければ、きっとこう考えるだろう。「このより良いものを世間に普く広めてこそ正しい」と。かくして種々の計画、種々の努力が生まれる。彼自身については心配に及ばぬ。より良い生活が果たして世間に広まれば、彼一人を除外することがあろうか？……／もし人の世に所謂英雄が、偉大な人物が本当にいるなら、彼は必ずやいつも世間の生活を調査し、いつでも力強く「人の世としてどうしてこんなことができようか」と叫んでは、不断に計画を練り、努力していることだろう。

全文のほぼ半ばを訳出して、葉聖陶が遂に「発展」に与するに至るまで、打ち消し難い躊躇に纏わりつかれていたことが明らかになったのではないか。

葉の理解する「発展」の論理とは、全体が良くなれば個も良くなる、個が独り良くなることを追求するのは「勝手」であり「傲慢」である、「どうして……できようか」という不平は、正しくは「人の世としてどうしてこんなことでよかろう」という慨嘆であるべき、というもの。しかし「衛生を弁えているのは、どうあっても良いことだ……」の一段に明白に示されるよう、個が個的営為の達成として獲得する価値はそれとして否定できぬとの素朴な実感が、そこには拭い去られず残っているのである。

そもそも個と集団の間に軋轢が生ずるという問題自体、自己拡張性の効率的な実現を目指すモダンが、モダナイゼーションの結果として、既定のアイデンティティの「束縛」から解放され、「平等」になったはずの個人の差異性を、最も効率的な動員を可能ならしめる均質な集団の裡に押し込めて抑圧しようとする、つまりはモダンの逆説性に淵源するものだろう。私の見る所、「高等教育を経ず、留学もせず、ヨーロッパ近代文学を直接にはさまで身に著けなかったであろう」葉聖陶は、しかし、ある面では、そのようなモダンの本質に対する鋭敏な洞察を示し得た文学者だったのだ。例えば、前章でも取り上げた葉聖陶のエッセイ「書桌」は、近代知識人にとって憧憬さるべき道徳的美質に対する賛美であると同時に、そのような個のレベルの道徳性が、ひたすら効率が追求され、あらゆる物質が人格と切断された「商品」となる都市においては消滅していくことに眼差しを注いだ一篇だった。もっとも、葉はそのような都市のありように対して、一方的に道徳的な非難を加える訳では決してない。淡々とした筆致からは、むしろモダナイゼーション（効率性の追求という面からすれば必然的に都市化の実現を要請する）の帰趨を、一種不可避のものとして諦観しているらしい気配さえ窺われる。しかし、重要なのは、葉が、モダナイゼーションとは何かを失わせる、それとして価値のある何か（この場合は職業道徳に代表される道徳的美質、そして生産活動が人格と分かち難く結びついているような、恐らくは手工業生産段階にある伝統的共同体社会）の喪失を代償として実現されること、即ちモダナイゼーションが一面的な「進歩」ではない、ジレンマを抱えての「進歩」であるということに気づいている点である。かく「鋭敏」な葉聖陶が、集団や全体に個が埋没する際の「軋み」を聡く聴き取らぬはずはなかろう、そして、三十章の全体を以て、この問題に正面から取り組んだといってよい『倪煥之』こそ、竹内の考える所、趙樹理によって文学的に「解決」されたとされる「個と全体」を巡る問題を、中国現代文学史上最初に形象化して提出したテクストだったと、私は考える。

葉が持ち前の「鋭敏」を高度に抽象化された形で考察したり、テクスト化することはせず、所謂形象思惟レベルの直覚的な表現に終始したのは確かで、それは竹内のいうような葉の教養的背景と関係があるのだろう。しかし、そのこと自体は欠点ともいえない、むしろ私は、葉がその創作活動のごく初期から、モダンに対する鋭敏な見者としてあったことに瞠目する。例えば、一九二一年に書かれた短篇小説「隔膜」[8]など、モダンの対象化はおろか、現実批判や啓蒙を盾に、極めてプラグマティクに文学の現実参与を目指した「問題小説」が主流を占めた当時の文壇の水準を考えると、明らかに異色のテクストだった。

「隔膜」は筋らしい筋を持たない、叙述の視点が設定される「私」の内面に去来する様々な「問い」を辿ることに終始するテクストである。「私」は、友人や親戚の多くいる、故郷と思しき町へと帰るのだが、そこで彼は人々との間のコミュニケーションのあり方を巡って当惑する。

私は、大勢の親戚や友人と出会ったら、どんな話を聞くことになるか想像する。私にはこれまでの経験があるから、これから訪れる場面を予想し、予言することができる。……／私には突然奇異な考えが浮かんだ。彼らの質問が似たり寄ったりであるのはもちろん、私の返事もほとんど同じであるなら、これから喋ろうとする話をそれぞれ蓄音機に収め、互いに送りあい、同じ話を何度もする手間を省かないのか。……／果たして案の定、岸に上がって五時間にもならないうちに、私はもう五回も蓄音機を聴き、私の返事の方も五回かけられた。(9)

これは恐らく、旧来の生活様式が墨守され、変化の少ない、停滞した時間が流れる、伝統的な共同体特有のコミュニケーションのあり方ということだろう。「私」が求めるのは、これとは違った、「心」から発せられる会話らしい。

私は思った。彼らにもそれぞれ心があるだろうに、どうしてそれを深く隠してしまい、蓄音機でばかり話をするのだろう。これは理解できないことだ。……私は彼らが毎日ここ〔茶館〕に集う理由を知りたいと思うが、ついに分からないのだ。誰かに会いたいのか。いや違う。なぜなら、二人の人間が心の底から話し合う所など見たことがないからだ。何かの問題を討論したいのだろうか。いや、そうではない。彼らの談話を聞くと、白黒を着けたり、解答を求めたりする必要もなさそうだから。(10)

「私」は会話を「心」から、「誠意を示し」て発することによって、どうにか自他の間を隔てる「隔膜」を無化しようとするが（前章で論じた、外部に「真実」を想像しつつ、自己喪失を代償にそこへ同定していく「越境」の、ちょうど裏返しの形といえようか)、しかし、それは失敗する。「私」の持ち出した、「心」からの関心に繋がる、実のある話題ですら、伝統的共同体の成員は、自らの生活に切実なリアリティに沿う部分のみを理解し、興味を覚えるのだ。

「君の学校の卒業生は、何割くらいが進学するのですか」。彼がこう切り出してくれたので、私はほっとし、感激した。……これは新鮮で展開できる問題である。……もしも応対に努めることができれば、少しは興味を得られぬでもない。そこでこう答えた。「私のところは、結局は田舎ですから、小学校を卒業した者は、何か職を見つけて、生涯の拠り所にしたいのですよ。中学に進学する者は二割にもなりません」。これでおしまい。答えるべき話はここで尽きた。……／彼はじっと考えている様子だったが、しかし、突然目が醒めたような表情で「そう」といった、そのひと言から推測するに、彼の関心は自分の発した問題にはなかったと知れた。……／私は両方の目を正面から彼の顔に据え、誠意を示して尋ねた。「ご令息お二人は、工業学校へお進みになったのですよね。あそこの授業は悪くないんでしょう」。……／「あそこの授業は、まあ悪くはないですね。あそこへ伜どもを進ませたのは、卒業した後必ず口があるからでして……でも、連中にかかる費えで、もう精一杯です。……」私の注意力はついに散漫になり、彼の大福帳に関しても段々訳がわからなくなってきた。(11)

ここで「私」は、「心」からの会話を阻む伝統的な共同体のありようを、「古い／遅れた／誤った」ものとして、「新しい／進んだ／正しい」、敢えていうなら、モダンを擁護する立場から一方的に批判しているということなのだろうか。私は、このテクストが徹底して内省的な独白に終始している点に、自他の隔膜を乗り越えることは、たとえそれが「正しさ」を根拠とするにせよ、極めて困難であると観念する、葉聖陶のもどかしさ、更には問題の内面化を見る思いがする。そもそも、「心」からの会話が可能な、「新しい／進んだ／正しい」、従って周囲＝多数の「古い／遅れた／誤った」無理解に違和を覚える「私」は、ここでもう一度『怎麼能……』」の理屈に照らして眺めれば、きっと「傲慢」な顔つきをしていたに違いないし、「私」が「傲慢」な顔つきを向ける周囲＝多数とは、同時代に多数生産された「問題小説」が想像／期待するような、一方的に批判され、啓蒙される対象ではあり得ないはずではないか。更にいうなれば、そもそも、「私」が当惑し、「理解に苦しんでいる」社会こそ、実は同時に「書桌」で称賛された家具職人の高い道徳性を育んだ社会だったはずではないか。このように、常に考察対象の正負両面を視野に収める葉聖陶の「鋭敏」が、個の奮闘から集団による闘争へ移行することの歴史的必然、といったリニアな段階発展説の単なるアリバイとして『倪煥之』というテクストを結構するなどとは、私にはどうにも考えられないのだ。

「書桌」とよく似た設定を持つことから、ここで茅盾の「冥屋」と題されたエッセイ[12]も想い起こされた。茅盾は、故郷と上海の葬具屋を比較する。故郷の葬具屋の仕事振りは次のように描かれる。

　この店の主は……仕事の手を動かしながら、店先の帳場の台に凭れ水煙管を手にした暇人たちと、四方山話をしていた。……彼は熟練した指先で竹ひごを折ると、糊を掬い上げる、あるいは紙を一枚裁ち切る、どの動作も悠揚として迫らず、芸術家の風格に富んでいたものだ。／二日か三日経って、彼は冥宅を一軒完成する。三尺四方、高さ二尺に過ぎないが、客間、東西の脇間、二階、庭園まで備えている。庭には花壇があり、樹木が植えられている。一切がとても精巧に作られており、何でも揃っているのだ。客間に掲げる書画も、村の画家、書家に教えを請うたものである。全く「芸術品」だ。手工業生産制度の元での「芸術品」だ![13]

一方、上海の葬具屋は、同じ用途に供せられる明器を製作するのだが、より大掛かりである。

親戚の家が注文したこれらの「明器」の値は、全部で洋銀四百元であった。……しかし、それほど大掛かりな工程だというのに、なんと当日作って、当日焼いてしまうというのだ。しかも、火に投ずる四時間前に、工程はようやく開始されるのだ。……／依然として手工業、職人技で、機械の手は一切借りない。しかし、工程の進行については、その組織、方法、いずれも本式に近代工業化されているのだ!これは商品である。四百元余りの代価の商品なのだ。／……大小十数名の人間が動員され、戦争でもするかのように三時間をみっちりと働くのだ。……そこには「芸術製作」の趣など、当然存在しない。この十数名の上海式の冥宅技師は、ただ機械的に製作するだけである。しばらくすると、これら船、橋、蔵、冥宅は全て火中に投じられて焼かれた。三時間の戦闘精神でそれらを製作した「技師」たちは、同様の戦闘の緊張を以て、焼くのを手伝うのだった(14)。

この一篇、モダンの本質を鋭く切り取った、実に優れたエッセイだと私は思う。商品化、集団化、工業化、動員、分業による効率化、スピード、消費等々、モダンの本質に関わる諸々の要素を象徴する事象を、ややもすればありふれたものとして見過ごしてしまいかねない日常の一齣から、見事に掬い出して、ごく短い篇幅の裡に活写しているのだ。

さて、このような茅盾、竹内好は先に引用した部分でも、民族的リアリズム文学の開拓者として評価していたのだが、これに先立ち、復員直後一九四六年の日記における評価からして、既にかなり高いものがあった。

……茅盾の『見聞雑記』が面白かった。この作者、文章だけを見ても進歩している。何よりも生活がいいのである。海防、昆明、桂林から西安、蘭州までも跋渉し、さまざまの生活の体験をし、そのため眼を曇らせていないのは日本の作家に見られぬところ。視野も広く、見るべきものは見おとしなく見ている。作者の本来もっている社会性が有効に生かされており、更によいことは政治に妥協していない。茅盾という作家はいい作家になった。文章も簡潔さが生き生きしてきた。こんな面白い紀行文は日本にはないだろう。戦時中の支那紀行など恥しいものばかりだ。(15)

他方、竹内は老舎『四世同堂』について、上の日記を書きつけた数日後に、

老舎の『四世同堂』、一冊目の半分ばかりよむ。実は面白くなくて飛び飛びに読むなり。最初面白そうで気を入れてはじめたが、空疎な観念的描写がすぐ鼻につき出した。老舎の持味の悪い面がきわだっている。彼は戦争下の北京の生活を体験していないらしい。少しも真実の描写を感じさせず、それに人物の性格も類型を通り越して人形になっている。一応は読了せねばならぬ気持で努めているが不愉快なり。こんなものを書いて序文に一百万字と謳っている彼の気持が分からぬ。茅盾の『見聞雑記』を読んで、この作者にこんな生活を許す支那に感心したのは取消さねばならぬ。支那でも戦争はやはり成長する作家を成長させ、そうでない作家を振落しているのだと思う。『四世同堂』は戦争文学にさえなっていない。(16)

と、こちらは完膚なきまでに批判を加えている。この二つの日記記事を併せ読めば、竹内が、作家は「生活」を源泉

として「体験」によって鍛えられる、「体験」が「真実の描写」の元手になると考えていたと知れるだろう。そのこと自体は、戦争の現場から帰還した直後の緊張ということを考えれば、理解できぬでもない。

しかし、ここで私は困惑を覚える。というのも、倪煥之の「体験」は、そもそもかなりの部分で葉聖陶の「体験」に重なるものであるし、そのような実際の政治運動に身を投ずるといった直接の「体験」とはいわぬまでも、「五四」から「五卅」への「発展」が、その時代を生き抜いてきた中国現代の文学者たちに、実感に裏打ちされて意識されていたとは既に述べた通りで、となれば、何故竹内はそれらの「体験」や実感を、作家の「成長」の糧として尊重しないのか、どうにも解せないからである。あるいは、「体験」がテクストとして見事に結晶するか否かについては、別に独自の機制が働いているということなのか。しかし、その「芸術的」な機微に関する見解を、竹内は終に明かさないのだ。このように考えると、問題は依然として竹内が暗箱裡に封印した、かの「文学観」の存在に関わっていそうだが、開くことのない封の中身を憶測しても始まらぬこととて、これ以上は論じないことにしよう。いずれ、茅盾もまた「生活」「体験」に鍛えられるまでもなく、夙に「鋭敏」な見者だったことには違いなく、とりわけ「冥屋」の鮮やかさを見るにつけ、竹内は些か茅盾を見縊っていたのではないかと思われる程である。

茅盾は「冥屋」一篇を、「時代の痕跡というものは、このような封建的な迷信の儀式の上にも存在するものである」という淡々としたコメントで締め括っている。「時代」とは、つまりモダンのことであろう。モダナイゼーションは、否応なしに「芸術家」の人格が印記された「手工業生産制度の元での『芸術品』」を駆逐して、これを集団によって効率よく製作され、短時間で消費される「商品」に替えてしまう。葉聖陶「書桌」における見事な手作りの机と同様の運命を辿るのだ。茅盾も葉聖陶も、最終的には歴史の「段階発展」を信じる以上、たとえ「発展」が、旧来の優れた価値の「喪失」を伴うにせよ、「発展」の阻止など主張しない点は同様である。しかし、それだけに、彼らの「淡々」

には却って、微力な個が所詮「時代」の大きな変化（モダナイゼーション、モダンの自己拡張）には抗し難いという諦念のようなものが透けているようにも思う。つまり、「五四」から「五卅」への「発展」は決して一筋縄ではなかったということである。

話は大きく迂回した末、ここで再び竹内好に戻れば、彼は個と全体を同時に解放するものこそ「新しい社会変革」だと語っていた。

新しい社会変革は、抑圧された人間性を全的に解放するものでなければならないし、そうでなければ成功しない。人間を支配被支配の関係から解放し、同時に人間を機械化から解放するという、二重の、しかし無関係ではない意義を帯びたものでなければならない。(17)

社会の変革を語る際も、「段階説なるものが、ものを発展において見る宿命を負う限り、現在の私にとっては、さして関心を呼ばない」という竹内は、飽くまで弁証法的だったのである。

しかし、李沢厚の所謂「救亡が啓蒙を圧倒した」という理屈や、第一章で整理した汪暉による中国特有のモダナイゼーションに関する犀利な分析を俟たずとも、中国革命が「五四」と「五卅」を止揚するという意味で、遂に竹内のいうような抑圧からの「解放」と人間の「機械化」（本書で私がしばしば用いる「均質化」、「道具化」と同義であろう）という、モダンの両義性を止揚して統一する「新しい社会変革」たり得なかったとは、そもそも葉聖陶が上の葛藤に対して下したひとまずの結論が『倪煥之』だったという事実に既に明らかではないだろうか。私には弁証法が歴史の後知恵に過ぎぬと妄りに断じる心算もないが、茅盾、銭杏邨そして葉聖陶らが、親しく潜り抜けてきた「五四」と「五卅」を、実感として段階的に捉えていたことは確かだと思う。止揚ではなく必然の択一の承認となれば、そこに葛藤が生じるのも道理で、繰り返せば、この葛藤が実感に裏打ちされている限り、つまり『倪煥之』はどうあっても全三十章を書き切る必要があったと、私は考える者である。

前に確かめたように、竹内が『倪煥之』翻訳を十九章で打ち切ったのは、作品としての「完成度」に拘泥したからだが、しかし、竹内の「筋」として、「個の問題、自我実現の問題」を「新しい」形で含む趙樹理の文学こそ、葉聖陶、いや倪煥之の演じた葛藤の実感性を想像力から排除してなお「完成度」の高い文学であるというなら、その「完成度」たるや、

中国のインテリゲンツィアの歴史は、内側から見れば、かれらがいかにして身分的特権の意識から脱却したかの苦闘の歴史である。市民社会の実現という目標が、自己の封建意識からの脱出という課題と切実に結びついて自覚されていたところに、中国のインテリゲンツィアの内部的問題が絶えず再生産される根拠があった。『文学革命』と『五・四運動』との表裏一体のからみあいにおいて、この課題が端的に表現されている。しかし、このようなインテリゲンツィアの自己反省が、自己改造の運動にまで深められて意識化されたのは、中国共産党の指導が確立して以後であった。(18)

といった、茅盾が文学の問題としては「竜頭蛇尾」に終わったとする、(19)いわば積み残された「五四」の「五卅」の中への取り戻しを「中国共産党の指導が確立して以後」に直ぐと繋げる、即ち五卅後の「発展」に伴った「葛藤」の存在を捨象した見取り図の、あるいは「老舎と趙樹理の間に橋をかけているのが」「自己改造」に「ひたむきな丁玲の

姿勢」とする概念図の「完成度」[20]に、ちょうど見合うことになるだろう。これを敢えて「人間軽視」[21]と呼ばぬなら、『倪煥之』抄訳に拘泥した時と、趙樹理に新しい文学観を見出した時と、竹内好の所謂「文学」にはある種決定的な「断層」が横たわっていた、とでもする他ないはずである。

注釈

（1）「北京日記」一九三七年二月五日の記事に實藤恵秀から『倪煥之』を借覧したと記される（『全集』第一五巻、一四〇頁）。四三年の翻訳は『小学教師倪煥之』（大阪屋号書店刊）、五二年の再刊は『小学教師』（筑摩書房刊）、六三年の全面改訳は『中国現代文学選集』第三巻「五・四文学革命集」（平凡社刊）所収の「小学教師」、七二年再刊は『中国の革命と文学』第二巻（平凡社刊）への再録。

（2）「葉紹鈞『小学教師倪煥之』訳者序」。『全集』第一四巻、四八四頁。

（3）「『小学教師』とその作者」。『全集』第三巻、六六頁。この一文は六三年版翻訳に附した解説。

（4）「読『倪煥之』」。原載《文学週報》第八巻第二〇号、一九二九年五月。ここでは『「革命文学」論争資料選編（下）』（人民文学出版社、一九八一年）所収に拠る。

（5）「関於『倪煥之』問題」（『中国現代文学史資料匯編（乙編）』版、劉増人、馮光廉編『葉聖陶研究資料』北京十月文芸出版社、一九八八年六月、所収）。

（6）阿英（銭杏邨）編校『現代十六家小品』「序」（光明書局、上海、一九三五年）。ここでは天津市古籍書店影印版（一九九〇年）に拠る。

（7）原載《文学週報》第二四一期（一九二六年九月十二日）。ここでは『葉聖陶集』第五巻（一九八八年）所収に拠る。

（8）原載《京報》副刊《青年之友》一九二一年三月十六～十九日。ここでは『葉聖陶集』第一巻（一九八七年六月）所収に拠る。

（9）『葉聖陶集』第一巻、一五六～一五八頁。
（10）『葉聖陶集』第一巻、一六一、一六三頁。
（11）『葉聖陶集』第一巻、一五八～一五九頁。
（12）原載《東方雑誌》第二九巻第八号（一九三二年十二月十六日）。ここでは『茅盾全集』第一一巻「散文一集」（人民文学出版社、一九八六年）所収、に拠る。
（13）『茅盾全集』第一一巻、一三一頁。
（14）『茅盾全集』第一一巻、一三二頁。
（15）「復員日記」一九四六年八月二十日。『全集』第一五巻、四一七頁。
（16）「復員日記」一九四六年八月二十二～二十四日（この三日間の記事は一括されている）。『全集』第一五巻、四一八頁。
（17）「現代の恋愛」。『全集』第七巻、三四六頁。
（18）「中国のインテリゲンツィア」。『全集』第一七巻、一二二頁。
（19）『中国新文学大系』小説一集「導言」（良友図書出版公司、上海、一九三五年）。ここでは上海文芸出版社一九八一年影印版に拠った。「読『倪煥之』」における、五四文学が当時にあって遂に「偉大な時代」を描き得なかった、という主張は、この歴史回顧的な概括で一層丹念に跡付けられている。
（20）「最近の中国小説」。『全集』第三巻、三二〇頁。
（21）「趙樹理文学の新しさ」。『全集』第三巻、一二八頁。

ここで補足しておくと、これまで検討してきた所謂「発展」を、歴史の必然として受け容れる際の、それぞれの文学者、作家における「抵抗」もしくは違和感の如何に着目することで、従来記述されてきた中国現代文学史の書き残した大きな「空白」を「塡補」できるのではないか、と私は考える。本章でも取り上げた葉聖陶は、朱自清、朱光潛、夏丏尊、豊子愷、兪平伯らと一つの「グループ」を形成していたようだが、彼らは「必然としての歴史発展」受容に対する逡巡もしくは敗北感を、思想上の共通項として、緩やかに結合していたのではないか。また人間関係や社会関係上、彼らと接点を持つ巴金らアナーキズムに傾倒したグループは、「発展」の前提として、先ずは自己の「生の拡充」を考え、「発展」を外在的な「真理」と見なすことには、やはり抵抗していただろう。そして、中国現代史上、実際には多数を占めたはずのこれら中間層知識人をも最終的には屈伏させていった「歴史」の法則として「発展」はあったと、私は考えるのである。序章で記したように、昨今多く刊行される中国現代文学史ではあるが、このような、いうなれば「発展史」の「陰画」を前景化させたものは見当たらないようである。前述の「グループ」に関しては、開明書店、立達学園の系譜に連なるものとして、かつて初歩的な見解を示したことがある。「中国現代史上的泉州――研究『巴金与泉州』的前提」（《巴金文学研究資料》一九九二年第一、二期合刊、同年九月に掲載、後、『巴金与泉州』、方航仙、蔣剛主編「巴金研究叢書」版、厦門大学出版社、一九九四年三月、に収める）参照。

Ⅴ　むすび

二十世紀を通じて、主として歴史進歩の『法則』こそ、それが再編した重要な諸観念に取り巻かれつつ、中国文化人のアイデンティティー対象たる役割を基本的に担ってきた、と私には考えられる……古代の「天命」が必ずや世俗の政治による統治の上に現実化されねばならなかったように、歴史進歩の「法則」もまた現実に存在するある種の事物として具体化されることを自ら求めた。二十世紀中国の歴史環境が日を追い厳しさを増すにつれ、この具体化の範囲も益々狭隘になったのである。(1)

「人文精神」討論の発起者の一人、王暁明はこのようにいい、中国の現代文化を歴史進歩の「法則」という「天命」に支配されたものと考える。

中国の現代文化は当初から強烈な実務的傾向を顕にしてきた。その核心をなす殆ど全ての観念は、現実社会の危機に対処すべく設けられ……個人と世界の存在の根拠、といった類の「玄妙」な問題に関心を向ける余裕はなかった……かくして現代文化が新たなアイデンティティー対象を構築しようとする努力も、勢い一端に偏することとなった。人間の内面に意を払うより、外在するものに救いを求め、自立自救の意志を励ますより、他者に依附することを許した。やや誇張していえば、殷周の頃のように、再び高く頭上にまします主宰者を崇拝し、二十世紀の天命を織り成したということである。(2)

効率的に「現実社会の危機に対処」し得るか否か、功利性のみを尺度に採れば、「個」が究竟「全体」に屈伏するだろうことは既に見てきた通り、その結果、個的営為の達成として獲得される価値をすら外在する権威が与えると見なす依附性に安住すれば、人間の精神は当然ながら「侏儒化」へと傾かざるを得ない。王暁明もまた自己喪失を代償にした「越境」の不毛を指摘しているのだろう。

ここで私が敷衍して用いた「個的価値」、「外在する権威」といった言葉が、「啓蒙」、「救亡」にほぼ置き換え可能であるように、この種の議論の出発点には明らかに李沢厚があるのだが、しかし李にあって「啓蒙」が「救亡」一辺倒に歩んだ中国現代史の偏頗を照らし出す「方法」として、その内実を問われることなく、ある意味で絶対化されたのは、ポスト文革コンテクストにおける「現代化」という趨勢は動かし難い、従って「現代化」ディスクールの「闡釈権」は自ら独占すると知識人が自負し得た八〇年代ならではの楽観性の表現だったと、今にして思える。第一章で詳しく検討したように、このエリート意識が、八〇年代掉尾の天安門事件を契機に破産したため、九〇年代の文化批評の一つの流れは、例えば五四精神や「啓蒙」自体に潜む伝統的士大夫意識や功利性偏重の相対化を促す方向で、むしろ内面化されていったのである。王暁明は、前掲の二十世紀中国文化に関する指摘と同じ頃、

詩へ帰れ、文学へ帰れ、一切の真に傑出した芸術作品へ帰るのだ。審美上の愉悦のためばかりでない、むしろ卑俗な生存情況から脱出するために。(3)

というマニフェストを発しているが、これなども、実感に基づく「言葉」の取り戻しこそ、現代文化における新たな「天命」即ち進化論から唯物史観に至るまで、個を必然性の裡に埋没させる一切の定命論からの解放の第一歩であるとの覚悟を表明したものだったろう。革命から商品経済への国是の転換、政治的に均質な「人民」から市場に操作される「大衆」への変貌など、イデオロギーによる一元的支配の形にまで「狭隘」と化した「天命」の「具体化」は、人間を愈々道具化せずにいないだろうが、最早「天命」に己を一体化することの虚妄を覚悟した今日、個が世界の構造に繋がる意味的世界への復帰を志すなら、先ずは「文学」をすら「客観性」獲得に駆り立てるモダニズムの対象化から始めねばならないという示唆をも、王暁明はここに込めたものと、私には受け取られた。そして、そのような問題について思索を巡らせようとした時、中国現代文学を梃子にモダンについて思索した竹内好の姿が私の前に立ち現れたのである。

「言葉」が人間にしかと繋ぎ留められているか、という問題を考えれば、竹内好の「無理」の程は、王暁明の省察における苦心の程と正に表裏を成していることになるだろう。ここで一応の結語らしきものが必要な段取りとなって、それ自体が周縁化しつつあるらしい中国現代文学「研究」の、さらにその周縁の一席程度の「恩賜」に対話の可能性

を錯覚することなく、[4]一方で、王暁明の、いや、さらに遡って葉聖陶や茅盾の「実感」を懇切に受け止めることを中国現代文学史研究の出発点に据えると標榜する以上、せめて「言葉」を既定の「道理」に依附させまい程に誠は尽くして然るべきで、それが実は竹内好の「無理」をそれとして銘記することにもなる、ひいては、

私は国民道徳の再建という課題が、文学者だけの責任とは考えない……ただ、この課題における表現の技術的側面だけは、どう考えても文学者の責任に帰するよりほかにない。文学者が表現を与えないで、あるいは、妨げられている本来の表現を解放しないで、だれがそれをするだろうか。時代の文学的表現に責任を負うものは文学者以外にないはずだ。[5]

とした竹内と、王暁明のマニフェストの間の気脈を、時空を超え「文学」の上で通い合わすべく及び腰なりの覚悟になるやもしれぬと、精々斜かいの構えに相応しい呟きより漏れぬ私としては、しかし、この呟きを些かの「決然」で装いたいというまでである。

注釈

（1）王暁明「太陽消失之後——談当前中国文化人的認同困境」（《文匯報》一九九五年八月二十七日）。
（2）同前。
（3）「『刺叢裏的求索』序」。
（4）この問題に関しては、『巴金的世界——両個日本人論巴金』の自著部分「巴金——豊富生命的追求者」の「後記」に記した。

この「後記」のみ「面対差異性——関於中日文学研究者進行学術対話的断想」の題で《文学評論》一九九六年第二期に掲載。

（5）「亡国の歌」。『全集』第七巻、二六～二七頁。

第四章　都市文化としての大衆音楽
——当代中国における大衆音楽解読とモダン理解の限界(1)

これまでの各章において私は、モダン理解の一面性に代表される、中国近現代知識人の思惟構造上の特質が、モダンを支える制度の一部として成った中国現代文学を特徴づけており、そのような「特徴」の系譜を辿ることにより中国現代文学史の新たな記述が可能になるという仮説を提示してきた。本章以降では、そのような「思惟構造上の特質」を、さらに別の角度から探り出すことを目指す。具体的には、現代詩からロックのような大衆音楽まで、様々なテクストの解読に潜む「偏向」の炙り出しが主要な作業となろう。

Ⅰ　音楽を記述することの困難

音楽に関する記述とは、非言語の言語化というアポリアを巡る決断なしには不可能なものであり、それ故に、テクスト化された段階で記述が排除し、沈黙に追いやった「可能性としての記述の欠如態」として、自らを規定するものである。確かに、私たちは音楽を記述する様々な手法を知っている。物理的な数値として記号化すること、聴き手の内面における情動とのコレスポンダンスを形而上的に意味づけること、美学伝統の歴史に定位することで美的感興の来源に関するパースペクティヴの獲得を目指すこと、社会体制の文化装置を通して物神化された製品、商品と見なして、倫理的な裁判を行うこと等々。しかし、これらの手法は音楽を断片化し、解体することには役立っても、統一的な音楽像の記述に結実することはなかったのではないか。統一的な認識といった、「意味」への執着こそ近代合理主義の悪しき習慣であるとするポストモダニストの立場からは当然であろうが、リオタールは、音の向こう側にある「聴き取れないもの」が喚起されるからこそ、「聴き取れるもの」は音楽性を生じるとして、音楽＝音という前提を否定することにより、音楽を記述する行為に断ち難く纏わりつくジレンマから逃走しようとする。(2) しかし、音楽を解読し、記述する行為自体を否定しない限り、それは精々記述上の戦略に止まる、という批判に曝されずにはいないだろう。私の理解する所、「聴き取れないもの」の作用に過度の期待を寄せることは、音楽の魅力に様々な差異が生じる原因の、「文学的」理解にこそ途を拓く。音楽についての記述を音そのものから剥離すれば、結局音楽は人文的概念により解読可能なテクストに矮小化されるのだ。人文性への屈服が、ポストモダニストにとって、誠にばつの悪い自家撞着であることはいうまでもない。

しかし、テクストによる記述によっては音楽を追体験できないという事実の承認は、必ずしも音楽を断片化して記述することを、過不足ない音楽像の把捉として承認するものではない。ここで検討の俎上に上せるポップス、ロックといった大衆音楽 popular music とは、これを一般的な分類に従って、芸術音楽 fine music、民俗音楽 folk music とは異なる領域をカバーする音楽の形態であるとするなら、高度な洗練を理解し、伝統の脈絡にアイデンティファイできる少数のエリート層、および地縁・血縁を成立上の紐帯とする共同体以外の広範な領域で享受されるものであり、そのような「あやふやな」領域にアイデンティティを持つか、あるいは構築しつつある人々こそ、その享受の主体となる。この観点からすれば、大衆音楽とは、広義における「都市」の音楽であり、都市の住民が享受する音楽である。ネトルが「西欧社会のポピュラー音楽」に対する「実効性のある定義」の冒頭に掲げた「本質的に都市に起源し、都市住民向けに作られる」という定義も、芸術音楽、民俗音楽から大衆音楽を弁別する際に、都市文化としての側面に着目したものである。[3] 都市がその形成から発展の過程において、雑多な要素を吸収して肥大するアマルガムであることは、誰もが承認する事実だが、雑多な様相を呈する表層から局部のみを切り取って、これを都市の全体像と理解する無謀を冒すものなどいないはずであり、大衆音楽が都市の音楽であること、即ち大衆音楽が都市住民の文化表象であるという「都市性」を承認するなら、その分析が断片化に赴くことは、そもそも十分に戒められねばならないと、都市そのものとのアナロジーからも容易に理解されるのである。

本章の主要な部分は、近年の中国の批評界の大衆音楽（主としてロック）理解についての検討、分析によって占められるが、先ずは、大衆音楽は都市の音楽であり、都市文化の重要な側面を担うものであるという定義について、更に詳しい説明を施しておこう。差し当たってタグが「ポピュラー音楽は音楽学の従来の道具を使うだけでは分析できない」、「プラトンふうの理想的美の価値観の尺度で『評価』することは不可能」と前置きして、その結果、大衆音楽が社会の表象であるために具える属性への注意を喚起した際の、四つの条件は検討に値しよう。[4]

タグは、大衆音楽とは、①大規模な同質的な集団に大量分配される、②記譜されない、③商品であり、工業社会の貨幣経済においてのみ配給可能である、④多量な販売こそが善とされる市場経済の支配を受ける、と規定した。もっとも、今日音楽について可能であると考えられている主要な記述手法、大別すれば芸術音楽に対して伝統的に用いられてきた、アナリーゼを核心とする美学的解読と、アドルノに代表される社会思想的解読[5]の統合こそが、タグの主張する所であり、となれば、このような、どちらかといえば、アドルノの古典的な、しかし大衆音楽が確かに具え持つ魅力やエネルギーすらイデオロギーの範疇に押し込め、それを資本主義社会における他のあらゆる商品同様の非芸術と単純化した議論を継承しているかのような規定を真っ先に持ち出したのも、アドルノの資本主義社会に対するペシミズムや、大衆芸術への無知を擁護することが目的ではなく、多様な手法を総合することで音楽そのものへ限りなく接近し得ると考える、タグにおけるモダニズムの反映と考える方が適当かもしれない。

この四項目の規定は、八〇年代初頭になされたものであり、現在では幾らかの補足もしくは訂正が必要である。先ず①についてだが、都市住民が同質的な大衆であるというのは、執筆当時の状況に照らしても、単純化の誹りを免れないだろう。都市に実現した（しつつある）のは確かに大衆社会だが、都市の住民は、「大衆」であると同時に、「伝統的共同体からの離脱者」という、もう一つのアイデンティティを持っている。この特徴は、恐らくモダナイゼーションの過程において、都市が移民によって急速に膨張する時期に顕著になる。前者に重点を置いて見れば、都市住民はタグのいうように同質的だが、後者に着目すれば、彼らはそれぞれに異質な歴史・文化記憶を背景に持つ多様な存在である。大衆音楽の歴史が、出自に関わる土俗的な記憶や、同時代の非大衆音楽領域の諸手法といった、多様な要素との葛藤・融合を経過しつつ、一元的な様式へ収斂していく過程を繰り返してきたことを考えるなら、この二重性に注目することこそ、少なくとも大衆音楽の歴史的な理解にとっては重要である。

②については「譜」の概念を、忠実な再現を旨とする古典的な芸術音楽が記録されてきた方法と限定すれば有効だが、コンピュータ技術の応用が主流となっている今日の大衆音楽の世界にあっては、「譜」、「音楽の再現」といった概念そのものが大きく動揺しているので、規定としての適切さは最早疑わしい。タグが各民族・地域において自律的な発達を遂げてきた伝統音楽における、多様な記譜法については無視しており、あくまで五線譜による記譜法を念頭に置いていること、それがユーロセントリズムの陰翳であることについては論じない。しかし、今日のポップスやロック、商業用音楽（CMソングやBGMの類）の殆どが、シークエンサーソフトウェアの記録した旋律・リズム・和声のデータを、機械的に作り出されるか、原音をサンプリングしたデジタル音源によって再現することで制作されているのであり、そこでは、古典的な五線記譜法にあって、飽くまで相対値としてしか記録できなかった時価や強弱までも

が絶対値化され、つまりそのような記号と数字の羅列こそが「譜」に他ならない。この方式を用いた場合、被伝達者が伝達者と同様のハードウェア環境を有すれば、ネットワークを通じての信号の往来のみで、完全な「再現」が瞬時に可能である。即ち、今日の大衆音楽にあっては独自の「譜」が存在し、それは、アナログ時代の大衆音楽が留保していた、音楽的リソースからその分配、享受の方法に至る不均衡や多様性を、一元的な構造の支配下に置く、いわば大衆音楽「帝国」の構築を支える、最も強力な手段といって過言ではない。この観点からすれば、タグの規定が訂正さるべきは明白である。即ち、大衆音楽は新たな記譜法を持っている、それは大衆音楽生産の同質性をグローバルなレベルで保証することで、配給をより効率化し、更には被分配者＝聴衆の急速な同質化をも促すものである。

前述の事態によってもたらされた「聴衆」や「消費」のあり方の変化も無視できない。タグの論考を掲載した《ポピュラーミュージック》の編集者は、創刊号（一九八一）において、「ポピュラー音楽は、分業がかなり進み、生産者と消費者がはっきり分かれているような社会に特有なものだと言える。そのような社会では、文化の産物の大部分が、プロの芸術家によって生産され、大規模な流通組織によって販売され、マス・メディアを通して再生される」と規定していて、タグが③④の規定で示した、「大衆音楽＝工業社会における商品」という認識も、概ねこの筋に沿ったものといえよう。しかし、ここで想定されている「商品としての大衆音楽」が、その存在の基礎とするのは、工業化を達成し、大規模な流通を可能にする市場および市場を運営するシステム、それを支えるメディアが存在している社会、音楽を商品化するための様々な業種が分化し、職業として成立している社会、即ち七〇年代までの西欧社会である。だが、当時から二十年以上を経過した今日、大衆音楽におけるデジタル技術の利用と、ＩＴネットワークの発展により、大衆音楽の商品としての性格が変化しつつあるのは明白である。熟練した演奏技術や高価な録音機材はおろか、最低限の楽器演奏能力や読譜能力すら持たずとも、上述のような「譜」を完全に再現し、これをハイファイで再生、享受することが可能になっている今日、「聴衆」は最早一方的に「商品」としての音楽を「消費」させられる客体ではないし、それを実現する条件を備えるのも、必ずしも一部の先進国家・地域だけではない。このように考えると、今日の、特に非西欧世界における大衆音楽とは、前掲諸条件の段階的な達成こそがモダナイゼーションであるとされた時代の後に訪れた、グローバル化時代を敏感に反映する鏡といえるかもしれない。

そもそもタグの考察自体は、従来の音楽記述が、しばしば無意識の裡に排除してきた別種の記述の可能性にも、絶えず意識を向けよとの主張に発したものである。無論、それら多様な記述の全てを統合したところで、大衆「音楽」の「全て」を捉えた、忠実な「記述」にはなり得ないということは既に述べた通りだが、都市文化の重要な要素としての大衆音楽を考察するに際して、これまで述べてきたような原理的な問題、および今日の時点で必要とされる訂正や補足については、常に意識されるべきであると、私は考える。本章で批判的に検討することになる、今日の中国における大衆音楽に関する記述の、音楽の言語による記述の不可能性といった原理的な問題への自覚を欠いた人文主義的解読＝音楽の断片化が如何なる「特徴」を表象しているのか、それを明らかにすべき記述上の戦略としても、それは特に必要であろう[6]。

注釈

（1）本章は二〇〇三年十二月に上海で開催された「当代東亜城市——新的文化和意識形態」国際学術研討会（上海大学中国当代文化研究中心、嶺南大学文化研究系、Centre for Transcultural studies, Chicago 主催）への提出論文「都市文化・大衆音楽・現代性」の邦訳版である。内容に大きな変更はない。なお中国語原文は、坂井・張新穎『現代困境中的文学語言和文化形式』（「二〇世紀文学史理論創新叢書」版、山東教育出版社、済南、二〇〇五年）所収。

（2）ジャン・フランソワ・リオタール「音楽、無言」（本間邦雄訳『リオタール寓話集』、藤原書店、東京、一九九六年、二六五頁）。
（3）Bruno Nettl: Persian popular music in 1969（原載 *Ethnomusicology* 16／2［1972］ピーター・マニュエル『非西欧世界のポピュラー音楽』、中村とうよう訳、ミュージック・マガジン社、東京、一九九二年、一六頁所引に拠る）。
（4）フィリップ・タグ「ポピュラー音楽の分析——理論と方法と実践」（原載 *Popular music2* Cambridge Univ. Press［1982］ここでは三井徹編訳『ポピュラー音楽の研究』、音楽之友社、東京、一九九〇年、所収に拠る。一六頁）。
（5）『音楽社会学序説』（渡辺裕、高辻知義訳、音楽之友社、東京、一九七〇年）を典型的な例として、アドルノは「文化産業」の申し子である大衆音楽のイデオロギー機能を執拗に批判し続けた。
（6）本章における用語について説明しておく。今日の中国のロック（ロックンロール）に対する訳語は「揺滚（楽）」、「新音楽」である。同じく大衆音楽でありながら、「ロック」でないとされるもの、普通私たちが「ポップス」と呼び習わしているジャンルのものは「流行歌曲」と総称されているようである。「ポップス」はいうまでもなくポピュラー・ミュージック popular music の略称であるから、これを芸術音楽、民俗音楽と区別する範疇と考える限り、「ロック」と対立する概念ではない。本章では、主として「大衆音楽」、「ポップス」の用語を用いる。「ロック」は「ポップス」の一部を構成する要素であり、音楽上の本質は異ならないと考えるからである。

Ⅱ　ロックは「大衆音楽」ではないのか

一九八九年の出世作『新長征路上的揺滚』から、一九九四年に『紅旗下的蛋』をリリースするまでの崔健が、中国文化界の「ヒーロー」として代表的な形象であったことは間違いない。(1) この八九～九四年という五年の時間は、中国の政治・社会・思想界において大きな意味を持つ転換点であった。今日、ポスト崔健＝「新音楽」状況にあって、彼が脚光を浴びてからの五年間に示し得た輝きを失っていることは否定できないが、それは決して偶然ではない。文化ヒーロー崔健のイメージ形成は、いうまでもなく転換期という時代の性格に多くを負っていたからであり、そのことは、今日に至るまで崔健に対して加えられてきた驚くほど似通ったリーディングを手掛かりに理解されよう。

九〇年代末になって出版されたある当代文学史は、「社会の転換期における文学」という一章に崔健を採り上げている。(2)「文学史」に大衆音楽を位置付けること自体、かなり意図的な大衆音楽の「断片化」に他ならないわけだが、当該章の執筆者である宋明煒は、そのことには全く無頓着な様子で、自らが「音楽」を論ずるのか、あるいは「文学」、「社会」を論ずるのかという限定すら行わないまま、ロックと「流行歌曲」の差異という、ロック・ミュージシャンが市場向けに演じるポーズとして理解すれば済むような、表面的な問題（このような「差異」とは、人為的にアウラを発生させるため、ロック・ミュージシャンは威嚇的、反抗的に、アイドル歌手は飽くまでキュートに装うという、メイクやファッションにおける「差異」と、本質的には何ら変わるところがない）を、原則論の装いを採って丁寧に論じて見せる。

先ず明確にしなければならないのは、ロックと流行歌の区別である。疑いもなく、流行歌は通俗的な文化類型であり、その制作、表現と流通の形式で、市場の法則の支配を受けないものは一つとしてない。それは文化消費者の興味に迎合することで初めて受け容れられ、商品としての価値を発揮できるのである。このことは、流行歌が多くの独自で、創造的な内容を必然的に含み得ないことを意味している。しかし、ロックは生まれた時から流行歌に対する叛逆であり、後者との最大の違いは、ロックもまた商業社会の文化類型に根差すとはいえ、その基本的特徴が尖鋭的な個性化と叛逆的な内容の表現だということである。

ここで所謂「ロック」に対して与えられた定義は、正面からの定義、「流行歌に対する叛逆」、「尖鋭的な個性化と叛逆的な内容」という他に、「流行歌」の対立面というものでもあるから、即ち「市場法則の支配を受けない」、「文化消費者の興味に迎合しない」、「商品としての価値は問わない」、「多くの独自で、創造的な内容を含む」という条件も抱えることになるのだが、これは飽くまで流行歌やロックをも含む「大衆音楽」という枠内における、異なるタイプ間の相対的な差異を述べたに過ぎない。これとほぼ同様の理解は、一九九三年の段階で張新頴によって既に提出されていた。(3)

一般的にいって、流行音楽は媚俗の品格を免れない。大衆の好尚に投じることで、大衆は初めてこれを流行させられるのだ。それは大衆の思想的惰性と審美習慣に迎合し、広汎に受け容れられるという保証の元で、不断に小規模の変化を求め、その装いを新たにする。流行音楽は歴史、現実、個人に関わる重大な問題を提出したことは殆どなく、形式化された方式で、それらを易々と解決もしくは溶解させ、問題に対して廉価な答案を与えたり、それを無意味で、不必要な問題にすり替えることで、退出させてしまうのだ。ある意味、流行音楽とは、現代社会が必要とする美しいパッケージ形式であり、生命と実存の本来的な様態と状況を明るみに出し、潜伏して表面化しない時代精神を明らかにするためには、困難な還元のプロセスを経て、このパッケージを透過しなければならないのである。

これらの論者のロックに対する理解、定義が、彼らの崔健解読の前提として、叙述の論理的整合性に奉仕していることは、後に指摘したい。前に注記したように、ロックと「流行歌曲」は、芸術音楽でも民俗音楽でもない以上、共に大衆音楽＝ポップスであり、両者を対立的なものと理解することは無意味であると、形式論理によって片付けることは容易だが、ここでは、上述タグの規定に示唆を受けて、論者のロック理解に欠けているものを、より詳しく明らかにしておこう。

タグの示唆する第一の分析角度は、大衆音楽をある類型に属する社会の表象として捉えることであった。この視点を導入して、非西欧世界における大衆音楽を考える時、重要な前提があることを忘れてはならない。そもそも欧米では、大衆音楽に本土／外来の区別が殆ど存在しないが、非西欧世界においては、本土の、しかし民俗音楽ではない大衆音楽が、生産量、販売実績といった面で市場の主流として存在し、一方で輸入品としての外国大衆音楽、端的にいえば米英を中心とした英語圏の大衆音楽は傍流として、同時に存在するのである。

この二種類の大衆音楽、即ち本土の大衆音楽と外来の大衆音楽は、日本において「邦楽」、「洋楽」と区分されるが、それぞれが音楽メディア商品の総生産数量及び総金額の中を、どのような比率で棲み分けているか、十二センチＣＤアルバムに限定した、二〇〇〇年と二〇〇一年のデータから窺えば、生産数量、総金額のいずれをとっても、洋楽は邦楽の約二分の一以下の比重しかないことが分かる(4)。洋楽と分類された中には、芸術音楽であるクラシック音楽が含まれるから、大衆音楽がこの数字に占める割合は更に減少する。ロックを外来の洋楽の一分野と考えれば、ロックが商業ベースの主流から外れたマイナーな存在であることはデータからも明らかであり、そのようなロックを愛好し、消費することは、マイノリティとして主流に対抗する態度の表明と同義ということになるかもしれない。

しかし、日本において、邦楽と洋楽の、音楽上の区別が截然と存在したのは精々一九六〇年代半ばまでのことである。それ以前は、音楽的に民俗音楽に源泉を持つ「演歌」系歌謡と（西洋楽器と民族楽器の併用および音階上のペンタトニック基調を特徴とする）、純然たる欧米の大衆音楽もしくはその忠実な翻案もの（五〇年代半ばのロカビリー・ブーム）

が、前者を市場における主流として、分立していた。しかし、六二年の貿易自由化以降、外国音楽産業資本参入前後に、日本の邦楽は洋楽化の傾向を辿る。[5] 六六年にビートルズが来日したが、奇しくもこの年を境に、それ以前のレコード生産量における洋邦六対四の比率は逆転している。[6] 具体的な現象を確認すれば、アメリカ西海岸のヒッピームーヴメントを彩ったサイケデリックサウンドやイギリスのモッズサウンドの翻案として、グループが自ら楽器を演奏し、音楽に相応しいファッションまでをも表現手段とする「グループサウンズ」が、ヒットチャートを席捲したのが一九六八年前後、「日本語によるロックは可能か」という、今日からすれば不思議にしか思えない命題に、正面から取り組んだ伝説的なロックバンドとして語られる「はっぴいえんど」の登場が、ウッドストックと同じ六九年、[7] ボブ・ディランの忠実なフォロワーだった岡林信康が、このはっぴいえんどをバックに、本場のフェスティバル形式を再現しようとした中津川フォークジャンボリーに登場したのは七一年のことだった（一九六五年のニューポート・フォークフェスティバルでエレクトリック音楽に転じたディランの哀れな模倣！）。グループサウンズが自作自演の原則を捨てて、その他の和製ポップスとの差異を喪失すると、これに代わって「ニューロック」がブームとなる。更に踵を接して、ディランにインスピレーションの源泉を持つ「フォークソング」が、吉田拓郎らを典型的な例として、商業的な成功を収めポップ・ヒットチャートにも顔を出すようになり、七〇年代半ば以降の所謂「ニューミュージック」ブームの先鞭をつけることとなる。洋楽と邦楽の生産量・生産金額における逆転は、直輸入の洋楽に頼らずとも、歌詞を懇切に理解でき、メロディラインに邦楽のテイストを加えることで、オリジナル崇拝のメンタリティを持たない一般聴衆（特に、国外の音楽状況に関する情報量が相対的に乏しい非都市住民）にも受け容れられ易い本土製のポップス、ロックが、楽曲や演奏の面で、十分に愛好者の期待に副う水準を具え始めた時代の到来を告げる、象徴的な事態だったといえよう。

このような趨勢と、レコード産業の急速な規模拡大は軌を一にしている。一九六七年に音楽メディアの生産数量の総合計は初めて一億本／枚を超え、七一年には生産金額で一〇億円を超える。一九八〇年まで、生産量は毎年およそ五〇パーセント近い増加を見せ、生産金額は七〇年代前半の五年間で倍増という伸びを示したのである。この驚異的な成長が、ＧＮＰ年平均成長率約一〇パーセントという、所謂「高度経済成長」を背景にしていることは疑いない[8]。しかし、一九七一年には円が切り上げられ、一ドル＝三〇八円になり、更にその二年後には、円が変動相場制へ移行、一ドル＝二五〇円になったが、日本円の国際通貨市場とのリンケージは、欧米の一流ミュージシャンの来日公演こそ頻繁にしたものの、洋楽の直輸入という形でのマーケット拡大には貢献しなかった。市場規模全体が拡大すれば、その構成部分の規模も比例して拡大する道理であるから、所謂「音楽人口」の総数は増加しているだろうが[9]、実際最近十年間の邦楽と洋楽の生産数量・生産金額の比率を見ると、約七対三の比率のまま推移していて、直接洋楽を聴くことにより本土以外のポップス、ロックに接する者の音楽人口内における比率は変化していないと考えられる。日本において、ポップス、ロックといった「洋楽」がオリジナルのまま大量に流通することはなかったし、今日でもないことを、これらの数字は示しているだろう。

私たちが大衆音楽を考察の対象とする際に、まず問題にすべきなのは、それが本土文化の中で自律的に発生したものなのか、あるいは外来の文化なのか、ということである。日本の六〇年代から七〇年代にかけての大衆音楽状況を見ると、邦楽に欧米のポップス、ロックの要素が取り入れられ、それが市場の拡大と共に大量に流通するようになることで、即ち、外来の音楽語法は、本土文化への翻訳を通じて広範囲に認知されるようになったことが分かる。ある資料は、一九八九年のレコード生産額が三八〇〇億円、そのうち約二〇〇〇億円がロックの売り上げ、その内訳としては邦楽が九五パーセントを占めるとしており[10]、これが事実であれば、七〇年代から八〇年代を経過して、邦楽は洋楽化から、更にロック化へと進んだということになる。つまりロックは既に十分に本土化を果したということになるが、前出のロックを「通俗性」から分離することに熱心な論者たちは、このような「流行歌曲」がロックらしい装いを採るというような事態、ましてや、それがなぜ起こり得るのかといった問題には想像力が及ばず、却って議論を矮小化している。外来の大衆音楽の本土への定着過程に注目すれば、非西欧世界における西欧ディスクールの受容と変容といった、より思想的に大きな問題へと視界が開けるはずで、それこそ大衆音楽研究の重要な意義の一側面というべきなのだが、論者はこの点に関する意識を欠いたまま、その関心をロック＝反俗／流行歌曲＝媚俗という定義づけに集中させており、大衆音楽自身が含む複雑な要素を、市場経済における商品文化、通俗性といった狭隘な分析枠に押し込めて、単純化しているのだ。

この水準の議論が、ロックは果たして「市場法則の支配を受けない」、「商品としての価値は問わない」ものであるかどうか、踏み込んだ考察を行っているとは考えにくい。一九九〇年二月にローリング・ストーンズは遂に初来日を果たしたが、東京ドームに駆けつけた聴衆は五万人、企業からの協賛金は五億円、各種媒体に関わる制作費が三億円だったという。[11] かつて反抗的なポーズと不良少年の雰囲気、そしてビートルズも含む同時代のイギリスのシンガーやグループの誰よりも黒人リズム・アンド・ブルースに対する帰依を前面に打ち出して I can't get know satisfaction（俺は満足できない！）と叫んだ彼らは、巨大ビジネスの焦点に身を置いて、既に「満足」したのだろうか。彼らは既に「ロック」ではなく、「流行歌曲」になったのか。あるいは、先の論者はここで突然古典的な段階発展説の信奉者に変じて、ロックはその初期の段階でエンターテイメントというビジネスとは無関係に発生したものであり、八〇年代後半にようやくロックを持った中国のような「後進国」では、ロックの原初的形態が保持されていると考えているのかもしれない。しかし、前節においてタグの大衆音楽に関する規定に訂正を加えた際に指摘した通り、今日の大衆音楽を構成しているイディオムは、ネットワークを通じて、発展段階を異にする地域でも瞬時に共有されるプロトコルである。何より崔健が『新長征路上的揺滾』では二名の外国人ミュージシャンを加え、自前の理解の及ばない、異なるロック・イディオムの吸収を図った節があるし、一部のトラックではソプラノ・サックスにソロを取らせるといった、米英のロック誕生期では想像もできないような音作りをしているのである。大衆音楽を巡る今日的な状況に対する自覚を含まない「多くの独自で、創造的な内容」などあり得ない以上、中国のロックを「流行歌曲」と異なる「原初的」な存在であるとする根拠は薄弱といわざるを得ない[12]。

タグの示唆する第二の分析角度、即ち音楽学的な角度から見れば、ロックと「流行歌曲」の間の差異は、殆ど存在しないといってよい。極めて原理的なレベルでいって、ポップスは西洋音楽の平均律に従い、メロディ・ハーモニー・リズムの要素から成立しているのであり、それはロックも同様である。メロディは概ね単純な音列からなり、AABAの三二小節構成が一般的であること、芸術音楽のような複雑な構成と長い演奏時間、絶えず発生するリズムや楽器編成の変更など存在しないこと、これらはロックであろうと流行歌曲であろうと同様である。ロックは流行歌曲からの差別化を図るために、全く異なる音楽の体系に則って作られるわけではない。両者を音楽的に区別する標識は、音楽それ自体には存在しないのである。もっとも、電気ギターの奏法や歌唱法に聴かれるチョーキングやベンドといった、ポルタメントの多用などは、ロックの音楽的な源泉がブルースやゴスペルであるという、土俗性の痕跡として、これを音楽的に特徴付けるものといえないでもない。しかし、それらの特徴はもはやポップス一般に普遍的に見られるもので、前の議論を受けていえば、ロックのイディオムは既にポップス一般に浸透しているのである。あるいは、十分な訓練を経ない、音程も外れがちな歌唱法や演奏、甘美さを拒否する声質、電気楽器による音量の極端な増幅といった点で、「よりロックらしい」、「より流行歌曲らしい」という、相対的な区別をつけることも可能だが、これらは音楽的に主要な区別ではないし、区別の基準として有効ではないだろう。アコースティックなフォーマットをバックに、極めてスウィートな声で囁くように歌うとき、かつて体制批判の故に亡命を余儀なくされたほどに「叛逆」的であったカエターノ・ヴェローゾは「流行歌手」になるのか。ロッド・スチュワートやニルヴァーナがアンプラグド・フォーマットで歌う曲は、大音量でないから「流行歌」なのだろうか。

ロックが巨大なエンターテイメント・ビジネスに変貌する以前の一九六九年に、ロックに関する明晰な概説を書いたベルツは、ロックがその出自に持つ土俗的な要素を薄めながら、次第に芸術化していくとし、そのプロセスを「洗練」sophisticationという概念を用いて整理した。(13) このようなプロセスは、何より一九六三年のデヴュー・アルバムMeet the Beatles 以降ビートルズが辿った、Rubber soul（一九六五）、Revolver（一九六六）、Sgt. Pepper's lonely hearts club band（一九六七）を経て六八年の通称「ホワイト・アルバム」The Beatles に至る道程に体現されたとするのである。もっともベルツのいう「洗練」とは、純粋芸術への接近を尺度に語られたものだが（執筆当時は Abbey road はまだ発表されていなかったが、これを耳にしていれば、その観点は一層強化されたであろう）、その後のロックは、ある基準を目標に据え、そこへ向かっていくリニアルな「進化」というより、むしろリズムの多様化やハーモニーの複雑化を主要な特徴として、(14) 音楽的にロック／非ロックの境界を曖昧にする「混成」を繰り返してきたといえよう。このような混成音楽としてのロックは、六〇年代の荒削りな外表を削ぎ落として、聴感上は愈々スムースで、洗練された印象を与えるようになっているのであり、(15) ベルツの見解は、大筋において一種の予見性を具えていたといえる。

張新頴の言葉に拠れば「不断に小規模の変化を求め、その装いを新たにする」のが流行歌曲ということになるのだが、それは媚俗や商業主義への対応によって発生するというより、原初的な段階では截然と異なるフォームの音楽であっても、音楽上のプロトコルを共有してさえいれば、たちまち融合、混成を起こすという、大衆音楽が本来持つ音楽的なメカニズムに由来するものであり、この点に関してはロックも決して例外ではあり得ない。そして、非西欧世界においては、そこへ更に異文化接触のメカニズムが働くから、混成の様相はいっそう複雑となるし、その可能性は今日益々大きく、強くロックを規定しているのである。

一言でいうなれば、大衆音楽は、様々な形式を混成させて、不断に変化していく音楽である。そして、それは第一に社会の富裕化に連動した、大衆音楽市場の拡大と共に進行し、認知されていく。日本における邦楽の洋楽化、洋楽のロック化という過程を考えると、大衆音楽の認知は混成の進行と連動しているだろう。そして、混成のメカニズムは、音楽的には西洋音楽のイディオムの共有に支持され、現象としては、民俗的なものから、より洗練された、聴感のスムースさへと向かう。しかし、この洗練の過程は、非西欧世界において複雑な様相を呈することこそ、私たちが当面注意しなければならない点である。第一に、東京、ソウル、上海のどこであろうと、今日の都市社会において大衆音楽は欧米大衆音楽化しているということ、本土の、原初的な形態を残す民俗音楽は、都市の音楽消費の中に殆ど存在しないか、大幅に欧米大衆音楽との混成を果たした形でしか存在せず、大衆音楽は一層本土の民俗性から切断されるということである。第二に、米英において、段階的に実現されてきた洗練の過程を、その先端において受容すること、コンピュータ技術の大衆音楽への導入と高度情報化社会の到来に伴い、大衆音楽に関する情報は、国家・地域のモダナイゼーション達成段階を決定的な要素とせずに共有されるのである。このことは、第一の点と相俟って、大衆音楽における本土的な特色を急速に淡化する。

このような本土／外来という、グローバルレベルの問題を抱えつつ、非西欧世界の大衆音楽は、更に内部的な問題も併せ持っていよう。非西欧世界のモダナイゼーションとは、西欧モダナイゼーションを単純に複製する形ではなく、ポストコロニアルという前提や、モダナイゼーション既達成国家・地域とのポストモダン状況の共有といった、多様な要素を混在させながら実現を目指す、未完のプロジェクトであるが、そのような混成的な性格を過度に強調して、非西欧世界においても、西欧モダナイゼーションの持つ普遍的な側面については、依然として段階的な実現が目指されている事実を忘れるべきではない。西欧モダナイゼーションの特徴は、工業化や民主化の達成度など、様々な指標によって理解され得るので、これを統一的な原理で括ることは難しいが、仮にこれを社会の各層における効率性と合理性の実現とした場合、モダナイゼーションは都市の形成と発展を促進する大きな原動力となる。特に追随型のモダナイゼーションの過程では、資金の効率的な投入によるインフラ整備が先ず行われるから、非都市部との格差を棚上げにしたまま、更にそれを拡大させながら、都市の膨張が急速に進行するだろう。日本の場合は、一九五五年の行政都市人口は、総人口の五六・一パーセントだったが三十年後には七六・七パーセントにまで膨張している。これは産業化に伴う経済成長が、都市を急激に膨張させた例である。都市人口の急激な増大は、日本、中国、韓国など、国外からの移民の殆どなかった東アジア国家の都市では、主として農村部から都市への人口流入によって起こる。このような社会構造の変化は、都市／非都市という枠組における文化の定位をも変更せずにはいないだろう。河端茂は、このような社会変動に伴う大衆音楽の受容主体＝音楽共同体の推移を軸に、六〇年代日本における大衆音楽の変遷を描き出し、邦楽の洋楽化といった現象も、「演歌的共同体」の崩壊および学生を中心とする新たな共同体の出現と同期しているとしている[16]。これは明晰な整理である。自らの出自である農村との紐帯をまだ強く意識していた第一代の都市住民は、異郷者としての心情を、「演歌」という日本の民俗音楽に源泉を持つ大衆音楽（邦楽）の、哀調を帯びた、しかし千篇一律のメロディと、都市に居住することが飽くまで仮初めの宿りであることを常に想起させる故郷讃美の歌詞に託したのであり、このような住民が多数を占めた都市化の初期段階では、無論ヴァーチャルなものではあるが、心情を共有した共同体、即ち「演歌的共同体」が存在し得たのである。このような共同体が、目に見えない形で、実体としての都市を蔽っていた段階にあっては、非都市部における、生産や祭祀に関わる実体としての共同体にあって初めて息づく民俗音楽や、それと親近性を持つ演歌は、実質的に大衆性を具えていたといえよう。しかし、都市が急激な形成期を経過して、住民も第二代、第三代と世代を重ねるにつれ、彼らは民俗音楽の土壌と切断されていく。彼らにとって、民俗的・土俗的なものは、自らのアイデンティティの表象とはなり得ないのである。出自に関わる土俗的な「根」から切断された都市の住民は、演歌の哀愁の旋律／沈滞のリズムよりも、ポップスやロックの軽快なリズムに魅力を感じるようになっていく。それは目まぐるしく回転する都市のリズムかもしれない(17)。

ここで検討する、中国のロックの分析にとって、伝統共同体＝民俗音楽／都市＝大衆音楽（ポップス、ロック）、という枠組における定位が必要であろうか。何より、このような枠組を成立させるコンテクストを、中国の「現代化」は備えているだろうか。もしも、この枠組が中国においても成立するなら、では中国のロックは、何を表象しているのか。

ロックを、それだけで独立した、ある純粋な音楽の形態として、特に世俗の外にある特別な存在と定義することに腐心する前に、明らかにしておくべき問題は多いのである。

注釈

（1）戴錦華主編『書写文化英雄――世紀之交的文化研究』（江蘇人民出版社、南京、二〇〇〇年）は、第七章に蒙娃「反叛与皈依的長征路――崔健与中国揺滾初読」（以下「反叛与皈依的長征路」と略記）という一章を設けている。

（2）陳思和主編『中国当代文学史教程』（復旦大学出版社、上海、一九九九年）第一九章「社会転型与文学創作」第二節「揺滾中的個性意識『一無所有』」、三二六～三二八頁。

（3）張新穎「中国当代文化反抗的流変――従北島到崔健到王朔」（以下「流変」と略記。『棲居与遊牧之地』学林出版社、上海、一九九四年、所収。九頁）。以下で「流変」の後ろに記される頁数は、いずれも『棲居与遊牧之地』における頁数を示す。

（4）社団法人日本レコード協会「日本のレコード産業2002・オーディオレコード種類別生産（2001.1～12／2000.1～12）」（http://www.riaj.or.jp）より抜粋。

	数量（千枚・巻）				金額（百万円）			
	二〇〇一年	構成比％	二〇〇〇年	構成比％	二〇〇一年	構成比％	二〇〇〇年	構成比％
邦楽	182,777	47.5	197,685	45.6	299,381	59.5	312,743	57.9
洋楽	76,455	19.9	78,642	18.2	109,880	21.8	113,697	21.1

（5）一九六〇年代の日本のレコード産業の変遷を要領よく紹介したものとして、河端茂「ミュージック・ビジネスの『六〇年代』」（《ユリイカ》一九九一年十一月号、青土社、東京）を参照。

（6）注（8）の統計を参照。

（7）彼らにしても、「ロック」に関する想像力の源泉を米英に求めていた。松本隆の歌詞は、米英ロックに見られない種類のウェットな抒情を湛えていたが、しかし彼のアイドルであったプロコル・ハルムの専属作詞者キース・リードの役割にも触発されていた（松本隆『風のくわるてっと』新潮文庫、東京、一九八五年）。スタジオ録音として残された三枚のオリジナル・アルバムを聴く限り、細野晴臣のオリジナル楽曲は意外にもジェイムス・テイラー風のアコースティックな曲想であり、鈴木茂のギター・スタイルがスティーヴ・クロッパーやローウェル・ジョージの影響下にあったことも明白である。

（8）社団法人日本レコード協会「日本のレコード産業2002」の「暦年生産実績――ディスク・テープ種類別生産数量の推移」「暦年生産実績――ディスク・テープ種類別生産金額の推移」および内閣府経済社会総合研究所編《国民経済計算年報》より作成。生産数量の単位は（万枚）、生産金額の単位は（百万円）、国民総生産の単位は（兆円）。

	生産数量	生産金額	国民総生産
1965	90,934	29,393	32.773
1966	94,490	31,965	38.073
1967	100,100	34,646	44.626
1968	126,762	49,245	52.825
1969	147,422	60,369	62.066
1970	155,875	65,720	73.188
1971	171,271	112,242	80.592
1972	172,594	115,876	92.401
1973	198,700	151,314	112.52
1974	205,714	175,960	133.997
1975	203,665	184,883	148.17

（9）十二センチ・コンパクトディスクの生産数量と、三十センチ・アナログディスクの生産数量が逆転するのは一九八六年のことであり、この事態は音楽ソフトの流通形態にも大きな影響を与えた。アナログ時代には品質管理の点で十分に発展し得なかった音楽ソフトのレンタル業が多く生まれ、定着したことと、邦楽においてミリオンセラーを記録するディスクが増加したことには因果関係があるだろう。従って、生産数量や生産金額の数値上の拡大は、直ちに「音楽人口」の増加を意味しないかもしれない。

（10）小室明「ロック経済社会の虚と実――ビジネスから日本のロックを読む」（キーワード事典編集部編『ポップの現在形』洋泉社、東京、一九九〇年、二一〇頁）が、日本レコード協会の推定として紹介する数字。

（11）同前。

（12）崔健がこのアルバムで試みたイディオムは多様である。「不是我不明白」におけるラップの導入、「花房姑娘」のフォーク風、「一無所有」における「西北風＝信天遊」のテーマ等々。それらが如何に未消化で、素朴なものであっても、崔健の音楽がそれら音楽の原初的なフォームを保存しているとはいえない。崔健はそもそも音楽家の家庭に生まれ育って、職業音楽家としての訓練を経たトランペット奏者である。中国において、専業単位に身分を所有する者は、海外の情報入手について、一般大衆より特権的な環境にあることも忘れてはならない。

（13）カール・ベルツ『ロックへの視点』（中村とうよう・三井徹共訳、音楽之友社、東京、一九七二年）。

（14）リズムについては、リズム・アンド・ブルースが洗練されて生まれたソウル、ファンクといった黒人音楽、そして、「ワールド・ミュージック」といった枠組に取り込まれた、本土以外の民俗音楽の要素の影響が大きいだろう。前者は基本的に四拍子を三連符二拍のビートに裏打ちされたものと解釈することにより、しなやかなグルーヴを生むもので、本来的には一種のポリリズム（複合リズム）である。後者は、その原初的形態といってもよいが、更に異なる拍子のリズムの複合も見られ、多様な民族打楽器の使用が特徴である。ハーモニーの面では、初期の三和音（トニック、サブドミナント、ドミナント）のみから成るような楽曲は、パンクロックのような、故意にシンプルさを目指す意匠として以外は聴かれなくなった。これをⅠ（Ⅲ）—Ⅳ—Ⅱ—Ⅴといったダイアトニックの循環コードの形式に分割することは、エネルギッシュな印象を前面に打ち出すタイプのロックにあっても、今日では当たり前であるし、ＡＯＲ（Adult Oriented Rock）のようなタイプのロックにあっては、これを半音展開に再解釈して、一層のスムースさを図ることも普通である。このようなハーモニゼーションは、歴史的にはジャズから非ロックの領域に浸透したイディオムであったが、今日では「ロック」とされる音楽にあっても一般的になっている。

（15）ヴァン・ヘイレンもしくはボン・ジョヴィを、レッド・ツェッペリンやディープ・パープルと比較すれば明らかであろう。前者を「流行歌曲」、後者を「ロック」と区別することは、殆ど不可能である。また演奏時間について見ても、かつてのクリームのように、ジャズ・ミュージシャンほどには熟練していない楽器演奏技術を用いて延々とインプロヴィゼーションを続け、聴衆に忍耐を強いるタイプは今日跡を絶ち、比較的コンパクトになっている。

（16）「ミュージック・ビジネスの『六〇年代』」、九八頁。

（17）八〇年代のアフリカの都市における大衆音楽について、白石顕二『ポップ・アフリカ』（勁草書房、東京、一九八九年）は、都市にありながらも、民族文化を殊更に強調し、伝統的な民俗音楽の形態を再現しようとするのは、植民者の土着文化イメージを確認する行為にほかならない、今日のアフリカの都市における若い住民は、自らの出自に関わる土着の文化土壌とは切断されており、むしろ文化消費者として、外来の大衆音楽、あるいはその要素を大幅に取り入れた本土のポップスを愛好するという、興味深い指摘を行っている。白石は、ここから、大衆音楽が都市において、伝統共同体における「祭り」の役割を擬似的に果たすものだと考えているが、これは、主としてメディアを通じて音楽を享受する場合には成立しない。恐らく、アフリカの都市においては、各種の情報を流通させるメディアの発達が十分でなく、むしろライヴの演奏が楽しまれているからであろう。（前掲書八頁、「都市の祭りとしての音楽」）。

Ⅲ　崔健はいかに「読まれる」か

しかし、ロックを反俗の音楽として、大衆性、通俗性から切断することのみに固執する論者には、まだ歌詞という「奥の手」が残っているだろう。張新頴らがロックの反俗性に拘泥するのは、崔健の歌詞内容に、時代を対象化し得る強靭さを看取しようという関心との整合性に配慮した結果だったように思える。もちろん、大衆音楽を「音楽」から切断して、専ら歌詞が何を語っているかというレベルで評価する傾向は、従来も批判を招いてきた。例えば、ボブ・ディランとの共演も多かったザ・バンドのリーダー、ロビー・ロバートソンは、ロックは音楽と歌詞が適切なバランスをとって共存するべきで、解読が困難な晦渋さや、思わせ振りな多義性を込めて、歌詞に過重な役割を担わせるのは好ましくない、そのような悪しき傾向を助長した責任の一端はディランにあると語っていたが[1]、これなども、六〇年代のボブ・ディランが、本国にあってすら、ポップ・チューンの作曲者としての優れた才能については殆ど注目されず、歌詞において何を「語った」かによって時代の文化ヒーローとなった事態を見ての発言であった[2]。そして、歌詞によって高く評価されるという事態は、崔健の場合も同様に発生しているのだ。ディランにおいて、ジャック・ケルアックやアレン・ギンズバーグといったビート詩人との関連が問題とされたように、張新潁は、崔健を朦朧詩人・北島との共通性において語るのである。

崔健は基本的に朦朧詩のエリート文化メンタリティを継承している。思想の深み、感受性や批判の方向性において、両者は極めて類似している。特に北島と崔健は、表現に用いるイメージまでもが、同工異曲の効果を上げているようである。例えば自由に関して、北島は「自由は／狩人と獲物の間の距離に過ぎない」(「同謀」)としたが、崔健は一層直截である。「自由とは、監獄じゃないってだけ」(「這児的空間」)。これだけの違いに過ぎない[3]。

かくして、崔健は「詩人」となり、「文学」的に分析されることとなる。

崔健と北島を結びつけることを容易にしている出発点は、彼らがいずれも一種の否定の態度を持していることである。しかし、北島および彼が否定する物は、いつでも決して両立し得ない訣別の景色にある。「お前に告げよう、世界よ／俺は信—じ—な—い！」(「回答」)、かたや崔健の否定はたいていこのような冷酷さ、厳しさを持たない。同じく「世界」の名称を冠された外界の事物に直面して、崔健は些かの困惑を見せるのだ。「俺は分からないわけじゃない、世界の変化が早いんだ」、「むかし俺が夢見た未来は現在じゃない」、「昔は簡単と思ってたことも今じゃ全く分からない／突然目の前の世界が俺のいる場所じゃないように感じられる」。「不是我不明白」

は崔健の最初のロック作品であり、ここから始まった「新たな長征途上のロック」は、ずっと激情と困惑を同居させ、叛逆と省察を同時に生んできた(4)。

これまでの議論を承けていえば、このような「文学的」な理解は、崔健のロックが、先ず以て大衆音楽であること、そのことによって印記されている音楽的な特徴を捨象したものであり、それだけでも既に崔健を断片化して解読していることになるのだが、実は、これを歌詞というテクストのリーディングと限定した場合でも、ひどく偏向したものといわざるを得ないのだ。歌詞が自由詩と異なり、言語における音楽美の発揮という問題について、より意識的でなければならず(5)、しかも旋律やリズムの制約を受けなければならない不自由さを抱えていることを完全に無視している点もさることながら、ここで「激情」、「困惑」、「叛逆」、「省察」などとされる特徴が、崔健の歌詞というテクストの特徴なのか、崔健という人格の思想的な特徴なのか、明らかでない点こそ、差し当たって指摘されねばならない。これらの評語は、明らかに人格的・思想的な特徴に対して用いられるべきもので、そこに露わなのは、テクストの世界を、作者、作者の時代といった、現実の世界とストレートに結びつける、素朴なリアリズムなのである（この問題は、第六章の中心テーマとして詳論されるであろう）。それはテクストの解読を一元化へ向かわせるものに他ならないが、歌詞理解の一元化という事態は、論者が崔健のような「ロック」の対立面に置いた「流行歌曲」においてこそ円満に実現していたはずではないのか。ともあれ、ひとまずは、歌詞のみに注目してロックを論ずるという行為の居心地の悪さに我慢しながら、歌詞の解読に付き合ってみよう。

例えば「新長征路上的揺滾」の、

聞いてはいる　見てはいない　二万五千里／語る者はある　やる者はない　難しいかい／黙々頭を垂れ　前向いて歩め　自分探しに／やって来ては　去っていく　根拠地なんかない

という歌詞を、張新潁は次のように解読する。

ここには、ある種奇妙な「曖昧さ」が現れている。社会の歴史と個人の現実が混然と結ぼれて、しかも個の表現方法は歴史を再演しているかのようである。しかし、実際の所、再演とは仮初めの姿であり、歴史はひとたび始まるや、うわべは穏やかだが、内実において断固と拒絶されている――「聞いてはいる　見てはいない」、自分のやる事は自分のことだけなのだ。「やって来ては　去っていく」、自らの「根拠地」を探す姿は、深く重い困惑と焦燥を帯びる。崔健の特殊な魅力は、あるいは、困惑と焦燥が結合した挙句に生み出したものが、低回の愁訴ではなく、憤怒の吶喊であることに存するのかもしれない(6)。

ここで張は、崔健が、「長征」という革命と建国の叙事に欠かせない「歴史」が語られる際に、常に用いられてきた、困難・果てしなさ・不屈・前進といったイメージを、「自分探し」の道程の困難・果てしなさ・不屈・前進とダブルイメージに用いた、作詞上の機知をいい、崔健は、八〇年代中期以降に現れた「文化反抗」者として、北島のように「文化廃墟に立ち、最も基本的な価値規範が蹂躙され、破壊された後に」、「合理的な社会と、人生には一つの前提が必要」だという「最も基本的な内容」を要求するのではなく、「個の自我の具える価値の探索と選択」を追求するよう、「文化反抗」のプロセスと順序によって決定づけられていたという(7)。簡単にまとめれば、天下国家、イデオロギーのレベルにおける反抗から、個人化された反抗へ、ということである。

このような、反抗の個人化・内面化は、セカンド・アルバムの『解決』における「注目すべき変化」を特徴付けるものだったと、張新頴は指摘する。

「新たな長征」時期において、エリート流の文化メンタリティが、感受性に含まれた、思想の深みに崔健の注意を向かせ、一種自省と自律の精神を保持せしめたというなら、『解決』は個的自我の感受性が十分に解き放たれ、エリート流のメンタリティが必然的に内包する緊張を削ぎ落とし、思いのままに、エレジーを奏でているだろう。「解決」、「這児的空間」、「投機分子」などは、最も基本的な意味において、パワーと欲望の、直截な、痛快な、放縦な方式を用いた、絶望の中における叶露である。(8)

崔健の現実、歴史に対する認識が、自我というフィルターを通して、内面化されるという特徴が、エリート的な自己対象化の動機と訣別した時、欲望は解放されて、「王朔の、文壇に不安を巻き起こした小説に頗る接近した」というのである。もちろん、王朔とは異なり、精神的な内容と、表現における「崔健らしさ」は「骨の中に」残っていて、通俗を努めて避けながら、一層の深化を見せたと付言されてはいるが。その例証が、『解決』に収められた「一塊紅布」ということになる。ステージでこの曲を歌う崔健は、自らの目を紅い鉢巻で隠し、あたかも聖なる色＝紅によって盲目となるかのように、自我の消滅を強いられた年代への批判を込めた演出を行っていたという。それすら、張新頴のような深刻な解読者の手にかかれば、眼差しを外界から遮断し、内面へと向ける姿勢の表明と解読されるであろう。

あの日、君は一切れの紅い布で／僕の両目を隠し、天を隠した／何が見えるかって君が尋ねるから／幸せが見えるって僕は答えた／／この感じはほんとに素敵だ／棲家もないことを忘れさせてくれる／何処に行くかって君が尋ねるから／君の行く道を行くって僕は答えた／／君も見えない道も見えない／僕の手は君に摑まれてる／何を思ってるって君が尋ねるから／みんな君に決めて欲しいって僕は答えた／／僕は感じているどうも君は鉄じゃない／でも鉄みたいに強く烈しい／僕は感じている君は血に塗れてる／だって君の手は熱っぽいじゃないか／／僕は感じているここは荒野じゃない／でもこの土地がもう乾涸びているのは見えない／僕は感じている水が飲みたいって／でも君は唇で僕の口を塞ぐ／／僕は歩けない泣くこともできない／だって僕の体はもう乾涸びてしまったから／僕はこうやっていつまでも君に寄り添っていく／なぜなら僕こそ君の苦しみを一番分かっているのだから

張新潁は、このような「一塊紅布」こそ、「個人の受けとめ方から、一世代の人間の精神遍歴に昇華した、一首の歴史のエレジー」、「明らかに一大悲劇であるのに、歓喜に満ちた雰囲気と、未来に対する麗しい憧憬の中で演技する、歴史と人間の間の、曰くいい難い役割を表現したもの」と激賞するのだ。

この歌全体は、ある受け容れ難い事実、即ち、人は受動と服従の態度、歴史と野合する方式によって、不条理で苦難に満ちた歴史の共謀者になるという事実を、隠喩によって表現したのである。(9)

仔細に検討してきた結果明らかなのは、論者が崔健を北島同様の「反抗の詩人」と見ているということである。ただ、崔健は北島より遅れてきた世代（崔健は一九六一年生まれ。北島は一九四九年生まれ）に属するので、人間の尊厳を愚弄し、個を疎外してきた歴史と現実に対する反抗の表現にも違いがある、北島は外部の世界に対する直截な異議申し立てをするが、崔健は、そのような世界を、自らの内面に生まれながら抱え持つ一部として意識しているために、より内面的な困惑や省察の表現に傾く、ということになるのだろう。

崔健を反抗の詩人と解読するのは、張新頴だけではない。前出の当代文学史において宋明煒は、「八〇年代以来、崔健は厳粛な創作者として、『新長征路上的揺滾』、『解決』、『紅旗下的蛋』、『無能的力量』の四枚のアルバムにおいて、その手を少しも緩めることなく、その個性的な立場と、批判の強度を堅持し、更にその中の反逆性を愈々強化し、芸術的に、追随を許さぬ最高の境地に至った」[10]、そして、そのような傾向は「一無所有」に既に窺われたとして、その歌詞を次のように解読する。

この歌詞の核心となる情念は「否定」にあると言ってよい。「一無所有」の状況は、即ち「歴史、現実およびその他の一切を否定し、拒絶する」［これは張新頴前掲文の概括からの引用］ことであり、表現されたのは、ある種困難で痛みを伴う文化反抗の境遇である。それは、自我と外部の世界の間に対立関係が築かれたことを意味するから、従って、外部から来るコントロールと文化上の支持を失い、残されたものといえば、曝け出され、孤立無援の唯我主義と個の魂だけである。ここで歌われているのは、『新長征路上的揺滾』全ての他の曲に歌われた者と同じく、内面が引き裂かれた痛みを抱えた孤独者であり、彼は自らの個性以外には、何ら頼るべき事物を持たない、だから、歌われた抒情の対象に情愛を示す傾向にありながら、それは挫折と焦慮の感覚をもたらしているのだ。「俺はかつて絶えず問うたものさ　いつになったら俺と一緒に来るのか／でもお前はいつだって俺が何も持ってないと笑う／俺は自分の追い求めるものをお前にやろうとした　俺の自由までも／でもお前はいつだって俺が何も持ってないと笑う……」情感による関係を通じて表現された、この種の矛盾と紛糾は、実をいえば、文化反抗者の内面における困惑を、曲折と共に暗喩したものといえよう。しかし、そのことも彼を、個性を守る立場の放棄、あるいは環境の捉え所のないプレッシャーとの和解へとは向かわせず、逆に、この種の焦慮と困惑を通じて、自由と個の追求の意味を一層明らかにさせ、これを一種の憤怒の情緒と更に確固たる自我の堅持へと転化させるのである。

崔健の歌詞に「文化反抗」の思想を読み取り、これを重要視する点で、ほぼ同じ見解を採る張新穎と宋明煒は、文化反抗者としての特徴を示す形容まで共有する。彼らは「内面」、「個」、「困惑」、「憤怒」、「追求」、「拒絶」等々の用語を鏤めつつ、崔健を、ポスト文革から現代化へ舵を取り、更には市場経済に突き進もうとする転換期の表象＝時代精神の体現者として解読することに躍起となっているのだ。しかし、転換期の世俗に身を置きながら、それを転換期と認識し得る存在とは一体何だろうか。そのような存在は、必ずや「俗」から距離を置き、それを対象化し得る中立的な存在のはずである。崔健（あるいはロック）が、そのような、確かに困惑を感じずにはいられないであろう、急激な現実の変化を対象化するというなら、それは時代の好尚の表象として、変化と同調すべき「流行歌曲」と同質であってはならず、世俗内の反俗の表象でなければならない。そこで、彼らは冒頭に掲げたように、ロック＝反俗との定義を前提する必要があったのだ。その意味で、彼らは論理的には筋を通しているのであるが、しかし、その結果として、私たちが彼らの記述から窺い知る崔健は、全く肉体を感じさせない、むしろ精神そのものともいうべき抽象的な存在である。肉体を欠いたロックを、果たして私たちは想像することができるだろうか。少なくとも、原初的段階におけるロックとは、肉体的な表現そのものと呼ぶべきものだったはずである。

このような崔健に対する抽象的解読が、一部の音楽について無知な、しかし、文学的には深刻な解読者に固有の傾向であれば、特に問題にするまでもない。しかし、このようなリーディングは、かなり普遍的に存在する。

崔健にとって、個人／歴史は永遠に密着している。個人の経歴は、歴史儀式の一部に転化させられ、個人の物語は歴史記憶として記述される。彼の音楽テクストは、八〇年代初頭に萌芽した新時期純文化（小説、詩歌、戯曲など）と呼応して、ロックの形式で、その時代に特有のモチーフを表現した。即ち、文化大革命の否定と、自我に対する再定義である、この二つのモチーフが互いに因果関係を結び、互いの条件となっているのだ。当時の政治／経済／文化の多層的なメカニズムの中で、崔健は神同然の啓蒙者の役割を演じ、彼のあらゆる努力は、一群の人間を主流／集団というイデオロギーから解放したのである。この意味において、崔健の非主流言説が表現したのは、その時期の文学やビジュアルの奏でた主旋律だった。それらは、イデオロギーに対する抗いの中では、同様にウルトラ負荷である政治の記号に充満していた。だから、天賦の、個としての言説と自我表現の権利の奪回を企図しながら、その結果は、旧来の記号体系と思惟方式によって、既に歴史／革命によって断絶させられた個人の記憶を表出するしかなかったのだ（この点は、ベルトルッチの名言、「個人は歴史の人質である」を、悲哀と共に証明している）。従って、歴史と芸術についての観念のみならず、芸術言語についてのみいっても、崔健のロック・テクストには、革命時代に普遍的だったシンボルが充満しているのだ。当然、それは逆転させられた象徴イメージだが(11)。

レトリックこそ違え、ポスト文革における自我の再定義、新時期の他領域との共通性、個人の復権、「革命時代に普遍的だったシンボル」を援用したダブル・イメージの作詞法等々を読み取る点で、この崔健解読は張新頴の解読の複製といっても差し支えない。

九〇年代以降、ロックを始めとする大衆音楽批評を精力的に行っている李皖は、『紅旗下的蛋』の不評は、抵抗の対象を、外在する対立物から内面へシフトさせたことが理解されなかったためであるとして、崔健の抵抗の内面化、という解読を共有している。

一九九四年に崔健が『紅旗下的蛋』をリリースした。ある評論は、崔健が以前と同様に猛然と挑みかかったものの、結果は「空振りに終わった、相手はそこにはいなかったのだ」とした。もはや「紅旗」など語るべきではない、いえば遅れている、「陳腐と硬直化」だというのだ。実際は、評論が浅薄なのであって、崔健が遅れたのではない。崔健は相手に向かって挑みかかったのではなく、自らに向かってきつく打ちかかったのだ。それは、かつて「文革」を語る場合、先ずは「傷痕文学」で、ひたすら造反派を告発する、後には、やはり「文革」を語るのだが、受難者の自らも実は時代の共犯者だった、そのような要素は今でも我々に存在している、という語り方になったのと似ている。(12)

李は、ポスト文革の気分が淡化するにつれ、「反抗のユートピアから俗世間に舞い戻った」ロックは、「失語症」に陥り、「ファッション型、テクニック型、形式主義で、本質的にはつまらない、やるせない、言説に関わらない」、外国の模倣に向かったとする。その総括は実に格調が高い。

原初的精神は突如弛緩させられ、大量の情報、外来文化、物質生活の流入と共に希薄化し、衝動、タイミングを喪失して、文化建設というモチーフは放置された。

ここで崔健が何時の間にか、反抗の詩人から文化建設のシンボルにまで格上げされていることには、全く驚くほかない。

もっとも、崔健を「反抗の詩人」として強く規定することに異を唱える解読もある。既出の論者より若い世代に属する蒙娃は、

崔健は、作品において大量に政治的な言葉を運用し、演奏時にも政治性の極めて濃厚な姿で現れる。これが主流文化から特に関心を寄せられる理由かもしれない。もしも、仔細に崔健の歌詞を読めば、そこには、深奥な歴史的意味や「韜晦した異なる政治的見解」などなく、大抵の場合、政治上の語彙によって個人の情緒を表出しているのである。(13)

という解読に基き、崔健の「対抗」、「反抗」に猶予を与える。そして崔健の「政治性」を、実は政治のパロディであるとし、レイ・チョウの、文化記憶の正統性を維持するために崔健は非難されたという、「真面目な」理解を、(14)戴錦華と共に、状況に対する無理解に発した単純化であると批判するのである。戴は蒙のテクストに批注のような形式で

随時介入するのだが[15]、そこで「レイ・チョウの論述で等閑にされ、あるいは彼女が理解していないのは、類似した政治パロディが、八〇年代から九〇年代の境目に流行したファッションの一つだったということである。我々は、簡単に周縁／主流、抵抗／建設、という構図によって区分や定義を行うことは困難なのである」と述べる。蒙は若い世代として（この一文が発表された当時、北京大学の学部生である）、政治パロディがたちまち「流行音楽」の手法として採用され、コマーシャリズムの貪欲さに吸収された、後の経過までをも見てきただけに、自らの記述の関心を、崔健の音楽やテクストの解読よりも、むしろ崔健を「崔健」という記号たらしめたコンテクストの理解に傾斜させているようである。

抵抗や異類に属する特徴とは、明らかに崔健の音楽の全てではない、中国におけるロックの出現は、複雑な方式によって新たな主流文化の形成過程と連携しているばかりでなく、しかも、主流、体制側との関係は簡単な圧迫／反抗といった二項対立ではなかったのである。

崔健の「一無所有」、「這児的空間」が、朦朧詩以降の現代詩の擁護者である謝冕によって『百年中国文学経典』[16]に、アヴァンギャルド芸術の代表的な例として収録されたことなどに関連して、蒙は次のように述べる。

大衆文化がますます主流化するというメカニズムの中で、周縁の主流化は、ロックそれ自身が具える音楽、文化上の特質を等閑にさせ、かくして、中国のロックは次第に流行の看板もしくは記号と変貌し、ロック・ミュージシャンも次第に虚構のヒーローとなるのである。表面上は「世俗に憤る」が、実際は体制化のメカニズムと親和するのだ。《今日先鋒》の特約寄稿者として、崔健は彼の拒絶を表明する一方で、相当受動的にではあるが、大衆文化および社会全体のゲームルールにアイデンティファイしている。このような微妙な矛盾に満ちた関係にあって、崔健は引き続き反逆者の姿で現れ、大衆の期待に従って、「崔健」という記号のメディアとなるのである(17)。

このようにいい、更に崔健自身の、「僕の歌詞は完全に文字性のものというのでもない、それは音楽に附属するものだ」という、歌詞の文学性否定、楽曲重視のコメント(18)を引用する蒙は、エリート文化が主流文化のディスクールの中に大衆文化を「取り込み」、「ロックそれ自身が具える音楽、文化上の特質を等閑に」付す、深刻な解読から距離を保とうとしているようにも見える。しかし、それに代わるべき記述を論者は決して発見してはいない。結論部分において、論者の発見したのは、「崔健流」が認知され、市場メカニズムがロックをも貪欲に消化するアイロニカルな状況、および、市場メカニズムに対置すべきエリート・ディスクールを再構築しようと躍起な主流文化ディスクールの保持者が、崔健に過剰なまでに時代精神の体現と反抗精神を読み取ろうとする誤読の存在、そして、何よりそれらの期待を裏切るように作風を変化させる、「強者」としての崔健だった。しかし、「強者」崔健は、一体何に対して「強者」であるのか、と問い詰める想像力を持たなければ、このような結論は結局のところ、崔健＝世俗を超越した「文化反抗者」とする張新潁流の解読から、それほど遠く隔たっていない、精々不敵な面持ちの崔健のスケッチに、やや細かな背景を書き込んだ程度のものに過ぎないだろう。張新潁にせよ、この解読にコメントで介入する戴錦華にせよ、彼らの世代が、「紅旗下的蛋」として、「八〇年代の中国ロックは、『六〇年代』の歴史記憶の転覆に、力強く加わった(19)」とし、その表象として人格を必要とするというのも、理解できない事態ではない。彼らが崔健に見出したのは、時代精神の体現者という「強者」の姿である。一方、文革後に生まれた世代である蒙娃が、その相対化の思考を向けたのも、結局は「時代」であり、彼女が崔健に見出したのは、「時代」と親和しない「強者」としての姿だったのだ。

注釈

（1）邦訳は『ローリング・ストーン・インタビュー集』第一集（三井徹・菅野彰子訳、草思社、東京、一九七四年）所収。

（2）日本では、ボブ・ディランの代表曲といえばBlowin' in the wind, Like a rolling stone, Mr.tombourine man, Forever young, Girl from the north country, Lay,lady,lay, Just like a woman, All along the watchtower, Kockin' on the Heaven's door, I shall be released のように、楽曲として明確かつポップなメロディを持ったものが先ず思い浮かべられるのであり、これは英語を母語としない、従って歌詞を直接かつ懇切に理解し得ない聴衆にとっては当然の現象である。しかし、ディラン・イメージについていえば、時代の代弁者、文化ヒーローといった、本国のイメージに強く影響されているようである。更に付け加えるなら、ボブ・ディラン自身は、日本でさほど大きなマーケットを持っていないので、「ディラン風」のイメージは、むしろ、彼の模倣者や、そのスタイルに触発された日本人フォーク歌手によって散布されたというべきである。

（3）「流変」、一〇頁。

（4）同前、一〇～一一頁。

（5）崔健の歌詞は大抵の場合、句毎の字数の整斉に意を用い、句末の押韻も律儀に行っている。

（6）「流変」、一一頁。

（7）同前、一一～一二頁。

（8）同前、一三頁。

（9）同前、一五頁。

（10）『中国当代文学史教程』三三七頁。
（11）何鯉「揺滾『孤児』——後崔健群描述」（《今日先鋒》第五期、三聯書店、北京、一九九七年）六八頁。
（12）李皖「揺滾楽的失語症」（『九十年代文存1990～2000』》下巻、中国社会科学出版社、北京、二〇〇一年）二七八～二八三頁。
（13）「反叛与皈依的長征路」二四九頁。
（14）「反叛与皈依的長征路」二四九頁所引の周蕾「另類聆聴・迷你音楽」（『写在国家以外』、香港牛津大学出版社、一九九五年、所収）。
（15）戴錦華が主編した『書写文化英雄——世紀之交的文化研究』全体がこのようなスタイルを採っている。編者のコメントは時に作者の見解の訂正にまで及び、あたかもゼミナールにおける研究指導を再現しているかのようである。
（16）第七巻に収録。北京大学出版社、一九九六年。
（17）「反叛与皈依的長征路」二五九頁。
（18）郝舫「孤独的飛了——崔健訪談録」（《今日先鋒》第四輯、一九九六年）三八頁。
（19）「反叛与皈依的長征路」二三五頁。

Ⅳ「ポップス」という「権力」——「人文性解読」の限界

サイードは、今日の音楽は、かつてそれが中世の知識人にとって主要な考察の対象であったように、またかつてアドルノの否定的弁証法構築と内在的な関連を持ち得たように、知的営為の源泉になっていないと、フーコーがかつて作曲家ブーレーズに対して、現代の知識人が芸術音楽であれ大衆音楽であれ、音楽について無知であると語ったというエピソードを引いた上で、嘆じてみせる。(1) ここでサイードは、アメリカのアカデミズムの所謂「音楽学」における音楽史・音楽理論・民族音楽・作曲という分類、およびジャーナリズムにおける音楽批評の形骸化に対して、音楽への知的な関わり方におけるかかる機能分化を批判して、モダニズムと称しているのである。このような機能分化＝「断片化」は、音楽に関わる断片の総和こそが音楽の全体像であると理念的には予定する（せざるを得ない）世界観を前提しているという意味で、正しくモダニズムである。

これまで検討してきた中国における崔健リーディングに、人文主義的解読以外の傾向を見つけるのは、極めて難しい。もちろん、これもまた音楽の断片化に他ならないのであるが、それが他の断片化の可能性を想像しているとは到底思えない、むしろ、唯一の断片、即ち「全体」しか存在しないかの如く、一元的な様相を呈する。(2) 近年の崔健は、

自分にとって重要なものは、やはり音楽にあるはずだ、主たるパワーを音楽に費やし、問題を解決する方法も音楽の中にある……僕は中国人が音楽を嫌いだということはないと思う。しかし、文字が余りに強すぎるので、文字による最終的な審判という権威性が、感性を閉ざしてしまっているのだ。

として、歌詞のみを文学的に解釈することに対して否定的な見解を繰り返しているようである。(3) このような態度に対して、これまでに登場した論者たちは、自らの強烈な人文性と「音楽」に関する素養の欠如を理由に沈黙するしかなくなるのだろうか。これもまた、蒙娃の所謂「主流」による籠絡から身をかわし続ける崔健一流の表現ということかもしれないが、しかし、問題の根はもう少し深いようである。

そもそも、崔健に「反抗の詩人」を読み取る者にせよ、時代の主流から常に身をかわす強度を読み取る者にせよ、崔健のこのような表白に対して、では崔健はなぜ「ロック」という制度自体に「反抗」の矛先を向けないのか、なぜ

「ロック」自体から身をかわさないのか、と問うべきだったのだ。この問いかけの不在が意味するものは、実は意外と深刻な事態かもしれない。本章で繰り返し述べてきたのは、大衆音楽が様々な要素を混成させていながら、音楽としての基本的な形式を逸脱することのない「構造」であるということだった。この構造は、他者と自己を弁別する明確な標識を持っているので、オーケストラの楽器を全て電気楽器に代え、大音量を発したところで、演奏されるのがベートーヴェンでありブラームスであれば、それはロックにはなり得ないのである。ましてや、演奏者が人格的に如何に「反抗」的であったとしても、それは音楽の「ロック性」を決定する根拠とはならない。その意味で、この構造は一元的、排他的であり、従って権力の構造である。崔健にせよ、いや、ボブ・ディランにせよ、この構造自体に叛旗を翻した者など、かつていなかった。トーキング・ヘッズがカリブの、ポール・サイモンがGrace landでアフリカのリズムを導入し、台湾において共通語で歌われてきたポップスやロックが台湾語を載せるようになったり、あるいは「アジアン・ポップス」の看板のもと、欧米のポップスのイディオムに、些少のアジアン・テイストを塗したといっても、前述ポップスとしてのプロトコルまで変更することはないので、それらの企図は、却って「ポップス」という権力構造が、他者をも版図に組み込んで、自らを拡張しようというモダニズムを支持することになったのだ。

このような限定つきの「抵抗」それ自体に意味がないとはいえない。従って、私としては、崔健のロックがシリアスでないと批判するつもりは更々ないのである。より重要な問題は、抵抗の究極が自己否定に通じるという終末論を欠如させながら、それを自覚することなく、「世代的共感」といった人文的関心、人間的興味の枠内で一元的にロックを解読しようとする、中国知識人の強烈な人文主義的傾向が、もしかしたらモダン／モダニティ／モダナイゼーションといった、本来的に両義性、逆説性を抱える概念の理解をも平板にしているかもしれない、ということである。第一章において既に詳しく論じたことだが、八〇年代中国の「現代化」とは、モダンが本来的に持つ逆説性、例えば、平等への解放／「道具」への均質化、自由な個人の確立／アイデンティティのゆらぎ、といった両義性を、文化大革命否定をコンテクストに持つ「進化論」・素朴なナショナリズムの謳歌の下に隠蔽した、モダンの断片的理解だったと思う。八〇年代「現代化」イデオロギーにあって、文革は「封建思想の残滓」によって起こったとして、プレモダンの甦りと認識されるが、人権を蹂躙する野蛮性の発露や、個の政治道具化などは、モダンの逆説性における負の面の顕現として解釈することもできるのであり、単純化を恐れずにいうなれば、ある種のモダニズムの実現だったのである。しかし、中国の知識人の、権力に対する人文主義的な理解＝一元的な思惟によっては、あるいは文革の思想的決着など困難かもしれないのだ。これらの問題まで射程に入れて、崔健は、ロックは語られているだろうか。

都市は不安定なアイデンティティしか持たない人間が集合するトポスである。その形成が、モダンの思想、モダナイゼーションの進行過程に支持されていることは間違いない。そのような都市において大衆音楽が何を表象するかという問題に対する考察が含むべき課題は、実に少なくないのである。

注釈

（1）『音楽のエラボレーション』大橋洋一訳、みすず書房、東京、一九九六年第二刷、四二～四三頁。

（2）管見の限りで、顔峻「雑居的声音――従歌詞認識国内新音楽（一）」（《視界》第五輯、河北教育出版社、二〇〇二年二月）は、歌詞からのみロックを議論することの居心地の悪さを実感している稀有の論考である。

（3）「反叛与皈依的長征路」二五八頁。

（第四章補論）

中国ロックは如何に「読まれるか」[1]

Ⅰ ロック＝コーラ

八〇年代の半ば以降、私はほぼ毎年のように、夏になると福建省南部を逍遙していたものだが、当時、厦門、泉州と並んで「閩南金三角」の一角を占めるとされた漳州には、「少林可楽」（少林コーラ）という清涼飲料水があったことなど思い出される。今日に至るまで、それが余命を繋いでいるか否か、詳らかにはしないけれども、少なくともその後の中国において「少林可楽」による市場独占といった局面が現出しなかったことだけは確かである。かつて、日本にも何種類もの「コーラ」が存在したものだが、大抵は姿を消してしまい、今日では入手も困難というのが実情であろう。結果、生き残って、市場を大きく分け合っているのは、やはりアメリカ原産、「コカ・コーラ」、「ペプシ・コーラ」の二大ブランドである。東アジアの清涼飲料水「後進国」が、「先進国」の模倣に汲々とし、市場や流通機構の未成熟に由来する「先進国」製品普及の不均衡という間隙を衝いて、似て非なる代替品で利那の利潤を獲得しようとする、その健気さというか小賢しさたるや、微笑ましいというより、周作人の所謂「東洋人の悲哀」ではないが、むしろ寂しい感動すら覚えさせる。ともあれ、それは飽くまで「利那」的な存在にしか過ぎないので、本家ブランドに打ち勝つことなど、生産者ですら期待していなかったに違いない、そしてやがてひっそりと市場から姿を消していく……

この現象には考えさせられる。実際、私も「少林可楽」を漳州で飲んだことがあるのだが、「コーラ」を名乗る以上、全くコーラと似ても似つかぬような味だった訳ではないし、口に入らぬ程に不味い代物という訳でもなかった。それでも、「少林可楽」はコカ・コーラやペプシ・コーラには勝てなかったのである。

第四章本論では、大衆音楽、文化現象としてのロック音楽、その現代中国における受け止められ方から、現代中国知識人のモダン理解の限界までを論じてきたのだが、そのような深刻げな展開に「補論」と銘打って継ぐにコーラ談義とは、一体どういうことかと不審がられるかもしれない。いや、「コーラ」はいずれ比喩、ロックの比喩に過ぎない。簡単にいえば、こういうことである。即ち、今日、ロックは地球規模で普及しているものの、本家ロックは、結局二種類、アメリカとイギリスのロックしかない、そして、米英のロックこそはコカ・コーラ、ペプシ・コーラの二大ブランドであり、その他の国や地域に現れては消えていく、様々な「ロック」は、所詮「少林可楽」に過ぎないといいたいのであった。

本文を「補論」と位置づけたのは、こういった軽口めいた構え故だから、ここでさらに脱線気味の比喩を持ち出してもいいだろう。私には、中国のコーラや国外ブランド清涼飲料水は、総じて日本で飲むものより甘味が強いように感じられる。そのような評判が、他人の口に上るのも時折耳にするから、あながち私個人の味覚の問題というばかりでもないのだろう。コーラ原料の調合法というのは、企業の最高機密に属すると仄聞するから、本当に日本のものより甘いのかどうか、その間の真相は窺い知るべくもない。ただ、それぞれの消費地域の気候風土、消費者の嗜好傾向、消費形態などに違いが存在する以上、コカ・コーラとペプシ・コーラという世界規模の大企業が、グローバルな販売戦略という見地から、その風味に微妙な調整を施すよう現地生産工場に指示するとしても、一向不思議ではなかろう。興味深いのは、ロックを含む大衆音楽の領域にも、恰もコーラや清涼飲料水のように、それぞれの地域特有の「風味」

を帯びたスタイルが存在するという事実である。私は、特に香港、台湾、中国大陸、東南アジア地域に流通する現地生産のポップスを念頭に置いていっているのだが、日本の一部のポップス・ファンは、これを「アジアン・ポップス」と称して歓迎しているのである。奇妙なことに、J－ポップスと呼ばれる、日本製のポップスは「アジアン・ポップス」とは呼ばれない。日本人はいつから「アジア」をメタに語り得る、超アジア的な存在になり果せたというのだろうか。このような意識が存在すること自体、重大な問題に繋がっているはずだが、ここでは論じまい。いま指摘しておきたいのは、そのような「アジアン・ポップス」が、たとえコーラや清涼飲料水のように、微妙な味付けの調整を施してあるにせよ、音楽としての基本的な属性（メロディ、ハーモニー、リズム）に関しては、本家ポップスと何ら異なる所がない、ということである。もちろん、「アジアン・ポップス」の歌詞は本土の言葉である。しかし、音楽そのものは決して「本土」的ではない、むしろ愈々米英化しているというべきである。

日本にも本土に昔から伝わる楽器（和太鼓や三味線の類）を使用し、本土特有の伝統的なメロディやリズムを導入したロックが、確かに存在する。しかし、それは結局、四不像の如きゲテモノであって、ロックの主流を占めることがないのは無論、市場における影響力など皆無に近いというのが実情だろう。例えば、「世代情結」の権化のような張承志が持ち上げたせいで、中国大陸の知識人（本論で仔細に検討したような、崔健を深刻に解読する、しかし「音楽」については無知な人文系知識人、というべきか）の間でも些かの知名度を持つらしい岡林信康などどうだろう。今日の日本で、岡林の名前が大衆音楽シーンの中心的な話題に上ることはないし、若い世代の音楽ファンは、その名前すら知らないに違いない。岡林は六〇年代後半、ボブ・ディランの模倣から出発して、七〇年代後半には京都に隠棲、そこで日本の「本土性」に目覚めたらしく、何と演歌に接近、美空ひばりに楽曲を提供したこともあった。その後の展開がどうにも不可解で、「エンヤトット」こそ日本の土俗的な、オリジナルなリズムという主張を展開、これを導入した、しかし甚だ魅力を欠いたロックの製作へと邁進したのである。簡単に括ってしまえば、岡林は、本土性、土俗性の「探求」に深入りする程に、市場と大衆的な支持を喪失していったということではないか。大衆音楽の歌手にとって、これ以上の皮肉があるだろうか。今や、日本の大衆音楽市場で最も歓迎されているのは、本土性やら土俗性とは無縁の、米英ポップスを模倣したJ－ポップスなのである。

では、米英本家ポップス、ロックを直接楽しめばいいので、「代替品」など不要ではないか、という問いもあり得よう。しかし、少なくとも日本においては、それらの英文歌詞を瞬時に理解できる程の英語力を持つ人間などごく少ないし、地域や階層により、海外の音楽情報を敏感にキャッチする条件や、商品流通の利便性にもいまだ不均衡が存在するから、やはり「代替品」は必要なのだ。日本が経済力に物をいわせて、大量の資金を提供するにせよ、米英本国のヒット・チャートと市場でしのぎを削っている、第一線のポップス、ロック歌手やグループに、全篇日本語の歌詞によるアルバムを製作させるなどということは到底不可能であるから、日本語歌詞を米英本家風に拵え上げた楽曲に載せた「代替品」は、いつでも市場を擁しているのである。本論の方で資料を掲げた通り、日本の大衆音楽市場において、本家ポップス、ロックの売上げは、「代替品」の十分の一程度に過ぎないということが、それを雄弁に語っているだろう。「代替品」の生産自体は、日本の音楽産業が勝手に行っていることだから、米英音楽産業とは直接関係ないことではある。しかし、市場イデオロギーの論理、というレベルでいうなれば、このような「代替品」の生産と普及は、米英ポップスという「音楽」の「制度」が、大衆音楽の世界市場でヘゲモニーを確立することを、力強くサポートしているのだ。非米英地域のポップ・ミュージシャンや歌手、音楽産業は、「国産品」を作っていると思っているのだろうが、それも、無意識に本家の権威を強固にしているに過ぎない。

今日、私たちは「ワールド・ミュージック」という概念を親しく受け容れている。しかし、この概念は、音楽のありようを概括するものとして曖昧に過ぎよう。そもそも、「ワールド・ミュージック」には、二種類の大きく異なる範疇が含まれている。一つは、真に土俗的な「民俗音楽」folk music である。これは音楽学の分類に拠れば、「芸術音楽」fine music、「大衆音楽」popular music と鼎立する範疇とされる。それは、元来が伝統共同体において享受される、祭祀儀式用の宗教音楽、もしくは娯楽音楽であり、モダナイゼーション以降は、広範な大衆性を基本的に喪失している。もう一つは、前述のような、米英本家のポップスに、非米英地域の「風味」を塗した「代替品」のことで、時に「エスノ・ポップ」ethno pop などという名称で呼ばれるもので、「アジアン・ポップス」もこの中に入る。面白いことに、それら非米英地域の人々、即ち、このタイプのポップスを生産する人々が、決して自らの「代替品」を「ワールド・ミュージック」などと呼ばないことである。となれば、一体誰が、第二の含義における「ワールド・ミュージック」という概念を必要とするのか。それは米英本家が、自らの影響力を拡張するために、未知なる他者の「正名」を必要とするということに他ならない（自らのアイデンティティすらすっかり忘れて、「ワールド・ミュージック」を得々と語る日本人の何とお目出度いことか）。米英本家の子弟は、本場の豪勢な料理に食べ飽きて、時にちょっとした好奇心に駆られ、では珍しいものでも摘んでみるか、ことによってはゲテモノ食いも辞さないとばかりに、異国の珍味を味わってみる、満腹して「風変わりだけど悪くない」などというのだろう。簡単な道理である。確かに「ワールド・ミュージック」の異軍突起こそは、八〇年代米英大衆音楽界における重要な現象だった。トーキング・ヘッズやポール・サイモンが、カリブやアフリカの民俗音楽の要素、特にリズムを導入したのが嚆矢といえようが、しかし、カリブやアフリカの「大衆」が、それらの「ワールド・ミュージック」を「我々の音楽」として歓迎した訳では、決してない。それは、精々が所、米英本家ポップスの変種という程度に過ぎないからだ。

実際、同様の現象は、過去にもあったといえる。代表的な例が、アフリカ系ブラジル音楽を特徴づけるサンバのリズムを、クール・ジャズの洒脱な感覚と融合させてできたボサノバだろう。六〇年代初頭には、その片親の他者性に負って極めて新鮮に感じられたこのクロスオーバーの試みだったが、今日では既にポップスの世界における市民権を獲得しており、米英ポップスが偶々このリズム・パターンを用いた所で、そのブラジル起源をいう者などいないのである（ブラジル人がボサノバを、ブラジルを代表する「我々の音楽」などと考えることが絶対にないとは、いうまでもない）。しかし、生身のブラジルについて、殆ど知識とイメージを持たない人間は、もしかしたら、リオデジャネイロやサンパウロでは、至る所にボサノバの軽快なリズムが流れていて、さらに、南国の太陽（ブラジルには冬がないといわんばかりだ）、砂浜、コーヒー色の肌をした「イパネマの娘」たち、サッカーといった「小道具」が、ボサノバのリズムに似つかわしい、牧歌的な生活を彩っているなどと思い込みかねない。こう考えると、ポップスの影響というのも馬鹿にできないものがある。それはステロタイプのイメージを強化して、言説を構築する有力な手段になり得るからだ。「ラスト・エンペラー」や「女子十二楽坊」の影響だろう、日本においても「中国音楽＝胡弓」というイメージが、かなり一般的なようだ。もちろん、胡弓が中国音楽の全てを代表するわけもなし、そればかりか、そのように歓迎されている胡弓を使用した音楽というのが、決して本土的な胡弓音楽ではなく、十分に西洋音楽化した、即ち、西洋音楽のハーモニーとリズムの構造に「嵌め込まれた」、「変種」に過ぎないのだ。歪められたアジア・イメージの散布と強化となれば、これはオリエンタリズム以外の何者でもない。

本論でも繰り返したように、ポップスやロックというのは、音楽の本質について見る限り、「帝国」にも擬すべき一元的な権力構造を構成しているといえる。この「帝国」の牢固なヒエラルキーにあって、様々な国家・地域の「代替品」と、米英本家の「本場もの」が同等の地位を占めることなどあり得ない。「代替品」は、本家が提供する「お手本」を限りなく模倣し、そして漸く「帝国」の辺境に一席の地を獲得できるに過ぎない。さらに、この「帝国」は未開拓の空白地域の留保を許容しない。だから、真の「ワールド・ミュージック」＝民俗音楽とて、帝国の貪婪な略取から逃れることなどできないのである。「誰のワールド・ミュージックか」。答は簡単だろう。それは本家の「帝国」が、グローバルなレベルでヘゲモニーを確立するために虚構した幻想なのだから。

Ⅱ　歌詞か、それとも楽曲か

「音楽は彼らのものかもしれない。しかし、歌詞は自前のものだ。」あるいはこのような反論があり得るだろう。一般的には、このようにいう者は、音楽学的な分析や、楽器演奏の基本的な訓練を受けたことのない、もしかしたら楽器に触れたこともない、絶対的に受身の音楽消費者であることが多いのではないかと、私は推測する。彼らが、商品としての音楽をどのように消費するのか、この問題は興味深いながらも、これを懇切に分析、理解することは私の能力の及ぶ所ではないので、ここでは論じない。私は以下で、単に歌詞と楽曲の関係について感想を述べるに止めよう。

聞いてはいる　見てはいない　二万五千里／語る者はある　やる者はない　難しいかい／黙々頭を垂れ　前向いて歩め　自分探しに／やって来ては　去っていく　根拠地なんかない(2)

これは本論でも取り上げた崔健の「新長征路上的揺滾」の歌詞である。雑感風の補論であるから、ここで私はやはり些細な挿話を披露することにしたい。この曲と同名のタイトルを冠して、一九八九年にリリースされたアルバム（当時はカセット・テープの形式が一般的だった）こそ、中国初のロック・アルバムとされるのだが、翌夏これを入手した私は、その全曲の歌詞を中国語の授業の教材として使用したのであった。先ず歌詞テクストを訳読玩味させたのだが、十九歳前後の学生諸君は、極めて自然に、それら思わせ振りで、ダブル・ミーニングを抱えていそうな、しかも律儀に脚韻も踏んだ韻文スタイルのテクストを受け止め、それなりに好もしいと思ったようだった。ある学生などは、前に読んだ魯迅「過客」を連想して激賞したものである。さて、テクストの訳読を終えた段階で、私はテープを鳴らし、音楽としてこれを聴かせたのだが、あろうことか、教室はその瞬間、気まずい沈黙に覆われてしまった。特に米英本家のロック音楽を聴き慣れた、マニアックな学生の批判には相当辛辣なものがあったように記憶する。彼らはつまり、深刻げに映る歌詞に配された、垢抜けない楽曲および低水準の演奏技術のアンバランスが気になる、というのだ。結局、彼らは「西洋文化受容において遅れている中国では、ロックも遅れている」という、「先進／落後」図式を適用することで、この「アンバランス」を無理に納得した様子だった。

しかし、そもそもロックにおける歌詞と楽曲の関係、その「バランス」というのは、本家においても複雑な様相を呈しているのではないか。

僕は虚ろな心と共に君のもとへ来る／鍵はかかっているのに鍵を失くしてしまった／彼女は年老い目も見えない／でも僕らより多くを見る／杖で天を指していった／お前にも分かるだろう／言葉の狭間の沈黙に耳を澄ませば(3)

このような歌詞はどうだろうか。これはロビー・ロバートソンが一九九一年に発表したアルバム Storyville に収録された Sign of the rainbow という曲の歌詞である。純粋芸術としての詩歌にせよ、このような大衆音楽の歌詞にせよ、いずれも散文とは異なり、時間空間に関わる具体的な背景や、論理的な構造を設定する必要がないので、勢い多義的で、朦朧としたテクストになるものである。この歌詞における盲目の「彼女」は、突飛な連想かもしれないが、例えばガルシア・マルケスやボルヘスの描く寓話的世界に登場してくるような、超人的な智慧を具えた、神秘的な形象である。こういう歌詞テクストだけを読めば、なるほどロックの歌詞というのも侮り難いと思う。しかし、この歌詞に配された楽曲は如何なるものかといえば、歌詞に相応しい、超越的な雰囲気を醸すべく編曲に苦労の跡こそ窺われるものの、メロディの萎靡は覆うべくもないのだ。第一、ロビー・ロバートソンや、彼が率いたザ・バンドの熱狂的な支持者でもなければ、この歌の存在など知らないに違いない。私は、「深刻げな歌詞」の恰好の例を、本家ロックの裡に探そうとして、ふとこの歌に思い及んだので、つまりこの歌詞からは、夙に強い印象を得ていたということだろう。しかし、楽曲について、即ちメロディ、リズムや編曲の如何については、歌詞の確認のために再び取り出してきて聴くまで、すっかり忘れていたのである。結局、私は、ここでもまた歌詞と楽曲の「アンバランス」の典型的な例を探し当てたということだろう。

この「アンバランス」こそ、ここで問題にする現象である。次も同様の例。

もしも同じ時に別の場所にもいることができたら、／ぼくはきみと一緒にいるだろう。／明日、今日、いつでもきみのそばに。／もしも地球が回転するのを止めて、だんだんと死に向かうとして、／ぼくはきみと一緒にいるだろう。／世界の終わりが訪れ、／星が一つずつ消えていく、／そしてきみとぼくはただ飛んでいく。(4)

どうにも千篇一律の、ポップスの世界には無数に存在してきた、しかも現れる端から使い捨てられてきたような、廉価なラヴ・ソングの典型といえよう。これは、ブレッドの代表曲、If の歌詞である。しかし、この歌は、極めて優美なメロディを持っていて、イージー・リスニングやジャズのフォーマットでも繰り返し演奏されてきた、現代のスタンダード・ソングともいうべき一曲なのである。ポップスやロック音楽に全く興味のない人間でも、恐らく一度や二度はこのメロディを耳に留めたことがあるに違いない。更に次なる例。

逡巡の時間はもうおしまい／泥沼を輾転とするときはおしまい／いまやらなけりゃ時間はなくなるだけ／ぼくらの愛は火葬の薪になってしまう／さあ、ぼくに火を点けて／さあ、ぼくに火を点けて／夜に火を点けてみて(5)

これはいうまでもない、ドアーズの代表曲 Light my fire（「ハートに火をつけて」の邦訳題もよく知られる）の歌詞。歌詞だけ見れば、何ということもない、ありきたりのラヴ・ソングである。作詞者のジム・モリソンは大学で映画を専攻し、一九六〇年代のサン・フランシスコでは、所謂ビート詩人たちとも交流があった。ドアーズ全盛期におけるステージ上での激情の表現とは対照的に、むしろ内向的ともいえる青年にすら思える。(6)本論でも触れたが、前出のロビー・クリーガー同様、《ローリング・ストーン》誌のインタヴューなど見ると、かなり知的で、芸術家気質を湛えた、伝説化されているスロバートソンは、モリソンがステージ上でラディカルな政治的見解を披露する姿勢にはウンザリだとして、そのようなものは音楽と何の関係もないと語っていた。これもまた本論に記したことだが、ロバートソンは、ロックやポップスが、歌詞に過度に依存することに批判的で、そのような「悪しき」傾向を助長したのが、自らも長くそのバック・バンドを務めたボブ・ディランその人だったとも述べていた。しかし、今にして思えば、「悪しき」傾向の蔓延など杞憂に過ぎなかったといえよう。今日、ドアーズのその他の曲や、ロバートソンをウンザリさせた饒舌など、とっくに虚空の彼方へ雲散霧消してしまい、ドアーズおよびジム・モリソンのイメージは、「ハートに火をつけて」という、ロックンロールと呼ぶには余りにクールなメロディとハーモニー（だからこそ、ホセ・フェリシアーノのカヴァーもヒットしたのだろう）を持った「この一曲」と、分かち難く結び付いているのだから。

では、ロックやポップスの歌詞偏重傾向を助長した「元凶」とも目されるボブ・ディランの歌詞とは、どのようなものなのか。私はディランの熱心なファンでもなければ、尚のこと「ディラン学者」Dylanologist などでもない、七〇年代後半くらいまではアルバムも大体聴き、代表的な曲のメロディも思い出せるといった、ごく普通のリスナーである。そのような中で、印象深いメロディを持つ曲の歌詞を確かめてみた。

どうか彼女の髪がまだ長いかどうか見てきてくれ、／巻き毛が胸まで垂れているかどうか。／どうか彼女の髪がまだ長いかどうか見てきてくれ、／ぼくはそんな風な彼女をいちばんよく憶えているのだから。／彼女はぼくのことをまだ憶えているかしら。／ぼくは何度も祈った／夜の闇の中、昼の輝きの中。(7)

これは Girl from the north country という曲の歌詞。魅力的なメロディが印象的な佳曲だが、歌詞となると殆ど投げやりといってもいいのではないか。さらに Lay, lady, lay という、メロディの優美さという点では、ディランの鬱蒼たる曲群中、屈指のものと思われる一曲の歌詞も眺めてみよう。

寝ようよ、ねぇレイディ、寝よう、ぼくの大きな真鍮のベッドに来て／ここにいて、ねぇレイディ、ここにいて、夜が続いている間は／ぼくはきみを見ていたい、朝の輝きのなか／ぼくはきみに触れたい、夜闇のなか／ここにいて、ねぇレイディ、ここにいて、夜が続いている間は(8)

私はかつてこの曲のインストゥルメンタル・ヴァージョンを、トラフィックのサキソフォン／フルート奏者だったクリス・ウッドの演奏で聴いたことがあり、極めて深い感銘を受けた記憶がある。しかし、この率直さを除けば、何の取柄もない（神秘的なアウラを発すべき「スター」、神格化された「偶像」のディランが率直であること、それがマニア以外のリスナーに何の意味があるというのか）歌詞の無聊さには目を疑わずにはいられない。ロビー・ロバートソンは、ロックにおいては楽曲と歌詞のバランスこそが大切で、解読に困難を覚えるまでの多義性、象徴性を故意に弄んで、聴く者に過重な負担を強いるべきではないと語っていたのだが、ここで挙げた二つの例についていうと、「無聊な歌詞／優れた楽曲」という、ちょうど崔健の場合とは逆の「アンバランス」が現出しているのだろう。

話はここで崔健に戻る。崔健の歌詞というのは、さして難解でもない。ダブル・ミーニング、象徴性といっても、むしろ露骨なくらいにあからさまである。あるいは、崔健は聴衆の期待と理解のレベルを予め見切った上で、歌詞を作っているのではないかとすら思われるほどである。聴く側は、この狡猾な企図に手もなく籠絡され、その結果、楽曲がどのようであれ、先ずは歌詞の「深刻げ」なポーズに目を向けてしまうのではないか。この点に関する限り、本論で引いた蒙娃の所謂崔健の「遊戯性」に関する指摘は穿っていると、私は思う。では、崔健の場合、先のボブ・ディランのような「無聊な歌詞／優れた楽曲」といった「アンバランス」は見当たらないのだろうか。どうやら皆無といっていいのではないか。私の個人的な嗜好からすれば、『新長征路上的揺滾』収録の「従頭再来」など好ましく聴かれるのだが、中国大陸の「深刻」好みの人文系知識人は、歌詞がつまらないせいか、一顧だにくれないようだ。もっとも、楽曲の処理に耳を傾ければ、如何ともし難い低水準の演奏が、このタイプの楽曲が実現すべき昂揚感の十分な表出に失敗していることは明らかである。二枚目のアルバム、『解決』における大曲ともいうべき「快譲我在這雪地上撤点児野」など、シンプルなタイプのロックに特有なイディオムを、まず無難に咀嚼してはいるものの（民族楽器の使用は耳障りだが）、ヴァース毎のブレイクのメロディを聴く度、私などは直ちにキング・クリムゾンの名曲 21 century schizoid man のブレイク部分のメロディを思い出して苦笑してしまう。崔健を一躍有名にした「一無所有」は、確かにチャーミングではあるけれども、それは結局「西北風」＝「信天翁」のメロディの魅力に負っているので、引用の機知を除けば、崔健の手柄ともいえまい。このような「アンバランス」な境遇に身を置くというのは、一個のロック歌手としては、やはり哀しい事態ではないかと思う。崔健は、そもそも音楽に関する正規の訓練を受けた、職業音楽家なのだから、「無聊な歌詞／優れた楽曲」といった「アンバランス」を持たないことに、一番苛立っているのは、あるいは崔健本人かもしれないのだ。

Ⅲ　「人文的関心」以外にあるロック音楽

この歌手は自分一人だけのために歌ってくれている、自分の感情や考えを代弁してくれている……このような錯覚を聴衆に抱かせるために有効と思われる手段であれば、歌詞と楽曲のみならずあらゆる方策を総動員する、というのは、商品としての大衆音楽が意図的に採用する巧妙な戦略である。崔健が、「政治の季節」によって奪われたアイデンティティと自我の取り戻しを主張する、革命や社会主義といった「大きな物語」に対する「叛逆者」と見なされるなら、そのような彼がポスト文化大革命の年代とコンテクストにおいて、「世代の代弁者」となり、特に抑圧されてきた知識人から歓迎されたのも理解できることではある。ある年代において、人間のアイデンティティが既定のものとされ、追求や探索の対象ですらなかったことは事実だろう。しかし、そのような年代は既に過去のものとなり、しかも「誤った」年代とされたのである。「政治の季節」における真摯に見合った形で生じた空洞感や虚無感は、定めし強烈なものだったに違いない。その感覚の切実さを評判するなど、とりわけ外国人である私のすることではない。私が最後に指摘しておきたいのは、もう少し原理的なレベルの問題、崔健を「世代の代弁者」とする人々が、しばしば崔健に「叛逆者」の名称を冠する、そのことを考えてみたいのだ。

前にも述べたように、結局ロックは一種類、米英本家の一種類しかないのだ。このような一元的な権力構造というのは、しばしばある種の「暴力」によって維持されるものである。もちろん、音楽のことである、このような「暴力」といっても、政治権力の行使する「暴力」のような直接的な形態は採らず、「ワールド・ミュージック」のような、多元性を承認するかの如き、寛容さという外衣を纏いながら、実は未知の他者＝非米英地域から貪欲に搾取し、これを自らの支配下に置くような、隠微な形態を採るのだろう。いずれにせよ、「暴力」に目を瞑り、そればかりか、無意識の裡にそのような暴力に支持された権力構造を強化するといった「叛逆」など、あり得るだろうか。崔健が果して真の「叛逆者」であるか否か、それは擱いて構わないだろう。私が指摘したいのは、崔健はロックという「制度」、結局米英本家の模倣（音楽としての基本的な要素を逸脱しない限り、それは所詮模倣である）に過ぎない「音楽」に対しては「叛逆」の矛先を向けていないことこそ指摘されねばならない、と私は考える。この一点は、どうにも得心のいかないことである。非米英人として、米英は（アジアにとってヨーロッパは、といってもよい）、結局他者である。他者の表現方式を借りながら、アイデンティティを追求し、自我を探求するなどとは、どう考えても滑稽な自家撞着でしかない。

さらに別の現象にも注意を向けるべきだろう。即ち、崔健を「世代の代弁者」として、自らの属する世代と同定する知識人が、音楽の楽曲に関する方面については終始沈黙している、という現象である。これもまた不可思議な現象といわざるを得ない。彼らが音楽について無知であるということは、あるいは止むを得ないのかもしれない。しかし、本論の冒頭部分でも考察したように、非言語＝音楽の言語化／書記、という行為は、原理的には、不可能と諦観されつつ敢えて行われる行為である。そもそも、一つのテクストとは、序章で論じたように、「自らが記述の可能性から排除した別種のテクスト」の存在によって、逆に強く規定されているものではないか。この理屈に拠れば、歌詞のみに着目するロック批評は、自ら記述したテクストが、楽曲をも視野に入れて論じた、別様のテクストを排除しているという事実を強く自覚すべきであるし、同時に、自らの「排除」の必然性を、決然とした覚悟のもとに表明すべきなのだ。たとえ、それが体面上耐え難い自らの無知の告白になるにせよ。このようにいえば、これは、如何にして完善ならざる自己を対象化するか、という問題にも繋がるのであり、つまりは想像力の射程如何の問題ともいえよう。私たちは、ロックやポップスが、歌詞だけから成立しているのではない、少なくとも音楽としては歌詞と楽曲が結合して成立しているという単純な事実に思いを致せば、崔健のある種の「脆弱性」、即ちポップス、ロックの「帝国」には従順だという「脆弱性」に気づくはずである。このような「脆弱性」に想像力を向けることもせず、崔健を「叛逆者」、「世代の代弁者」として偏に激賞するなどというのは、終に「音楽」とは無関係の、精々自己愛の表現にしか過ぎなかろう。

つまりは、「たかがロック、されどロック」ということなのだ。中国の人文系知識人は、分厚く、強烈な人文伝統を擁するだけに、往々にして未知の現象や事物を、自らの人文的関心の範囲内で理解できるものとして矮小化する傾向があるのではないか、と私は常々考えている。しかし、このような「伝統的」な態度を以てしては、今日の百花繚乱ともいうべき文化現象や社会現象、特に大衆文化領域に属するハイブリッドな諸現象に、合理的かつ有効な解釈を与えることはできないのではないだろうか。いい換えるなら、今日、「終に記述されなかったテクスト」は愈々多いのである。中国知識人が、崔健のロックも所詮音楽であると気づき、同時に自らの「世代情結」をも対象化し得た、その時、彼らは眼前の中国社会には、ロックを切り口として考察すべき問題が豊富に存在することに気づくはずである。

注釈

（1）本補論は、もと「関於揺滚的断想」と題して、中国で発表されたものの翻訳である（《文景》二〇〇四年第三期、二〇〇四年九月）。掲載誌編集者よりの、第四章の主旨を、学術界に限らぬ一般読者をも想定した可読性に配慮しつつ要約せよとの要請に従って、約四分の一の篇幅に圧縮したもの。内容は本論とほぼ重複するものだが、第二節で提起した問題は本論では十分展開されなかったし、第三節において、崔健を「世代の代弁者」として称賛する中国知識人の「世代情結」と「自己愛」を明確に指摘したことも、本論には見られない点に鑑み、補論として本論の後に置くこととした。ただ「補論」の扱いとしたのは、大衆音楽の楽曲の「良し悪し」などは、結局個人の嗜好に左右されるもので、ここで指摘した「無聊な歌詞／優れた楽曲」の「アンバランス」なども、つまりは極めて主観的な判断に過ぎないことから、一応分析的な姿勢を心がけたつもりの他の章と同列に扱うのが憚られたからである。元来の形では、文体もより雑感風だったが、これには些かの調整を施した。ただ、その痕跡は覆い難いようである。

（2）この部分の原文は以下のようなもの。
聴説過　沒見過　兩萬五千里／有的説　沒的做　怎知不容易／埋着頭　向前走　尋找我自己／走過來　走過去　沒有根據地

（3）日本盤CD（Storybille／Robbie Robertson, Geffen-MCA Victor／MVCG-64, 1991）解説には、中川五郎による訳詞が載せられているが、ここでは拙訳を掲げた。なお、この部分の英詞原文は次の通り。
I come to you with an empty heart／It's locked and I've lost the key／Now she was old and almost blind／

But she sees more than you or me／With her cane pointed towards the sky／She said I'll know if you've heard／The silence between the words

（4） この部分の英詞原文は次の通り。
If a man could be two places at one time, ／I'd be with you. ／Tomorrow and today, beside you all the way. ／If the world should stop revolving spinning slowly down to die, ／I'd spend the end with you. ／And when the world was through, ／Then one by one the stars would all go out, ／Then you and I would simply fly away

（5） この部分の英詞原文は次の通り。
The time to hesitate is through／No time to wallow in the mire／Try now we can only lose／And our love become a funeral pyre／Come on baby, light my fire／Come on baby, light my fire／Try to set the night on fire, yeah

（6） 邦訳『ローリング・ストーン・インタビュー集』第一集所収。

（7） この部分の英詞原文は次の通り。
Please see for me if her hair hangs long, ／If it rolls and flows all down her breast. ／Please see for me if her hair hangs long, ／That's the way I remember her best. ／I'm a-wonderin' if she remembers me at all. ／Many times I've often prayed／In the darkness of my night, In the brightness of my day.

（8） この部分の英詞原文は次の通り。
Lay, lady, lay, lay across my big brass bed／Stay, lady, stay, stay while the night is still ahead／I long to see you in the morning light／I long to reach for you in the night／Stay, lady, stay, stay while the night is still ahead

第五章 「原野」と「耕作」
——初期白話詩習作に見る「人文的関心」と「模倣」の機制(1)

Ⅰ はじめに

本章では、五四時期の初期白話詩習作を具体例に、それが詩テクストとして成立するに当たって、テクストにおける実人生や社会的現実の反映を重視するという、「人文的関心」が如何に強調されたか、その一方で、テクストそのものの結構に際しては、先行する「開拓者」たちの作例を如何に「模倣」したか、その実態を検証することになる。

詩が、「形式」に向けた高度な自覚、序論で述べたような「テクスト意識」を製作者に強く要求するということについては、異論がないと思う。しかし、テクストの「価値」を、現実の反映の度合い如何のみを根拠に測れば、即ち、「何を載せるか」(=内容)が過度に重視されれば、「如何に載せるか」(=形式)は相対的に軽視されることになる。このような観念の窮まる所、テクストには、読者が「価値」の源泉たる「現実」に直接触れるべく、言語や意匠に由来する人為的な障碍を可能な限り少なくすること、つまり「透明」になることが要求されるであろう。とはいえ、「内容」の言語化という問題は、単なる書記レベルにせよ終始残らざるを得ない訳で、となれば、テクスト生産の「現場」において、それは終にどのように解決されることになるのか。そこで浮上してくるのが「模倣」の機制だろうと、私は考える。「模倣」というのは、「無自覚のインターテクスチュアリティ」としてもいいのだが、本章は、テクストそのものへ向けた意識がそもそも希薄な状態に、この「模倣」が滑り込んでくる瞬間を捉えようとするものである。なお、「テクストの透明化」という観念が、中国現代文学の主要な特徴を構成したという問題については、次章で詳論することになる。

「人文的関心」というのは、前章およびその補論で検討した、専ら歌詞から窺い見た崔健を、「世代の代弁者」と考え、ひいては「世代情結」と自己愛の投影対象と見なす思考の、「根」の部分に横たわるものともいえよう。一方、「模倣」についても、形式に対する無自覚に出た、「正統的な」様式の受容が、「正統性」＝一元的な権力構造の強化に繋がる、という、前章で検討した問題との関連から理解できるかもしれない。無論、私とて、歌詞＝内容／楽曲＝形式、とまで単純化されたアナロジーの有効性をいう者ではないが、本章が些か「実証」風を装うにせよ、とりわけ前章における問題意識を継承する展開として意識されてあることだけは附言しておきたいのである。

注釈

（1）本章は《一橋論叢》第一二五巻第三号（二〇〇一年三月）、同第一二六巻第三号（二〇〇一年九月）に掲載された「『原野』と『耕作』――陳範予詩鈔より」（上／下）に加筆したものである。

Ⅱ　陳範予詩稿について

私が一九九七年に翻刻、校訂を加えて刊行した『陳範予日記』（以下『日記』と略記）は、一九八八年に、陳範予（一九〇一〜四一）という、先ずは教育家と目すべき人物の遺した少なからぬ未刊遺稿と出会い、就中、日記記事こそは、五四運動時期を含む中国一九二〇年代初頭の学生生活を窺うべき貴重な資料と想い定め、爾来、延々と従事した整理校訂作業の結果であった（その一部は既に第二章で引用した）。これを基本資料として存分に活用、さらに傍証資料も援用しつつ、この時期の浙江省杭州における学生生活の細密画を描き終えて、そこで初めて「遺稿研究」は真の一段落を迎えるのだろうが、今日に至るまで果たせずにいる。この「研究」に未だ義理を覚えるとして、日記記事の整理校訂の次に来るべきは、遺稿全般の精密な整理であろうが、となれば、先ず以て着手すべきは、遺稿において日記に劣らぬ比重を占める詩稿の翻刻整理なのである。実はこの作業も概ね完成しており、中国本土での公刊に備えているのだが、さて、史上一席の地すら覚束ない無名人士若年の詩習作、尋常に考えれば、精々初期白話詩史の傍注に活用し得る程度の史料の公刊など、相対的には日本などより「文」に対して手厚い彼のお国柄にあっても酔狂の沙汰たるを免れぬらしく、今日に至るまで陽の目を見ていない。そのこと自体は是非もないことだが、ひとまずの編纂を終えた段階で型通り加えた、書誌的概観やら作者の詩風紹介を兼ねた解題も、本文諸共の運命を辿っているのである。それがその後、文学革命以来の白話詩および詩論と些か懇ろに付き合う機会を持って、一九二〇年代半ばまでの白話詩を巡る状況に関して知見を深めることとなり（第二章にやや多く詩を引用したことなどは、その成果ともいえる）、そこから翻って、今一度陳範予の詩作を眺め渡せば、これが案外に「傍注」として済ませてはおかれぬらしい興味深い問題も色々と拾われる気などし、何より旧作の解題、少々性急に拵え上げたがための不備が気になってきた。本章は、この解題を基礎に、具体的な詩作例を二十七首まで提示しつつ、しかし、単なる抄録に終始することなく、前述のような関心に寄り添う形で体裁を整えたものである。

陳範予の略歴については、『日記』に附した各種解題[1]に詳しいので、ここではごく簡単に記すに止める。

陳は一九〇一年陰暦十月二十六日、浙江省諸暨連湖山後村の貧しい農家に、陳澄海を父として、七人兄弟の長男として生まれた。本名は陳昌標。範予は字。後に用いた筆名には万雨、楽我、範庸、範宇、C．P．などがある。一九一三年に、諸暨私立時行初等小学校、一八年に私立楽安高等小学校を卒業、同年夏に浙江省立第一師範学校（以下「一師」と略記）に第九期生として入学。当時の一師は、公立学校としては浙江省の最高学府であり、また著名な教育家、経亨頤（一八七七～一九三八、浙江上虞人）を校長に迎えてからは、開明的な改革措置の採用により、「北の北京大学、南の浙一師」と併称されるほどで、夏丏尊、陳望道、劉大白、李次九（「前四金剛」）、朱自清、兪平伯、劉延陵、王祺（「後四金剛」）、李叔同（後の弘一法師）、葉聖陶らが前後して教壇に立つなど、教員の顔ぶれも一時の選だった。一九二三年に一師を卒業後、陳は在学中から既に自覚のあった宿痾の肺結核と戦いながら、慈渓普廸小学校、上海民国女子工芸技術学校、杭州第一中学小学部、上海国立労働大学、厦門大学、福建泉州黎明高級中学、同平民中学、南京中学など、各地で教鞭を執る。一九三〇年に泉州で、作家の巴金と知り合い、終生の友誼を結んだ。一九三二年には匡互生の招きで立達学園農村教育科を主宰、三六年までその経営に心血を注ぐ。その後、病状は愈々重かったが、福建省民衆教育師資訓練処処長として、福州、南平、永安、連城、三明、崇安などを転々としながら教育活動に従事する傍ら、著述活動にも力を注ぎ、一九四一年に福建省崇安で死去している。

陳範予の経歴とは、およそこのようなものだが、彼の学んだ一師では、学生間の文芸活動も盛んだった。例えば、「晨光社」は一九二二年に朱自清、葉聖陶、劉延陵ら既に文名のある若手国文教員を顧問に、潘漠華、汪静之、馮雪峰、魏金枝、張維祺、柔石ら一師学生が結成した文学結社で、陳も成員に名前を列ね、活動に参加している。(2)この結社は、後の「湖畔詩社」（潘、汪、馮に、上海から応修人が加わって結成）の揺籃だった。陳よりも先輩に当たる同窓生で、現代文学史上に名前を留める者として豊子愷や曹聚仁らもおり、即ち、ここで材料として採り上げる陳の詩作とは、このような雰囲気の中で書かれたものである。

陳の残した詩稿は大きく分けて、三種類からなる。第一種は、日記記事中に散見する詩作で、一九二〇年十月十八日に最初の一首が佚題のまま録されて以来、一九二三年一月二十六日までの間に計十八首を数える（この間、日記記事は一九二二年全年分が佚し、その他も断続的に残るのみである）。第二種は、遺稿に含まれる各種各様の、主として手ずから装丁した筆記帳に書き留められたもので、詩稿の九割近くがここに含まれる。各筆記帳の収録状況及び書誌データを、年代順（収録詩作に附記された日付に拠る）に一覧すれば、次頁に掲げる表のようになる。表中、専ら詩作のみ輯めて装丁を施した筆記帳は＊を附した計七冊。其中『情影』と題されたものが、実に五冊を占める。①の半ばまでは、筆跡から窺うに、それまで書き溜めていた詩稿を清書したものと推測されるが、これに「情影」の総題を二度まで記し巻首に置く念の入れ方からして、この二字、先ずは作者の自作に対する、ある種の概括、評価を示すものと考えてよかろう。また⑤の扉頁には、大きく「情影」と題した下に、「舊情縈繞住了」（舊き情、纏わりつきぬ）と墨書され、陳にとって詩作が、あえかな「舊き情」の痕跡をくさぐさに書き留める営みだったというばかりである。⑧⑨の二種は、詩と随筆、雑多な筆記を混在させた体裁。これらに、装丁を施さない断簡のまま放置された②⑪を加えた十一種から、底稿と清書の重複を除き勘定して、計一九六首の詩作が確認された。第三種は、作者の在世中、既に各種の刊行物に発表されたもの。作者が切り抜いて保存したもの以外にどれほどあるものか、明らかにし得たものはごく僅かであり、その全貌は明らかにしないが、手稿については片々たる断章まで丁寧に保存した陳の、自作に対する鍾愛を見るにつけ、切り抜きや原載紙誌が残されぬ上は、ごく僅かではあるまいかと思う。切り抜きは掲載刊行物の刊期を留めない形のものがほとんど。これは、一九二一年から一九三三年までの間に公刊された計七首が確認され、その内三首は第二種の筆記帳に底稿が残る。これら三種の総計二一八首が、即ち判明する限りで陳範予の詩作の全てである。

陳範予遺稿中に見える詩稿一覧

通番	タイトル	収録篇数	制作年代	用紙・筆記用具・書式	サイズ（縦×横・センチ）	頁数	備考
①	情影　第一集＊	49	一九二〇年十一月二十日～一九二一年六月三十日	自訂筆記帳・毛筆・縦書	21.4×18.2	82	《曲江工潮》誌上に発表された「落花」底稿を含む
②	（缺題詩稿）	5	一九二一年五月二十四日～十月二十一日	二十字×十八行未装丁原稿用箋・毛筆・縦書	18.5×23.8	7	
③	情影　第二集＊	47	一九二一年六月二十七日～十二月二十八日	自訂筆記帳・毛筆・縦書	14.2×20.1	76	《曲江工潮》誌上に発表された「上帝的我」底稿を含む
④	情影＊	40	一九二二年一月一日～三月二十三日	自訂筆記帳・毛筆・縦書	14.3×20.1	74	
⑤	情影　第三集＊	22	一九二二年五月二十六日～八月二十三日	自訂筆記帳・毛筆・縦書	14.4×20.4	74	
⑥	情影＊	14	一九二二年五月二十六日～八月二十三日	「大升協記製」一葉十八行（半葉九行×二）罫箋使用の自訂筆記帳・毛筆・縦書	19.6×12.2	76	王祺による添削及び評語が加えられた第二～十首は⑤に底稿あり
⑦	雪的早晨	10	一九二三年二月～四月三日	「大升協記製」一葉十八行（半葉九行×二）罫箋使用の自訂筆記帳・毛筆・縦書	19.6×12.2	52	《春雷》誌上に一部分発表された「晨鳥之歌」底稿を含む
⑧	病状一覧	5	「世界語紀元三七年」＝一九二三年	「大升協記製」一葉十八行（半葉九行×二）罫箋使用の自訂筆記帳・毛筆・縦書（一部英文は鉛筆使用・横書）	19.6×12.2	40	

⑨	在郷間　in the country	3	「世界語紀元三七年」＝一九二三年	自訂筆記帳・毛筆・縦書、横書混在	14.1×17.8	24
⑩	Poems by Chen Changpiao＊	8	末尾一首に一九二四年六月二十日の日付あり	「普廸学校教安簿」一葉二十行（半葉十行×二）罫箋使用の自訂筆記帳・ペン、毛筆・縦書	19.0×10.5	44
⑪	（缺題詩稿）	2	年代不詳	罫線なし白紙未装丁・ペン・縦書	16.2×25.0	2

ともあれ、この内、約二百首までは、一九二〇年から二三年までの約四年間に集中して書かれている訳で、この熱の入れようは、どうも青年期の感傷的な手遊びとして片付けられるような代物ではない。この「詩の季節」を通過した後の陳範予、遂に「詩人」として名を成すことのなかったとは事実だが、中国の長い詩の伝統にあって、必ずしも作詩即ち所謂「詩人」の専売特許と限らぬから、そのことだけを以て直ちに陳詩の価値を云々するのは筋違いかもしれない。もっとも、陳とほぼ同世代ということで見渡せば、徐志摩（一八九七年生まれ）や李金髪（一九〇〇年生まれ）など、いっそ「詩人」の名前に相応しい人々の名前はすぐ見つかる。つまり、白話詩で一家を成すなどという事態も漸く生じつつあったということで、それは実にこの世代を嚆矢としたのである。そこで、あるいは「詩人」として世に出ることを熱望した陳範予を、終に「詩人」として立たしめなかった原因を、例えば詩才の貧困や家境の不如意といった、個人的な方面に求めるなら（もちろんそれらは主たる理由には違いない）、それは多かれ少なかれ詩作の上に反映を見るであろうから、以下で実際に即して納得すれば済むこと、ここで殊更にあげつらおうとも思わない。私としてはむしろ、陳範予がともかくもここに見るような「白話詩」をせっせと書き綴っていたという「営み」、それ自体を重要視してみたいのである。

つまり、以下に見るように、陳範予の「詩」が全て白話詩であること、そして、それは文学革命により「新文学」を、伝統的な「旧文学」に替わる制度として建設すべく重要な一翼を担う所の、白話詩創作という「実験」に対して、相当敏感で素早い呼応であった点を重視したいのだ。そもそも詩は、体裁の新旧を問わず、個人的な感懐に命脈を繋ぐものとはいえ、これから例示するテクストなど、公表する当てすらないまま書き溜められたものだろうから、その「私」性たるや、一段と際立っているに違いない。ところが、それは「公表」即ち文字メディアを通じた社会化という環節を欠きながらも、なお近代文学建設という「公」的イデオロギー、その表象としてこの時代を特徴づけ、支配的な影響力を示した諸言説と直に回路を繋ぐ「行為」だったのではないか、と私は考える。このような、「公」の言説空間への「私」の、自覚されざる隠微な参与、という角度から、「新文学」草創期における言説受容／構築過程の具えた多様性の一端なりと窺えれば、というのが、つまりは私の当面の目論見なのである。以下の抄録も、この目論見の検証を目指す上は、些か恣意的な取捨を伴ったものになるだろう。

注釈

（1）『日記』に附録として載せた、坂井「関於『陳範予日記』」、陳宝青・湯綱「陳範予伝——一個文化工作者的戦闘歴程」、陳宝青・陳明「陳範予在立達学園農村教育科的教育実践」および坂井編「陳範予年譜」を参照。

（2）晨光社については、董校昌が周到な調査と整理を行っている。「晨光社的成立及其活動」（《新文学史料》一九八五年第三期）、「晨光社与『湖畔』詩派」（賈植芳主編、曾華鵬・范伯群副主編『中国現代文学社団流派』下巻、江蘇教育出版社、一九八九年、七五四〜七八八頁）の二文を参照。なお、後者においては、会員名簿「杭州晨光会員録」が翻刻されているが、これは遺稿と共に陳範予の遺族の元に保存されていたものに拠る。

Ⅲ　作品（一）――韻文性への配慮

前置きが長くなったので、以下では実作の抄録を中心に、必要に応じて解説を加えていくことにする。本節に限っては、用韻の実態を指摘する必要上、訳文と共に原文を本文中に提示するが、次節以降は、原文は注釈で提示することとしたい。先ずは現存する詩作中、最も早い時期に書かれた一首を見る。これは一九二〇年十月十八日の日記記事中に見える作で、佚題。(1)

灰塵色的雲、／瀰漫着天空。／秋雨梧桐葉色重紅、／蕭沈寂哀眞使人兒朦朧！／嘰、嘰、嘰、嘰――嘰、／不是一種雀兒的叫聲、／帶着幾分時事的感激、／現出他不平的心跡。／噯！那西方的現象、／不是和東方起的太陽一樣？／情緒裡的情、／心頭中的她、／都和那……！

灰塵のような色の雲、／天空に瀰漫している。／秋雨に梧桐はさらに赤く、／蕭条たる哀しみに人も朦朧と！／チ、チ、チ、チ――チ、／これは雀の囀りではなくて、／幾分は時事への感激を帯び、／不平の感懐を現している。／ああ！かの西方の現象は、／東方に昇る太陽と同じくはないか？／情緒の中の情、／心の中の彼女、／いずれもあの……

一首を通じて見るなら、腰折れの意味不明の作と片付けて然るべき断章に、強いて解釈を施すのもどうかと思われるが、むしろここでは、かかる習作中の習作にあって、既に詩テクストの形式的な整備への意欲が十分に窺われる点に注目させられた。第一・二句、第六・七句、第十一・十二句と、三箇所まで対句仕立てになっていることは一目瞭然。加えて音韻への配慮がある。劈頭三句の末尾「空」、「紅」、「朧」の三字は、伝統的韻目では東韻上平声に属し、今日の表音文字表記に拠れば、いずれも -ong 母音で終止している。句中の「桐」、「重」も同韻。またこれはしばしば「灯」韻（-eng、-ing、-ueng）と押韻するから、すると「朦朧」の一語はいっそ畳韻（二字同じ韻字から成る）であるし、先まで目を伸ばして、句末では「聲」、「情」、句中では「種」、「平」、「情」、「中」なども通韻字として拾われるだろう。これらが実際の響きに如何ほどの効果を与え得るかはさて擱いても、ともあれ詩は押韻すべしという、伝統的な作詩観念を継承した、相当意識的な作為であったとしてよいだろう。

こうした例を詩稿から拾い上げるのはさして難しくない。次に、一九二〇年十一月十一日の日記記事に記された、比較的初期の作、前の一首より余程分かり易い佚題一首を示す(2)。

呼呼的風、／吹得我袷衣裏栗栗地發抖。／滿點的星、／引起我蕭靜沈寂的心。／萬籟俱寂、寒氣悚悚、／怎地過冬?／官府老爺、皮衣絨袍、／還加酒咧！花咧！嬌嬌美人咧！／怎樣樂！／北方的同胞、無衣無食、／肚皮孔壁、渾身栗栗、／苦！死了！怎莫痛喪心！／同是一人、／同過一冬、／那有這天壤分別！／嘔！惟一的法令、／就是大家起來革命、／使那「不勞而食」的生活不能。

ヒュウヒュウと風が／僕の袷をブルブルと震わせる。／満天の星が、／僕に静かで寂しい心をもたらす。／万籟悉く静まり、寒気は蕭々、／いかにこの冬を越すべきか?／お役所の旦那様ときたら、皮の衣に毛の上着、／それに酒だ！花だ！たおやかな美女だ！／なんて楽しい！／北の同胞は、着るものも食べるものもなく、／腹のなかは空っぽで、総身を震わせている、／苦しい！死ぬ！悲しまずにいられるか！／同じ一個の人間が、／同じ冬一つの冬を越す、／こんな天地の違いなどあるものか！／おお！唯一の方法、／それはみなで革命に起つこと、／「労せず食らう」生活を不可能にすること。

世界を苦楽の懸隔から成ると観ずる眼差しを、そのまま「唯一の方法」たる「革命」に注ぎ込む辺り、この時期のラディカリズムのありようを窺わせる材料として、また青年陳範予の思想傾向の「健全」を夙に示す「アリバイ」としても、それなりに取柄はあろうが、それは擱く。当面する興味の対象は、この一首を「詩」らしく仕上げようとする配慮の存在であった。ここでも一・三行目、五行目、七行目、十・十一行目、十三・十四行目の句作りに懸けた工夫は明らか、一、三、五、六、十四、十六、十七、十八行目末尾の「風」、「星」、「悚」、「冬」、「令」、「命」、「能」（広く取れば四、十二行目の「心」、十三行目の「人」も）及び十、十一行目末尾の「食」、「栗」（十一行目前半の「皮」、「壁」も）で押韻している。

この時期、言語の共通語化、規範化は、無論モダナイゼーション、近代国民国家建設という要請から、急務として意識されてはあったものの、実際には模索段階にあり、当時の言文一致体の「口語文」の語彙には、今日の普通話の標準からすれば奇異な用例や、一般的な認知度、理解の如何を配慮しない方言俚語の使用が目立つとは、何より『日記』翻刻作業を通じて痛感された事態であった。従って軽率な断定には慎重を期さねばならないが、それにつけても十一行目の「肚皮孔壁」はどうにも妙な気がするし、「栗栗」の重複使用も目障り。押韻を優先したための無理と見るべきか、それはそれとして興味深くはある。

次の一首は「空鼓 Drum」というタイトルが冠される。一九二〇年十一月二十九日の作。これは詩稿から採った。冒頭「冬冬」（ドンドン）という擬音が、一韻到底に近い全篇の響きを支配すべく、続く句作りもかなり意図的に工夫されたように見える。残念ながら訳文では、そのような音韻上の妙味は伝わらないが。

空鼓　Drum

鼓兒冬冬冬冬、／裏面空。／他還張聲疾呼的／「往古今來、多少愚者智者受我圈籠。／我響了、／渠們拚命的向前、／殺渠們親愛底同胞。／我越響了、／渠們越追趕、／殺渠們親愛底同胞。／我——響的是空、／渠們——眞昏夢！」

太鼓　Drum

太鼓はドンドンドンドン、／中身は空洞。／彼は声を張り上げ疾呼する。／「古今往来どれほどの愚者智者が籠絡されたことか。／俺が鳴れば、／彼らは必死に進み、／自らの親愛なる同胞を殺す。／俺がもっと鳴れば、／彼らはさらに追撃して、／自らの親愛なる同胞を殺す。／俺——響くのは空洞、／連中は——まったくうすボンヤリ！」

「冬」、「空」、「籠」は -ong 母音で押韻。篇末の「夢」meng も通韻と見てよい。首尾を押韻で固め、間にリフレインを配する辺りの手並みを見ると、形式的整斉への配慮もそろそろ身に着いてきた様子である。

そもそも旧体詩、即ち伝統的な定型詩にあっては、平仄や押韻に関する細々しい約束事を踏まえさえすれば自動的に保証されていた韻文としての音楽性、音楽美だが、白話詩の草創とは、そのような約束事を、専らそれが「旧」、「伝統」であるという理由から、ひとまず御破算にする所から着手された。となれば、白話詩が「詩」である以上、せめて散文と区別される程には必要とされるであろう「非」散文性の根拠はどこに求められたのだろうか。この、かなり根本的な問題に関して、ここで眺めている陳範予の詩作以前の段階で、系統的な見解を示したのは胡適であった。「白話大師」と称され、確かに白話文提唱から白話詩の実作に至るまで勇敢な実践者だった胡適だが、端的に白話詩を巡り発した議論というのはそれ程多くない。文学一般を扱う総論の一部で触れられたものや、書信における言及を除けば、中国文学史上初の口語詩集にして、胡適自身にとっては新旧体裁を問わず、唯一の自撰詩集である『嘗試集』に冠した自序に始まり、(3)恐らく兪平伯の詩集『冬夜』への書評(4)を最後として、僅か数篇に過ぎない。しかも、体裁や系統的な論述といった点で、所謂「詩論」の名に値するのは、一九一九年に発表された「談新詩――八年来一件大事」が唯一のものではないだろうか。(5)陳範予にとっては一師における師であり、また晨光社の顧問として、作詩の師でもあった朱自清は、後年になって「『談新詩』は殆ど詩の創造と批評の金科玉条となった」と、その影響の大きさを回顧したが、(6)そのような胡適の一文、陳範予も発表直後に読んでいたらしい。『日記』一九一九年十月三十日の記事を見ると、「晩、雲陔の『唯物史観的解釈』を読む。読み終えて、十分にはその意を理解できなかった。また胡適の新詩はなかなか面白かった」とあるのだが、雲陔の一文は「談新詩」と同じ雑誌の同じ号に掲載されているので、記事に見える「胡適の新詩」（傍点引用者）が「談新詩」を指すこと、ほぼ疑いない。では、ここで胡適は何を論じていたのか。

胡適は先ず、「『嘗試集』自序」で提示した、「長短不一定の白話詩」こそ「詩のスタイルの大解放」であるとの見解を確認した上で、この「大解放」の結果、旧体詩では実現不可能だった様々な表現が、白話詩において初めて可能になったとする。

今次中国文学の革命運動は、また言語文字と文体の解放でもあった。新文学の言語は白話であり、その文体は自由で、格律に囚われないものだ……形式上の束縛は、精神を自由に発展させ、優れた内容を充分に表現することを不可能にする……近年の新詩運動は「詩のスタイルの大解放」といえよう。このスタイルの大解放があったので、豊富な題材、精密な観察、深遠な理想、複雑な感情が、詩の中に入って来ることができたのだ。

この議論は、一九一七年に胡適が発した文学革命の宣言、「文学改良芻議」[7]をすぐに引き取って劉半農が発表した「我之文学改良観」[8]における、「詩律が厳格になるほど、詩のスタイルは少なくなる。となれば詩の精神が蒙る束縛も益々甚だしくなり、これでは詩学に発展の希望は全くない」といった主張に近い。劉はさらに、「もしも他種の詩のスタイルを自分で作り出すか、あるいは輸入することができ、有韻の詩のほかに無韻の詩も加えるなら、形式面において無数の方途が加わることになり、以前のように不自由ではなくなるだろう。また精神面での進歩も一瀉千里の高速度を示すだろう」とし、中国新詩史上名高い「旧韻を除き、新韻を作る」旨の主張を行うが、胡適はこの「新韻」に内実を与える形で、「自然な音節」を、新詩における音楽性、音楽美の基礎に据えていた。

ここで所謂「音節」とはシラブルのことではなく、「音」＝「音声の高低、緩急などのリズム」と「節」＝「リズムを構成する基本単位」の意である。胡適は、新詩における「調べ」ともいうべき「音」について、平仄の自然、用韻の自然を二大要件としながら、これは実際に口に上せたときの「自然さ」を基準とするもので、旧体詩のような定型的な平仄、韻脚配置に頼らない、口頭語としての自然な語気の上下が重要であるとする。一方の「節」、つまり詩句中の抑揚頓挫の切れ目については、口語語彙はシラブル数が一定でないため、旧詩の五言、七言のように、規則として固定できない、従って「意味の自然な切れ目、文法上の自然な切れ目によって分かたれる」とする。
さて、陳範予が押韻という作法に自覚的だったらしいことは、前掲三首に既に窺われる通り。この点に限って見ると、胡適の見解はつぎのようなものであった。

漢字の語尾は、母音でないとすれば鼻音であり、広東語の入声以外、子音で終わることはない。だから中国の韻は非常に寛容である……押韻とは、音節にとって最も重要ならざる要素である……平仄もまた大事ではない……詩の音節は全くのところ二つの重要な要素に拠っているのだ。一つは語気の自然なリズムであり、二つ目は各句内部の文字の自然な調和である。句末の韻脚、句中の平仄など、いずれも重要ではない。語気が自然で、用字に調和があれば、句末に韻を踏まずとも構わないのだ。……第一に、現代の韻を用いる。古韻には拘らず、韻の平仄には尚のこと拘らない。第二に、平と仄、いずれで押韻しても構わない。これは詞や曲でよく見られるもので、新詩だけがそうだというのではない。第三に、韻があればもちろんよいが、なくとも構わない。なんとなれば、新詩の調べは、その骨格自体に存しているのであり、即ち、自然な軽重高下、語気の自然な区切りにあるので、脚韻の有無は問題にならない。

実際の作詩の場面における、音韻上の具体的な作法については、「旧体詩における音節のエッセンス」とする「双声畳韻」、即ち語頭子音を同類で合わせる「双声」、語尾の韻を、鼻音を含む母音で踏む「畳韻」が、音節の整斉に対して有効な手段であるともいう。もっとも、これとて、私も時には双声畳韻の方法を用いて音節の調和と優美に役立てようとする……しかし、こういった技というのは、偶然に逢着するというのがよいので、無理にこれを求めてはならない。偶々そうなりそうだというのであれば、一文字二文字を動かすのもよいだろう……無理に拵え上げるなら、それは詩ではない。

と、飽くまで不自然な作為は戒めた上でのことである。

なぜ、ここまで胡適は「自然さ」に拘泥するのか、それは差し当たり音声の聴覚上におけるスムースさの追求ということなのだが、しかし、それはもしかしたら第二章で論じた「自然」状態への憧憬と、どこかで通じているかもしれない。それは論じずに擱くとして、当面の関心からは、テクストができる限り「障碍」を抱えない媒体となることを求める胡適の感覚は無視できない。そのような感覚は、自らのリーディングをも相対化する「テクスト意識」の希薄を導きかねないからである。

さて、陳範予だが、彼が如上の主張を系統的に開陳した「談新詩」のどこに興味を覚えたか、彼もまたこれを「金科玉条」と奉じたか否か、これに目を通していたであろうと推測する以上の資料もないのだが、その詩作においては、意図的な双声の配置がほとんど見られぬ以外、全体として胡適の主張する「自然な音節」を習得する方向で、陳なりの上達を遂げていったという印象を受ける。以下の二首は、形式的整斉に腐心する余り、詩情が犠牲にされることもなく、つまりは詩テクストとして一定の完成度を示すよう読まれた例である。前者の「樂─苦」は、一九二〇年十二月十二日作、後者の「贈耿僊」は一九二一年六月十一日作。「耿僊」は、本名を銭耕莘といい、浙江省嵊県の出身。一師では陳より二級上、一九一六年の第七次入学。陳と共に、浙江省で初めて労働者団体が発行した定期刊行物《曲江工潮》（浙江印刷公司互助会が一九二〇年に創刊）の編集に当たった。これ以外にその経歴は不詳だが、《民国日報》副刊《覚悟》などに何度かその名前を見る。前もって用韻のみ確認しておけば、前者では -iao 母音（「跳」、「妙」）、-ao 母音（「好」、「惱」、「抱」）が主調となり、後者では -i 母音（「氣」、「你」、「力」）、-iang 母音（「相」、「象」）および -ang 母音（「上」）が主調となる。いずれも、音調がリフレインの活用と相俟って、ポエジーに相応しい調べを生んでいると「聴き取られた」が、どうだろうか。

樂—苦　十二月十貳下午寄給天池和乃庚二人看。
我本是自由、本是快樂。／東叫西跳、／何處不好！／／可惡那無情的、／把我緊緊關住、／牢牢在籠裏。／／人見我了、／都是贊不完的誠好！／講不完的眞好！／／其實——／我何嘗誠好！／何嘗精妙！／／只是——／滿肚子的苦惱！／寫不出的懷抱！

楽—苦　十二月十二日午後、天池と乃庚に寄せる
ぼくはもともと自由で、もともと快活なんだ。／あちこち飛び跳ね、／それでご機嫌！／／でも無情なあいつが、／ぼくをギリギリ邪魔して、／籠にギュッと押し込める。／／人はぼくを見れば、／みんな果てしなく最高だと誉める！／口々にすばらしいと誉める！／でも——／ぼくのどこが最高だろう！／どこがすばらしい！／／あるのはただ——／腹いっぱいの苦しみ！／筆にできない想い！

贈耿僊

渾騰騰地一團氣、／本分不出我和你／／宇宙底色相、／物外人格底印象、／都清清楚楚現在你底心上了。／／你把你所有底一切、／都預備得整整齊齊了、／未來的開戰、／是你底責任、／也是我底期望呀！／／耿僊！／願你記取！／前程努力！

耿僊に贈る

渾然一体となった空気の中で、／そもそも僕と君は分かち難い。／／宇宙の実相と、／世俗を離れた人格の姿が、／くっきりと君の心に映っている。／／君は持てる全てを、／すべてきちんと整えた、／未来に戦端を開くのは、／君の責任であり、／僕の願いだ！／／耿僊よ！／おぼえていてほしい！／前途は努力あるのみ！

注釈

（1）『日記』二四二頁。
（2）『日記』二五八～二五九頁。
（3）『嘗試集』への自序は、胡適の白話詩観を披露した「詩論」でもある。初版は上海亜東図書館から一九二〇年三月初版が刊行されている。また一九二〇年八月再版、一九二二年十月増訂四版でも自序を書き直している。
（4）「評新詩集（二）兪平伯的『冬夜』」（《努力週報》増刊《読書雑誌》第二号、一九二二年十月一日）。
（5）《星期評論》双十節紀念号、一九一九年十月十日。
（6）「『中国新文学大系・詩集』導言」。
（7）《新青年》第二巻第五号、一九一七年一月。
（8）《新青年》第三巻第三号、一九一七年五月。

Ⅲ　作品（二）——短、長詩形の試みと王祺による詩稿添削

次に詩形から陳詩を眺めてみよう。詩稿全体を眺めれば、三十行未満のものが多数を占めるが、中には長編の叙事詩と、一方、それとは対照的な、十行に満たない短詩も見ることができる。先ずは短詩を四首。一九二二年の作だが、具体的な日付は不詳。

春風
愛すべき春風よ、／ありがとう、／また大地を新しく装ってくれたね[1]！

先がけて
ぼんやりとした、この春景色、／ふと頭をもたげれば、／窓の外には桃の木が一本、／花がふたつ、先がけて咲いている[2]！

刹那
面を伏せ、眼を開く、／想いは春風に乗って去った。／この瞬間の人の悲哀よ[3]。

（佚題）

今日より前の一切は、／すべてが悲哀の涙です。／この涙をガラスの杯に盛って、／新しい涙もろとも呑みましょう。／こうして僕の心はさっぱりします[4]！

このスタイルでの作詩は、一九二二年前半にほぼ集中している。現代文学史において、短詩という詩形（中国では「小詩」の呼称が一般的のようである）は、一九二一年以降の、周作人による日本の俗謡、和歌、俳句の紹介に端を発して流行し、謝冰心の『繁星』（一九二二）および『春水』（一九二二）、宗白華『流雲小詩』（一九二三）などが初期の代表的なものとされるから、陳範予の習作も、こういった動向にいち早く旺盛な好奇心を示したものだったかもしれない。

前述のように、陳は一九二一年、一師同窓と共に晨光社を結成している。この文学結社、社名義による成果を何ら残していないので、先ずは『日記』が、その活動の実態を窺うべき何らかの手掛かりを提供してくれるかと期待されたが、

晩、耕莘、兆熊、柏台、柏華と朱佩弦［自清］先生のもとを訪れ、詩の学習について相談する。彼が我々の批評者となるのである。我々は毎週、少なくとも一首の詩を作り、これを討論する。以前の私は闇雲だったけれども、今後は東施顰を倣うように、とにかくやってみよう。（一九二〇年十一月二十日）

晩、耿偲、兆熊と朱佩弦先生の部屋で詩を論じた。（同年十二月十四日）

という、簡単な記事二則以外にそれらしきものは見当たらない。晨光社の存在した時期が、ちょうど日記の亡佚時期に重なるのは遺憾である。となれば、この前後の時期に書かれた陳範予の詩は、晨光社の「詩風」を伝える、目下唯一といってよい貴重な資料ともいえるのである。これも先に記したように、晨光社は、潘漠華、汪静之、馮雪峰、応修人が結んだ湖畔詩社の揺籃となったのだが、詩社名義による四人の第一合詩集『湖畔』（一九二二）の基調を成したのが短詩であった。陳の習作に窺われるように、この詩形、実は湖畔詩社に先行して既に晨光社で試みられていたらしいという、その間の脈絡こそ、実証的な文学史研究の角度からは興味を惹くところだが、ここでは擱こう。さらに陳範予の短詩を三首眺めておく。これらはいずれも、一九二一年に諸暨山後村の自宅近くで溺死した次弟、昌堯の追悼をモチーフにしたもの。

ぼくも遊びたい
朝早くの太陽は、／うれしげな様子で、／林の中からゆっくりと梢の先まで昇り詰めていく。／真っ赤な色は、／英雄の体に滴った一滴の血だろうか？／兄ちゃん！ぼくも木に登ってお日様と遊びたいな！(5)

早朝
空一杯に花を咲かせた美しい雲よ！／弟もあそこにいるのだろうな。(6)

弟を想う
水底のあちらこちらに覗く柳の影は、／ぼくの心に映った痩せて色黒の弟の姿だ！／可哀相な弟！(7)

湖畔詩人たちの短詩としては、例えば、

僕は子供が、子犬が、小鳥が、小さな木が、小さな草が好き、／だからぼくは小さい詩を作るのが好き。／でもご飯は丼一杯がいいし、／肉も塊がいいよ！[8]

格子縞の藍布を頭に巻いて、／剪ったばかりのウマゴヤシを籠に一杯肘に提げ、／彼女はそんな風に／朝日に照らされた麦畑を歩いている。[9]

風にさざめく水、／いわれもなく波立つ、／波立つ。[10]

といった、ナイーヴな牧歌の風が印象的だが、陳範予の短詩では「春風」、「先がけて」がこれに類し、その他はやや沈鬱の情調が勝る。気質としては、湖畔詩人中最も深刻げな潘漠華に近かったか。

次は一転、長詩に目を向ける。篇幅の大きさのみを以て「長詩」と呼ぶなら、陳の詩作には二種類の長詩がある。一つは叙事詩ともいうべき首尾を整えたもの、いま一つは短詩を連作として連ねて総題を冠したもの（例えば、一九二三年の作、「晨鳥之歌」は、二、三行からなる箴言風短詩五十首から構成される）。ここでは、前者に分類される長詩から二首示す。「鷓鴣が彼女を」は一九二二年八月十五日、「母子の死」は同年八月二十日の作。いずれも、陳範予が一師在学中に最も親しく指導を受けた博物教師、王祺の懇切な添削を経ている。[11]

鷓鴣が彼女を

静かで、奥深く、稠密な森林の中、／鷓鴣が樺の枯れ枝に泊まり苦しげに鳴く、／夏の苛立つように熱い空気に、／冷淡で哀しげな調べを振り撒けば、／それは幽かにご新造さんの耳に届く。／親愛なる父さん母さん、／あなたがたの実の娘は、／あなたがたによい子と呼ばれた娘は、／今では見も知らぬ家に住まって、／ここの人たちの顔に浮かぶ凶悪な笑いと／化け物顔を提げた頭に、／肝も潰れて息が詰まります！／親愛なる父さん母さん、／あなたがたが生んでよい子と呼んだ娘は、／娘は今や他人の眼に射抜かれてます！／娘は今や他人の口で呪詛されています！／昔の楽しく活潑な魂は／少しずつ窓の外で鳴く鷓鴣の声に熔けて、／苦痛、凄惨、寂寞の暮らしに変わりました！／娘を生んでくれた父さん母さん、／ご存知ですか？あなたがたは／昨日までよい子と呼ばれた娘が分かりますか？／娘は今ではまったく虚ろな存在です！／真っ暗な墓穴の中にいるように哀しい、／／魂が死んだように強張っているから！／なんて憐れな、娘の幸せは、／知るべくもない運命がそっくり奪って行った！／父さん、母さん、／子供の頃の楽しさはどうすれば戻るの？／――でも、もう考えない！／考える必要もないの！／通り過ぎてきたのは涙の淵！／今では、彼――死神がいるだけ！／彼こそは愛しい恋人よ！／娘は彼のもとへ行きます！／一切すべてを彼に委ねます！／／親愛なる父さん母さん、／娘をよい子と呼んでくれた父さん母さん！／／鷓鴣は弱々しく哀しい歌を唄っている、／親愛なる父さん母さん、／娘には分かりません／あなたがたがなぜよい子の運命を棄てたのか？／子供の頃楽しさ夢見た黄金のような命の寄る辺は、／完全に壊れてしまった！／完全に壊れてしまった！／分からないのは、夜毎見知らぬ伴侶が添い寝して、／恥知らずに迫ってくる／娘の柔らかで暖かい唇に、／そして囁いてくる、／「女房や！

／俺の宝物！俺の命！」／ああ、この世にこれほど辛いことがあるかしら？／／娘は怖くて萎えてしまった！／体は冷え切って痺れています！／私を生んだ父さん母さん、／あなたがたはよくも／身の回りをチョコチョコしていた／あなたがたを愉しませた優しく賢い子羊を／寂しく深い谷間に遠く置き去りにして、／貪婪な野獣の辱めに曝すことができましたね？／ああ、父さん、母さん、／娘の翼は折れました！／娘の力は霧のように飛び散りました！／今となっては、彼にお仕えするしかない！／あの暗闇の光だけが私の魂の慰め！／親愛なる父さん、母さん！／娘をよい子と呼んだ父さん、母さん！／／鶺鴒が羽音を立てて窓の外に飛んできた、／窓の外は山の麓に大きく聳える林、／鶺鴒は哀しげに叫ぶ――／唄うは物寂しげな歌！／彼女はポツンと窓の下の机に打ち伏し、／涙は止まることなく流れる！流れる！(12)

母子の死

夜通しの餓えたように残酷で猛烈な風雨が、／重なる峰を戴く山裾の美石、草木、村落を呑んだ。／ある農家では安らかに抱き合い／夢の甘さを味わおうとしていた母と子が、／訳も分からぬまま海獣のように凶暴な水に葬られた。／／報せは旅人の賛嘆する口からもたらされた。／「品の良い中年の婦人が、／懐にひとつくらいの子供を抱いていた、／この子供は黄色くて細い髪の頭を、／母親の胸にぴったりくっつけ、／母親の右手は子供の頭の後ろを支えていた。／彼女の蒼く凄惨な顔、／両の唇は蠟のようで、／黒髪は泥に塗れて乱れ、／でも口許には愛らしい笑みが浮かんでいる。／彼らは赤裸で、／一糸纏わぬ姿で陽の光に輝いていた。／水にどれほどの間浮かんでいたものやら、／水に浮かんでどれほど流れてきたものか、／二人は抱き合って死んだ、／裸で淀みに横たわり、／心ある人々が涙ながらに埋めてやったよ！」／旅人の口から出た哀傷の言葉、

／旅人の眼に溢れる同情の涙！／／水にどれほど浮かんでいたのか、／どれほど流れてきたか知れぬ母と子よ！／あなたがたは一夜の暴風雨の洗礼を受け、／勇敢で巨大な浪に運ばれ、／この辛苦艱難の娑婆を後にした。／これ以上の幸福があるだろうか？／これ以上の快楽があるだろうか？／母と子よ！／この一夜の大嵐における壮烈な死、／誇らしくも愛の楽園に住まう死、／二人して甘美な接吻の夢未だ醒めやらぬうちの死、／偉大な死よ！／不朽の死よ！／快楽の死よ！／人々はこの上なく清らかな死に打たれている！／／心揺さぶる裸身を見て恥じ入らぬものがあるか？／汚水に溺死した幼児を憐れまぬものなどあるか？／誰が子供に口づけ「可愛い児」と呼びたがらぬか？／しかし、不思議な、神秘な、玄妙な運命は／この無限の価値を持つ母子の愛と、愛の微笑を、／清らに、誠に、慈しんで、十全にこの世に示した！／その愛に感動せずにいられようか？／その無垢に祈らずにいられようか？／大海原に逆巻く波浪の力と、／高山から転げ落ちる大岩の勢いで、／熱烈な情感が人々の胸へと雪崩れ込んできた！／／一夜の凧に突然の死を迎えた母と子よ、／あなたがたの自由な魂、／あなたがたの愉快な魂、／あなたがたの愛は灌がれる、／抱き合って死んだ母と子よ、／あなたがたの自由な魂、／あなたがたの愉快な魂、／あなたがたの愛は灌がれる、／春の花のように香って、／夕焼けのように壮麗に、／無上の存在たる魂よ、／罪深い世界から解放され、／罪深い世界を後にして天翔けて去っていった！／この荘厳な魂は粛々と蒼き天空を飛び、／翼の隙間からは眩い光を発し、／永遠にこの人の世にある母子の愛を照らす、／永遠！永遠の愛の光！／愛の神馬に乗りこの世界を離れた母と子よ、／行く手は太陽の光明が照らし、／その後を追いかけて千万の頌歌が始まった！[13]

前者「鶺鴒が彼女を」には、前年の、恐らくは意に染まなかった結婚が[14]、後者「母子の死」には、この年浙東一帯を襲った大水害が[15]、それぞれ背景としてあるのだろう。しかし、長短両種の詩形を眺め終えての比較では、事実の生々しさから来る衝迫を、詩テクストとして定着させる際には却って十分には扱いかねて、専らレトリックの奇辟や感傷の過剰な表出に凭れた観のある長編より、それこそ「情影」と呼ぶに相応しいような、ふと胸裡を過ぎった情景や想念を、淡い一筆で書き留めた風情の短詩に、むしろ清新な魅力が感じられるようにも思う。

冒頭でも標榜したように、本章は陳範予の詩そのものの細やかな評析より、これらの詩が、新旧交替という素朴な進化論だけを支えに、実作面での満足な手本もないまま、如何にして書かれていったのかという、いうなれば白話詩普及のメカニズムの瞥見を関心の一方に据えているから、当時にあって「よい表現／訂正されるべき表現」がどのように考えられ、判定されていたか、その実態を窺うべく、先に述べた王祺による詩稿への添削の実例を覗いて見るのも、あながち寄り道ではなかろう。字句の細部に至るまで一々施された訂正や、所々に書き付けられた批語は、無論王祺という人物の個性、文学や詩に対する理解や観念というフィルターを通過したものであるが、とにかく陳範予の眼前に差し出された「手本」だったには違いない。ここでは、このような添削が多く施され、判読にも問題のなかったものとして、前掲詩稿一覧中⑥所収の一首、「妹妹到外婆那裡去」（一九二二年六月二十八日作。この題名からして既に訂正が加えられている）の第一、二節を例に、陳の草稿と定稿、王の添削を一行毎に対照し、批語を当該箇所に附記した。草稿の第二節は、定稿の第三節も含む形だが、対照は定稿に基づき、定稿では第三節に繰り込まれた草稿の十目以下は表中に掲げない。表中の定稿欄で傍線を施した部分は、王が圏点を加えた字句を示し、添削欄で括弧に括ったものは訂正のないことを示す。書式は些か煩瑣になったが、ともあれ白話詩の草創期における、ある種の「基準」を示す、具体的な資料として、一定の価値はあると思う。

今日規範的、標準的とされる共通語（普通話）を基準にして見るなら、陳の定稿における用字上、文法上の病は明白であり、王の添削も妥当なものと思えるが、ここで仔細な分析を行う余裕はなく、略に従う。

王祺による陳範予詩稿添削例

節／行	草　稿	定　稿	王 祺 添 削	批　語
（タイトル）	吾妹之死	妹妹的死外婆那裡去	妹妹到外婆那裡去	
一／一	村外瀾洋洋泛濫之滿裝大水	村莊外瀾洋洋泛蕩蕩滿裝了大水了！	村莊外地田都洋洋蕩蕩地滿裝着大水了！	
一／二	瘦狗懶懶地延了聲吠 疑惑水面上蓬頭落着的池岸之柳是神怪的化身	林頂蓬松露着透氣	祇有那樹林的頂露着在水面透氣	
一／三	波浪滃滃地敲着石塘	浪波滃滃地衝撞石塘	浪波滃滃地衝撞	
一／四	百姓們眼青青仰首向天看望	百姓們眼青着仰天看望	鄉下的人們眼睜着向天仰望	百姓兩字不宜用
一／五	祇她一個、我底妹	祇她一個、我底妹	祇有她、我底妹	
一／六	孤另另屋裏曬匾上躺着	孤另另屋裏曬匾上躺着	沈沈地在曬匾上躺着	
一／七	不絕而凄傷的聲音叫喚	不絕而凄傷的聲音叫喚	（不絕而凄傷的聲音叫喚）	
二／一	父親拿着煙筒	父親拿梗煙筒	父親拿着一梗煙筒	
二／二	呆癡癡廊下的板凳上坐	呆癡癡廊下的板凳上坐	呆癡癡坐在廊下的板凳上	
二／三	無力的眼光瞟過庭前的仔牛	無力的眼光瞟過檐下仔牛、又到	（無力的眼光瞟過檐下仔牛、又到）	
二／四	園裏曬着的一大堆半青黃的稻穗	園裏聚着的一大堆半青黃的稻穗上	（園裏聚着的一大堆半青黃的稻穗上）	
二／四	過一回後、慢慢地吸着黃煙	過一回、復慢慢地吸起黃煙	過一回、復黃煙從他的煙斗滾出來了！	
二／五	母親坐在她女兒身邊	母親陪在她女兒身邊	（母親陪在她女兒身邊）	
二／六	二個囁囁而悲哀的眼睛　淚牽引着淚	兩個潮濕而悲哀的眼睛	（兩個潮濕而悲哀的眼睛）	都是愛戚煩悶應有的景致
二／七	累累落到胸前衣沿	湧現着累累的淚、沾到衣沿	（湧現着累累的淚、沾到衣	

			沿）
二／八	手撫摸女兒的腰部	手撫摸女兒的腹部	（手撫摸女兒的腹部）
二／九	她躺着、「唷！媽媽！」叫着	她躺着、朦朦的眼神寄	她躺着、朦朦的眼神
二／十		穿在母親慈祥的指頭	穿着母親慈祥的指頭

注釈

（1）【原文】「春風」

可愛的春風喲、／謝謝你、／又爲我大地換上新衣了！

（2）【原文】「趕先」

漠漠然、這春的風景、／忽然仰起頭、／窗外一顆桃樹、／二朶花趕先開了！

（3）【原文】「刹那」

埋頭、展眼、／思想乘着春風去了。／這一時的人之哀哀呀。

（4）【原文】

今天之前的一切、／都是悲哀的眼淚。／把這眼淚盛在玻璃杯裏、／又和些新鮮的一道呑進肚裏。／我心於是爽快了！

（5）【原文】「我也要」

清晨的太陽、／帶着欣欣的風采、／慢慢從樹林爬到頂尖了。／緋紅的、／英雄身上落下的一點血麽？／哥哥！我也要爬上樹林和他玩了去呵！

（6）【原文】「早晨」

滿天花花開着的美麗的雲朶呀！／我的弟弟怕在那裡罷。

（7）【原文】「念弟」

處處瞥見的水底柳影、／就是我心裏現出的瘦黑的二弟弟之小影呵！／我的愁慘的弟弟啊！

（8）　馮雪峰「小詩」（《詩》第一巻第二号、一九二二年二月原載。ここでは『雪峰的詩』（人民文学出版社、一九七九年）一四一頁所収に拠る。なお、この詩の原載誌《詩》は、一九二二年一月の創刊、奥付では「中国新詩社」の編集発行とされるが、実際には前後して一師に着任した葉聖陶、朱自清、劉延陵が主編を担当、晨光社成員を始め、一師学生の詩作が多く掲載された。陳範予の詩も一首確認される（「一映」、第一巻第五号、一九二二年十月）。第二巻第二号（最終号）の表紙には「文学研究会定期刊物之一」と記される。

（9）　応修人「麦隴上」。湖畔詩集第一『湖畔』（湖畔詩社、一九二二年四月／上海書店、一九八三年影印）所収。

（10）　汪静之「小詩二」。『湖畔』所収。

（11）　王祺（一八九一～一九三七）湖南衡陽人。字・淮君、号・思翁。湖南師範学校在学中、中国革命同盟会に参加。日本、アメリカに留学、カリフォルニア大学卒業。湖南大学、一師教員を経て、広東臨時政府秘書・程潜の秘書長。一九二七年に湖北省政府委員兼農工庁長、武漢政治分会財政委員会委員、二八年に中央党部訓練部秘書、二九年に湖南省政府委員、省党務指導委員兼訓練部長、三五年に第五期中央執行委員、中央監察院委員。在任中、肺結核に糖尿病を併発、湖南衡山で死去。なお、湖南省政治協商会議衡陽市委員会・衡陽県委員会文史資料研究委員会編『衡陽文史資料』第十輯（一九九〇年十二月）は『王祺紀念集』であり、その生涯の概要を窺うべく、恐らく今日参見し得る最も詳しい資料である。陳範予宛の書簡も八通翻刻され、収められている。また、王祺と陳範予師弟の親密な交流は、ここで整理した詩稿への添削指導に止まらず、アナーキズムを共に信奉するという思想的な側面も持っていたようである。王・陳は一九二三年の一月、杭州煙霞洞に築かれた師復の墓の修復を行っている。この経緯に関しては、「王祺、陳昌標師弟による煙霞洞師復墓重修について」（一橋大学語学研究室《言語文化》第三一巻、一九九四年）という一文で、関連する陳日記記事の翻刻と共に整理したことがある。

（12）　【原文】「鶻鳩使她」

一座靜謐、深遽、稠密的森林裏、／鶻鴣棲停於枯樺枝上苦苦地叫着、／夏之煩熱的空氣裏、／撒滿了這冷澹而悲哀的調子、復幽幽散入新閨女郎的耳朶。／／親愛的爸爸媽媽喲、／你們親生的女兒、／被你們喚爲乖肉的女兒、她現在棲居一個不相知的家裏、／這裏人們臉上遊出的獰惡的笑容、／和面前掛着鬼般凶臉的頭腦、／嚇得她底呼吸窒息了！／親愛的爸爸媽媽喲、／你們親生的和喚爲乖肉的女兒、／她現在是給陌生的人們底眼光射死了！／她現在是給陌生的人們底嘴巴詛呪了！／她底昔日快樂的姿態和活潑的心靈／一點一點地爲她窗外鷓鴣的叫聲所消熔、／而化爲苦痛、凄慘、寂寞的生涯了！／親生她的爸爸媽媽喲、／你們知道麼？你們知道／昨日爲你們喚爲乖肉的女兒麼？／她現在完全是空虛的存在了！／她和住黑暗的墳墓裏一樣悲痛、／因爲她底靈魂已經死一般的僵了！／可憐呀、她底幸福、／統統爲不可知的命運剝奪去了！／爸爸喲、媽媽喲、／怎麼會還她幼年時那樣的快樂呢？／——然而不想了！／也不必想了！／過去的是眼淚的深淵呵！／現在、只有他——死神呵！／他是她愛情充滿着的戀人呵！／她將到他那裏去了、／她底一切將全歸他管領去了！／／親愛的爸爸媽媽喲、／喚她爲乖肉底的爸爸媽媽喲！／／鷓鴣無力的悲調唱着、／親愛的爸爸媽媽喲、／她不知爲什麼／你們竟願意棄了喚作乖肉的她底命運呵？／她孩兒時黃金似的夢想着快樂的生命之屋、／完全是破碎了！／完全是破碎了！／她不知爲甚的、頻夜有不識的伴侶和她睡、／而且沒廉恥的狎迫着／又輕輕微微地說／「我愛人！我底寶貝呀！性命呀！」／啊呀、世界上還有比這更難受的麼？／她底心兒怕得無力了！／她底身體冷得痲木了！／親生的爸爸媽媽喲、／你們怎這般忍心、／甘丟開自己身邊盤桓着／溫柔而怜悧够使你們快樂的小羊、／遠遠的安放在深寂的幽谷、／而忍爲貪狠的野獸去羞辱呢？／啊、爸爸喲、媽媽喲、／她底翅膀折斷了！／她底能力霧樣吹散了！／現在、只有他那黑暗的光能使我的靈魂安慰喲！／親愛的爸爸、媽媽喲！／喚她爲乖肉底的爸爸喲、媽媽喲！／／鷓鴣撲泚泚飛到她窗前、／她窗前是山脚一座偉大而高傲的樹叢、／她在那裡哀哀而叫——／唱的凄凄楚楚的歌曲喲！／她獨影的俯伏於窗下的臺上、／眼淚牽引着流注！流注！

（13）

【原文】「母子之死」

通夜餓煞般殘酷而猛烈的風和雨、／呑沒了峰巒重重的山跟底美石、草木和村莊。／一個農家裏安安穩穩摟抱着／圖享甜蜜夢味的母與子、／朦朧地葬進海狗口中樣凶的狂水死了。／／這消息從過客贊嘆的口吻裏得來。／「一位面貌優雅的中年婦女、／胸懷間抱着個一歲光景的孩子、／這孩子披着細黃絲的頭、／緊緊貼着母親底乳部、／她底右手搠着他的後腦。／她死白而凄慘的臉上、／兩片嘴唇和蠟一樣、／烏髮黏泥糊散着、／但口角還浮出可愛的笑容。／渠倆都赤裸裸地、／赤裸裸地身在光亮的日下閃、／不知已經氽在水上多少時、／也不知氽在水上經過多少路程、／渠倆抱着死了、／赤體躺在江灣裏、／慈祥的人們含淚爲渠倆埋了！」／路人流露的悲傷之詞、／路人停轉在眼眶裏的同情之淚呀！／／不知已經余在水上多少時、／和經過多少路程的母與子呀！／你們領受一夜暴風狂雨歷程的死的洗禮、／隨着勇敢而巨大的浪濤的運送、／就脱離這辛苦艱難的生活世界了。／什麼更有你們這樣幸福呢？／什麼更有你們這樣快樂呢？／／母與子呀！／這轟轟烈烈地死於一夜狂風雨的死、／榮榮耀耀地住於愛情樂園裏的死、／親親昵昵地夢於母子甘美暢神的親吻未醒的死、／偉大的死呀！／不朽的死呀！／快樂的死呀！／人們心裏深感着無上清白的死呀！／／那個不見她動心而精赤的身而不羞澁呢？／那個不見她這樣年少溺死於汚水而不憫憐呢？／那個不情願親孩子的唇而説「可愛的」呢？然而神奇的、祕奥的、渺玄的命運／用這無限價値的母子之愛、和愛的微笑、／清白、眞誠、慈惠而且滿足的寄示人間！／誰能不爲他們底愛情而感動呢？／誰能不爲他們底清潔而祈禱呢？／洋海中萬濤千浪衝撞的力量、／高山上大石滾轉的氣勢、／一齊將熱烈的情緒奔跑於人們的心頭了！／／暴死於一夜風雨的母與子呀、／相擁抱而死的母與子呀、／你們底自由的靈魂、／你們底愉快的靈魂、／你們底愛灌澆着、／芬芳如春日花朶、／幽麗如傍晚的紅霞一様、／無上存在的靈魂呀、／從罪惡的世界解放了、／從罪惡的世界翱翔而去了！／這莊嚴的靈魂穆穆地飛於蒼蒼的天際、／由他底翅膀的縫閃發出炫耀的光、／永遠照臨這人間母與子愛的頭上、／永遠呵！永遠的愛的光！／騎着愛的神馬而離這世界的母與子呀、／前途太陽的光明照着、／追後千萬萬頌揚的音樂開始了！

（14）　陳は一九二一年に周香雅と結婚している。周氏は六歳のとき童養媳として陳家に入った。本来、次男・昌發との結婚が予定されていたが、昌發の不慮の死により、範予と結婚することになったという（陳範予長女、陳宝青の談に拠る）。『日記』には、この結婚を不本意とする心情も窺われる。

（15）　一九二二年六月から、浙江省東部一帯は、相継いで豪雨に見舞われたが、諸暨は八月初旬に大水害に遭った。なお、この水害に対する陳の受け止め方、および前注に記した、「意に染まなかった結婚」については、「陳昌標の学生生活――一九二二年の日記『我喜歡這様』をめぐって」において、やや詳しく整理した。

Ⅳ　「原野」と「耕作」――実人生に相渉る「詩」

次に、やはり王祺の添削を経た二首を覗く。本章タイトルの用意に関わる作である。両首共に一九二二年八月二十三日の作。前者篇末には「奇詭の中より、神秘的な奇詭へと変化する、これ天才の流露である」と、王祺が添削を施し終えた上での、陳詩全般に対する総評が附記されている。「奇詭」は訳し辛いが、人の意表に出る独創性、という程の意味だろう。

暗黒の心

貪婪で陰険な暗黒の狼が／僕の全身を囲んだ、／目醒めて薄目を開けた時。／／渓流はロロと絶えず眠りを誘い狂笑し、／風はヒュウと塀の外の竹を悪魔のように撓ませる、／虫はチチと痛ましい明瞭さで孤女の哀傷の如く鳴く、／夜の世界の寂しい光景――／涙がたちまち冷たい枕に注ぐ！／／暖かな気持ち氷のように冷え、／紅の望み枯花のように萎れ、／宝石のような幸せ、緑草のような楽しみ、／全ては灰色をした憂鬱の犬に呑まれた！／人の世の捨て子！人の世の捨て子よ！／／蒼白く幽かな影が窓にひっそりと映っている、／小さな星の光か。／燐の燃える如く帳の傍らに一点の火が漂っている、／夜の流浪者螢の光か。／未だ訪れぬ悠々と深き淵にも似た夢よ――／僕の心の重さは！／眼窩の目の痛みは！／歌え、高らかに！過ぎ去りし憂愁の生の歌を歌え。／「女よ――死神よ、／恋するがいい、／おまえの情人はずっと待っているのだぞ！」／／生命の路に迷いし弱きものよ！(1)

一人ぼっち

塵のような蟻が一匹、／次々と小さな脚を運び、／灯火の前で光明目指して死んだ蛾を見つけた。／蛾の羽の一角を蟻の口が銜え、摑まえた、／蛾が全身で痙攣すると、／蟻は忙しげに、慌てて転げ回る。／ひたすら噛みつき、／ひたすら転げ回る。／しばらくすると、蟻は大きな蛾を持ち上げて／未知の前途向かって這い出す、／情熱に溢れて前進する。／突然、蟻は蛾を放り出して、／鬚をゆっくりと揺すり、／周囲を見渡すと、独りで去って行った――／助けを求める者の焦慮の歩み！／蟻はとうとう舞い戻ってくる、／結局は一人ぼっちだ！／蛾の屍は白い卓布の上に横たわり、／蟻は卓布の上をきりきり舞いしている、／それでも結局は一人ぼっちなのだ！(2)

先に掲げた詩稿一覧中の⑥で、王祺は九首の添削を終えた後、全体に評語を加えている。評語の直接の対象を四首まで見た今、これを正面から検討する段取りとなった次第である。評語全文は次のようなもの。末尾「思翁」は王祺の号。

詩人の作品は、その大半が自らを写し取ったものである。君のこれらの作品を総じて見るに、天賦の才の横溢、霊感の活潑、清純、高尚、熱烈、奇詭にして神秘的、何より悠揚として迫らぬ、厳粛な味わいを知ることができる。字句に間々慎重を欠くが、注意を払いさえすれば、こういった欠点はなくなるだろう。胡適之が《努力》誌上で康白情の『草児』集を論評、多くは得難い当今の傑作といい、「漂亮」の二字を与えている。君は思うさま作っていくがいい。君の耕作すべき原野は、結局この二文字の外にあるだろう。範弟へ。新世紀二三年九月二十六日思翁。

ここで名前の出た胡適「評新詩集（一）康白情的『草児』」から、端的に関連する部分のみ抜き出して見れば次の通り。(3)

白情の詩は、技術面で確かに「漂亮」の境地に達している。彼自身もいう。結局、新詩における音節の整頓とは、詠んで詠み易く、聴いて耳に心地よいのが基準になるだろう、と。これは、一寸聞くとたいそう卑近で、容易に思えるので、多くの詩人は「漂亮を馬鹿にしてやらない」のだ！だが、私はそういった詩人に、少し基準を落として、この「詠んで詠み易く、聴いて耳に心地よい」という、最低限の基準を試すよう、心から希望するものである。

ここで胡適の所謂「漂亮」とは、「談新詩」で披露された「音節」論との合致を指すとして間違いない。一方で、王祺の「君の耕作すべき原野は、結局この二文字の外にある」という言葉を、「音節」の完備といった形式上の工夫より、詩情の源泉たる実人生を重視せよとの勧告と理解して構わないだろうが、しかしこの「原野」、どのように「耕作」するか、という問題を離れては詩テクストの形に顕れることも叶わぬ道理で、前述「手本」の問題は、文学テクスト成立のメカニズム一般に関わる問題としても、結局残るに違いない。この点はひとまず後回しとして、ここでは陳詩が如何にして「自らを写し取った」か、「耕作」より「原野」の方に重味を感じながら、王の評語を念頭に置いて、更に陳詩を四首眺めてみよう。

この四首、執筆年月日は各篇末尾に附記される。第一、第四の作は佚題。前者は『日記』[4]に記されたもの。第二首「悲しい声音!」末尾には「一九二二、十二月廿七日晩上、口苦痛極!到街一去時、見的如此。不勝感之云!」(一九二二年十二月二十七日晩、口が酷く痛む!街に出て、この情景を目にした。感に堪えず!)という詞書が附される。

抑鬱の涙

僕は薔薇の刺を借りて、/心臓の血を出し、/真っ赤な血を紙に滴らせよう。/僕は悲哀の神に求めて、/抑鬱の涙を搾り出し、/茫洋と埋没させたい、この世のあらゆる/苦痛と罪悪を![5]

悲しい声音!

校門を出ると、/哀れな物乞いの声が聞こえた。//暗闇が街に満ちると、/路地の灯は細々と震え、/人力車がガラガラと訴えるような音と共に通る。//赤い紙を掲げた店先は、/貧しい身なりで溢れ、/頻りに大声を上げている。「一等賞!一等賞!」/そして互いに覗き合っている。//白布で髪を束ね門口に立つ幼女、/涙を浮かべ泥人形のように呆然、/部屋には四十九の灯明が、/チンチン鉦の音に寄り添う。/これが人生最後の祝福といいながら!//ひっそりと、声もない横丁から、/しだいに女の哀訴が震え出す、/それを耳にした道行く人――/物悲しさを道連れにする![6]

二人の子供

官ちゃんのお母さんは怖い顔をして、／息子を打ちながらいいます。／「いうこと聞くの？どうなの！……」／同時に手を挙げ、また打とうと構えます。／官ちゃんの弟が家から駆け出してきて、／見るなり泣き始めた。／お母さんの膝に駆け寄りもっと泣きました。(7)

弱き者の心

疲れて深い眠りに落ちた夜、／暗闇と、寂寞と、／氷のように冷たい空気と、／大地の力ない息遣いに、／心は慄き震え出すだろう！／窓の外の星よ！／それはなんとしたこと、／弱き者の心の光か？／辛抱の足らない、／暗闇に輝く幽かな星！／／突然激しい稲妻が走り、／子供の心を焼いた、／小さな星は何処へ去った？／あ、未来の悠々と茫々よ！(8)

四首に共通するのは、いずれも「弱きもの」に対する眼差しである。詩稿全体に現れる弱者の形象は様々、小動物、赤心を失わぬ子供、夭折した弟妹、そして何より、星明りの弱々しい震えを、自らの心の震えと感受する作者自身である。陳には、家境の困難、不如意な愛情生活、虚弱な身体等々、自らを「生命の路に迷いし弱きもの」と見なす十分な理由があったから、弱者に注がれた眼差しが真摯な情感に溢れていたとしても、それはそれで自然なことである。しかし彼の詩作を、単に自己憐憫という感傷に出て、世上遍き弱者に自らを重ね合わせた「情影」と片付けるなら、習作とはいえ些か見縊ったことになるのではないか。実は、先に「一人ぼっち」一首を掲げたのは、そこに示された「強者」と「弱者」の関係にこそ、憐憫として済まされぬ、余程透徹した自己認識が窺われると考えたからであった。強者／弱者の序列如何という角度から、「一人ぼっち」に登場する蟻――蛾の屍――（両者を見詰める）作者、三者の関係を眺めると、この構図、なかなかの複雑さを呈していよう。一寸見には、蛾の羽を銜える蟻が強者、勝利者であり、蟻の蹂躙に全身を痙攣させている蛾が弱者、敗北者であることは明らかだ。もっとも、ここで蛾の「敗北」も、「光明目指して死んだ」ものであり、それはそれで、理想の比喩たる「光明」の裡に形骸を滅却し得た、輝かしい「勝利」かもしれない。(9) 一方の蟻ですら実際には無力だ。獲物を運ぶこともできず、「助け」を求めて「焦慮」する外ないという意味では、蟻もまた弱者に違いないのである。恐らく蟻の期待する「助け」とは、この挙動を見詰める作者からもたらされるべきだが、しかし、この最強の「助け」は顕れず、蟻は「結局は一人ぼっち」のままだ。蟻を助けるべき強者も、為す術を知らぬ弱者ということなのか。いずれ「一人ぼっち」は、正に強者／弱者のヒエラルキーが実は相対的なものに過ぎないという、作者の諦観を表現していると読まれたのだが、作詩の二ヶ月ほど後、十月二十七日の『日記』記事には、作者の弱者に対する「同情」が、確かに一種の「諦観」に支えられていたことを証すべき挿話が見えるではないか。

午後三時、僕はぼんやりと教室を出て、ふとガラス窓の蜂に気づいた……そいつは必死に羽ばたいて、透明なガラスを突き抜けようとしていた。「厄介なことになったな、可哀想な蜂だ――」僕は憐れむように思った。だが、そう思いながら、僕は鉛筆の先を持ち上げると、蜂の腹の辺りをぐっと押さえつけていた。微かな吐息を耳にして、急いで鉛筆を除けたが、蜂はそのまま窓枠に落ちて行き、焦るように、力なく震えるばかり……どうして蜂を酷い目に遭わせたのか分からない。低能な動物、この世界は苦しいばかりだ！(10)

これは明らかに、書かれずに終わった「一人ぼっち」の結尾である。更なる弱者に対しては、横暴な強者と変ずる弱者、しかし、そのような暴虐への傾斜を押し止めることができないという点で、そのような「弱者」は終に弱者に過ぎない。陳範予にとって、この自覚から出発して現実に参与すべく唯一の武器が、献身という一種の自己否定（あたかも「光明目指して死んだ」蛾の「敗北」の如き）であったなら、親友の巴金がその真情溢れる追悼文[11]で称揚した、陳の「戦士」としての一生は、見事な首尾一貫を示したといわねばなるまい。陳範予には若くして次のような詩があったのだから。

落花
僕の体を分かち、／その欠片を更に毀ち、／それとて僕の望むところ。／／如何に僕を踏み躙り、／如何に僕を嘲ろうと、／僕は受け入れよう。／／苦痛は快楽の母、／快楽は苦痛の子、／どうしてこの一時の／粉骨砕身なくしてよいものか！／／落花は化して春泥となり、／泥中に夏花咲く種子を一杯に蔵す。／愛すべき種子、／君たちは未来永劫／君たちを護ってくれた春泥を忘れてよいものか？[12]

空から雪が
今や僕には自分の思想が分かった。／人生もとはかくの如し。／潔白の心を／熱の最中に溶かし、／ゆっくりと、一片ずつ、／少しずつこの世の仕事を完成させていくものだ！[13]

龔自珍の名高い「己亥雑詩」第五「落紅不是無情物、化作春泥更護花」を踏まえた前者は一九二一年四月四日の作、かつて《曲江工潮》誌上に発表されたことがある（刊期不詳）。後者は一九二二年十二月六日の日記記事に見えるもの。

自らを弱者と憐憫するに止まらぬ厳しい審視を通じて、「弱者」は「戦士」へ変わっていったという風に、陳の生涯に一貫した筋道を設定し得るということかもしれないが、差し当たっての関心は陳の「変わり身」そのものにあるので、その振幅を、次の二首において確かめる。「《曲江工潮》を祝福する（その一）」は一九二〇年十二月九日作、「家に戻ってよりは」は一九二二年七月二十日作。

《曲江工潮》を祝福する（その一）

一九二〇年十二月二十日、／突然真っ暗な地獄から、／元気な子供が飛び出した。／／腰に鎚を帯び、／肩に鋤を負い、／／頷き指差しいった。／「僕の鎚を使い、／幾重にも光明を覆う壁を破り、／眠れる人々を呼び覚ませ。／僕の鎚を使い、／世界の崎嶇を平らげて、／自由快楽の道を切り開け。」／／愛の子供よ！／努力！努力せよ！／君にできる一切を為せ。／開始！開始せよ！／茫々の地は君らの進む道！[14]

家に戻ってよりは

家に戻ってよりは、／全てが消えてしまったよう。／心の甘やかさはなくなり、／気持ちの熱さは冷え切り、／志した希求は遠くなった。／／家に戻ってよりは、／全てが消えてしまったよう。／朝の霞はおのがじし褪せ、／夕の霞はおのがじし褪せ、／星も昼間に落ちてきた。／／罪深く憐れむべき我、／汝の身を溶かせよ、／家に戻ってより、／この家に戻ってよりの心。／／虐げられた蛙は何故かく鳴くか、／蟬は何故恋に焦がれる姿態のままか？／山は緑を改めず、／田は黄金の珠を敷き詰めた。／忘れ得ぬ自然、／忘れ得ぬ人の世。／／時の流れは愛の風を孕んだ船に乗り、／無限の家を求めて去った、／愛すべき愛の滋味は去り、／憎むべ

き世間苦は愛の風が去るなりいや増した。／／家に戻って後、／家に戻って後の心。(15)

かたや世界の改造を呼び掛ける明朗なマニフェスト、かたや纏綿たる感傷に身を委ねた、詩稿中最も哀切の情調に溢れた一首。両者の懸隔は、そのまま作者が身を置いた世界の分裂を反映したものだったろう。この「分裂」は、何より『日記』においては、それが「日記」という私的なテクストであるだけに、彌縫されることなく露呈していたものである。これを陳範予における公私の分裂と呼ぶこともできよう。即ち、「私」の生活空間は依然として、停滞し、因習に支配された伝統社会の陰影に覆われながら、「公」の生活空間は、近代国家建設を目指す転換期ならでは漸く整備されつつある諸制度に組み込まれ始めた、そのような年代に特有の現象だったのではないか。前述したように、一師は進取の気性に富んだ校風を誇ったので、そのような「公」の空間に隔離される限り、陳範予は思うままラディカルの度を増すことができたのだろう。このように考えると、その詩作すら、一旦「家に戻ってよりは」、「志した希求は遠く」なるものの、かかる暗部を離れさえすれば、「茫々の地は君らの進む道」と、未来への無限の期待と、現実の変革にかけた意欲を励ますことができるという、「変わり身」の仕組みを納得させる例といえようし、ここに王祺の所謂「君の耕作すべき原野」の有態も、漸く輪郭を露にするかのようだ。

だが、陳にとっての「原野」が詩を生むべく如何に肥沃だったといって、それが自動的に詩を生むとはいえまい。「原野」は、詩が詩の体裁を整える際に働く仕組み＝「耕作」の現実的な手順まで保証してくれないだろうから。この問題を考えるに当たっては、差し詰め次の一首が興味深い材料となる。これは一九二一年一月十六日の作。

苦？·楽？

零下の気候の冬は／誰もが寒さを感じる時／西湖から飄々と流れ来る清き小川は、／両岸の砧でバチバチ洗濯物を叩く音を交えていますーー／／小川に板の橋が架かっています／そのたもとが壊れてしまったーー／ひとりの男が逞しい体を露にし、／腰に服を巻きつけ、／赤くなった足を剝き出し、／川底の石を踏みしめて、／その勇ましい両手で／百斤もの重さの石を運びます／川岸に石を敷き詰めているのだーー／数知れぬ多くの人々が、安全に橋を渡れるようにと。／／その時ーー／橋の上や、／川の傍で、／皮の上着に皮の帽子の旦那衆が／懐手をして、／背中を丸め、／首根を縮め、／それぱかりかブルブル震えている！／橋の下の勇士を横目に見やると、／そのまま通り過ぎて行きました。／／隣にいた人がいうことに／「なんて辛い！この人夫、こんな天気に働かねばならんとは。なんて楽！皮の上着に帽子の旦那衆、冬も暖くお過ごしだ！」／／僕はそんな光景を見て、／そんな声を聞いて、／胸は意外な気持ちで一杯になりました。／さて、こう尋ねたいのです／「橋の下の人夫と／橋の上の旦那と／どちらが辛いのか？／どちらが楽なのか？[16]」

先に「呼呼的風」の一句から始まる佚題の一首に関連して、世界を、貧富、苦楽、労逸の対立から成ると観ずる作者の「世界観」を指摘したが、これも同様の趣向といえよう。しかし、作者が橋の下の「勇士」に寄せた共感は、例えば日記記事の、

世界で最も有為なのは貧乏人だ。貧しい者は、心も真っ直ぐだから……富める者……畜生の如き輩は、我々としても極力拒絶すべきだ。（一九二〇年七月一日[17]）

新聞で北方の災害について読み、僕の心は痛んだ。僕の想像の中に……幽霊のような人々が現れた。一方、あの百万の兵を擁し、千万の財を握り、楽しみは尽きず、労働もしない連中は、威風堂々、権勢を笠に悪事を行っている。これらは全て蛆虫であり、我々の仇敵だ……こういった労せずして食らう蛆虫を除かねばならぬ。（同年九月十六日[18]）

北方三千万の被災民が、哀哭し、飢餓に迫られ、命は今日明日も知れぬ一方で、政府の高位高官は、行くに車馬あり、衣食は豊か、挙句の果てには軍隊を動かして、貴重な財物を消耗し、憐れな被災民を放置して知らぬ顔だ！我が憐れむべき同胞よ！……早く目覚めよ、そして革命を実行するのだ！（同年九月二十三日[19]）

といった、貧苦への同情、そこから出た軍閥や官僚に対する攻撃のように、剝きつけの表出を見てはいない。ここで世界を構成する対立は、橋の上の旦那衆／橋の下の労働者という、あからさまに対比的な「風景」に置き換えられており、つまり、そこには詩を詩らしく結構すべく強い「意匠」が働いているのだ。この意匠、弱者としての自己、即ち「原野」を突き詰めることで捻り出せる「技」だろうか。この点にこそ、私の最も興味惹かれる問題が存する。つまり、そろそろ結びめいた構えで、王祺の所謂「耕作」について、更にいえば、前述「手本」について取り沙汰する段に至った訳である。とはいえ、複雑な話でもない。第二章でも取り上げた、劉半農の詩「相隔一層紙」と比べれば一目瞭然のことをいうに過ぎない。ここでもう一度劉詩を引用する。

部屋の中には火鉢置き／大旦那様が窓を開け、果物買えと申しつけ／「寒くもないのに火で暑い／私を炙り殺す

気か」／／部屋の外には乞食がひとり／歯を食いしばり、北風に叫ぶ。「死にそうだ!」／憐れ部屋の内と外／
隔つはわずかに紙一重!

前段は部屋の中で暑がる大旦那様の「楽」を、後段は部屋の外で震える乞食の「苦」を描く。両者の大きな懸隔が、実は薄い「紙一重」に過ぎないとして、人間の平等という、この時代ならではの観念を視覚的に示した点が、つまり「意匠」の所在である。その工夫、陳の「苦?楽?」と何と似ていることか。無論、「陳詩が劉詩に」似ているのだが。
抽象的観念の形象化=視覚的な提示、といえば、「人の文学」=人道主義を提唱する五四新文学の主要な題材となった「人力車問題」が想い起こされる。人力車という交通手段は、人間が人間の労働に対して行う、極めて原始的な形態の「搾取」であるから、当時の知識人にとって最も身近な「労働人民」=車夫との接触が、平等イデオロギーの発揮を誘ったのも自然だったのである。

「車!車!」人力車は飛ぶように。／客は車夫を見て、忽然胸中悲しくなった。／客は車夫に尋ねた。「お前は今年幾つだね?車を曳いてどれくらいになる?」／車夫は客に答える、「今年十六、三年やってるんで、旦那ご心配なく。」／客は車夫に告げる。「若すぎるな、お前の車には乗らないよ。」／乗ると、悲しくなるから。」／車夫は客にいう。「もう半日商売上がったりで、寒いし腹は減るで。／旦那が優しくたって、おいらの腹はくちくなりゃしねえ。／若いおいらが車を曳くって、警察だってお構いなし、それを旦那は何でまた?」／客は点頭くと車に乗り込み、いった。「内務部西までやってくれ!」

これは劉半農「相隔一層紙」と、《新青年》の同じ号に掲載された胡適の「人力車夫」という一首。[20] 一首の用意は、差し当たって、「人道主義」が終に車夫の「現実」を解決し得ないという困惑の表明だろうが、それも、人力車という「風景」が、車に乗る客／車を曳く車夫、という、上／下の明白な構図から成ることに負って、イメージを明確にしているのだろう。この点がより明らかなのが、これも第二章で引用済みだが、劉、胡の詩と同時に発表された沈尹默の「人力車夫」一首である。

車上の誰もが綿入れ着込み、懐手をして腰下ろす。それでも風は吹いてきて、どうにも寒くて堪らない。／車夫の単衣は穴が開き、それでも落ちる珠の汗。

ここで作詩に際しての「意匠」という問題に限れば、人力車における、車の上／下という、視覚上に明白な「構図」は、窓の内／外、そして、橋の上／下という「風景」と同工というべきである。陳範予が実際にこれを見たかどうかは詳らかにしないし、これらを陳詩直接の「手本」と推定する決定的な「証拠」が存在する訳でもないが、とりわけ「白話詩」などという、従来は存在しなかった文学形式を模索する時代、「原野」が「耕作」されるに当たっては、このように作ってよいと鼓舞してくれる、模倣すべき意匠の先行、および、これも書いてよいと鼓舞する、「合法的」な言説の普及に支持されねばならなかったという、ある種の筋道を、当時最もラディカルな知識人たちの作と陳の作の親近性に垣間見ても、そう突飛ではないと思う。例えば、劉半農「車毯（擬車夫語）」（第二章に引用）のように、人力車夫の独白すら「詩」にするという、開拓者の苦心が先立たねば、農村から出てきたばかりの十九歳の青年が、敢えて「人力車夫の日記」を「詩」に拵える無謀を冒すだろうか。次に掲げるのは陳による「人力車夫もの」の例。詩稿には同一題の下に（一）、（二）の二首を見るが、散文体の長編なので、ここでは一九二〇年十一月二十二日作の（一）の第三段のみ抄録する。

人力車夫の日記（一）

……悶々と通りや路地で客待ち、／そこには嬉しい商売がある。／暫くして、／一人の「堂々とした」人がやってきて、丁寧に挨拶してきた。／「どこまでやります？」／男はどこまでともいわず、／ただ続けざまに尋ねてきた／「なぜこんな商売をするかね？考えてごらん！君も人、他人様も人、それをなぜ他人を乗せる？他人様は楽ちんご機嫌だぞ。」／俺はこの話を聞いて、顔の赤くなるのが分かった。これを潮に数年来の苦しさをぶちまけようとした！／でも、血が昇れば言葉は出ない、声を詰まらせ答えるのが精一杯、／「自分が人で、手前を軽く見ちゃいかんとは承知。でも一家六人、俺が頼り、畑耕しても、工場で働いても、一日二百めじゃ、二人口も養えない、どうすりゃいいか分からない、やむなく車夫になったんで！餓鬼に女房の命も萎びて。アァ！お天道様本当に不公平だ、みんなで死んで、何度も悲しまないでは済まぬかね！」／そういい終わると、胸が一杯になって、涙もボロボロ「接ぎだらけ」の袷に流れ込んだ！……／目を開ければ、あの情け深いお人は、遠くに行っちまってたな。／でもあの人探して飯の種を尋ねるなんて無理な相談！／時間の経つのは早いもんだ、／十二時、昼飯食う時間がまたやってきた！／寒さと腹ぺこ辛抱して、／車を曳いて戻った。(21)

陳範予にとって、白話詩を製作する試み自体が、五四新文化運動の公的イデオロギーの普及に参与する行為であったろうことは、次に掲げる、一九二〇年一月二十八日、帰省中の日記記事における断固とした白話文擁護を見れば、想像に難くない。

午前中、学校へ行き、兪漢霖、乃庚、又帆舅公に会う。時勢について語る。漢霖、乃庚が、白話は断じて廃してはならぬとしたのに対し、又帆舅公が語ったことに、「腹中に根底なくして、かかる無為の白話を弄くり続ければ、後には全く訳も分からないことになってしまう！まったく何という代物か！」……この話に、僕は衝撃の余り顔も紅潮してしまった！暫く返す言葉もなかった。後によくよく考えて見れば、こういう人々を責めることもできないと分かった！何故なら、彼らは白話など読んだこともないから、このようなことをいい出すのだ。もし読んだことがあれば、決してこんな風にはならないだろう。憐れこの僕は根底など持たぬ人間だから、そんな僕が彼らに白話を読めといっても、きっと読みはしないだろう。これには僕としても「しっかり口を緘じる」しかない！こういう人を光明の途上に救い上げる妙法も思いつかない。惜しむらくは、我が小学校の校長たる者、優秀な子弟を教育する責務を負いながら、かくも時勢に暗いようでは、どうして活潑で愛すべき青年を育て得よう？僕は本当に心から憂える！(22)

この記事は、当時の青年が如何に新文化を擁護したかという歴史状況を説明する他に、更に興味深い手掛かりをも提供しているように思われる。つまり、ここでの陳範予の理屈は、白話を排撃する人間は「白話など読んだこともない……もし読んだことがあれば、決してこんな風にはならない」、但し自分は「根底など持たぬ人間だから、そんな僕が彼らに白話を読めといっても、きっと読みはしない」、彼らに白話を読ませるには、学に「根底」を具える人間が現れて「光明の途上に救い上げる」しかない、というものなのだが、実は、このように説かれた順序こそは、陳が白話を受け入れ、白話詩を受け入れるに際して辿った順序でもあったと、私は考える。白話詩についても、（例えば胡適、劉半農、沈尹黙、王祺のような）「根底」を具える人間によって、それが「詩」であると保証されたプレテクストを「読む」ことによって、陳は漸く実作に踏み切ることができたのだと考えたいのである。

しかし、そのような「保証」は、単にイデオロギー、言説レベルで「進化論」的観念の「正しさ」を説き、保証するだけでは、形式面への配慮に苦心すべき、いや、むしろそれこそが差し当たって第一義的な、現実の作詩の場面で「手本」として機能しないということを忘れるべきではないだろう。そもそも抽象的な観念を、既成の文学ジャンルに沿わせる形で表象するには、具体性を帯びて細分化され、決して一般性に還元されることのない、テクストを構成する諸コード、例えば、詩であれば、非散文性の標識、イメージを喚起する実感性を伴った詩語など、小説であれば世態風俗を描写したディテイルなどに媒介されねばならないという一般論をも併せ考えれば、あるいは、白話詩を支えたイデオロギーとは、それら全てを包摂した、「模倣」の対象としてあったというべきかもしれない。しかし、題材（「原野」）から技法（「耕作」）に至るまで、丸ごと模倣に拠るなら、作者生来の「原野」は却って荒廃するかもしれない。模倣は、即ち第二章で論じた所の、外在的な言説への一体化を通じた自己喪失へ途を拓くのではないか。貧しい農家の子弟である陳範予が、前掲王祺の勧告を忠実に履行し得たなら、殊更に人力車夫の独白を借りて、世間の不平等と生活苦を訴える必要など、そもそもなかったはずだから。これは、中国新詩史に限って見れば、一九二〇年代初に詩の貴族性／平民性を巡って交わされた議論[23]と直接に関わっているだろうし、また、更に大きく考えて、詩を含む文化芸術一般は本来、優越的な階層による表現形式の発見と洗練、独占と分配という権力構造に支持されていることの例と見れば、魯迅が「平民文学」、「革命文学」の担い手について指摘した、文学における主体性の問題[24]とも関わるだろう。陳範予という「無名詩人」若年のプライベートな習作とはいえ、それは中国現代文学の主要な、「公」のディスクールと回路を繋いでいたのである。

最後に、目下確認し得る限り、陳範予の詩作としては最後のものとなる「月に向かいて」を掲げ、その詩作が「到達」した水準を窺うことにしたい。感傷性は持ち前の素地として終に抜け切らなかったようだし、それを載せる字面の晦渋も相変わらずだが、「沈黙したまま」の「月に向かって」己が情懐を傾けるという伝統的な設定をよく踏まえて、漂泊の想いを優美に表現し得た、先ずは上乗の作ではないか。やはり、年齢相応に手が上がったことは確かのようである。冒頭より六行目までは、「上／傍」、「巡／春」、「情／星」と二行ずつ脚韻を踏む。この一首、福建省厦門鼓浪嶼で発行されていた《民鐘日報》一九二六年九月二十五日第七版に発表。当時、陳は該紙副刊の編集者だった。

月に向かいて

独り秋風立つ黄昏の海辺を彷徨えば、／あなたの柔らかな光が私の痩せた影を砂浜に横たえる。／／ああ！私はあなたのため故郷を後に半生を漂泊し、／今朝恐るべき鬢の白髪に青春が蝕まれたと知った。／／だがあなたの神秘的で、疑い深く、移ろい易い心根は、／終に私には何の言葉もない、参商二星の如く離れて。／／もしあなたが本当に私を愛しているなら！／私はあなたの懐に寄り添い、／息子のように呼ぶだろう、「母さん」と。／／もしあなたが本当に私を見棄てるなら！／私は心を決め、自らの命を、この世界から逃がれさせるだろう。／／しかし、あなたは永遠に沈黙したまま、／迷える魂の想いを横目に、私をこの島に棄てもしない。／／私の絵筆はちびび、歌う喉はかすれた、／ああ！生きながらに寂しいこの心、いつになれば浄められるだろう？(25)

これより後に詩作を見ないとなれば、「絵筆はちび、歌う喉はかすれた」の一句は、何やら暗示的に映ってくる。陳範予の詩が、第二章で論じたように強い磁場を生じた五四新文学草創期の言説空間から離陸を果たして、王祺の所謂「原野」を独自に「耕作」し得たかどうか、この作より後、作者に残された時間は十五年であった。口語詩の可能性開拓如何という角度から中国新詩史を眺め渡す限り、この時間は必ずしも短くなかったろう。もっとも、陳範予が詩筆を折ってからの沈黙こそ、青年時代の情熱を傾けて歌った習作全てに拮抗する、壮烈な詩であったという「落ち」も着かぬではないが、それは固より本書が辿っている「筋」とは別に論ずべき事柄である。

注釈

（1）【原文】「黑暗的心」
貪惡的陰毒的黑暗之狼／圍住了我的周身、／我始知這是睡醒眯眼之時。／／溪水咯咯地聲連續而催眠而狂笑、／風呼呼地墻外竹葉尖魔鬼般的在那繞裊、／小蟲唧唧地凄凄而明瞭亮的孤女似哀傷的幽響、／夜的世界的寂寞之光景――／眼涙頓時掛到冷落的枕上了！／／溫熱的情緒冰也灰冷了、／紅色的希望花也凋謝了、／寶石般的幸福、綠草般的快樂、／全爲灰色的憂鬱之狗呑噬了！／人間的棄子喲！人間的棄子喲！／／窗上偸偸微透着死白的射影、／細小的星們之光吧。／帷幕邊磷火似飄飄的火點、／夜之浪游者螢耀吧。／未來的悠長而潭淵似的夢呀――／我心裡的沈重！／我眼裡的暈痛！／唱、高唱！高唱消去過往愁悶之生之歌吧。／「女人呵――死神、／戀愛着吧、／你底情人期待久了！」／／迷途於生命之道上的弱者喲！

（2）【原文】「孤單」
塵大的一螞蟻、／陸陸地掉着小脚、／燈前尋得個爲光明而死的蛾了。／蛾的翅膀的一角含在他的口中、弄到、／她周身一痙攣、／他便紛忙而着急的亂滾了。／他盡咬着、／他盡連滾着。／過一回、他又擧起偌大的她／向未知之前途爬、／熱忱忱地向前爬着。／驀地裡、他把她安放了、／慢慢地搖動面梗小鬚、／四面張望、又獨自走去了——／盼企幇助者的焦灼的步態呀！／他終於回旋的走、／終於孤單的一個呀！／蛾的屍白桌布上躺着、／他團團的白桌布上忙着、／終於孤單的一個呵！

（3）《努力週報》增刊《讀書雜誌》第一号、一九二二年九月三日。

（4）『日記』二八六～二八七頁。

（5）【原文】「抑鬱之淚」

我要借玫瑰的刺、／刺出我心房的血、／鮮紅色的一點點滴在紙上。／我要求哀悲的神、／拉出我抑鬱之淚、／汪洋洋滿沒了人間一切的／苦痛和罪惡！（一九二二年五月二十四日）

（6）【原文】「悲音！」

蹈出了校門、／便聽得哀哀的乞丐求食聲。／／黑暗充滿了城墟、／巷口的燈光瘦弱而顫抖、／人力車軋礫礫地帶着苦訴的言詞拉過。／／紅紙掛着的店之門口、／充塞滿一般半衣青筒的人們、／不絕的響着說「頭彩！頭彩！」／兩兩互相瞧着。／／門檻邊立着束上白布的幼女、／癡癡的包含眼淚的泥人、／屋裡點着四十九盞油燈、／斗着針針的磬聲。／說是人生最後的祝福喲！／／幽勝、沈默的小巷裡、／漸漸抖出一曲婦女的怨訴、／聽的行路人——／帶得多少凄慘呀！（一九二一年十二月二十七日）

（7）【原文】「二個孩子」

阿官的媽媽戴着凶狠的臉孔、／打彼說／「你聽不聽話？說！……」／同時伊一隻手擧起來、預備再要打了。／阿官的弟弟剛從屋裡跑出來、／看了一回哭起來了。／忽地裡跑到伊底膝下哭的更利害了。（一九二二年十一～十二月間）

（8）【原文】「懦弱者的心」

爲疲倦睡熟了的夜間、／昏黑、寂寞、／冰似的冷靜的空氣、／大地的無力的呼吸、／心會恐慌地發抖吧！／有窗外的星呵！／這是意外的、／懦弱者的心之光吧？／一顆不耐心的、／微渺的暗中照耀着的星！／／絨密的電忽然抛來、／燃燒

了孩子的心、／小小的星何處去了？／唉、未來的悠悠和渺渺呵！（一九二二年十一月十七日）

（9）火に投じて死ぬ蛾は伝統的にしばしば詠まれてきた詩題だが、これを「光明目指して死んだ」と観する新詩として、陳の習作に先行する例に宗白華の短詩「飛蛾」がある（『流雲』亜東図書館、一九二四年）。全文訳は以下の通り。「あらゆる生物の中で／僕は火に投ずる蛾を称える／ただ彼だけが／光明の中の偉大な死を得たのだ！」陳範予が果たしてこれを直接「模倣」したかについては不詳。

（10）『日記』二八二頁。

（11）《抗戰文芸》第七巻四・五期合併号（一九四一年十一月十日）に初出、後『懐念』（開明書店、上海、一九四七年八月）収録。今、『巴金全集』第十三巻（人民文学出版社、北京、一九九〇年）に収める。巴金はこの追悼文の中で、陳範予の散文「戰士」（《大陸雜誌》第一巻第七号、一九二七年一月）を引きつつ、教育に献身した陳の一生を、「戰士」として「生を開花させた」ものと、高く評価している。巴金との交流、陳の関わった教育活動に関しては、坂井「巴金と平凡人」（汲古選書四『魯迅と同時代人』汲古書院、一九九二年九月、所収）および「巴金与福建泉州――関於黎明高級中学、平民中学」（『巴金的世界――両個日本人論巴金』所収）で整理した。

（12）【原文】「落花」
把我的身分了、／把我分成的片毀了、／我都是情願的。／／任憑怎樣摧殘我、／任憑怎樣侮弄我、／我都是承受的。／／苦痛是快樂的娘、／快樂是苦痛的兒、／我怎麼不該有這一時的／粉身碎骨！／／落英化爲春泥、／泥裡滿藏着夏天底種子。／可愛的種子、／你們直到永遠／豈能忘了護你們底春泥呢？

（13）【原文】「天落雪」
我於今明白我底思想了。／人生原是如此。／溶化自己潔白的心／於熱裡罷、／慢慢地、片片地、／一陣陣來完成這人間世的工作呵！

（14）【原文】「祝《曲江工潮》其一」
一九二〇年十二月二十日、／忽地裡從黑漆漆的地獄裡、／跳出一個活潑的小孩子。／／腰邊帶着錘兒、／肩上背着鋤兒、

／／點頭劃指的説道／「要使用我的錘兒、／打倒那重重地遮住光明底墻壁、／打醒那深夢裡酣睡底人們／要使用我的錘兒、／鏟平了世界的崎嶇、／重開了自由快樂的先路。」／／愛的孩兒呀！／努力！努力！努力！／爲你所能爲底一切／起動！起動！／茫茫地都是你底前程！

(15)【原文】「到家以來」
到家以來、／一切都像消失去了。／心意的甜蜜沒了、／情緒的熱望冷了、／志願的希求遠了。／／到家以來、／一切都像消失去了。／早霞自己會退化、／晚霞自己會退化、／星星也到白天降落了。／／罪惡的可憐的我呀、／溶化你底身吧、／到家以來、／這到家以來的心。／／蛙兒何以被壓迫到這樣的呼叫、／蟬兒怎麼守着戀愛焦急之故態呢？／山不改天綠、／田場可又舖滿得盡是金黄之珠了。／不能相忘的自然、／不能相忘的人間喲。／／時流趁着愛風之船找去、／找到無限的家去了、／可愛的愛之滋味是去了、／可惡的人間之苦倒和風的去了大了。／／到家以後、／到家以後的心。

(16)【原文】「苦？樂？」
零度下氣候底冬天／是人人感冷的時候。／從西湖傳來飄飄地淸水一溪、／夾着二岸劈拍劈拍地砧上敲衣聲──／／溪架板橋、／橋岸壞了──／一個裸着肥胖的身、／腰上傳起一件夾衣、／赤了桃紅色的脚、／踏沉在水裡的石上、／使他一雙雄武的手、／搬百斤重的一塊石、／想把河岸舖好──／使千百萬的人們、都得安安穩穩地過橋了。／／這個時──／橋之上、／河之傍、／皮袍皮帽的先生們、／供着手、／曲着背、／縮着項、／更加上戰戰地發抖！／看看那橋下的武士、／便過去了。／／傍人說、／「好苦呀！這個工人、在這樣天氣還要工作。／好樂呀！　那着皮袍戴皮帽的先生們、都有暖洋洋地冬天過！」／／我見了這種景、／聽了這些聲音、／心窩裡、忽塞滿了意外的感情。／還要問、／「橋下底工人、／橋上底先生、／究竟誰苦？／究竟誰樂？」

(17)『日記』二一八～二一九頁。
(18)『日記』二二九頁。
(19)『日記』二三二～二三三頁。
(20)最後の一行は、『嘗試集』初版収録時には削除されていた。

（21）詩稿テクストには解釈に苦しむ部分も少なくないが、明らかな誤字を一箇所［　］内に補記した以外は原文のまま提示した。

【原文】「人力車夫底日記（一）」

……愁愁悶悶地在街頭巷裏、／那裡有賞心底生意。／過一歇、／一個形狀「魁梧」底人來了、就敬敬地向他致意、／「開他到那裡？」／他既不說到那裡、／只是接續的問道／「你爲什麼做這種行業呢？你想！你也是人、別人也是人、你爲什麼要拉別人？別人却快快活地高坐呢？」／我聽到這問話、只自覺得滿面羞氣、竟［禁］不住要想把我幾年來底苦衷都借機發洩了！／但是血脹的時候、終是說不出話、只用極硬的聲浪答道／「我也知道我是人、不應當把自己看輕、像牛馬似地事人、可是我家裏六人、都靠我一人、牛耕、工廠裏做工、一天工資只有二百零、供養二人還不能、沒法想、只好來做飛人！枝枝黃口小兒婦女底生命。唉！天眞不平等、何勿把我們一齊死盡、免得了多回傷心！」／我這番話說完了、心也酸極了、淚也滾滾地流到「七補八維」底破夾衫上了！……／睜眼一看、那位知人有情底人、已遠遠地揚去了。／但是我想找到他問個謀生的法術總是不可得！／這時過得快、／十二點鐘的喫午飯又到了！／只得耐着寒忍着饑、／把車子拉回家裏！

（22）『日記』一八二～一八三頁。

（23）第二章一四四頁参照。

（24）例えば一九二七年四月八日黄埔軍官学校での講演「革命時代的文学――四月八日在黄埔軍官学校講」（原載《黄埔生活》第四期、一九二七年六月十二日。『魯迅全集』第三巻、四一七～四二四頁）で魯迅は、従来の「平民文学」、「革命文学」がいずれも知識人の手に出たものに過ぎず、純粋な「平民文学」と見なされ採集された民歌俗謡の類ですら、その多くが五言七言の形式を採るのは、文人伝統を模倣した結果だとして、文化芸術という制度を支えるヒエラルキーの強固さを鋭く指摘している。

（25）【原文】「對月」

我孤獨地躑躅在秋風黃昏的海上、／你輕柔的皓光照着我的瘦影橫擲沙傍。／／呵！我爲你半生飄渺的無鄉游巡、／今朝纔覺到可怕的霜鬢髮髮蝕盡青春。／／可是儞奇祕的疑慮的變移的心情、／終於未曾對我作絲毫的說明、如那參商二星。／／若是你眞的愛我呵！／那我願體貼地睡進你的懷抱、／兒子似的叫你「母親」。／／若是你眞的棄我呵！／那我也可下個決心、把自己的命、從這世界實踐逃遁。／／但是呵、你永遠的沉默無語、／只斜眄着迷魂的幽情、把我棄也不棄放在島濱。／／我的畫筆禿了、我的歌喉啞了、／呵！我這顆活着的寂寞的心、將要何時纔得甘淨？

第六章　中国現代文学者の言語意識とモダン認識の限界[1]

本章では、第四章、第五章で私の関心の前景に現れてきた、中国知識人における強烈な「人文的関心」が、文学者たちの文学言語に対する意識に如何なる性格を賦与したか、そして、そのような言語意識が、これまで検討を加えてきた、彼らの一面的なモダン認識と如何なる関係にあるかを、特に葉聖陶の例に即して考察する。

第四章では、音楽＝「非言語」の言語化という行為の究極における不可能を自覚しないまま、音楽を人文的関心の範囲で解釈可能な形に断片化する傾向（「世代情結」に発して崔健のロック「音楽」を、専ら歌詞テクストから論ずる傾向）について考察したのだが、これは、「言語」を論ずるという側面も持ちながら、主として中国知識人における「終末論」の不在と、彼らに自覚されざるモダニズムの呪縛という、思惟構造の特徴について考察したものであった。ここでは、もう少しイデオロギーのレベルに踏み込んだ議論が展開されることになろう。

Ⅰ　「文学＝人学」、あるいはテクストの「透明化」

一九五七年に銭谷融が「論『文学是人学』」という論文を発表して、大きな反響を呼んだことがあった。[2]当代文学史において、この文章はしばしば巴人（王任叔）の「論人情」[3]と共に記述され、一九五〇年代後半の文芸領域において「人間」の復権を企図した一連の思考＝「人性論」の重要な成果と評価されている。中華人民共和国建国後、踵を接して起こった「『紅楼夢』批判」、「胡風反革命集団事件」が文芸界にもたらした緊張した雰囲気が、一九五六年の「百花斉放、百家争鳴」提唱時期に、極めて短い間ながら緩和されたため、相対的に自由な、独立思考が許容、奨励される状況が生まれた、銭文はつまり、そのような気運に励まされて書かれたものであった。

さて、この「文学是人学」（「文学は人間の学である」）というテーゼは、従来ゴーリキーに基くと考えられてきたのだが(4)、後年銭谷融自身が、典拠はゴーリキーではなく、実はテーヌだったと明らかにしている(5)。よく知られるテーヌの社会的な視角を導入した文学史研究というのは、今日では既に「古典」とも目すべきものかも知れないが、そのことはともかく、例えば彼の文学史研究における主要な成果、『文学史の方法』を見ると、果たしてテーヌがその主たる思考を「人間」の上に集中させていたことは、「歴史的記録は眼に見える具体的な個人を再構成する手段として必要な指標にほかならない」、「肉体を具えた眼に見える人間は、眼に見えない内的人間を研究する手段として必要な手段として必要な指標にほかならない」といった、各章に冠せられたタイトルからも明らかである(6)。即ち、テーヌの文学史研究の最終的な目標は、「人間」に対する限りない接近と再現にあったともいえるのである。

今日、銭文に対する概括は次のようになされている。

［銭文は］文学理論に関わる問題は、最終的に、作家の人間に対する見方、作品の人間に及ぼす影響を中心とする、という点を巡って、文学の任務が人間に影響を与え、人間を教育することにある、作家の人間に対する見方、作家の美学理想と人道主義精神こそは、作家の世界観にあって、創作に対して決定的な作用を及ぼす部分であり、文学作品の良し悪しを評価する際の、最も基本的かつ必要な基準であり、また各種の異なる創作方法を区別する際の主要な根拠である、全ての作家は、人物の真の個性を描き、人物と社会現実の間の具体的な結びつきを描き

出しさえすれば、即ち典型を描いたことになる、ということを闡述した。[7]

銭文の扱う問題は多岐に渉るのだが、その理論的興味の中心もまたテーヌ同様、狭義の人道主義に限定されることなく、更に広義の所謂「人間的興味」にあったということであろう。もっとも、その主張自体、今日の眼から見て格別新奇なものがあるとも見えない。むしろ、典型論との整合に配慮した部分を除けば、至極もっともなことを述べるに過ぎず、つまり当時の中国における現実の政治コンテクストにあってこそ一定のインパクトと意義を具え得たテクストなのだろう。そのような時代的意義の如何を論ずることは、私の関心にはなく、ここでは、銭谷融にあって前景化していた「人間的関心」という思惟そのものの、中国現代文学史上における反映のありようについて考えてみたいのである。

文学において、「人間的関心」の役割を過度に強調するというのは、一種の観念、主観的な立場に過ぎないだろうと、私などは考える者である。このような観念、立場に立つ読み手というのは、しばしばテクストを、そこに描かれた内容としての「人間」（即ちテクスト内に配置された人物形象）、あるいはテクスト制作者の生身の存在、即ち現実に存在する「事実」と結び付けたがるものである。例えば、聞一多のよく知られた詩、「也許―葬歌」を巡る解釈の混乱など、この問題との関連からも興味深い。この一首、一般的には夭逝した聞一多の長女を悼んだものと解釈されているのだが、「也許―葬歌」には実はその原型ともいうべき「薤露詞（爲一個苦命的夭折少女而作）」というプレテクストが存在していて、その制作年代は、現実の長女の夭逝に先立つのだ。しかし、そのような「事実」が明らかになって後も、「也許―葬歌」＝長女への悼詩、という解釈は訂正されることなく流布し続けているのである。[8] そこには、先行研究の確認と承認が、後に来る研究の前提と見なされない、即ち学術規範化の未成熟といった問題も影響しているのかもしれないが、私としてはむしろ、これなどもテクストを現実に存在する「事実」や「人間」と結び付けずにはいられない、つまり、観念的な考察の対象、誘惑する魅惑として憧憬される「死」が存在し得るという事態に想像力を向けることを阻むような、特殊な「リアリズム」の反映と考えたいのだ。

テクストにおける「人間」の強調という点についていえば、そのような「観念」とはつまり、如何なる「人間」が、如何なる思想や世界観に基いて、如何なる「人間」を描くかを重視するものである。しかし、今日の我々はこのような文学観を既に「古典的」なものとして眺めるようになっているだろう。序章で論じたように、今日の我々は、テクストの背後にあるリアリティの類よりも、様々なリーディングが各々ヘゲモニーを巡ってせめぎあう、そしてテクスト制作者の意図や主観も、数多のリーディングの可能性の間に埋没して、徹底的に相対化されてしまうような、開かれた「場《トポス》」としての「テクスト」そのものに眼差しを注いでいるのだから。このような文学観、テクスト理解からすれば、第一章でも言及したように、十九世紀以来の所謂「近代文学」を支えたモダンの観念、例えば論理的／時間空間的な整合性（これらの原理はモダン社会を支持すると同時に、モダンの産物、制度としての近代文学をも支持する）などはさして重要でなくなる。二十世紀文学、特にモダニズム文学（この名称は、「モダニズム」の本義からすれば矛盾していて、本書での用法とも齟齬を来たすのだが、やむなく慣例に従う。中国語では「現代主義文学」とされるもの）はこれと明らかに異なり、プレモダン段階の神話やアレゴリーを特徴づける非「現実」／非「論理」的で、跳躍や矛盾を混在させた「物語」および、そのような性質を効果的に表現すべき瞬間的な描写などを、より重視しているだろう。この違いを、やや単純化の嫌いはあるものの、古典的な対立概念で概括するなら、前者は「内容重視」の文学観であり、後者は「形式重視」の文学観ということになる。

先に聞一多の名前が出たついでに、聞自身にも、自らの現実に向けた強烈な関心を「内容」から汲み取ることに性急になったため、「形式」＝テクストそのものへの直視が妨げられた例のあることを指摘しておきたい。聞一多は、郭沫若『女神』を論評した「『女神』之時代精神」という一文を一九二三年に発表しているが[9]、そこでの「筆立山頭展望」一首に対する解釈などは、その初期にあって、「美育」を以て宗教に替えることを考え、「文化国家主義」を唱えた[10]、また二〇年代半ばにあっても、生活を芸術化することに関心を寄せていた[11]彼にして、テクスト・リーディングがかくも硬直するかと思えるほど、一面的なものである。先ずは、郭沫若の詩を確認すれば、次のような一首である。

大都会の脈拍よ！／生の鼓動よ！／打っている、吹いている、叫んでいる、……／噴いている、飛んでいる、跳ねている、……／四方の大空は煙幕に覆われた！／僕の心臓、もう口から飛び出そう！／おお、山の波、瓦の波、／涌いている、涌いている、涌いている、涌いているよ！／万籟共鳴する symphony、／自然と人生の婚礼よ！／曲がった海岸は cupid の弓のよう！／人の生命は矢で、いままさに海上向けて放たれる！／黒々とした湾には、停泊している汽船、進んでいる汽船、数知れぬ汽船が、／それぞれの煙突はみな黒い牡丹を咲かせているよ！／おお、二十世紀の名花！／近代文明の慈母よ！[12]

聞一多は、この詩に「近代文明のあらゆる事業の母」、「近代文明の細胞核」としての「動的本能」を読み取るばかりで、海岸を境界として、海が人家の密集と接している風景を「自然と人生の婚礼」に喩え、その連想を受けて、海岸線の彎曲を愛の使者キューピッドの弓に喩えるという、そして、汽船の煙突から湧き上がる黒煙を黒い牡丹に喩えるという、機智に包み込まれた詩人の写実性については、一言も言及しないのである。聞の解読を通じて窺い見る郭沫若は「思想家」らしい顔つきだが、テクスト自体はむしろ悠々と風景に接するユーモラスな「詩人」像を伝えているように、私には思われる。聞一多の解読の「硬直」は、「内容」の摘出を優先して、「形式」に謙虚な眼差しを注ぐことを忘れた結果だったろう。[13]

「内容と形式」という問題は、いうまでもなく唯物弁証法哲学における重要な範疇の一つである。マルクス主義文芸理論もまた、文芸領域における「内容と形式」の関係は、哲学上の弁証法的関係に一致すると考え、即ち「内容」（主題、題材、人物など）が「形式」（スタイル、構造、言語）を、最終的には決定すると考える。しかし、そのような言説が中国文学において主導的な影響力を行使するようになる遙か以前、古典文学伝統の中には夙に、「形式」、とりわけ言語に対する「敏感」が存在していたことも忘れられない。

子曰く、「書は言を尽くさず、言は意を尽くさず。」然らば則ち聖人の意は、其れ見るべからざるか。（『易』繋辞・上）

詩は志の之く所なり。心に在るを志と為し、言に発するを詩と為す。情、中に動いて、而して言に形わる。之を言いて足らず、故に之を嗟嘆す。之を嗟嘆して足らず、故に之を永歌す。之を永歌して足らざれば、手の之を舞い、足の之を蹈を知らざるなり。（『毛詩』大序）

夫れ言を放にし辞を遣るは、良に変多きも、妍蚩好悪得て言う可し。自ら文を属る毎に、尤も其の情を見る。恒に意は物に称わず、文は意に逮ばざるを患う。蓋し知ることの難きに非ず、能くすることの難きなり。（陸機「文賦」序）

これらはある意味、いずれも「言語は結局何を表現できる／できないのか」という、いわば「内容と形式」の問題に関する鋭い言及と見なすこともできよう。どうやら、中国の古典文学伝統も、テクストの「内容」（例えば「載」せられるべき「道」といった「内容」）に関心を注ぐばかりでなく、言語（最も本質的な「形式」、もしくは「形式」の最も主要な要素）に対する一定の自覚を具えていたらしいのである。銭谷融は、序章冒頭に記したような、現代文学史の革命史への組み込み、つまり現代文学史をも中国革命の正統性、合法性を支持し、強化する「叙述」として動員するために文学教育課程を改編する必要上、建国後に現代文学研究に転向した（王瑤などは「させられた」）世代に属し、そもそも古典文学に造詣の深い研究者であるから、かかる「伝統」の存在を知らぬはずがない。となれば、彼の「文学是人学」提唱には、自らの「対立面」と、「内容が形式に優先する」、「典型の構成」といった不可触の前提は「共有」し、最低限の対話の基礎だけは保証した上で、どうにかして教条化、硬直化した文芸理論界を活性化させようという、戦略性が秘められていたようにも思われる。

しかし、マルクス主義文芸理論が、強大な政治権力と革命によって樹立された政権の正統性を背景に、文芸界を支配する「教条」となる以前、中国に近代文学が生まれた初期の段階から、文学史上において、「内容重視」の傾向性は明白に存在してきたのではないかと、私は考える。いい換えるなら、「内容」がテクスト化される際の媒介（即ち形式、特に言語）は、現代の文学者の関心と、実際の創作活動において、十分に主題化されることはなかったのではないか、ということである。第二章において引いた梁実秋の「現代中国文学之浪漫趨勢」という文章は、一種の「自然」崇拝の観念が五四以来の新文学作家たちの文学観において主流を占めたため、その結果、テクストの形式的な整斉、理知的な構築、レトリックの運用など、梁の文学観にあっては欠くべからざる重要な要素が等閑にされているという批判を展開したものだった。梁はアメリカ留学時期に、新古典主義を唱えるバビッドの薫陶を受け、この文章自体も恐らくはバビッドの強い影響下に書かれたものであるから、その「形式重視」も理解できることである。もっとも、同じ発想に出る批判というのは、その後も存在し続けており、特に白話詩に対する批判という形で、しばしば表面化してきた。そのような例として、五〇年代に夏済安が著した「白話文与新詩」という一文が提示した批判などは、十分に説得力を持ち、今日に至るまで鋭い指摘たるを失っていないと思う。

五四は「革命」の時代だった。……当時詩を書こうという人間は、ただワーズワースのロマン派理論の顰に倣い、「詩とは強烈な情感の自然な流露である」などと考えていたものである。人間ならば誰しも情感を具えているだろう。その情感は、時にとても強烈なものだろうし、流露しようとするだろう。そのとき、字は書けるだろう?文は書けるだろう?ならば、白い紙に黒い字を書きつけて、君の情感を自然に流露させればいいのだ。郭沫若といった連中の新詩というのは、大概がそうやって書かれたものなのだ(14)。

ここで夏済安は、情感のテクスト化、言語化の困難を明確に指摘し、情感の豊かさが必ずしもテクストの豊かさを保証しないと述べているのである。文学テクスト全般における「形式」の重要性を強調する梁実秋はこの問題を、白話詩における文言と白話の混在、「白話」自体の多様性の承認という、詩言語の問題と関連づける見解を披露していた。

志摩の詩のもう一つの特徴は、白話の中に少なからず文言の語彙を交えることである。……白話詩の中に、何故かくも多くの文言語彙を交えねばならないのかと、これを欠点と考える者もいるだろう。私はそうは考えない。私の考えでは、中国人は中国語で詩を書くのであり、先人が遺した美妙な詩語を完全に棄て去ることなどあり得ない。白話詩と文言による旧詩に、一刀両断できる臨界線などあり得ないということだ。「引車売漿」の輩には彼らの白話があるし、縉紳大夫にも彼らの白話がある。各人の教育程度の差により、用いる白話の語彙も異なる。私は、その間に強いて優劣をつけようとは思わない。時には粗野な口語が活きいきと実相を伝えるだろうし、時には雅な語彙や行文を以てして漸く適切に意境を表現し得るだろう。詩人の手際が見事であれば、古きを推して新味を打ち出せるだろうから、彼には文言語彙を拾い上げる自由があるのだ。ひたすら粗野な口語を用いることが、作品の成功を保証するとは限らない(15)。

そもそも詩歌は、形式や言語に対する高度な自覚と、それらの微妙な運用を要求するテクストだろうから、前章で採り上げた胡適の議論を始めとして、「白話によって書かれた詩歌は、形式面での規律を必要とするか」、「白話詩の音楽美は如何にして保証されるか」といった質疑、更に素朴に「白話で詩が書けるか否か」、「口語自由詩の成就はなぜ唐詩宋詞に及ばないか」といった種々の問いかけが、年代を問わず絶えず出現してきたのも、自然なことではある。

しかし、詩歌のみならず、散文も含め、あらゆるテクストを対象とした現代中国の「文論」は、文学における「人間」の強調を典型的な例として、結局の所「内容重視」の言説に支配されてきたのではないかと、私は考える。確かに、中国現代文学草創期、五四新文学運動を支持した言説において、「人間」の復権は重要な一面を構成していた。差し詰め周作人「人的文学」が、そのような言説の礎を据えた文章であろう。

> 我々は、人間は一種の生物であり、その生活現象は、他の動物を何ら変わるところはないと認める。だから我々は人間の一切の生活本能は、全て美であり善であって、完全に充足されねばならないと信ずる。およそ人間の本性に反する不自然な習慣制度は、全て排斥し、是正すべきである。／だが我々はまた、人間は動物から進化した一種の生物であって、その内面生活は、他の動物に比べてより複雑、高尚で、その上徐々に向上して、生活を改善し得る力を持っていると認める。だから我々は、人類とは動物的な生活を生存の基礎にしていて、しかもその内面生活は次第に動物から遠ざかって、究極的には立派な平和の境地に到達し得ると信ずる。およそ獣性の残存および古代礼法で、人間性の向上的発展を阻害するものは、やはり全て排斥し、是正すべきである。……／簡単明瞭にいえば、人間の文学と非人間の文学の違いは、その創作態度が、人間的な生活を肯定するものであるか、非人間的な生活を肯定するものであるかという点にかかっている。題材、手法は別に関係ない。（傍点引用者）

この一文における周の主張は極めて明白で、彼は自然界の一構成要素としての「人間」が本来具えている自然性（動物性）の承認を前提として、この自然性を矯め、否定して、特殊な属性を要求するような思想、およびそのような思想を表象した文学一切を否定し尽くすのである。しかし、日本留学時代、魯迅と共に極めて古雅な文言文体で異域の同時代文学を翻訳した周作人は、言語が何を媒介するかという問題について鋭敏な感覚と深い思考を具えていた、つまりはテクスト意識を十分に具えていた文学者だったはずである。[16] それにも関わらず、「人的文学」において語られた問題とは、徹頭徹尾「思想」（つまり「内容」）の問題であり、「思想」が如何にして言語化されるか、そのような「思想」が如何なる媒体を選択するか、といった「形式」方面については「題材、手法は別に関係ない」と突き放すだけで、全く言及することのない、五四新文学の思想的方向付けを行ったとされる歴史的な「マニフェスト」にしては、酷く「偏向」したテクストなのである。

沈黙しているとき、私は充実を覚える。口を開こうとすると、たちまち空虚に感じる。[17]

これは魯迅『野草』劈頭の名高い一句。魯迅はこれに対して自ら、

四方から果てしない悲哀、苦悩、零落、死滅が静寂に染み込んで、それを薬酒と変え、色と味と香りとを加えた。このとき、私は書きたい、だが書けない、書きようもない……これは淡い哀愁に過ぎない、それも幾らか心地よさを帯びている。私はそれに近づこうとするが、そう思うほどに、いよいよあてどなくなり、ただ自分独りが欄干に凭れ、その他には何もないことに気づくのだ。[18]

という、まるで茫漠とした注解を施したが、この物心渾然の境界こそ、苛酷な現実に取り巻かれながら、『野草』的モノローグに沈潜し、これに象徴的表現を与えるまで、「形式」の彫啄に腐心し得る精神のあり方の一端を披露したものかもしれない。しかし、その根にあるのは、むしろ言語が対象化される前提としての言語への不信、だろう。といえば、弟の方もまた次のような感慨を示していたことが想い起こされる。

正直にいえば、人が互いに理解し合うのは至難の業だと思う。たとえ、それが不可能でないとして、自分の真の感情、思想を表現することが、同じように難しいのだ。我々が話をし、文を作り、人の話を聞き、人の文を読

む、それで互いに理解し合ったと思うのは、どうにか自分だけが悦に入るための、お誂えのよき夢なのだ。[19]

次のような、あまり巧みとも思われない比喩も、しかし、「啓蒙」と「自娯」を等価に眺めつつ、その手段としての言語が、両者の間、即ち畢竟饒舌と沈黙の間に、些かの韜晦を交えて危うげに成り立つと諦観する、同様の感慨に基づくだろう。

我々が戸外の芝生でとんぼがえりをするとしよう。向かいの高楼から美人が見ていると想像すれば（彼女が見ているとは限らぬことなど承知の上）、たいそう楽しい気分だ。これが方法の一。どうせ彼女が見ているはずはないのだから、とんぼは切らない、まあ芝生に寝転がって雲でも眺めようか、これもまた一つの方法。両方とも正しいのだろう。[20]

しかし、周氏兄弟のこのような発言は、所謂「五四退潮期」を経過し、第三章で検討した茅盾や銭杏邨の「実感」に即していえば、時代が既に「五卅」ステージに踏み込もうとする時期になってようやく漏れてきたものであって、少なくとも五四啓蒙言説が時代思潮を主導した間、彼らは自らの「素地」を隠蔽したまま「現実」を語ることに精力を注ぎ続け、つまり「啓蒙」に義理を立て続けて、終に言葉、表現、「形式」が信ずるに足らないが故に対象化されるなどということは、おくびにも出さなかったのだ。

ここで私は、一九三五年、というから既に最晩年を迎えていた魯迅が、聶紺弩の林語堂批判を揶揄した例に思い当たる。事の経緯としては、林語堂が「語録体挙例」という一文で、最近『野叟曝言』を読んだが、白話として上乗の文章である。数段を読んだが、修辞学における妙語の例とすることができよう。これについては、暇を見つけて別に論ずべきだろうから、ここではこれ以上触れない。およそ『野叟曝言』や『紅楼夢』の白話が優れているというのは、それが確かに俗な話し方の口吻を伝えているからなのだが、一方、近時の文人の白話が劣っているのは、そのような俗な話し方の口吻を交えたがらないためである。それを果たしているのは、私が見る限り、老舎だけである。(21)

とし、更に一九三四年中の愛読書に『野叟曝言』を挙げ、それが「私の儒、道に対する認識を増してくれた。儒、道の長所が何処にあるか、この本から窺い知ることができよう(22)」としたのに対して、聶紺弩が「談『野叟曝言』(23)」、「再談『野叟曝言』(24)」という長文を著して批判したのだが、魯迅はこの応酬を自らの雑文で取り上げ、揶揄気味の論評を加えた、ということである。聶の文章を仔細に検討することはしないが、その論理は次のような部分に端的に窺われよう。

林先生が「方巾気」を痛烈に憎むことは周知の通りである。この方巾気とは、林先生がどのように独特な解釈をするかに関わらず、村夫子の迂腐の気質、俗物気質と考えれば、それほど遠くはないはずだ。『野叟曝言』は、この方巾気の現われとしては最たるもので、迂腐でない、俗でない文句は一字たりともないのだ。……／林先生は性霊を標榜する。方巾気に反対するなら、必ず性霊を好むようになる。性霊と方巾気は両立し得ない仇同士だからだ。『野叟曝言』は方巾気に満ちた書であるからには、性霊の何たるかと無関係であることはいうに及ばない。ただ、最初から終わりまで剽窃だけであり、一句たりとも自らの創見に係るものがないといえば、それが林先生の主張とどれほど異なるか理解できよう。……／林先生は「説大足」という文章を書いて、個性と自由を主張し、デモクラシーを擁護し、思想上の一尊専制主義に反対したことがある。前述のような、方巾気に反対し、性霊を標榜するというのも、正にこの思想の表現である。彼の意見が正しいか否かは別にして、私がいいたいのは、『野叟曝言』がこの点に関して、林先生の主張とちょうど反対であるということなのだ。書中の英雄は、ひたすら「正学」を崇め、努めて「邪道」を討つ、思想の自由を否認する人物なのだから。(25)

一言でまとめれば、聶紺弩は林語堂の従来の主張と『野叟曝言』の「思想」が齟齬を来たしていると批判したのである。この聶の批判から窺われるのは、テクストを「思想」の表象として、即ち『野叟曝言』を「載道」の書と見なし、読者がそれに「面白さ」を覚えるのもテクストが載せた「思想」に共感しているからだと考える、そして、林語堂その人に対する批判についていえば、テクストがその制作者の「思想」のアリバイであり、それだけに制作時期により矛盾を見せてはならないとする、極めて単純なテクスト観、「思想」、「内容」を障碍なく読み手まで透過すべきテクストへの「信仰」なのである。(26)ところが、魯迅は、聶紺弩の林批判を一応もっともであるかのようにいいつつ、実は、そのような聶のテクスト観をも揶揄しているようなのである。

もう一種類は、作者としてはそもそも「面白半分」に過ぎず、話した時も本気ではなく、いった端から忘れてしまうというものがある。当然、以前の主張とは衝突するはずだし、同じ一篇の文章の中でも衝突することだろう。しかし、作者は、文を作ることと飯を食うことを別だと考えているので、それを真に受けてはいけないと知るべきである。真に受けてしまったとしても、自分の愚かさを怨むしかないのだ。最近では、悍膂先生が、語堂先生は何故『野叟曝言』を称賛するのかを研究した例がある。確かに、この書は道学先生の傲慢淫毒心理の結晶であるから、「性霊」との縁はたいそう薄いものである。例を引きつつ比較すれば、無論称賛の意外さは露わであろう。しかし、実際の所、語堂先生が「方巾気」を憎み、「性霊」を語り、「瀟洒」を重んずるなどというのも、正直者に対して「面白半分」に振る舞ったに過ぎず、「方巾気」の類の何たるか、彼が本当に知っているとも思えない。もしかしたら、その称賛する『野叟曝言』すら、彼はきちんと読んでないかもしれないのだ。(27)

このように、テクストとは、それが伝える「内容」の如何や制作者の「意図」などから切断し得る、「面白半分」でも制作され得るとする「多疑」は、やはり稀有であった、そもそも中国現代の文学者たちが「形式」を主要な関心事に据えて、そのような傾向が文壇の主流を占める局面は、少なくとも現代文学史上には一度たりとも現出しなかったのではないかと、私は推測する。このどうにも一筋縄では行かぬ奥行きを具えたらしい兄弟の「言語不信」など、彼らの「文学史上」における形象に、何ほどの影も落としていないには違いない。

通常、現代文学史の記述において、周作人もその創設に関与した文学研究会は「人生のための文学」を主張した一派、同時期に成立した創造社は「芸術のための芸術」を主張した一派とされているだろう。これをやや一般化していえば、前者は強烈な現実／人間的関心に発して、文学、テクストを現実の「人生」との連関から捉える一派、後者は表現や形式、即ちテクストそのものに対する興味に発して文学に向き合う一派、となろう。更に単純化すれば、前者は「内容派」、後者が「形式派」ということである。しかし、そのような「形式派」＝創造社も、成立から十年も経過しないうちに、革命文学を提唱し始め、急速に現実的関心の度合いを強めて、大幅にテクストと現実の間の距離を縮小したのである。ここに、中国現代文学を支配した、ある種の「質」の反映としての「傾向性」を看取することができるのではないかと、私は考える者である。

ここで問題は、前章における、王祺による陳範予詩稿への評語に関する考察と切り結んでくる次第である。王祺は、白話詩に対して濃厚な興味を抱き、実作に精力を注いでいた学生に対して、ポエジーの源泉は形式にあるのではなく現実の人生（「原野」）にある、胡適が康白情『草児』に見られる音節上の効果に対して下した評価＝「漂亮」、即ち「形式」の整斉の実現に腐心する前に、自らを取り巻く現実の生活に眼差しを向け、そこからポエジーを汲み上げよ（「耕作」）、と勧めたのであった。ここから窺われる王の文学観とは、つまり、テクストを直接現実と接合せよとするものである。このような発想を極点まで推し進めれば、詩歌の「価値」は「形式」ではなく、「内容」により決定される、「内容」が現実の生活に接近するほど、テクストはリアリティをより多く獲得し、「価値」も高くなる、ということになろう。このような観念においては、テクスト制作者と「現実」の狭間にあるテクスト、およびテクスト化、言語化の媒介となるべき「形式」、就中、その最も主要な構成要素である「言語」は「透明化」を余儀なくされる。透明化したテクスト／言語が、その「透明」故に、信／不信の対象になり得ない、従って文学の主題として対象化されないのも無理はないことである。

いうなれば、これはテクスト／言語意識の希薄ということである。このような「希薄」は、しかし文学領域に固有の偏向というだけでなく、例えばモダン／モダニティ／モダナイゼーションに対する認識と理解といった、より深刻で、大きな問題においても、何らかの反映を見せているのではないかと、私は考える。本章は、このようなテクスト／言語意識の如何から、現代中国の文学者（知識人）のモダン認識の特質を探ることを目標とするのである。

注釈

（1）本章は、韓国中国学会第二四次中国学国際学術大会（二〇〇四年八月、於ソウル）への提出論文「関於中国現代文学家的語言意識及其現代認識的片面性」を翻訳、大幅に増補したものである。第一節の魯迅『野草』に関する部分は、井波律子『中国のアウトサイダー』（筑摩書房、東京、一九九三年四月）に対する書評（《中国研究月報》第五四七号、一九九三年九月）の一部を挿入した。なお、中国語原文は『現代困境中的文学語言和文化形式』所収。

（2）原載《文芸月報》一九五七年第八期。後に同名の論文集（人民文学出版社、一九八一年）に収録。

（3）原載《新港》一九五七年第一期、後《文芸報》一九六〇年第二期に転載。

（4）例えば、『中国現代文学詞典』（上海辞書出版社、一九九〇年）などはこの説を採用している。

（5）この問題および該文発表前後の状況については、曹文淵「『人学』論争雑憶」（《上海文学》二〇〇四年四月号）を参照。作者は「論『文学是人学』」発表時、《文芸月報》の編集者であり、その回想は、当事者ならでは知り得た事実を伝える興味深いものである。

（6）『文学史の方法』（瀬沼茂樹訳、岩波書店、一九九三年第四版）第一章および第二章の標題（一三頁、二〇頁）。

（7）『中国現代文学詞典』「論『文学是人学』」項目の解説。六三三～六三四頁。

（8）作詩年代と長女夭折の年代の前後関係については、山風「聞一多『也許』発表的年代与思想」（《中国現代文学研究叢刊》一九九一年第一期）が明確に指摘している。この問題全般に関しては、栗山千香子「ヒロイン探しの誘惑、あるいはその超越――聞一多の哀悼詩をめぐって」（佐藤保、宮尾正樹編『ああ哀しいかな――死と向き合う中国文学』汲古書院、二〇〇二年十月、二二七～二四八頁）を参照。

（9）原載《創造週報》第四号（一九二三年六月三日）。ここでは『聞一多全集』第二巻、一一〇～一一七頁、に拠った。

（10）聞黎明『聞一多伝』（人民出版社、北京、一九九二年十月）第二章第四節「用芸術改造社会」、二三～二九頁。

（11）徐志摩「《詩刊》弁言」（原載《晨報》副刊《詩刊》第一号、一九二六年四月一日。『徐志摩文集』散文集・丙、丁、商務印書館、香港、一九八三年初版／上海書店、一九八八年一月再版、五〇～五四頁）は、当時の新詩人たちが集った聞一多のアトリエの唯美的な様子を伝えている。

（12）原載《時事新報》副刊《学灯》一九二〇年七月十一日。ここでは「文学小叢書」版『女神』六一〜六二頁、に拠った。なお、「筆立山」は北九州市門司区に実在する山名。筆立山および詩を執筆した時期の郭沫若については、岩佐昌暲「福岡滞在期の郭沫若文学の背景その他」（九州大学大学院言語文化研究院《言語文化研究》第一七号、二〇〇三年十二月）、秋吉久紀夫「門司での郭沫若」（原載《かけはし》一九六六年一月号。『対象への接近』、土曜美術社出版販売、東京、二〇〇一年十一月、四六〜五〇頁所収）を参照。

（13）もっとも、生身の「郭沫若」の余りに強烈で、時にステロタイプのイメージが、テクストに「謙虚」に向き合うことを阻んだ例は、日本にもあった。日本における最も精力的な郭沫若翻訳者だった須田禎一による「電火光中」第三章「賛像——Beethoven 的肖像」の翻訳は次のようなものである。訳文は『中国現代文学選集』第一九巻「詩・民謡集」（平凡社、東京、一九六二年）所収のものに拠った。

電燈があかるくついたのに／どうして私の心はこんなに暗いのだろう、／私はミレーの絵をながめたのち／「世界名画集」を一枚一枚めくる。／聖母マリア　イエスの頭　破瓶を抱く女……／ひとつひとつ現われては消える。／おおベートーヴェン　ベートーヴェン！／おんみこそわたしの名づけがたい愁いを消してくれる、／おんみの乱れた頭髪はわきたつ津波／おんみの豊かなうなじは雪をいただく山肌。／獅子のような額　虎のような眼／〝大宇宙の意志〟ともよぶべきその頭脳よ、／右手には鉛筆　左手には譜稿をもち、／鉛筆の先からは今まさに怒濤が溢れようとしている。／ベートーヴェンよ　おんみの耳にするは何ぞ、／私の耳にはおんみのシンフォニーが聞こえてくるようだ。（傍点引用者）

郭沫若が見たベートーヴェンの肖像画は、恐らくヨーゼフ・シュティーラーが一八一九年に描いた、日本で最もよく知られたものである（**図一**）。この肖像画中のベートーヴェンは高いカラーのシャツを着用しており、「豊かなうなじ」など見せていないから、引用文中、傍点を施した部分が誤訳であることは明白である。そこで傍点部分の原文を確認すれば、「你高張的白領如像戴雪的山椒」（「文学小叢書」版『女神』七〇頁）というもので、これは「あなたの高く張った白い襟は雪を戴いたトウガラシのようだ」とでも訳すべきだろう。「山椒」を「山肌」としたのも誤訳であった。如何にも珍妙な形容ではあるが、シュティーラーの肖像画に目を戻して、ここから頭髪と顔面を取り除いた状態（図二）で見れば理解できよう。即ち、ここに掲げたモノクロ図版では判らないものの、ベートーヴェンの結んだスカーフは真紅で、これが「山椒」＝トウガラシ、その上の白いカラーが「雪を戴いた」ように見えたということなのだ。恐らく、須田は郭沫若の情熱的な革命詩人というイメージと、ベートーヴェンの不遇と苦悩の果てに歓喜を見出した、運命に対する勝利者、不世出の天才というイメージを重ね合わせて、両者の出会いを劇的で深刻な調子で彩らなければと思い込んだのではなかろうか。しかし、郭は「筆立山頭展望」の場合と同様、先ずは写実、しかもユーモラスな写実によってテクストを構成していたのだ。テクストを注視する前に、生身の人間のイメージに影響を被り、結果、テクストの成り立ち自体を無視してしまった例といえよう。

図一

図二

（14）　原載《文学雑誌》第二巻第一期（一九五七年三月）。ここでは『夏済安選集』（「新世紀万有文庫」版、遼寧教育出版社、沈陽、二〇〇一年、七三～七四頁）所収に拠った。

（15）　「談徐志摩」。「鳳凰叢書」版、『梁実秋文学回憶録』（岳麓書社、長沙、一九八九年一月）所引『談徐志摩』（遠東図書公司、台北、一九五八年四月）収録版に拠る。二〇一～二〇二頁。

（16）張新頴「モダンという苦境における言語体験」（坂井訳、『文化アイデンティティの行方――一橋大学言語社会研究科国際シンポジウムの記録』彩流社、東京、二〇〇四年二月、所収、二二〇～二三一頁）は、このような「力技」を、外在する言語規範に依附せず、自律的な文学伝統へ執着することを通じて、文学的「主体」確立を模索した試みと評価している。

（17）「『野草』題辞」。原載《語絲》第一三八期（一九二七年七月二日）。ここでは『魯迅全集』第二巻（人民文学出版社、一九八一年、一五九頁）所収に拠った。

（18）「怎麼写」。原載《莽原》第一八・一九期合刊。後、『三閑集』に収める。ここでは『魯迅全集』第四巻、一八頁所収、に拠った。

（19）「沈黙」。ここでは『知堂文集』（止庵校訂「周作人自編文集」版、一五頁）所収、に拠った。

（20）同前。

（21）原載《論語》第四〇期（一九三四年五月一日）。ここでは『我的話・下冊――披荊集』（「中国現代小品経典」版、河北教育出版社、一九九五年十月第二次印刷）六九頁、に拠った。ちなみに、『野叟曝言』とは清乾隆年間に成った白話小説。二〇巻一五四回（光緒八年申報館排印本）。夏敬渠（一七〇五～七八、江蘇江陰人）の作。魯迅『中国小説史略』第二五編「清之以小説見才学者」（『魯迅全集』第九巻、二四二頁）は、「小説を学問文章開陳の手段とし、同党異伐の主張を寓したものとして、清代にあっては『野叟曝言』を筆頭とする」と記している。

（22）「新年附録――一九三四年我所愛読的書籍」。原載《人間世》第一九期（一九三四年一月五日）。ここでは『魯迅全集』第六巻二七〇頁「『尋開心』」注釈所引に拠る。

（23）《太白》第一巻第一二期（一九三五年三月五日）。聶紺弩は「悍膂」署名を用いる。

（24）《太白》第二巻第一期（一九三五年三月二十日）。署名「悍膂」。

（25）「談『野叟曝言』」。ここでは『聶紺弩全集』第七巻「古典小説論」（武漢出版社、二〇〇四年二月）五三三、五三七、五三九頁、に拠った。

(26)「形式」面への言及として、聶紺弩は林語堂が『野叟曝言』の文章を「白話として上乗の文章である」とする評価に対して、「この書の大部分は口頭語に接近した文章になっているが、とても平板で、上乗の口頭語とはいえない」とし、また対話部分に駢文調が用いられることを不自然であると、簡単に片付けるだけである(『聶紺弩全集』第七巻、五四五~五四七頁)。

(27)「『尋開心』」。原載《太白》第二巻第二期(一九三五年四月五日)。後、『且介亭雑文二集』に収める。ここでは『魯迅全集』第六巻所収、二七〇頁、に拠る。

Ⅱ　モダンの表象としての「近代文学」

これまでもしばしば表明してきたように、私は、近現代中国の知識人のモダン/モダニティ/モダナイゼーション理解は一面的だった、鋭敏な感性と犀利な洞察力を持つ少数の者を除いて、歴史の主流を構成した主流言説と、その操作者/被操作者は、基本的にモダナイゼーションを「進化」と理解し、モダンの本来的な性質としての両義性を十分に認識してこなかった、と考える者である。

モダン/モダニティ/モダナイゼーションを定義することは難しい。ある者は社会における民主化の実現程度の如何、人々の政治参加の可能性如何をモダナイゼーションの達成度を測る指標に取るだろうし、またある者は経済的なテイクオフを達成したか否か、そして社会の富裕化に連動した、富の社会化と公正な分配の実現如何を指標に取るかもしれない。議論を進める必要上、ここでモダナイゼーションに対してひとまずの定義を下さねばならないとして、私は社会における効率化と均質化の実現の程度如何、そしてそれらを支える各種の制度がどの程度構築されているかに注目することにしたい。国民国家およびそれに伴う各種の制度とは、組織化されずに社会に散在する様々なパワーを効率的に動員するための枠組であろうし、民主化や国家の富強も、ある面で政治参画機会の不均衡や貧富の懸隔を解消する論理として機能するものだろう。即ち、これらはいずれも、社会の構成員を効率的に動員するために均質化するシステムなのである。しかし、このようなモダナイゼーション（およびそれを方途として実現されるモダン、近代社会）とは、本来的に豊かな差異性を具えた個人や、歴史的に形成されてきた差異を具える民族や地域を、殆ど強制的に均質な「国民」や「世界」といった鋳型に押し込めて、差異性の解消を導きかねない。もちろん、もしも「差異性」の肯定が、身分制に由来するいわれのない差別や抑圧、搾取の肯定を意味するなら、そのような「差異性」を解消して、「平等」の地平に向けて解き放っていくことは、尊厳を具えた人間として当然の欲求であり、非難さるべき筋合いのものではない。近代以降の中国にあっては、抑圧的な政治システムとしての王朝体制が長期にわたって存在してきた結果、誰もが差異性の否定＝平等の希求を志向するようになったのであり、それは無理からぬことである。この主題が歴史の舞台の前景に現れた十九世紀中葉以降、中国はまた同時に西欧帝国主義列強の侵略も受けることになった。二重の抑圧を蒙り、「瓜分」、「球籍喪失」の危機感を募らせる知識人は、西欧や日本に倣ったモダナイゼーションを一刻も早く実現し、豊かで強い近代国家を建設したいと願ったのだが、そこでモダナイゼーションは「進化」の同義語となり、知識人は、よりよき状態への「進化」＝モダナイゼーションこそ、中国の直面する様々な難題を一挙解決してくれると、ごく自然に、そして無邪気に夢想したのだろう。彼らの思考のあり方は、このように切迫した現実のコンテクストに強く支配されたものだったから、中国がモダナイゼーションを実現した暁には、あるいは自らのアイデンティティの根源にあって、それを規定する所の「差異性」（民俗、文化など）を喪失して、その他の国家と区別の着かない「近代国家」に成り果てるかもしれないなどということに想像力を向ける余裕はなかったのだ。

しかし、このようなモダナイゼーションが、更に個人にもアイデンティティ喪失の危機をもたらすということは指摘されねばならないだろう。個人のアイデンティティに関する限り、身分制が固定され、閉塞的、抑圧的とイメージされる王朝体制にあって、人間は生まれながらにして既定のアイデンティティを具えていただろう（臣民、四民など）。もしも、このような社会を打破し、「平等」で「自由」な近代社会が実現したとして、その構成員は従前の固定された「身分」の代わりに、均質な「国民」、「人類」といった虚構のアイデンティティを獲得するだろうが、それは個人の実存とは、本質的に何の関係もないので、結局、人間はまた別種の難題に直面するということである。「国民」、「人類」としか呼び得ない人間などは、実際は「何者でもない」のであり、そればかりか、巨大で複雑な社会システムの中で、自らの居場所を見つけることもできず、単なる道具と化してしまう。だから近代社会にあって、人間はこの「何者でもない」、アイデンティティの浮遊状態から出発して、「自分探し」に苦しまねばならないのだろう。「平等、自由」と「均質化（道具化）、アイデンティティ危機」は、実は一枚の硬貨の表裏を成すのだ。これが、私の差し当たって定義したモダナイゼーションが、宿命的に持つ両義性である。しかし、近代以来の中国知識人は、この硬貨の表面のみを見て、裏面を見てこなかったのではないか、ということである。

中国の知識人が、このような思惟上の限界を突破し得ず、これをモダンについて思考を巡らせる際の障碍としてしまったというのは、歴史上の事実であって、これを、今日の一切を鳥瞰できる高みに立って批判することに、さして意味はなかろう。当面の私の興味は、このようなモダン／モダニティ／モダナイゼーションに対する一面的な理解が、中国現代文学の性質を規定する要素として働いているかどうか、そのような切り口から中国現代文学史を眺めたとき、新たな文学史テクスト記述の可能性が浮上してくるかどうか、といった問題に集中しているのである。なぜならば、いうまでもないことのようだが、「近代文学」にはモダニティ（近代性）が深く烙印されているからだ。モダナイゼーションの初期段階にあって、「文学」はしばしば国民国家が期待し、要求する国民意識の醸成と普及のために奉仕したし（例えば梁啓超の小説の役割に関する主張など）、国民言語の普及も推進したのである（例えば、胡適の所謂「国語の文学、文学の国語」から、人民共和国建国後における普通話の強制的な普及まで）。近代文学が近代国民国家における均質性実現のために果たした役割を考えれば、「文学」もまたモダナイゼーションを支持する有力な制度であることは明らかである。

しかし、「近代文学」におけるモダニティの烙印というのは、このような制度的な側面のみに印記されている訳ではない。我々はここで、未知の領域を不断に開拓して止まないモダンの特性＝自己拡張性に眼を向ける必要があろう。中世にあっては畏怖の対象でしかなかった自然を日々進歩する科学技術の力で「征服」する、先進的な軍事力によって「後進」段階の非西欧世界を侵略し市場化する等々、現実の世界にあってモダンは自らの拡張性を、資本主義から帝国主義への膨張という形で表現したが、実は、このような自己拡張性を属性とするモダンは、現実の世界のみならず、人間の内面にすら理性（「理性」もまたモダンの主要な属性の一つだろう）により理解、認識し得ない未開の領域を残すまいと、終にその触手を人間の精神世界にも伸ばしただろうと、私は想像するのだ。これは正に「人間が自分の未成年状態から抜けでる[1]」という「啓蒙」の原理だが、そのような「啓蒙」の、文学、特にテクスト上における特徴的な現れに着目すれば、前近代文学と近代文学の違いとは、前者には見られなかった対象を後者が「開拓」したという意味で、およそ三つの方面に明らかであろう。第一は、純粋な審美対象としての自然が描写されること。第二は、人間の内面（思想、感情など）の主題化（言語化）。第三が、今日の我々には既にお馴染みのものとなった文学的レトリック、とりわけ対象にあらゆる角度から光を当てるべく（それは対象の断片化であり、即ちモダニズム的行為に他ならない）動員される形容的な語彙の多用である。プロットや筋立てに関わらない「自然」、「風景」が純然たる審美対象として仔細に書き込まれること、現実には人間の内面に潜伏して、決して表面化し、言語化されるはずのない「無言の叙述」

（内面の葛藤、感情の起伏、反復する思考など）が、テクスト外部に存在する万能の語り手によって、ある時は客観的な叙述により、ある時は人物の独白の形で曝け出されること、そして、それらが比喩、象徴を可能にする様々な形容的語彙を駆使して叙述されること……こういった現象は十九世紀以降の近代社会に流通した、そして「文学」をそのようなものとして享受する「近代的な読者」を前提に生産された文学テクストにおいて、初めて現れたものである。即ち、かかる本質的なレベルにおいても、近代文学とはやはりモダン、近代社会の産物といえるのだ。となれば、モダン／モダニティ／モダナイゼーションに対して「特殊な」理解を示し、それが普遍的である思想土壌に生まれた「近代文学」は、当然のことながら、その「特殊性」の痕跡を身に着けている道理である。その「痕跡」を拾い集めて脈絡を与えることが、即ち前述の中国現代文学史への新たなアプローチになるだろうと、私は考える者である。

無論、近現代中国にも、モダン／モダニティ／モダナイゼーションに対して、深い洞察を示した思想家、文学者がいた。例えば、章太炎や魯迅といった人々である。章は一九〇六年に「倶分進化論」という一文を発表して、善悪の並行進化を唱えたのだが、モダナイゼーション＝進化＝善、といった進化理解が一般的だった当時の水準からすれば、明らかに一頭地抜いた深い理解だったろう。[2]章はさらに一九〇八年、白柳秀湖が翻訳したイタリアのアナーキスト、エンリコ・マラテスタの Anarchy を、更に張継が白話文に重訳した『無政府主義』に序文を寄せているのだが、そこでは「独居／群居」という概念を提示していた。

……別を無くして等しくしようという者こそ、天下随一の人間である。これに次ぐ者は、恬淡として殊更の行為を少なくし、人を遠ざけて独居する。木の実を穀物の代わりに食べ、樹皮を衣服の代わりに着る、大いなる楽が訪れることもないが、労苦も跡を絶つ、これは互いに依存し合って、群れに頼って生活する者に大いに勝る。……

群れ集って生活するのは人の情だが、独居して深く思いを巡らせ、その身に深く蔵するものを持ちながら、まるで肺と腑のように他人と親しむことを、蛆虫の如く憎むというのも、また人間の本性がそうさせるのである。だから群れること、勢に追随することを好む者がいるかと思えば、孤立無援にして交わりを少なくするという者もいる。人心の同じくないこと、顔つきがそれぞれ異なるようなものである。／およそ幸福を求めるならば、苦を得ないではいられない。今日、階級は未だ平等でないから、苦者は自分だけで苦しみ、楽者もまた自分だけで楽しむといった具合に、互いに助けることがない。もしも階級が平等になったら、苦楽は一人で兼ねなければならないだろう。蒸気船に乗りたいなら、先ずは石炭を掘らねばならない。汽船に乗る快適さが炭鉱を開く苦しさを贖うことはないのだ。農作物を植えるならば、機械で耕せばよいので、石炭を掘る苦しさは農業の苦しさより甚だしい。では、人により苦楽に差を設けるというなら、その不平等は今日と変わる所があろうか。(3)

アナーキズムの標榜する絶対的な自由と平等（「階級の平等」）というのは、あらゆる近代文明の果実、果てには人類社会そのものを否定し、如何なる他力にも依らないこと（即ち「独居」）によってしか実現し得ないのであるが、そのような生活方式というのは莫大な労力を必要とするもので、実現不可能である、今日の世界に生きる人間は、モダナイゼーションの成果としての近代文明と社会生活（即ち「群居」）を前提とせずにはいられないと、章は考えたのである。その視線は、近代社会が免れ難いモダンの両義性に由来するジレンマまでを射程に収めており、その深刻さたるや、科学の無限の進歩が世界大同を実現させる（モダンの拡張性を手段にモダンを超越しようという矛盾！）と主張した、パリ《新世紀》グループのアナーキスト（実は庸俗進化論だ）と同日に語り得るものではない。魯迅もまた章太炎の学生として、事物を正反両面から捉えて相対化する思想を継承して、進化論理解に独特な表現を示したといえる。一九〇八年の「破悪声論」は、やはりパリ・アナーキストのグループを念頭に置いて展開された庸俗進化論批判だが、そこで魯迅は、保守、落後の誇りに甘んじるとも、飽くまで実体としてあるべき民族の主体性の依拠を追求し、アナーキストの唱えたような、民族固有の文化伝統の否定を代償にした「進化」を厳しく批判し、その提唱者を「偽士」と斥けたのである。魯迅が土俗的陋習（「迷信」）とその担い手たる「朴素の民」に仮託したものこそ、彼の追求して止まなかった、民族主体性の「根」だったのである。

モダンが両義性を具えており、モダナイゼーションとは、民族や地域の主体性（その顕れこそ差異である）を均質性の裡に埋没させるものであることを理解すると同時に、そのようなモダナイゼーションの潮流は押し止めることができない、宿命的な趨勢であることを察知する、鋭敏な感性の持ち主にとって、モダンを巡る思考とは、深刻な思想上のジレンマをもたらさずにはいなかったはずである。そのような意味で、第二章でも引用した、周作人の次のような感慨は率直なものであった。

しかし、我々この時代の人間は、偏狭な国家主義に対する反動から、大抵が一種「世界民」（kosmopolites）の態度を養い、郷土の味わいを減じがちなものである。これはやむを得ないこととはいえ、残念なことである。私は世界民としての態度を抹消したくはないが、しかし、それだけに一層地方民としての資格を考えねばならないと思う。なぜならこの二者はそもそもが連関しているので、それは、我々が個人であるからこそ、「人類の一分子」（homorano）でもある、というのと同じことなのだ。

誰もが「世界民」になる、ということは、即ち、世界の何処に生活する人間でもほぼ同等の「質」を具えることであり、それこそ今後の世界、モダンの世界だ……周作人はこのような趨勢を逃れ難いものと考える。しかし、それと同時に、そのような趨勢が彼に「地方民としての資格」を放棄させるものであるとするなら、それは遺憾であるとも感じているのだ。このような思考の中には、近代批判の要素も含まれているとはいえ、しかし、周の口調はある種の悲観もしくは「遣る瀬無さ」を帯びてはいまいか。あるいは、このような「批判」が結局は「近代」中国思想界、文学界の主流意識とはなり得ないことを、周作人は敏くも察知していたのかもしれない。

とはいえ、感性思惟により世界を認識する文学者は、思想や理論のレベルで、モダン／モダニティ／モダナイゼーションと厳しく対決することはできぬながらも、直覚、感性あるいは名状すべからざる情緒のレベルで、畏怖や不安の対象としてのモダンを感受し得るものと、私は想像する。その大多数は、恐らくモダナイゼーション／進化の「暗い一面」を視界に収めることはできなかったであろう中国現代の文学者にあっても、モダンとは、人間から持ち前の「質」を奪いつつ、不可逆的に実現されていく必然の趨勢であることを察知する者は、きっといたということである。

例えば、第三章で採り上げた茅盾「冥屋」などは、郷里と都会の対比を通じて、モダナイゼーションが一体何を重視し、何を犠牲にするかという問題を描き出したものだった。しかし、茅盾はただこの対比を見詰めるだけであり、慨嘆も、批判もしない、その冷静な眼差しには、彼の「遣る瀬無さ」が透いているようでもある。茅盾は『子夜』において、民族資本主義の中国における自律的な発展の不可能性を描き、『霜葉紅似二月花』ではモダナイゼーション（資本主義、貨幣経済）が農村にもたらした巨大な衝撃と変化を描いた。後発型のモダナイゼーションの過程に現出する、矛盾と衝突に満ちた種々の社会現象を、多様な角度から写実的に再現し、近代中国の歴史パノラマ＝「史詩」を構成することが、茅盾文学の一貫して追究した主題であるとは、よくいわれることだが、「冥屋」は差し詰め、そのような史詩の提要と称するに相応しい凝縮度を示しているだろう。

第二章で論じた郁達夫「沈淪」の主人公のように、モダナイゼーションの実現（この場合豊かで強い近代国家の実現と同義）が、自らの不如意な性飢餓状態すら満足させると考える、即ち、人間の実存に関わる内奥の部分までをも近代国家言説に譲り渡してしまうメンタリティが、抑圧や侵略の日増しに激しい現実のコンテクストにあって、「救亡」言説の主流化を支持するという現象は、とりわけ「遅れて」モダナイゼーションを開始した地域にあって、一般的に見られるものであろう。そして、そのようなメンタリティは、モダンの「暗い面」に注がれるべき視線を遮断してきた。しかし、茅盾「冥屋」の示した鋭敏さこそは、「救亡」が決して一切を圧倒し尽くしはしなかったことの証左ではないか。そして、それは従来の思想史や哲学史が適切な叙述を与えることのできなかった、近代中国における貴重な思想資源の存在をも暗示していると、私は考える。

注釈

（1）カント「啓蒙とは何か」（篠田英雄訳『啓蒙とは何か 他四篇』、岩波文庫、一九九一年二月第四〇刷、七頁）。

（2）原載《民報》第七号（一九〇六年九月）。

（3）この序文を冠した『無政府主義』一書に関しては、出版の時間、地点など不詳である。坂井架蔵本を影印して、坂井・嵯峨隆共編『原典中国アナキズム史料集成』第九巻（緑蔭書房、東京、一九九四年四月）に収録した。該書を巡る状況に関しては、嵯峨隆による解題（『原典中国アナキズム史料集成』別冊「解題・総目次」所収）を参照。この序文は単独で《民報》第二〇号（一九〇八年四月）に掲載された。ここでは湯志鈞編『章太炎政論選集』上冊（中華書局、北京、一九七七年）所収、三八三～三八四頁に拠った。また、この一文および章の発想を模倣した朱謙之が展開した「アナーキズム批判」については、坂井「近代中国のアナキズム批判――章炳麟と朱謙之をめぐって」（《一橋論叢》第一〇一巻第三号、一九八九年三月）で考察を加えたことがある。

Ⅲ　葉聖陶の「鋭敏」と「鈍感」

茅盾同様、文学研究会成立時からの主要なメンバーだった葉聖陶は、確かに多方面の業績をものした、長命の文学者ではあったが、所謂文学史上の評価となるとどうだろうか。魯迅や周作人のような思想的深みを湛えた文学者というのでもなし、茅盾のように本格的な小説家というのでもない、やはり「語文教育専家」という名称が相応しいかと、私などは漠然と思うのだが、しかし、彼もまた、中国現代の文学者としては稀な、モダンについての「鋭敏」な見者だったのである。

第三章で採り上げた「『怎麼能……』」というエッセイでは、社会の様々な「遅れた」現状に不満を抱き、事毎に「どうして……できようか」（「怎麼能……」）と不平をいい立てる人間が批判されていた。葉聖陶はこのような「傲慢」な態度に反感を覚えるものの、しかし、これに対して単純な道徳的批判を加えるだけでは意味がないとも感じる。葉の理解では、この種の「傲慢」な人間は、社会全体が位置する発展段階に照らして「不当」な不平を述べているに過ぎないのだが、しかし、彼らは少なくとも「遅れた」現状に対して醒めた認識を持っており、自らも個人の努力の及ぶ限り、生活の改善に努めている、だからこそ外界に対する不満の情緒も生まれる、ということになる。葉も、このような個人的な「努力」は否定し難いと承認する。反復自問の末、葉聖陶の到達した結論というのは、全体の改善は個人の改善をもたらす、個人的な「努力」は尊重されるべきだが、より多くの「努力」は社会全体の改造に傾注されるべき、というものだった。この結論だけを見れば、葉も前述の郁達夫同様、国家や社会といった「大きな物語」レベルの「解決」が、国家や社会の一分子たる個々人の「解決」をも自然にもたらすと考えているようにも思われる。

それでも、葉が、全体に埋没する個人、という問題に眼差しを注ぎ得たことは、やはり「鋭敏」だったというべきだろう。近代社会、モダナイゼーションが、効率的な動員と開発を要請する以上、集団が個人より、均質性が差異性より重視されるのは当然である。このようなモダンに包囲され始めようという段階で、人は自らの個性＝差異と、均質性を求める集団の間の摩擦と矛盾を感じないではいられないだろう。葉聖陶は、理知的にというより、むしろ本能的に、近代社会に生きる人間のジレンマを直覚したということではないか。そして、それは確かにモダン／モダニティ／モダナイゼーションの本質に触れていただろう。

かくも「鋭敏」な葉聖陶ではあったが、モダナイゼーションのイデオロギーが、別の現れ方を採ると、一転鈍感な反応しか示し得なかったのである。葉は衆目一致する「語文教育専家」ではあったが、言語の、イデオロギーの表象としての側面について、即ち言語の表象するモダニティに関しては、驚くほど「鈍感」だったのだ。彼の「鈍感」こそ、一個の文学者が思想の深部において、真にモダンに「投降」した姿を示すのではないかと、私は考えるのだが、さて、そのような「鈍感」はどのように表現されたのか。ここで、私たちは漸く「言語」の問題に立ち返ることとなる。前述のように、モダナイゼーションのイデオロギーの主要な属性を、効率性の追求と定義するなら、それはこと言語上の問題としては、言語の「均質化」＝規範化、標準化、「近代言語」の建設、中国にあっては「国語」、「普通話」の人為的な制定と普及、それによる自然言語の疎外といった問題の上に反映を見るであろう。簡単にいうなれば、一九五〇年代以降の葉聖陶は、「語文教育専家」の立場から、全く躊躇することなく、次のように「普通話」の普及を支持したのであった。

目下、全国人民は心を一つにして協力し、社会主義建設という大事業を行っている。共通語の必要性については、歴史上、現在ほどに切迫したことはなかった。言語上の障碍に因り仕事が妨げられる事例は、誰もが山ほど挙げられるだろうから、私は語るまい。ただ、少しでも考えてみるがいい、言語上の障碍が仕事の妨げになっているとして、仕事というのは、どのようなものであれ、それぞれの環節が繋がって、大事業の一環になっているものだ。言語上の障碍などを存在させておくことができるものだろうか。できまい、当然あってはならないだろう。共通語の必要とは、このような必要に発していることを、我々は明確に認識しなければならない(1)。

普通話を押し広め、漢民族が統一された言語を使用するということは、社会主義建設が高潮を迎えている今日にあって、一種の厳粛な政治任務として提出されているものである。文芸に従事する者も、その他の文化工作者と同様、当然、この任務を担わなければならないのである(2)。

なぜ普通話を押し広めなければならないか。漢語方言は分岐しており、例えば同じ一つの物にも多くの名称がある。「玉米」を、ある人は「棒子」といい、ある人は「包穀」といい、ある人は「玉蜀黍」という等々、二十数種類もある。あなたはあなたのいいたいようにいい、私は私のいいたいようにいう、というのに良いことがあろうか。良いことなどない。みなが「玉米」あるいは「包穀」と呼ぶような、一つの規範を定める必要がある。／言語の分岐は、現実の仕事の上でも多くの困難を生み、社会主義建設に不利に働く。社会主義建設には、人民全てが力を合わせる必要があり、それには多数の人間が一致した言葉を話さねばならない(3)。

しかし、この「普通話」こそは、モダナイゼーションのイデオロギーを典型的に表現した、中国流のモダナイゼーションという言説の表象、つまり虚構の「近代言語」だったのではないか。モダン／モダニティ／モダナイゼーションの「暗い一面」を直覚的に察知し得た葉聖陶ではあったが、この段階に至って持ち前の「敏感」を放棄したのか、普通話に対しては、これに何ら疑いを差し挟むことなく、無条件に受け容れたのである。もちろん、五〇年代の葉が、言語規範化、普通話普及に関して大量の啓蒙的言論を公にしたことは、当時の政治的コンテクストおよび自身の社会的地位からして止むを得ないものだったかもしれない。それはそれとして諒解できるが、しかし葉が、五〇年代後半の言語規範化の要求に遵って、二〇年代の旧作を改訂したこと、このなくもがなの行為には、看過し得ぬ深刻な問題が含まれているように思われる。

葉聖陶が『倪煥之』に施した改訂を、版本研究の範囲に止まらず、社会的な要請に対する対応であったと解釈し、改訂の背景までをも分析する立場から整理したのは、金宏宇『中国現代長編名著版本校評』である。[4] 金は『倪煥之』の「初刊本」（《教育雑誌》第二〇巻第一号～第一二号、一九二八年一月～十二月、掲載の初出版）、「初版本」（開明書店、一九二九年八月刊行の単行本）、「刪節本」（人民文学出版社、一九五三年九月）、「文集本」（『葉聖陶文集』第三巻所収版、人民文学出版社、一九五八年十月）の四種類の版本間の字句の異同を分析して、次のように概括している。

『倪煥之』版本の変遷は、芸術的な改訂から言語規範化へという過程として表現された。具体的にいうと、この版本の変遷には、三種類の異なる意向が働いていたのだ。まず初刊本から初版本の間の改訂は、主として小説芸術を完善たらしめるという考慮に出たもの、初版本から刪節本への変遷は、新たな文学規範への接合のため、初版本から文集本の間の改訂は、基本的には言語上の加工と変換（主として規範化）の問題に関連する。[5]

このような概括のうち、二番目の「新たな文学規範への接合」というのは、些か分かりにくいので補足しておけば、この刪節本は、初版本の末尾七章を削ったもの、即ち、北伐勝利、上海労働者の三度の蜂起、そして四・一二クーデターによる革命退潮と主人公の失意と死まで描いた部分を、そっくり削り、五卅による大衆運動の高揚に主人公が興奮している場面でテクストを収束しているのである。このような改訂を、金は次のように理解している。

全体のストーリーは悲劇を結末としており、希望は未来に託されているとはいうものの、濃厚な幻滅の雰囲気に覆われている。こういった処理は、新中国文学の創作規範に、明らかに相応しくない。一九四九年七月に第一次文芸工作者代表大会が召集開催され、ここで毛沢東『在延安文芸座談会上的講話』が、国家の文芸の総方針として確立された。文芸における労農兵方向、文芸は政治に奉仕するといったことが、新中国文学の根本的な準則および第一の任務となったのである。ここで、一連の新しい文学規範が確認された。例えば、労農兵の生活と形象を描く、英雄主義と理想主義を描く、楽観的な方向性と賛美の風格、といったことである。『倪煥之』も、このような新たな歴史コンテクストで改訂されただけに、これら新たな文学規範の制約を受けないではいなかったのだ。その改訂には、初版本における、芸術上の欠陥を改めるという考慮も働いていたかもしれないが、しかし、改訂後のテクストは、客観的には一層新たな文学規範に接近したテクストとなっていたのである。(6)

この概括自体に特に問題があるというのではない、実際、葉聖陶はかかる配慮に基づいて「刪節」を行ったに違いないと思う。ここで私が問題にしたいのは、金宏宇がこのような改訂を、「言語上の加工と変換（主として規範化）」とは異なる、別種の改訂と認識している点である。前述のように、「言語の規範化」とは、近代国家の建設、モダンがその自己拡張性を発揮してモダナイゼーションを実現する際の、有力な手段だろう。そして、そもそも「新中国」建国とは、第一章で整理した汪暉の指摘を待たずとも、十九世紀以来、中国にとっての最重要課題であった中国独自のモダナイゼーション実現の、一つの帰結であると同時に、新たな近代国家建設の出発点でもあったはずである。この「近代国家」は、革命という「暴力」によって成立したものであるだけに、その正統性や、合法性を証明、支持、強化する叙事を必要としたのだ。「新中国」では、「近代国家」に相応しく、「国民」(「新中国」にあっては「人民」という美名が与えられた)誰もが共通の、規範化された標準語を用いねばならず、そのような言語＝「近代言語」によって記述された、あらゆる叙述が動員されて、歴史が革命の成功に向かって収斂する一筋の経路に実体化されるような観念を言説化していくのだ。金宏宇の所謂「文学規範」とは正に、中国におけるモダナイゼーションが要請する言語状況＝言語の規範化の一翼を担うものとしてあったので、両者を別種のものと考えることは、そもそもできないと、私は考える。そして、政治的要請への対応としての改訂と、言語規範化からの要請に呼応しての改訂の両種を、別種の改訂と考える金の理解の不備は、実は葉聖陶の「鈍感」と、ちょうど見合ったものと考えるのだ。

葉聖陶の「改訂」の実態とはどのようなものだったのだろう。金宏宇が版本研究の材料にしたテクストは『倪煥之』だったが、確かにこれは葉の代表作であるし、第三章でも確認したような、「五四」から「五卅」へという、中国革命史においても「正統」的な評価と叙述を必要とする、「発展」の節目を描いたものだけに、とりわけ二番目の改訂の実態を確認しようとしたらしい金の意図にはうってつけのテクストではあった。一方、言語規範化の要請に応えた改訂についても、もちろん金は具体例を挙げて確認しはするものの、何しろ長編小説のことであるから、全篇にわたっての緻密な拾い上げは行い得なかったようである。そこで、私としては、短篇テクスト全篇を材料に、表現や用語の規範化を旨とした改訂の状況を検証して、それが想像以上に徹底的なものだったことを確認したい。

テクストは短篇小説「前途」、制作時期は、篇末に「一九二五年三月十六日畢」と記される。初出は《小説月報》第一六巻第三号（一九二五年三月十日）、後、一九二六年七月開明書店刊『城中』に収録。ここで比較対照に用いた版本は、開明書店一九三四年版『城中』収録版と、『葉聖陶集』第二巻（江蘇教育出版社、一九八七年）収録版である。後者は、『葉聖陶文集』第二巻（人民文学出版社、一九五八年五月）を底本としたもの。改訂の施されている箇所を、一覧表の形で対照させ、次に掲げる。

通番	『城中』頁数／行数	『城中』版改訂前テクスト	『葉聖陶集』頁数／行数	『葉聖陶集』版改訂後テクスト
（一）	二七／一	窗外有一兩頭麻雀細碎地叫着	一九七／一	窗外有一兩隻麻雀細碎地叫着
（二）	二七／一	天是亮的了	一九七／一～二	天是亮了
（三）	二七／二	大概今天太陽是退隱了	一九七／二～三	大概今天太陽不出來了
（四）	二七／二～三	他們蓋在一條夾被裏	一九七／三～四	他們兩個蓋在一條夾被裏
（五）	二七／三	不自覺地蜷得成兩隻醉蝦的樣子	一九七／四	不自覺地蜷成兩隻醉蝦的樣子
（六）	二七／四	身軀略一牽動	一九七／五	身軀略一動彈
（七）	二七／七	一手去拍着她肩頭	一九七／一〇	右手拍着她肩頭
（八）	二八／二	他扳動她的肩頭、要想教她翻轉身來	一九七／一三～一四	他扳動她的肩頭、想叫她翻轉身來
（九）	二八／三	冷然地說	一九七／一六	冷然說
（一〇）	二八／五	語音帶着凄苦的情味	一九七／一七～一八	語音裏帶着凄苦的情味
（一一）	二八／五	你又是老毛病！	一九七／一八	又是老毛病！
（一二）	二八／八～九	從前孔夫子的學生顔淵窮得不了、住在一條小巷裏頭	一九八／一	從前孔夫子的學生顔淵窮得不得了、住在一條小巷子裏
（一三）	二八／九	定要愁得不堪了	一九八／二	一定要愁得不堪
（一四）	二八／九～一〇	他却反過來樂得不堪	一九八／二	他却樂得不堪
（一五）	二八／一〇	這是最使我佩服的	一九八／二～三	這是我最佩服的

（一六）	二八／一〇	可是、我却愁你的愁窮。你爲窮而愁、 我就爲你而愁了	一九八／三～四	可是、你爲窮而愁、我却愁你的愁窮、 我就爲你而愁了
（一七）	二八／一二	飯總得要喫的、房子總得要住的	一九八／六～七	飯總得要喫、房子總得要住
（一八）	二九／三	頓如突地一陷落	一九八／一〇	頓如突然陷落
（一九）	二九／三	也歎氣道	一九八／一一	他也歎氣道
（二〇）	二九／三	這教我有什麽法子呢	一九八／一一	這叫我有什麽法子呢
（二一）	二九／四	還是一個枵腹從公	一九八／一二～一三	還是個枵腹從公
（二二）	二九／六	從不曾做過去一件新衣服、也不曾上 過一回館子	一九八／一五	從不曾做過去一件新衣服、從不曾上 過一回館子
（二三）	二九／六	他不能再說了	一九八／一六	他不能再說下去了
（二四）	二九／八～九	是一個朋友	一九八／一九	是個朋友
（二五）	二九／九	這個朋友並不是來報可怕的打仗的消 息	一九八／一九～二〇	這個朋友並不是來報告可怕的打仗消 息
（二六）	二九／一〇	乃是發見了一道希望的光	一九八／二一	是發見了一道希望的光
（二七）	二九／一〇	因爲友誼	一九八／二一	由於友誼
（二八）	二九／一一	這個朋友說得到可靠的消息	一九八／二三	這個朋友說、得到可靠的消息
（二九）	二九／一一～一二	他很有滋味地描摹道	一九八／二四	他很有味地描摹道
（三〇）	二九／一二～三〇／一	眼珠子有壓得服人的威光	一九八／二五～一九九／一	眼珠子有壓服人的威光
（三一）	三〇／二	聽說那位姓田的與他是幼年的同學	一九九／二	聽說那位姓田的與他是幼年同學
（三二）	三〇／二～三	說不定倒是個很好的機會	一九九／三	說不定倒是個好機會
（三三）	三〇／五	這不是閃電一般抽着一條光麽？	一九九／六～七	這不是閃電一般抽過一道光麽？
（三四）	三〇／五	前進的氣力又萌生了	一九九／七	前進的力氣又萌生了
（三五）	三〇／一一	我說的是他肯不肯同我想法呢	一九九／一五	我說的是他肯不肯替我想法
（三六）	三〇／一一	假若他不大願意同我想法	一九九／一五～一六	要是他不大願意替我想法
（三七）	三〇／一二	豈不是教他爲難了	一九九／一六～一七	豈不是叫他爲難了
（三八）	三〇／一二	這又教我多麽難堪？	一九九／一七	這又叫我多麽難堪？

（三九）	三一／一	你就眼看這個難得的機會在脚邉滾過去了麼？	一九九／一八	你就眼看這個難得的機會在脚邉滾過去麼？
（四〇）	三一／四	我想想覺得當不住	一九九／二三	我想想就覺得難爲情
（四一）	三一／七～八	他曾經稱讚我認定了自己的適當的事業	二〇〇／三	他曾經稱讚我認定了自己適當的事業
（四二）	三一／八～九	這一界又是向來稱爲齷齪的	二〇〇／四	那一界又是向來稱爲齷齪的
（四三）	三一／九	他將對於我作什麼感想？	二〇〇／五	他對於我將作什麼感想？
（四四）	三一／一二	就是去找陳伯通那件事了	二〇〇／一〇	就是去找陳伯通那件事了
（四五）	三一／一二	於是他毅然地說	二〇〇／一〇	於是他毅然說
（四六）	三二／八	實救燃眉之困	二〇〇／一八	實救燃眉之急
（四七）	三二／一〇	閣筆之後	二〇〇／二一	擱筆之後
（四八）	三二／一〇	可是又指不定毛病究在什麼地方	二〇〇／二一～二二	可是又指不定毛病究竟在什麼地方
（四九）	三二／一一	不難弄得到麼？	二〇〇／二三	不難弄到麼？
（五〇）	三二／一二	一一的問題他出給自己	二〇〇／二四	他給自己提出種種問題
（五一）	三三／一	二十元也算得少了	二〇〇／二五	二十元也算少了
（五二）	三三／二	兼職、那是多得很呢	二〇一／一～二	兼職、那多得很呢
（五三）	三三／四	如其不要這麼着實	二〇一／四～五	如其不說得這麼着實
（五四）	三三／四～五	不必眞個進行麼？	二〇一／五	不必眞去進行麼？
（五五）	三三／五	而一綫的希望就繫在這一層上邉	二〇一／六	而一綫的希望就繫在這一層上頭
（五六）	三三／六～七	那也罷了	二〇一／八	也就罷了
（五七）	三三／八	那封信已被送進郵筒裏頭	二〇一／一〇	那封信已被送進郵筒裏
（五八）	三三／九	晨市還沒有散	二〇一／一二	早市還沒散
（五九）	三三／九	出來買菜的男女徘徊於魚攤菜擔旁邉	二〇一／一二	出來買菜的男女徘徊於魚攤菜擔旁邉
（六〇）	三三／一〇	頗覺得嚷嚷	二〇一／一三	一片嚷嚷
（六一）	三三／一一	總使下面更籠上一重陰暗	二〇一／一五～一六	總使下邉更籠上一重陰暗
（六二）	三四／一	但是惠之的心頭並不覺那些的無聊	二〇一／一八	但是惠之心頭並不感覺無聊

（六三）	三四／一	一縷春溫正萌芽着	二〇一／一八	一縷春溫正在萌芽
（六四）	三四／二	忽然注目於路旁魚攤的一桶鯽魚	二〇一／一九	忽然注意到路旁魚攤的一桶鯽魚
（六五）	三四／三	略爲站停了一歇	二〇一／二一	略微站定了一會
（六六）	三四／三	便轉成緩緩地了	二〇一／二一	便轉成緩緩的了
（六七）	三四／五	假若提起來斟着、是作淡瑪瑙色的	二〇一／二四	假如提起來斟着、就有淡瑪瑙色的
（六八）	三四／五	「陳紹」 只須觸着鼻觀便覺陶然	二〇一／二四～二五	「陳紹」流出來 觸着鼻觀便覺陶然
（六九）	三四／五～六	不自禁地口津涌溢了	二〇一／二五	他不自禁地口津涌溢了
（七〇）	三四／六	這些味兒生疎得太久了	二〇一／二五～二〇二／一	這些味兒久已疎遠了
（七一）	三四／六	只有豆腐同蔬菜是不離的常伴	二〇二／一	只有豆腐和蔬菜是不離的常伴
（七二）	三四／七	切成肉絲陪着黃豆芽燒	二〇二／二	切成肉絲、和着黃豆芽炒
（七三）	三四／七～八	却費了剔牙齒的工夫	二〇二／三	倒費了剔牙的工夫
（七四）	三四／八	喫得這樣地簡陋	二〇二／三～四	喫得這樣簡陋
（七五）	三四／九	依舊是一餐三碗	二〇二／四	依舊是每餐三碗
（七六）	三四／九	還是去年的這個時候	二〇二／五	還是去年這個時候
（七七）	三四／一〇	止喝得三四盃呢	二〇二／六	只喝得三四杯呢
（七八）	三四／一〇～一一	再也沒有沾過唇	二〇二／七	再也沒沾過唇
（七九）	三四／一二	那封信如其發生效力的話	二〇二／九～一〇	那封信如果發生效力的話
（八〇）	三四／一二～三五／一	總得略略改換口味了	二〇二／一〇	得要稍稍改換口味了
（八一）	三五／三	他覺得他的夫人如有幾身應時的體面衣裙	二〇二／一三	他夫人如果有幾身應時的體面衣裙
（八二）	三五／四～五	略爲體面一點的	二〇二／一五	略微體面一點的
（八三）	三五／六	重又請牠們回入箱子裏	二〇二／一七	重又塞進箱子裏
（八四）	三五／六	這也幸而是這樣子	二〇二／一七～一八	這也幸而是這樣
（八五）	三五／六	假若不然	二〇二／一八	假如不然
（八六）	三五／六～七	有什麼機會把牠們穿上身	二〇二／一八	有什麼機會把這些舊衣裳穿上身

（八七）	三五／七	那一定教她傷心暗泣	二〇二／一九	那一定叫她傷心暗泣
（八八）	三五／七	逃進屋角裏去了	二〇二／一九	逃到屋角裏去了
（八九）	三五／八	所以單單窮我一個人儘不妨事	二〇二／二〇～二一	所以單窮我一個人儘不妨事
（九〇）	三五／八～九	覺得心頭一陣難過	二〇二／二一	覺得心頭一陣難受
（九一）	三五／一〇	單只接受了一個窮！	二〇二／二三	單只接受了個窮！
（九二）	三五／一二	現在他想如其那封信發生效力	二〇二／二五	現在他想如果那封信發生效力
（九三）	三六／八	他注目於人體型所穿的現成的衣裙了	二〇三／一〇	他注意到人體模型所穿的現成衣裙了
（九四）	三六／八	阿、最可厭的這前圓後圓	二〇三／一〇～一一	啊、最可厭的這前圓後圓
（九五）	三六／九～一〇	而且是會看鏡子的女人	二〇三／一二～一三	而且是個會照子的女人
（九六）	三六／一〇～一一	忽覺腰部有什麼突地撞來、脫口而地喊「做什麼！」	二〇三／一四	忽覺腰部有什麼東西突地撞來、他脫口而地喊「做什麼！」
（九七）	三六／一二	見是一個挑泥藕擔的鄉下人	二〇三／一六	見是一個挑泥藕擔子的鄉下人
（九八）	三七／一～二	看他那雙無表情的眼睛直望着竹扁擔的前端	二〇三／一八～一九	看他那雙沒有表情的眼睛直望着竹扁擔的前端
（九九）	三七／三	惠之不禁怒起來了	二〇三／二一	惠之不禁動怒了
（一〇〇）	三七／四	然而這總是被玷汚了	二〇三／二二～二三	然而總是被玷汚了
（一〇一）	三七／五	似乎拿了很危險的東西	二〇三／二四～二五	似乎拿了什麼危險的東西
（一〇二）	三七／七	後天養成的克制工夫隨卽伸出頭來	二〇四／一	後天養成的克制工夫隨卽冒出頭來
（一〇三）	三七／七	把一陣怒氣抑了下去	二〇四／一～二	把一陣怒氣壓了下去
（一〇四）	三七／七～八	於是取出一方已經用了三四天的手巾	二〇四／二～三	於是取出一方已經用了三四天的毛巾
（一〇五）	三七／八	把夾衫沾泥的地方揩了揩、黏着揩不掉的	二〇四／三	把夾衫沾泥的地方擦了擦、黏着擦不掉的
（一〇六）	三七／九	這是市政的問題	二〇四／四	這是市政問題
（一〇七）	三七／九	街這樣地狹窄	二〇四／四	街道這樣狹窄
（一〇八）	三七／一〇	教他們聚在那里	二〇四／六	叫他們聚在那里
（一〇九）	三七／一一	至少我這樣弄髒了衣服的事情是不會	二〇四／七	至少我這樣弄髒了衣服的事情不會發

		有的了		生了
（一一〇）	三七／一二～三八／一	袋入他的大布包裏了	二〇四／九	裝入他的大布袋裏了
（一一一）	三八／一	什麼名目固然不能料到	二〇四／一〇	什麼名目固然不能料定
（一一二）	三八／二	就可上這麼一個條陳	二〇四／一一～一二	都該上這麼一個條陳
（一一三）	三八／四	不期然地、就看見一名警察顯現在面前	二〇四／一四	不期而然地看見一名警察顯現在面前
（一一四）	三八／五	一手按着一把茶壺	二〇四／一五	一隻手按着一把茶壺
（一一五）	三八／六	黑漆木棍子扣住在圍腰的皮帶裏	二〇四／一六～一七	黑漆木棍子插在圍腰的皮帶裏
（一一六）	三八／六	黄色帽子仰擺在櫃檯上	二〇四／一七	黄色帽子仰放在櫃檯上
（一一七）	三八／八	不過穿制服的遊民而已	二〇四／一九～二〇	不過是穿制服的遊民而已
（一一八）	三八／九	實在合格的很少	二〇四／二一	實在合格的却很少
（一一九）	三八／一〇	非把他們從新嚴加甄別不可	二〇四／二二	非把他們嚴加甄別不可
（一二〇）	三八／一一～一二	有的坐在門限上做活計、個個低了頭	二〇四／二四	有的坐在門檻上做活計、個個低着頭
（一二一）	三八／一二	她們如其擡起頭來	二〇四／二五	她們如果擡起頭來
（一二二）	三八／一二～三九／一	一定要注意他的獨個行走而含笑了	二〇四／二五	一定要注意他的獨個兒行走而帶着笑容了
（一二三）	三九／一	表面上立刻改觀	二〇五／一	市容立刻改觀
（一二四）	三九／一～二	我的名目縱使十分地小	二〇五／二	我的名目縱使十分小
（一二五）	三九／四	只消減少些鐘點就得了	二〇五／五	只要減少些鐘點就可以了
（一二六）	三九／四	覺得有莫名的愉快	二〇五／五～六	他感覺莫名的愉快
（一二七）	三九／四～五	但是裏面有光明	二〇五／六～七	但是裏邊有光明
（一二八）	三九／八～九	終於撕去了一角	二〇五／一二	終於撕去一角
（一二九）	四〇／一	爲兄推薦	二〇五／一六	爲兄推轂
（一三〇）	四〇／二～三	話柄而陪之以兄之姓名	二〇五／一八	話柄而伴之以兄之姓名
（一三一）	四〇／六	一九二五年三月十六日作畢	二〇五／二三	一九二五年三月十六日寫畢

この六千字足らずのテクスト中、改訂が一三一箇所もの多きに及ぶことに、先ずは瞠目させられる。全ての改訂の意図について懇切に理解することは、今となっては難しいが、金宏宇による、『倪煥之』テクスト改訂例（即ち、言語規範化に対応した、『文集』本における改訂）の分類は参考になろう。単語レベルの改訂に関してのみ確認しておく。第一は「調換」（いい換え、別の同義語の採用）とされるもので、名詞では「感念→感想」、「思念→思想」、「質素→因素」、「時分→時候」など、動詞では「排布→安排」、「存留→保留」、「決計→決定」、「忘失→忘却」など、形容詞では「欣快→喜悦」、「震奮→興奮」、「空空→白白」、「差→錯」など、副詞では「接續→繼續」、「輪次→依次」、「立時→立刻」などの例が挙げられる。「比較的特殊な『調換』」の例として、同音語もしくは同音語素への変更があるという。例としては「教→叫」、「利害→厲害」、「須要→需要」、「逐部→逐歩」、「原故→緣故」など。方言から「普通の単語」（原文「普通詞語」）への「調換」の例としては、「起先→開頭」、「池蕩→池塘」、「背心→背部」、「自家→自己」、「一歇、一忽→一會（兒）」、「不曉得→不知道」など。文言、古白話から現代口語語彙への「調換」の例としては、「頗→很」、「欲→愛」、「故→所以」、「尚未→還沒（有）」、「不復→不再」、「著花→開花」など。第二は語素の順序の顚倒で、「歡喜→喜歡」、「氣力→力氣」、「累積→積累」、「減削→削減」、「妙美→美妙」などを挙げる。第三は単音節語の二音節化、多音節化など、音節の増加で、例としては「已→已經」、「定→一定」、「惟→惟有」、「全→完全」、「覺→覺得」、「得→得到」、「微露→微微顯露」、「比並→相提並論」など。第四は、助詞「的」、「地」、数詞「一」、量詞「個」および個別の実詞を削除しての音節の削減。「門第的觀念→門第觀念」、「非常之安全→非常安全」、「一陣地談話→一陣談話」、「每一個人→每個人」、「一群的人→一群人」、「這一個→這個」、「人世間→人間」、「嘗味到→嘗到」などがあるという。(7)

私が「前途」の版本対照を通じて確認したテクスト改訂についても、概ねは金宏宇の分類のいずれかに属するものと見ることができよう。金は改訂の意図にまで踏み込んだ指摘は行っていないので、「前途」について、改訂の意図のどうやら明白なものを、ごく一部に限り挙げてみると、例えば（一）の量詞の変更、（五八）の「晨市→早市」などは方言の排除、（三）は「太陽」が「退隠」するという、（八三）は「重又請牠們回入箱子裏」という、いずれも「不適切」な擬人法の訂正、（九）の例は、そもそも副詞語尾の「然」を、同様の機能を果たす助詞「地」と併用することの訂正、（七四）の「喫得這様地簡陋」から「地」を削ったのも同様の発想、（一一）の例で「你又是老毛病！」の「你」を削ったのは、「你＝老毛病」という主述の不一致、非論理性の訂正、（一五）の「使」を用いた使役構文の訂正は、文言的な表現の排除だったと考えられよう。

そもそも葉聖陶は「語文教育専家」として、建国以前から「正確」な表現を提唱して、教育的な実践も行ってきた。この場合の「正確」とは、何を基準に測られるものだったのか。四〇年代に葉は次のように述べていた。

> 手元の雑誌をめくって見ると、次のような言葉があった。〔以下、引用箇所および訂正箇所は原文を提示〕「上海住的旅館確是一件很困難的事、廉價的房間更難找到、高貴的比較容易、我們不敢問津的。」何を以て「上海住的旅館」と呼ぶのか。字面から見れば、「住旅館」という事柄は上海に属することが明らかにされている。しかし、上海は場所であり、「住旅館」というようなことは決してあり得ない、「住旅館」はそもそも人なのである。どうやら、これは思い違いでなければ、書き間違いということだろう。もしも「在上海、住旅館確是一件很困難的事」と考えているなら、それは正しい。そして、この正しい考えのままに「在上海、住旅館確是一件很困難的事」と書けば、この書き方は正しいのだ[8]。

どうやら葉が言語表現に求めるのは、「正しい考え」が「正しい書き方」を保証するという、やや大仰にいえば

「思想」と「言語」の一致らしい。上の引用箇所に続く部分で、葉は端的に次のように述べている。

思想は全く拠り所なしではいられない。思想は言語に依拠するのだ。思想とは頭の中で話される言葉――声にならない言葉であり、それを口に出せば言語になり、書けば文章になる。朦朧とした思想は、細々とした、まとまりを構成しない言語であり、明晰な思想は条理を備え、緻密な言語である(9)。

つまり、思想の明晰が言語の明晰の根拠であるということだが、この考えは後年になっても変わらなかったようで、何度となく同様の主旨を繰り返している。

作者が経験し、親しく関わり、想像した生活は、作者の頭の中にしまわれている。他人に知らせるには、必ずやそれを取り出さなければならない。しかし、頭の中にしまわれた生活は、ポケットから煙草でも取り出すようには、取り出しようもない。取り出すには、それを言語に変えなければならない。生活とは根源であり、言語は手段なのだ。……／およそたちどころに取り出せるものは、既に言語化されているか、あるいは極めて容易に言語を形成し得るものであり、およそたちどころには取り出せないもの、考えてみなければ取り出せないものとは、未だ言語化されていないものなのだ(10)。

言語の材料に依拠して初めて考えることができる、だから、思惟活動の過程は、同時に言語形成の過程でもあるのだ。初めに全く拠り所のない考えがあって、然る後に言語を探し、それを描き出すというのではなく、考えながら話すのであり、両者は実は一つのことなのだ。／二つのことが実は一つのことであるなら、考えていることが正しければ、話すことも必然的に正しいし、話しても核心に触れないというのは、考えていることが核心に触れていないことを示す。……／思惟と言語は密接に連関し合っているので、我々は考えていることと話していることを分けることはできない。実際、思惟と言語は分かち難いのである。これを別のものと考えるというのは主観的な態度である。そうすると、すぐに欠点が顕れるだろう。その主たるものとは、つまり、考えが朦朧模糊としていれば、それを話してもいい加減でとりとめなくなる、ということだ。(11)

葉聖陶も「私は言語と内容を別物として語ることには信服しない者である。我々は意思を擱いて言語を語れないし、内容には構わず専ら言語だけを語ることはできない」といい、両者の連動を強調する風ではある。(12)しかし、前掲の発言からも明らかなように、葉は「言語」が「思想」を離れて存立すること、前述の「テクスト意識」のレベルで、テクストが制作者の「意思」をも裏切る、もしくは相対化し得るとまでは考えていない訳で、その主張たるや、結局「言之有物」という古典的な実感重視の文章観に発して、(13)実際には言語やテクストを思想、内容へ隷属させるヒエラルキーを承認しているに過ぎないのだろう。より忠実に「内容」を反映すべき「形式」（テクストおよびその媒体である言語）とは、その究極においてやはり「透明化」しているに違いない。

葉の「古典的」な実感重視の文章観の上に滑り込んできたのが、「透明化」の原理とは別種の「正確さ」という観念だったのではないかと、私は考える。前掲のように無条件に「社会主義建設」（即ち中国流の近代国民国家建設）における言語の規範化を擁護する葉が考えた「正確さ」とは、実感を伝達の媒介による障碍を限りなく少なくして（「透明化」して）言語化する「正確さ」という以上に、共通語＝普通話が要求する「規範」を基準とした「正確さ」だったのだ。しかし理屈からして、この二種の「正確さ」は、鋭く対立すべきものである。テクストを実感に直接連結する観念（文学における「人間的興味」の強調もこの観念の表現である）においては、テクストにおける制作者の身体感覚、身体性が重視されて然るべきである。となれば、そのようなテクストは、制作者に最も切実で「自然な」言語によって成立していなければならない。即ち、方言や、個人の習慣に基づく語法、果てには用字における誤用の類までが許容されねばならないはずだろう。しかし、葉聖陶は、方言土語の使用については、決然とこれを否定するのだ。

我々は普通話と方言土語の弁別に注意を向けねばならない。普通話の文法に従い、普通話の単語を使うべきで、方言土語の文法に従い、方言土語の単語を使ってはならない[14]。

さらに方言土語の単語の使用は、できるだけ少なくし、選択して用いることを希望する。方言土語の単語を用いることは、何やら法に触れるというのではないが、しかし、作品と読者の間に、時には厚い、時には薄い壁を築いてしまうので、やはりできるだけ使わぬがよい。ここで選択して用いるというのは、ある単語について、普通話の語彙の中に相当するものを見つけられない時、そしてその表現力がとても強い場合、初めて選び出して用いる、ということだ。選び出すということには、同時にそれを皆に推薦して、普通話の語彙を豊かにするという意味も含まれている。もしも皆が後について用いるようになれば、それは普通話語彙の一つに転化するのだ。このような状況以外にあっては、我々は方言土語の中の単語を用いないようにしよう[15]。

問題は簡単なのだ。即ち、呉語を「母語」とする葉聖陶にとって、実感の「正確な」再現に有効なのは、果たして呉語なのか、普通話なのか、という問題である。自らの身体感覚をより忠実に反映しているはずの呉語を捨ててまでも、中国式モダナイゼーションの正統性、合法性を強化するために動員される叙事を書記すべき人為的な「近代言語」=普通話を擁護すること、そして過去の自分の抹殺ともいうべき、旧作の、普通話の「正確さ」という基準に従った全面的な改訂、それは徹底的な「懺悔」と、自己「喪失」に他ならない。「喪失」を代償にした、「正確さ」へ向けての「越境」とは、一言でいうなれば、モダナイゼーションのイデオロギーに対する「投降」だったのだ。

注釈

（1）「什麼叫漢語規範化」。原載《人民日報》一九五五年十月二十八日第三版。ここでは『葉聖陶語文教育論集』（教育科学出版社、北京、一九八〇年、六六六頁）所収に拠った。
（2）「関於使用語言」。原載《人民文学》一九五六年三月号（総第七七期）。ここでは『葉聖陶語文教育論集』六八一頁に拠った。
（3）「談語法修辞」。原載《新聞与出版》（中国人民大学新聞系編、一九五七年三月三日、第四版）。ここでは『葉聖陶語文教育論集』六八六頁に拠った。
（4）「猫頭鷹学術文叢」版、人民文学出版社、二〇〇四年。
（5）『中国現代長編名著版本校評』四六頁、第二章「『倪煥之』」第二節「版本変遷――従芸術修改到語言規範化」。
（6）同前、四八頁。
（7）同前、四二～四六頁、第一節「主要版本対校記」。
（8）「談文章的修改」。原載《中学生》第一七五期（一九四六年五月）。ここでは『葉聖陶語文教育論集』四四八頁に拠った。
（9）同前、四四八頁。
（10）「文芸写作必須依靠語言」。原載《文芸学習》第四期（一九五四年七月二十七日）。ここでは『葉聖陶論創作』（上海文芸出版社、一九八二年一月、二〇六頁）所収、に拠った。

（11）「関於使用語言」。同前書六七二頁。

（12）「一些簡単的意見」。原載《中国語文》一九五三年一月号。ここでは『葉聖陶語文教育論集』六三五頁に拠った。

（13）中学生雑誌社編『写作的健康与疾病』（開明書店、一九三五年六月）所収「『好』与『不好』」において、葉聖陶は文章における「実感」の重要性を思い知らされた逸話として、次のような回想を披露している（『葉聖陶語文教育論集』四〇五頁）。

確か十五、六歳の頃、一人の旧友が亡くなったので、追悼文を書いたことがあった。これは得難い題目である。しかし、どう手が滑ったものか、つい「君と同じく死なざるを恨む」といった意味の文句を書いてしまった。父はこれを見ると、眼鏡を持ち上げて問うてきた。「お前、本当にそう思うのか。」

（14）「関於使用語言」。同前書六八一頁。

（15）「文芸作者怎様看現代漢語規範化問題」。原載《文芸月報》一九五六年三月号。ここでは『葉聖陶論創作』二二三〇頁に拠った。

Ⅳ　おわりに

モダンについて「鋭敏」な見者であったはずの葉聖陶は、なぜ普通話に表象されるモダナイゼーションのイデオロギーには洞察力を欠いたのだろうか。結局、中国現代の文学者が、そのような問題意識も含む形で、テクストや言語を厳しく対象化してこなかったという、ある種の「リアリズム」の伝統が、葉を支配したということなのか。しかし、そのような「リアリズム」の伝統は、革命から建国に到る苦難の歴史を支え、推進した動力でありながらも、その結果としての中国式モダナイゼーションが実現されようという段階においては、「透明」で「リアル」な言語を捨て、人為的な言語を表出の手段に選択することで、自らを否定しなければならなくなるというアイロニーを抱えていたことになりはしまいか。

「政治」が、専ら人間を抑圧するばかりの非人間的なシステムであるとして、そのような政治権力による抑圧が確かに存在する現実のコンテクストにあって、文学と人間の関係を強調し、文学における人間性復権を唱える議論が出現することは理解できる。現代中国の歴史にあって、そのような局面がしばしば現出したことも、また事実であろう。しかし、そのような「抑圧」と、モダン／モダニティ／モダナイゼーションが実は表裏一体の関係にあったというようなことは、少なくとも第一章で指摘したような「九〇年代アイロニー」を経験するまで、中国大陸において厳しく問われることはなかったのではないか。そして、そのような「抑圧」がある種のイデオロギーの具体的な表現であるというならば、その対立面に立つことを自認する立場、例えば人間性の不可侵の価値を唱え、文学を現実、とりわけ人間的関心に還元する立場もまた、自らのイデオロギー的基礎を有しているはずである。しかし、葉聖陶における「鋭敏」と「鈍感」の混在を見るにつけ、文学と人間的関心の関係を強調する文学者たちも、言語意識の希薄を担保に、自らを「抑圧」する側と隠微な共謀関係を結んでいたのではないかと思えるのだが、かかる関係の存在自体、本土の文学者、文学研究者にはなかなか対象化されない問題のようなのである。そのような「空白」を発掘し、それに歴史的な脈絡を与えることもまた、新たな中国現代文学史への斬新なアプローチになろうかと、私は考える者である。

第七章　文学言語の「自然」と第三代詩の「口語化」をめぐって[1]

本章は、前章で関心の前景に浮上してきた、中国の文学者における「言語」認識の問題を、一九八〇年代の中国詩壇に現れた「第三代詩」が標榜した詩言語の「口語化」という主張に焦点を当てて考察する。ここでは、「第三代詩」の文学言語に対する関心が、九〇年代も半ば以降、ようやく中国知識界において焦点を結びつつあるらしい文学言語をめぐる諸議論の系譜にどのように位置づけられるものかという問題も遠望しつつ、差し当たっては作品および詩論の実態を確認することが作業の中心になるとはいえ、前章で強調した所の、言語のイデオロギー性、とりわけ「普通話」に表象された中国独自の「モダナイゼーション」に関する認識と問題意識は継承して、そのような角度から「第三代詩」の詩風の一つの特徴でもあった「抒情」、「ポストモダニズム」の質を窺うという、原理的な考察も行われるであろう。「第三代詩」はいうまでもなく「当代文学」の範疇に帰せられるものではあるが、その「言語」への傾倒が、前章で論じたような中国現代の文学者におけるテクスト／言語意識の希薄と如何なる関係にあるのかという、歴史的な脈絡の検証も私の関心事であり、従って、中国「現代」文学史の行方を見据えるという意味で（むしろ、そのような今日的な関心に発した過去に対する不断の照り返しがなければ、歴史的な記述は不可能だから、というべきかもしれない）、本章は本書の一章として、前章の議論を承け、展開させる役割をも担っている。

I　文学言語の「自然」と「不自然」——葛紅兵の「論難」から

これから先の中国が、どのように「歴史」を「叙述」することになるのか、とりわけ近現代史テクストが、叙述の動機の如何に連動して、様々なヴァリアントを持つとは容易に想像できるが、そのいずれも苦難／解放の振幅を叙述の枠組に据えることになるのだろう。第一章で整理したように、九〇年代の中国思想界が、百年来の「現代」に関わるあらゆる問題群を文化批評の百花繚乱という形で総浚えして、苦難／解放の中国近現代史を、どうやら「現代化」叙事の首尾に締め括ったと見えた、そのタイミングとちょうど一致して、これまた総浚えの一環として、不可侵の「神域」を次世紀に先送りすまいという意気込みの現れか、後に「世紀末魯迅論争」と呼ばれた応酬が、九九年から翌年にかけて論壇を賑わせたことなど、記憶にまだ新しい。私としては、総浚えに懸けた意気込み自体、苦難／解放のコントラストに相応しい、もっともなものとして納得できるし、そもそも「論争」の一方の側がその存在を確信して目の仇にした所の、魯迅の「神格化」といった事態が、いわば不可解な他人事なのだから、漫罵と意気の争いの渾然一体を、相変わらずの景色だなどと揶揄う不遜は慎むこととして、さて、この「論争」を構成した魯迅批判として最も早い時期に発表され、しかも最大の反響を呼んだらしい、葛紅兵「為二十世紀中国文学写一份悼詞」[2]という、いかさま低水準の論難にも、本章の題目に標榜したような当面の私の興味に即して、渾然一体の裡に看過し得ないらしい問題を見出したので、その検討を以て「枕」とする次第である。

葛の「悼詞」は、「作家」、「作品」および結語に相当する「大結局」の三節から成る。「作家」の節では、二十世紀中国作家の「人格形象」を問題にして、文学者の人格は、信念、意志、責任、抵抗、良心などの有無によって評価されるという。葛は、現代作家にあっても「文人無行」は枚挙に暇なしといわんばかりだが、挙例の妥当を云々する資格もない上に、そもそも文学者の人格が、誰にとって、何故必要かも分からない私としては、「無行」に居直ることも許されず、職業倫理を超えたレベルで、いかめしげな道徳模範たることまで求められるかの国の作家には、誠に同情を禁じ得ない。このような苛酷な要求は、第四章以降で指摘してきた、あらゆるテクストを、現実に存在する諸要素に還元して解読せずにはいられない、しかし、それだけに、テクストという「場」を多様なリーディングに向けて開くことを阻み、必ずやそれを「人文性」といった手持ちの道具で解読可能な対象に矮小化せずにはいない「リアリズム」に発しているというべきか。読み手がテクストなど二の次に、生身の作家の評判ばかりにかかずらえば、「文如其人」という以上にテクストや文学言語の問題が対象化されるはずもない。このようにいえば、葛の「人格形象」への執着も、実は本書が関心の中心に据えてきた問題の一つにも関わってくるのだが、ここでは端的に現代作家の言語に関する問題を扱った、第二節「作品」の論難をきっかけに考えることとする。葛は先ず「語感」を検討するとして、次のようにいう。

先ずは語感についていおう。私はかつて巴金『家』の一節を朗読して学生に聴かせたことがあった。学生たちは大笑い、この世にこれほどまで聴くに堪えない文章があるか、というのだ。しかし、それが何と古典的名作なのである。(3)

「聴くに堪えない文章」は少し妙ではないかと、訳の手際に不審を抱く向きもあろうから、説明を加えておけば、原文は「不堪入耳的文字」である。中国語の「文字」という語は、差し当たって書写された「文」のことではないかと思ったので、先の訳文にした次第だが、ここでは音声化された文、つまり「話」まで含めて使っているらしい。即ち、書写された散文テクストを「朗読して学生に聴かせた」（原文「朗讀給我的學生聽」）、その際の聴覚上の印象を、ここでは問題にしているのであった。妙といえば、むしろこのこと自体が妙かもしれないが、葛の論難は、それを当然のこととして「語感」議論の前提にしているらしい。ともあれ、続きを眺めるが、論難を更に難ずるのだから、引用がややくどくなるのも致し方ない。

私の見るところ、中国現代文学史における南方出身の作家は、漢語の語感上、大抵が様々な問題を抱えているのだ。欧化の程度が甚だしく、翻訳でも読んでいるようであるか、あるいは方言の色が濃いという具合、巴金や魯迅の語感は、いずれもこの問題を抱えている。魯迅は紹興出身の作家だが、その文白混交、陰陽相半ばした文章は、実際のところ落ち着きの悪いもので、読者に無理に逆らっているようだ。一部の作家の作品など、全く読めた代物ではなく、こういった作家には果たして言語を操る能力があるのかと疑わせるほどだ。『中国新文学大系』の、新文学最初の十年間の小説を収めた巻の内、多くは読了も困難である。例えば、廬隠（福建出身）の『海浜故人』、冰心（やはり福建出身）の「超人」などがそうだ。北方出身の作家は、この面に関してはましだ。彼らが現代白話漢語の掌握について、生まれながら有利な条件を具えているというのも、現代白話漢語自体が、北方方言を語彙の来源としているからである。この面に関しては、老舎などは合格で、基本的に何の問題もない。老舎は真に中国語を話す中国作家である。その他の作家はいずれも、毛唐口調でなければ、もの知らずの田舎者ばかり。彼らは、自分の方言から脱け出ることができないか、あるいは外国語の閲読習慣から脱け出ることができず、真の漢語により思想を表現しようとしてもしっくりこないのだ……もちろん、当時は漢語草創期であり、全ては模索段階で、規範もなければ、手本もなかったのだが、しかし、語感は語感である……要するに、私は真に文質彬彬というべき語感を見つけることができないのだ。(4)

「真の中国語を話す」(原文「眞正說中文」)、「真の漢語」(原文「眞正的漢語」)、「真に文質彬彬というべき語感」(原文「眞正文質彬彬的語感」)などと連発する、「真」＝規範性に関する定義を、論難とはいえ余りにお粗末なこの議論に厳しく求めても仕方なかろうが、葛のいわんとする所は素朴に明白で、即ち、五四以来の新文学のメディアとしての書写言語は「現代白話漢語」であり、それは北方語の語彙を中心としているので、これを生来のものとして身につけていない南方出身作家は、文言との折衷を採るか、方言を多く交えるか、あるいは欧化文体を採るか、いずれも「真の」「文質彬彬」の漢語を操ることができない、一方、老舎のような北方出身の作家が、北方語の語彙から成り、十分に口語化し、欧化していない白話を書写したテクストは上乗の「漢語」であり、これを音声化した場合でも、自然に耳に入ってくる(「入耳」)、ということである。文脈から推して、「語感」とは、規範的な書写言語を基準に据えて測られる、作家持ち前の言語感覚ということで、読み手の感覚には関わらないらしいが、このような「規範」に合致した作家こそ、「語感」に敏いということになるのだろう。

葛の所論の問題点を一々仔細にあげつらえば、本論の導入部たるべき「枕」の体裁から大幅に逸脱してしまうが、私には、葛が先験的にある種の観念に囚われていて、しかも、そのことを十分に自覚していないために、八つ当たり風の口調とは裏腹に、一応もっともな指摘を含む論難を、却って自ら渾然一体の中に放り込んでしまったように思われるので、その自覚されざる観念自体にはやはり拘りたい。中国語の表現としての良し悪しについては、書写言語、音声言語、いずれのレベルに関しても、所詮異国の人間の容喙し得る問題ではないので擱くとしても、文学言語の円満な状態として「入耳」を求める、即ち、伝達上の（しかも、差し当たっては聴覚上の）無碍を求める観念は看過し難いということである。(5) そもそも文学言語とは、意思の十分な疎通、情報の正確な伝達といった実用的な要求とは、別次元で論じられるべき代物で、いっそ「不自然」になって当たり前だろうと、私などは考えるが、何故葛は文学言語に「自然さ」（「入耳」は「自然さ」といい換えてもいいだろう）を求めて止まないのか。文学言語に「自然さ」を求めるということは、即ちテクストを、何やら「表現すべきもの」を、可能な限り言語に由来する障碍なしに読み手に伝えるべき、「透明」な媒介とでも考えることであり、それは前章でも考察したように、一種の観念に他ならない。テクストが「透明化」するほどに、読み手は生身の作家その人の評判を専らとするようになるのも当然なのだが、既に論じたことでもあり、この向きからは深入りすまい。注意すべきは、葛や、その学生たちが、当然と泥んだ自らの文学観、言語観を対象化することもなく、巴金『家』の文を「不堪入耳」と笑った点である。彼らは、テクストを作家の表象と直ちに理解して疑わず、作家と読み手は「自然さ」を具えた「語感」を共有することで通じ合えるとでも、無邪気に考えているのではないか。このような理解は、作家／テクスト／読み手、の三者が円満な和解を結んでいることを前提としているので、五四新文学作家の「語感」上の「欠陥」を、「漢語草創期」ならではの負荷として、如何にも過去の産物であるかのようにいいながら、実は自らが一層古典的な文学観に立っていることを暴露しているに過ぎない。

さらに葛は、一方で文学言語に自然さを求めながら、それを「母語」とする人間にとっては、最も自然であるはずの方言は「規範」から排除するので、となれば、そこでは、誰が読んでも／聴いても理解できる、共通の言語が、「自然な」規範として想定されるべきだが、しかし、そのような言語とは、人為的に虚構され、制度として機能する、例えば「標準語」のようなものとしてのみ想定し得るはずである。巴金『家』の文を「不堪入耳」とした学生は、恐らく南方出身者が大多数だと想像されるが（葛紅兵は上海で教鞭を執る）、彼らは、何やら中立的な規範＝標準語を基準とした「自然さ」に与すれば、自らは生来の身体的な「自然さ」と引き換えに抽象的、人工的な言語にアイデンティファイすべきことを、すっかり忘れているらしい。また、書写言語として、ある意味で究極の規範性を実現しているに違いない文言の、現代文学言語への混入について否定するというのは、「現代白話漢語」＝口語体を文学言語の規範に据え、それを音声化した際の聴覚上の「自然さ」まで要求する以上、当然の筋であるが、現代の文学言語が書写言語であるか音声言語であるか、はたまた両者を兼ね備えるべきかといった問題はさて擱いても（繰り返すが、そこには本来「べし／べからず」といった「基準」などないと、私は考える）、その筋を突き詰めた果てには、現実に存在してある、身体的な「自然さ」が、「自然さ」を標榜する規範性という言説により疎外されるというアイロニーが横たわっているはずである。

結局、葛は「普通話」イデオロギーに拠って、「国語」草創期の作家を裁断したに過ぎないのだろう。しかし、ここで葛は「普通話」という語でなく、殊更に「漢語」、「現代漢語」といった語を用いる。私には、言語の規範性に執着する葛が、人民共和国という近代国家を支える制度として「普通話」が虚構され、人民共和国の権力構造に合法性を付与すべく動員されたあらゆる叙述、例えば中国革命を神話化する「歴史」テクストなどに適合するよう、民間に存在してきた白話を換骨奪胎した、その暴力性を批判して、その語の使用を意図的に忌避したとは思われない。葛の言語観は、むしろ普通話を必要とした主流イデオロギーの国家言説と親和するものだから。

例えば朦朧詩だが、実際には単に詩歌を正常な抒情のスタイルに回帰させたという、詩歌創作における「撥乱反正」に過ぎず、文学そのものに対する創造的な意義を具えるようなものでは全くなかった。(6)

葛は朦朧詩について、新時期以降における外国モダニズム文学の浅薄な模倣を嘲る部分で、このように概括している。この概括に止まっては、葛自身の文学言語についての関心に照らしても、明らかに不十分であろう。私は、朦朧詩の意義と限界については、ある時代の権力構造こそが自らの正統性を強化すべき「叙事」を要求するという認識から、詩テクストを構成する詩言語の表象するものの、叙事の要請に起因する変容に注目した王光明のように、それを五、六〇年代における詩歌の主流であった政治抒情詩と、八〇年代後半に現れた第三代詩との中間に定位して、歴史的な文脈で理解する立場に、より共感を覚えるものである。(7) 詩が抒情を本質とするかどうかはともかく（ここにも、「何」が表現されてあるかを重視して、テクストを透明化しようとする葛の「古典性」が露わである）、少なくとも、朦朧詩が文学の「本義」に照らした「真の」「創造」であったか否かの評価は、今に至るも登場時の鮮烈な印象を留める朦朧詩の詩言語が、結局何の表象であったのかという問題を、とりわけポスト朦朧詩を自覚しつつ、その自覚を詩言語そのものへ眼差しを注ぐことによって表現した、「第三代詩」との対比において下されるべきではないか。第三代詩が朦朧詩と自らを弁別する標識として掲げた詩言語の一層の口語化は、それが円満に実現しているなら、葛の基準に照らしても、より「自然」な「漢語」（第三代詩人は好んで「漢語」という語を用いていた）によるテクストを生んでいるはずであるから。このような第三代詩に言及しなかったのは、葛の単なる粗忽というより、テクストと言語が権力に関わるという、問題の奥行きを僅かなりと察知している風でもない、「鈍感」に由るとするのが適当である。それは、前章で指摘した葉聖陶の「鈍感」と、明らかに気脈を通じていよう。この鈍感にして、普通話イデオロギーの相対化など、到底覚束ないとはいうまでもない。

前章の論旨を繰り返すことになるが、このような「鈍感」は、先に述べた「リアリズム」と裏腹のものとして、葛一人のみならず中国の知識界に深く根を張り、しかもテクスト・リーディングや文学言語の対象化といった文学領域の問題ばかりでなく、モダンに関わる様々な言説の厳しい対象化を阻むべく固着している観念を象徴しているのではないかと、私は考える。第一章で整理した汪暉の議論のように、中国知識界も、九〇年代を経過した今日に至って漸くモダン／モダニティ／モダナイゼーションを厳しく対象化し始めたと思いきや、葛紅兵のような、恐らくは諸々の「世代情結」からも自由であるはずの当代知識人にして、依然この有様であることに眼を瞠ったばかりに、つい「枕」が長くなってしまったようだ。[8]問題は確かに深刻らしいが、もっとも「当代文学」に到るまでのあらゆるテクストを視野に収めた上で、五四新文学、葉聖陶、そして葛紅兵にまで一貫するらしい、かかる傾向に歴史的な解釈を与えるなど、「枕」の置き加減にさえ窮する私の手には余る難行であるから、ここではやはり第三代詩における詩語の口語化とは、結局如何なる事態であったのか、彼らの詩言語に関する議論が、果たして伝統的「リアリズム」的心性を相対化し得たか否か、そして、何より彼らの詩が、自らの抱負をどのように反映し得た／得なかったのか、これらの問題の検証も気にしながら、現象に就いて眺めることを専らにしよう。

注釈

（1）本章は同じ題名で《九葉読詩会》創刊号（二〇〇四年四月、二八～七四頁）に掲載したものを基礎に、本書全体との整合性に配慮して、若干の手を入れたものである。中国語版は『現代困境中的文学語言和文化形式』所収。

（2）原載《芙蓉》（一九九九年第六期）。ここでは「世紀末魯迅論争」に関する文章を匯集した高旭東編『世紀末的魯迅論争』（東方出版社、二〇〇一年十月）所収、二三～三五頁に拠った。

（3）『世紀末的魯迅論争』、二八頁。

（4）同前。

（5） 葉聖陶も「上口」（音声化した際のスムースさ）と「入耳」を、「よりよい」文の基準に挙げていた。ただし、それは新聞記事、ラジオ放送の原稿や演説原稿の作成、そして中国語表記が完全に表音化された場合の、漢字の表意性への依存からの離脱についていったものであり、あらゆる文学テクストがこの基準に照らして書かれるべきだという主張ではない。「要写得便於聴」（原載《新聞戦線》一九六〇年第一期、『葉聖陶語文教育論集』下巻、四八〇～四八四頁）及び『『上口』和『入耳』』（原載《文字改革》一九六〇年第五期、同前書四八五～四八七頁）参照。これらの文章はいずれも短いもので、そこでは誰にとっての「上口」、「入耳」であるかという、素朴にして本質的な問題は全く検討されていない。

（6） 『世紀末的魯迅論争』三〇頁。

（7） 洪子誠、孟繁華主編『当代文学関鍵詞』（「南方批評書系」版、広西師範大学出版社、桂林、二〇〇二年二月）収録の「後新詩潮」の項目、一九二～一九八頁。原載《南方文壇》一九九九年第三期。これは王の専著『面向新詩的問題』（「中国詩歌研究中心学術叢刊」版、学苑出版社、北京、二〇〇二年十一月）にも収録される。六九～七五頁。また、『艱難的指向――「新詩潮」与二十世紀中国現代詩』（「二十世紀中国文学叢書」版、時代文芸出版社、長春、一九九三年六月）第九章「新生代――上昇与下落」（一九七～二二七頁）など。

（8） このような「リアリズム」、「人文性解読」については、特に本書第四章以降で指摘してきたことである。二〇〇三年十一月に中国四川省成都で開催された第七回巴金国際学術研討会（中国作家協会等主催）に、私は「対於今後巴金研究的期待」（《巴金研究》二〇〇三年第三期および上海巴金文学研究会編『生命的開花――巴金研究集刊巻一』文匯出版社、二〇〇五年三月に収める）というエッセイを提出、これを題材とした自由討議の場で、私は「語感」の問題、巴金の文体の「自然／不自然」について、幾らか不躾な疑問を中国人研究者に投げかけたが、そのような関心を持つこと自体が不可解といわんばかりの反応しか返ってこなかった。

Ⅱ 「第一代詩」＝政治抒情詩と「第二代詩」＝朦朧詩

先ず必要な手順となる「第三代詩」の正名については、当代文学史上の重要な概念に関する簡明な解説を匯集した『当代文学関鍵詞』一書中、「後新詩潮」の項に見える王光明の定義に拠る。王は次のように記している。

私は『新詩潮詩集』が体現した包容の精神と、謝冕氏の「新詩潮的検閲――『新詩潮詩集』序」におけるスケッチと概括により共感し、「新詩潮」を、《今天》派を主とする「朦朧詩」を含むことはもちろん、その後の世代において、《他們》、《非非》を代表とする「新生代」の詩歌変革思潮をも含む全体に対する命名と見なしたい。そして、この二種の詩歌現象を具体的に区別する際に、前者を「朦朧詩」、後者を「新生代詩」もしくは「第三代詩」と呼ぶことにする。かくして、本文において「後新詩潮」として叙述される範疇とは、即ち「新生代詩」もしくは「第三代詩」のことであり、それが指すのは、八〇年代中国大陸において、「朦朧詩」の創作傾向と美学上のスタイルとは異なる、詩歌の実験の潮流である。(1)

私の手元には、王の定義でいう「後新詩潮」を構成した「新生代詩」もしくは「第三代詩」に対して、「先鋒詩」の呼称を冠したものも二つ三つ見受けられるが、名称の如何はいずれ大した問題ではない。ここで関心を向ける先には、そのような詩歌が、とりわけ人民共和国成立後の詩歌史の中でどのように定位されるかという問題もあるので、私としては、クロノロジカルに先行した詩潮からの断絶を、幾らかは直截に表していると思われる「第三代詩」の名称を用いることにしよう。この場合、「第一代」とは、やはり王の定義に拠れば「政治抒情詩を主流とした五～六〇年代年代詩歌」、「国家イデオロギー化した詩歌」であり、「第二代」は「これと対抗という方式で近親関係を結んだ」、「朦朧詩」を指すのだが、「第三代詩」を、それらの後に来る「第三」とすべき所以を明らかにするためにも、先ずは「第一」、「第二」について基本的な印象を用意する必要があろう。その際にも、ついでの便宜というばかりでなく、やはり『当代文学関鍵詞』における関連項目の解説が要領を得ているように思われたので、これを援用することとする。

『当代文学関鍵詞』中、「第一代詩」については、「政治抒情詩」という項目が立ててある。(2) 執筆者の栄光啓の整理に拠ると、「政治抒情詩」という概念は五〇年代後期に出現したものだが、この名称に相応しい実作は、建国初期において既に見られ、何其芳「我們最偉大的節日」(一九四九)、石方禹「和平最強音」(一九五〇)、邵燕祥「我們愛我們的土地」(一九五四)などが「すでにかなり成熟した政治抒情詩の詩歌スタイル」を採ったものとされる。「しかし、政治抒情詩が、真に時の詩歌の主流となったのは五五年以降のことで、特に五八年以降だった。五五年の郭小川の長詩『致青年公民』及び五六年に賀敬之が中国共産党成立三十五周年のために作った長詩『放声歌唱』の登場は、当時非常に大きな影響を持ち、政治抒情詩発展の基礎を据えたものだった。」その後、「大躍進」から六〇年代前半までを通じて、「ロマンティシズム」の膨張と革命理想主義の極端な流行が見られ、政治抒情詩もその極点に達するが、階級闘争と継続革命を要請する「象徴」の年代＝文革時期に、「政治抒情詩」の「抒情」と「詩」は徹底的に否定された、と栄はその歴史的経緯をまとめている。

この第一代詩＝政治抒情詩はどのような特徴を具えるテクストだったのか。栄は、第一に題材の政治性と時事性、第二に政治論と激情の結合、第三に煽動性と、朗誦に適した音楽性、の三点を挙げ、さらに、このような特徴に対しては、「より深いレベルでの分析が必要」とする。例えば、その政治性、時事性について、作家の「精神的な資源」は、当時の権力が「社会主義リアリズム」言説に拠って、現実の歴史に与えようと企図した「統一叙述」に求められた、という洪子誠の観点に従い[3]、作家が自発的に題材を選択する余地はなく、全体性を志向する叙述の前で、個人的な抒情は排除されたとする。また、政治論と激情の結合がテクスト生産の機制となるにつれ、形象は抽象・象徴の記号へと変化し、最終的には個人性を放逐した「共同象徴」、「全体象徴」になり果てたというのである。

栄光啓の解説（その書きようは、項目解説というテクストが想像させる、ある種の中庸や客観性の装いに気を遣ったものとは思われないが）においては、モダナイゼーションと「叙述」の関係から詩語の表象に説き及ぶ第五節こそ精彩を放つ部分であろうから、「第一代詩」の概観という当面の目的から外れるようだが、確認しておこう。

栄光啓の「モダン」及び「叙述」に関する理解とは、概ねこのようなものである。中国革命は独立した近代民族国家の樹立を目指したのであり、毛沢東「新民主主義論」は、近代国家建設と発展の理論だった。そもそも非ヨーロッパ世界におけるモダナイゼーションは、西欧モダン＝資本主義を他者に定位することを通じて実現を目指すが、新中国の本質とされた社会主義とは、資本主義との対抗関係の中で自らを鍛え上げるべき、モダナイゼーションのイデオロギーだった。五四以来、中国知識人は、西欧言説としてのモダニティ受容に拠るだけでは、中国におけるモダナイゼーションにとって不十分であると意識し始めた。そのような「モダニティ」に拠り実現すべき「中国」とは、西欧が想像し、要求した、中西いずれの側にとっても「他者」である「中国」に過ぎないからである。そこで、中国知識人は自前の「中国」を創造することにより、自ら掌握するモダナイゼーション言説の合法性と覇権的地位を保障しようと試みたが、その手始めとして、自然状態にある社会を、「我々」、「彼ら」の区別を秩序に据えた共同体（民族、国家、第三世界、人類等々）の中に配置し、叙事する作業があった。魯迅の時代にあっては「国民（性）」言説を枠組とした叙事が試みられたが、毛沢東時代には「階級」言説による叙事こそが求められた。それは、「我々」が中国の内包する「彼ら」（西欧モダン＝資本主義）を不断に消滅させる中から、モダン「中国」が自生してくるというもので、そこでは、プロレタリアート・ブルジョアジー・封建主義・資本主義・地主・労働者・農民といった概念が再編成されて、近代国家の枠組を提示した。その際の「地主」、「労働者」、「農民」等々は、もはや現実的存在と対応した語というより、社会主義による近代化の合法性を強化する歴史を叙述するために動員され、敵対する要素との関係性の中で、新たな意味を付与された、象徴の記号である云々。

このように概括された中国近代史コンテクストにあって、詩言語とは結局何を表象することになるのか。そこで栄は、「私には分からない／風がどの向きに吹いているのか――／私は夢の中、／夢のさざなみの中をさまよっている。」という、徐志摩の名高い一首「我不知道風是在那一個方向吹」（一九二八）[4]に応える形で羅洛が書いた「我知道風的方向」（一九四八）という詩を採り上げてくるのである。栄は最後の一聯だけ引用するが、少し補って抄訳すれば次のようなもの。

ああ、私は風の向きを知っている／麦穂の垂れた頭から／私は風の向きを知っている／池の笑う波紋から／／私は風の向きを知っている／山道の傾いた樹の幹から／私は風の向きを知っている／私の涙を流す顔から／／私は風の向きを知っている／風は冬から春に向かって吹く／私は風の向きを知っている／私たちと風は同じ路を歩んでいる……[5]

栄は、この巧みとも思われぬ本歌取りの裡に、しかし、詩言語の表象の大きな転換を看取して、次のようにいう。

「西欧化」した詩人である徐志摩に対して、これらの詩人が代表したのは「人民」だった。彼らの身の上には「非西欧」のプロレタリアート民族国家の本質が具わっており、彼らは自らが歴史の方向を掌握している、主体性を獲得したと信じていたので、主体性を見失った徐志摩に、厳かに宣告することができたのである。……「風」というイメージが隠喩するのは、モダニティを具え、一意邁進する「歴史」であり、この「歴史」の主体とは、「敵」、「ブルジョアジー」といった「他者」から区別された「人民」なのだ。……この古典的詩句が反映しているのは、権力言説の存在であり、そのような権力言説が、プロレタリアート、共産党人によって「創造」された時代の言説類型を決定したのだ。(6)

革命の勝利者にとって、「歴史」とは勝利に収斂すべき経路の謂であり、勝利の合法性を維持しつつ「一意邁進」する「歴史」の現在を、「必然」に接合するために、「歴史」を実体化／神話化する叙述が必要とされる。このような任務の一翼を担うべき羅洛のテクストにおける「私」が表象するのは、「歴史」や時代が不定形で、曖昧な困惑や畏怖の対象としてのみ存在する年代における「私」を他者とする「主体」、即ち、社会主義に拠る非西欧流のモダナイゼーションを象徴する記号としての「人民」だったということであろう。かくして、詩言語は形象性＝肉体性を喪失し、抽象度＝観念性を一層高めることになったのである。

しかし、そのような「象徴」記号が織り成すテクストが、「抒情」の体裁を採り、しかもそれが一世を風靡した理由を、詩人の主流モダナイゼーションイデオロギーへの自己同定という機制からのみ説明することは難しかろう。そこで栄光啓は、五〇年代後半における、中国社会主義の基本的な「完成」に着目する。栄に拠れば、五七年の毛沢東

「関於正確処理人民内部矛盾的問題」こそ、「改造が完成した後、既に共同の本質を獲得した『人民』が、如何にして『内部矛盾』を処理するかという問題について全面的に論述した」ものであり、「毛沢東と中国共産党が長年に渉り奮闘してきた目標が終に実現した」ことの標識である。旧来の中国という「他者」から「我々」を剥離し、独立させる任務、即ち「中国性」の確立が完成した段階で、「人民中国」は西欧資本主義という「他者」を対立面に一体化し、ここに「人民性」が前景化した、その際、一貫して「歴史」の主流から「遊離」してきた知識人も、「人民」の前景化＝新たな共同性への一元化に鼓舞されて、歴史参与意識を強化したのであり、これこそ、「政治抒情詩」の昂揚を支えた、と栄は分析するのである。その後、「人民内部の矛盾」と「階級闘争」がせめぎ合った政治コンテクスト、それに並行した政治抒情詩、何より知識人の命運を鳥瞰すれば、この概括は大筋を正しく捉えているよう、私には思われる。

「第二代詩」に関する印象の準備に移る前に、思わず「第一代詩」の今日における評価の確認に長く留まることとなった。もっとも、次に来る「第二代詩」＝朦朧詩が、果たして王光明のいうように、このような第一代詩と「対抗という方式で近親関係を結んだ」のであれば、第一代詩とは、つまり第二代詩をもネガティヴに規定する対立面ということになるから、それも止むを得ない仕儀であったが、ともあれ、第二代詩についても、『当代文学関鍵詞』所収「朦朧詩・新詩潮」の項目に拠って概観しておく。(7) この項の執筆者は張清華。

栄光啓の第一代詩＝政治抒情詩概観と比べて、張の第二代詩＝「朦朧詩」概観が平板な記述に終始するのは、項目解説の体裁を顧慮すれば、「朦朧詩」について否定的な議論が続出した、八〇年代初の文壇状況に言及せざるを得ず、大半の紙幅を費やした結果であろう。もっとも張はこの応酬自体にはさしたる意義を認めていない。

疑いもなく、「朦朧詩」は当初から欠陥を抱えた概念だった……常識からいっても、「朦朧詩」に何ら「朦朧」としたところなどなく、ただ社会に通行する言説に従うという創作モデルに慣れ、通俗化した「紅色転喩記号システム」（戦鼓東風の類）に慣れ切った後では、個人の内面世界を隠喩した、些か見慣れない記号システム（夜、灯台、船、星の類）に対して、すぐに適応できなかったというに過ぎない。(8)

張はこのようにいい、それは結局詩壇のヘゲモニーをめぐる争いに過ぎなかったと片付ける。

時はうわべの政治的色彩を洗い落として、この論争が実質的に、従来の「権力詩壇」が、新潮先鋒という衝撃的な形式により出現した若い世代の詩人たちと、合法性の称号と言説権力を争った闘争だったことを明らかにした……旧来の権力詩壇は主流イデオロギー言説を借用することで、赫々輝かしい地位を獲得したのだが、今や芸術上の新たな質と表現方式を具え、優勢を占める新思潮を目の前にして、脅威を覚えたのである。権威の喪失を恐れ、歴史の舞台から逐い出されることに対する強烈な危機感が、彼らの激しい反応を惹起、容赦ない政治闘争の方法と名分を採らしめたのである。／……更に「読んでも分からない」という問題だが、これもまた、旧式の審美期待の貧困、偏狭を反映しながら、同時に言説ヘゲモニー争奪の問題であった……「読んでも分からない」というのは、一部の人間にとっては不慣れであるという問題だったが、一部の人間にとっては口実であり、この口実を借りて新詩潮の詩歌をめぐる言説の合法性を否定しようという、有効な戦略だったのだ。この戦略は、問題がテクストのレベルの争いで、政治的に「権柄づくで抑圧する」ようなものではない、民主的なポーズを具えたものであると思わせようとしたのだが、それは実際、方便にしか過ぎなかった。(9)

事実としてはまずこの通りだったかもしれない。しかし、栄光啓の第一代詩に対する概括を踏まえていうならば、「個人の内面世界を暗喩した……記号システムに対して、すぐに適応できなかった」、「主流イデオロギー言説を借用して「輝かしい地位を獲得した」」、しかし、「社会に通行する言説に従うという創作モデルに慣れ」」、「貧困、偏狭」な審美意識に囚われた「旧式」の詩人たちが擁護しようとしたのは、中国独自のモダナイゼーションの合法性を強化すべき叙事の正統性であり、詩言語とは、正にそのような叙事に奉仕するものとしてあったのだから、体制の政治権力に対する「政治」的抑圧という印象を緩和する「方便」として、ついでに問題化されたようなものでは決してなかったはずである。このような問題の矮小化は、「言説」が、政治権力のみに限定されず遍在する「権力」の表象であるにも関わらず、これを政治的文脈における新旧抗争を、より効果的に描述するレトリックという程の意味で用いているらしい、張の理解の浅さに由来するのだろう。この水準に立てば、「艾青のように、学識も深く、才智に溢れ、青年時代には優れたモダニズム詩を書いたことのある詩人であれば、少し思考を巡らせれば、実際には決して深遠でも理解困難でもない作品を理解できないということがあろうか?」という、妙な疑問も生ずる道理である。ここでいう「旧式」の詩言語の否定とは、つまり徐志摩流の「私」=西欧化した自我の喪失を代償に、主観的に獲得した「人民」というアイデンティティの否定であり、即ち、ある種の個性においては（例えば栄光啓が挙げる郭小川など）、内面の激しい葛藤を経てようやく抽象化しおおせた自我形象の、再度の否定に他ならないので、彼らとしても躍起になるのが当然なのである。そのような筋は、艾青のように「西欧化」の過程を経てきた詩人において、より明らかに存在したはずで、つまり、艾青には「朦朧詩」を目の仇にする十分な理由があったのだから、決して「朦朧」を理解できなかったのではないし、ましてや自らの権威と地位を脅かす若者に対して、老人らしく硬直した反応を示した訳でもないのだ。

張清華の解説は、「朦朧詩」のテクスト自体の特徴を分析的に扱うことはないが、それは「朦朧詩」という概念自体が分析に堪えない、「欠陥」を抱えたものであるとする立場と矛盾していないとはいえ、如何にもバランスの悪いものである。そこで、末尾近くになって、「朦朧詩の基本的性質と、その評価における」問題として、概括的な整理を短兵急に三点付け加えているのだが、整理そのものは、第一代を承け第三代を啓いたという「朦朧詩」の、「第二代」としての特徴をよくまとめてあるように思われたので、以下で確認しておく。

張は第一に、朦朧詩の「思想的中核」は、「人道主義と個性主義」であるとし、「この中核が、主題の啓蒙的な性質と、それが表現した人間性への呼び声、人間の尊厳に対する謳歌、そして迷信、専制、暴力と愚昧に反抗する理性的精神を構成し、当代における啓蒙主義文学（文化）思潮の、重要な源泉および構成部分となったのである」とする。第二に、八〇年代初における朦朧詩は「初期象徴主義」にも類した芸術運動だったという。なぜなら、それは十九世紀末フランスの象徴派同様、『ロマン主義』の観念化、形骸化の傾向に反撥して生まれたもので、直覚、イメージ、暗示と、全体的な寓意を重んじつつ、唯美性と感傷主義の遺風を留める」からである。第三に、朦朧詩の「限界性と精神的危機」が指摘される。張は、「朦朧詩は幾度も苦難に見舞われたものの、八〇年代初頭という特定の情勢下、社会の前面に押し上げられ、極めて大きく、自身の価値を超えた栄誉を勝ち得た」として、朦朧詩が「時代」と密着したテクストで、「精神的な深みや芸術上の個性本来の価値という点では黄翔、食指、芒克を代表とする『前朦朧詩』と比べても遜色ある」ものだったため、一年余りの沈黙の後に再登場した一九八五年には、当初の輝きを失い、第三代の新人に取って代わられることとなったとするのである。張の下した評価は、「彼らは畢竟巨人の一代ではなく、『対抗性』に基く相対化創作（純粋に芸術的なものではない）は、その作品を、より多く特殊な時代背景に依附させた。

そして、自我中心論の『幻』がすみやかに破産したことが、多くの詩人に失落の苦痛を嘗めさせることとなったのだ」という、総じて極めて辛辣なものである。

ここで張のいう朦朧詩の「対抗性」とは、果たして第一代が追求し、その詩言語が表象した「モダン」をも射程に入れて発揮されたものなのか、もしもそうであるなら、彼らの詩言語とは、第一代とは異なる「モダン」を表象したのか。そのような「モダン」とは、一体どのようなものだろうか。第一代のアイデンティファイした「モダン」が、栄光啓のいうように非西欧化＝中国化したものだったとすれば、理屈からして、それに対するアンチテーゼ＝「対抗」は西欧化＝非中国化ということになるだろうが、果たしてそういうことなのか。さらに第三代が、第二代＝朦朧詩に対する「対抗」として出現し、これを pass し、打倒しようとしたとして、彼らが、第二代の対立面にある第一代に共感し、そこへ回帰したといえぬことは確かなので、となれば、この代替わりも、単純にイデオロギーの正負の反転を繰り返したものというより、もう少し複雑なものだったのだろう。その複雑を解きほぐすためにも、張清華の概括は、詩言語の表象の転換という関心に発する上のような問いかけで、更に大きく包括しておく必要があるよう、私には思われる。

注釈

（1）『当代文学関鍵詞』一九二頁。
（2）同前書一二一～一三二頁。
（3）洪子誠『中国当代文学史』（北京大学出版社、二〇〇〇年三月）、第五章「詩的幾種体式」第三節「政治抒情詩」、七五頁。
（4）『徐志摩文集』第一巻「詩集」収録『猛虎集』所収、三七〇～三七三頁。

（5）原載《泥土》第六期（一九四七年七月）。ここでは『二〇世紀漢語詩選』第二巻、五二六～五二七頁所収に拠る。栄光啓はこの一首を「経典」と称しているが、管見の限りで、辛笛主編『二十世紀中国新詩辞典』（漢語大詞典出版社、上海、一九九七年一月）六三七頁に収録される程度で、どのアンソロジーにも必ず採録されているというものではないようである。

（6）『当代文学関鍵詞』一二三頁。栄光啓は、このような「権力言説」の核心は一貫して「社会主義リアリズム」だったという。そして、李楊『抗争宿命之路——「社会主義現実主義」（一九四二～一九七六）研究』（「二十世紀中国文学叢書」、時代文芸出版社、一九九三年六月）を、中国における社会主義リアリズムの受容と展開を主題に据えた、「一九四二年から一九七六年に至る中国当代文学に対する、完全に新しい解読であり、同時に最も意義ある解読である」とする。

（7）『当代文学関鍵詞』一八四～一九一頁。

（8）同前書一八六～一八七頁。

（9）同前書一八九～一九〇頁。

Ⅲ　第三代詩における「抒情」とポストモダニズム、あるいは詩の合法化と解体

さて、ようやく第三代詩に辿り着いたことになる。第三代詩出現の経緯についても、前に援用した王光明の整理に拠れば、第二代＝朦朧詩とは異なるスタイルを持つ詩の出現は、一九八二年前半の成都《次生林》の刊行に遡るとされる。ここに参加したのは、翟永明、欧陽江河、柏樺ら、後に名を成した詩人たちで、彼らには明らかに「次の世代」という意識が見られたという。同じ年、上海の王小龍は、「『朦朧詩』が日毎に体制化していくことに因る悪影響を敏感に意識し、詩歌領域における拙劣な複製の現象を鋭く嘲笑、伝統的リアリズム詩歌と『朦朧詩』から距離を取った『第三者』詩歌を唱導」していた。このような朦朧詩からの離脱が、一定の詩潮を形成し、民間刊行物に集結し始め

たのが一九八四年、其中、最も影響力のあった南京《他們》が八五年三月に、成都《非非》が八六年五月に創刊された。このタイプの詩は八〇年代初以来、公開のメディアにも登場するようになっていたが、集中して見られるようになったのは、八六年前半、牛漢の主宰した《中国》誌上においてであった。その後、広東《深圳青年報》と安徽《詩歌報》が共同して、八六年十月に「中国詩壇1986現代詩群体大展」を挙行、ここに「新たな詩歌潮流の陣容と観念が、集団として表面化したのだった。」王の整理は概ねこのようなものである。ここで挙げられた「中国詩壇1986現代詩群体大展」で紹介された作品を集めた『中国現代主義詩群大観1986―1988』（以下『詩群大観』と略記）が出版されたのは八九年九月なのだが[1]、それ以前のものとして、李麗中編著『朦朧詩・新生代詩百首点評』（八八年二月初版）[2]、同選評『騒動的詩神――新潮詩歌選評』（八八年九月初版）[3]、渓萍編『第三代詩人探索詩選』（八八年十二月初版）[4]などが（王はこれらをビブリオグラフィに挙げていない）、この手のアンソロジー収集に格別留意していた訳でもない私の手元にも何時の間にか集まっていて、どうやら八八年の段階では、「第三代」と称される類の詩が、公の詩壇で既に一定の認知を受けていたと知られる。『詩群大観』の主要な編者である徐敬亜と孟浪が該書に冠した序文は、いずれも八八年五月に書かれていて、『詩群大観』の出版自体、第三代詩の認知という気運に励まされたものだったかもしれない。この徐敬亜の序文「歴史将収割一切」には、「八三年から八五年までの間に、現代詩は止まることない様変わりを演じた。八四年には大学生詩派における、散漫、羅列の情調が青年の間に蔓延し、平板な局面をもたらした。／八五年に入ると、中国の現代詩は二大派別に分岐した。『整体主義』、『新伝統主義』を代表とする『漢詩』傾向の一派、もう一つが『非非主義』、《他們》を代表とするポストモダニズム傾向の一派である。」という一段があり、これも王の整理への補足となる。

王光明の解説は、「詩潮としての『後新詩潮』は、《他們》、《非非》の停刊前に既に解体していたが、彼らの詩歌創作における個人性と言語に対する探究は、九〇年代詩歌において、省察とともに展開された」と締め括られていて、第三代詩の始末は八〇年代中に一応ついたと、九〇年代における詩歌創作展開との間に、一呼吸置く見方のようだが、例えば第三代詩を輯めたアンソロジー『以夢為馬——新生代詩巻』[5]巻頭の、陳超「編選者序」などは、編者自らが実作者であるという立場もあってか、王の「一呼吸」をさほど強く意識せず、九〇年代以降の詩創作の源泉として第三代詩を捉え、むしろ両者を地続きに見る方に傾いているようである。王光明にせよ陳超にせよ、九〇年代には、前代との「対抗」意識に発して自らの世代を自覚した「群体」は存在せず、つまり、「第四代」はなかったという見解だろうか、その当否はいずれ当面の私の関心には与らないので、次に第三代詩の有態を窺うこととする。

とはいえ、『詩群大観』の第一編、第二編（一九八六年の作を輯める）に収録された「詩派」だけでも六五を数える（「朦朧詩派」と「現身在海外的青年詩人」を除く）、この鬱蒼とした「詩群」と、何よりも瞠目せずにはいられない派名、いっそ「主義」の詩的脱構築かと疑わせる奇怪かつ愉快な主義名（「超低空飛行主義」、「黄昏主義」、「群岩突破主義」等々）の羅列を眺めるだけで、孟浪の序文のタイトル通り、「鳥瞰的暈眩」を覚えずにはいられない私には、第三代を「群体」として扱う自信などないので、結局は皮毛をごく少量摘み食いするに過ぎない。《深圳青年報》と《詩歌報》が「中国詩壇1986現代詩群体大展」を開始する直前に徐敬亜が発表した、この企画の紹介記事[6]に拠れば、八六年段階で、全国には二千以上の詩社が存在し、同年七月までに「全国で既に刊行された、非公式のタイプ版詩集は九〇五種、不定期のタイプ版詩刊は七十種、非公開発行の活字版詩刊と詩新聞は二十二種」に上るとされ、即ち、第三代詩は大多数が「非公式・非公開」のメディア上に流通していたらしいので、その全貌を視野に収めるなど、初手から諦めるべしとはいうまでもない。

概観の及び腰をかく標榜しつつ、それでもなお実作挙例には困難を覚えると白状しておく。というのも、第三代詩の作品に関しては、「経典」とまではいわずとも、衆目一致する代表作といった「定評」すら存在しないらしいからである。「定評」の当ては、各種アンソロジーへの採録状況により着けようと目論んだのだが、朦朧詩以降に限定してあるものだけで八種のアンソロジーを参照して、重複採録されている作品が意外に少ないことに気づかされた次第。選者により採録作品が大きく変化するということ自体、第三代詩のテクストとしての性質について、何かを暗示しているのかもしれないが、それはともかく、ここでの作品選択に関する恣意性を、及び腰に重ねていい訳した上で、最初に採り上げるのは韓東「有関大雁塔」（一九八三）という一首。

大雁塔について／僕らは何を知っているというのか／たくさんの人々が遠くからやってくる／登っていって／英雄になるために／二度くる人もいる／あるいはもっと多く／失意の人々／太った人々／みんな登っていって／英雄になる／それから降りてきて／下の大通りに入っていくと／たちまち見えなくなってしまう／根性のあるやつならばいっそ飛び降りて／石段に紅い花を咲かせるか／それでこそ本当の英雄――／現代の英雄だ／／大雁塔について／僕らは何を知っているというのか／僕らは登っていって／四方の景色を眺めて／それから降りてくる

西安大雁塔を題材にした詩となれば、私には第二代の代表的な詩人、楊煉の代表作「大雁塔」（一九八一）が直ぐと想い起こされるのだが、実は両者の間の明確なコントラストに興味を惹かれたというのが、私と第三代詩との馴れ初めのようなものである。楊煉の「大雁塔」は五章からなる長い詩なので抄訳[7]。

私はここに固定されて／もはや千年／中国の／古い都に／一個の人間のように立っている／逞しい肩、昂然と揚げた頭で／果てしなき黄金の大地に向き合う／私はここに固定されて／山のように身じろぎせず／墓碑のように身じろぎせず／民族の苦痛と生命を記録する

――「一、位置」（抄）

長い歳月／一個の人間のように立っている／鞭に逐われる数知れぬ農民の一人のように／畜生同然に、この北の地に連れて来られた兵士の一人のように／凍てつく風が私の皮膚を切り裂く／夜闇は呼吸を窒息させる／私はここに立つことを強いられ／天空を守護し、大地を守護し／自らの蹂躙され、凌辱された運命を守護している

――「三、痛苦」（抄）

一回また一回、すでに千年／中国の、古い都で／闇夜が私を包囲し、泥濘が私を包囲する／私は裏切られ、騙され／誇りとされ隔絶され／民族の災難と共に、貧困、麻痺と共に／ここに固定されて／深い思いに沈む

――「四、民族的悲劇」（抄）

私は一個の人間のように立っている、一人の／無数の苦痛、死亡を経ながら頑強に屹立する人間のように／逞しい肩、昂然と揚げた頭で／この悪夢を鋳造した牢獄を終に破壊せしめよ／歴史の暗影と戦闘者の姿態を／夜と黎明のごとく連結し／一分毎に成長する樹木、木陰、森林のごとく／私の青春はかくして再び芽を吹くだろう

――「五、思想者」（抄）

両者の対照については一目瞭然、贅言の必要などないようなものだ。楊煉は大雁塔に、千年の風雪に耐え、「民族の苦痛と生命を記録」すべく「屹立」する、「中国」の苦楽浮沈の物いわぬ目撃者という、如何にも紋切り型の象徴性を与え、自身の息吹を、「中国」、「民族」、「歳月」といった、「大きな物語」を叙述すべき記号のパッチワークの間

に隠蔽しているのに対して、韓東は、そのような深刻げな「意味」とは一切関わりない、何者をも象徴しない単なる観光名所として大雁塔を描くに過ぎず、自らも、塔の上でこそ「英雄」を気取るが、そこから飛び降りて「本当の英雄」になるような「根性のあるやつ」（原文「有種的」）では到底ない、「四方の景色を眺めて／それから降りて」、「下の大通りに入っていくと／たちまち見えなくなってしまう」芸芸衆生の一人としての顔つきをテクスト上に曝しているのだ。このような韓東の一首、どのように評価されているのか。例えば李振声は次のようにいう。

《他們》詩群の牛耳を執った韓東の「有関大雁塔」は、彼の大多数の詩作同様、冷淡気取りと、淡々無味が露わだが、格別注意を払うべきは、これこそ、「第三代」の多くの青年詩人に見られる、ある種意識的な「放棄」を最も早い時期に表現して、そのために「第三代」詩における「経典」としての意義を持つということだ……「有関大雁塔」は、歴史が現代人を最早規定し得ないこと、そのことに由来する歴史文化の一方的な放擲を述べたものである……「有関大雁塔」は、歴史文化に対する想像と共感の欠如を表明しているかのようだが、明らかなのは、そのような欠如は意識的に求めたものであり、実際にはある種率直な傲慢の表現なのだ。即ち、詩人は自らの個体生命の、目睹し、想像した文化物象の裡への埋没を潔しとしないということである。(8)

ついでに、この一首に関する評価、言及を幾つか覗いておく。

芸術実践上は、無表情な冷たい抒情および、極端なまでに修飾を廃した口語化に拠り、一世を風靡したイメージ化に対抗した。《他們》派の創作には、このような「非芸術」という芸術上の特色が現れており、例えば韓東の「有関大雁塔」などが典型的なものである……この詩句は、一面では文化の神秘と不可知性を暗示しつつ、一面では全く漠然たる言語により、文化に対する冷淡を表明している。[9]

文化に対する質疑は、歴史と日常生活に対する脱構築的な攻撃から来るものでもある。実験詩人たちは、歴史と日常生活の神秘性を破壊し、それらを一片の曖昧と定義不能な幽暗と凡庸に化した。韓東の「有関大雁塔」は英雄主義に対する、念入りな嘲弄である……人の文化における運命とは、かくも哀しいものなのだ。[10]

埃っぽさを帯びた茫然。もはや古の勝跡に対する吟詠ではなく、陽光の下における崇敬の感興でもない、無言の冷眼視と感動の消失である。[11]

これらの言及はニュアンスこそ異なるものの、一首が「歴史」、「文化」に「冷淡」を以て「個人（個体）」を対置させる点を重視して、ほぼ共通の見解を採っているのだが、この「反歴史・反文化」という傾向の指摘が、第三代詩概括の常套であることを記憶の片隅に置いた上で、折角韓東という取っ掛かりを得たのであるから、この詩人の他の作が、果たして李振声のいうように、いずれも「冷淡気取りと、淡々無味が露わ」なものか確かめるべく、前掲複数のアンソロジーに採録された作品を幾つか眺めてみることにしよう。

僕は寂しい村の生活を送ったことがある／それが僕の性格の柔らかな部分を作った／倦怠の情緒が訪れるたび／一陣の風が僕を救ってくれる／少なくとも僕はそれほど無知ではない／糧食がどうしてできるかも知っている

／どうだい、僕がどうやって貧しい日々を過ごしてきたか／そこで愉しみを味わったか／早く出かけ遅くに帰る習慣も／拾い上げれば鍬のように手に馴染む／ただ僕はもう収穫することはできない／そんなどの細かい動作も繰り返すことができない／そこにはある種真実の悲哀が永遠に含まれる／農民が自分の作物を嘆くような

――「温柔的部分」（一九八五）

月よ／君は窓の外で／空中で／すべての屋根の上で／今宵は特に大きい／君は高くにあるが／窓枠より高くはならない／君は大きいし／明るい／肌は黄金色だ／僕らは古い知り合い／君なのか／手を後ろに回し／羽を背に隠し／僕を見つめるが／口を開いて話すことがない／君が飛んでくるときには音がする／光線がある／でも君は飛ばない／落ちてこない／空中にあり／静かに僕を見つめている／僕が横たわっていようと／熟睡していようと／いつでもそうだ／君は静かに僕を見つめている／それはまた雪片のように／初めは僕に火傷を負わせ／それから覆い尽して／最後に埋葬する

――「明月降臨」（一九八五）

黄昏がまたこうして訪れる／ガラスに貼りついて／この前ほどには愛らしくない／僕は真剣に眺める／僕を感動させるものはもうおまえしかない／だが窓を開けてお前を迎えることはできない／哀しげな顔が窓の外にいる／だが窓を開けてお前を迎えることはできない／それを静寂の中に留めよう／眼にはやはり悲哀を保ったまま／これだけの悲哀に僕は何と親しんでいることか／角のめくれた本の／自分で折った箇所に／おぼえのある一段があるように／今日それをめくろうとは思わない／それが入ってくるのは歓迎しない／おまえが僕の罵声を浴びて

身を隠す場所を失わないように

――「致黄昏或悲哀」（一九八六）

　これらを眺めると、「温柔的部分」が暗示する農村での労働生活などという深刻な体験さえ、目下の「倦怠」に抗う内面を形成した契機として、哀しくも懐かしく回顧する韓東の、敢えて外界との不調和を託つ風でもない、いっそ自己愛にすら映る内面への執着は、「月」、「黄昏」といった手垢のついた詩語を捕捉したときにむしろ詩情を生じるらしく、となれば、「大雁塔」のように、「歴史」、「文化」、「民族」といった叙述を一元的に連想させるあからさまな記号を扱うのは、異例の試みだったとも見える。多くの論者が「有関大雁塔」に看取した「反歴史・反文化」というのは、より的確には詩語が背後に抱える言説性の拒絶というべきだろうが、次のような、平穏な日常における何気ない幸福を素直に謳った一首を見ると、韓東の本領は、そのような肩肘張った議論ではない、よりナイーヴな表現においてよく発揮されているようである。

今日花を贈ってくれる人がいれば／君は一日幸せでいられるだろう／空っぽの花瓶が／もう何日も待っているように／そしてこの一日はこんなにも突然にやってくる／花を贈るものにとっては／ささいな出来事にすぎない／彼女の家には小さな花園があって／退職した父親が毎日世話をしている／だが彼女は花を誰かに贈りはしない／君らは友人同士だから／その栄誉を得たのだ／いま部屋の中には生花がいっぱい／君らはその中で語らう／それは幸せな一日／まだ君を憶えている人がいる／君も彼女を憶えておくべきだ

――「今天有人送花」（一九八六）

王光明も、「有関大雁塔」における「対抗性」を過度に重視する解読には違和感を覚えるらしく、「你見過大海」、「温柔的部分」を例に、次のようにいう。

我々は歴史に進入することはできないし、個体生命に由来する限定を超越することもできない、一切は秩序に従って配置されているのだ……かくして、個別の生命の現時点を重視し、平凡人の平凡な生命の真実な部分に自らを同定し、具体的な人間性を肯定する、逆説的、不条理で、矛盾した背景に人間の精神を蹂躙させるようなことがなければ、別種の気高さと美しさも自ずと生まれよう。韓東の詩とは、つまりそのような気高さと美しさの詩である。それは、英雄や精神貴族が信念を追求し、人類、社会を救済しようとする高尚な情緒ではなく、平凡人の姿に拠り、具体的な生命に一体化しようとする気高さなのだ。(12)

ここでも、個人（個体）に拠る「大きな物語」の相対化、という解読が示されていて、前掲の諸見解からさほど隔たっている訳でもないが、王としてはそのような個人が「平凡人」である点に強くアクセントを打ちたいのだろう。それは韓東の詩の有態に即してもっともだと、私も思う。王が採り上げた「你見過大海」とは次のような一首。

君は海を見たことがある／君は想像したことがある／海を／君は海を想像して／後で実際見たら／そんなものだ／君は海を見たことがあり／想像したことがある／だが君は／船乗りではない／そんなものだ／君は海を想像し／海を見た／もしかしたら君はまだ海が好きなのだ／せいぜいそんなものだ／君は海を見て／海を想像したこ

ともある／君は望まない／海で溺れて死ぬことは／そんなものだ／みんなそんなものだ

王光明は「海」を、「歴史」、「文化」といった身外の言説の比喩と見なして、「だが君は／船乗りではない」、「君は望まない／海で溺れて死ぬことは」の句に、それらとの一体化の不能／拒絶を読み取ったらしい。「そんなものだ」（原文「就是這様」）のリフレインが、経験（「君は海を見たことがある」）／観念（「君は想像したことがある」）をめぐる思考の無意味／放擲を示すらしいあたりは、李振声の所謂「冷淡気取りと、淡々無味」の恰好の例かもしれない。劉納はこの詩に関して次のように記している。

絶えず繰り返される「そんなものだ」、「せいぜいそんなものだ」の句は、過去の詩人が海に対して与えてきた、あらゆる美しい意味を解消し、「海」をごく当たり前の事物に格下げし、かくして詩人の所謂「海」は普通の人間の海になったのだ。「君は望まない／海で溺れて死ぬことは」という現実的な心理の暴露は、過去一切の「海」に関わる神話を撃破し、過去の詩人たちが「海」の上に積み重ねてきた、一切の美しい紋様を洗い流したのだ。(13)

劉は、このような「海」という詩語に纏わるイメージの剝離が、孟浪「反世界印象」一首に既に見られたという系譜づけの上で、韓東にも「反」＝脱構築の表現を見出しているらしいが、もっとも私の見る所、この一首の手柄は、身外の言説を表象する記号として、「海」という「手垢」のついた古典的象徴を持ち出すことで、個人の渺小も十分印象づけつつ、テクスト自体は多義性に向けて開きおおせた、その新旧レトリックの意図的な混在にある。その手際たるや、「反」＝拒絶や「放棄」といった強い自覚というより、もっとしなやかな、いうなれば抒情的感性の産物だったに違いない。

韓東の次に眺めるのは、やはり《他們》派の中核だった于堅ということになる。韓東の場合と同様の方法で八〇年代の作を選び出して見れば、定評ある作は差し詰め次の二首あたりか。

彼は毎日古い「来鈴」に乗って／煙突が煙を吐く頃に／出勤する／／事務棟を抜けて／鍛造場を抜けて／倉庫の塀を抜けて／板で架けた小屋に入る／／労働者は工場の入り口に立って／彼を見ると　いう／羅家生が来た／／彼が誰か知らないものはいない／彼が誰か尋ねるものもいない／工場ではみな彼を羅家生と呼ぶ／／みなは始終彼の戸を叩く／腕時計を直してもらい　電気時計を直してもらい／ラジオを直してもらう／／文化大革命になって／彼は工場を追い出された／彼がスパイだといって／鞄から／ネクタイを捜し出した／／彼が再び出勤してきたとき／やはりあの「来鈴」に乗っていた／羅家生は／ひそかに結婚していた／誰も招かずに／四十二歳で／父親になった／その年／彼は死んだ／電気炉が彼の頭に／大きな口を開けたのだ／本当に恐ろしい／／彼を埋めるその日／女房は来なかった／何人かの労働者が山の上まで担いでいった／彼らはいった　小男だから／重くはない／以前彼が修理した時計は／新品より具合がいい／／煙突が煙を吐いた／労働者は工場の入り口に立っている／羅家生は／出勤してこない

――「羅家生」

尚義街六号の／フランス式の黄色い家／老呉のズボンが二階に乾してある／呼び声がかかって　股の間から眼鏡をかけた頭が覗いた／隣の便所は／毎朝早くから長い行列／僕らは黄昏が訪れる頃に／煙草の箱を開け　口を

開け／灯りをつける／壁には于堅の絵がかけてあって／それはおかしいという人が多い／彼らはヴァン・ゴッホしか知らないのだ／老卡のシャツは　丸めて雑巾になった／僕らはそれで手についた果物の汁を拭う／彼は黄色い本をめくっている／後に彼は恋をして／いつも二人でやってきては／ここで喧嘩して　ここでいちゃつき／ある日別れを宣言した／友人たちは気が軽くなり　喜んだ／翌日かれは結婚の招待状を送ってきた／みなこざっぱりとして　宴に赴いた／机の上にはいつも朱小羊の原稿が広げてあり／その字はでたらめで／このいかがわしい野郎は警官みたいに僕らをねめつける／その血管の浮いた眼を前にすると／僕らは朦朧としたいい方しかできない／流行りの詩みたいに／……それは智慧の年月／たくさんのお喋りを録音していたら／立派な本が一冊できるだろう／それは賑やかな年月／たくさんの顔がここに現れた／いま町に行って尋ねてみたまえ／彼らはみんな有名人だ／外は小雨／僕らは通りに出て／空っぽの便所を／初めて専用で使った／結婚したものがいる／有名になったものがいる／西部に行ったものがいる／老呉も西部に行くという／みんな彼は男一匹気取りだと罵ったが／心中穏やかでない／呉文光　君は行った／今晩はどこで飯にありつけばいいか／うらみつらみに　大騒ぎ／みんな結局バラバラに／何もない床だけ残った／古いレコードみたいに　もう鳴ることもない／僕らは別の場所で尚義街六号の名前をいつも口にする／ずっと後のある日／子供たちが参観に来るといって

――「尚義街六号」（抄）

もちろん、ここにも「平凡人」への眼差しがあるといって、韓東との共通点を括り出すこともできるだろうが、しかし、この最早徹底的に散文化した「詩」には、韓東の作品における「大雁塔」はおろか、「月」、「黄昏」、「海」といった解体すべき「詩語」すら見当たらず、むしろ陳腐に近く平明な抒情性が表面化しているだろう。

普通人の生活と普通人の生命の価値を描くというのは、先鋒詩の特徴の一つである。羅家生は一個のありふれた労働者だが、彼の生命は突然中断させられる、それは彼が生きているときと同様、誰の注意も惹かない。しかし、詩人はそれに注意を向けた。「彼らはいった　小男だから／重くはない／以前彼が修理した時計は／新品より具合がいい」このような詩句を読めば、涙を禁じ得ないだろう。（傍点引用者）(14)

これは八〇年代に生活した若者の、真実の生存状態である。そこには美、醜、愉快、憂鬱があった。詩人は何ら粉飾せず、誇張もせず、生命のリズムを持った言語を通じて、それをごく自然に表現している。この種の、詩人の体内から発し、詩人の生命意識を注ぎ込まれた言語が、詩の中で流動しており、抑揚頓挫の語感を、生命の意味ある形式を形成している。これこそが于堅の追求する詩美なのだ。(15)

実際、これらの詩は「涙」と共に読まれかねないだろうが、そのような既成の抒情＝感傷との親和も、第三代詩人における「抒情」のありようを示すというならば、そのような「抒情」とは、前代、前々代（これは「政治」抒情詩だった）の「抒情」に対して、どのような位置取りになるのだろうか。韓東は後に「抒情」について、屈折した措辞ながら、しかし明快に語っていた。

二世代の人間が抒情詩人を自任してきた。ここから詩歌における抒情の本質に関する二種類の曲解が誕生したのだ。一つは、権力社会における「人民」の名義による抒情で、詩人たちは、当初は強迫されて、最終的には全く自覚した上で政治権力に屈服した。権力は統治と殺戮において、粉飾と作為において、ある種の奇怪な情熱を確かに生んだのだ。もう一つは、モダニズム詩歌における、ある種の抒情流派である。それは「人類」の名義における抒情だった。この抒情には、強迫という要素はなかったが、嗜虐から来る衝動も欠けていた。前代の抒情と比べて、それはいっそう虚弱だったというべきである……この二つの抒情が相俟って個人を排除し、喉舌あるいは器官となり、詩歌などよりずっと強大な建造物に依附することで力を得、自身を証明しようとしたのだ。[16]

この一文は、前掲諸作執筆当時、あるいは更に遡って、韓東、于堅らが「大学生詩派」の汎称の下に結集した時期から、およそ十年を経て著されたもので、幾らかは後知恵を交えた分析的な物いいになっているだろうが、関心の焦点が、当初から「権力」に拮抗する「抒情」の主体＝個人という問題に集まっていたことは、実作に徴しても明らかである。ただし、「詩とは、あの『深み』や『世界の本質』を好んで探し求める読者に対する、この上ない嘲弄である」と、「隠喩の拒絶」を主張する于堅としては[17]、韓東において最終的に禁域化され、留保されていた自我に対する執着をも払拭しなければならなかったということになろうか。となれば、「冷淡気取りと、淡々無味が露わ」は、むしろ于堅にこそ相応しい評語であろう。

晴れ渡った日／僕の窓の外で／人が電信柱に登っている／彼は仕事をしながら／部屋の中を眺めている／僕は微笑で彼に応え／それから仕事を続けた

——韓東「写作」（抄）

世界の人間が少なくなったようだ／落葉が一枚・枚と通りを過ぎる／道を渡る老人のように／遠方の友は戻ってこない／あるものは家に閉じこもり物思う／雀は飛んでは泊まり／これまで泊まったことのない地点に泊まる／通りのこちら側から遠くの警官が見える／彼は身動きせず／白い鳩のようだ

——于堅「作品55号」（抄）

この二人にあっては、自我への執着の度合いに由来するらしい、「抒情」の肌合いの違いが、措辞の平明は共有しながらも、片や内向性の純度を高め、結晶させる方向に展開し、片や徹底的な散文化に向かったとして、それは第三代詩でも、平明派ともいうべきタイプ（無論《他們》派はその代表格）の全体を覆っていた抒情の幅の反映だったと思われる。そこで「詩派」の別を問わずにテクストを拾い上げてみよう。以下の作者は、『詩群大観』の分類に拠れば、陳東東、王寅が「海上詩群」、尚仲敏が「大学生詩派」、李亜偉が「莽漢主義」に、それぞれ属したらしい。

僕が眠るときの状態、僕が君から離れて去った／夜、砕け易い茎／捻じ曲がった山地／と大胆に舞い踊る妄想の狐／僕が夢に遊んだ後の廊下、月光の下の／状態、風を遮る堤防／放置された塔／僕が君のために開けてやった色々な通路を／君は入ってかまわない入っていけ／君は僕の冬に眠る姿を見るだろう

——陳東東「睡態」（抄）

僕が死んだ後、僕は死んだ／／それから、僕は見る　彼らが僕の本棚にいて／きままにめくっては／僕の蔵書を読むのを

週末に君と僕は喫茶店にいて、君と僕は／中心街の大きな樹の上に高くいて／上海の青い屋根は君の髪のように／柔らかに触れ馴染む

——王寅「紅色旅館」（抄）

——王寅「東区故事」（抄）

彼の歯の間から一つでも僕らを支持してくれる言葉が出てくれれば／午前中一杯で／彼は四斤の茶を飲んだ／それと同時に僕らは彼に二十本の高級煙草と八十粒の上海キャンデーを射ち込んだ／（どれも僕らがギリギリの奨学金から捻り出したものだ）／結果は／帰ってしっかり勉強しなさいと僕らに勧めた／（バカ野郎め煙草返せキャンデー戻せ）／大通りに出てから僕らは懐から煉瓦を取り出し／もうちょっとでちっぽけな地球に穴を幾つか開けるところだった／（気をつけなければ／僕らの煉瓦は強いんだ／いつだって君に投げつけることができる）／ツンとした少女が一人闊歩してきて／不思議そうにチラと見た／僕らはたちまちカッとなり互いに拳を叩き付け／ままよとばかりに市長さんを訪ねた／僕らは市長の肩をポンと叩きそんな風に微笑んで見せると／国を憂い人民を憂える勇ましい話をした／市長さんは以下の指示を下した／大学生詩新聞の趣旨は我が党我が国の文化を繁栄させることにあり出版機会を与えることを希望する／（市長のお爺ちゃん万歳！）

——尚仲敏「関於大学生詩報的出版及其他」（抄）

中文系は餌を一杯に撒いた大河だ／浅瀬の傍に、教授が一人と講師の群れが網を打っている／取り込まれた魚

は／水揚げされると助手になり、それから／屈原李白の案内人になりそれから／自分も網を打ちに出る／『野草』『花辺』を食い尽くしたものは／魯迅を銀行に預けて、利子で食う

——李亜偉「中文系」（抄）

その年の冬、最初の雪が降った／僕の記憶する最初の雪でもある／夕刻は早く訪れた。映画館に行く途中で／空はすっかり暮れた／僕たちは積まれた雪を一つまた一つと避けて、見ていた／道行く人の朧な影が過ぎていくのを——／暗闇は僕らには面白く感じられた／高圧水銀灯は当時まだなかった／水色の花びら、あるいは赤味を帯びた月を装い／僕たちの肺は茉莉花の香り／茉莉花より冷たく冴えた香りで満ちる／（誰もそれが死の気配だとは知らなかった）／その年映画館には「人民戦争勝利万歳」がかかっていた／そこで僕たちは仇恨と火を知った／「小兵張嘎」や「平原遊撃隊」がお気に入りだった／木で刀や拳銃を作り／人殺しの遊びを練習した／その年、僕は十歳、弟は五歳、妹は三歳／僕たちの橇は急な坂を危なっかしく滑り／滑り、そして突然、僕たちの子供時代は終わった／その頃、外の雪を眺めながら、僕は思った／森の動物はきっと暖かい穴で冬眠しているんだろうな／本当にそう思っていたものか、今となっては思い出せない

——張曙光「一九六五年」

陳、王の作は韓東のスタイルに、尚、李の作は于堅のスタイルに属するということで、張曙光は基本的に後者のスタイルを採りつつ両者を調和した、私にとっては好もしいタイプの抒情詩の例として挙げた。

しかし、第三代詩には、平明／抒情詩のバリエーションという枠に収まり切らない類のものもあったはずである。

韓東は前に引いた「古閘筆談」において、抒情に関して次のように語っていた。

私たちは少なくとも五千年、更にはもっと後退するのだ。私たちはどうすることもできない文化伝統に回帰するのではなく、それより前の抒情もしくは歌唱の要請に回帰するのだ。私たちはもうこの世にいない文化名人の肩の上に立つのではなく、あらゆる時空の真の詩人と共に、同じ「スタートライン」に立つのだ。

韓東は、精英文化伝統以前の原初的な、詩歌に対する欲求への回帰をいうのだが、八〇年代半ばの段階で、この「還原」を抒情から剝離して自覚的に謳ったのが「非非主義」という一派だったろう。《他們》が詩誌創刊に際して、自ら宗旨を掲げた宣言を持たなかったのに対し、彼らは成立時に「非非主義宣言」を発しており、[18]党派性をより明らかに打ち出した「群体」だったらしい。非非主義派は四川各地の詩人を糾合したもので、その中心は周倫佑、藍馬、楊黎ら。『詩群大観』の注記では、一九八六年五月四日の成立。詳しくは後に触れることにするが、「非非主義宣言」は、その第一節で「創造還原」を謳っていた。この「還原」は感覚・意識・言語の三方面で追求されるものである。「感覚還原」とは、「語義による障碍」を除去することで、「世界と真の、直接の接触」を果たすこと。「意識還原」とは、「詩人の直覚的体験と意識の間」に障碍として横たわる「語義の網が構成する種々の定義を排除」して、「非文化的意識」を甦らせること。「語言還原」とは、「文化的言語は硬直した語義しか持たず、文化的な、自明の運算に適合するだけで、前文化経験の表現を担う力を持たない」という前提から、語義の「固着性」を破壊し、「運算」に拠らない言語使用において「確定性」を排除し、非文化的言語使用において「最大限に言語を解放する」ということである。前述のように、ここで頻出する「文化」の含義は、より的確には、従来の詩テクストを規定してきたイデオロギー、詩語が背後に抱える言説性ということであろうから、この「還原」の対象は最早「抒情」のみに止まらない。韓東はそこに「非非」との決定的な分岐を看取したらしく、彼らを露骨に「贋もの」、「剽窃」、「継ぎはぎ」呼ばわりして、楊黎以外の詩人を認めない口吻であった[19]。韓東の評価を裏付けるものか、後年のアンソロジーは非非主義派を冷淡に扱うようにも見えるが、ともかく幾つか眺めて見る。

手を伸ばしさえすればすぐに開く／触れたと君に感じさせることはない／それは入り口／衆妙は無言でガラスの声を踏み砕き／君に異様な感覚を生じさせる／君は手を引っ込めて／入り口をくぐった多くの面倒が／そこから来る何故このうえ煩悩を求めるか／一本の羽根を頭上に挿し／自ら自分を忘れさせる／とはいえ羽毛も真なるものではない／歩く鳥ですら一種の仮説に過ぎない　ということならば／入り口だとか入り口でないとかは存在しない／仮にそれが存在するとして君が手を伸ばしさえすれば／すぐに開く　それらしく開く／頭は残して四肢はくぐり抜け　君を／虎より他の黄金にする／蓮の花のもう一つの海／もう一つの入り口／衆妙は無言でまた別の手が君を豁然と開く

——周倫佑「第二道仮門」

一人の少女であろうと一群の少女であろうと／古代であろうと春の宵であろうと／部屋に潜んで出てこないのは誰だ？／窓をそこで少し開けさせる。僕はいう／／もしも君たちの語るのが永遠に幻に過ぎないなら／語るのをやめよ！接吻をやめるように／少女（一人のあるいは一群の）を前に／僕は満開の言葉を指示するだけ／／少女。夜が更けるほど響く／だが彼女の最も魅惑的な部分は真昼においてある／誰であろうと、この輝きの沼にはまり

込めば／／では彼は何を見るのだろう？彼は／ただ少女の最も優美な動作だけが／一面の輝きと短い時間の中に

——楊黎「少女十四行」

藍色を湛え澄み切った海水に引き込まれ／水面には時折白い斑紋が浮き出て／喧騒は停まった／／吼えろ、唇よ／／共に奔騰し、陽光は明るく照らし／大樹は並ぶ／／願わくは声音がより遠くなることを、願わくは早く／僕の周囲で／一切の黄金の周囲にあるように！／／もしも集合させられれば／旗幟は音を立て／もしも連れ合いと同じならば、熟知し始める／／僕はパチパチという音を用いて、君をしつける／君を愛する、——君を連れて／藍色を湛え澄み切った果てしない海原に行く

——藍馬「少女的光栄」

これらの実作が、果たして「宣言」の標榜する「創造還原」を実現し得ているかどうか、例えば周倫佑の詩に見える「衆妙」の語は老子「玄之又玄、衆妙之門」に基いているだろうが、このような典故使いが「文化」否定の主張とどのように整合するのかも分からない私には、どうにも判断しかねるといわざるを得ない。王光明が「彼らの理論は、それをよく例証するような作品がなく、と同時に、彼ら自身、新たな記号システムを提示しておらず、かくも激烈に私たちの言語習慣に反対しながら、私たちが慣れ親しんだ言語に拠って思惟しないわけにはいかなかったのであり、それ自体一つのパラドックスだった」といい、「非非主義を語ることは非常に難しい」としたのも[20]、宣言の高調と実作の低回のコントラストに当惑した挙句の、正直な感想だったろう。

しかし、《他們》派のような「平明派」が、自らの対抗性を、第一代や第二代における、現実のコンテクストと、

詩言語の変質を要求する言説に支配された「抒情」の相対化の上に表現して、終に「抒情」の枠を大きく逸脱することがなかったとすれば、それ自体は、建国後詩史の起伏消長に定位し得る「現象」として理解できるし、それはまたある意味で、「詩」という制度自体の承認を前提する、古風に文学的な「対抗」に止まったのではないか。非非主義一派の「対抗」は、これとは別の位相で捉えるべきもののように、私には思われる。

一枚はハートのK／他の二枚は／砂漠に伏せられて／何であるか分からない／三枚のカードはいずれも新しい／理解し難いほど新しい／三枚の間隔はそれほど遠くないが／永遠に距離を保っている／ふと見れば／何気なく／置かれているようだが／仔細に観察すると／念入りな配置だ／一枚は近く／一枚は遠く／もう一枚は当然近くも遠くもない／もう一枚もハートのK／サハラ砂漠は／空っぽで柔らかい／陽の光はかくも人を刺し／かくも光を発する／三枚のカードは陽の光の下／静かに反射している／いくつかの小さな／光の輪を

――楊黎「撒哈拉沙漠上的三張紙牌」

楊黎のこの一首は、非非主義派の作としては珍しく複数のアンソロジーに採録されているもの。ここに漂う無機質な感覚、しかしそれすら、如何にも「それらしく」拵え上げたことを、故意に透かして見せているような、一種の「胡散臭さ」には、抒情から逃走し、「詩」を制度性から剝離した上で、テクストの虚々実々と戯れる、不敵な遊戯性すら窺われるように思う。漢字と中国語からは逃れられない以上、精々「詩」（らしきもの）と戯れるというのは、それはそれでなかなか天晴れな「反抗」になり得ることを、恐らくこれまた「古風」な王光明は認めないということだろうか。劉納も、彼ら非非主義一派の「末路」を嘲る風であった。劉は、非非主義一派の詩人であった何小竹、藍馬が「成都広達詩歌公司」を計画、長江遊覧に詩歌創作、観賞などの娯楽活動を組み合わせた営利活動「『夢想者』文学網絡夢幻工程」に乗り出したことを、「商品経済の大波とインフレが詩人に改造的衝撃を与えたことを明らかに示す」、「詩歌を『公司』の営業内容とし、夢幻を『工程』の主題とするなど、滑稽と、泣くも笑うもならない困惑を覚えさせる」としている。[21] 私には、この「プロジェクト」(「工程」)など、如何にも「胡散臭さ」に徹したポストモダニストの画竜点睛にすら思え、むしろ「胡散臭さ」と「文学」、「詩」の野合など徹底的に拒絶するらしい「古風な」劉納が、ポストモダンを題目に堂々と一書を物すことの方が、よほど「滑稽」な現象に思えるのだが。

私としても、《他們》派と非非主義派のテクストが示したある種の傾向のみを以て、八〇年代半ば以降に隆盛を誇った第三代詩に関わる、あらゆる状況を総括できると考える訳ではないが、先に掲げた楊煉「大雁塔」の線に連なるタイプの「整体主義」、「新古典主義」が、同時期の散文領域を席捲していた「尋根」の一翼を担ったり、所謂「詩派」に属さないタイプの詩人も存在したという、この年代の詩壇の百花繚乱を包括的かつ「正確」に了解することは、能力を超えるというより、むしろ興味の埒外にあるので、次に、そのような「興味」の有態を披露して締め括りとすべき段取りとなって、その際せめて、第三代詩には、先行する世代とは異なる「抒情詩」のオルタナティヴの提示による「詩」の合法化と、ポストモダニズムによる「詩」そのものの解体、という両極端の傾向が並存していたことだけでも確認できればよかったのだと、摘み食いのいい訳を繕っておく。

注釈

(1)　徐敬亜、孟浪、曹長青、呂貴品編、同済大学出版社(上海)、一九八八年九月刊。

(2)　南開大学出版社(天津)刊。

(3)「八十年代中国文学新潮叢書」の一、花山文芸出版社刊。
(4)「探索叢書」の一、中国文聯出版公司(北京)刊。
(5) 謝冕、唐暁渡主編「当代詩歌潮流回顧・写作芸術借鑑叢書」の一、北京師範大学出版社、一九九三年十月刊。
(6)『詩群大観』に「附録二」として収録。原載《深圳青年報》一九八六年九月三十日。
(7)『荒魂』(上海文芸出版社、一九八六年九月)所収に拠った。
(8) 張新潁編『中国新詩1916～2000』(復旦大学出版社、上海、二〇〇一年七月)所引に拠る。
(9) 謝冕「美麗的遁逸――論中国後新詩潮」。謝冕、唐暁渡主編「当代詩歌潮流回顧・写作芸術借鑑叢書」の一、『磁場与魔方――新潮詩論巻』(北京師範大学出版社、一九九三年十月)所収、二二一～二二三頁。
(10) 張頤武「詩的危機与知識分子的危機」(『磁場与魔方――新潮詩論巻』所収、二五二頁)。
(11) 李麗中、張雷、張旭選評『朦朧詩後――中国先鋒詩選』(南開大学出版社、一九九〇年一月)における評語、九頁。
(12)「不断破砕的心霊砕片」(『面向新詩的問題』所収、六一頁)。
(13)『詩・激情与策略――後現代主義与当代詩歌』(中国社会出版社、北京、一九九六年三月)第二章「在一九八六年」、四五頁。
(14)『朦朧詩後――中国先鋒詩選』における評語、一二頁。
(15) 同前、一七頁。
(16)「古閒筆談」。原載《作家》一九九三年第四期。ここでは劉納『詩・激情与策略』五六～五七頁所引に拠る。
(17)「拒絶隠喩」(『磁場与魔方――新潮詩論巻』所収、三〇八～三一二頁)。
(18)『詩群大観』、三三～三五頁。
(19)「《他們》――人和事」(《今天》一九九二年第一期、総第一六期)。
(20)『艱難的指向――「新詩潮」与二十世紀中国現代詩』第九章第四節「『他們』与『非非』」、二一七頁。
(21)『詩・激情与策略』第一章「詩人、面対『後現代』」、八頁。

Ⅳ　第三代詩における「言語」への関心

第三代詩人は、「詩」を語らせれば多弁であり、総じて自らの「対抗性」の強調に傾きがちのようである。例えば韓東の「三個世俗角色之後」という一文は[1]、「政治」＝北島に名を成さしめた抑圧の機制、「文化」＝ユーロセントリズムに屈した自己定位、「歴史」＝功利主義により個人を排除する虚偽の叙述、という三つの「世俗」＝中国に普遍的な価値基準、を超越した地平に、詩人と詩歌の意義を規定するが、管見の限りでは、このようなスタイルが目につくということである。そのような対抗性を、「還原」というタームで括り上げたのが、即ち既に一部を要約した「非非主義宣言」だったろう。

「宣言」は周倫佑と藍馬の起草に係り、楔子および「一、非非主義与創造還原」、「二、非非主義与語言」、「三、非非主義与批評」の三節から成るが、前に要約引用したのは第一節である。残る二節の内容も確かめておけば、先ず「二、非非主義与語言」では、「言語は共同体が蓄積し築いてきた文化伝統を頑強に体現している。言語を使用して詩歌創作を行う際、我々は断固として言語に対し三段階の非非処理を施す」として、三点の主張を展開する。第一に、是非二項に拠る価値評価の超越。「非二項価値定位の処理において、言語に多元から無窮に至る価値の開放性を獲得せしめ、新たな、更に豊かな表現力を賦与する」というもの。第二に、言語の抽象化という弊害の除去。「非抽象化の方向で言語を処理することで、言語による抽象における概念の固定化を一掃し、描述から推理および推理に含まれる判断を洗い流す」というもの。第三に、「語義の確定は言語の活力を喪失させる致命傷」という前提から、「言語を非確定化」し、「不確定なコンテクストの構築と変形の中で、老化した言語を、多義性、不確定性と多機能性の復活により、甦らせる」というもの。「三、非非主義与批評」は、感覚・意識・言語の三方面における「創造的批評法」を標榜、「我々の批評は一切の非創造的要素の清算と、清算の程度の如何に向けられる」として、第一の感覚面では、「文化的語義の感覚、情緒模倣の感覚、習慣的、定型的感覚が清算されているか否か」を、第二の意識面では、「表層における集団意識（今日的な文化価値意識と功利的知識観など）、深層における集団意識（過去から継承された文化価値意識と理性・論理による定型的、半定型的イメージなど）が清算されているか否か」を、第三の言語面では、「定質化した抽象的言語、二項価値的言語および伝統的修辞語彙が清算されているか否か」を、それぞれ批評の対象にするというのである。

このように開陳された主張も、今日となれば、もう少し気の利いた概念を駆使して明快に表現できそうなものだが、時代がかった措辞を掻い潜って見れば、中身はそれほど難解なものでもない。第三代詩を概括する際にしばしば「反歴史・反文化」傾向が指摘されるとは前に記したが、韓東にせよ、この宣言にせよ、対抗の矛先は「歴史」、「文化」という語により表象される、ある種の観念に向けられている点は同じなのである。

文明以前の世界における隠喩とはメタ隠喩である……／文明以前の世界とは先知の時代、命名の時代だ。／命名とはメタ創造であり、命名者こそ真の詩人である。／その後は理解の時代、読者の時代、正名の時代である。／詩人の所謂隠喩とは、ポスト隠喩であり、正名の結果だ。／文明は理解力と連想の発達を導いた。創造の年代は終わり、命名は行われなくなった。現在、人々が「意味の歴史」を製造しているというのは、ポスト創造なのだ……／言語による隠喩はメタ隠喩であり、命名のことである。／詩による隠喩はポストメタ隠喩であり、正名のことである。／前者は創造である。後者は解釈だ。前者は個体、局部、偶然、異質性であり、後者は総体的、相似的、経験的である……／言語は忘れられた。隠喩は運搬の工具であり、詩の装いを採る……ポスト隠喩は歴史に依頼し、文化専制主義の一切の機能を備える。それは強迫的、権力的であり、読者に「比喩体」の受容を強要する。シニフィエ、シニフィアンの関係は武断される。私自らの意図と社会の常識および通路が結合するのだ。それは「像」や「似」といった関連性を隠蔽することによって読者を欺き、「説教」を受容させる。(2)

これは前に一部を引用した于堅の「拒絶隠喩」という札記の一部。ここに見られる「歴史」、「文化」に疎外される以前の「原初」の追求、即ち「還原」への志向は、「非非主義宣言」の「還原」志向に極めて似ているのだが、前掲のような、実作の風格において両者が示した大きな懸隔からして如何にも不思議なこの一致が、解釈者の興味を惹くことはなかったようである。例えば、謝冕は次のように述べる。

「反文化」の破壊性は、人が文化による束縛から逃れ出るための、潜在的な「建設性」を具えたものである。それは文化再建と動機を異にするので、憤怒と拒絶の方式を採りつつも、主旨はある種の価値の再確認にあるのだ。／「非非主義」は、文化に反対しない、文化化された世界に存在する危険性を指摘するだけだという。それは現時および過去の文化に対する不信任を表明したもので、即ち、文化とは、記号化処理を施された人類の行為であり、人類に逃れ難い結果を強要した、後の人間が真の世界を語義の示す状態と見なすようにする、「語義の強制」だと考えるものだ。従って、「非非主義」詩歌が「創造還原」を主張する、その過程には知識、思想、意味からの逃避も含まれるが、実際には「非文化」傾向を構成したのだ。(3)

この解釈は、海子「亜洲銅」に見られる「反文化」と、「非非主義宣言」における「非文化」を区別し（謝のこの区別は、私にはどうにも判然としない）、何やら「文化」を殊更に深遠なものと理解する風だが、「非抽象化の方向で言語を処理することで、言語による抽象における概念の固定化を一掃」しようと目指す非非主義派や、「今日、詩とは隠喩に対する拒絶である」とする于堅にとって、「文化」とはもっと素朴に実感され、言語化され得る、詩言語を支配する権力＝言説の象徴だったように思う。このリアリティーを看過すると、例えば、

第一に群体の社会意識から個体の生命意識へと転換する傾向がある。朦朧詩人における集団意識、歴史使命感、衆生を普く救済せんとする願望に対して、後新思潮の理論的代表者は、より個体の生命の価値を強調する。彼らにしてみれば、詩とは生命の形式であり、詩人の本領は、直接には観察しようもない内在的な生命力の躍動を、一定の言語形態に転化して、生命の奥底に潜む力を掘り出し、それによって読者の内在的な生命を激発し、覚醒させることにあるのだ……詩は生命に発し、生命を表現するという原則を遵守する新生代詩人は、伝統的習慣や社会的役割の仮面のために自らの信念を犠牲にしたり、自らの追求を放棄することを肯んじない……(4)。

というような、「文化」を支配する群体／集団性に対抗すべき個体／個人性が強調されることになり、そこから「平凡な生命への自己同定」、「平民意識」が抽出され、更には、

平民意識の増大は、伝統的な崇高感に衝撃を与え、嘲弄諧謔は公式化した規範的言語への反抗にまで発展、不遜な態度で人々が飽き飽きしている術語に向き合う。それはまた、語義からの離脱と特殊な語感の追求により、

特殊な心境を伝達するという面で、不遜な詩観念を体現する。[5]

と、その表れとしての、「語義からの離脱と特殊な語感の追求」を内容とする「言語」への注視、という筋までが浮上してくるだろう。しかし、この如何にもすっきりした筋に拠ると、詩の制度性の承認をめぐって第三代詩の示した幅を、些か単純化して理解しかねぬように思えるのだ。

もっとも第三代詩を大きく括る共通性は確かにあって、それは詩を巡る議論における、言語への関心の前景化であろう。

各新潮詩論家にあって、言語への回帰の着眼点や、その運用の手段は異なるとはいえ、伝統的詩論に対する衝撃は、確かに言語面から行われた。彼らは表層の言語と深層の内涵は統一されてあるとの伝統的な観点を打破し、詩が言語そのものに回帰することは無論、言語も単純な媒介ではない、流動する語感であると考えたのである。[6]

等々、「実験詩の詩に対する衝撃と挑戦は、先ず『言語』から開始された」[7]という共通性について、諸家の見解はほぼ一致している。確かに「各新潮詩論家」は「言語」に関する様々な見解と抱負を披露していて、これこそ第三代詩における最大の特徴だったと思わせる。

創作の原則上、イメージの清新、語感の突破を堅持し、特に情緒を複雑から簡明に向けることで、最大範囲の共鳴を呼び起こし、詩歌をして抽象の苦から逃れさせる。（「莽漢主義宣言」[8]）

イメージを消滅せよ！それはいいたいことをそのままにいう、言語の変形など気にせず、ただ言語の硬度だけを追求する。（「大学生詩派宣言」[9]）

詩言語は任意の想像の範囲を脱するべきである。我々は詩行の指先で、各種各様の表象を突き抜け、魂を目指す。（「超感覚詩宣言」[10]）

我々が追求する新たな詩歌の原則とは、詩の表面における政治傾向性には注意せず、しかし言語の直接的な現象を極端に重要なものと見なし、内部からそれを解決することに好奇と情熱を抱く、というものである。（「咖啡夜宣言」[11]）

これらは、てんでに勝手なことをいっているように見えるが、しかし、大きく一つの方向を指していたのではないか。

言語では、できる限りコミュニケーション機能を回復させること。我々は実用言語に対立するような詩言語こそ、人類が詩篇から娯楽と普遍的な危機感を得る根源であると考える立場を採る。更に、汚染により、日常言語にも一種類以上の障碍（世界と言語そのものの障碍は文学が言語を超越し得ないために生ずるという点については考えない）、少なくともコミュニケーション上の障碍が存在すると考える。我々は非媒介性の単語を用いない、多義的な単語を用いない、語義を破壊する音楽性から離脱すること等々を自らに戒め、最後に単語の奇異な組合せを拒絶する。（「地平線宣言」[12]）

「口語」を詩に交えることは、詩における一種の表現形式として、国外においてはこれを運用して成功を収めた者もいる。我が国でもこの主張を提出して試みた者がいた。しかし、彼らの脳中「口語」という概念が曖昧なままで、現実生活における「口語」と民間の「順口溜」を混同していたのだ。彼らがこのような形式で詩を書いた結果、我々が目にしたのは一種新型の民歌（あるいは民歌詩体）に過ぎなかった。八〇年代初に大きな反響を呼んだ「大学生詩派」も「口語」による詩作を提唱した。しかし、彼らは、当時の国内の詩が既に「老化」、「通俗化」していると考え、そこで未だ「老化」、「通俗化」していない「新たな」詩を独創しようと考えた。このような思想に導かれて、彼らは現実生活における正真正銘の「口語」を用い、似て非なる詩を書いたものだ。だから、彼らの失敗も必然だった。／八五年に、我々は再度「『口語』による詩作」という、些か古びた主張を提出した。我々は先ず、詩歌それ自身には「老化」、「通俗化」といった問題は存在しない、「老化」、「通俗化」するのは、詩の表現形式と表現方法でしかないと考える。（「新口語宣言」[13]）

即ち、詩言語への注目は、「詩言語の口語化」という問題に焦点化していたようなのである。

平淡な口語化を以て書面化された言語に替えたのは、五四初期白話詩の「我が手は我が口を写す」という稚拙な現象に回帰したかのように見える。歌と詩が合一した可唱性を持たないことは無論、詩言語の豊富な暗示性をも欠き、詩歌の複雑な言語創造は本源化され、言語の張力、弾力性は不明瞭となり、そこには音楽性の類は見当たらない。言語は気ままで、明白なものに変わり、多くの俗語や口頭禅が詩に入り込んだのである。(14)

確かに、多くの『後新詩潮』詩人は、過去の詩言語に重くのしかかった文化の負荷を見て、一方では、文化上の惰性が比較的少ない口語、俗語、日常用語の中に言語の活力を求めつつ、一方では、「朦朧詩」の修辞習慣と編成方式に極力反抗し、文字の自由自在な姿を表現しようとしたのだ。(15)

于堅などは、このような口語化への興味の集中を、五四白話文運動の継承および普通話「独裁」からの解放という歴史的な文脈で評価しようとする。

第三代詩の歴史的功績は、「漢語」の一旦は普通話によって束縛された広大な領域を再度回復したことである。それは言語の解放から出発した「五四」白話詩運動と一致するものであり、胡適らが先駆となった白話詩運動の継承と深化だった。朦朧詩は思想解放運動の産物であり、それが指向したのはイデオロギーだった。詩歌は詩人たちがイデオロギー独裁に反抗すべく用いた曖昧な道具だったのだ。それに対し、第三代詩は普通話独裁のもとから漢語の尊厳を回復しようとするものだった。それは白話文運動の後に起こった、二回目の漢語解放運動であり、普通話創作に対する全体的な叛逆だったのである。(16)

詩言語への注目が、口語化の主張に焦点化したという現象の理解としては、先ずこのようなことになるのかもしれない。つまり、中国流モダナイゼーションの表象でもなく、これに対抗して人間の復権を求めた世代の表象でもない、新たな詩言語として口語＝漢語が再発見されたということである。しかし、そのような詩言語＝漢語が、では何故「口語」ということになるのか、その動機もしくは必然性を、原理的なレベルにまで掘り下げて論ずるには、実作者たちはいわずもがな、専ら詩を論ずる学者たちの詩的感性も余りに豊か過ぎるよう、私には思えるのだ。

このような「何故」をめぐる問いというのは、往々にして不可知の本質論に雪崩れ込むもので、そこは是非もないのだが、私は《他們》派と非非主義派の詩や詩言語をめぐる見解を、「第三代」特有のものとして統一的に理解する「筋」などそもそもなかろう、もしもそれがあるとすれば、前章で葉聖陶を、そして本章第一節の「枕」では葛紅兵をだしに評判した、中国の文学者に自覚されざる言語観というレベルにおいてであろうと思う者である。

我々は自分たちには詩が書けると感じている。我々は自分たちが詩人に違いないと考える。我々は書いた、しかもなかなかよく書けた、それだけだ。感覚は自然、書き方も自然、一切自然に。（「新自然主義宣言」[17]）

最も珍奇にして気の利いた記号と言語で世界と対話する、その不条理によって自然を回復すること、人々に、そもそも発生し得る出来事など、そもそも信じていなかったと信じさせること、憐憫、深沈、狂熱、渇望に充満し、絶望に近い言語をして、低空から宇宙全体に瀰漫させること、かくして我らの初衷と帰宿を完成せしめよ。

（「超低空飛行宣言」[18]）

即ち、このような、テクストを「自然さ」と結びつける観念が、第三代詩の詩言語観を無意識の裡に支配していたのではないか、ということである。

人の内面と密接に連繫するのは、ただ言語だけである。我々がひとたび言語の迷霧を取り払えば、すぐにも内面に到達し、内面の真実を発見するだろう。我々がこのようにする最初の一歩は、言語を神秘化しないこと、象徴主義の言語に対する種々の詭計と分岐を打破することである。我々の努力の最終的な結果は、言語と言語の背後に隠されてある内面の透明性を獲得することである。（傍点は原文まま[19]）

尚仲敏のこのような、内面とテクストの狭間にある言語を「透明化」せよとの主張が、葛紅兵の「自然さ」を追求する文体観と響き合っているとすれば、第三代詩における詩言語への関心＝口語化の主張という問題は、近現代詩史という限定された枠組を超えたレベルにおいて考察されるべき奥行きを具えているということになるのである。

Ⅴ　おわりに

先に整理した栄光啓や王光明らの見解というのは、例えば九〇年代前半における李陀の「毛文体」に関する指摘[20]や、五四新文学言語を対象化した鄭敏の議論[21]、あるいは、第一章で詳しく整理した汪暉の中国「現代」に関する明晰な解釈などを経過した、今日ならではの理論的な高みに立って初めて現れ得たものだろうが、それにも関わらず、葛紅兵の論難のような、素朴かつ奇妙な議論が依然として出現し、センセーションを呼ぶという事態は、中国文学において、コンテクストや立場の違いを超えて存在する、ある種頑強な「質」の存在を暗示しているのだろう。この「質」こそは、文学言語にひたすら「自然」を求め、テクストを「透明化」して現実に接合させる文学観が拠って生ずる所の「根」に違いない。第三代詩が提示した詩言語の口語化という主張も、この「質」の、ある一つの顕れだったと考えることにより、これを、建国後新詩史というより更に大きな文学史的枠組に位置付ける際の展望も開けてこよう。本章において、第三代詩人たちの、総じていえばさほど魅力的とも思われぬ詩作や、混沌の様相を呈する難解な詩論に懇ろに付き合ってきたのも、それが決して特定の時期やコンテクストにおいてのみ生まれ得た特殊なテクストや議論などではなく、本書が繰り返し指摘してきた中国現代文学の「特質」を依然として継承している、即ち現代文学史から一貫する脈絡に連なっているという意味で、そのような「特質」を構造的に理解することを目標とする私の文学史研究において、考察が加えられて然るべきだからであり、本書がこの一章を必要とした理由も、正にここに存するのである。

注釈

（1）『磁場与魔方──新潮詩論巻』所収、二〇二～二〇七頁。
（2）『磁場与魔方──新潮詩論巻』、三〇八～三〇九頁。
（3）「美麗的遁逸──論中国後新詩潮」第三節「怪圏──文化重構与『反文化』」、前掲書二二一～二二二頁。
（4）呉思敬「『磁場与魔方──新潮詩論巻』編選者序」。『磁場与魔方──新潮詩論巻』七頁。
（5）「美麗的遁逸──論中国後新詩潮」第二節「一個逆反──平民意識及非崇高傾向」、前掲書二一八頁。
（6）呉思敬「『磁場与魔方──新潮詩論巻』編選者序」、九頁。
（7）張頤武「詩的危機与知識分子的危機」、前掲書二五〇頁。
（8）李亜偉執筆。『詩群大観』、九五頁。

（9）尚仲敏執筆。『詩群大観』、一八五～一八六頁。
（10）執筆者名は記されない。『詩群大観』、二六四頁。
（11）文韜執筆。『詩群大観』、二六九頁。
（12）傅浩、寧可執筆。『詩群大観』、一六三～一六四頁。
（13）趙剛執筆。『詩群大観』、二六〇～二六一頁。
（14）『艱難的指向――「新詩潮」与二十世紀中国現代詩』第九章第三節「生命認同」、二一五～二一六頁。
（15）『当代文学関鍵詞』「後新詩潮」の項、一九七頁。
（16）「穿越漢語的詩歌之光」（楊克主編『中国新詩年鑑一九九八』花城出版社、広州、一九九九年二月）、四頁。
（17）執筆者名は記されない。『詩群大観』、三三五頁。
（18）盧継平執筆。『詩群大観』、二八七頁。
（19）尚仲敏「反対現代派」（『磁場与魔方――新潮詩論巻』所収、二三四頁）。
（20）「1985」（《今天》一九九一年第三・四期合刊）、「丁玲不簡単――毛体制下知識分子在話語生産中的複雑角色」（《今天》一九九三年第三期）など。
（21）「世紀末的回顧――漢語語言変革与中国新詩創作」（《文学評論》一九九三年第三期）。

終章　文学言語のモダニティをめぐる対話へ

I

本書は、中国現代文学史テクストを、理念としてのみ想定し得る「全体」の断片に過ぎない「事実」を、あたかもその総和が「全体」であるかのように羅列することで、膨張の一途を辿るしかないような、「モダンな」テクストとしてではなく、また、それとは逆に「全体」を先験的に措定した上で、その合法性を保証するために、「事実」に対して強く「排除」の機制を働かせた恣意的なテクストとしてでもなく記述することは果たして可能か、という問題に関する、私なりの思考の跡を書き留めたものであった。本書の構成は、概ね章立ての順を追って、前述の「思考」が展開していく形を採っていたはずである。そこに一貫すべき展開の「筋」は単純に明白ではあろうが、原理的な問題を巡って、しかしナイーヴなレベルで行きつ戻りつする「思考」の低回およびそれを反映した文体と、煩瑣な引用や施注という学問的体裁への顧慮が、これを些か見え辛くしたのではと懼れる。そこで、余計な仕儀かもしれないが、全書の最後に、これを確認することにしよう。

　先ず序章では、従来の文学史テクストが依拠した原理、即ち「実証性」と「主観性」を考察の対象とし、前者を標榜する文学史研究が、歴史の「全体」を無数の「事実」に断片化し、「断片」の総和が「全体」であると予定しながらも、実は、未開の「フロンティア」が不断に開拓されることで現われる新たな「断片」が、「全体」を最終的な不在へと棚上げしてしまう、いわばモダンの属性たる飽くなき自己拡張性と親和するものであること、一方、後者に拠る文学史は、「全体」像の明晰を、それに翳りを落とす「事実」を強く「排除」することによって獲得するが、同時に恣意性の烙印を免れ難いことなどを指摘した。そして、私の構想する文学史研究、それが結実した際に記述されるであろう文学史テクストは、現代中国における「文学史という言説」を支配した思惟の「構造」を対象化する思考に支持されるであろうとした。

第一章では、作家、文学者を含む中国知識人の、前述思惟の在り方の特質は、彼らのモダン／モダニティ／モダナイゼーション理解の上に見出し得るとの仮説に立ち、特に一九九〇年代の文化批評領域において、それがどのように理解されていたかを、できるだけ多くの言論を検証することを通じて整理した。近現代中国知識人は、モダナイゼーションが抑圧的な現実のコンテクストからの離脱を実現する「進化」であると観念したために、モダン理解を一面的にしてしまった、モダン／モダニティ／モダナイゼーションは、そもそも解放の契機という側面と、新たな抑圧の契機という側面を併せ持つ、両義的、逆説的な概念であるにも関わらず、中国知識人は後者の側面を厳しく対象化してこなかった、そして、それを「現代／現代性／現代化」と翻訳して、「中国化」したのだと、私は考えた。このようなモダン理解は、一九九三年に開始された「人文精神討論」を皮切りに、様々な議論を経過して、一九九七年、汪暉「当代中国的思想状況与現代性問題」の問題提起に至り、漸くその一面性を対象化し得たというのが、整理を終えて得られた結論であった。また、最後に、序章で目標に掲げた「新たな文学史」テクストの記述は、様々なテクストに反映しているはずの、作家のモダン理解の一面性を手掛かりとして可能になるだろうとの見通しも記した。

第二章は、前章で「予告」した所の、「新たな文学史」テクストとは、実際に如何なる形を採ることになるのか、その可能性の一つを示したものである。そこでは「懺悔」、「喪失」、「越境」といった自前の概念を設定し、中国知識人が自らを規定している共同性を対象化することなく、無自覚の完全な自己否定（「懺悔」）を代償に、共同性の外部に想像した「真理」へ、主観的にアイデンティファイしていく（「越境」）という思惟上の特質を、五四新文学以来の文学テクストに窺い見た。そのような「特質」は、実はある特定のコンテクストにおいてのみ顕現したものではなく、五四新文学初期のテクストと、一九八〇年代「新時期文学」のテクストのように、時代を隔てたテクスト同士にあっても共有され得ることを、郁達夫と張賢亮を例に考察、それは中国知識人の思惟構造の深部に横たわって頑強に存在し続けたとも指摘した。そして、そのような自己対象化の欠如こそが、モダン理解の一面性をも生んだとして、前章で提示した仮説を展開させたのである。

第三章は、竹内好を論ずる体裁を採りつつ、あらゆる中国現代の文学者がモダンを一面的に理解した訳ではなかった、茅盾や葉聖陶のような文学者は、その文学的感性を頼りに、モダンの両義性、逆説性を直覚的に察知していたと指摘した。第一章でも触れたことだが、中国の文化界は九〇年代末になるまで竹内好流の「近代論」を持たなかったと私は考える。しかし、竹内は自らの「近代論」の完整を求める余り、中国現代文学史の「脈絡」を設定する際に、持ち前の「素地」としての「文学観」を「排除」したということを、その中国革命における「個と全体」を巡る思考を手掛かりに指摘した。中国知識人における「近代論」の欠如、一面的なモダン理解を明らかにする作業は、私の構想する文学史研究において重要な一環を成すものだが、それは、一方で、中国の「近代論の貧困」をあげつらうばかりでなく、茅盾や葉聖陶の示した文学者＝「モダンの見者」としての「鋭敏」の存在を銘記しつつ、竹内の「主観性」、ひいては我々の「過剰な近代論」の限界を認識し、これを相対化することを前提とするのである。その意味で、この章は、第二章を補足すべき原理的な考察ともなっているのである。

第四章およびその補論は、大衆音楽、しかもロック音楽を取り上げたという点、さらにロック音楽の「大衆性」を定義する際に、社会背景を説明すべく初歩的にデータ類を援用したという手法の点において、他の各章とはやや調子を異にしているかもしれない。ただその眼目は、中国知識人が未知の認識対象を、自らに切実な関心の範囲に押し込めて、手慣れた概念と手法により「解読」しがちであるという「人文性解読」の傾向を指摘することにあり、やはり、本土の知識人にはなかなか対象化されない、思惟構造上の特質を論じたものであった。しかも、そのような特質は、ロック音楽や大衆文化といった「新生事物」のみならず、モダン／モダニティ／モダナイゼーションに対する理解にも反映しているはずであり、その意味で、この章における考察は、前章までの議論と関連しているのである。「人文性解読」という概念自体は、私の杜撰に係るものであるが、そもそも「音楽」という非言語を言語化して考察することと自体が、究極の不可能を見据えて「敢えて」行われるべき行為であること、崔健という「ロック」歌手が、「叛逆」を看板に掲げつつ、終に「ロック」という制度自体には「叛逆」しないこと、こういった究極の事態に想像力が向かないのは、「終末論の不在」とも呼ぶべき、全てを「人文性」に拠り理解可能とする中国知識人の思惟の在り方を示すものと考えての命名であった。

第五章では、第四章で指摘した「人文性解読」の具体的な表現例として、テクストを実人生や社会の現実に直結させる文学観が、新文学史初期から存在したことを、五四時期に無名の一青年が書いた白話詩習作と、それに対する教師の添削、指導を材料に検証した。しかし、テクストそのものよりも、そこに反映している「現実」の重味を重視する観念は、観念として具えてあるだけでは、テクスト制作の実際を助けはしない。そこへ滑り込んできたのが、先行して、権威化したプレテクストの模倣という機制である。この模倣は、既成の言説の受容ということでもあり、となれば本来的には実人生の「リアリティ」を尊重する文学観と矛盾、衝突するものであることも、併せて指摘した。

第六章は、「人文性解読」が、文学における「人間的興味」の強調（「内容」の重視）を導き、テクストの「透明化」を要求すること、その結果として、テクストおよびその最大の構成要素である「言語」に対する意識の希薄（「形式」の軽視）を醸成すると指摘した。そして、このような言語意識の希薄が、言語の言説性、イデオロギー性に対する「鈍感」に繋がることを、葉聖陶の「普通話」擁護、言語の規範化の要請に従った旧作の大幅な改訂の実態を検証することで明らかにした。いうまでもなく、言語の規範化（現代中国にあっては「普通話」の制定と、政治権力を背景にした強制的な普及）とは、モダナイゼーションの重要な環節を成すものだが、葉聖陶は、「個と全体」を巡る思考においてはモダンの抑圧的な側面を鋭敏に察知し得たにも関わらず、「普通話」の表象するモダニティとその抑圧性については鈍感な姿を露呈したのである。それが中国現代文学における「内容重視／形式軽視」の伝統と表裏を成すものであろうとの見解も、ここでは示した。

第七章は、前章で関心の前景に現れてきた、モダンの表象としての「普通話」について、更なる考察を加えた。ここでは、一九八〇年代後半に中国詩壇を席巻した「第三代詩」が、「普通話」のイデオロギー性を拒んだ結果として、「個人的」で「自然」な「口語」を詩語に採用すると標榜したこと、その「言語」に向けた強い関心が、これまで考察の対象としてきた、中国知識人に特有の思惟構造とどのような関係にあるのか、実作および詩論を概観しながら検証した。前章で検討した葉聖陶の「鈍感」を「克服」した世代にあって、「詩」という「制度」は果たして擁護されるのか、あるいはそれもまたモダンの表象としての「近代文学」という制度の一翼を構成するものとして解体されるのか、その分岐を見極めようとしたのである。実際、「第三代詩」には、「抒情」に拠って前者に傾く一派と、ポストモダニズムを標榜して後者に傾く一派が相乗りしていたのであった。彼らが、実作面での成就の如何は別としても、言語のイデオロギー性、モダンの表象としての規範言語といった問題にまで、その関心の射程を伸ばしていたことは確かで、そのような先鋭性が、中国現代文学の終に脱し得なかった「内容重視／形式軽視」の伝統、ひいてはモダン に対する一面的な理解という「共同性」をすら相対化する契機になるかもしれないとの見通しを、ここでは示したのである。

本書の全七章の概要は以上の通りである。先に「単純に明白」とした本書の「筋」とは、中国知識人におけるモダン理解の一面性に代表される思惟構造の特質を、そのような問題と端的に関連する言論、テクストを通じて、直接に検証することから、それが彼らのテクスト意識や言語認識へ如何に反映されたかを検証するという具合に、検証の角度を変更し、関心を絞り込んだこと、もしくは展開させたことを指していったのである。

もう一つ明らかなこととして補足しておけば、「モダン理解の一面性」といい、「思惟構造の特質」といい、それに慣れ親しみ、取り巻かれ、規定されている当事者＝中国知識人には自覚化、対象化されにくい「共同性」を、「傍観者」ならではの視点から指摘することが、本書の基調だった。そのような指摘は、道徳的批判でないことは無論、モダナイゼーションの現実的達成およびモダンに纏わる思考の「先進性」や「優位性」の強調でもない、専ら「文学史研究」の新たな切り口を模索し、そのような志向を本土の文学研究者と共有することで、実り豊かな「対話」の糸口にしたいという動機に出たものなのである。生身の「中国」が既に近い存在としてある年代に中国研究を開始し、そこに生きる中国知識人と親しく接触し、議論を交わす過程で、「中国」イメージを形成し、認識を深めてきた私にとって、そのような「対話」とは、単なる理念やお題目としてではなく、研究の基礎に据えられるべきリアルな「方法論」である、ということは付言しておきたい。

Ⅱ[1]

となれば、次に来るべき考察は、「近代論」から「文学言語論」へと展開しつつある関心のありようを、果たして本土の研究者と共有できるのか、という問題を巡るものとなるべきだろう。私は、かかる問題関心の共有について、楽観を許す傾向が今日愈々明らかなように思う。例えば、本書第四章で批判的に検討した所の、「世代情結」で濃厚に彩られた「人文性解読」を崔健のロック音楽（というより、その歌詞）に施した張新頴（復旦大学中文系教授）などは、同様の問題関心に発した「対話」の相手として、私自身の関心と切り結ぶ形で話題を提供し続けてくれる研究者の一人である。ここで、全書に一応の幕を引くに当たって、私は、彼の論文「行将失伝的方言和它的世界――従這個角度看『醜行或浪漫』」（以下「方言和它的世界」と略記[2]）に呼応する形で、近代文学と文学言語に関する自らの見解を披露し、今後の更なる「対話」の展開に備えることにしたい。

私は、「方言和它的世界」の読後、張新頴の研究が新たな方向性を示していると知ってから、近代文学と文学言語を話題の中心に据えた討論を交わしたいと考え、そのことを直接本人に向かって約束もしたのだが、いざ踏み出すことはなかなかできなかった。自身の怠惰を顧みずにいえば、外国文学における「言語」の問題を、一人の外国人が論ずるということに躊躇があったから、というのが主たる理由である。先ずは私の「躊躇」の内実を明らかにしておこう。

二〇〇四年秋に上海を訪れた際、ある上海出身の男性の、「京腔」（北京口語）は響きとして確かに耳に心地良いものである、という見解を拝聴する機会があった。彼は革命現代京劇『沙家浜』を例に、「沙家浜」の三文字は、北京音を基礎とする普通話で発音すると、勢いがあって歯切れ良く聴こえる、しかし、現実の沙家浜で通行する呉方言音で発音すると、いかにも弱々しく、この緊張と機知に彩られた革命的なストーリーに相応しくない、といったものである。同席した別の女性は、四川で生まれ、河南で育ち、現在は上海で上海語を生活言語にしているという、ある年代の、ある階層の中国人にあっては、格別珍しいともいえない、しかし如何にも複雑な言語体験の持ち主だが、彼女はそれを受けて、最近放映された、北京を舞台にしたさるテレビドラマにおける父娘の会話、特に娘の操る京腔が極めて優美に感情を伝えており、感銘を受けたと補足した。

京腔といえば、その頃、私はちょうど清末小説『九尾亀』を読んでいたのだが、そこには長江流域出身の南方人であるにも関わらず、紅灯花柳の巷で、どうにも様にならない怪しげな京腔を操る人間が登場する。このような俗物は、自分が代々京官の家柄であると装って妓女の歓心を買おうとして下手な京腔を喋るのだが、当然妓女はそれを見抜いて、「曲辮子」＝「野暮」扱いするのだ。（やはり南方人が、首尾よく官を買ったとなると、たちまち覚束ない藍青官話を操り始め、主人公らに遣り込められる場面もあった。）こういった例もまた私には興味深かった。「曲辮子」たちは京腔を、政治権力の中枢に近い立場にいる人間の、特権的な言語と考えているわけで、このような観念は、明清数百年にわたって政治の中心が長く北京にあったため、歴史的に形成されたものだろう。彼らにとって京腔が「美しく」響くかどうかなどは問題ではない、それを喋ることが、社会的地位を示すという事実の方がよほど重要なのだ。

前の挿話は、耳に心地良いという、音声言語における聴覚美の存在の可能性を暗示するものであるし、後の挿話は、言語が、自身の外部に存在する権力を根拠に、ある種優越的な地位を獲得し得ることを示している。しかし、両者は、言語の、截然と異なる、互いに交錯することのない二つの側面を説明するものだろうか。前者について考えるなら、京腔の響きに生理的快感を覚えるというのも、あるいはそれが長く「中心」の言語として君臨してきた結果かもしれない。なぜなら、言語が自身の外部に、政治権力をはじめとする「言説」を装置したからこそ、京腔が今日のように普及して、誰の耳にも入るようになったというのは確かだから。いつの時代もいたに違いない「曲辮子」たちは、北宋であれば開封の、南宋であれば杭州の、明初であれば南京の言葉を習得しようと躍起になっていたはずで、京腔など、そういった時代にあっては、政治的中心に居住する人々の耳にはめったに入ってくることのない、一地方言語に過ぎなかったのである。いや、より一般化して、そもそも「美しさ」という観念自体が、強く歴史性、社会性、敢えていえば言説性を帯びているのだ、何が美しく、何が美しくないかという基準は、時代や地域によって異なるもので、それを直ちに生理的な感覚と連結して絶対化、普遍化することはできないのだというべきかもしれない。つまり、私に「京腔美」について自説を開陳した人々が、「美」に関する既成の観念＝言説に全く左右されることなく、純粋に「美」を対象化して発言したとも思えない、ということなのだ。

しかしここで一方、私は、ランボー初期の名高い「母音」という詩(3)の劈頭一行、「Aは黒、Eは白、Iは赤、Uは緑、Oは青」を思い出した。ランボーは、母音が色彩感を伴い、聴覚に一定のイメージを喚起するというのである。また、三好達治は島崎藤村「千曲川旅情の歌」について、この詩がなぜ人口に膾炙したかという理由の一つとして、詩の開始部分に母音のOが多用されていて、耳に心地良いという特徴を挙げていた(4)。ランボーのように色彩によって聴覚上の感覚を形容するというのは、多分に主観的な表現だが、言語の音韻構造が先ずは口腔に代表される肉体によって決定される以上、それが何らかの生理的な反応、例えばO母音は連続して発声すると、聴覚上に快感を呼び起こすといったような反応を生じても不思議ではなかろう。だから、京腔の聴覚上の「快感」や「美」を、全く「中心」観念に影響されて生まれた「言説」であるかといえば、そうもいい切れない、絶対的な聴覚美が存在する可能性を、完全に否定することもできないように思われてくるのだ。実際は、言語が本来的に帯びている身体性と言説性の両者が微妙に絡み合って、今日の京腔、北京語イメージができ上がっていると考えるのが、事実に近いのではないかと、私は想像する。となれば、一人の外国人にとって、母語以外の外国語のあらゆる面、特に音声、音韻面まで視野に収めた上で、言語全般について議論するということは、ほとんど不可能に思えてくるではないか。ここでの議論は、言語の身体性ともいうべき音声、音韻的側面を捨象して、飽くまで書記レベルに限定したイデオロギーレベルの議論を展開することになるという限界を、当初から抱えたものにならざるを得ないのだ。

しかし、よりにもよって、いまここで開始しようとしている議論の入り口は「方言」という、正しく言語使用者の身体に密着した言語なのである。例えば張新頴や張煒の故郷、山東省東部で用いられている言語は北方語系統に属するので、語彙や文法に関しては、北京語、そして、それを基礎として作られた普通話と恐らく殆ど違わない、だから、これを書写すると、両者の区別はそれほど明白ではないと思われる。しかし、実際に発音した場合、音声の高下、強弱、声調、必ずや明確な特徴を帯びているはずで、それが紛うことなき「家郷話」となるのは、正しくこの音声上の特性に負っているのである。従って、京腔話者にとって、外地の方言音がどのように「感じ」られるか、逆に方言話者にとって「普通話」はどのように「聴こえる」か、「曲辮子」のように、生来の母語以外の言語を話すということが、どのような「感覚」を伴って行われる行為であるか、こういった面を捨象して行われる方言に関する議論は、当初から、方言の全てをカヴァーする全面的なものにはなり得ない、敢えていうならば、方言の本質を論じたものになり得ない、このことは最初に確認しておかなければならないだろう。私の「躊躇」は主として、如上の理由に因り生じたものである。

本題の開始前、既に紙幅を多く費やしているようだが、しかし、私は自らの「躊躇」をきっかけに、差し当たって張新頴を相手と想定するこの議論において、重要な意味を持つであろう問題の一つを探り当てたように思うので、いま少し続けることにしたい。ここでの議論が「言語」を主題にするとはいえ、実際には言語の音声、音韻面を捨象したものになる、そして恐らく言語のイデオロギー的側面を主として論じることになるということは前述の通りである。それは「文学言語」を議論する上で大きな問題ではないという考えもあろう。張新頴も「方言和它的世界」では、言語の音声、音韻面には全く言及していなかった。しかし、その場合、「文学言語」というのは、文字に書かれた「書記言語」に限定されることになる。私は、「文学言語」と「書記言語」の間に等号を引くのは、「文学」を如何に定義するかという問題に対する、ある特定の立場、観念の表現だと考える。となれば、別の立場、観念とは何か。私が想像するのは、例えば説書、詩朗誦、ある種の戯曲、あるいは山歌のような民謡、太鼓詞や快板詞のような民間芸能といった、それを書写し、大量に印刷され、販売されたテクストを、後から個人が鑑賞するのではなく、口頭で発声された音声を、多くの人間が同時に同じ場所で、耳から聴くことで完結する言語芸術なども「文学」の一つの「形式」であるとする立場、観念である。こういった形式を「文学」の範囲から排除するのは、書写されたテクストを、近代社会を支える制度としてのメディアを通じて入手し、それを個人が密室で黙読するものこそ「文学」であるとする文学観であり、即ち所謂「近代文学」観念である。

「近代文学」がその中心に据えた主題はもちろん、作者と読者の存在形態および両者の関係の基礎に、ヨーロッパ市民社会で生まれた「個人」観念を据えているのは確かだろう。そのような「近代文学」が、その「個人性」を根拠として、それ以外の文学のあり方、例えば「文学」の、文字以外のメディアによる伝達、集団的な享受などを、「非近代」的な文学の形態として排除するというのも理解できる。しかし、それは所詮「文学」の「全体」ではなかろう。そもそも今日においても現実の世界が、「個人」に「私有」される世界と、「集団」に「共有」される世界を、いまだ重層的に抱えていることは、張新頴が「方言和它的世界」の中で次のように記していた通りである。

一個の近代人にとって、飲食男女のどの一つをとっても、個人的なものであり、個体化されている。それは先ず、近代的な身体が、私有される、個体に属するものだからだ。しかし、ここ、郷野民間において、身体の本性は生活領域から離脱しておらず、徹底的に個体化してもおらず、外界から分離していないのだ。これが、モダンの狭隘かつ確定的な意味における身体や生理とは、截然と異なる点である。そこでは、身体的要素は群体的なものと見なされ、一切の自我の隔離、自我の密閉と対立している。そして、その体現者は、孤立した生物学的個体ではなく、また個人主義的な個体でもない、人類群体、生々不滅の人類群体なのだ。身体的要素は積極的、肯定的な性質を具え、そのような身体形象における主導的な要素は、豊饒、生長、繁殖、隆盛であり、しかもそれは本性に発する歓喜を伴っている。

この二つの異なる世界には、実は異なる「文学」がそれぞれ存在するのではないか。やや単純化していえば、書記言語のみを文学言語とし、書写されたテクストを重視する「文学」と、主として音声言語を文学言語として、必ずしも書写を重視しないような「文学」の二種類である。もっとも、張の関心はその有態を明らかにすることにはないようで、彼はこの一段において、私有化された肉体が操る言語は、歴史と生活に根を下ろして伝統化されることのないものであり、従って「中国近代」文学の「主体性」を支えるには如何にも脆弱である、揺るぎない主体性を具えた中国近代文学の言語は、方言に代表される生活言語の「集団性」をも含むものとして発見されねばならないと指摘したかった、その前提として、この定義を行ったように読まれる。しかし、それは議論の展開として些か性急に過ぎるのではないか。

私もこのような定義を、中国（そして恐らくは日本をも含むアジア諸地域も含む）における、ヨーロッパをモデルに、グローバルなモダナイゼーションを移入して「変わった」部分と、民俗的、伝統的な「変わらない」部分が混在する、ある種ハイブリッドな社会構造の説明としては承認する者だが、しかし、モダナイゼーションやモダン社会一般の理解としては不十分であるように思う。本書でもこれまで繰り返し定義を行い、強調してきたことだが、モダナイゼーションには、その開始初期において、強烈な共同性によって支配された、従ってその構成員にとって時に抑圧のシステムとして機能するような共同体から人間を解放して、それに「個体」を与えるという一面がある。それは張のいうように、人間に個体としての「身体」を与えて「私有」させることであり、「個体」の差異性に基づく様々な「言語」を与えることでもあろう。しかし、そのようなモダンは、モダナイゼーションを更に効率的に推進するために、「個体」が散砂の状態に留まることをいずれ許容しなくなるだろう。モダンが、その本質であるところの飽くなき拡張性を発揮して、未開拓のフロンティアを次々と理性によるコントロールの下に置いていくためには、「個体」はむしろ均質化される必要がある、「集団」から解放された「個体」が、差異性の喪失という方向で「平等」になり、効率よく動員されていくのがモダナイゼーションであり、その際、「個人」が一度は獲得したはずの「言語」も、標準的、規範的な言語へと再編されていくであろう。つまり、モダン＝個の時代、という定義は、モダナイゼーション初期の段階においてしか成立しない、モダナイゼーションはある段階に至るとむしろ集団化と親和する、個の具える差異性を既定のアイデンティティから解放したはずのモダンとは、いずれ差異性、個を否定するようになる一種逆説的な観念である……私はモダン／モダニティ／モダナイゼーションをこのように理解する者である。このような理解からするなら、張新潁がモダンを個の時代として理解し、そのようなモダンを構成する制度としての文学＝近代文学とは別様の中国近代＝近代文学を想像する際に、集団性を重視するというのは、モダンそのものに対する一面的な理解に基づき、誤読に陥ったものといわざるを得ないだろう。

つまり、先ずはモダンをどのように理解するか、が重要な問題だということである。その際に、方言に着目することは確かに有効なアプローチである。如上の私の定義に従った場合、モダナイゼーションとは、差異性を規範の下に均質化し、馴致していく過程であり、言語に関しては、標準語、国語による統一（ある局面において、それは方言の馴致をも意味するだろう）が実現していく過程と考えられるからである。この点に関して、張と私の見解は基本的に一致しているからこそ、このような議論も開始されたわけである。しかし、議論が文学言語を主題に、先ずはモダンにおける言語とは如何なるものであるかに関する認識から出発したとして、さて、次に来るべきは、モダンにおける「近代文学」をどのように認識するか、という問題であり、「近代文学」がどのような「文学言語」を媒体として要求するか、という問題であるべきだろう。一例として、「近代文学」の媒体＝「近代文学言語」を考える際に、書記言語だけを対象にすればよいのか、あるいは口頭で発声される音声言語まで視野に入れねばならないのか、この問題についての明確な認識を持たずに、集団性や生活との密着、言語伝統の継承と復権といったイデオロギーや言説レベルの問題のみに着目して、その筋から方言を文学言語の主要な問題として持ち出してくるのは、些か性急に過ぎるということなのだ。

前置きはここまでとしよう。ここでの議論が、結局イデオロギーや言説レベルの問題のみに限定されざるを得ず、それは議論の限界であると指摘しながら、張新潁に向けた質疑においては、イデオロギーや言説レベルにおける認識の徹底を求めるという、自家撞着のような物言いに終止したようである。もっとも、その到達点に認識上の限界を予想しない議論、自らの認識上の不足を十分に自覚せず、全てを理解、認識可能と考えて発せられる議論とは、無自覚のうちに自らの認識を支配している既成の言説の暴力性に対して、抵抗力を持たないものではないか。この点に関しては、第四章において、「人文性解読」の限界、といういい方で、やはり張新頴の崔健理解のあり方に即して指摘したことでもある。それは、やや突飛な形容を用いるならば、「終末論」の不在ということであろう。張はかつて、自分を取り巻く問題や現象に対して、それを対象化することはなかなかできないし、時にその必要も感じないと、私に語ったことがある。私はその態度を理解できない訳ではないし、結局張は本土の「当事者」であり、私は「老外」の傍観者である以上、かかるコンテクストへの強烈な自己同定にある種の羨望を禁じ得ないというのも確かではある。しかし、その態度が、既成の言説の黙認、無意識裡の受容に繋がるとしたら、やはりそれは等閑にできない問題ではないだろうか。特にモダナイゼーションは、しばしば、人類、社会の進歩の同義語と見なされ、現実にあっても抑圧からの解放や、社会全体の富裕化といった現象に彩られているため、その暴力的な側面は却って隠蔽されがちである。容易に対象化されない形で隠蔽されてある言説の暴力性に、鋭敏な眼差しを注ぐことが、当事者、「老外」の立場の違いを超えた、知識人の務めであるといえば、張も同意するはずだろう。私が「老外」として議論の相手になることの意味も、そのような我々を取り巻き、規定しているモダンという時代に注ぐ眼差しを彼我で共有し、共にこれを鍛え上げることにあると考える。そのような態度を基礎に据えずして、文学であれ文学言語であれ、議論などできないと、私は思うのだ。

注釈

（1）本節以降の三節は、基本的には、張新頴との共著『現代困境中的文学語言和文化形式』所収の公開書簡「致張新頴談文学語言和現代文学的困境」の邦訳である。ただし中国語原文では公開書簡という体裁に相応しく、二人称に対して呼び掛ける形式を採っていたが、本章に接合するに当たって適切な文体に改めた。また、第三節の張煒『醜行或浪漫』（雲南人民出版社、昆明、二〇〇三年三月）に関する部分は、該書に対する書評「寓話的世界の言語状況を描く実験小説」（《東方》二八三号、二〇〇四年九月）を元に、紙幅に限られ意を尽くさなかった部分を書き足し、一部の誤読を訂正したものである。

（2）原載《上海文学》二〇〇三年第十二期。『現代困境中的文学語言和文化形式』所収。

（3）堀口大學訳『ランボー詩集』（「新潮文庫」版、新潮社、東京、一九七四年十一月第三十刷）、七六〜七七頁所収に拠る。

（4）『詩を読む人のために』（「岩波文庫」版、岩波書店、一九九四年十一月第十一刷）、一八〜二〇頁。

Ⅲ

さてここで私は張新潁と同じ一部のテクスト、張煒『醜行或浪漫』に向き合うことになる。このテクストをどのように読むか、張と私では、解読に際してのアクセントの打ち方が異なるように思う。その違いが、実は近代文学と文学言語に関する、我々のイメージの違いを生んでいるようなので、ここで先ず私の解読を披露しておくことは、穏当な手順であろう。

私の理解する所、このテクストは、二種類の異なる叙述を交錯させて成立している。即ち、テクストが二つの世界を混在させているということだが、それは叙述構造のレベルで理解すべきもので、張新潁が「方言和它的世界」で強調した民間の生活言語＝方言が支配する世界とそれ以外の世界、といったレベルの「混在」とは、差し当たって異なるものである。

第一のレベルの叙述は、張煒九〇年代の代表作『九月寓言』のヒロインの一人である肥を彷彿とさせる、劉蜜蠟という少女を主人公に据えた遍歴譚という「筋」として、テクスト全体に一応の安定した形式感、脈絡を与えるものである。その「筋」とは即ち以下のようにまとめられよう。蜜蠟は、村に新設された小学校で学ぶ機会を与えられ、熱心な教師・雷丁の指導の下、とりわけ読み書きに才を発揮する。しかし、師弟が親密さを増すに連れ、周囲はそこに曖昧な関係を邪推し、終に雷丁を逐電に追い込む。その後、蜜蠟は勉強の継続を条件に、隣村の小油銼に嫁がされる。不本意な婚姻を拒む蜜蠟は、里帰りを口実に、一旦は小油銼のもとから逃げ出すものの、この逃走は失敗に終わる。連れ戻された蜜蠟は、かねてより彼女に目をつけていた村長の伍爺に手籠めにされそうになるが、これを刺殺、二度目の逃亡を試み、成功する。密かに思いを寄せる雷丁が既に殺されていることを、最初の出奔時に知った蜜蠟が求めるのは、かつて偶然出会い、性の手解きをした少年・銅娃だった。省都に出た蜜蠟は、ゴミ拾い、住み込み家政婦などで生計を立てながら、一心に銅娃を探す。そして二十年が経ち、冷えた夫婦仲に屈託を募らせる中年の銅娃と出会い、終に結ばれる……第一の叙述によって描かれた「世界」とは、おおよそこのような「粗筋」としてまとめることが可能な世界である。

第二のレベルの叙述は、テクストの構造において、大きくは第一の叙述の支配下にありながら、それを論理的に強化することはない、この叙述を欠いても、第一の叙述は基本的に成立するというもので、具体的には第二章から第六章までの、山東省東部を舞台に展開される寓話的世界を指す。この世界を点綴する小道具として「紅宝書」＝『毛主席語録』が使われ、近隣部落との間の「武闘」の記憶や、迫害を受けて苦役に駆られる「孬人」の一群、彼らに対する「闘争」としての「弁論会」なども描かれるから、時代は文化大革命中と設定されているらしい。外国人には何とも判定し難いながら、六〇年代中国における辺鄙な地方の実態とは、あるいはここに描かれたように「寓話的」だったのかもしれない。しかし、食人種の裔である痕跡を歯に残す小油銼父子やら、絶大な権勢を振るう怪物もどきの村長・伍爺やら、挙句の果てが兎の精や幽霊まで登場して織り成す混沌の世界へ否応なしに巻き込まれる読者にとって、時代背景の類のリアリティなど、大して重要ではないに違いない。しかも、そこで展開されるのは、読者が理性的に理解し得るプロットも構成しない荒唐無稽の事件ばかりだから、第一の叙述のように、これを「粗筋」に整理することはできない、無理にまとめたところで妙味は伝わらないだろう。私は、この部分に方言が多用されているから、その「神韻」は方言以外では記述不可能だ、ということをいっているのではない。何故食人種はその歯に特徴を帯びていて、その血統を受け継ぐ者が代々その痕跡を留めるのか、何故存在もしない兎の精やら幽霊が現実の人間と同じ世界に共存して、会話を交わすことができるのか……そういった諸々の「何故」に対する合理的な解釈が、ここでは終に暗箱の裡に隠蔽されたままであり、それを解き明かさない限り、粗筋化は可能にならない、ということである。

あるテクストにとって、「粗筋」の記述が可能かどうかという問題から、私は近代以前の中国の小説、例えば『七俠五義』のような説書起源の古典武俠小説を思い浮かべた。こういった小説は、時に「本筋」を見失いかねぬほど、ストーリーは際限なく枝葉末節へと「逸脱」していくものである。我々はこのようなテクストに向き合う際、ストーリーの展開というより、むしろストーリーの本筋と関係なく生起しては収束していく事件の展開、あるいは本筋とは直接関わりのない機知に富んだ会話や、場面の緊張感を伝える描写に、読書の愉悦を求めるのだろう。しかし、そのような枝葉末節をも漏れなく盛り込んだ、一つの「粗筋」を記述することは、およそ不可能なのだ。

同時に、私はカフカのテクストをも想起した。例えば彼の「判決」という、一九一六年に書かれた、カフカ生前に公刊された数少ない小説の内の一篇は、「粗筋」の問題を考える際に興味深い材料となるだろう。このテクストについては、父親が息子のゲオルグに対して溺死の判決を申し渡し、ゲオルグも「何故」かそれを受け容れて橋の上から入水するという、荒唐無稽の結末ばかりが取り沙汰されるようだが、私は、むしろ、そこで描かれた世界にあって、ゲオルグの「論理」と父親の「論理」という、二つの論理が調和することなく、厳しい緊張関係のもとにせめぎあっていて、読者の眼には、いずれの論理を肯定するかによって、世界の映り方が全く変わってしまうという、テクストの重層的な構造こそが重要なのだと考える。結末に至って、永遠に交錯することはないと思われた両者の論理も、終に接点を見出したかのようだが、そのような論理の調和の実現とは、実は世界の破滅に他ならない、つまり不可解な結末とは、二つの論理の調和が畢竟不可能であることを寓意しているのではないか。「判決」の衝撃力とは、いうなれば、そのような世界認識のラディカルさの持つ衝撃力だったのだ（このテクストについての残雪の「解読」など、「良心」、「内面の闘争」などという人文性解読独特の概念を濫用した、実に浅薄なものだった）[1]。ユダヤ人でありながら、ユダヤ的な宗教や習俗を日常化しておらず、プラハに生活しながら、ドイツ語を生活および文学言語にするという、「何者でもない」不定形のアイデンティティしか所有しなかったカフカにとって、世界とはそもそもが、一つの筋＝論理によって整合するようなものではない、幾つもの論理に分裂したものに映っていたはずである。そのような世界に叙述を与えようとするなら、テクストは互いに相容れない論理を、相容れないままに抱え込んだ形で放置される他ない、従って、それを統一した筋＝「粗筋」にまとめることはできなくなるのだ。

つまり、「粗筋」などというものは、そもそもテクスト内に設定される時間／空間が、現実に存在する時間／空間の秩序を模倣して整合しており、因果関係も現実的に設定されている、即ち、テクストが一つの「合理的」な論理に支配されていなければ、これをまとめることも困難だということである。そして、こういった、テクストにおいて「粗筋」を成立させる条件とは、そのままモダンという時代が金科玉条として奉じてきた「合理性」の象徴なのである。だから、あるテクストにとって、「粗筋」をまとめることができるということは、即ちモダンのテクストへの反映、テクストのモダニティを意味しているのだと、私は考える。しかし、モダンが、合理性に支配された、いうなれば「粗筋」にまとめることの可能な秩序の構築を目指しながら、結局はその拡張の果てに、ナチズムを生み、冷戦構造を生み、グローバリズムとそれへの弛まざる抵抗を生むといった具合に、自身の内部に調和し難い分裂を抱えざるを得なかったこと、あるいは、核兵器のように、理性による自然界の開拓と支配という意図から生み出されたものが、実は人間のコントロール不可能なものだったというような不条理は、今日我々の眼に明らかな歴史であり、目下の現実でもある。文学はこのような、ある意味で行き詰まったモダンという時代を叙述すべき、如何なる戦略を持っているのだろうか。前に「粗筋」成立の可能性に関して示した二つの例こそ、実は文学が不合理な世界に向き合い、これに叙述を与える際の、二つの戦略を示しているのだろう。

一つはプレモダンの復権である。そもそも「モダン」と「プレモダン」を対立的に理解する、前者は後者より「進歩」した時代、社会である、後者は前者によって克服されるべき「落後した」時代、社会と観念すること自体が、モダンの言説に籠絡されていることに他ならないので、モダンそのものを対象化しようとする際に、進歩／落後という言説を一旦疑ってみることが差し当たって必要な手続きであるし、近代文学が行き詰まったモダンを叙述する手段として最早有効でないならば、そこで「前近代文学」の「粗筋」記述不能な手法を再評価し、これを持ち出してくることも、あるいは有効な戦略かもしれない。この問題に関しては、ジェームソンや花田清輝を援用して、既に第一章で検討したことである。

不条理に分裂した世界を叙述する方法としては、一方でカフカのような叙事戦略もあるだろう。カフカの方向性を継承したものが、所謂ポストモダニズム文学ということになろうが、この立場は、あらゆる点で、意味の固定化を「テロル」として拒絶する、一つの地点（解釈）に束縛されることを嫌って、常に「逃走」し続けるものである。この種のテクストでは「瞬間」こそが生命である。「瞬間」が意味やイメージに固着されそうになるや、テクストは逃走を始める、そのような企みに充満したテクストは、近代文学に泥んだ読み手には、自分を故意に挑発し、あるいははぐらかすような悪意に満ちているとさえ映るはずである。例えば、ベケットの「ゴドーを待ちながら」など、読み手（実際に上演される場合には観客）のイメージを喚起する風景すら全く指定されていないではないか。

この二つの叙事戦略は、しかし截然と分離しているわけでもない。例えば、合理性を前提とするモダン社会に生活する読者の目には、自らの日常に照らして見れば非日常的で、懇切に理解することの不可能な、従って神秘的でさえある「現実」の土俗性がテクストに前景化されていれば、それが如何に写実的に描かれても、現実と非現実の境界も定かでない「寓話的」世界と映るからである。これは、所謂ラテンアメリカの「マジック・リアリズム」が、意識的に用いた叙事戦略であり、またその影響下に一世を風靡した八〇年代中国の「尋根文学」もこのような傾向を示したことは周知の事実であろう。張煒の代表作『古船』、『九月寓言』も、大きく分類すればこのタイプに属するし、いま我々の前に開かれてある『醜行或浪漫』も基本的には同じ系列のテクストといえよう。それらはモダン世界の合理性に対置される不合理性、不条理性の表現という面についていえば、実験的なポストモダニズム小説と軌を一にしながら、しかし、読者にはカフカやベケットとは全く異なる印象を与える。

両者の違いを一言でいえば、それは「可読性」の差ということになろう。恐らく、広義の「ポストモダンの文学」は、第一の戦略に拠るものは「物語性」を一層強調し、世上の各種メディアの多様化に見合った形で、中国に例を取れば、金庸のように娯楽性を強化する方向へ傾き、第二の戦略に拠るものは、残雪やかつての先鋒小説のように可読性、娯楽性を犠牲にしながら、ごく一部の知識人の占有する知的生産物として尖鋭化していくという、二つの方向へ乖離していくことになるのだろう。私は、『醜行或浪漫』には二つの異なる叙述が並存していると述べたが、それはこのテクストが、粗筋化「できる」部分と「できない」部分を並存させている、という意味であり、このような折衷的な叙述も、「ポストモダンの文学」における戦略として、とりわけ「神秘的」な「現実」としての土俗性を、未だ濃厚に保持している中国や第三世界にあっては、文学テクストの主要な傾向として、暫くの間は命脈を繋ぎ続けると考えられる。

つまり私は『醜行或浪漫』を、近代文学の後に来るべき文学の、ある方向性を示したテクストという範疇に置いて評価したいのだ。もっとも張新頴も、現実の世界が「私有化された世界」と「共有化された世界」を並存させていて、『醜行或浪漫』における方言の前景化を、この状況の反映と読んでいるわけだから、それは、私が「粗筋化できる世界」と「粗筋化できない世界」の混在というのと、切り口こそ違え、もしかしたら同じ事態を看取しているのかもしれない。張が「私有化された世界」＝モダン／「共有化された世界」＝民間、伝統的共同体、の対比という、やや明晰さを欠いた（前述の理由から、両者は厳密には二項対立を構成しないという意味で）枠組を構えるのに対して、私はモダン／プレモダン、ポストモダンの対比という枠組で考えているという程の違いはあるにせよ。しかし、前にも指摘したように、張はそこからかなり性急に方言の問題を論じ始めるのだ。私は、『醜行或浪漫』が、分裂した世界をありのままに、重層的な叙述構造の内に描出して見せただけならば、マジック・リアリズム、尋根文学の域を超えることのない標準的佳作、いや、有態にいって、『九月寓言』の焼き直しもしくは続編というに止まると思う。しかし、『醜行或浪漫』が、それらと一線を画し、さらに『九月寓言』の単なる焼き直しや続編に終始しないというならば、それは、このテクストが「言語」を関心の中心に据え、近代中国に混在してきた、そして今日もしているであろう様々な言語を展示して見せた、いっそ「言語小説」とも呼ぶべき実験的かつ画期的なテクストである点に負っていると、私は考える。この点を丁寧に論じないでは、このテクストを十分に評価したことにはならないだろう。張新頴もこのテクストの「言語小説」としての広がりについて意識していたらしいことは、「方言和它的世界」の構成からも窺われるのだが、恐らくは紙幅の関係上、それを一々検証する体裁を採り得なかったということだろう。ともあれ、私自身がこのテクストのどこに注目したか、そしてこれを「言語小説」として評価する根拠について、明らかにしておくべきだろう。

「様々な言語」といったが、先ず目立つのは、無論方言である。『九月寓言』でも、作者の故郷である膠東半島北部登州の方言が用いられていたとはいえ、その使用には抑制が利いており、テクストの可読性に影響を及ぼすことはなかったように思う。『醜行或浪漫』はそのような顧慮を殆ど振り払い、縦横無尽に登州方言を駆使しているといってよい。以下は小油娃父子が交わす対話の場面（引用末尾に記した頁数は『醜行或浪漫』初版本における頁数。以下同）。

「咱家要出大禍患啦。」「嗯哼?·」「我娃眞得上緊料理婆娘了、我翘脚從窗上看了一眼活活嚇煞。黑背大狗騎在仰面朝天的婆娘身上鬧騰哩、小羊和鴿子也在一邊蹿跳。那大狗舌頭彤紅老長耷拉在她臉上、兩個緊綳綳相摟哩。欺天哪、我孩兒快些把婆娘收拾下吧、晚了不中。」小油娃臉陰了。他咬着嘴唇一脚踢翻院裏的狗食鉢子、「今晚不喫飯哩、夥食孬任務急、待會兒我和蜜蠟回來要喫大葷腥哩。」老獾與兒子對一下眼、跺脚、「那是哩! 那是哩!」

（二二七頁）

『醜行或浪漫』全体を通じて、叙述者は規範的な言語による語りを一応は保持し、方言使用はストーリーにあって虚構された登場人物の会話部分に限定されるようだが、それも、分行の少ない体裁の中で渾然一体となると（上に引用した一節を含む段落は約千二百字ほどだが、会話、地の文を混在させて分行を全く行っていない）、異域の読み手には解読も骨な程である。しかし、この区別は意外と重要な問題に関わっていよう。そもそも叙述者というのは、姿を見せることなくストーリーの外部に棲息して、テクスト内部で生起する可視／不可視の事件全てを透視し得る万能の主宰者ともいうべき存在だが、そのような叙述者は決して方言を使用しない、方言は、必ず話者が音声で発声する場面のみに使われているのだ。この点については後にもう一度触れることにするが、これは方言の本質的な「限界」に関わる重要な問題だと、私は考える。

第二は、規範化された言語というべきである。この言葉を操る代表は小学校教師の雷丁で、それはもっともな設定だろう。モダナイゼーションを支える重要な制度としての公教育が、規範的言語普及の回路になることは、効率性や均質化を追求するモダナイゼーションのイデオロギーからして当然だからである。それはこのような調子のもの。

我得說、你是一個最好的學生！瞧你寫出了多少好句子啊、這篇作文該張榜了……有志者事竟成。我要把你培養成一個「大寫家」、我就不信小山溝裏飛不出金鳳凰！（五四頁）

雷丁は、さらに文白混交の書面語を音声化して話しもする。それは、「我到貴村爲國育材、還望領導多多支持爲盼」、「來此地任職頗爲忐忑、惟恐辜負父老鄉親殷殷期待」、「我本是少才無能之輩、惟願在教育崗位上克職盡責、死而後已」（いずれも四一頁）、「領導光臨、實在榮幸之至」（五〇頁）、「感謝感謝、咱委實不敢當、新來乍到且成績微薄、不足挂齒呢」（六〇頁）といった調子のもので、土地の人間はこれを「北國騷韃子話」と呼び、「話語不通」（話が通じない）、「對人就得說人話」（人間には人間の言葉を話さねば）と頭から拒絶するのである。「文」を音声化すると、「白」のみを生活言語とする立場からはどのような反応が返ってくるか、私は別の例にも思い当たったので、ついでながら示しておこう。

（高秀才）不客氣、大嫂！一簞食、一瓢飲、囘也不改其樂！況有老公鶏乎！／（高大嫂）眞有文才、張嘴就讓我聽不懂[2]！

これは老舎の戯曲「神拳」の一段である。この対話は幾らか戯画化されているが、こういう事態は、伝統的知識人と庶民の間では確かに存在したのではないか。もっとも、老舎の戯曲の時代設定は義和団事件の発生した庚子の年で、『醜行或浪漫』は一九六〇年代と設定されている。つまり、上の「人話」／「北國騒韃子話」の対立は、言語における雅俗の混在が、庚子の頃の文言／白話という対立から、書面語化された白話（相当程度、文語的な表現が混交したもの）／口頭語としての白話（方言を含む民間言語）という対立へと、様相を変えて存在し続けて、近代中国の言語状況の重層性を形成していることの活写であると、私は考えたいのだ。

規範化された言語としては、当然「普通話」を挙げなければならない。ここでも、私は張新頴が言及していない設定を重要視する。教育の機会を得て勉学に励む蜜蠟は、「大寫家」になれと雷丁に慫慂され、憑かれたように内面の感情を紙上に吐露するが、それが方言の痕跡を留めながら、感情を比喩的、文学的に表現する語彙や修辞を豊かに持つ「普通話」によって綴られている、という設定のことである。

我的老師、親愛的雷丁……我一個人給鎖起了、等着畜牲囘來。老師才不管我這個沒爹沒娘的孩兒呢。我成了根獨苗兒、孬人根苗。爸媽不要我了。我只盼你領我遠走高飛哩。你到底在山裏還是野泊、到底怎麼過冬怎麼喫食兒？大雪大雨你都沒法躲了、好人兒、我敢說自己喜歡煞你。哎呀我一大膽就說出了、說出了就心安了。（一一二頁）

我比誰都知道那是怎麼一回事兒、你壓根就沒有一絲壞心眼兒！我就是最好的證人、我敢說沒有比你再規矩的人了。說到這裏我算是後悔了、因爲早知道有這麼一天、還不如全都給你、也不讓你白擔了一場虛名！（一二三頁）

那是多好的靑年啊、開始那會兒他們都不好意思。我也豁上去了。必須承認、咱嘗到了愛情的甜蜜。（一六一頁）

前に引用した小油蛯父子の対話とは、全く異なる口調ではないか。もっとも肥も、日常の会話、発声して土地の人間と会話を交わす場合はこのような言葉を操るわけではないのだ。

「俺不哩！他掙下金山銀山俺也不哩！俺就不找婆家！」（七二頁）

「我羞煞哩、你爸望着窗子翹脚啊。」……「我不能沒臉沒皮地活啊、你得讓我上院子、惹我急了一頭撞死哩！」（一二九頁）

「想想看、俺個大閨女家就讓你脱巴脱巴看了一遍、眞是臊死了。眞是知人知面不知心啊、你一個大老爺兒們也眞好意思。」（一六九頁）

このような「使い分け」はなぜ生まれるのだろうか。私は、どうやら後天的に習得すべき、身体の外部にある言語としての普通話の方が、内面の感情や思考を、一応は「発話」の形で表現する媒体として、先天的で、より身体性に富むはずの方言より優位に立つことを、この事態は示しているのではないかと考える。一度は連れ戻された蜜蠟は「弁論会」に引きずり出され、そこで彼女の書き溜めた筆記が「醜行」の証拠として披露される。そこでの「花瓣」に対する理解など、方言における「文学的」比喩の不在を示す好例だろう。

這還不算完、最末的一個不得了哩、這婆娘寫了、「俺遇上了一個美少年」、「那會兒天搖地動了、咱害怕了」、聽聽、毀哩、大雨天裏撒潑、「見了他、俺心上開放了一層花瓣」。女人身上有花瓣兒?以前誰聽說過?活該這花瓣只放了一層、剩下的花瓣就讓她在咱村放啊。(一九九頁)

もちろん、内心に感動が生ずる状態を「心上開放了一層花瓣」(胸の裡に花が開いた)と形容する術を持たないことは、決して言語としての欠陥ではない。そもそも「内面の表現」などという行為が、たとえ精神世界であれ未開拓領域の留保を認めないモダニティの表現であると考えれば、それを重要な構成要素とする「モダン」なテクストが「近代言語」に依存するとしても一向不思議ではないのだ。となれば、「到檢錄處點名了」(記録所で出場を告げよ)、「裁判員運動員各就各位了」(審判員、選手はそれぞれ位置に就くように。いずれも六四頁)といった言葉に眩暈を覚え、「媽的、這兒淨說外國話哩」(コンチクショウめ、ここじゃ外国語ばかり喋りやがる)と罵るような人間から構成される、即ち「人話」=方言俚語の支配する世界において、「言語」とは一体どのような役割を果たすものとしてあるのだろうか。かくして我々は、方言が何を表現するか/できるか/できないか、という問題へと誘われることになるのだ。

先日、講義で学生に四〇年代中国の文学テクストを二種類読ませて、感想を書かせる機会があった。一つは趙樹理

「小二黒結婚」、もう一つは丁玲「夜」である。この二人の作家を比較するというのは、実は竹内好がかつてやったことで、彼もまた学生に趙樹理を読ませた際の反応を文章に書いていた、つまりはその顰に倣ったというわけだが、さすがに五〇年代初と現在とでは、学生の反応も随分と違うものである。五〇年代の日本にあっては、中国革命の帰趨は大学生も含む知識人の重大な関心事であり、極端にいえば、それは民主化を推し進めようとする日本の指針とさえ考えられた、そして趙樹理は、そのような「見習うべき中国」の「見習うべき文学」を代表する、象徴的な存在だったのだ。半世紀が経過して、もはやそのようなコンテクストは全く存在しない、テクストを外部から支配しようとする言説から自由になっているだけに、テクストそれ自身に直接向かい合うことは、却って容易になっている、そして、学生は確かにテクストがどのような性質を具えると受け容れ易いか、といった問題に思考を集中させていたように見受けられた。

学生の反応は二種類に分かれた。余暇の過ごし方に読書が大きな比重を占めないような学生ほど、勧善懲悪の構造が単純であるとはいえ、趙樹理のテクストには、とにかく何かが解決したという、結末の分かり易さがあるので受け容れ易いといい、一方、文学テクストに少しでも触れる習慣を持っている学生は、趙樹理のテクストは、骨組みだけのようで潤いが感じられない、むしろ、農村の情景を彷彿とさせる自然描写が丁寧に書き込まれている、主人公の内面の葛藤がきめ細かく描かれている、といった理由で、丁玲のテクストの方を違和感なく読むことができるというのである。このように、両テクストに対する反応、感想が分岐すること自体は予想の着くものではあったが、実際にそのような感想を聞いて、私としては、やはり「近代文学」というのは、何やら形而上的な価値が表現されているからというより、差し当たってはテクストがある種の「形式」を具えることによって「近代文学」になるものであると、改めて気づかされた思いだった。

趙樹理のテクストが近代文学であるかどうか、この問題は少々厄介なのでひとまず論じずに擱いて、丁玲のテクストについて考えれば、これを特徴づけ、「近代文学」のテクストにしているのは、確かに学生が指摘したような、自然描写や内面心理の描写の存在だといってよいと、私も考える。この問題に関しては、中国にも翻訳されて反響を呼んだと聞く柄谷行人『日本近代文学の起源』も夙に指摘していたことである。(3) 即ち、風景や内面などはモダナイゼーション以降初めて文学の主題、要素として「発見」されたものである、いや、むしろ文学において描かれた風景や内面こそが、風景や内面そのものであると世の中で広く認知されるようになったという意味では、それらは近代文学によって作り出され、観念として一般化した言説なのだ、という指摘である。当面の関心と関連づけていうと、私が重視するのは、中国現代文学にあって、そのような「近代文学」的な要素は、果たしてどのように叙述されているのか、という問題である。例えば、丁玲「夜」に見られる風景描写の一段を見てみよう。

兩邊全是很高的山、越走樹林越多、汨汨地響着的水流、有時在左、有時在右。在被山遮成很窄的一條天上、有些冷靜的星星眨着眼望他。微微的南風、在身後斜吹過來、帶着一些熟悉的却也分不清是什麼香味。遠遠的狗在叫了、有兩棵黃色的燈光在暗處。(両側は全て高い山だ。歩くに連れ樹木も増え、小川が、時に左に、時に右になり、さらさらと音を立てて流れている。山によって狭められた空には、冷ややかな星が瞬きながら彼を眺めている。幽かな南風が背後からそよいでくる。その香りは馴染み深いものの、何の香りかは分からない。遠くで犬が吠えており、黄色い灯火が暗闇に浮かんでいる)(4)

この自然描写は、自分の住む小村が、貧しいながらも、多くの共産党員を擁する進歩的な地区であることを、主人公が誇りとし、愛着を覚えていることを説明する段落に見られるものである。主人公に向かって瞬いているような星、香りを帯びた南風（冷たい北風ではなく、「暖かい」南風だ）、暗闇に浮かぶ二つの黄色い灯火などは、主人公の「誇り」の感情、もしくは「誇り」を与えてくれた、輝かしく、大いなるもの、あるいは希望の象徴とも読めよう。この描写から、主人公が「南風」に後押しされて「北」に向かって歩いているという姿勢までも分かるのだが、それは困難に直面している主人公には如何にも相応しいようである。つまり、このように、テクストが、イデオロギーのレベルで提示している「問題」とは直接関わらないような描写を挿入する手法こそ、我々が「文学的」と考え、慣れ親しんできたものである。

一方で、「生活言語」というのは、このような「文学的」な比喩や象徴的な手法を必要としない言語である。それは、我々が日常のコミュニケーションにおいて、比喩的な表現や象徴的な言い回しを、殊更発声して使いはしないことからも明らかであろう。前に、近代文学言語とは、書記言語のことだと記したのは、そのような意味においてである。我々は、そのような手法と言語を不思議なものとも思わずに自ら使用することもあるが、それも、そういった手法や言語を書記する場合、そして書記されたものを黙読する場合に限るのであって、これを音声化したら、やはり全く奇異に感じるはずなのだ。星を見ながら「冷ややかな星が瞬きながら我々を眺めている」などと語ったとしたら、それを聞いた人間は、話者の言語習慣を疑う以前に、彼が一体何を話したのか理解できないに違いない。

むしろ、生活そのものが、内面を表白したり、自分の周囲に自然と存在する風景を、敢えて描述する必要性をそもそも持たない、といったほうがよいだろう。そして方言とは、張新潁も考えるように、先ずは生活言語なのである。それは「星が瞬く」といった擬人表現や、南風や灯火に希望を重ね合わせる象徴表現を、豊富に抱えている必要のない言語である。『醜行或浪漫』に戻って、前にも述べたことだが、このかなり特殊な行文の形式を採るテクストにあって、しかし、地の文は規範的な文体で一貫し、方言が使用されるのは飽くまで発声された会話部分に限定されるというのは、実はこのような理由に因るのだ。そして、外からは窺い知るべくもないことを見通し、また必ずしも発声して表現する必要のない事柄まで、実際の発声者に代わってテクストに挿入してくるのは、前述万能の叙述者だから、その操る言語が、会話者の操る言語と異なるのも当然だということである。

先に確認したような、劉蜜蠟の言語の使い分けとは、つまり方言によって表現する必要がなく、従ってその方法を欠くような内容を表現しようとする際に、無自覚のうちに行わなければならなかったコード・スウィッチングだったのであろう。劉蜜蠟が雷丁の慫慂により、学校教育を通じて獲得したのは、つまりこのようなコード・スウィッチングの方法だったのだ。

第三の言語は文言である。かつて軍閥の家庭教師を務めていたという、「咔嚓」に価する過去を見逃してくれた伍爺にへつらう幇間流の人物＝二先生が執筆している、「伝書」と称する伍爺の伝記は、次のような文体で書かれている。

可嘆吾輩鼠目寸光身陷泥潭、光復後險遭咔嚓。說到此心中怦然戰戰兢兢、一生常憶伍爺大赦之恩。其恩也重、重於泰山。其德也高、高於崑崙。(二〇八頁)

時光荏苒、春去秋還、話說公元一千九百六十七年戰爭頻仍、烽火終起、伍爺大運轉來。集鄉勇三十、造土雷子百六十枚、黑藥火槍二十有五、遂無敵於方圓數里。越二年、烽煙漸息、伍爺尚有三次午夜打援之舉。據不完全統算、大小戰役四十、令新舊孬人魂喪膽寒。(二〇九頁)

張新頴は、この文体が極力高雅を気取っている作為性に注目して、俗＝方言の「真実性」、自然さ、活力を際立たせるために持ち出された、小説的技巧の類であると理解しようとしているようだが、私は、それが「咔嚓」、「話説」、「據不完全統算」、「孬人」等の表現を混入させて、典雅な文体で一貫しないという村夫子振りにむしろ注目したい。そもそも伝統的知識人は、「天下有道則見、無道則隠」といって、さてどこに「隠」れるかといえば、それはやはり民間に「隠」れるので、窮郷僻壌にも、程度の差こそあれ「文」に通じた人間、二先生のような人間はいたはずなのだ。『醜行或浪漫』は「伝書」のテクスト自体を二先生に語らせて、かなりの紙幅を割くが、これを小説ならではの賢しげな意匠と片づけては当たらないように思う。私はこれを、むしろ中国各地に実際に存在した重層的な言語状況の活写だろうと想像する。例えば、第五章で二先生は、小油from父子に「伝書」の一節を読んで聞かせるが、父子はそれを「破爛詞兒」といいながら、「有野童原本是貧苦無告、得賞賜槍在手反目驕横、傲文臣欺武僚生活糜爛、得一女棄一女擧一反三。如此小人、不足掛齒」（二八六頁）という一段が自分たちを指した非難だと即座に理解するのだ。かつて魯迅は、山歌、民謡のような、一見純粋な民間性の表現だと思われがちな民間文芸であっても、それらが必ず五言七言といった定型性を守り、押韻しているのは、文人の手になる高雅な文芸による形式的な整備が加えられてきたからだと述べたが、[5]文言という、ある意味で最も生活言語から遠い所にあるような、基本的には書写によるコミュニケーションに用いられる言語であっても、二先生のような村夫子が存在することによって、あるいは文白混交の民間口誦文芸が流布することによって、民間に根を深く下ろしていたのではないか、その根の深さたるや、もしかしたら「北國騷韃子話」や「外國話」の比ではないのかもしれないと、私は想像するのだ。

一言でいえば、張煒の視野に映っていた言語世界とは、張新頴が「方言／生活言語／集団的言語」と「規範言語／

文学言語／個人的言語」という対立相で捉えたものより、もっと複雑で、重層的なものだったのではないかと、私は『醜行或浪漫』を読んで、考えたのである。例えば私は、張煒が『醜行或浪漫』において「紅宝書」＝『毛主席語録』を小道具として使っている点に注目する。普通話が、革命と社会主義による、中国独自のモダナイゼーションの合法性を強化する叙事を書記すべき「近代言語」として虚構され、強大な政治権力を背景に普及し、既存の生活語彙すら「正統」的な言説性で染め上げていく際、そのような言語の「異化」が「毛語録化」に極まる、中国の隅々にまで行き渡った「紅宝書」の語彙、修辞、文体が、その政治的権威性故に全「人民」挙げての「模倣」の対象となり、異化を加速するといった事態は、大いにありそうなことではないか。そもそも重層的な言語状況により特徴づけられる社会、即ち多様な言語的差異を抱えた社会を均質化しようとするのが、モダナイゼーションであり、またそれは標準化、規範化による言語の均質化をも目指すものだが、張煒が繰り返し「紅宝書」に言及するというのは、近代以降の中国民間社会の重層的な言語状況に対する認識から出発して、そのような豊饒を、「語録化」という方向で平板化しようとする、言語規範化に表象されたモダナイゼーションという問題を察知していたからではないかと思う。蜜蠟が「紅宝書」を朗誦して勇気づけられる、証拠物件を検分する村長・伍爺が、「紅宝書」を選り出して恭しく一揖する、「弁論会」では、私刑の根拠に「群衆是眞正英雄」の一句が持ち出される一方、都会の知識分子で、労働改造のために送り込まれてきた、普通話の操り手である「闘争」対象の「孬人」が、「紅宝書」を諳んじているため、さすがの伍爺も手を焼く等々、基層における毛語録の独特なあり方、扱われ方を彷彿とさせる描写を、活きいきと行うことができたのも、張煒がそのように言語とモダンを直覚的に理解し得たことと無縁ではなかったろう（第六章で論じた文学者の「鋭敏」を想起したい）。李陀はかつて「毛文体」という概念を提出して、毛文体の「外来性」の受容が、知識人の「語り口」＝言説主体性の喪失を導いたと指摘したが、しかし、毛文体の普及は、エリートレベルにおける言説へゲモニーの転移をもたらしたばかりでない、このテクストが描く所の、「階級」の語尾が-er化するような形で（『九月寓言』では「揀鶏兒」と諧音で理解されていた）、ローカルなレベルにまで浸透した壮大な言語変容を推し進めたのではないかと、私は想像する。

『醜行或浪漫』が描き出そうとしたのは、モダナイゼーションによる均質化を経ておらず、多様な言語が重層的に存在する、従って、近代文学的な手法によって表象され、秩序を与えられる以前の世界が、「毛語録」文体に代表されるような、近代的な自己表出の手段を獲得することで、むしろ自らを異化してしまう際の、ある種絶望的な「抗い」なのではないか、と私は思う。この問題に関連して、私は、張新頴の言及していないこととして、劉蜜蠟のアイデンティティに関わる設定が、必ず「言語」と関わっている点に注目したい。父親も分からない私生児である蜜蠟は、母の淫蕩の血、政治的不純＝「孬人」の血統から逃走しようとするのだが、それは学校で習った普通話を用いることで初めて可能となった内面との対話を通じて行われるのだ。また、彼女は、小油矬から逃れ、次に伍爺を殺害して出奔すると、登州人の正体を隠すため、各地の訛りを次々身に着けながら流浪する。つまり蜜蠟にとっての「言語」の習得は、自らを何者かに変貌させる行為として描かれているのだ。私は、この設定も、作者の言語へ注いだ眼差しが自覚的なものであったことの証拠と考えたい。それは蜜蠟の遍歴の具体的な内容如何より、余程重要な「筋」ではないかと思う。彼女が自らを変貌させようとして、様々な困難に見舞われること自体、確かに張新頴も考えるように、方言に代表される「生活言語」の支配する世界の「根底」が、深く歴史と大地に根差していて、そこから脱出することが容易ではないことを示しているのかもしれない。この「根底」について張は次のように指摘している。

言語の「神理」、「神味」、「神韻」と、言語の「根底」は緊密に連関している。それは一面では「ただ士大夫に、少しでも小学を理解させれば、今日の方言で、周、漢の言葉に合致するものの多いことが分かるだろう」［張原注——章太炎「漢字統一会之荒陋」《民報》第一七号、一九〇七年］といった意味で、別の一面では、方言こそ今日の「生活世界」の言語であり、「生活言語」だということで、つまり、この二つの面——言語の「根底」であり、生活の「根底」でもある——が合して、方言は歴史を持った、活きた言語となっているのだ。

そこから張は更に次のように結論を下す。

劉蜜蠟は勝利した。しかし、この勝利は個人の勝利ではなく、生命及びそれと緊密に関連した生活世界の勝利、民間の積極的肯定的精神の勝利だったのだ。方言はこの勝利を叙述し、かくして生活世界の勝利、民間の積極的肯定的精神の勝利に与ったのだ。

しかし蜜蠟は、本来の蜜蠟のままでは、自らのアイデンティティを自覚し、確立することすらできない、即ち、自分が何者であるかを表象する動機を欠如させたままの、生命、生活そのものの存在に止まるのだから、私は張新頴が、劉蜜蠟という存在を、生活、群体、生命、民間の形象化と考え、彼女の願望の成就が、生活言語の「勝利」であるとする見解には同意できない。これまで論じてきた筋からいえば、蜜蠟はむしろ敗北したといったほうがよいとすら思う。何故なら、蜜蠟は言葉を獲得し、自己を表象する手段を獲得して、自己を確立した、しかし、そのような「自己」とは、その確立を言語表象に拠り行う動機を持たない生活言語の無能から逃れ、別種の言語、端的には「近代言語」の側に「越境」し、自らを譲り渡すという「自己喪失」によって獲得された、逆説的な自己なのだから。

私もまた、張新潁同様に『醜行或浪漫』を高く評価する。しかし、読後に依然として不満に似た、割り切れなさを感じるのも確かなのだ。前に述べた、第一の叙述と第二の叙述の不均衡、つまり、最終的には前者が後者を圧倒して、全体に終始感が明確になり過ぎているという、テクストレベルの完成度如何に関わる不満も確かにあるが、それは私の「割り切れなさ」の主たる原因ではない。私の「割り切れなさ」とは、作家が白い紙に黒い字を書くという行為そのもの、文学が「文学」という大義名分の元で行う行為そのものに纏わるものというべきである。作家は、結局自らは自己表出を行おうとはしない（行い得ない／行う必要もない）、従って、そのような手法も言語も持たない「声なき」部分（『醜行或浪漫』にあって、それは生活言語しか持たない「民間」といってもよいだろう）を、手つかずのまま放置することなく、無理矢理に暗闇から引きずり出し、モダニティという白日の元に曝したのではないか。このことを、次にもう少し考えてみたいと思う。

注釈

（1）『霊魂的城堡――理解卡夫卡』（上海文芸出版社、一九九九年九月）第四部「空洞的恐怖」所収「良心的判決――解読『判決』」、三八六～三八九頁。
（2）『老舍劇作選』（人民文学出版社、一九七八年五月第二版）、三〇〇頁。
（3）日本における初版刊行は一九八〇年八月（講談社、東京）。内容を増補した中国語訳（趙京華訳）は生活・読書・新知三聯書店（北京）から二〇〇三年に刊行されている。
（4）『丁玲全集』第四巻（河北人民出版社、石家荘、二〇〇一年十二月）、二五六～二五七頁。
（5）「革命時代的文学――四月八日在黄埔軍官学校講」。『魯迅全集』第三巻、四二二頁。

蕭紅は一九三六年に「手」という、彼女の代表作の一つといってもよい短篇小説を書いている。前に提示した分類に従えば、これは粗筋化できるタイプのテクストだから、簡単に確認しておけば、次のようなものである。田舎の染物屋の娘、王亜明は、街の女学校に編入してくるが、学力不足で勉強についていくことができない。何より、その貧しい服装、垢抜けない生活態度などが、同級生から嫌われる。最も嫌悪の対象とされたのが、家業を手伝ってきたために染料が染み込んで変色した手だった。「私」は、亜明との接触を特に嫌うことなく、言葉も交わせば、本を貸してやったりもする。結局、亜明は落第が決定的となったため、自ら退学して去っていく……。亜明の鈍重、懸命さ、善良さ、彼女を嫌う同級生や教師の非情さ、残酷さの描き方は、型に嵌ったものかもしれないが、退学が決まった後の最後の授業で、全ての授業内容をノートに書き移そうとする場面を設定したり、周囲の悪意や嫌悪を不可解と思いながらも、決して腹を立てることもない亜明の善良さを強調するなど、読者を惹きつける仕掛けを効果的に配置する蕭紅の手際はやはり見事で、私もこれを佳作と呼ぶのに躊躇しない。それでも、私はこのテクストが、紋切り型に収まり切らないある種の「逸脱」、敢えていうならば、「破綻」を抱えているように感じる。この感覚は、どうやらテクスト内の叙述者である「私」という人物の立ち位置の曖昧さに由来するものらしい。王亜明と、その対極に位置する教師や「私」以外の級友たちの対立関係は明白だが、「私」は、亜明に対して級友たちのように意地悪く振る舞うことはしない、幾らかは人道主義的な同情を寄せているらしいのだが、結局、決定的な部分で手を差し伸べることもしない、どうにも中途半端な態度に終始するのだ。

このテクストは、簡単にいえば、貧しい人々、文化を享受できない人々、即ち、経済的、文化的に現実の権力構造の周縁部に追い遣られた存在に眼差しを注いだものである。そのような存在が文学の主題として取り上げられ、それを描いたテクストが「文学」として成り立つ（と観念される）こと自体、やはり近代文学誕生以降の現象であり、ある種の言説に基づくのだろう。前に、近代文学は審美対象としての自然・風景を発見し、分析され、意義づけされ、言語化される対象としての内面を発見したという見解に触れたが、これを更に一般化していえば、即ち、近代文学の歴史とは、それらを含む未知の他者を文学の主題として開拓し、取り込んできた歴史だったのだ。周縁的な存在というのも、そのような他者の一種である。では、周縁的な存在とは、一体誰が主題化するのか。それは、世界に対して、自らの言葉による表現を与えることのできる特権的な存在、文学と言語の主宰者、言説世界の中心的な位置にある人々が主題化するのであり、即ち、自らは自己表象の手段を持たない周縁的な存在に代わって、それを代弁し、表象してやるのだ。しかし、それは周縁的な存在から、自己表象の可能性を略奪し、中心側の理解し、期待するイメージを強制することにもなろう。そのようなイメージを一般に流布し、定着する媒体を支配するのも、やはり中心側である。彼らが周縁イメージを散布し、定着することによって、周縁的な存在とは、現実における被周縁化と同時に、言説の世界においても被周縁化され、周縁的な位置に固定化されるという、二重の暴力を行使されることになるのである。結局、「物いわぬ」周縁的存在は、永遠に「物いわぬ」ままに留め置かれるのだ。

ところが、私が蕭紅のこのテクストにおける叙述者＝「私」の立ち位置が曖昧だとしたのは、「私」が王亜明を徹底的に周縁に固定しようとする人々からも、距離を置いているように見えるからである。それを、近代文学が行使する暴力性への自覚的な批判とはいわぬまでも、それに加担することに、他ならない蕭紅が居心地の悪さを覚えていることの反映であるとするのは、憶測が過ぎるだろうか。かつて劉禾が「生死場」解読を通じて指摘したように、蕭紅とは、女性の身体感覚を突破口に、性差という究極の差異性を男性性もしくは中性的な虚構のアイデンティティのうちに解消してしまう民族救亡言説、国家言説をも相対化し得た、文学史上稀有の鋭敏さを具えた作家である（序章参照）。その鋭敏さや繊細な感覚が、王亜明のような「物いわぬ」存在を周縁に固定することに、本能的な違和感を覚えた結果、「手」の叙述者を中途半端な位置に放置するという事態は大いにあり得るのではないだろうか。果たしてそうであれば、蕭紅のこのテクストは、巧まずして近代文学の本質自体に触れ得た、メタテクストになっているともいえるのだ。

差し当たっては張新頴の論文に呼応して、質疑するという性格の議論の過程でこのような話題を持ち出したというのも、中国近代における文学、文学言語にとっての方言、という問題を考える際、近代文学が「他者」にどのように向き合ったか、という問題が当然浮上してくるからである。前にも述べたが、文学革命以来、中国現代文学の歴史とは、新たな「他者」を文学の主題、描写の対象として発見、開拓し、自らの版図に取り込んできた歴史だった。新文学初期の「問題小説」や「郷土文学」、新詩における人力車夫の主題化などは、主題拡大の典型的な例であるし、具体的な作品名を挙げてみても、葉聖陶『倪煥之』、巴金『家』、老舎『駱駝祥子』、茅盾『子夜』といった文学史を彩る作品群における「主題の拡大」は明白である。このような「拡大」が、正しくモダンの本質たる自己拡張性の反映であることは疑いない。そして、文学における主題の拡大が、一挙にその対象となる範囲を拡げたのは、文学とそれに関わる媒体を主宰する中心的な存在としての知識人が、政府機関や教育機関の内地疎開に伴い、大規模な移動を余儀なくされた抗戦時期だったということは、これまでもしばしば指摘されてきたことである(1)。これまで、主として都市部で発展してきた中国現代文学が主題化してこなかった、辺境や、周縁的な存在が、文学言説主宰者の眼前に現れ、彼らは様々な形式のテクストでそれらを主題化していった。そのような事態は、たとえ辺境や周縁的存在という主題の発見が、多分に外圧によって実現したものであるにせよ、近代文学が、そのモダンの本質としての自己拡張性を発揮して、それら未知の他者を馴致し、自らの主宰する言説構造の中に定位していく過程として理解できよう。しかし、ここにもう一つ、そのような近代文学の自律的発展の論理だけでは理解し得ない新たな問題が現れてきた、それが言語の問題、より具体的にいえば、言語に表象されるモダン、そしてモダンの制度としての近代文学が依拠すべき文学言語という問題だったのだ。「方言という他者」の存在は、そのような問題の中でも、中核的な位置を占めるものとして、それまでモダニティや文学を巡る言説を支配してきた知識人の前に現れたのだ。このような時代状況とそれが内包する問題性を、中国におけるモダン／モダニティ／モダナイゼーションの課題という問題と結びつけて考察を加えたのが、汪暉「地方形式、方言土語与抗日戦争時期『民族形式』的論争」という論文だった[2]。

汪暉は、抗戦期の状況を幾つかの相が複合して成るものとして捉えていた。第一は、大規模な国内人口移動が発生し、外来文化との混合文化である五四新文化伝統に育まれ、都市部から移動した知識人が、言語、風俗習慣、文芸形式といった、現実に日常化されている「民族的」な要素と出会うことになった新たな現実。第二に戦争の現実からの要請である。この現実は、侵略へ抵抗する中で、民族の独立と解放の実現を迫るものであり、そこでは、統一戦線に求心力を与える、統合の象徴としての「民族」の強調が要請されたということである。第三に、モダナイゼーションからの要請。そもそも中国がウェスタン・インパクト以来追求してきたのは、近代国民国家の建設であり、その思想的基盤に求められたのは、国民統合実現の求心力となるナショナリズムだったのである。第四には解放区を支配した中国共産党の標榜するインターナショナリズムの、モダナイゼーション過程への定位である。当時の中国の現実は、これら様々なレベルの、相互に矛盾しながら、統一への方向性を見出すべき問題群への対応を、差し迫って要請するものだったということである。これら問題群の焦点に位置し、いずれの相とも関連を持つと汪の考えたのが、つまり言語の問題だった。

方言、という当面の問題に限っていうなら、それは先ず以て知識人が直面した大きな存在としての「他者」だったが、これを第二の相で考えれば、抗戦は全民的な動員による総力戦を要請するので、その際、方言とは、統一された言語に回収さるべき客体だが、他方、民衆の生活言語として、正しく中国の大地に根差したものであり、抵抗主体の象徴にもなり得る。しかし方言とは、また一方で、「民族」という、ある意味で抽象的な言説に回収され得ない、多様な差異性の象徴である地方性、土俗性の表象でもあるのだ。だから、方言を前景化して、これを主要な媒体に用いた文芸作品は、却って「民族的」ではないという、一見不思議な事態も発生し得るのだ。抗戦期における文芸の「民族形式」を巡る論争の中心的な主題の一つは、この点にあったとも考えられる。第三の相において、西欧の経験に照らしていえば、民衆の言葉＝方言を基礎とした国民言語の創造こそが、近代国民国家形成の根本にあるのだが、一方、方言は飽くまで生活言語だから、モダンのメディアとしては不十分であり、更には多様な差異性の混在を許容すれば、均質化を要求するモダナイゼーションの本質といずれ衝突する、その意味で、結局方言は虚構された規範言語に対して従属的な存在にならざるを得ない。第四の相において、方言の問題は、白話文運動以来の歴史的コンテクストとも関連して、一層複雑な様相を呈するだろう。中国共産党のイデオロギー基礎である階級論的な立場からすれば、言文一致の出発点にあった、言語における雅俗ヒエラルキーの顚覆を推し進めた先にある、大衆語の正統化は合法性を持つのだが、それは究極において言語の抽象化をすら要求するであろう階級論の普遍主義といずれ衝突せざるを得ない。また方言が、大衆語もしくは俗語という性質のみでは括り得ないものであることも、問題をいっそう複雑化するだろう。言語における雅俗とは、いわば上下のヒエラルキーだが、抗戦期に知識人が出会った方言というのは、知識人が占有してきた俗語（新式白話文、欧化文体＝新たな八股文）を中心に据えた権力構造の周縁に位置するものである。階級論イデオロギーは、上下のヒエラルキーの顚覆を合法化するだろうが、周縁を中心に据え直すことはできないのだ。方言は、中国共産党が舵取りをした中国式モダナイゼーションの過程にあって、終に中心的な位置に据えられることはなかった、五四以来の「白話」の中心的地位は変わることなく、むしろそれは階級論的な雅俗転覆の合法性を根拠にして（特権的な欧化文体や文白混交はさすがに否定されるものの）、「どこの地方の方言土語でもない」という、抽象的な性格を強めながら、「普通話」へと収斂していったというのが、歴史的事実だろうし、どうやら汪暉もそのように考えているようである。近代国家というのは、抽象的な言説によって保証される国家としての同一性や、モダニティの表象としての均質化を要求するものなのである。

前に、趙樹理文学のモダニティの判定は難しいと記したが、正にこの年代を画期したというべき趙のテクストは、当面の関心からいっても、様々な問題を内包しているといえよう。趙を最も早い時期に「公式」に称揚した周揚も指摘していたことだが[3]、趙のテクストは、「板話」など民間形式を利用することはあっても、方言土語の類は殆ど用いないのだ。私は前に近代文学とは、テクストの構造に近代社会の属性を反映しているとしたが、趙のテクストは極めて明快な合理性に支えられていて（従って粗筋化が容易である。むしろ、粗筋のみといってもよい）、そこだけ見れば「近代的」ということになるかもしれない、しかし、一方、丁玲のテクストを典型的な「近代文学」とした際、そのモダニティを支える特徴的な形式を趙のテクストは一切具えていない。この事態をどのように理解すればよいのだろうか。私は、差し詰め趙のテクストなどが、地方形式を超越して、より大きな、近代国家の要求する同一性の根拠としての「民族性」の表現を目指しながら、一方で五四新文学に見られるヨーロッパ起源の近代文学特有の装置を除去することによって、階級論的な雅俗顚覆のイデオロギーからも合法性を獲得した、中国革命の果てに遠望された「中国モダン」の主流文学となるものだった、その可能性を、少なくともその文学言語の選択において示していたのではないかという見通しを持っている。

言語と中国近代を巡る汪暉の議論を読むと、張新頴の一連の議論も、汪の議論と関心を共有していることが明らかである。それはモダニティとナショナリズムの関係、そのような枠組に「中国」という主体をどのように据えるか、という問題を主題としているということである。同時に、両者の構えに随分違うものを感じるというのも確かである。汪暉のイメージする「中国」の主体性とは、他者との関係性（国際的な政治環境であったり、より大きくはグローバル規模のモダナイゼーションの過程における、ヨーロッパ対アジアの関係）の中で浮上してくる、いわば相対的な概念であるのに対して、張のイメージするのは、それ自身実在する、絶対的なもののようなのだ。張は、かつて周氏兄弟『域外小説集』における、文言による同時代外国文学の翻訳や、胡風、路翎が「読みにくさ」の誇りを引き受けてもなお執着した内面や主観の言語化という行為を、中国近代文学の主体性確立を見据えた、その表象としての文学言語模索だったと論じていた(4)。借り物の近代的装置によって、外部から表象してやるのではない、自己の内部に自己表象の可能性と、その手段を飽くまで追求する、その姿勢に中国の主体の強靭さを看取しようということだと、私はそれを理解したものである。

私は、そもそもナショナリズムと呼ばれる思想のあり方には、二種類あるのではないかと考える。簡単にいえば、外発的なものと内発的なものの二種類である。前者は、例えば外的な侵略を受け、それに抵抗する際に、侵略側との差異を際立たせる形で「発見」され、強調されるタイプのもので、つまり相対的なものである。例えば、五四時期の東西文化論戦に見られた、東洋文明の精神性を強調するようなタイプがそれに当たるだろうが、これなどは日常生活において現実化されてあるものではなく、抽象的な言説の形を採って虚構され、人為的に抵抗の根拠に据えられることすらあるのではないか。汪暉のイメージする「民族性」とは、正しくこのようなものだと私は考える。一方、後者は、現実の生活の中で日常化している生活習慣、イデオロギーに抽象化されない情緒、言説によって操作されていない原初的な歴史の記憶といったものを根拠にするタイプである。こちらはより内発的であり、長い時間の間に培われて、最早空気のように自然なものとして遍在しているものである。それだけに、近代国民国家といった壮大な虚構を構築する際に必要とされる統合の象徴＝国民意識の核心に、これが据えられることはないだろう。私の理解では、これはむしろ「民間性」という概念を与えるのが適当なものである。つまり、汪暉が見届けようとしたのは、前者の表象として構想された国民言語が成立するまでの起伏に富んだ成立過程およびそこに反映している中国性のあり方だっただろうし、張新潁が想像するのは、方言に代表される、文化的、歴史的な「根底」を具えた言語のみが触れ得る、いわば確固たる実在としての中国性の基層部分なのだろう。張が「方言和它的世界」で主張したかったのは、そのような「基層」こそが、文学を含む「中国」の主体性の最終的な拠り所であるということ、そして、そのような主体性を表象することが文学の任務であり、その際に用いられるべき言語とは、言語における雅俗ヒエラルキーの顚倒（汪暉の観点に従えば、そこに第一のタイプのナショナリズムを接ぎ木したものが近代国民言語＝「普通話」になっていくということだろう）というばかりでなく、実体として中国の大地と生活に根を下ろした言語を周縁的な地位から剝離し、更には中心／周縁ヒエラルキーをも相対化することによって現出する、真に多様化した言語でなければならない、ということではなかったか。

張新潁は、張煒が『醜行或浪漫』において、言語、方言への関心を前景化させた／させ得たことを以て、民族言語／国民言語／普通話のみが文学言語の一尊に定められるのではなく、民間言語／民衆言語／方言も文学言語になり得るという大きな変化が起こりつつあると考えた。即ち、中国におけるモダンのあり方自体が、近代国民国家形成というモダナイゼーション初期の課題が要請する均質化、規範化の段階を通過して、差異性の許容という段階に進みつつあると考え、そこで「根底」に根差した文学言語の主体性が、方言をも許容した多様な形で復活／確立しつつあると楽観しているようにも見える（このようにいうと、張新穎は不本意に思うかもしれないが、彼の観点を特徴づけているのは、結局ポストモダニズムの観点と中国性強調の融合であり、汪暉の一連の議論とも親近性を持つものだと思う）。しかし、果たして『醜行或浪漫』を、そのような文学言語の決定的な転換を示す革新的なテクストと呼べるかと問われれば、私は躊躇しないではいられない。というのは、私はテクストそのものの成就如何より先に、各種の言語を展示して見渡し得る（と考えた）、作家の意識に思い当たるからなのだ。そのような意識を作家論の体裁で仔細に検討することは、ここでの任務ではないから擱くが、文学言語に関わる原理的な側面のみを考えてみても、そもそも歴史性と生活性を深く印記された方言が、そのように「頑強」な「根底」を根拠として擁するというだけで「近代文学言語」たり得るか、と問えば、主体性の宿る内面の表象としての言語という観念のモダニティと、更には現行の「近代文学」という制度までをも相対化し、「文学」がそれらから来る諸々の要請から一旦解放された上で、新たなモダン＋文学＝「近代文学」が構想され、方言はその媒体たる文学言語として、自覚的に選び取られねばならないはずだろう。そのような自覚にまで突き抜けなければ、作家は精々言語世界の豊饒を茫然と見渡すに留まる。『醜行或浪漫』が、そこまで「自覚的」なテクストであるかというと、私にはどうもそこまで断言する勇気はないのだ。いや、こういうべきかもしれない。『醜行或浪漫』の試みというのも、結局は、方言という「他者」を自らの王国の版図内に取り込み、籠絡しようとする近代文学の企みの一部を構成するものではないか、『醜行或浪漫』が、そのような文学自体の囚われているモダニティまでをも相対化しようと試みたテクストとは思われない、と。

注釈

（1）ただ私は、戦争の苛酷な現実が、近代文学に「総体」として決定的な影響を与えたことを過度に強調するのは、些か単純化の嫌いがあるばかりか、敢えていうなら一種の言説と化しているようにすら思う。例えば緬北中国遠征軍に通訳として同行した穆旦や杜運燮らの深刻な「体験」と、その現れとしての詩テクストの有態を併せ考えると、従来の考察は、現実とテクストの関係についての理解がやや単純ではないかと思う。

（2）原載《学人》第十輯（一九九六年）。『汪暉自選集』（「跨世紀学人文存」版、広西師範大学出版社、一九九七年九月）三四一〜三七五頁所収。

（3）「論趙樹理的創作」。『趙樹理文集』第一巻（工人出版社、北京、一九八〇年十月）所収、一二頁。

（4）「モダンという苦境における言語体験」参照。

張新潁や汪暉の議論を読むと、中国知識人のモダンを巡る認識が、文学研究の領域においても深化しつつあるのは確実だと感じられる。しかし、中国知識人のモダン認識が、従来見られた単線的な進化論の水準を完全に脱して、モダン／モダニティ／モダナイゼーションの持つ様々な側面に周到に視線を届かせ得たから、そこで、モダン理解に際して、モダンの負の面にも着目してきた「先進的」な地域の知識人との間に、直ちに「対話」の可能性が拓け、それが何か積極的な成果をもたらしてくれるという、そのことで永遠に満足していられるものだろうか。モダンの呪縛とは、恐らく、我々の偏愛の対象である「近代文学」そのものを解体し、それを棄て去ることによって、かろうじて対象化され得るという意味で、我々に文学研究者としての「終末」の想像と予定を迫るほど強いものかもしれないからである。つまり、一例、文学言語のモダニティを巡る対話が実りを結ぶ程に、対話者は自ら期待しない「終末」の現前を共に見届けることになるかもしれないのだ。それは所詮逃れ難い宿命と受け容れるにせよ、対話自体のもたらす愉悦が、その悲哀と不安を贖ってくれることを期待しつつ、本書がかかる「対話」のささやかな発端となることを、私はやはり慶ぶべきこととして待望する者である。

あとがき

曲りなりにも本を一冊仕上げたとなれば、出来映えの如何を問わず、苦行の一段落にともかく安堵すべきところ、どうにも清々しないには、我ながらよく承知している理由があるのだが、それは私一個の益体もない感懐に属するばかりでない、何やら深刻げな「問題」に連なる気配すらあるので、そもそも本書が私の柄でもない問題提起といった性格を帯びた、あながちな所産である上は、ここにいっそあながちを重ねて、あとがきに代えるのも、一段落に相応しい仕業かもしれない。

問題提起が柄でもないというのを、なくもがなの謙辞と取られては堪らない。本文中にも記したことだが、沈従文の分類に拠れば、私はどうあっても「道理派」ではない、テクストから美食の果てに至るまで、「中国」の百花繚乱には手もなく幻惑される「現象派」なのだから。更に、目眩めく現象の裡から本質を探り出して、これを一般化された道理に抽象するなど、生来の質云々より前に、先ず以て貧寒な能力の遠く及ぶ所ではない。それを「あながち」に行ったのも、已の限界を突破しようなどという殊勝な心掛けに出たものでは毛頭なく、ひとえに私の「研究」らしきものが、中国本土との関わりの中で、本土の研究との差別化を常に関心の中心に据えつつ形作られてきたことと関係している。この点に関しては、一九九六年に中国で刊行した『巴金的世界』という本の後記で次のように述べたことがあった（この部分、実際は一九九二年に書いたものである）。

もしも中日両国の中国現代文学研究者の間に、学術研究各レベルにおける「真に意義ある対話」が成立するというならば、その時、私たち国外の研究者は、如何なる構えでこの対話に臨むべきか？この困惑にも似た感覚が、近年来私の心中にわだかまっている……私は決して、文学観に関して、日本の研究者が中国の研究者に比べて、より巨視的であり、より透徹した視点を獲得し得る条件を具えているなどといいたいのではない。私が強調したいのは、中国とは異なる文学伝統を擁している以上、私たちは自己の文学伝統を自覚的に対象化しなければ、中国文学における（本土の研究者が往々にして察知し得ない）ある種の特徴もはっきりとは看取できない、ということである。

また、一九九八年の「人文伝統的継承和顕現」という文章でも、在外研究生活の回想に絡めて、次のように記した。

幸いにも賈植芳先生の「サロン」に加わり、愉快な時間を過ごしている時も、一個の外国人中国文学研究者として、中国の優秀な研究者と如何に「対話」を交わすべきか、という難題が始終脳裡に去来していたのである。当時の私にして、大陸の学術研究の体系や規範が、政治イデオロギーに疎外された時代は、徹底的に過去のものになりつつあると、朧げながら気づいていた。この印象が、自らの研究が拠るべき立場についての真剣な省察へと私を誘ったのである。本土の研究界の周縁に位置する、取るに足らぬ存在である私が、如何なる前提に発して「研究」すれば、「質」の違いを以て自らの個性を突出させることができるのか？外国人研究者としての長所と短所は何処にあるのか？

今になって、このように延々繰り返してきた自問に明瞭な解答が得られたという訳ではないが、爾来私の「研究」が、常に本土の研究者との「対話」を意識してなされてきたことだけは確かである。例えば、本書の各章中、序章、第二章の一部、第四章（補論とも）、第六章および終章の殆どは、日本語版より先に中国語版を公刊したものであるし、近年はいっそ中国で文章を発表する機会の方が多い（元々生産性の低い私のことだから、高は知れているが）といった具合で、私にとって「対話」云々とは、誰しも肯うべき、いかさま真っ当なお題目としてではなく、実際の振舞い作法として意識されているといってよい。もっとも「対話」の相手たる中国の友人たちは、朋友の道に厚く、私の「振舞い」も、律儀に彼らの厚誼に応える程にのっぴきならない様相を呈してきたというだけのことかもしれないが。

中国の人文知識人は、分厚い人文伝統を擁するが故に、しばしば現実やテクストに対する自らの理解が依拠する人文性の限界を十分に対象化していないのではないか、と私は本文中で屢々指摘してきた。何とも余計な差し出口のようだが、つまり本土の知識人には容易に対象化され難い、しかし彼らを強く覆っている共同性、およびその表象としての、諸々の具体的な「偏向」を、傍観者の立場から指摘し、そこに「対話」の糸口を求むべしとの理屈に発してのことではある。もちろん、私は、中国知識人のみが自己対象化を苦手とし、片や自らは全てを相対化して見通し得る、中立的、優越的な存在であると誇っている訳ではない。私たちの存在は、結局それぞれに固有の文化、歴史、社会的コンテクストに強く規定されているのであり、そのような「規定されてある」自己に対する眼差し、即ち「私は何者であるか／何者にされているのか」という問い掛けを欠いた「中立」的な姿態など、所詮は鼻持ちならないエリーティズムもしくは自己愛の表現に過ぎないと、私は考える者である（中国のある年代において、「中立」が、たとえ単なるポーズに過ぎないにせよ、現実的に意味のある覚悟の表明という性格を帯びるに至ったコンテクストが存在したことについては、私も承知するが）。本文第一章で紙幅を費やしたことでもあり、更に贅言を重ねはしないが、私と同世代の友人たちが八〇年代以来追求してきたのは、一言以て蔽えば、陳寅恪の所謂「独立の精神、自由な思想」だろう。そのような追求から発せられた議論に嚙み合うとなれば、それはやはり、素朴ではあれ、必ずや実感に発した誠実なものであるべきだと考える。実証性であれ理論的先端性であれ、いずれ身外の何物かに拠る「啓蒙」的姿態などもってのほか（これらに関して、私は掛け値なしに能力を欠くが）、「彼ら」への語り掛けが、実は自己の相対化と裏腹のものであると肝に銘じつつ、それぞれに内面化した批判性を交錯させた地点に「対話」は成り立つと思うのだ。

これまでも日中知識人が「対話」の基礎を築こうと努めてきたことは事実であり、それが真摯な努力であったことも疑いない。しかし、両国の関係が戦後未曾有の緊張を示す昨今、「良知」ある知識人が、それぞれに異なるコンテクストから生まれた「中立性」を共通項として議論の抽象的な前提に据え、清談を交わすだけでは、些かなりと「変革」に繫がる実りは最早期待できない、やや乱暴にいえば、理性的な「対話」の規則は飽くまで遵守した上で、いったん中立的、脱コンテクスト的な知識人、という「良心的」姿態を放擲して、それぞれの素地を存分に曝け出し、素朴な実感レベルで相互に「批判」し合い、従前とは質的に異なる新たな「対話」の地平を開くことこそ、今、切実に求められているように思うのだ。これまでの「対話」の挙句が、今日の困惑を回避できなかったとすれば、ここでやり方を少し変えてみるのもいいのではないか。本書をとにかくもまとめたことは、効果の程は問わず、少なくとも主観的にはかかる「変化」に懸けた試みであり、差し当たっては自己変革の一環であると考えている。

そもそも岡目八目はお互いさまであるべきなので、いつの日か「彼ら」が私を存分に批判してくれるものと期待しているのだが、本書では、問題提起に注目を集めたいばかりに、専ら「彼ら」を批判し、彼我の違いを強調することで、却って「彼ら」の意を迎えているようにも見える。私の「振舞い」自体が、その手のけれんを常に伴っていることとは正直に認めよう。その結果、本書も「啓蒙的」、「中立的」な物言いから終に脱し得なかったので、脱稿に際して

「清々しない」のは、これまで述べてきた原則と「けれん」の間で分裂気味の「現象派」が、「その先」の振舞い方について展望を欠くからに違いない。ここでの考察が、「現象」に対する実感に発した素朴な理解を、些かなりと一般化しようと努めた結果、元来の素養の欠如から、酷く幼稚で、くどい叙述に終始したこと、「文学史研究」を標榜しつつ、広範な目配り、より多くの作家やテクストへの言及を欠く点も遺憾として自覚されているが、それらについては、せめて動機の実感性により贖われるはず、と弁明が用意してある。問題は、次なる「対話」が如何なるものになるか、今時点の私によく分かっていないという点にこそあるのだ。この事態は、やはり「深刻」といわざるを得まい。型通りの付言だが、更に新たな「対話」のありようを巡って思索し、様々な「振舞い」を試み続けることこそ、つまりは今後の課題ということになるのだろう。

本書が日中両国の師友に多くを負っていることは、記述の至る所に窺われるはずなので、繰り返すまでもない。この書の貧しさにして、一々名前を挙げて謝辞に代える「型」に拘れば、そもそも好意から付き合いを賜ってきた師友諸賢には、却って迷惑に違いなく、謝意は深く心中に銘ずることとしたい。ただ、上梓をたちどころに引き受けてくださった汲古書院社長石坂叡志氏のお名前は特に記して、衷心よりの感謝を捧げたい。家父の門下という縁から、頑是無い年頃からの私を見守ってきて下さった、尊敬すべき先輩のお力添えを忝くしたことは、何より嬉しく、有難いことであった。また、同社編集部の小林詔子氏は、常に適切な助言を以て私を激励された。併せて感謝を申し上げたい。

本書は独立行政法人日本学術振興会平成十七年度科学研究費補助金（研究成果公開促進費）の交付を受けて出版されたものである。

二〇〇五年六月十九日

坂井洋史

主要参考文献

本文および本文注釈に引用しなかった主な参考文献を、単行本に限って掲げた。各分類内での配列は、中国書「事典・工具書」、「文学史」、「論集」、「作品選集」および和書にあっては出版年順に、中国書「単著」にあっては著者名のピンイン順に拠った。

中国書

【事典・工具書】

王自立、陳子善編『郁達夫研究資料』上下冊（「中国現代文学史資料彙編」乙種、天津人民出版社、一九八二年十二月）
孫中田、査国華編『茅盾研究資料』全三冊（「中国現代文学史資料彙編」乙種、中国社会科学出版社、北京、一九八三年五月）
孫玉蓉編『兪平伯研究資料』（「中国現代文学史資料彙編」乙種、天津人民出版社、一九八六年七月）
張菊香、張鉄栄編『周作人研究資料』上下冊（「中国現代文学史資料彙編」乙種、天津人民出版社、一九八六年十一月）
王訓昭選編『湖畔詩社評論資料選』（銭谷融主編「中国新文学社団、流派叢書」版、華東師範大学出版社、上海、一九八六年十二月）
商金林編『葉聖陶年譜』（江蘇教育出版社、南京、一九八六年十二月）
黄邦君、鄒建軍編著『中国新詩大辞典』（時代文芸出版社、長春、一九八八年四月）
王亜夫、章恒忠主編『中国学術界大事記（一九一九～一九八五）』（上海社会科学出版社、一九八八年九月）
程凱華、龔曼群、朱祖純編著『中国現代文学辞典』（華岳文芸出版社、西安、一九八八年十二月）
王彬主編『現代散文鑑賞辞典』（農村読物出版社、北京、一九八八年十二月）
徐廼翔主編『中国現代文学詞典』Ⅲ「詩歌巻」（広西人民出版社、南寧、一九九〇年六月）

戴翼、陳悦青主編『中国現当代文学辞典』（遼寧教育出版社、沈陽、一九九〇年十月第二次印刷）
『中国共産党大辞典』編輯委員会編『中国共産党歴史大辞典・社会主義時期』（中共中央党校出版社、北京、一九九一年五月）
中国現代文学館編『中国現代作家大辞典』（新世界出版社、北京、一九九二年）
臧克家主編『郭沫若名詩鑑賞辞典』（中国和平出版社、北京、一九九三年七月）
陳鳴樹主編『二十世紀中国文学大典』（上海教育出版社、一九九六年）
陸耀東、孫党伯、唐達暉主編『中国作家大辞典』（高等教育出版社、北京、一九九八年八月）
辞海編輯委員会編纂『辞海』（上海辞書出版社、二〇〇〇年一月縮刷第一版）
中共中央党史研究室張聞天選集伝記組編、張培森主編『張聞天年譜（1900−1976）』（上下巻、中共党史出版社、北京、二〇〇〇年八月）

【文学史】

陳子展『中国近代文学之変遷』（中華書局、上海、一九三一年八月再版／上海書店、一九八二年影印）
王哲甫『中国新文学運動史』（傑成印書局、北京、一九三三年九月／「中国現代文学史参考資料」版、上海書店、一九八六年二月影印）
陳炳堃《こん》（子展）『最近三十年中国文学史』（太平洋書店、北京、一九三七年／「民国叢書選印」版、上海書店、一九八九年十二月影印）
蔡儀『中国新文学史講話』（新文芸出版社、上海、一九五二年十一月）
劉綬松『中国新文学史初稿』（作家出版社、北京、一九五六年四月）
丁易『中国現代文学史略』（作家出版社、北京、一九五七年一月第三次印刷）
馮光廉、劉増人主編『中国新文学発展史』（人民文学出版社、北京、一九九一年八月）
洪子誠、劉登翰『中国当代新詩史』（人民文学出版社、北京、一九九三年五月）

楊義『中国現代小説史』全三巻（人民文学出版社、北京、一九九三年七月第九次印刷）
張大明、陳学超、李葆琰『中国現代文学思潮史』上下冊（北京十月文芸出版社、一九九五年十一月）
朱光燦『中国現代詩歌史』（山東大学出版社、済南、一九九七年一月）
銭理群、呉福輝、温儒敏、王超冰『中国現代文学三十年』（上海文芸出版社、一九九八年十月第四次印刷）
朱棟霖、丁帆、朱暁進主編『中国現代文学史一九一七－一九九七』上下二冊（「面向二一世紀課程教材」、高等教育出版社、北京、一九九九年八月）
陳安湖主編『中国現代文学社団流派史』（華中師範大学出版社、武漢、一九九七年十二月）
郭志剛、李岫主編『中国三十年代文学発展史』（湖南教育出版社、長沙、一九九八年八月）
黄曼君主編『中国二〇世紀文学理論批評史』上下巻（中国文聯出版社、北京、二〇〇二年一月）
温儒敏『中国現代文学批評史』（「北京大学中国語言文学教材系列」、北京大学出版社、二〇〇二年七月第五次印刷）
呉軍『中国現代文学史』（「北京広播学院継続教育学院成教系列教材」、北京広播学院出版社、二〇〇三年四月第二版）
唐金海、周斌主編『二〇世紀中国文学通史』（東方出版中心、上海、二〇〇三年九月）
謝筠主編『中国現代文学史教程』（「芸術類院校基礎課専用教材」、北京広播学院出版社、二〇〇三年九月）

【論集】

文逸編著『語文論戦的現段階』（天馬書店、上海、一九三四年九月）
宣浩平編『大衆語文論戦』正続二冊（民智書局、上海、正編・一九三四年九月、二続・一九三五年一月／上海書店、一九八七年九月正続合訂影印）
沈太慧、陳全栄、楊志傑編『文芸論争集一九七九～一九八三』（黄河文芸出版社、鄭州、一九八五年六月）
文振庭編『文芸大衆化問題討論資料』（「中国現代文学運動・論争・社団資料叢書」版、上海文芸出版社、一九八七年九月）
韋実編著『新一〇年文芸理論討論概観』（漓江出版社、桂林、一九八八年四月）

鐘敬文編『歌謡論集』（北新書局、上海、一九二八年九月／「民俗、民間文学影印資料之二九」版、上海文芸出版社、一九八九年九月影印）

余英時等『中国歴史転型時期的知識分子』（聯経出版事業公司、台北、一九九二年九月）

張京媛編『後殖民理論与文化認同』（王徳威主編「麦田人文」版、麦田出版、台北、一九九五年七月）

李明濱、陳東主編『文学史重構与名著重読』（北京大学出版社、一九九六年一二月）

王暁明主編『二十世紀中国文学史論』全三巻（東方出版中心、上海、一九九七年十月）

汪暉、余国良編『九〇年代的「後学」論争』（「世紀論叢」版、香港中文大学中国文化研究所、一九九八年）

黄会林主編『当代中国大衆文化研究』（北京師範大学出版社、一九九八年九月）

張京媛主編『後殖民理論与文化批評』（「北京大学比較文学研究叢書」版、北京大学出版社、一九九九年一月）

李世濤主編『知識分子立場』全三巻（「前沿文化論争備忘録」版、時代文芸出版社、長春、二〇〇〇年一月）

許紀霖編『二十世紀中国思想史論』上下巻（東方出版中心、上海、二〇〇〇年七月）

羅崗、倪文尖編『九〇年代思想文選』全三巻（広西人民出版社、南寧、二〇〇〇年七月）

陳厚誠、王寧主編『西方文学批評在中国』（百花文芸出版社、二〇〇〇年十月）

陳思和、楊楊編『九〇年代批評文選』（漢語大詞典出版社、上海、二〇〇一年一月）

章培恒、陳思和主編『開端与終結——現代文学史分期論集』（復旦大学出版社、上海、二〇〇二年八月）

何鋭主編『批評的趨勢』（「前沿学人」①、北京図書館出版社、二〇〇一年四月）

公羊主編『思潮——中国「新左派」及其影響』（中国社会科学出版社、北京、二〇〇三年七月）

【作品選集】

許徳隣編『分類白話詩選』（崇文書局、上海、一九二〇年八月／「中国現代文学作品原本選印」版、人民文学出版社、北京、一九八八年七月）

劉半農編『初期白話詩稿』（星雲堂、北京、一九三二年／書目文献出版社、北京、一九八四年五月影印）
謝冕、楊匡漢主編『中国新詩萃――二〇世紀初葉～四〇年代』（人民文学出版社、北京、一九八八年十月）
呉歓章主編『中国現代十大流派詩選』（上海文芸出版社、一九九〇年四月第二次印刷）
呉奔星、李興華編選『胡適詩話』（四川文芸出版社、成都、一九九一年七月）
胡明編注『胡適詩存』（増補本、人民文学出版社、北京、一九九三年第二版）
王仲三箋注『周作人全編箋注』（学林出版社、上海、一九九五年一月）
顧志成、王彬選編『二十世紀中国新詩選』（大衆文芸出版社、北京、一九九八年九月）

【単著】

陳思和『中国新文学整体観』（「牛犢叢書」版、上海文芸出版社、一九八七年六月／「上海文芸学術文庫」版、二〇〇一年一月第二版第二次印刷）
――『筆走龍蛇』（「逼近世紀末批評文叢」版、山東友誼出版社、済南、一九九七年五月）
――『牛後文録』（「大象漫歩書系」、大象出版社、鄭州、二〇〇二年四月）
――『羊騒与猴騒――陳思和随筆集』（上海人民出版社、一九九四年三月）
――『陳思和自選集』（「跨世紀学人文存」版、広西師範大学出版社、桂林、一九九七年九月）
陳思和等『理解九十年代』（「猫頭鷹叢書」版、人民文学出版社、北京、一九九六年七月）
陳学明、呉松、遠東『社会水泥――阿多諾、馬爾庫塞、本傑明論大衆文化』（「生活哲学文叢」版、雲南人民出版社、昆明、一九九八年四月）
程中原『張聞天与新文学運動』（江蘇文芸出版社、南京、一九八七年八月）
戴燕『文学史的権力』（「学術史叢書」版、北京大学出版社、二〇〇二年三月）
丁亜平『一個批評家的心路歴程』（「中国現代文学研究叢書」版、上海文芸出版社、一九九〇年十一月）

韓立群『中国語文革命――現代語文観及其実践』（中央編訳出版社、北京、二〇〇三年一月）
何言宏『中国書写――当代知識分子写作与現代性問題』（中央編訳出版社、北京、二〇〇二年五月）
傑姆遜（Fredric Jameson）『後現代主義与文化理論（精校本）』（「北大学術講演叢書」四、北京大学出版社、一九九七年一月）
李欧梵『中国現代文学与現代性十講』（「名家専題精講」版、復旦大学出版社、上海、二〇〇二年十月）
――『現代性的追求』（「海外学人叢書」版、生活・読書・新知三聯書店、北京、二〇〇〇年十二月）
李沢厚『馬克思主義在中国』（生活・読書・新知三聯書店、北京、一九八八年十二月）
林語堂『我的話』上冊『行素集』／下冊『披荊集』（「中国現代小品経典」版、河北教育出版社、石家荘、一九九五年十月第二次印刷）
林毓生『中国意識的危機』（「伝統与変革叢書」版、貴州人民出版社、貴陽、一九八八年一月）
――『中国伝統的創造性転化』（生活・読書・新知三聯書店、北京、一九八八年十二月）
劉納『従五四走来――劉納学術随筆自選集』（「木犂書系――風雨文叢」版、福建教育出版社、福州、二〇〇〇年四月）
劉再復『放逐諸神――文論提綱和文学史重評』（「文学中国叢書」版、天地図書、香港、一九九四年）
陸鍵東『陳寅恪的最後二〇年』（生活・読書・新知三聯書店、北京、一九九六年十一月第四次印刷）
陸淩濤、李洋編著『吶喊――為了中国曾経的揺滾』（広西師範大学出版社、桂林、二〇〇三年十一月）
呂叔湘『呂叔湘論語文教育』（河南教育出版社、鄭州、一九九五年五月）
――『呂叔湘集』（「中国社会科学院学者文選」版、中国社会科学出版社、北京、二〇〇一年十月）
北京大学、北京師範大学、北京師範学院中文系中国現代文学教研室主編『文学運動史料選』全五冊（上海教育出版社、一九七九年五月）
銭理群『精神的煉獄――中国現代文学従「五四」到抗戦的歴程』（「紅土地叢書」版、広西教育出版社、南寧、一九九六年十二月）
――『返観与重構――文学史的研究与写作』（上海教育出版社、二〇〇〇年三月）
瞿秋白『瞿秋白文集』「文学編」第三巻（人民文学出版社、北京、一九八九年）

邵燕君『傾斜的文学場――当代文学生産機制的市場化転型』（李陀主編「大衆文化批評叢書」版、江蘇人民出版社、南京、二〇〇三年十月）
汪暉『死火重温』（「猫頭鷹学術文叢」版、人民文学出版社、北京、二〇〇〇年一月）
汪曾祺『晩翠文談新編』（「三聯精選」版、生活・読書・新知三聯書店、北京、二〇〇二年七月）
――『汪曾祺全集』全八巻（北京師範大学出版社、一九九八年八月）
王徳威『想像中国的方法――歴史・小説・叙事』（「海外学人叢書」版、生活・読書・新知三聯書店、北京、一九九八年九月）
――『現代中国小説十講』（「名家専題精講」版、復旦大学出版社、上海、二〇〇三年十月）
王暁明『追問録』（上海三聯書店、一九九一年十二月）
――『潜流与漩渦――論二十世紀中国小説家的創作心理障碍』（中国社会科学出版社、北京、一九九一年十月）
――『王暁明自選集』（「跨世紀学人文存」版、広西師範大学出版社、桂林、一九九七年九月）
王元化『九十年代反思録』（上海古籍出版社、二〇〇〇年十二月）
微拉・施瓦支（Vera Schwarcz）『中国的啓蒙運動――知識分子与五四遺産』（「五四与現代中国叢書」版、山西人民出版社、太原、一九八九年四月）
魏崇新、王同坤『観念的演進――二〇世紀中国文学史観』（「世紀回眸・二〇世紀学術思潮叢書」版、西苑出版社、北京、二〇〇〇年三月）
温儒敏『文学史的視野』（「鶏鳴叢書」版、人民文学出版社、北京、二〇〇四年二月）
呉宓『文学与人生』（「清華文叢」三、清華大学出版社、北京、一九九六年十月第三次印刷）
伍立楊『語文憂思録』（「大象漫歩書系」、大象出版社、鄭州、二〇〇二年三月）
夏志清『文学的前途』（「三聯精選」版、生活・読書・新知三聯書店、北京、二〇〇二年十二月）
許紀霖『智者的尊厳――知識分子与近代文化』（学林出版社、上海、一九九一年十二月）
――『第三種尊厳』（「猫頭鷹叢書」版、人民文学出版社、北京、一九九六年七月）

――『尋求意義――現代化変遷与文化批判』（上海三聯書店、一九九七年十二月）
――『中国知識分子十論』（「名家専題精講」版、復旦大学出版社、上海、二〇〇三年十月）
雪季編著『揺滾夢尋――中国揺滾楽実録』（中国電影出版社、北京、一九九三年七月）
尤静波編著『西方流行音楽簡史』（付林主編「二十一世紀音楽人手冊」版、中国文聯出版社、北京、二〇〇二年九月）
張春帆『九尾亀』（「明清佳作足本叢刊」版、祝炘校訂、人民中国出版社、北京、一九九三年四月）
張徳祥、金恵敏『王朔批判』（中国社会科学出版社、北京、一九九三年二月）
張新頴『二〇世紀上半期中国文学的現代意識』（生活・読書・新知三聯書店、北京、二〇〇一年十二月）
趙健偉『崔健～在一無所有中吶喊――中国揺滾備忘録』（北京師範大学出版社、一九九二年九月）
趙毅衡『苦悩的叙述者――中国小説的叙述形式与中国文化』（「中国文学与文化研究叢書」版、北京十月文芸出版社、一九九四年三月）
鄭敏『詩歌与哲学是近隣――結構／解構詩論』（「北京大学比較文学研究叢書」版、北京大学出版社、一九九九年二月）
周蕾『婦女与中国現代性』（王徳威主編「麦田人文」版、麦田出版、台北、一九九五年十一月）
周有光『二一世紀的華語和華文――周有光耄耋文存』（「三聯精選」版、生活・読書・新知三聯書店、北京、二〇〇二年七月）
諸孝正、陳卓団編『康白情新詩全編』（花城出版社、広州、一九九〇年十一月）
荘鐘慶『茅盾的文論歴程』（「中国現代文学研究叢書」版、上海文芸出版社、一九九六年七月）
宗白華『芸境』附『流雲小詩』（北京大学出版社、一九八六年）

和書（翻訳書を含む）

【事典・工具書】

ラマーン・セルデン『ガイドブック現代文学理論』（栗原裕訳、大修館書店、東京、一九九〇年七月再版）

ジョゼフ・チルダーズ、ゲーリー・ヘンツィ『コロンビア大学現代文学・文化批評用語辞典』（「松柏社叢書・言語科学の冒険」⑥、杉野健太郎他訳、松柏社、東京、一九九八年三月）
川口喬一、岡本靖正編『最新文学批評用語辞典』（研究社出版、東京、一九九八年八月）
天児慧等編『岩波現代中国事典』（岩波書店、東京、一九九九年五月）
スチュアート・ジム編『現代文学・文化理論家事典』（「松柏社叢書・言語科学の冒険」⑪、杉野健太郎、丸山修監訳、松柏社、東京、一九九九年十一月）

【単著、論集】

民主主義科学者協会芸術部会編『国民文学論――これからの文学は誰が作りあげるか』（厚文社、東京、一九五三年四月）
竹内実『現代中国の文学――展開と論理』（「研究社叢書」版、研究社、東京、一九七二年二月）
興膳宏『潘岳・陸機』（「中国詩文選」一〇、筑摩書房、東京、一九七三年九月）
ミシェル・フーコー『知の考古学』（中村雄二郎訳、河出書房新社、東京、一九七八年五月第六版）
ロラン・バルト『テクストの快楽』（沢崎浩平訳、みすず書房、東京、一九八二年十二月第四刷）
――『零度のエクリチュール（付）記号学の原理』（渡辺淳、沢村昂一訳、みすず書房、東京、一九八八年十二月第一八刷）
柄谷行人『日本近代文学の起源』（講談社、東京、一九八三年五月第三刷）
桜井哲夫『「近代」の意味――制度としての学校・工場』（「ＮＨＫブックス」四七〇、日本放送出版協会、東京、一九八四年十二月）
――『フーコー――知と権力』（「現代思想の冒険者たち」二六、講談社、東京、一九九六年九月第四刷）
ジャン・ボードリヤール『消費社会の神話と構造』（今村仁司、塚原史訳、紀伊国屋書店、東京、一九八五年十月第二一刷）
見田宗介『白いお花と花咲く野原――現代日本の思想の全景』（朝日新聞社、東京、一九八七年四月）
伊藤虎丸、横山伊勢雄編『中国の文学論』（汲古書院、東京、一九八七年九月）
前田愛『文学テクスト入門』（「ちくまライブラリー」九、筑摩書房、東京、一九八八年三月）

ジャン＝フランソワ・リオタール『知識人の終焉』（「叢書ウニベルシタス」二四四、原田佳彦、清水正訳、法政大学出版局、東京、一九八八年六月）
――『ポスト・モダンの条件――知・社会・言語ゲーム』（「叢書言語の政治①」版、小林康夫訳、水声社、東京、一九九四年十月第四刷）
蘇暁康、王魯湘『河殤――中華文明の悲壮な衰退と困難な再建』（辻康吾、橋本南都子訳、弘文堂、東京、一九八九年三月）
吉沢南『個と共同性』（「新しい世界史――アジアの社会主義」⑨、東京大学出版会、一九九〇年五月第三刷）
西順蔵、近藤邦康編訳『章炳麟集』（「岩波文庫」版、岩波書店、東京、一九九〇年九月）
野村浩一『近代中国の思想世界――《新青年》の群像』（岩波書店、東京、一九九〇年十二月）
中村雄二郎『問題群――哲学の贈りもの』（「岩波新書」版、岩波書店、東京、一九九二年七月第八刷）
劉暁波『現代中国知識人批判』（野澤俊敬訳、徳間書店、東京、一九九二年九月）
ジョン・トムリンソン『文化帝国主義』（片岡信訳、青土社、東京、一九九三年五月第二刷）
小山三郎『現代中国の政治と文学――批判と粛清の文学史』（東方書店、東京、一九九三年六月）
ミラン・クンデラ『小説の精神』（「叢書ウニベルシタス」二九四、金井裕、浅野敏夫訳、法政大学出版局、東京、一九九三年十二月第五刷）
橋爪大三郎『崔健――激動中国のスーパースター』（「岩波ブックレット」三五九、岩波書店、東京、一九九四年十月）
張承志『鞍と筆――中国知識人の道とは何か』（太田出版、東京、一九九五年十一月）
エドワード・W・サイード『知識人とは何か』（大橋洋一訳、平凡社、東京、一九九六年四月第三刷）
藤澤房俊『「クオーレ」の時代――近代イタリアの子供と国家』（「ちくまライブラリー」九三、筑摩書房、東京、一九九六年五月第二刷）
中岡成文『ハーバーマス――コミュニケーション行為』（「現代思想の冒険者たち」二七、講談社、東京、一九九六年十二月）
丸山高司『ガダマー――地平の融合』（「現代思想の冒険者たち」一二、講談社、東京、一九九七年一月）

山之内靖『マックス・ヴェーバー入門』（「岩波新書」版、岩波書店、東京、一九九七年七月第二刷）
ローレンス・オルソン『アンビヴァレント・モダーンズ』（黒川創、北沢恒彦、中尾ハジメ訳、新宿書房、東京、一九九七年九月）
青井和夫、高橋徹、庄司興吉編『現代市民社会とアイデンティティ——二一世紀の市民社会と共同性～理論と展望』（梓出版社、松戸、一九九八年四月）

著者略歴

坂井　洋史（さかい　ひろぶみ）

1959年東京生まれ。東京外国語大学中国語科、東京大学文学部卒。東京大学大学院人文科学研究科博士課程中退。一橋大学大学院言語社会研究科教授。

主要著書・論文

『巴金的世界——両個日本人論巴金』（共著、中文、東方出版社、1996年）、『陳範予日記』（中文、学林出版社、1997年）、『現代困境中的文学語言和文化形式』（共著、中文、山東教育出版社、2005年）、『中国アナキズム運動の回想』（共編訳、1992年、総和社）、『原典中国アナキズム史料集成附別冊解題』（共編、1994年、緑蔭書房）など。

懺悔と越境——中国現代文学史研究

平成十七年九月十日　発行

著　者　坂　井　洋　史

発行者　石　坂　叡　志

整版印刷　富　士　リ　プ　ロ

発行所　汲　古　書　院

〒102-0072　東京都千代田区飯田橋二-五-四

電　話　〇三（三二六五）九七六四

ＦＡＸ　〇三（三二二二）一八四五

ISBN4-7629-2740-6　C3098

索　引（五十音順）

凡例

1、索引項目は本文に範囲を限り採録し、注釈・文中別表・あとがき・主要参考文献は採録範囲から除外した。

2、人名索引は、団体名を含む。作中人物名は採らない。中国人以外の外国人名は、ファミリーネームを項目に立て、カンマの後にファーストネームを併記した。（例）アンダーソン，ベネディクト

3、書名索引は、単行本書名・単篇作品・論文名・叢書名・映画題名・音楽アルバム名・曲名からなる。音楽アルバム名、曲名には英語原綴で記されるものがあり、これは五十音順索引と別に、末尾に置き、アルファベット順に拠り配列した。

4、事項索引は、歴史的概念・事件名および本書の論旨に照らして重要と考えられる概念を中心に採録した。

人名索引

ア行

カ行

サ行

マ行

ヤ行

ラ行

書名索引

ア行

カ行

タ行

ナ行

ハ行

マ行

ヤ行

ラ行

ワ

欧文

事項索引

ア行

カ行

サ行

タ行

ナ行

ハ行

マ行

ヤ行

ラ行

ワ